# Kreuzfahrt in den Tod

ECON Unterhaltung

Von Mary Kruger sind im ECON Taschenbuch Verlag außerdem lieferbar: *Die Todesklippen* (TB 25141)

*Zum Buch*

Nach ihrem Abenteuer an den Todesklippen wollten Matt und Brooke Devlin eigentlich alle Mörder und Verbrechen erst einmal hinter sich lassen. Doch selbst auf dem luxuriösen Kreuzfahrtsdampfer »SS New York« scheinen sie das Böse anzuziehen: Bereits in der ersten Nacht verschwindet unter höchst mysteriösen Umständen der Geschäftsmann Julius Hoffman. Doch weit kann ein Mensch auf einem Schiff ja nicht sein – zumindest kein lebender ... Auf Betreiben des Schiffseigners macht sich Matt an die Aufklärung des Falles und stößt mit Hilfe von Brooke auf eine Reihe von Leuten, die allen Grund hätten, Hoffman aus dem Verkehr zu ziehen. Aber dann geschieht ein zweiter Mord ...

*Zur Autorin*

Mary Kruger lebt als freie Schriftstellerin in einer Küstenstadt in Massachusetts. »Kreuzfahrt in den Tod« ist ihr zweiter Krimi um Brooke Cassidy.

Mary Kruger

# Kreuzfahrt in den Tod

## Ein Kriminalroman aus dem 19. Jahrhundert

Aus dem Amerikanischen von Ursula Graf

ECON Taschenbuch Verlag

Veröffentlicht im ECON Taschenbuch Verlag

Der ECON Taschenbuch Verlag
ist ein Unternehmen der ECON & List Verlagsgesellschaft

Deutsche Erstausgabe

First published by Arrangement with Kensington Publishing Corp.
Titel des amerikanischen Originals: No Honeymoon for Death
Aus dem Amerikanischen übersetzt von: Ursula Graf
Umschlaggestaltung: Init GmbH, Bielefeld
Titelabbildung: Mauritius, Mittenwald
Lektorat: Eduardo Marx
Gesetzt aus der Bodoni, Linotype
Satz: Josefine Urban – KompetenzCenter, Düsseldorf
Druck und Bindearbeiten: Elsnerdruck, Berlin
Printed in Germany
ISBN 3-612-25140-6

*Für meine Schwester Patricia Harrington, die als erste meine schriftstellerischen Fähigkeiten erkannte und die mich immer wieder zum Schreiben ermutigt hat.*

# PROLOG
## NEW YORK CITY, 1896

Diese verdammte Reise nach Europa würde alles zunichte machen. Einfach alles. Dabei hatte es soviel Arbeit und Überlegung gekostet, den Plan bis ins letzte Detail vorzubereiten. Wie wurde man jemanden los, ohne in Verdacht zu geraten? Es gab so viele Probleme zu lösen, angefangen von der eigentlichen Tat bis zur Beseitigung der Leiche. Und wie verhielt man sich in solch einer Situation? Es würde wohl nötig sein, vor den anderen Theater zu spielen; nicht nur vor der Polizei, sondern auch vor den Freunden und Bekannten. Außerdem sollte man die Polizei niemals unterschätzen. Es stand außer Frage, daß sie korrupt war und die Augen vor Verbrechen verschloß, wie die kürzlichen Untersuchungen der Lexow-Kommission bewiesen hatten, aber sie war dennoch gewieft. So hieß es, auf der Hut zu sein, und eher verwirrt, vielleicht sogar ein klein wenig schuldbewußt zu wirken, wie so viele Unschuldige das taten, aber auf keinen Fall bedrückt, denn über den tatsächlichen Stand der Dinge war zuviel bekannt, als daß solch ein Auftreten glaubwürdig wäre. So waren die Vorbereitungen also vorangeschritten, bis diese verfluchte Reise vorgeschlagen wurde. Es gab keinen Ausweg aus dieser Situation, ohne verdächtig zu wirken, da schließlich der Wunsch, nach Europa zu fahren, zu oft geäußert worden war. Der Plan mußte verschoben werden – aber Moment mal. Durch einen glücklichen Zufall gab es da etwas, was alles einfacher machen würde. Der eine große Vorteil, den die Reise bot, wog all die Probleme auf, die eine Überfahrt mit sich brachte. Wieviel einfacher war es doch, sich einer Leiche auf See zu entledigen.

Es würde also an Bord des Schiffes passieren. Die Person, die so lange und sorgfältig Pläne geschmiedet hatte, lehnte sich zurück und lächelte. Genau. An Bord des Schiffes würde der Feind seinem Schicksal begegnen.

# KAPITEL 1
## NEW YORK, 15. APRIL 1896

Kurz vor dem Antritt ihrer Hochzeitsreise hatten Matt und Brooke Devlin ihren ersten größeren Ehestreit. Ausgerechnet mit Matts Kleidung fing alles an. Nicht, daß er wirklich schäbig aussah. Seit seiner Heirat hatte er eine Garderobe erworben, die ihn schon fast erschreckte, darunter ein Anzug von *Brook Brothers* und ein echter Smoking. Sein größter Stolz jedoch war die blaue Uniform eines *Detective Sergeant* bei der New Yorker Polizei, die in seinem Kleiderschrank hing. Keine schlechte Leistung für einen irischen Jungen aus Newports fünftem Bezirk. Als der irische Bursche jedoch ein Mädchen aus den höchsten Gesellschaftskreisen heiratete, mußte sich sein Leben zwangsläufig ändern, und genau das war ein Teil seines Problems. Manchmal kam er sich wie ein ganz anderer vor. Manchmal machten ihn die Privilegien seines neuen Lebens unsicher.

Allein diese Hochzeitsreise. Während sie in der Droschke die *Fifth Avenue* entlang zum *North River Pier* fuhren, wo sie an Bord des Passagierschiffes *New York* gehen würden, blickte Matt verärgert aus dem Fenster. Auf den ersten Blick schien es eine vernünftige Idee zu sein; endlich Zeit füreinander zu haben, sie beide allein, und einen romantischeren Rahmen als ein Schiff auf See konnte man sich dafür wohl kaum vorstellen. Aber warum mußten sie in einer Luxuskabine reisen und nicht einfach erster Klasse? Und warum mußte die Hochzeitsreise drei Monate dauern? Das war einfach zuviel. Er war erst kurze Zeit bei der New Yorker Polizei im Einsatz gewesen, und schon nahm er einen ausgedehnten Urlaub. Wenn es Mißfallen im Hauptquartier erregte, so war das nichts im Vergleich zu seiner inneren Aufruhr. Er liebte seine Arbeit. Er liebte aber auch seine Frau, und die Heirat mit ihr hatte Veränderungen in seinem Leben zur Folge gehabt, die in ihm ein Gefühl der Schuld und Unsicherheit hervorriefen.

Und so kam es, daß Matt explodierte, als Brooke die vollkommen harmlose Bemerkung machte, er könne doch, wenn sie ihrerseits schon die Pariser Modeschöpfer aufsuchte, bei einem Schneider in der *Savile Row* vorbeischauen. Er sei ein Polizist, Himmel noch mal, und ein ehrlicher dazu; was in der heutigen Zeit ziemlich selten zu finden sei, da alle nebenbei die Hand aufhielten. Was glaubte sie denn, welchen Eindruck das mache, wenn er so lange Urlaub nähme, wo er doch erst seit sieben Monaten bei der Polizei war? Wenn er nicht gut genug für sie sei, schloß er heftig, dann hätte sie ihn gar nicht erst heiraten sollen.

Nach diesem unerwarteten Ausbruch schwieg Brooke zunächst wie betäubt, aber schon bald waren sie mitten in einem heftigen Streit. Nun saßen beide wütend da, jeder in seiner Ecke der Droschke, und blickten durchs Fenster auf den Verkehrsstau, der sich an der Kreuzung zum Broadway gebildet hatte. Es war ein schöner, warmer Tag, nicht so schwül wie am Tag zuvor, und überall zeigten sich die ersten Vorboten des Frühlings in New York. In den Grünanlagen schoben Kindermädchen Kinderwagen vor sich her, bunt gestreifte Markisen hingen vor den Geschäften; erste Blütenknospen zeigten sich in den Blumenkästen. Aber keiner von beiden nahm Notiz davon. Die drei Monate rückten bedrohlich näher – wie eine Gefängnisstrafe.

Wie immer beruhigte sich Matt als erster. So rasch, wie er aufbrauste, so schnell legte sich seine Wut auch wieder. »Es tut mir leid«, sagte er in die bedrückende Stille und wandte sich ihr zu. »Was ich gesagt habe – ich bin zu weit gegangen.«

Brooke starrte unverwandt aus dem Fenster. Aus eigener Erfahrung wußte er, daß ihre Wut so lange andauern konnte, wie sie wollte. »Ich war die Tochter eines Polizisten«, sagte sie schließlich, ohne sich umzudrehen.

»Ich weiß.« Natürlich wußte er das. Ihre Väter waren Partner bei der Newporter Polizei gewesen, und er war zusammen mit Brooke aufgewachsen.

»Habe ich je die Vornehme vor dir herausgekehrt, Matt? Habe ich das?«

Matt entspannte sich, als die Kutsche endlich wieder anfuhr. »Gut«, dachte er, »dann kommen wir wenigstens nicht zu spät.« Der Verkehr war an diesem Morgen besonders schlimm; in den Straßen drängten sich Droschken, Kutschen und Fuhrwerke; und wenn die Weiterfahrt sich noch länger verzögerte, würden sie das Schiff verpassen.

»Du tust es nicht mit Absicht.«

Sie drehte sich um. »Was?« Sie beugte sich vor, den Kopf trotzig nach hinten geworfen, und hätte sie gestanden, hätte sie die Hände in die Hüfte gestemmt. »Wann habe ich mich jemals so verhalten, Matt? Wann?«
»Nun ...« Er zog das Schweigen in die Länge, so daß eine Zeitlang nur der Lärm der eisenbeschlagenen Räder auf der Straße, die aufschlagende Hufen und das Klappern der *Broadway*-Straßenbahn zu hören waren. »Manchmal klingst du wie deine Tante.«
Es dauerte einen Moment, aber dann zuckte es in ihren Mundwinkeln, wie er gehofft hatte. Dann lächelte sie, wenn auch etwas betroffen, da sie sich beide einig waren, daß sich ihre Tante Winifred, auch wenn sie es gut meinte, zu viele Gedanken über Rang und Namen machte. Während Brooke und Matt auf Hochzeitsreise waren, würde Winifred ihr neues Appartement in Dakota einrichten. Bei diesem Gedanken graute es Matt.
»Gott bewahre. Wenn ich so werde wie sie, Matt, hoffe ich, daß du mich rechtzeitig warnst.«
»Keine Angst.« Er erwiderte ihr Lächeln und wurde dann ernst. »Es fällt mir einfach schwer, jetzt wegzufahren. Ich habe doch gerade erst bei der Polizei angefangen. Und zwar als Detective und nicht als einfacher Polizist; allein das schon machen sie mir zum Vorwurf.«
»Um Himmels willen, Matt, du bist doch schon lang genug dabei und hast deine Fähigkeiten weiß Gott bewiesen.«
»Das spielt keine Rolle.« Er streckte seine Hand aus, die sie nach anfänglichem Zögern ergriff. »Hinzu kommt, daß ich mit einer reichen Frau verheiratet bin. Nein, ich sage das nicht, um dich zu ärgern«, fügte er hinzu, als sie ihm widersprechen wollte. »Wir beide wissen, daß mich das nicht stört. Aber andere denken nicht so. Insbesonde-

re«, sein Gesicht verfinsterte sich, »wenn ich eine dreimonatige Hochzeitsreise mache.«
»Tante Winifred hat es doch nur gut gemeint«, sagte sie entschuldigend, da die Reise ein Hochzeitsgeschenk ihrer Tante und ihres Onkels war.
»Ich weiß.« In Wirklichkeit, so wußte er, war es auch Brookes Wunsch gewesen. Hatte sie sich früher, vor dem Tod ihrer Eltern, bevor sie bei ihren reichen Verwandten gelebt hatte, nach solchen Dingen gesehnt? Oder war sie damals so bescheiden gewesen, wie er sie später stets in Erinnerung gehabt hatte? »Ich lasse eine Menge Arbeit zurück; die Leiche, zum Beispiel die gestern gefunden wurde. Anscheinend ist ein Raubüberfall fehlgeschlagen; und das ist weiß Gott eine Menge Arbeit. Und dann diese Betrugsgeschichte, an der ich gerade arbeite; der Täter kommt nächste Woche vor Gericht, und ...«
»Matt.« Sie legte ihm einen Finger auf die Lippen. »Das wird schon jemand für dich übernehmen.«
»Ich weiß«, erwiderte er, ohne überzeugt zu klingen.
»Du gehst doch nicht für immer weg. Wenn du es nur zuläßt, gefällt dir die Reise bestimmt.«
Er lächelte gequält. »Davor fürchte ich mich am meisten.«
»Du bist nicht der einzige Polizist in New York.«
»Das stimmt.« Obwohl es ihm schwerfiel, das zuzugeben. Vielleicht mußte er wirklich mal eine Weile ausspannen, fern von sinnlosen Gewalttaten und der Einhaltung unsinniger Gesetze, fern von der von Verbrechen beherrschten Welt, die ihm manchmal als die einzige Wirklichkeit erschien. »Vielleicht finde ich sogar Geschmack am süßen Nichtstun«, erwiderte er in spöttischem Ton, in dem ein Körnchen Wahrheit mitschwang. Vielleicht würde es tatsächlich so kommen, und genau das war ein Teil des Problems.

Die Kutsche hielt wieder an. Jetzt waren sie am *Washington Square*, mit dem neuen weißen Torbogen, und es herrschte noch dichterer Verkehr. Dann bogen sie jedoch ab und fuhren die *Christopher Street* hinunter, mitten durch *Greenwich Village*.
»Wir sind fast da.« Brooke beugte sich nach vorn, um aus dem Fenster zu schauen. »Oh, schön.« Sie richtete ihren Hut, ein etwas albernes Ding aus Stroh und Federn, das ihr jedoch gut stand. »Gott sei Dank haben wir die Koffer schon vorgeschickt. Und auch das Mädchen.« Sie verzog das Gesicht. Wie alles andere, war auch die Zofe, die Brooke beim Anziehen helfen sollte, Tante Winifreds Idee gewesen. Eine notwendige Entscheidung angesichts der Kleidung, die Brooke mitnahm – warum Frauen eigentlich soviel mitnehmen mußten, fragte sich Matt –, aber dennoch mißfiel Brooke diese Idee. Matt ging es ähnlich.
»Wir kommen rechtzeitig an. Der Tag der Abreise ist immer so verwirrend.«
Matt streckte seine Hand aus, eine Friedensgeste, denn schließlich akzeptierte er diesen Teil seines Lebens. »Ich freue mich auf die Reise.«
Sie lächelte, und ihre Augen strahlten vor Glück. »Ich auch«, sagte sie, als der Wagen über Kopfsteinpflaster holperte und sie durchgeschüttelt wurden. Dann blieb die Droschke abrupt stehen.
Die Tür öffnete sich, und der Kutscher steckte seinen Kopf hinein. »Weiter kann ich nicht fahren. Ziemlich voll hier heute morgen.«
Matt nickte. »Danke«, sagte er. Er stand auf, bezahlte den Kutscher und stieg aus. Während er sich umwandte, um Brooke aus der Kutsche zu helfen, hielt er erstaunt inne.
»Ach du meine Güte!«
Brooke schaute auf, als sie aus der Kutsche auftauchte.

»Was ist? – Oh, das Schiff.«
»Das ist unser Schiff?«
Sie warf ihm einen Blick zu.
»Ja, Matt.«
»Mein Gott, ist das riesig.«
»Na, was hast du denn erwartet?« Brooke ergriff seinen Arm, als sie sich der Menschenmenge anschlossen, die zum Schiff drängte. Matt starrte unentwegt. Aus dieser Entfernung konnte er nicht viel sehen; nur den sich deutlich abzeichnenden Bug des Passagierschiffes, der die Form eines Klippers hatte, und drei riesige, schwarze, in der Mitte weiß gestreifte Schornsteine, die in einer Reihe standen. Das Heck des Schiffes verlor sich in der Entfernung und schien sich halb über den Hudson bis New Jersey zu erstrecken. Ein riesiges Schiff, eine schwimmende Stadt, und für einen Mann aus einer Kleinstadt, der sich bis jetzt noch nicht an die New Yorker Verhältnisse gewöhnt hatte, war das aufregend und beklemmend zugleich.
Brooke, die sich bei Matt eingehakt hatte, lächelte. Es geschah nicht oft, daß sie ihn verwirrt erlebte; bestimmte Dinge jedoch schienen ihn sprachlos zu machen, wie z. B. Tante Winifreds Extravaganzen und nun dieses Schiff. Im Grunde jedoch verstand sie ihn ganz gut. Schon zweimal hatte sie den Atlantik überquert, und noch immer fand sie die Aussicht auf eine Überfahrt spannend, besonders auf einem so großen und luxuriösen Schiff wie der *New York*.
Um sie herum auf dem Pier herrschte ein großes Durcheinander. Die Passagiere der Kabinenklassen, wozu auch Brooke und Matt zählten, waren elegant gekleidet. Die Zylinder der Herren glänzten in der Sonne, und die Frauen kamen in ihren Pelzen vor Hitze förmlich um, da an diesem Frühlingsmorgen sommerliche Temperaturen

herrschten. Die Kutschen bahnten sich geschickt ihren Weg durch die Menge und entließen ihre Fahrgäste, während schwere, hoch beladene Rollwagen über das Kopfsteinpflaster auf die schräg liegende Laderampe zurumpelten, wo ihre Waren an Bord des Schiffes geladen wurden. Das Stimmengewirr der jubelnden Menge aus Schaulustigen, Passagieren und deren Begleitern steigerte sich zu einer Kakophonie, die den Lärm der Schiffsmaschinen und der kreischenden Möwen am Himmel fast übertönte. Das Chaos am Tag der Abreise hieß für Brooke auf jeden Fall eins: Sie würde wieder auf See sein. Und diese Perspektive war, nachdem sie so lange in der Stadt eingesperrt gewesen war – es kam ihr wie eine Ewigkeit vor –, höchst aufregend.

»Ist das immer so?« rief Matt, das Gemurmel der Menge übertönend, als sie sich einen Weg zur Gangway bahnten. Er hielt ihre Hand fest umklammert, damit sie in der Menge nicht voneinander getrennt wurden.

»Ja«, rief Brooke zurück und griff hastig nach ihrem Hut, der beinahe verrutschte, als jemand aus der Menge sie anrempelte. Es war einer ihrer Lieblingshüte, aus feinem Strohgeflecht mit aprikotfarbenen Straußenfedern, die zu ihrem Kostüm paßten, das in Pfirsich und Bernsteintönen gehalten war.

»Passen Sie gefälligst auf!« Matt starrte den Mann an, der sie angerempelt hatte, obwohl er schon einige Schritte entfernt war. »Hast du noch alles?«

»Was?«

»Deine Handtasche, deine Uhr, deinen Schmuck. Hat er dir irgend etwas weggenommen?«

»Was?« Brooke blickte auf ihre Tasche, die sie zur Sicherheit unter den Arm geklemmt hatte. »Mir hat niemand etwas gestohlen.«

»Das ist ein ideales Gedränge für Taschendiebe«, schimpfte er und zog sie näher an sich heran. Mit kritischem Blick musterte er die Menge.
»Um Himmels willen, Matt. Es gibt hier keine Taschendiebe.«
»Woher weißt du das?«
»Ich weiß es eben. Komm, wir sind jetzt endlich an der Gangway. O Gott, ist das eine Schlange!«
»Wenn es nach mir gegangen wäre, wären wir früher losgefahren und müßten hier jetzt nicht warten«, schimpfte Matt, als sie sich am Ende der endlosen Reihe anstellten.
»Es ist gerade nach neun, Matt, und das Schiff fährt nicht vor einer Stunde ab. Außerdem«, fügte sie mit heiterer Gelassenheit hinzu, »wird es nicht ohne uns abfahren.«
»Hm«, sagte Matt, aber er beruhigte sich und blickte erneut auf das Schiff. Es ragte über ihm wie ein riesiger Koloß aus schwarzem Stahl, der in regelmäßigen Abständen mit runden Bullaugen durchbohrt war. Der weiß gestrichene Aufbau glich einem langen und niedrigen Gebäude, das man auf Deck heruntergelassen hatte. Von Masten, Schornsteinen und Kränen für Rettungsboote umgeben, wurde er von den drei riesigen Schornsteinen überragt. Aus ihnen quoll bereits Dampf, produziert von den Schiffsmaschinen, welche sie quer über den Atlantik bringen würden. Das Schiff wirkte solide und stabil, aber Matt hatte seine Zweifel. Er war in der Nähe des Meeres aufgewachsen und hatte von zu vielen Unglücken auf See gehört, um sich vollkommen sicher zu fühlen.
Während sie nur langsam auf der Gangway vorankamen, plauderte Brooke mit den Umstehenden, von denen sie viele kannte. Matts Unbehagen wuchs, bis sie schließlich oben am Ende der Gangway, an Bord des Schiffes, ange-

langt waren. Ein Mann in blauer Uniform nahm ihre Fahrkarten entgegen; ein anderer wies ihnen die ungefähre Richtung ihrer Kabine. Endlich ließ das Gedränge der Menge nach, und Matt entspannte sich ein wenig. Wenn er sich erst einmal eingewöhnt hätte, wenn er wüßte, wo er war, könnte ihm die Reise fast schon gefallen.

»Komm, wir wollen uns ein bißchen umsehen«, sagte er, als Brooke auf eine Tür zusteuerte, die nach drinnen führte. »Ich möchte gern wissen, wo alles ist.«

»Das geht nicht. Zumindest jetzt noch nicht.«

Matt folgte ihr, als sie in einen Gang einbog, der in ein ganzes Labyrinth von weiteren Gängen führte. »Warum nicht?«

»Wir erwarten doch noch ein paar Gäste, die sich von uns verabschieden wollen, hast du das schon vergessen?« Sie gingen eine Treppe hinauf und erreichten ein Deck mit Teakholz-Boden. Auf der einen Seite befand sich die Reling mit Blick auf die Lagerhäuser am Kai. Auf der anderen Seite lag das Deckhaus mit nur wenigen Fenstern und Türen, durchzogen von Gängen. Das Deck selbst war weitläufig. Es wurde durch eine Sonnenmarkise aus Segeltuch, die in der Nähe der Reling von Stahlstangen gestützt war, in zwei Abschnitte unterteilt. Darüber hingen die Rettungsboote an ihren Kränen. In der Nähe des Deckhauses saßen bereits einige Passagiere in Liegestühlen, während es im Durchgang, der von der Markise gebildet wurde, von Menschen wimmelte, die sich auf den Abschied vorbereiteten. »Ich möchte nicht, daß Tante Winifred vor uns da ist.«

»Das geht auf keinen Fall«, sagte Matt.

»Nein, natürlich nicht, schließlich zahlt sie die Reise.«

Matt blieb stehen. »Ich dachte, das macht Onkel Henry.« Er verstand Henry und Winifred Olmsteads Gründe, die

Kosten für diese Reise zu übernehmen. Aber es war schon traurig, wenn einem Mann nicht gestattet wurde, für seine eigene Hochzeitsreise aufzukommen. Brooke wandte sich um. »O Matt. Ich hab' das nicht so gemeint ...«

»Ich weiß«, sagte er, und obwohl seine Stimme noch bitter klang, faßte er nach ihrem Arm. »Ist schon gut. Ist unsere Suite hier irgendwo?«

»Müßte sie eigentlich.« Brooke blieb an einem der Gänge stehen. Während sie einen Blick den Gang hinunter warfen, sah Matt, wie Türen auf- und zugingen. »Doch, es müßte gleich hier sein«, sagte Brooke, und wie durch Zauberhand erschien ein Steward in weißem Jackett.

»Mr. und Mrs. Devlin? Bitte hier entlang«, sagte er und öffnete eine der Türen.

»Vielen Dank.« Brooke schritt in das Zimmer. Leicht amüsiert folgte ihr Matt und betrat das Wohnzimmer, das mit samtüberzogenen Sofas und Sesseln eingerichtet war. Dahinter befand sich ein ebenso luxuriöses Schlafzimmer mit einem großen Messingbett. An der einen Seite gelangte man in ein separates Badezimmer, dessen nach außen gewölbte Wand an einen Schornstein grenzte. Durch die Fenster konnte man auf das Promenadendeck blicken.

»Weiß der Himmel, was das alles kostet«, dachte er und drehte sich wieder um, nachdem er überprüft hatte, daß die Jalousien weder Licht noch neugierige Blicke hineinließen. Schließlich mußte niemand sehen, wie Brooke es sich auf dem Bett bequem machte.

»Endlich allein«, sagte Brooke und lächelte ihn an. All sein Ärger, all seine Unsicherheit verflogen wie von selbst. Das waren ihre Flitterwochen. Nichts anderes zählte.

Er streckte die Hand nach ihr aus. Sie erhob sich und kam in seine Arme. Im selben Augenblick, als sie das Gesicht

zu ihm emporhob, war ein Klopfen an der Außentür zu hören, gefolgt vom Geräusch einer sich öffnenden Tür.
»Brooke, Matthew? Seid ihr da?«
»Du lieber Himmel.« Brooke und Matt sprangen auseinander. Schnell richtete er seine Krawatte, während sie ihr Haar glattstrich. »Ja, Tante Winifred. Wir sind gerade erst angekommen.«
»Also wirklich, Brooke, das habt ihr ja gerade noch geschafft.« Winifred musterte kritisch die Suite. »Das erscheint mir annehmbar«, sagte sie, und damit waren das übertrieben gepolsterte Sofa, die Armsessel, die Porzellanausstattung im Badezimmer und die dicken Flor-Teppiche mit einem Satz abgetan. »Wenn man schon gezwungen ist zu reisen, und ich nehme an, das ist man seinem Ruf als kultivierter Mensch schuldig, sollte man es mit allem Komfort tun. Die *St. Paul* ist ein häßliches Schiff«, fuhr sie fort und strich mit einem behandschuhten Finger über die Anrichte aus Mahagoniholz. Dabei runzelte sie die Stirn, obwohl auf ihrem Handschuh keine Staubspuren zu sehen waren. »Die *Campania* klappert. Dafür finde ich keine anderen Worte. Cunard hat schon immer mehr Wert auf Geschwindigkeit gelegt als auf den Komfort der Passagiere. Nein, es war wirklich die richtige Entscheidung, dieses Schiff für euch auszusuchen. Ich wage zu behaupten, daß ihr euch gut amüsieren werdet.«
Matt warf Brooke einen Blick zu und schaute rasch wieder zur Seite, als er bemerkte, daß sie nur mühsam ein Lachen unterdrückte. »Das war wirklich eine sehr großzügige Idee von Ihnen, Ma'am«, sagte er mit beherrschter Stimme und streckte seine Hand aus.
»Henry, freut mich, dich zu sehen.«
»Mir geht es ebenso, mein Junge.« Er schüttelte Matts

Hand und steckte seine wie üblich wieder in die Hosentaschen zurück. Leicht übersah man Henry Olmstead in Gegenwart seiner herrischen Frau. In den vergangenen Monaten hatten er und Matt sich näher kennengelernt und füreinander Sympathie empfunden. Und das, obwohl Matt ihn einst wegen Mordes festgenommen hatte, irrtümlicherweise, wie sich später herausstellte.

»Bist du sicher, daß du das alles gut überstehen wirst?« fügte er mit leiser Stimme hinzu.

Matt zuckte die Achseln. »Das weiß der Himmel. Und dann auch noch Europa.« Er hielt inne. »Es ist ein großzügiges Geschenk, Henry.«

Henry tat das mit einer Handbewegung ab. »Brooke bedeutet uns sehr viel.« Er warf Matt einen unerwartet scharfen Blick zu. »Wir möchten, daß sie glücklich wird.«

»Das weiß ich.« Matts Stimme mußte beruhigend geklungen haben, denn Henry nickte, und der kritische Ausdruck verschwand aus seinem Gesicht. Matt wußte jedoch, was dahinter steckte. Henrys Charakter war vielschichtiger, als es den Anschein hatte. »Ich glaube«, begann er, wurde aber durch ein erneutes Türklopfen unterbrochen. Er nickte Henry zu und durchquerte das Wohnzimmer, um die Tür zu öffnen.

»Matt, mein Junge«, dröhnte der Mann, der vor ihm stand. Er schlenderte mit vorgestreckter Brust herein, und man hatte den Eindruck, als gehörte ihm die Welt. »Ich wollte mich von Ihnen verabschieden. Sie haben es gut getroffen, mein Junge, das muß man Ihnen lassen.«

»Vielen Dank.« Matt warf Brooke einen Blick zu und sah, daß sie erneut ein Lächeln unterdrückte. »Die Verwandten meiner Frau kennen Sie vermutlich noch nicht. Mr. und Mrs. Olmstead, Thomas Nevesey.«

»Ich freue mich, Ihre Bekanntschaft zu machen«, dröhnte Nevesey und streckte seine Hand aus. Er war ein kleiner Mann, aber er schien den ganzen Raum zu beherrschen. Sein rotblonder Schnurrbart vibrierte, und sein gelbbrauner Anzug im Fischgrätenmuster wirkte trotz des tadellosen Schnitts fast grell. »Lassen Sie mich raten. Republikaner, nicht wahr?«

»Tom«, murmelte Matt.

»In der Tat.« Winifreds Stimme klang eisig. »Ich habe von Ihnen gehört, Mr. Nevesey.«

»Das bezweifle ich nicht. Ihre Nichte hat einen guten Mann geheiratet, Mr. Olmstead. Ich hoffe, Sie wissen das.«

»Ich weiß.« In Henrys Augen zeigte sich der gleiche amüsierte Blick wie bei Brooke. »Sie sind Matts, äh, Vorgesetzter auf der Wache, oder?«

»Das bin ich.« Nevesey hatte eine breitbeinige Haltung eingenommen, als ob das Schiff bereits auf See wäre, und seine Daumen steckten in seiner Westentasche. »Ich habe Matt geholfen, diese Stelle zu bekommen. So einen Mann wie ihn kann ich immer bei der Polizei gebrauchen.«

»Äh, ja«, warf Matt nervös ein, der unpassendes Verhalten haßte. Er hatte Nevesey diese Stelle nicht zu verdanken, allerdings würde er ihm helfen können, sie zu behalten. Im vergangenen Jahr war der unerschrockene Theodore Roosevelt in den Ausschuß der Polizeichefs berufen worden. Seitdem hatte er eine Ein-Mann-Kampagne zur Bekämpfung von Korruption geführt, die durch die Lexow Kommission aufgedeckt worden war. Unter anderem hatte er die Entlassung sowohl von Streifenpolizisten als auch Detectives durchgesetzt und sie durch neue Leute ersetzt. Matt war einer davon. Trotz dieser Reform mußte man auf der Hut vor heimlichen Machenschaften

sein, da einige, die auf der Wache das Sagen hatten, ihre einflußreiche Position behalten hatten. Ein kluger Polizeibeamter verscherzte es sich nicht mit ihnen. Es war jedoch unnötig, das laut auszusprechen.
»Würden Sie sich gerne die Kabine anschauen, Tom?«
»Gerne, mein Junge.« Neveseys Stimme wurde leiser, als er Matt ins Schlafzimmer folgte. »Na, es scheint, als ob Sie nun ausgesorgt hätten.«
»Es wird meine Arbeitsweise nicht beeinträchtigen.«
»Das hätte ich auch nie angenommen, mein Junge, nie.«
Nevesey schaute sich hastig im Schlafzimmer um und sagte noch leiser als zuvor: »Als Sie jedoch zu mir kamen, von ihren geplanten Flitterwochen erzählten und das alles bekannt wurde ... Sie wissen, daß Sie nach ihrer Rückkehr einige Schwierigkeiten erwarten?«
Matt nickte. Er hatte bereits den Neid seiner Kollegen zu spüren bekommen, die ihm sein Glück mißgönnten.
»Ich bin darauf vorbereitet.«
»Gut. Nur damit Sie Bescheid wissen. Aber wenn ich mir Mrs. Devlin und all das hier anschaue, kann ich Ihnen wirklich keinen Vorwurf machen.«
»Nein, Sir.«
»Nicht viele Männer haben eine reiche Frau. Genießen Sie es, mein Junge.«
»Ja«, sagte Matt förmlich.
»Das stört Sie, oder?« Neveseys Blick war wachsam und strafte seine freundliche und joviale Art damit Lügen. »Lassen Sie es nicht zu, mein Junge. Nicht viele bekommen solch eine Chance. Aber bevor ich gehe, möchte ich Ihnen gerne noch jemanden vorstellen.«
Matt folgte ihm hinaus ins Wohnzimmer. Winifred trat einen Schritt zurück, als sie an ihr vorbeigingen, und zog

demonstrativ ihre Röcke vor Nevesey zurück; Matt tat jedoch so, als sähe er es nicht. Bald waren alle Gäste fort, und er würde endlich mit Brooke allein sein. Dann würde ihr Standesunterschied keine Rolle mehr spielen.

»Wen?«

»Ambrose Smith, den Schiffsdetektiv. Er ist zufällig draußen vor der Tür. Ich habe ihm geholfen, diese Stelle zu bekommen. Er war vorher Sergeant hier in New York, bis zu den Anhörungen vor der Kommission«, sagte Nevesey und öffnete die Tür.

»Dann dürfte er nicht gerade aufrichtig sein«, dachte Matt und schaute zu Brooke hinüber, die ihn neugierig anblickte. Es war jedoch schwer, sich Nevesey zu widersetzen, und so trat Matt achselzuckend hinaus und schloß die Tür hinter sich.

»Ein höchst verabscheuungswürdiger Mann«, rief Winifred in die plötzliche Stille, die durch das Fehlen von Neveseys lauter Stimme entstanden war. »Ich frage mich, wie du ihn ertragen kannst, Brooke.«

Henry, der seit der Ankunft von Nevesey vor dem Fenster gestanden und auf das Promenadendeck geschaut hatte, wandte sich ihnen zu und sagte: »Das ist kein Mann, den man unterschätzen sollte.«

»Ja. Matt schuldet ihm eine Menge«, bemerkte Brooke. »Und ich mag ihn.«

Winifred starrte sie an. »Wie kannst du nur?«

»Ich mag ihn eben. Was meinst du, Tante, soll ich in Paris einkaufen?« fragte sie, und sofort wandte sich das Gespräch wichtigeren Themen wie den Pariser Modeschöpfern und ihren Stilen zu. »Armer Matt«, dachte sie, während sie ihrer Tante nur halb zuhörte. Er machte ähnliches durch wie sie, als sie zu ihrer Tante und ihrem Onkel gezogen war. Er fühlte sich völlig fehl am Platze, und dann auch noch der Druck durch seinen Job. Niemals würde sie ihn bitten, seine Arbeit aufzugeben. Dazu bedeutete sie ihm zuviel. Sie hoffte nur, daß er sich bei ihrer Rückkehr nach New York mit den Veränderungen in seinem Leben angefreundet hätte.

Die Schiffssirene erklang zweimal kurz hintereinander. Sie übertönte jedes Gespräch und erschreckte alle. »Wir müssen zurück an Land, meine Liebe«, sagte Henry. Er trat auf sie zu und nahm Winifreds Arm.

»O Gott.« Winifred wühlte in ihrer Handtasche und zog ein mit Spitzen besetztes Taschentuch hervor. Sie betupfte damit ihre Augen, in denen nicht eine Träne zu sehen war. »Ich hasse Abschiede. Bist du sicher, daß es dir gut gehen wird, Brooke?«

»Auf diesem Schiff? Aber natürlich. Schließlich habe ich Matt. Und«, sie fuhr rasch fort, um Winifreds nächsten Worten zuvorzukommen. »Mr. Nevesey wird nicht mit uns reisen.«

»Das will ich aber auch hoffen!« rief Winifred empört, und ihre Traurigkeit war wie weggeblasen. »Ein Mann wie er auf der *New York* – also bitte! Es ist heutzutage schon traurig genug um die Lebensqualitäten der Reichen bestellt, aber gegen so etwas müssen wir ankämpfen.«

»Ja, Tante«, murmelte Brooke und führte sie hinaus aufs Promenadendeck. Auf dem Pier drängte sich eine große Menschenmenge, die dabeisein wollte, wenn der große Dampfer auslief. Matt kam auf sie zu. »Ist Mr. Nevesey schon weg, Matt?«

»Ja.« Er beugte sich vor, um Winifred auf die Wange zu küssen – eine Geste, die sie stillschweigend duldete –, und schüttelte Henry die Hand. Und während dieser Winifred vom Schiff führte, drehte sie sich immer wieder um und

rief ihnen Ermahnungen und Ratschläge zu, bis sie die Stufen erreicht hatten und beide aus ihrem Blickfeld verschwanden. Brooke spürte einen Kloß im Hals, den sie jedoch hinunterschluckte. Es gab keinen Grund zur Traurigkeit, nicht auf ihrer Hochzeitsreise.
Die Schiffssirene ertönte noch einmal. Von den unteren Decks und vom Pier erklangen Rufe, als die dicken Stahlseile gelöst wurden, mit denen die *New York* an Land befestigt war. Matt stellte sich neben Brooke an die Reling, und gemeinsam winkten sie den Menschen unten am Pier zu, als sich die *New York* langsam aus ihrem Ankerplatz schob. Die Gebäude von Manhattan verschwanden allmählich, und vor ihnen lag das offene Meer und Europa. Als ob sie es vereinbart hätten, blickten Matt und Brooke einander an und lächelten. Schweigend kamen sie überein, ihre Probleme an Land zu lassen. Ihre Flitterwochen hatten begonnen.

Punkt sieben Uhr ertönte der Gong zum Abendessen. »Dieses Ding bringt mich noch um«, murrte Matt und zerrte am Eckenkragen seines gestärkten, weißen Hemds, als er und Brooke vom Promenadendeck auf die Mahagonitreppe zum großen Salon zugingen, in dem das Abendessen serviert wurde. An *Sandy Hook Lightship*, an dem jede Atlantiküberfahrt offiziell begann, waren sie bereits vorbeigekommen, und das Festland hatten sie schon lange hinter sich gelassen. Das Schiff war allein, eine majestätische, einsame Stadt; und die See bestimmte die Fahrt. Durch das Schlingern des Schiffes kam man nur langsam auf der Treppe voran.

»Laß das.« Mit weiblichem Geschick richtete Brooke seine Krawatte. »Der Smoking steht dir gut, Matt.«
»Ich komme mir vor wie ein Affe. Muß ich mich so anziehen?«
»Ja«, sagte sie bestimmt und unterdrückte dabei ein Lächeln. Von allen Prüfungen in Matts neuem Leben, so vermutete sie, war die Garderobe wohl die schlimmste. Er beklagte sich oft genug darüber, unmöglich aber konnte er es sich aber in diesen Kreisen leisten, seine alten Tweedanzüge zu tragen, die er von der Stange bei *Sherman* in Newport gekauft hatte. Es war vielleicht ungerecht, aber so war es nun einmal. Sie war stolz auf Matt. Sie wollte nicht, daß er wegen seiner Kleidung verachtet würde. Das wäre albern.
Ihre Hand ruhte leicht auf seinem Arm, plötzlich wurde sie aber zurückgerissen, als er mitten im Eingang zum großen Salon abrupt stehenblieb. »Du meine Güte«, murmelte er und starrte wie gebannt. Am Nachmittag hatten sie das Schiff erkundet, einen Blick in die eichengetäfelte Bibliothek mit unzähligen Büchern geworfen, sich die bequemen, geselligen Rauchersalons angeschaut, zu denen Frauen der Eintritt verwehrt war, und die Salons der Damen, die mit vornehm gepolsterten Sofas und Ottomanen ausgestattet waren. Die Pracht dieses Raums war jedoch unerreicht. Der Salon hatte gigantische Ausmaße, er war zweimal so lang wie breit, und endlos erscheinende Tischreihen, mit schneeweißen Leinentüchern bedeckt, erstreckten sich vor ihnen und schienen in der Ferne wie Eisenbahnschienen zusammenzulaufen. Kuppelförmige Kristalleuchter strahlten funkelndes Licht aus, während unzählige Kerzen in silbernen Leuchtern die Arrangements aus Frühlingsblumen – Narzissen und Hyazinthen – in ein sanfteres Licht tauchten und das glänzende Kri-

stall, das feine Porzellan und das polierte Silber aufblitzen ließen. An der Wand tummelten sich Meerbewohner, Meerjungfrauen, Delphine und Tritone, während sich hoch über ihnen eine Glasdecke wölbte, die einen Blick auf den Nachthimmel gewährte. Ober in weißen Jacketts, mit auf Falte gelegten Handtüchern über dem Arm, huschten zwischen den Tischen hin und her, an denen nach und nach prächtig gekleidete Passagiere, fast dreihundert an der Zahl, Platz nahmen. Zu diesem Salon hatte nur die erste Klasse Zutritt; Passagiere der zweiten und dritten Klasse hatten ihre eigenen Quartiere, und es wurde streng darauf geachtet, daß diese Trennung auch eingehalten wurde. Matt fragte sich, ob er sich dort nicht wohler fühlen würde.

»Das glaube ich einfach nicht«, sagte er mit tonloser Stimme und ging schließlich weiter, als ihn jemand von hinten anstieß. »Das steht Newport ja an Grandeur nichts nach.«

»Und genauso sehr verabscheust du es auch, nicht wahr?« sagte Brooke und sah ihn von der Seite an.

»Das habe ich nicht gesagt. Es ist nur ... man muß sich erst daran gewöhnen.«

Ihr Griff verstärkte sich an seinem Arm, als ob sie ihn beruhigen wollte.

»Wir werden hier viel Zeit verbringen«, sagte sie, als beide dem Ober an ihren Tisch folgten. »Dort oben befindet sich eine Orgel«, sie zeigte auf ein Erkerfenster, das sich am Ende des Salons hoch oben an der Wand befand. »Und eine Kanzel, für die Sonntagsmessen.« Sie wies auf ein anderes Erkerfenster, das sich auf der gegenüberliegenden Wand hinter ihnen befand. »Sämtliche Veranstaltungen werden hier stattfinden. Die Informationen dazu findest du in der Schiffszeitung.«

Matt zögerte, als der Ober ihm einen Stuhl zudrehte, der

am Boden mit Schrauben befestigt war. Dann nahm er Platz. Brooke hatte sich bereits neben ihn gesetzt und strich sich den Rock ihres blaßgrünen Satinkleides glatt. Grün stand ihr gut, doch war er sich nicht sicher, ob ihm der tiefe Ausschnitt des Kleides oder die Tatsache, daß der Mann am Tisch gegenüber ihr zuzwinkerte, mißfiel.

»Das Schiff hat eine Zeitung?«

»Das Schiff hat alles, Mr. Hoffman.« Sie lächelte dem Mann zu, der ihr gerade zugezwinkert hatte. »Was für eine Freude, Sie hier zu treffen.«

»Miss Cassidy.« Der Mann strahlte sie an, und Matt wurde wütend. Ob Brooke ihn nun kannte oder nicht; sie war seine Frau, und niemandem war es gestattet, sie so zu behandeln.

»Tut mir leid, Sie heißen ja jetzt Devlin, oder? Julius Hoffman«, sagte er und streckte Matt die Hand entgegen. »Sie sind Detective Sergeant Devlin.«

»Ja«, erwiderte Matt, der sich ein wenig überrumpelt fühlte und hilfesuchend zu Brooke blickte. Hoffman kam ihm bekannt vor, aber Matt hatte in den letzten Monaten so viele Menschen kennengelernt, daß selbst sein geübtes Auge nicht jeden sofort wiedererkannte. Er war ein Mann in mittleren Jahren, glatzköpfig und nicht sehr groß. Trotz des guten Schnitts saß seine Smokingjacke schief auf den herabhängenden Schultern. Sein schwarzer Schnurrbart signalisierte Lebenskraft, und Matt blickte in dunkle, klare und kluge Augen. Er war kein Mann, den man unterschätzen durfte.

»Sind wir uns schon einmal begegnet?«

»Mr. Hoffman ist Börsenmakler«, erklärte Brooke und berührte Matts Hand leicht. Nur die kleine Falte, die sich auf ihrer Stirn gebildet hatte, zeigte, daß sie verärgert war. »Er war auf Tante Winifreds Silvesterparty.«

Jetzt konnte sich Matt erinnern. Dieser schreckliche Abend, als sie beide gerade frisch verheiratet waren und die New Yorker Gesellschaft ihn angestarrt hatte, als ob er ein komischer Kauz sei. Hoffman hingegen war freundlich zu ihm gewesen. »Ich erinnere mich, Sir«, sagte er.

»Nennen Sie mich Julius«, erwiderte Hoffman und zwinkerte diesmal Matt zu, der verwirrt schien. »Sie erinnern sich noch an meine Familie? Meine Frau, Adele.« Julius wies auf die Frau an seiner Seite, eine große königliche Schönheit, deren blondes Haar zu einem Knoten zusammengebunden war, die klaren und reinen Züge ihres Gesichtes betonend. Sie nickte, als sie einen Schluck Wasser trank, schenkte aber der Vorstellung ansonsten kaum Beachtung. »Meine Tochter Julia.« Eine ebenfalls blonde Schönheit, die neben ihrer Mutter saß und Matt eine knappes Zunicken gewährte. »Und mein Sohn Chauncey.« Ein mürrischer junger Mann neben seinem Vater.

»Sie machen also eine Vergnügungsreise nach Europa«, fragte Brooke und legte die Speisekarte zur Seite, die ihr der Ober gereicht hatte. Matt hingegen studierte seine immer noch stirnrunzelnd. Das Menü war auf französisch, und obwohl Matt in den letzten Monaten an einigen gesellschaftlichen Abendessen teilgenommen hatte, war er sich immer noch nicht sicher, was er essen sollte. *Consommé printanier* als Vorspeise, offensichtlich irgendeine Suppe, gefolgt von Forelle in einer feinen Sauce. Zur Suppe wurde ein Amontillado Sherry gereicht; zum Fisch trank man einen deutschen Riesling. Als Entrees gab es Kalbfleisch Marengo, was auch immer das sein mochte, und *ris de veau suprêmes.* Es dauerte einen Moment, bis er herausfand, daß die letzte Platte aus Kalbsbries bestand. Er stellte sich die heikle Frage, ob es Brooke in

Verlegenheit bringen würde, wenn er nach einem guten alten amerikanischen Steak – oder vielmehr *bifsteak*, wie es wahrscheinlich an Bord dieses Schiffes hieß – fragen würde. Zum Entree gab es schweren Bordeauxwein, zum Dessert, einem Schokoladensoufflé, wurde ein Dom Perignon serviert. Am Ende dieser Reise, dachte Matt, der endlich die Speisekarte wieder auf den Tisch legte, würde er wahrscheinlich magenkrank und trunksüchtig sein.
»Geschäft und Vergnügen«, sagte Julius und beantwortete damit Brookes Frage. »Hoffman, Langdon und Co. hat vor, nach Europa zu expandieren. Wir denken darüber nach, ein Londoner Büro zu eröffnen. Sie sind doch schon Richard Langdon begegnet, nicht wahr? Er sitzt an dem Tisch dort drüben. Der junge Mann an seiner Seite ist mein Sekretär Gregory Tate.«
Brooke wandte sich um und betrachtete den Mann, auf den Julius mit seiner Gabel zeigte. »Wer achtet denn dann zu Hause aufs Geschäft?« fragte sie lächelnd.
»Es ist in guten Händen, Brooke. Wir haben fähige Mitarbeiter ausgebildet, die die Firma während unserer Abwesenheit leiten. Eigentlich sollte Richard allein fahren, aber wir haben unsere persönlichen Gründe für diese Reise. Meine Tochter wird heiraten. Und zwar den Earl of Lynton.«
»Ach ja, ich habe die Anzeige gesehen.« Brooke nahm ihre Gabel auf, als der Fischgang serviert wurde, und lächelte Julia zu. »Meine herzlichsten Glückwünsche zu ihrem Glück, Miss Hoffman.«
»Vielen Dank«, murmelte Julia mit gebeugtem Kopf, und Julius strahlte sie über seine Frau hinweg an.
»Nur das Beste für meine Tochter, nicht, Kätzchen?«
»Vater, ich habe dich doch gebeten, mich nicht bei diesem schrecklichen Namen zu nennen.« Julia warf ihm einen

scharfen Blick zu. »Und die Heirat mit Lynton ist nicht meine Idee.«
»Es ist das beste für dich«, verkündete Adele und schien in dieser Angelegenheit einer Meinung mit ihrem Mann zu sein. »Und die Tatsache, daß die Hochzeit auf dem Landsitz des Earls stattfindet, ist ein *Coup*. Sie sind im Haus ihres Onkels getraut worden, nicht wahr, Mrs. Devlin?«
Brooke schaute Matt an und lächelte. »Ja, das stimmt.«
»Eine kleine Hochzeit, wenn ich mich recht erinnere.«
Brooke wahrte ihr Lächeln, obwohl Adele blickte, als suche sie nach einem verborgenen Geheimnis.
»Ja, im engen Kreis und sehr harmonisch.« Sie legte ihre Hand auf Matts Arm. »Wir sind auf unserer Hochzeitsreise.«
»Tatsächlich?«
»Die Polizei hat Sie ohne weiteres freigestellt, Devlin?« fragte Julius.
»Sie werden schon ohne mich klarkommen«, antwortete Matt und trank einen Schluck Wasser, um seine Gefühle zu verbergen. Julius konnte freundlich sein, aber auch bissig; und Adele war aus irgendeinem Grund feindselig gestimmt. Brooke und er hielten zusammen. Das konnte er fühlen.
»Da habe ich anderes gehört«, sagte Julius und lachte leise in sich hinein. »Man hat mir gesagt, daß Sie es wahrscheinlich weit bringen werden.«
»Ach ja?«
»Besonders, wenn man bedenkt, wie Sie den komplizierten Fall letzten Sommer in Newport gelöst haben.«
Matt warf Brooke einen Blick zu, bevor er antwortete. »Das war etwas anderes.«
»Ihr Vater war ebenfalls Polizist, oder?« warf Adele ein und blickte Brooke genau ins Gesicht.

»Das stimmt«, antwortete Brooke mit ruhiger Stimme. Unter dem Tisch drückte Matt ihre Hand. »Ich glaube, Brooke würde auch einen guten Polizisten abgeben«, bemerkte er und erntete einen erstaunten Blick von ihr und eine ausdruckslose Miene von Adele. Er fragte sich, was wohl nötig wäre, um einen gefühlvollen Ausdruck in diese eisblauen Augen zu zaubern. Und wie mochte es sein, mit ihr zusammenzuleben?

»Wenn mehr Polizisten so aussähen wie Mrs. Devlin, würde es mir vielleicht gar nichts ausmachen, verhaftet zu werden«, sagte Julius und zwinkerte.

»Vater«, protestierte Julia und beugte sich vor. »So etwas sagt man doch nicht. Und außerdem hast du schon wieder gezwinkert.«

»Habe ich das?« Hoffman blickte ausdruckslos und lächelte dann dümmlich. »Tut mir leid. Eine Angewohnheit von mir, wenn ich angespannt bin.«

»Oh, ich bin nicht beleidigt«, schaltete sich Brooke rasch ein, während sie Matt immer noch anschaute. »Glaubst du wirklich, ich wäre eine gute Polizistin?«

»Du bist dickköpfig genug«, sagte er und zeigte ihr durch sein Lächeln, daß es als Kompliment gedacht war.

»Das ist ein schwieriger Job, Brooke, wie Sie ohne Zweifel wissen werden«, sagte Julius. »Ich bringe der Polizei großen Respekt entgegen.«

»Sie haben in Korruptionsfällen ausgesagt, nicht wahr?« fragte Matt ruhig und erinnerte sich plötzlich daran, daß Hoffmans Namen in Gesprächen mit anderen Polizisten und mit Nevesey schon einmal gefallen war.

»Ja, und ich bin stolz darauf. Ein Mann muß seine bürgerliche Pflicht tun, und das kann auch bedeuten, Korruption bei der Polizei aufzudecken.« Er fuchtelte mit seiner Gabel in der Luft herum. »Aber nur weil es ein paar faule Äpfel gibt, heißt das noch lange nicht, daß der Kern nicht zuverlässig ist. Die Polizisten haben es nicht leicht, denn sie haben immer mit Betrügern und Gaunern zu tun.«

»Hm.« Matt nickte, nicht gerade überzeugt, und nahm den erstaunten Blick wahr, den Adele ihrem Mann zuwarf. Das letzte, was er jetzt wollte, war, über die Korruption bei der Polizei zu diskutieren.

»Ein Mann wie Sie, zum Beispiel«, sagte Julius, und Matt schaute ihn höflich an. »Ich habe die Newporter Geschichte von Anfang an verfolgt. Als ich über das erste Dienstmädchen gelesen habe, das auf dem *Cliff Walk* getötet worden war, und dann über die anderen, wußte ich, daß da etwas nicht stimmte. Wie viele hat er insgesamt getötet?«

»Fünf«, antwortete Matt, und Hoffman gewann in seiner Achtung. In Newport hatten sich nur wenige aus der feinen Gesellschaft um die Morde an den Dienstmädchen gekümmert, bis schließlich jemand aus dem eigenen Kreis dem Mörder zum Opfer gefallen war.

»Ein abscheuliches Thema«, sagte Adele und kräuselte die Lippen. »Besonders, weil jemand aus der Gesellschaft verhaftet wurde. Es fällt mir schwer zu glauben, daß er so etwas getan hat.«

»Er hat ein Geständnis abgelegt.« Brookes Stimme klang ruhig, und sie wurde ernst. Matt berührte ihre Hand. Keiner von ihnen würde je den Tag vergessen, an dem Brooke fast selber ein Opfer des *Cliff-Walk-Killers* geworden wäre.

»Sagen Sie, Miss Hoffman, werden Sie wirklich auf dem Landsitz des Earls getraut?« fragte sie, und so wandte sich die Unterhaltung schließlich anderen Themen zu.

Zu Matts Überraschung verlief das Abendessen sehr angenehm. Das Essen war superb, der Wein ausgezeichnet, und wenn das Schiff etwas zu sehr schlingerte und das Porzellan und die Gläser auf dem schönen Leinentischtuch hin- und herrutschten, so war das halt eines der Risiken, das eine Seereise mit sich brachte. Selbst die Gespräche waren amüsant; über das ungewöhnlich warme Wetter, Julia Hoffmans bevorstehende Heirat und das Unterhaltungsprogramm, das sich Ihnen auf der Reise bieten würde, einschließlich des Theaterstücks, das am folgenden Abend von einigen Passagieren aufgeführt werden sollte und in dem Julius Hoffman eine Hauptrolle übernehmen würde. Dennoch war Matt äußerst erleichtert, als das Abendessen schließlich vorbei war. Sechs Tage lang hätte er nun die Verpflichtung, sich höflich gegenüber der höflichen Gesellschaft zu verhalten, doch hoffte er, nicht jede Minute. Schließlich war das hier seine Hochzeitsreise und gleichzeitig sein erster Urlaub seit Jahren. Lächelnd verabschiedeten sie sich von ihren Tischnachbarn und verließen den großen Salon, wo die Tische bereits abgeräumt wurden und man das Erkerfenster für ein Orgelkonzert geöffnet hatte. Doch boten sich noch genügend andere Gelegenheiten, das abendliche Unterhaltungsprogramm auf dem Schiff auszuprobieren.

Es war eine windige Aprilnacht. In ihrer Suite legte sich Brooke einen Schal um, und sie gingen hinaus auf das Promenadendeck. Sie lehnten sich an die Reling und beobachteten die Lichter, die sich unter ihnen im Meer spiegelten. Das Schiff schlingerte in den Wellen, und Matt fühlte sich nach dem riesigen Mahl etwas unwohl, doch schenkte er seinem Magen keine Beachtung und konzentrierte sich auf andere Dinge: Auf den Mond, der am Himmel wie eine Scheibe aus fahlem Licht schien; auf die Sterne, die so viel heller strahlten, als er es je an Land erlebt hatte. Und auf die Frau an seiner Seite, die es nicht

kümmerte, daß der Wind ihr Haar oder ihr Kleid zerzauste. Das gehörte zu den Dingen, die er an Brooke mochte. Er legte einen Arm um ihre Schultern, als ob er sie wärmen wollte. Brooke lächelte ihn an.
Das Promenadendeck war fast leer, nur wenige verspürten Lust, der kühlen Nachtluft zu trotzen, zumal das Vergnügen im großen Salon lockte; dennoch führte er sie zum Deckhaus unter eine überdachte Nische, wo sie allein sein könnten. Schließlich waren sie ein Paar in den Flitterwochen. Für einige Augenblicke genossen sie ungestört ihr junges Glück, bis aus der Ferne Geräusche in ihre verborgene Welt eindrangen. Ein lauter Aufprall, ein Schrei, das Geräusch laufender Schritte, dann die Worte, die jedem auf See ein Schrecken sind: »Mann über Bord!«

# KAPITEL 2

Matt!« stieß Brooke verwirrt hervor und riß sich von ihm los, als die Schiffssirene sechsmal ertönte. Es war elf Uhr. »Hast Du das gehört . . . ?«
»Ja.« Matt stürmte aus ihrer stillen und abgelegenen Nische auf Deck. Offensichtlich waren sie nicht die einzigen, die das platschende Geräusch gehört hatten. Auch andere Passagiere liefen hinüber zur Reling und schauten nach unten. »Wer ist es?« rief Matt und zog Brooke an der Hand hinter sich her.
Ein Mann im Smoking drehte sich in seine Richtung. »Ich weiß es nicht. Ich habe auf Deck eine Runde gedreht, um zu rauchen«, sagte er und zeigte auf die Zigarre in seiner Hand, »da habe ich es gehört. Gesehen habe ich aber nichts.«
»Wer hat denn dann so laut geschrien?« fragte Matt, und

im selben Augenblick erinnerte er sich an die weglaufenden Schritte, und ihm wurde bewußt, daß er auch das Geräusch einer zuschlagenden Tür vernommen hatte. »Bleib hier.« Plötzlich ließ er Brookes Hand los und verschwand in einer Tür am Deckhaus, ohne auf ihren Einwand zu achten. Irgend etwas stimmte hier nicht. Und das mußte herausgefunden werden.

Er fand sich in einem schmucklosen und zweckmäßigen Treppenschacht wieder, zu dem Passagiere offensichtlich keinen Zutritt hatten. Schwach vernahm er das Echo von Schritten. Ohne weiter nachzudenken, griff er nach dem Eisengeländer und sprang auf die Treppe. Immer weiter lief er nach unten. An jedem Treppenabsatz machte er kurz Halt und horchte den Schritten nach, die noch immer weit entfernt schallten und ihn zu narren schienen. Noch ein Stockwerk und dann noch eins, und in der Ferne hörte er plötzlich eine Tür zufallen. Matt nahm sich nicht mehr die Zeit stehenzubleiben. Er rannte weiter, etwas außer Atem, aber entschlossener als zuvor und äußerst wachsam. Ohne einen bestimmten Grund liefen Menschen so nicht davon.

Schließlich kam er an das Ende des Treppenschachts und sah sich einer Stahltür gegenüber. Auf jeder Ebene hatten sich Türen befunden, und obwohl er nur dem Echo nachgegangen war, vermutete er, daß es diese Tür war, die er zuvor gehört hatte. Sie fiel laut hinter ihm ins Schloß. Dann stand er in einem engen Gang, der sich zu beiden Seiten endlos dahinzog, aber wohl nicht ganz der Länge des Schiffes entsprach. Er wurde durch nackte Glühbirnen schwach beleuchtet, die im gleichen Abstand voneinander an der Decke befestigt waren. Matt konnte gerade erkennen, daß sich niemand in dem Gang befand, von dem auf beiden Seiten Türen abgingen. Er blieb stehen, beugte den Kopf nach vorn und horchte. Nichts. Kein Schritt, keine quietschende Türangel, gar nichts. Nur die Geräusche der Schiffsmaschinen, die vor Protest aufheulten, als man den Rückwärtsgang einlegte. Hier unten waren sie lauter als oben zu hören. Aber sonst kein Geräusch und niemand zu sehen. Wen auch immer er verfolgt hatte, er war verschwunden.

Wütend stieß er die Tür auf und ging zurück in den Treppenschacht. Erst jetzt nahm er das Schlingern des Schiffes und seine eigene aufkommende Übelkeit wahr. Daher stieg er nun eher gemächlich die Stufen wieder hinauf, obwohl sich etwas in ihm dagegen sträubte. Irgend etwas stimmte hier nicht.

Brooke, an der Reling stehend, wandte sich zu ihm um, als er zurück auf das Promenadendeck kam. Sie war weiß wie die Wand. »O Matt. Es ist so schrecklich. Ich glaube, es ist tatsächlich jemand über Bord gegangen.«

Matt legte ihr den Arm um die Schulter, um sie zu trösten und sich gleichzeitig zu beruhigen. »Gibt es irgendwelche Hinweise?«

»Nein.« Sie blickte auf, als das grelle Suchlicht des Schiffes über sie hinwegglitt und die grauen, tückischen Wellen beleuchtete. »Es ist nichts im Wasser zu sehen. Aber eine Leiche würde doch . . .?«

»Nicht sofort«, antwortete er, als sie nicht weitersprach. »Wenn jemand ertrinkt, kann es Tage dauern, bis er wieder an die Wasseroberfläche kommt.« Brooke erschauerte, und er zog sie noch fester an sich. »Wir werden nur Gewißheit haben, wenn jemand vermißt wird.«

Brooke schmiegte sich näher an ihn. »Wo bist du gerade gewesen?«

»Ich habe jemand weglaufen gehört.«

Sie starrte ihn an. »Jemand ist weggelaufen? Aber wer?«

»Ich weiß es nicht.« Finster blickte er über die Reling. »Wer immer es auch war, ist verschwunden.«
»Aber Matt, das könnte bedeuten ...«
»Ich weiß nicht, was das bedeutet«, unterbrach er sie, »und du auch nicht. Und solange wir nichts Genaues wissen, sollten wir keine Gerüchte in die Welt setzen.«
»Ja, natürlich.« Wieder zitterte sie, aber diesmal nicht vor Kälte. Im letzten Jahr hatte sie mehr gewaltsame Tode miterlebt, als ihr lieb war. »Hast du vor, der Sache nachzugehen?« fragte sie plötzlich.
Matt schüttelte den Kopf. »Nein. Ich werde melden, was ich gehört habe, aber das fällt nicht in mein Aufgabengebiet, Brooke. Wahrscheinlich gibt es bestimmte Vorgehensweisen in solch einer Angelegenheit, und wenn irgend etwas nicht stimmt, ist der Schiffsdetektiv für die Nachforschungen zuständig. Ich unternehme nur etwas, wenn man mich darum bittet.«
»Aha.« Sie lehnte den Kopf gegen seine Schulter und fühlte sich nicht völlig beruhigt. Es war nicht richtig, was er dachte. Etwas Schreckliches hatte sich ereignet, und sie bezweifelte, daß die Sache für sie bereits jetzt erledigt wäre.
Das Schiff brauchte lange, um seine Geschwindigkeit zu drosseln, und noch länger, um zu wenden und die Strecke noch einmal abzufahren; die Suchscheinwerfer drangen unablässig durch die Dunkelheit und erhellten das Meer. Weder die Schaulustigen auf dem Deck – die meisten Passagiere drängten sich mittlerweile dorthin – noch die Besatzung auf der Brücke oder auf den Masten konnten irgend etwas sehen; weder eine Leiche noch Gegenstände, die andeuteten, wo jemand untergegangen war. Nur das kalte, graue Meer war zu sehen, das sich ruhelos und unaufhörlich bewegte. Und obwohl das Schiff weiterhin

die Strecke zurückfuhr, zeigte sich nichts auf dem dunklen, wogenden Meer.
Schließlich zogen sich die Passagiere nach und nach in ihre Kabinen zurück, zuerst eine Person hier, dann ein Pärchen da, bis sich immer weniger an Deck befanden. Brooke und Matt standen länger an der Reling als die meisten, aber schließlich drehte sich Matt um, nahm sie beim Arm, und sie kehrten in ihre Suite zurück. Der Beginn ihrer Flitterwochen stand unter keinem günstigen Stern, dachte Brooke, als sie sich fürs Bett fertigmachte. Aber dann kam Matt ins Schlafzimmer, und für eine Weile vergaßen beide die Ereignisse des Abends.

### *Dienstag, 16. April*

Fast wie Hohn wirkte der strahlende Sonnenaufgang nach den düsteren Ereignissen der Vornacht. Während sie auf dem blauen und smaragdgrünen Meer entlangfuhren, das in Sonnenlicht getaucht war, konnte man sich kaum vorstellen, daß irgend etwas passiert war. Selbst die Passagiere und die Besatzung schienen größtenteils unberührt. So kam es Matt vor, als er mit Brooke am nächsten Morgen auf dem Promenadendeck spazierte, nachdem sie das Frühstück in ihrer Suite eingenommen hatten. Das Würstchen und die Eier, die er unvorsichtigerweise gegessen hatte, hingen ihm wie ein Klumpen im Magen. Obwohl er noch nicht seekrank war, hatte er arge Befürchtungen, es noch zu werden. »Das sind ja schöne Flitterwochen«, dachte er und hatte damit unbewußt die gleichen Bedenken wie Brooke am Abend zuvor.
»Brooke, meine Liebe.« Eine große, matronenhafte Frau mit einem Busen so groß wie der Bug des Schiffes war vor

ihnen stehengeblieben und streckte Brooke die Hände entgegen. Sie war an diesem kühlen Frühlingsmorgen ganz in Pelze gehüllt und trug auch einen Hut aus Pelz. »Ich habe erfahren, daß Sie an Bord sind. War das nicht schrecklich gestern abend? Es muß Ihnen ja so vorkommen, als ob das Unglück Sie verfolgt. Erst entdecken Sie Rosalinds Leiche – und jetzt das.«

»Guten Morgen, Mrs. Standish«, sagte Brooke mit höflicher Stimme. Wenn sie diesen Ton anschlug, so hatte Matt inzwischen gelernt, war ihr die andere Frau relativ gleichgültig. »Sie erinnern sich doch sicher an meinen Ehemann? Mr. Devlin.«

»O ja, selbstverständlich, der Polizist.« Mrs. Standish überging ihn mit einer Handbewegung. »Ich hoffe, ich habe Sie nicht beleidigt, aber ich spreche immer genau das aus, was ich denke. Nicht wahr, Emily?«

Das Mädchen, das hinter Mrs. Standish zurückblieb, war ein blasser Schatten ihrer Mutter. Sie trug einen Mantel aus Merinowolle mit pelzbesetztem Kragen und trat nun hervor. »Ja, Mama«, sagte sie, und obwohl sie ihre Augen sittsam nach unten schlug, sah Matt etwas in ihnen aufblitzen. War es vielleicht Ablehnung?

»Hallo Brooke.«

Brooke lächelte immer noch höflich, als sie nickte. »Emily.«

»Sie müssen doch wissen, was letzte Nacht passiert ist«, sagte Mrs. Standish, und ihre Augen funkelten gierig, als sie Matt anschaute. »Sie sind doch Detective.«

»Ich bin gerade auf meiner Hochzeitsreise, Ma'am.« Die Schiffsglocke ertönte zweimal und gab die Uhrzeit an: es war neun. Matt stellte seine Uhr und berücksichtigte die 45 Minuten, die sie auf ihrer Reise nach Osten täglich einbüßten. Dann schaute er auf und zwang sich zu einem Lächeln. »Ich weiß nicht mehr als jeder andere hier.«

»Nein? Das überrascht mich. Und Sie auch nicht, Brooke, und das nach all den Fragen, die Sie letzten Sommer gestellt haben?«

»Das war etwas anderes«, erwiderte Brooke ruhig. »Wenn Sie uns bitte entschuldigen, wir wollten gerade einen Rundgang auf Deck machen.«

»Oh, ich würde nicht im Traum daran denken, Sie aufzuhalten, nicht wahr, Emily? Komm, wir begleiten die Devlins.«

Matt und Brooke schauten sich an, und dieses Mal sah er, daß ihre Mundwinkel zuckten, als ob sie ein Lachen unterdrückte. Er dankte Gott für ihren Sinn für Humor und zog ihre Hand noch enger durch seinen Arm. Er war sich nicht sicher, ob er das Leben in der feinen Gesellschaft ohne Brookes Gelassenheit überleben würde.

»Haben Sie irgend etwas darüber gehört, wer über Bord gegangen ist? Falls überhaupt jemand über Bord gegangen ist.«

»Wäre das nicht der Fall, dann hätte jemand einen fürchterlichen Streich gespielt, nicht wahr? Nein, ich glaube, daß jemand über Bord gefallen ist. Wahrscheinlich jemand aus der zweiten Klasse.«

»Warum sagen Sie das?« fragte Matt, gereizt durch den Ausdruck von Abscheu in ihrem Gesicht und dem Zucken um Brookes Lippen.

»Nun, Mr. Devlin, einer von uns würde wohl kaum so etwas tun. So etwas Unwürdiges, sich selbst umzubringen.«

»Dafür halten Sie es also?«

»So muß es gewesen sein. Das glauben alle.«

»Aha. Natürlich«, entgegnete er, und neben ihm gab

Brooke einen unterdrückten Laut von sich, der wie ein Husten klang. Er warf ihr einen Blick zu, worauf sie zur Seite schaute und erneut hustete.

»Ernsthaft«, sagte Brooke, wobei ihre Stimme erstickt und atemlos, aber ansonsten wie gewohnt klang, »wenn tatsächlich jemand über Bord gefallen ist, was sollte es denn anderes sein? Gestern nacht war das Meer zu ruhig, als daß es zu einem Unfall hätte kommen können, außer, derjenige befand sich aus irgendeinem Grund direkt an der Reling.«

Matts Belustigung verschwand. Letzte Nacht war das Meer tatsächlich zu ruhig, als daß ein Unfall hätte passieren können. So gab es also nur zwei Möglichkeiten: Selbstmord oder etwas anderes. Etwas Schlimmeres. Das unbehagliche Gefühl, das ihn gestern im Treppenschacht befallen hatte, war wieder da, diesmal jedoch stärker.

Mit Brooke an seiner Seite ging er hinüber zur Reling und schaute in die Tiefe, als ob sich die Antwort in den schäumenden Wellen finden ließe. Das Kielwasser schäumte heute kaum, denn die Fahrtgeschwindigkeit war gedrosselt worden, da die Besatzung die Suche nach einer Leiche noch nicht aufgegeben hatte. Wer an Bord dieses Schiffes war ein Mörder? Es konnte jeder sein, aber solange er nicht wußte, wer über Bord gegangen war, gab es keinen genauen Anhaltspunkt. Moment. Stellte er etwa gerade Nachforschungen an? Zu Hause wäre das ein Fall, den er nur zu gerne übernehmen würde, aber hier, auf diesem Schiff, befand er sich auf fremdem Terrain. Er war froh und enttäuscht zugleich darüber, daß man ihn in die Ermittlungen nicht einbeziehen würde, wenn tatsächlich etwas nicht stimmte.

Brooke berührte leicht seinen Arm. »Matt?«

»Juhu! Guten Morgen, Mr. Langdon!« rief Mrs. Standish

im selben Augenblick, und ihre durchdringende Stimme war auf dem ganzen Deck zu hören. Matt wandte den Kopf und sah einen Mann in Tweedanzug und Bowler-Hut, der stehenblieb, die Schultern straffte und sich dann umdrehte. Matt kramte in seiner Erinnerung nach dem Namen des Mannes, und schließlich fiel er ihm ein: Es war Richard Langdon, Julius Hoffmans Geschäftspartner. Aber es war nicht diese Erkenntnis, die ihn mißtrauisch werden ließ, sondern der blasse und angestrengte Ausdruck in Langdons Gesicht. Erneut befiel ihn dieses unbehagliche Gefühl, und er trat von der Reling zurück.

»Sie sehen nicht gut aus, Mr. Langdon«, bemerkte Mrs. Standish, und ihre Stimme dröhnte. »Ich hoffe, Sie leiden nicht unter *mal de mer.*«

»Nein, nein.« Er stand ruhig da und strich sich mit einer ruckartigen Bewegung über die Augenbraue, als Mrs. Standish auf ihn zuging. Obwohl es ein kühler Tag war, stand ihm der Schweiß auf der Stirn. »Guten Morgen. Wenn Sie mich bitte entschuldigen wollen, ich habe einiges zu erledigen.«

»Irgend etwas stimmt da nicht«, flüsterte Matt Brooke zu, nahm ihre Hand und zog sie von der Reling weg.

»Glaubst du, er weiß etwas?« fragte sie ebenfalls leise.

»Ich bin mir nicht sicher, aber mir gefällt sein Aussehen nicht.«

»An einem so schönen Morgen wie heute können Sie uns doch bestimmt ein paar Minuten opfern, oder?« sagte Mrs. Standish und blickte Langdon mit affektiertem Lächeln an.

»Es tut mir leid, ich muß zu Adele ...« Langdon brach ab. »Sie wissen es noch nicht?« fragte er und blickte sie scharf an.

»Was denn, Mr. Langdon? Bitte, sagen Sie es uns. Ich merke doch, daß es etwas Wichtiges ist, und ich sterbe vor Neugier.«

»Ja, nun gut.« Er fuhr sich wieder über seine Augenbraue. »Sie wissen – äh, sie glauben zu wissen –, wer letzte Nacht über Bord gegangen ist.«

»Die Anzahl der Passagiere ist also überprüft worden?« fragte Matt.

»Ja.« Langdon richtete hastig seinen Blick auf Matt, offensichtlich etwas erleichtert, mit jemand anderem als Mrs. Standish sprechen zu können. »Sie haben nachgezählt, und alle sind da. Alle bis auf einen. Ju...« Er hustete erneut, dann straffte er die Schultern. »Julius Hoffman wird vermißt.«

# KAPITEL 3

Die *New York* fuhr weiter. Sollte es Passagiere geben, die das für herzlos hielten – ihre Proteste würden unbeachtet bleiben. Das Schiff hatte seinen Fahrplan einzuhalten, und ohne eine Spur von Hoffmans Leiche gab es keinen Grund, die Suche fortzusetzen. Es konnte Tage dauern, bis die Leiche an die Wasseroberfläche kam, und gerade im kalten Nordatlantik mußte man mit Strömungen rechnen, welche die Leiche meilenweit weggetrieben haben könnten. Daher hatte Kapitän Wood entschieden, daß es das beste sei, weiterzufahren und Nachforschungen über das Unglück anzustellen.

Und nun kam er ins Spiel, dachte Ambrose Smith mit größter Genugtuung, als er über das Promenadendeck zur Suite der Hoffmans stapfte. Eigentlich war es ein gemütlicher Job, Detektiv auf solch einem Schiff zu sein.

Schlimmstenfalls hatte er es mit Gelegenheitsbetrügern oder Falschspielern zu tun, die auf der Suche nach möglichen Opfern über die Meere reisten. Er sollte eigentlich zufrieden sein, aber er war es nicht. Um ehrlich zu sein, New York und sein alter Bezirk am Broadway fehlten ihm. Dort kannte er die besten Bars für einen kostenlosen Drink oder ein Essen, wenn nicht sogar für etwas Lukrativeres. Sein Gesicht verfinsterte sich, als er sich mit der geballten Faust in die Hand schlug. Das Leben eines Polizisten war hart, wenn man nicht auf Privilegien und kleine Nebeneinkünfte zurückgreifen konnte. Wen störte es also, wenn ihm ein Barbesitzer oder ein Ladeninhaber eine kleine Schutzgebühr zahlte? Das ging doch niemanden etwas an, jedenfalls bis dieser verfluchte Reverend Parkhurst und seine Bande gleichgesinnter, selbstgerechter Bürger angefangen hatten, die Dinge aufzurühren. Die Folge war, daß gute Polizisten wie er ihre Stelle verloren hatten. Einer von diesen ehrenwerten Bürgern hatte jedoch gerade sein verdientes Ende gefunden, dachte er und lächelte.
Seine gute Laune kehrte zurück, und er hob seine fleischige Faust und schlug gegen die Eingangstür der Suite. Gleich darauf wurde von einer Zofe mit spitzen Gesichtszügen geöffnet, die sittsam ihre Augen niederschlug, als sie ihn sah. Ein großmäuliges und einschüchterndes Auftreten wären in diesem Fall der falsche Weg. Der Umgang mit Passagieren der ersten Klasse erforderte Takt, eine Eigenschaft, die Smith nie geglaubt hatte zu besitzen. Und diese Passagiere hier mußten sogar noch vorsichtiger behandelt werden, gerade in Anbetracht dessen, was man im Tresor des Zahlmeisters gefunden hatte.
»Guten Morgen«, sagte er freundlich und nahm den Hut vom Kopf. »Ich würde gerne mit Mrs. Hoffman sprechen.«

Die Zofe warf einen Blick in die Suite und wandte sich ihm dann wieder zu. Sie schüttelte den Kopf. »Madame ruht gerade«, setzte sie an. »Es ist schon in Ordnung, Claudette«, war eine männliche Stimme aus dem Inneren der Suite zu hören. »Führen Sie Mr. Smith herein.«
Claudette warf noch einen Blick in das Zimmer und öffnete dann achselzuckend die Tür. Mit weiterhin unbewegter Miene betrat Smith das Zimmer, obwohl ihn der Anblick, der sich ihm bot, überraschte. Mrs. Hoffman war mit einem pinkfarbenen Hausanzug bekleidet, wie ihn nur die Reichen trugen, und saß auf dem Sofa, Richard Langdon an ihrer Seite. Aha. Langdon tröstete also bereits die Witwe, schoß es Smith durch den Kopf. Interessant.
»Guten Morgen«, wiederholte er und nickte beiden nacheinander zu. »Es tut mir leid, Sie zu belästigen, aber es gibt da einige Dinge, die ich wissen muß...«
»Muß das gerade jetzt sein?« unterbrach ihn Langdon. »Mrs. Hoffman hat gerade ihren Ehemann verloren. Besitzen Sie keinen Anstand...?«
»Richard«, sagte Adele Hoffman mit beherrschter, aber scharfer Stimme. »Es ist nur natürlich, daß Mr. Smith Fragen hat. Je eher er sie stellt, desto rascher werden wir herausfinden, was wirklich passiert ist.«
»Adele, sind Sie sicher, daß Sie dem gewachsen sind...?«
»Jetzt reicht es Richard! Wenn Sie sich wirklich nützlich machen wollen, dann zünden Sie mir bitte eine Zigarette an! Ja, Mr. Smith«, sagte sie und reagierte auf seinen offensichtlich überraschten Blick, »ich rauche von Zeit zu Zeit. Ich habe festgestellt, daß ich mich dabei entspannen kann.« Sie nahm einen tiefen Zug, nachdem Langdon ihr eine Zigarette gereicht hatte, und lehnte sich entspannt zurück. »Bitte, stellen Sie Ihre Fragen.«

Wirklich interessant, ging es Smith wieder durch den Kopf und revidierte rasch seine Einschätzung Adeles. Sie war härter im Nehmen als es schien. Das war sicher. Ihre Frisur saß perfekt. Keine Träne ruinierte ihren Teint oder untergrub ihre Selbstbeherrschung. Von den zwei Personen, die ihm gegenübersaßen, galt es, insbesondere sie im Auge zu behalten. »Es tut mir leid, Sie zu solch einem Zeitpunkt belästigen zu müssen, Ma'am«, begann er und stand mit dem Hut in der Hand vor ihnen. »Und darf ich noch hinzufügen, wie sehr ich Ihren Verlust bedauere.«

»Danke.« Adele klopfte die Asche in einem kristallenen Aschenbecher ab. »Was ist passiert, Mr. Smith?«

»Ähem, Ma'am.« Er trat von einem Fuß auf den anderen, als ob er sich nicht wohl in seiner Haut fühlte. »Ich hatte gehofft, daß Sie mir das sagen könnten.«

»Ich? Ich weiß nichts darüber.«

Das mochte er allerdings nicht glauben. »Ja, Ma'am. Aber da Mr. Hoffman Ihr Ehemann war ...«

»Es ist typisch für Julius, so etwas zu tun«, unterbrach sie ihn und drückte mit übertriebener Kraft die Zigarette aus. »Aber meine armen Kinder.« Ihre Gesichtszüge wurden für einen Moment weicher. »Die ganze Geschichte belastet sie sehr.«

»Ja, Ma'am. Würden Sie behaupten, daß Mr. Hoffman Selbstmord begangen hat?«

»Um Himmels willen«, protestierte Langdon.

»Das behaupte ich keinesfalls, Sir!« sagte Adele im selben Moment. »Wenn ich eines sicher weiß, dann, daß sich Julius viel zu gerne mochte, um Selbstmord zu begehen.«

»Es war ein Unfall«, bemerkte Langdon und preßte die Lippen aufeinander. »Nur so kann es geschehen sein.«

»Vielleicht. Aber die Reling ist sehr hoch, oder?« warf

Smith vorsichtig ein. »Es ist kaum vorstellbar, wie er über Bord fallen konnte.«
»Nun, es war kein Selbstmord.« Adele lehnte sich zurück und schien sich auf einen Kampf einzurichten. »Julius würde sich nicht umbringen, allein schon um mich zu ärgern.«
»Adele«, warf Langdon ein. »Sie sollten so etwas nicht sagen.«
»Es ist aber wahr.« Sie blickte ihn an und faßte nach seiner Hand, die auf ihrer Schulter lag. »Ich schwöre Ihnen, daß das sein Lebensziel war. Sein Tod ist natürlich auch ärgerlich, aber er weiß – er wußte, daß mich seine Anwesenheit noch mehr ärgern würde.«
Wirklich interessant, ging es Smith durch den Kopf. Offensichtlich hatten die Hoffmans keine glückliche Ehe geführt. »Dann ist Ihnen nichts aufgefallen, was auf einen möglichen Selbstmord hindeutete?«
»Nichts. Er hat keine Nachricht hinterlassen, und er hat sich auch nicht so aufgeführt, als ob er an so etwas auch nur kurz gedacht hätte. Oder Richard?«
»Nein.« Richard schüttelte den Kopf. »Er hatte keinen Grund, soweit ich das beurteilen kann. Das Geschäft lief gut.« Er wandte kurz seinen Blick ab, und auf seiner Stirn zeigte sich eine tiefe Falte. »Ich will nicht leugnen, daß wir einige Pechsträhnen hatten, aber in letzter Zeit liefen die Geschäfte gut. Sonst hätten wir auch die Eröffnung eines Londoner Büros nicht in Betracht gezogen. Das wird nun warten müssen.«
Das war ein anderer Punkt, überlegte Smith. Warum hatten sich beide Partner gleichzeitig vom Geschäft entfernt?
»Wer führt denn während ihrer Abwesenheit die Geschäfte in New York?«

»Wir beschäftigen einen jungen Mann, der als zukünftiger Partner in Frage kommt.« Langdon runzelte die Stirn. »Wir haben das zumindest überlegt. Wie es jetzt weitergeht, weiß ich noch nicht.«

»Diese Situation bringt Sie in Schwierigkeiten, nicht wahr, Mr. Langdon?«

Langdon wurde förmlich. »Ich verstehe nicht recht, worauf Sie hinauswollen?«

»Oh, ich denke doch«, dachte Smith. »Gerät Ihre Firma durch den Tod von Mr. Hoffman in Schwierigkeiten?«

»Eigentlich nicht.«

»Gut. Dann werden Sie sicher nichts dagegen haben, wenn ich einen Blick in Ihre Bücher werfe, die Sie vielleicht dabei haben werden.«

»Wie bitte?«

»Bücher, Mr. Langdon. Die Geschäftsbücher. Sie werden doch bestimmt einige dabei haben, wenn Sie Geschäfte in London planen.«

Adele und Langdon warfen sich einen Blick zu.

»Wofür brauchen Sie die Bücher?« fragte sie, und ihre Stimme klang merklich kühl.

»Das ist nur Routine und gehört zu den Ermittlungen, Ma'am.«

»Wenn es nur Routine ist, dann sehe ich keinen Grund dafür, daß Sie sie überhaupt einsehen«, warf Langdon ein. »Wozu soll das gut sein – vorausgesetzt, Sie können Sie überhaupt lesen?«

»Oh, ich weiß, wie man Geschäftsbücher liest, Mr. Langdon. Da können Sie ganz beruhigt sein«, erwiderte Smith freundlich, obwohl er sich beherrschen mußte. »Ich kann damit nicht vor Gericht gehen. Nicht auf See. Aber ich kann mich an den Kapitän wenden. Sein Wort ist Gesetz.«

Für einen Augenblick herrschte Schweigen im Raum, da

sich die beiden wieder einen Blick zuwarfen. Dann seufzte Adele. »Sie können ihm die Bücher genausogut geben, Richard.«
»Aber Adele ...«
»Geben Sie sie ihm, sonst wird er uns nicht in Ruhe lassen.«
»Vielen Dank, Ma'am«, entgegnete Smith, als Langdon mit mühsam beherrschter Miene ins Schlafzimmer ging und mit einigen in Leder eingebundenen Büchern zurückkehrte. »Ich werde sie nicht länger als nötig behalten.«
Adele nickte. »Ist das alles, Mr. Smith? Denn ich bin ziemlich erschöpft ...«
»Nur noch ein paar Fragen, Ma'am. Nichts von Bedeutung.« Seine Stimme klang besänftigend. »Wo waren Sie letzte Nacht um elf Uhr?«
»Ich war hier und lag im Bett.« Sie reckte das Kinn. »Meine Tochter kann das bezeugen, und auch meine Zofe.«
Smith nickte. »Und Sie, Mr. Langdon?«
Langdon runzelte die Stirn. »Verdächtigen Sie uns, etwas mit dem Tod von Julius zu tun zu haben?«
»Das sind reine Routinefragen, Sir. Ich versuche nur herauszufinden, wer Mr. Hoffman zuletzt gesehen hat, bevor er über Bord fiel.«
»Ich jedenfalls nicht«, sagte Adele. »Julius pflegte einen Brandy zu trinken, bevor er zu Bett ging. Ich schlage vor, Sie fragen im Rauchersalon nach, ob er da war.«
»Ja, Ma'am. Mr. Langdon? Wo waren Sie gestern nacht?«
»In meiner Kabine natürlich«, antwortete Langdon und starrte ihn wütend an.
»Natürlich. Haben Sie dafür einen Zeugen?«
»Muß ich das?«

»Nun, Sir, es gibt keinen Grund, solch einen Ton anzuschlagen. Ich versuche lediglich, meine Arbeit zu tun. Kann irgend jemand bezeugen, Sie dort gesehen zu haben?«

»Nein«, entgegnete Langdon nach einem Moment Überlegung. »Das glaube ich nicht.«

»Das dürfte kein Problem sein, Sir.« Smith nahm die Bücher auf. »Ich werde jetzt gehen. Entschuldigen Sie die Störung, aber diese Dinge mußten geklärt werden.«

»Natürlich«, bemerkte Adele. »Wir möchten genauso gerne wie Sie wissen, was passiert ist.«

»Ja natürlich, Ma'am.« Smith griff nach der Türklinke, wandte sich aber wieder um. »Da ist noch eine Sache.«

Adele hatte sich schon entspannt zurückgelehnt, richtete sich jedoch wieder verkrampft auf.

»Kennen Sie Edward McCabe?«

Adele und Langdon blickten sich rasch an. »Ja.«

»Und wußten Sie auch, daß er sich an Bord des Schiffes befindet?«

»Ja, Mr. Smith. Das wußte ich.«

»Sie wußten es. Gut.« Smith klemmte sich die Bücher unter den Arm. »Sie können sich nun ausruhen. Guten Tag«, sagte er und ging hinaus.

Einen Augenblick lang blieb Smith noch im Korridor stehen, den Kopf vorgestreckt, doch war die Tür massiv, und er konnte nicht verstehen, was drinnen gesprochen wurde. Er konnte es sich aber gut vorstellen. Grinsend machte er sich auf den Weg zum Außenteil des Promenadendecks. Er hatte sie zum Nachdenken gebracht und beunruhigt, und das war gut so. Ängstliche Menschen machten Fehler. Wenn einer von ihnen etwas mit Hoffmans Tod zu tun hatte, würde er es bald erfahren. Und McCabe? Genau, dachte er, er würde sich Mr. McCabe etwas näher anschauen.

Mit immer breiterem Grinsen stapfte Smith weiter. Dieser Fall würde seinen Ruf wiederherstellen. Dafür würde er schon sorgen. Und keiner würde ihm den Fall wegnehmen.

»Was für eine Schande, das mit Mr. Hoffman«, sagte eine weibliche Stimme und unterbrach Brookes Träumereien. Einige Stunden waren vergangen, seitdem sich die Nachricht über Hoffmans Tod über das ganze Schiff verbreitet hatte. Brooke war unter dem Vorwand in den Gesellschaftsraum der Damen gegangen, Briefe schreiben zu wollen; in Wirklichkeit wollte sie sich aber nur beschäftigen, während Matt im Rauchersalon eine Zigarette rauchte. Damen war der Zutritt zum Rauchersalon nicht gestattet, eine Tatsache, die sie kolossal ärgerte. An der verrauchten Atmosphäre lag ihr wenig, aber sie fühlte sich einfach ausgeschlossen. Die Männer würden natürlich über Mr. Hoffmans Tod sprechen, und sie hätte zu gern gewußt, wie sie den Fall kommentierten. »Arme Adele, ich kann mir vorstellen, daß sie ziemlich niedergeschlagen ist.«

»Aber natürlich ist sie das«, antwortete eine andere Stimme, begleitet von dem Rascheln gestärkter Unterröcke und Taftkleider. Erleichtert, daß sie nicht angesprochen worden war, wandte Brooke den Kopf und erkannte die beiden Damen. Es waren Thelma Osgood und Celia Vaughn, die den Raum durchquerten; zwei elegante, ältere Damen aus New York, die sich viel mehr für Gesellschaftsnachrichten interessierten als sie. Brooke war froh, daß die beiden sie offensichtlich nicht erkannt hatten und statt dessen auf eines der malvenfarbigen Sofas zusteuerten, die, hinter Vorhängen verborgen, in einer Nische mit Blick auf das Promenadendeck standen. Sie senkte den Kopf und seufzte. Wie sehr verabscheute sie das Getratsche der Damen.

»Selbst wenn sie und Julius sich nicht so nahe standen«,

fuhr Mrs. Osgood fort, während sie sich kerzengerade hinsetzte und vorsichtig die beigefarbenen Samthandschuhe auszog. »Ja, wir hätten gerne Tee.« Mit dieser Bitte wandte sie sich an die Bedienung, die servil vor ihnen stand. »Und dazu einige Stücke Mohnkuchen, wenn Sie welchen haben.«

»Also wirklich, Thelma, ich weiß wirklich nicht, wie du dein Gewicht hältst«, beklagte sich Celia. »Offengestanden hatte ich gehofft, seekrank zu werden, damit ich etwas Gewicht verliere. Es ist so unangenehm, dick zu sein, wenn einem Kleider maßgeschneidert werden.«

»Ein Stück schadet doch nichts. Selbstmord ist wirklich schockierend«, fuhr Thelma fort, als ob sie das eigentliche Gesprächsthema nie gewechselt hätte.

»Schrecklich«, stimmte ihr Thelma zu. »Aber ich habe nie etwas bemerkt, du vielleicht?«

»Nein, und Adele hätte sich auch nie anmerken lassen, daß etwas nicht stimmte. Ich wünschte, wir hätten sie aufsuchen können.« Sie unterbrachen ihr Gespräch, als die Bedienung Tee und Kuchen servierte. Brooke saß, inzwischen gar nicht mehr gelangweilt, über ihrem Brief gebeugt und wartete. Vielleicht würde sie noch etwas Interessantes erfahren.

»Wir müssen ihr sagen, daß ihre Freunde für sie da sind«, sagte Celia schließlich.

Thelma schnaubte. Anders konnte man dieses Geräusch nicht deuten. »Du bist genauso neugierig wie ich, Celia Vaughn, und streite es ja nicht ab! Du willst auch wissen, was passiert ist.«

»Ja natürlich will ich das«, gab Celia unumwunden zu und schenkte sich Tee ein. »Aber Adele und ich kennen uns seit unserer Kindheit. Ich bin eine ihrer ältesten Freundinnen.«

»Das habe ich vergessen.« Sie verstummten erneut. Brooke schaute sich daraufhin vorsichtig um und sah, daß die beiden Damen ihren Tee tranken. Sie fragte sich, ob die beiden ihre Anwesenheit bemerkt hatten. Sie saß so abseits, daß man sie nicht auf den ersten Blick sehen konnte. Stünde sie jedoch jetzt auf, würde sie die Aufmerksamkeit auf sich ziehen.

»Ich finde wirklich, daß sich Richard abscheulich benommen hat, als wir sie besuchen wollten. Stell dir vor, uns einfach so abzuweisen!« fuhr Thelma fort. »Obwohl ich es andererseits verstehen kann.«

»Thelma, du redest doch nicht etwa über die alten Gerüchte?« rügte Celia sie sanft.

»Aber meine Liebe, sei doch nicht so prüde. Es ist doch allgemein bekannt, daß Adele und Mr. Langdon ein Verhältnis haben«, sagte Thelma, und Brooke, die im Begriff war aufzustehen, setzte sich rasch wieder. Das war ihr neu.

»Pst, Thelma, nicht so laut. Das weiß niemand mit Sicherheit.«

»Ich habe es vermutet – und du doch auch. Sie sind schon oft miteinander gesehen worden.«

»Das hat doch nichts zu sagen.«

»Aber wer kann ihr das schon verübeln?« sprach Thelma weiter, als ob Celia nichts gesagt hätte. »Julius hat seine guten Seiten, da bin ich mir sicher, aber er war doch recht unkultiviert.«

»Ich mochte ihn.«

»Du magst jeden, Celia. Nein, mich überrascht das nicht, daß sich Adele woanders umgesehen hat. Es wundert mich nur, daß sie so lange dafür gebraucht hat. Und ich wäre mehr als überrascht, wenn sie trauern würde.«

Das war eindeutig zu viel für Brooke. Wenn das die Gesprächsthemen verheirateter Frauen waren, wünschte sie sich fast, ledig geblieben zu sein. Sie stand auf, zerriß den unbeendeten Brief in zwei Teile, wandte sich dann um und lächelte die beiden Damen an, die sie über ihre Teetassen hinweg anstarrten. »Guten Tag«, sagte sie, nickte ihnen zu und schritt quer durchs Zimmer. Sie war froh, als sie endlich das Deck erreichte und klare frische Luft atmen konnte, so daß das unbehagliche Gefühl schnell verflog. Daß Celia und Thelma nun über sie klatschen würden, war klar. Diesen unangenehmen Gedanken tat sie jedoch mit einem Achselzucken ab. Sie war nicht naiv. Sie wußte, daß viele Ehen scheiterten und daß Ehefrauen wie auch Ehemänner sich oft nach anderer Gesellschaft umsahen. Aber eine Affäre mit dem Geschäftspartner des eigenen Ehemanns zu haben, war besonders schäbig, und mit beiden auf dem selben Schiff zu reisen noch schlimmer. Und doch, wenn es stimmte . . . Brooke erschauerte. Wenn es stimmte, dann hätte Adele einen Grund, ihren Ehemann aus dem Weg räumen zu wollen. Dann hätte sie einen Grund, ihn zu töten. Was wie ein Unfall aussah, konnte etwas Schlimmeres sein.

Mit entschlossener Miene machte sich Brooke auf den Weg zu ihrer Suite. Sie mußte mit Matt darüber reden. Wenn Mr. Hoffman getötet worden war, dann konnten sie das nicht auf sich beruhen lassen. Ein Mordfall war wichtiger als die Hochzeitsreise.

❧

Matt klopfte an eine Tür im unteren Teil des Schiffes. Hier gab es keine Verzierungen wie in der ersten Klasse, keine schönen Teppiche, Vergoldungen und teuere Mahagonitäfelungen. Statt dessen hatte der Flur eine graue Stahldecke, und auf dem Boden lagen gewöhnliche Kunststofffliesen. In diesem Teil des Schiffes wurde gearbeitet, und daher hatte man auf Verschönerung verzichtet.

»Kommen Sie herein«, ertönte eine Stimme hinter der Tür, und Matt trat in das Büro des Schiffsdetektivs. Das Mobiliar bestand aus einem zerkratzten Schreibtisch, zwei Stühlen, die am Boden festgeschraubt waren, und einem einfachen Büroschrank aus Eiche.

»Detective Devlin«, sagte Smith mit überraschend jovialer Stimme angesichts der Ereignisse des Tages und erhob sich. »Was kann ich denn für Sie tun? Möchten Sie vielleicht einen Whisky?«

»Nein danke.« Matt schüttelte den Kopf, als er sich auf den Stuhl neben Smith' Schreibtisch setzte. Vielleicht würde sich sein Magen durch den Whisky beruhigen, doch zweifelte er daran. Nach mehr als einem Tag auf See würde er zwar kaum noch seekrank werden, die ständige Übelkeit war aber doch ärgerlich. Smith' Job wollte er nicht geschenkt haben. »Wie gefällt ihnen die Arbeit auf einem Schiff?«

Smith zuckte mit den Achseln. Er war ein großer breitschultriger Mann, dessen Nackenmuskeln allmählich Fett ansetzten. »Es ist eine leichte Arbeit. Es gibt nicht viel zu tun. Man wirft ein Auge auf das Zwischendeck, das die Reederei dritte Klasse nennt, und das ist es im Grunde. Natürlich ist die Rückfahrt schlimmer als die Hinfahrt, bei all den Immigranten und so. Oh, es gibt gelegentlich auch Diebe und Falschspieler, aber das sind nur Kleinigkeiten. Es kommt nicht oft vor, daß jemand springt.«

Matt beugte sich aufmerksam geworden vor. »Das glauben Sie also? Daß Hoffman von sich aus über Bord gesprungen ist?«

Smith zuckte erneut mit den Schultern und grinste unmerklich. »Vielleicht. Sie waren auf Deck. Haben Sie irgend etwas von einem Handgemenge gehört?«
»Nein«, entgegnete Matt widerstrebend, aber er war ja auch anderweitig beschäftigt gewesen. »Mir fällt es schwer zu glauben, daß Hoffman Selbstmord begangen hat. Ich habe ihn gestern beim Abendessen gesehen, und er hat auf mich nicht den Eindruck eines Mannes gemacht, der seinen Tod plant. Hat er eine Nachricht hinterlassen?«
»Nein, es gab keinen Abschiedsbrief, aber es wird auch nicht immer einer hinterlassen. Es war garantiert Selbstmord. Sonst könnte es nur noch ein Unfall gewesen sein. Und wie soll das passiert sein? Können Sie mir das sagen, Detective?«
Matt stand auf und ging auf dem schwankenden Boden auf und ab. »Er scheint beim Abendessen nicht viel getrunken zu haben. War er betrunken?« fragte er und drehte sich abrupt um.
»Es ist niemandem etwas aufgefallen. Vielleicht ist er auf die Reling geklettert, aber warum? Vielleicht hat er sich so weit vorgebeugt, daß er hinuntergefallen ist. Aber wieder stellt sich die Frage, warum? Nein, Detective. Es war kein Unfall.«
Matt strich sich über den Schnurrbart und setzte sich wieder hin. »Was ist mit den Schritten, die ich gehört habe?«
»Das ist schon komisch.« Smith grinste ihn an. »Niemand anders scheint sie gehört zu haben. Nicht einmal ihre Frau.«
»Ich habe sie gehört. Ich habe jemanden von Deck laufen gehört. Er ist den Treppenschacht hinuntergelaufen, und eine Tür fiel ins Schloß.«

Smith zuckte mit den Achseln. »Wahrscheinlich haben Sie jemand rennen gehört, der nachschauen wollte, was es mit dem ›Mann über Bord‹ auf sich hat. Und das ist eine andere Geschichte, Detective.« Der spöttische Ton in seiner Stimme war nicht zu überhören. »Nehmen wir an, irgend jemand hat Hoffman über Bord gestoßen. Warum wollte er darauf aufmerksam machen und dann weglaufen?«

»Ich weiß es nicht. Noch nicht.«

»Oh. Sie wissen es nicht. Sie haben also keine Beweise, Detective. Aber das wäre ja nicht das erste Mal.«

Matt verkniff sich eine bissige Antwort. Er konnte Smith' feindliche Haltung fast verstehen. Ein bißchen zumindest. Nachdem Smith schon einmal einen Job verloren hatte, wollte er diesen hier nicht gefährden. Matts Fragen konnten genau das bewirken. Hoffmans Tod ließ ihm jedoch keine Ruhe. Wegen dieses Falls konnte er sich nicht mit den üblichen Dingen an Bord beschäftigen, wie zum Beispiel Spazierengehen oder Spielen oder einfach im Liegestuhl sitzen und die anderen Passagiere beobachten. Und daher war er hier unten. »Ich weiß verdammt gut, daß sich Menschen umbringen, ohne irgendwelche Gründe dafür anzugeben«, erwiderte er. »Aber Hoffman kam mir nicht so vor.«

»Sie haben ihn gut gekannt, Detective?«

»Nein.« Nein, er hatte Hoffman nicht gekannt, aber er besaß eine gute Menschenkenntnis. Das mußte er schließlich. Hoffman hatte auf ihn keinen depressiven Eindruck gemacht. Abgesehen davon hatte er auch zu viele Pläne für die Zukunft. Neben seinen geschäftlichen Expansionsplänen war da die Hochzeit seiner Tochter, und nur ein Scheusal von Vater vermochte es, die Heiratspläne seiner Tochter so zu durchkreuzen. Hoffman hatte jedoch auf ihn den Eindruck eines liebenden, geradezu hingebungsvollen Vaters gemacht. Nein, er hielt den Tod des Börsenmaklers nicht für einen Selbstmord; und er stimmte mit Smith überein, daß es kein Unfall war. So blieb nur eine Möglichkeit übrig.

»Vielleicht gibt es einen Beweis, den Sie übersehen haben«, sagte er steif und erhob sich. »Ich kann Ihnen dabei nicht behilflich sein. Aber an Ihrer Stelle würde ich lieber weitere Nachforschungen anstellen, anstatt irgendwelche voreiligen Schlüsse zu ziehen.«

»Nun Sie sind aber nicht ich, oder?« Smith stand auf, stützte seine Hände auf den Schreibtisch und beugte sich vor. Eine Technik, die auch Matt angewandt hatte, um Leute einzuschüchtern. »Und ich wäre Ihnen dankbar, wenn Sie sich nicht in meine Angelegenheiten mischen.«

Matt zuckte mit den Achseln. »Es ist nicht meine Sache. Ich bin in den Flitterwochen«, sagte er, ging hinaus und schloß die Tür hinter sich. Es war nicht wirklich seine Sache, sagte er sich, als er den Gang hinunterging, dieses Schiff lag außerhalb seines Zuständigkeitsbereichs. So fragwürdig er Hoffmans Tod auch fand, er war nicht ermächtigt, Nachforschungen anzustellen. Je eher er das akzeptierte, desto besser.

Das Schiff schlingerte. Er streckte die Hand aus, um sich an der Korridorwand abzustützen. Die Suppe, das einzige, was er zu Mittag hatte essen können, rumorte in seinem Magen. Wenn er so weitermachte, würde er bei seiner Ankunft in England erheblich dünner sein. Es würde ihm auf Deck und an der frischen Luft wohl bessergehen. Auch täte er wohl besser daran, sich dann auf etwas anderes zu konzentrieren und sich keine Gedanken über mysteriöse Tode und Morde zu machen, wie schwer ihm

das auch fiel. Er atmete tief ein und stieß sich von der Wand ab. Auf der Suche nach Brooke ging er vorsichtig den schwankenden Gang entlang.
Er gelangte zu ihrer Suite, als Brooke gerade im Begriff war, sie aufzuschließen. »Ich dachte, du wärst schon längst hier«, sagte er und griff hinter sie, um die Tür zu öffnen.
»Ich habe nicht vor, meine Tage im Zimmer zu verbringen«, sagte sie leicht gereizt. »Wo bist du gewesen?«
»Überall«, sagte er entschuldigend und schüttelte dann den Kopf. »Spielt das eine Rolle?«
»Ja. Ich habe dich gesucht. Du hast mir gesagt, du bist im Rauchersalon.«
»Da war ich auch. Schau, Brooke, ich möchte mich nicht mit dir streiten. Es sei denn, es gibt wirklich einen Grund dazu.«
Brooke starrte ihn einen Moment lang an und seufzte dann, während sie sich eine Haarsträhne aus dem Gesicht schob. »Ich auch nicht«, erwiderte sie und ließ sich auf das Sofa fallen. »Aber ich hatte einen scheußlichen Nachmittag, Matt. Es war überhaupt nicht so, wie ich es mir vorgestellt habe.«
»Damit hat niemand gerechnet. Ich war beim Schiffsdetektiv«, fuhr er fort, bevor sie fragen konnte, wo er gewesen war.
»Aha?« Sie richtete sich auf. »Hat er dir irgend etwas sagen können?«
»Nicht viel. Nur, daß es sein Fall ist und er nicht möchte, daß ich mich einmische.«
»Oh.« Sie runzelte die Stirn. »Aber Matt ...«
»Was?« fragte er, als sie nicht weitersprach.
»Es kann kein Unfall gewesen sein.« Stirnrunzelnd zog sie sich die Handschuhe aus. Die Reling ist einfach zu

hoch. Außerdem hat Hoffman wirklich nicht den Eindruck gemacht, als ob er sich umbringen wollte. Daher ...«

»Du weißt, was du da sagst, oder?«

»Ja. Jemand hat ihn getötet.«

Jetzt war es endlich heraus. »Vielleicht.«

»Komm mir jetzt nicht damit, daß du das nicht schon selbst in Betracht gezogen hast, Matt! Was ist mit der Person, die du letzte Nacht verfolgt hast? Und wenn es sich um Selbstmord handelte, warum hat er keine Nachricht hinterlassen?«

»Selbstmörder machen das nicht immer, Brooke.«

»Ich glaube es aber trotzdem nicht«, beharrte sie eigensinnig.

»Ich möchte in die Sache nicht hineingezogen werden, Brooke.«

»Nein? Bist du denn gar nicht neugierig?«

»Doch. Aber es ist nicht meine Aufgabe.«

»Ich habe heute etwas erfahren«, sagte sie abrupt. »Ich habe gehört, daß Mrs. Hoffman und Mr. Langdon sich nahestehen.«

Matt strich sich mit dem Finger über den Schnurrbart. »Irgendwelche Anzeichen, daß es mehr ist?«

»Was meinst du damit?«

»Ich meine, ob Mrs. Hoffman sich etwa scheiden lassen wollte und ihr Ehemann sich geweigert hat. Dann hätten beide nämlich ein Motiv.«

Brooke schaute zur Seite. »Ich habe das gleiche gedacht.«

»Schau.« Er beugte sich zu ihr hinüber. »Ich weiß nicht, ob jemand Hoffman getötet hat, und du weißt es auch nicht. Alle glauben, es sei Selbstmord. Ich bezweifle es allerdings«, fügte er sanft hinzu.

Brooke blickte beunruhigt. »Matt, was können wir tun?«

»Wir? Nichts. Ich bin für den Fall nicht zuständig, Brooke.« Er beugte sich vor. »Und das letzte Mal, als du in einem Mordfall mitgemischt hast, wärst du bald selbst eines der Opfer geworden.«

»Erinnere mich nicht daran«, sagte sie, und ein Zittern durchlief sie, als es an der Tür klopfte. Matt öffnete und warf ihr dabei einen Blick zu.

Ein Steward in weißem Jackett stand in der Tür.

»Mr. Devlin?«

»Ja?«

»Kapitän Wood hätte sie gerne gesprochen, Sir.«

»Worüber? Hat er das erwähnt?«

»Nein, Sir. Er hat mich gebeten, Sie zu seiner Kabine zu begleiten.«

Matt drehte sich zu Brooke um und zog erstaunt die Augenbraue hoch. Dann nickte er. »Einverstanden. Ich komme sofort.« Er schloß die Tür.

»Was will er von dir?« fragte Brooke.

»Ich weiß es nicht.« Er nahm seine Anzugjacke und schlüpfte hinein. »Wahrscheinlich will er wissen, was wir letzte Nacht gehört haben.«

»Aber das haben wir ihm bereits erzählt.« Sie schwieg.

»Du willst doch nicht etwa diesen Anzug anbehalten, oder?«

Matt blieb an der Tür stehen. »Warum? Was stimmt denn damit nicht?«

Brooke setzte zu einer Antwort an, schwieg aber. »Nichts.«

Er schaute sie noch einmal an. »Es wird bestimmt nicht lange dauern. Sollen wir einen Spaziergang auf Deck machen, wenn ich zurück bin?«

»Ja gerne.«
»Und stell niemandem Fragen, solange ich weg bin.«
»Wen sollte ich wohl fragen? Und was?« fragte sie überrascht.
»Ich weiß es nicht, aber ich kenne dich, Brooke. Mir wäre lieber, du würdest nicht in diese Geschichte verwikkelt.«
»Mir liegt auch nicht viel daran.«
»Gut«, sagte er und ging schließlich hinaus. Er folgte dem Steward das Promenadendeck entlang und hoffte, Brooke würde Wort halten. Sosehr er auch darauf brannte, etwas über die Umstände von Hoffmans Tod zu erfahren, in die Ermittlungen hineingezogen zu werden, wollte er nicht. Natürlich würde Brooke mit anderen darüber sprechen. Schließlich war es das einzige Thema, worüber alle sprachen. Aber es wäre besser, wenn sie es dabei belassen würde. Und was stimmte nicht mit seinem Anzug? fragte er sich, als der Steward ihn nach unten und die Gänge entlangführte.
Der Steward blieb vor einer getäfelten Tür weit vorne im Bug des Schiffes stehen, dem traditionellen Platz für die Kabine des Kapitäns. An dieser Stelle schlingerte das Schiff viel stärker als in der Mitte, und Matt mußte gegen seine Übelkeit ankämpfen. Er stand hinter dem Steward, als dieser klopfte. Nachdem eine Stimme aus dem Innern geantwortet hatte, betrat er ein geräumiges Zimmer, das wie Smith' Kabine, eher praktisch als komfortabel eingerichtet war. Dennoch waren die Wände mit Eichenholz getäfelt, an denen Bilder von Schiffen hingen: Klippern, den ersten Dampferschiffen und der *New York* selbst. Der dicke Teppich unter seinen Füßen war ein Persianer. An der Wand hing ein Telefon, mit dem der Kapitän den Rest des Schiffes jederzeit erreichen konnte. An einem Tisch,

der einfach, aber aus feinstem Mahagoni war, saßen drei Männer, die ernst in die Runde blickten. Links davon, an einem anderen, kleineren Mahagonitisch, saß noch ein weiterer Mann, der eine Patience legte. Es schien, als ob er sich von den anderen distanzieren wollte.
»Mr. Devlin.« Der Kapitän, durch seine marineblaue Uniform sofort zu erkennen, kam mit ausgestreckter Hand auf ihn zu. Er war ein gepflegter, korrekt aussehender Mann mit einem penibel getrimmten Vandyke-Bart, der so weiß war wie sein Haar. Scharf blickende, blaue Augen lagen in einem wettergegerbten und von Falten durchzogenen Gesicht. »Danke, daß Sie so rasch gekommen sind. Kennen Sie die anderen Herren bereits?«
»Nein, nicht alle.«
»Dann möchte ich sie Ihnen vorstellen. Sie werden sich bestimmt fragen, warum ich Sie hergebeten habe.«
»Ja, das habe ich«, erwiderte Matt, obwohl er es bereits wußte. Es ging natürlich um Hoffmans Tod. Der Anblick von Ambrose Smith, der aufgestanden war und ihn finster anblickte, bestätigte das. Die anderen beiden Männer kannte er nicht. Der eine war von kleiner Statur, mit dünnem Haar und einem Kneifer, mit dem er unruhig spielte; während der andere, der immer noch Karten spielte ... Matt formte die Lippen zu einem lautlosen Pfiff. Er hatte dieses Gesicht zuvor schon gesehen, diese Knollennase und die buschigen Augenbrauen, wenn auch nur in der Zeitung. John Pierpont Morgan, ein bedeutender Bankier und Inhaber der *American Line*, der so einflußreich war, daß er erst letztes Jahr die Regierung der Vereinigten Staaten vor dem Konkurs gerettet hatte. Bis jetzt hatte Matt noch nicht gewußt, daß er an Bord war.
Kapitän Woods stellte sie einander vor, wies Matt einen Sitzplatz zu und bot ihm einen Brandy und eine Zigarre

an. Matt war jedoch auf der Hut und lehnte ab, da er einen klaren Kopf und einen ruhigen Magen bewahren wollte. Der kleinere Mann, Mr. Tuttle, war der Beauftragte der *American Line*, doch wegen seiner nervösen Gesten und Blicke, die er Morgan dauernd zuwarf, hielt Matt ihn nicht für weiter wichtig. Morgan war ein anderer Fall. Ein Mann wie er hatte sich nicht ohne Grund solch einen Ruf erworben. Matt mußte auf der Hut sein.

»Ich habe diese Zusammenkunft wegen der Ereignisse der letzten Nacht einberufen«, sagte Kapitän Wood, nachdem sich alle gesetzt hatten.

»Das habe ich vermutet«, sagte Matt kurz darauf, da niemand anders geneigt schien, etwas zu sagen. Neben ihm warf Morgan wütend die Karten auf den Tisch; unter seinen buschigen Augenbrauen schauten scharfblickende Augen hervor, und die Nase verfärbte sich dunkelrot. Obwohl er nichts sagte, war er mächtig, und man mußte mit ihm rechnen.

»O je – o je, was für ein bedauerlicher Vorfall«, bemerkte Tuttle und strich seine Haare glatt. »Natürlich ist solch ein Vorfall immer bedauerlich, aber ...«

»Wir müssen uns um die Folgen kümmern«, dröhnte Morgans Stimme, der endlich das Wort ergriff.

»Ich komme damit klar, Sir«, sagte Smith mit mehr Respekt, als Matt es je für möglich gehalten hatte. Morgan schaute ihn an, grunzte unverbindlich und nahm einen Schluck aus seinem Glas.

»Unter normalen Umständen würde ich dem zustimmen«, gab Kapitän Wood zu bedenken, »aber das ist wohl kaum eine normale Situation. Doch Sie wissen ja noch gar nicht, was passiert ist, Mr. Devlin. Es hat sich noch etwas Neues ergeben.«

»O du meine Güte, ja.« Tuttle räusperte sich, als er nach

dem Stück Papier griff, das auf dem Tisch neben dem Sofa lag. »Nach Mr. Hoffmans bedauerlichem Unfall hat der Zahlmeister im Schiffssafe nach seinen Sachen gesucht und das dabei gefunden.« Er reichte Matt das Blatt Papier. »Es war an den Kapitän gerichtet.«

»Kapitän Wood«, las Matt laut vor und fuhr dann leise fort. Der Verfasser des Briefs, so las er, war sich bewußt gewesen, daß sein Leben schon seit geraumer Zeit in Gefahr war. Ohne auf Einzelheiten einzugehen, wollte er den Kapitän auf seine Situation aufmerksam machen, für den Fall, daß ihm irgend etwas Unvorhergesehenes zustoßen sollte. Falls er selber außer Gefecht oder, noch schlimmer, tot sein sollte, gab es einige Personen, die sich der Kapitän bitte vornehmen sollte: seine Frau und seinen Geschäftspartner. Der Brief trug die Unterschrift ›Julius Hoffman‹. »O mein Gott«, entfuhr es Matt. »Ist das Schreiben echt?«

»Der Zahlmeister hat es im Tresor gefunden«, wiederholte der Kapitän.

Matt schaute auf. »Ist die Handschrift mit anderen Schriftstücken von Hoffman verglichen worden?«

»Ja, das ist ganz sicher seine Schrift«, sagte Smith. »Wir haben einige von seinen Unterlagen hier, und ich habe die Schrift verglichen. Sehen Sie?«

»Ja«, entgegnete Matt und blickte wieder auf den Brief. »Ich nehme an, daß niemand von ihnen bereits an Mr. Langdon oder Mrs. Hoffman herangetreten ist.

Der Kapitän rutschte in seinem Sessel hin und her. »Da wir das Schreiben gerade erst entdeckt haben, ist bisher noch nichts unternommen worden.«

»Es ist eine heikle Angelegenheit«, warf Tuttle ein. »Wir haben u. a. an den Ruf der Reederei zu denken.«

Matt starrte ihn an. Tuttle meinte es ernst. Ihm ging es

nicht um die Aufklärung des Mords, wenn es denn einer war, sondern um den Ruf der Reederei. Zum ersten Mal wurde Matt sein Standpunkt klar. Aber wer würde die Ermittlungen durchführen, die jetzt anstanden? Smith mochte in New York ein fähiger Sergeant gewesen sein, aber dieser Fall war eine Nummer zu groß für ihn. Du meine Güte. Jetzt wurde Matt schlagartig klar, warum sie ihn hergebeten hatten. »Was gedenken Sie zu unternehmen?« fragte er und wandte sich J.P. Morgan zu, an den die Frage gerichtet war.

»Ich werde gar nichts unternehmen«, erwiderte Morgan, und obwohl er noch immer scharf in die Runde blickte, meinte Matt etwas anderes in seinem Blick zu entdecken. Vielleicht Respekt? »Ich werde den Fall jemandem übertragen, der weiß, was er tut. Jemandem, der solche Angelegenheiten schon vorher gelöst hat. Um mich kurz zu fassen, Mr. Devlin«, und er schaute Matt direkt und durchdringend an, »Sie werden den Fall übernehmen.«

# KAPITEL 4

Das geht nicht!« Smith schoß von seinem Stuhl hoch, wie von selbst in eine Stellung, die ihm sicheren Halt im Schlingern des Schiffes bot. »Das ist mein Fall, und ich werde ihn lösen.«
»Setzen Sie sich, Mr. Smith.« Morgans Stimme klang scharf.
»Aber...«
»Setzen Sie sich, sagte ich.« Morgan starrte Smith an. Matt war keineswegs überrascht, als Smith sich wieder hinsetzte und leise etwas vor sich hin murmelte. Morgan würdigte ihn keines Blickes mehr und richtete seinen Blick direkt auf Matt. »Nun, Mr. Devlin?«
Matt strich sich mit einem Finger über den Schnurrbart. Morgan war sicherlich kein Mann, den man verärgern sollte – doch war er schließlich in seinen Flitterwochen. Dies war nicht der richtige Zeitpunkt, sich in einen Fall

hineinziehen zu lassen, gleichgültig, wie sehr es ihn auch reizte. Die Verbrechen, mit denen er in New York zu tun hatte, waren im Vergleich hierzu einfach. Er kannte bereits die Orte, an denen es gewöhnlich zu Schwierigkeiten kommen konnte, und auch die meisten potentiellen Unruhestifter. Hin und wieder gab es auch den einen oder anderen Totschlag, der einfach aufzuklären war, oder Schlägereien unter Betrunkenen in einer Bar und Überfälle, die fehlgeschlagen waren. Nichts im Vergleich zu diesem Fall, bei dem er noch nicht einmal eine Leiche als Ausgangspunkt hatte. Nicht so etwas Kompliziertes. Vielleicht war das der Grund, warum er diesen Fall so gerne übernehmen wollte.

»Nein«, sagte er knapp, bevor er es sich noch anders überlegen konnte. »Ich kann den Fall nicht übernehmen.«

»Können Sie oder wollen Sie es nicht, Sir?« warf Kapitän Wood, in scheinbar jovialem Ton, ein.

»Ich möchte es nicht.« Matt, der nun genug davon hatte, unter Druck gesetzt zu werden, stand auf und ging im Zimmer auf und ab. Er stolperte ein oder zweimal, als das Schiff schlingerte. »Ich bin auf der Hochzeitsreise.«

Morgan runzelte die Stirn. »Das weiß ich Sir, aber ...«

»Nein, das verstehen Sie nicht.« Matt drehte sich ruckartig um und umfaßte die Rückenlehne eines Sessels mit beiden Händen. »Es geht hier nicht um einen einfachen Fall, wo ich eine Verhaftung vornehmen kann und dann die Sache vergessen ist. Mein Gott, das letzte Mal, als ich in solch eine Sache verwickelt worden bin, damals in Newport, habe ich meinen Job verloren und fast auch meine Frau. Schauen Sie.« Er atmete tief durch und versuchte sich zu beruhigen. Er wußte nicht, was schwieriger war: den Fall abzulehnen oder anzunehmen. »Können Sie sich überhaupt vorstellen, was es heißt, in eine solche

Untersuchung hineingezogen zu werden? Es ist nicht damit getan, die Familie oder die Freunde des Opfers zu befragen. Man muß überprüfen, wer sich wann wo aufgehalten hat, wer zufällig zur falschen Zeit am falschen Ort war, wer einen Grund hatte, einen Mord zu begehen. Ich brauche dazu Leute. Allein schaffe ich das nicht.«

»Sie haben doch Smith«, entgegnete Kapitän Wood.

»Nein!« Smith schoß wieder von seinem Sitz hoch. »Bei Gott, ich werde ihm nicht helfen, Kapitän. Das ist mein Fall.« Er starrte Matt an. »Es ist nicht so kompliziert, wie er es darstellt. Was wir haben, reicht aus, um eine Verhaftung vorzunehmen. Wir haben den Brief.«

»Das reicht Ihnen, um eine Verhaftung vorzunehmen?« fragte Matt in ruhigem Ton.

»Ja, das und die Tatsache, daß Langdon letzte Nacht nicht in seiner Kabine war, wie er behauptet hat.«

Kapitän Wood und Matt schauten ihn gleichzeitig an. »Woher wissen Sie das?« fragte der Kapitän.

»Ich habe meine Quellen.« Smith klang selbstgefällig. »Ich kann diesen Fall aufklären, Kapitän. Sie brauchen niemand anders.«

Der Kapitän starrte ihn eine Zeitlang an und wandte sich dann wieder Matt zu. Morgan beobachtete sie schweigend, als ob er bereits das Interesse verloren hätte, und dennoch waren sich alle seiner Gegenwart bewußt.

»Behagt Ihnen der Gedanke, daß womöglich unschuldige Menschen verhaftet werden?«

Matt preßte die Lippen zusammen. »Nein, Sir, das tut es nicht. Sind Sie überzeugt davon, daß das passieren wird?«

»Aber was macht das für einen Eindruck!« rief Mr. Tuttle aus. »Jemanden aus der ersten Klasse zu verhaften. Das hat es ja noch nie gegeben!«

»Das stimmt so nicht ganz«, murmelte Matt.
Smith entfuhr ein Schnauben. »Glauben Sie, daß die erste Klasse besser ist als Sie und ich?« verlangte er mit vorgestrecktem Kinn zu wissen, und Tuttles blaßblaue Augen blinzelten hinter seinen Gläsern. »Bloß weil sie reich sind? Nein, Sir. Sie sind genauso schlecht wie jeder andere auch, wenn es um bestimmte Dinge geht. Sex und Geld, verstehen Sie? Sex und Geld.«
Tuttle zuckte zusammen. »Mr. Smith, so spricht man einfach nicht ...«
»Tuttle, Sie klingen ja wie eine alte Frau«, sagte Morgan, und Matt glaubte dieses Mal ein Anzeichen von Belustigung in seinem Blick zu entdecken. »Der Schuldige, wer immer es auch sei, muß vor Gericht gebracht werden. Habe ich mich deutlich genug ausgedrückt?«
»Aber, Sir, der Ruf des Schiffs ...«
»Zum Teufel mit dem Ruf des Schiffs. Mich beschäftigt viel mehr, was passiert, wenn wir den Mörder nicht fassen. Was wollen Sie dann tun, Tuttle?«
»Wir werden das menschenmögliche tun, Sir«, entgegnete Kapitän Wood.
»Das täte ich an Ihrer Stelle auch. Nun, Sir?« Morgan warf Matt unter seinen buschigen Augenbrauen einen durchdringenden Blick zu. »Werden Sie den Fall übernehmen oder nicht?«
»Nein«, erwiderte Matt kurz angebunden.
»Sind Sie sich da sicher?« Morgans Stimme klang sanft. »Die Dinge in New York könnten schwieriger für Sie werden.«
Matt war wie versteinert. »Ich mag keine Drohungen, Mr. Morgan.«
»Das ist keine Drohung, Sir.« Morgan hievte seine massige Gestalt aus dem Sessel. »Ich möchte, daß der Mörder

gefaßt wird, Kapitän, bevor wir Southampton erreichen«, sagte er und stampfte aus dem Zimmer.

»Es bleiben uns fünf Tage«, unterbrach der Kapitän das bedrückte Schweigen, das nach Morgans Abgang herrschte. »Könnten Sie das schaffen, Mr. Devlin?«

»Es ist nicht mein Fall«, wiederholte Matt, der sich mühsam beherrschte. Morgan mochte es abstreiten, aber er hatte gerade eine Drohung ausgesprochen, und er hatte die Macht, sie wahrzumachen. Commissioner Roosevelt in New York beugte sich keinem Mann, aber es war ganz klar, daß Morgan mit der alten Polizeigarde auf gutem Fuße stand, und sollten sie je wieder an die Macht kommen, könnten Matt Steine in den Weg gelegt werden. Doch in einer Sache hatte Morgan recht. Wenn Sie den Mörder nicht vor ihrer Ankunft in England faßten, würden Sie ihn nie kriegen.

»Wir werden für die Überfahrt länger als gewöhnlich brauchen, da wir noch einmal zurückgefahren sind, um die Leiche zu suchen, aber wir müssen am Dienstag in Southampton ankommen. Es bleibt nicht viel Zeit. Ich brauche jemand mit Erfahrung, der die Untersuchung übernehmen kann.«

»Ich kann es schaffen, Kapitän«, warf Smith ein.

Der Kapitän brachte ihn mit einer kurzen Handbewegung zum Schweigen. »Sämtliche Mittel des Schiffes stehen Ihnen zur Verfügung«, sagte er und blickte Matt an. »Sie haben mein Wort, daß die Besatzung mit Ihnen zusammenarbeitet. Nun, Sir.« Er starrte Matt auf seine Art an, ebenso bedrohlich wie Morgan. »Mr. Morgan mag der Besitzer des Schiffes sein, aber während ich das Kommando führe, bin ich dafür verantwortlich, und ich stimme mit ihm überein. Wenn es einen Mörder an Bord meines Schiffes gibt, muß er gefaßt werden. Werden Sie den Fall nun übernehmen oder nicht?«

Matt zögerte. Er wollte es. O ja, sicher wollte er es, so schwierig es auch sein würde. Es gab keine Verbindung zwischen Schiff und Festland; er könnte an keine Informationen gelangen, die er aus New York benötigen würde, er hatte keine Unterstützung. Nur Smith, und dessen Hilfe war fragwürdig. Es war eine Herausforderung. Aber ... Aber er war auf seiner Hochzeitsreise, und er war sich nicht sicher, wie Brooke reagieren würde, wenn er wieder in einen Fall hineingezogen würde, in den ihre Freunde verwickelt waren. »Nein«, antwortete er, und wie Morgan schritt er aus dem Zimmer.

Nachdem Matt gegangen war, kam Brooke die Suite sehr einsam vor. Das war seltsam, da sie es gewöhnt war, allein zu sein. Die letzten sechs Jahre war sie es gewesen. Nun, Onkel und Tante waren gut zu ihr gewesen; sie hatten sie bei sich aufgenommen, aber sie hatte ihnen nie so nahegestanden wie ihren Eltern. Es war schön, jemanden zu haben, auf den man sich verlassen konnte. Gleichzeitig war es aber auch ärgerlich, daß sie sich nicht auf ihre eigene Kraft verließ.

Energisch hob sie den Kopf und nahm einen Hut aus ihrem Kleiderschrank. Sie setzte ihn auf und betrachtete sich kritisch im Spiegel. Hüte waren eine Schwäche von ihr. Sie fand Abendkleider mit Korsage erdrückend und die Tageskleidung mit unzähligen Unterröcken und den lächerlichen, weiten und dann spitz zulaufenden Ärmeln, die noch immer in Mode waren, noch schlimmer; Hüte jedoch liebte sie. Der Hut auf ihrem Kopf war eine Kreation aus Tüll und Blumen und einem kleinen Schleier, der

ihre Haut vor der Sonne schützen sollte. Matt würde er natürlich nicht auffallen. Wie denn auch, wenn er einen Anzug von Sherman's aus Newport auf einer Atlantiküberfahrt für angemessen hielt.
Bei diesem Gedanken schüttelte sie den Kopf und wandte sich rasch vom Spiegel ab. Du meine Güte, sie wurde ja zu einem richtigen Snob, tadelte sie sich, als sie aus ihrer Kabine auf das Promenadendeck hinaustrat. Es war gleich, was Matt trug. Sie hatte den Mann geheiratet und nicht seine Kleidung. Sie hatte gewußt, worauf sie sich eingelassen hatte. Es tat ihr nicht leid.
Draußen war es frisch, und am Horizont war eine Wolkenfront aufgezogen. Vom Promenadendeck aus betrachtete Brooke die Wolken mit dem Blick einer erfahrenen Meeresreisenden. Es schien ein Sturm aufzukommen, was sie aber nicht hoffte. Seereisen machten ihr nichts aus, Matt jedoch war im Laufe des Tages ein- oder zweimal blaß geworden. Ein Sturm würde ihm gar nicht guttun, besonders da er zu glauben schien, daß ihr sein Unwohlsein nicht aufgefallen war. Für einen Polizisten konnte er manchmal bemerkenswert unachtsam sein.
Obwohl es frisch war, saßen die Leute in ihren hölzernen Liegestühlen, in dicke karierte Wolldecken eingewickelt, oder sie schlenderten auf dem Deck unter der Markise entlang. Geraldine Standish grüßte sie, aber Brooke lächelte bloß und nickte, während sie weiterging, um in kein Gespräch mit ihr verwickelt zu werden. Schließlich gelangte sie an ihr Ziel, die Schiffsbibliothek. Zum Rauchersalon, einer Domäne der Herren, war ihr der Zutritt nicht gestattet, und im Salon würden sich die Damen aufhalten und den neuesten Klatsch austauschen, die Bibliothek hingegen war neutraler Boden. Wenn sich auch sonst nichts ergab, würde sie sich immer noch die Zeit mit

einem Buch vertreiben können. Sie blieb kurz am Eingang stehen, um sich zu orientieren. Obwohl sie Matt gegenüber vorgab, sich in dieser Umgebung wie zu Hause zu fühlen, war sie von der Einrichtung der *New York* noch immer überwältigt. Die Bibliothek war einzigartig. Aufgrund ihrer Lage zwischen zwei Schiffsschornsteinen hatte sie die Form einer Sanduhr, sie war mit Bücherregalen gesäumt und komplett in Eiche getäfelt. Über den Einbauregalen waren die Namen bedeutender Dichter eingraviert: Tennyson, Keats, Longfellow. Als sie den Raum durchquerte, hatte sie das eigenartige Gefühl, durch ein sonnenbeschienenes Meer zu schwimmen. Es war das Licht, das durch das Buntglas der Dachkuppel und der Fenster hereinströmte, die mit Gedichten über das Meer beschriftet waren. Ein zauberhafter Ort war das hier, und zum ersten Mal, seit Matt sie wegen des Treffens mit Kapitän Wood verlassen hatte, hob sich ihre Stimmung. Sie war froh, daß sie dieses Schiff für ihre Hochzeitsreise ausgesucht hatten.

In den Regalen türmten sich Unmengen von Büchern; von Poesie über Biographien bis zu den neuesten Romanen von Frances Hodgson Burnett und Paul Leicester Ford war alles vertreten. Brooke wollte sich gerade einen davon nehmen, als eine Stimme hinter ihr sie erschreckte. »Der Hut ist annehmbar«, sagte jemand mit Südstaatenakzent. »Etwas zu hell für das ganze Kostüm, aber du machst dich, Brooke.«

Brooke wirbelte herum und erblickte eine große, hagere Gestalt, die sich langsam aus einem der bequemen Brokatsessel erhob, die im Raum verteilt standen. »Jack!« rief sie aus und vergaß vor Freude ihr Buch. »Ich wußte gar nicht, daß du an Bord bist.«

»Hallo Brooke.« Um Jack Everetts Augen bildeten sich

Fältchen, als er sie anlächelte. »Aber ich wußte, daß du es bist. Ich habe die Passagierliste gelesen. Aber du hast wahrscheinlich etwas Besseres zu tun, als dir eine Menge Namen durchzulesen.« Brooke gelang es, seinem Blick standzuhalten. »Was machst du hier? Na komm, laß mich raten. Wir haben Frühling, und das heißt, du fährst nach England, nicht wahr?«

»Aber natürlich. Mein Kleiderschrank ist ziemlich leer. Es ist höchste Zeit, meine Schneider aufzusuchen.«

»Höchste Zeit«, stimmte ihm Brooke zu. Sie kannte nicht viele Männer, die ausschließlich bei britischen Schneidern einkauften und ihre amerikanischen Konkurrenten mieden, doch Jack Everett war etwas anders als die meisten Männer, die sie kannte. Er widmete sich ausschließlich dem Nichtstun, zumindest behauptete er das. Mit dem Geld aus der Tabakfirma seiner Familie konnte er sich diesen Lebensstil leisten, so brauchte er nie zu arbeiten, es sei denn, er wollte es. Daß er es hin und wieder tat, war etwas, worüber er schwieg. Brooke bewunderte ihn dafür. »Wie ist es dir ergangen?«

»Seit unserer letzten Begegnung gut, Darling – wann war das noch? Bei Mrs. Vanderbildt oder Mrs. Van Rensselaer?«

»Bei keiner von beiden.« Sie lächelte. »Matt und ich gehen nicht so gerne zu Partys.«

In spöttischem Erstaunen schüttelte er den Kopf. »So etwas macht man doch nicht, Brooke. Weißt du denn nicht, daß Lebensart das wichtigste ist?« Mit aufgesetzter kritischer Miene musterte er sie noch einmal von oben nach unten. »Dieses Kleid ist nicht ganz das richtige, Darling. Die Qualität ist zwar gut, aber das gewisse Etwas fehlt.«

»Hör auf mich hochzunehmen, Jack«, sagte Brooke und

setzte sich auf einen Sessel neben ihn. »Nun komm schon. Erzähl mir, was du in letzter Zeit gemacht hast.«
»Du willst alles wissen?« fragte er, während er wieder Platz nahm und seine langen Beine ausstreckte.
»Ja. Alles.«
»Ich würde lieber hören, was du so machst.« Er warf ihr einen unerwartet durchdringenden Blick zu. »Du und dein Ehemann, ihr scheint unzertrennlich zu sein. Das tut man doch nicht.«
»Ich weiß, aber uns gefällt es.«
»Wo ist er denn?«
Brookes Lächeln verschwand. »Kapitän Wood wollte ihn sprechen.«
»Ach ja?« Wieder traf sie ein scharfer Blick aus Jacks blauen Augen. »Es geht vermutlich um die Hoffman-Geschichte, oder?«
Brooke biß sich auf die Lippe. »Ich weiß es nicht.«
»Worum sollte es sonst gehen, Darling?« Er betrachtete den Glanz seiner Schuhe, während er die Füße hin- und herdrehte, und war der Inbegriff entspannter und eleganter Lässigkeit. »Eine üble Geschichte. Ich habe mich schon gefragt, wann jemand Hoffman an den Kragen gehen würde.«
»An den Kragen gehen – du meinst doch nicht etwa, daß er ermordet worden ist?«
»Welche andere Erklärung gibt es denn?« Er blickte sie ernst an. »Du hast mit ihm zu Abend gegessen. Sah er so aus, als ob er Selbstmord begehen wollte?«
»Nein«, entgegnete Brooke beunruhigt. »Er schien mir so voller Pläne und glücklich über die bevorstehende Hochzeit seiner Tochter zu sein. Warum hätte er das zerstören wollen?«
Jack neigte den Kopf mit einer Geste, die bei ihm einem

Achselzucken gleichkam. Ein richtiges Achselzucken hätte den Sitz seines Jacketts gefährdet. »Es ist allgemein bekannt, daß die Party Adeles Idee war.«

»Aber er schien glücklich darüber zu sein.« Sie runzelte die Stirn. »Er hat wirklich nicht den Eindruck gemacht, als ob er sich umbringen wollte. Aber wer weiß schon, was im Kopf eines anderen vor sich geht, Jack.« Sie warf ihm einen besorgten Blick zu. »Das habe ich letzten Sommer festgestellt.«

»Ich habe davon gehört. Du weißt genausogut wie ich, daß jeder zu einem Mord fähig ist.« Er betrachtete wieder seine Schuhe. »Besonders nach dem, was ich in New York erfahren habe.«

Brooke richtete sich auf. Trotz all seiner Lässigkeit oder vielleicht gerade deshalb war Jack ein Mann, der wichtige Dinge erfuhr. Die Leute neigten dazu zu vergessen, daß sich unter seinem scheinbar gleichgültigen Äußeren ein hellwacher Verstand verbarg. »Was hast du erfahren?«

»Ich habe gehört, daß er einige Morddrohungen erhalten hat.«

»Nein!« stieß sie hervor. »Von wem? Und wie ...«

»Das weiß ich nicht, Darling.« Er schaute sie an. »Aber jeder, der die Börsenpanik ohne Vermögensverluste überstanden hat, hat sich Feinde gemacht.«

»Selbst du, Jack?«

»Nein, ich nicht.« Er machte eine lässige Handbewegung. »Ich habe nicht genug Energie, um mir Feinde zu machen.«

Brooke lächelte. Von der Börsenpanik im Jahr 1893 waren sie oder ihre Familie kaum betroffen gewesen, aber das Land hatte gelitten. Es herrschte große Arbeitslosigkeit, und die Löhne waren gefallen. Manche hatten ihr ganzes Vermögen verloren. Nicht jedoch Julius Hoffman.

Sie erinnerte sich plötzlich an eine Bemerkung ihres Onkels, daß Hoffman und die meisten seiner Kunden sogar Gewinne gemacht hatten. Es beschlich sie ein leises Gefühl der Schuld. »Aber das ist doch schon drei Jahre her, Jack. Wartet man so lange, um sich zu rächen?«
»Kommt darauf an, wer es ist. Es stimmt, daß die Leute anfangs aufgebracht waren. Aber manche sparen sich ihre Wut auf. Sie hegen und pflegen sie.« Jack sprach fast zu sich selbst. »So jemand – der könnte durchaus gewartet und alles sorgfältig geplant haben.«
Brooke erschauerte bei der Vorstellung, daß jemand so kaltblütig einen Mord geplant haben könnte. Der Gedanke, es wäre jemand aus ihrem Bekanntenkreis, machte die Sache noch schlimmer. »Wer weiß noch davon?«
Jack neigte wieder den Kopf. »Adele, nehme ich an. Und Richard auch. Hoffman schien die Drohungen nicht allzu ernst zu nehmen, aber wer weiß das schon? Und wer weiß, ob die Person, die ihm gedroht hat, ihm hierhin gefolgt ist?«
Brooke bekam eine Gänsehaut und erhob sich. »Matt muß jetzt bald zurückkommen«, sagte sie und schaute auf ihre Uhr, die sie an ihrem Gürtel befestigt hatte. »Ich sollte zurück in unsere Suite gehen.«
Jack erhob sich aus dem Sessel. »Ich werde dich dorthin begleiten, Darling. Hübsche Mädchen wie du sollten nicht allein herumlaufen.«
Obwohl sie sein Kompliment überhaupt nicht ernst nahm, hakte sich Brooke bei ihm ein und ließ sich von ihm zurück aufs Promenadendeck führen. Sie und Jack waren nie mehr als Freunde gewesen, und in den letzten Jahren hatte es Zeiten gegeben, in denen sie froh über diese Freundschaft gewesen war. Nach dem Tod ihrer Eltern war es ihr schwergefallen, sich an das neue Leben mit ihrer Tante und ihrem

Onkel zu gewöhnen. Sie war mehr als einmal verächtlich behandelt worden, da ihr Vater ein Polizist gewesen war. Von Jack jedoch nie. Vom ersten Augenblick an hatten sie sich gemocht, auch wenn er sehr von sich eingenommen war und behauptete, der Meister der Lebensart zu sein. Sie freute sich, daß er an Bord des Schiffes war. Ihre Flitterwochen hielten wohl so einige Überraschungen bereit...

Matt öffnete gerade die Tür zu ihrer Suite, als Brooke und Jack eintrafen. Als er sie kommen hörte, drehte er sich um und blickte sie entgeistert an. Etwas hatte ihn argwöhnisch gemacht. »Matt«, sagte sie und war erstaunt, daß sie so atemlos klang. »Ich habe nicht erwartet, daß du so rasch zurückkommst.«

»Das sehe ich.« Er lehnte sich zurück und steckte die Hände in die Hosentaschen. »Es ist dir offensichtlich gelungen, dich ohne mich zu amüsieren.«

Brooke starrte ihn überrascht an. »Ich bin in die Bibliothek gegangen und habe Jack dort getroffen. Ach richtig, ich glaube, ihr kennt euch noch nicht. Matt, das ist Jack Everett...«

»Wir sind uns schon einmal begegnet.« Matt blickte unfreundlich.

»Nett, Sie wiederzusehen«, sagte Jack und klang amüsiert. »Ich sehe, du bist in guten Händen, Brooke. Dann gehe ich jetzt.«

»Vielen Dank, daß du mich zurückbegleitet hast, Jack.«

»Es war mir ein Vergnügen.« Er hob zwei Finger zum Gruß und schlenderte davon.

Matt murmelte etwas leise vor sich hin, und Brooke wandte sich ihm wieder zu. »Wie bitte?«

»Nichts«, entgegnete er, ging in die Suite und ließ sie stehen.

»Also.« Sie warf seinem Rücken einen mißbilligenden Blick zu, als sie die Suite betrat und direkt ins Schlafzimmer ging, um den Hut abzunehmen. »Du warst nicht so lange beim Kapitän, wie ich gedacht habe.«

»Nein.« Seine Stimme klang reserviert. »Wer ist der Kerl?«

»Jack?« Sie lehnte sich zur Seite, um ihn durch die Schlafzimmertür sehen zu können. »Du hast gesagt, du bist ihm schon einmal begegnet.«

»Ein- oder zweimal.« Er drehte ihr noch immer den Rükken zu. »Wer ist er?«

Brooke, die ihren Hut auf die Kommode legen wollte, hielt erstaunt inne. »Er ist nur ein Freund.« Sie ging durch das Zimmer auf ihn zu. »Matt. Sag jetzt nicht, daß du eifersüchtig bist.«

Matt schwieg einen Augenblick und wandte sich zu ihr um, während er sich mit der Hand durchs Gesicht fuhr. »Nein. Natürlich nicht. Es tut mir leid. Schuld ist dieses verfluchte Treffen.«

Mit angezogenen Beinen setzte sich Brooke aufs Sofa. »Erzähl mir davon.« Er verzog das Gesicht und setzte sich neben sie. »Anscheinend hat Hoffman einen Brief hinterlassen.«

Brooke hielt den Atem an, als Matt ihr kurz den Inhalt des Briefes beschrieb. »Dann war es Mord.«

Matt schaute sie an. »Warum sagst du das?«

»Jack hat mir erzählt, daß er von Morddrohungen gehört hat, die Hoffman in New York erhalten hat.«

»Ach du meine Güte ...!« Matt hielt inne und fuhr mit dem Finger über den Schnurrbart. »Verdammt, das klingt verdächtig.« Er fuhr sie mißbilligend an. »Ich möchte auf keinen Fall, daß du in die Sache hineingezogen wirst.«

»Ich bin in gar nichts verwickelt«, widersprach sie. Nach kurzem Überlegen warf sie ihm einen bedeutsamen Blick zu. »Gibt es da etwas, in das ich hineingezogen werden könnte?«
»Möglicherweise.« Er stand auf und ging wieder zum Fenster. »Verflucht. J.P. Morgan hat mich gebeten, Nachforschungen anzustellen.«
»J.P. – Ich wußte gar nicht, daß er an Bord ist!« Du lieber Himmel. Die Angelegenheit war ernst. »Du wirst es doch tun, oder?«
»Ich habe abgelehnt.«
»Matt! Das ist nicht dein Ernst!« Sie starrte ihn an. »Ein Mann ist umgekommen. Wie kannst du es dabei bewenden lassen?«
Er winkte ab. »Ich bin dafür nicht zuständig. Und falls du es noch nicht bemerkt haben solltest: wir sind in den Flitterwochen.«
»Wir werden noch drei Monate in den Flitterwochen sein. Matt, denk an ...«
»Willst du, daß ich ermittle?« unterbrach er sie und wandte sich zu ihr um.
»Ich denke, das solltest du, oder?«
»Nein, ich denke, das sollte ich nicht. Gott.« Er sank in einen Sessel. »Ich habe Verbrechen satt. Ich bin es satt, jedesmal auf eins zu stoßen, wenn ich mich umdrehe. Bei der Arbeit ist das eine Sache, aber hier.« Er fuhr sich wieder mit der Hand durchs Gesicht. »Smith wird mit der Sache schon fertig.«
»Und wenn nicht?« Sie beugte sich vor. »Matt, wenn wir erst in Europa ankommen, gehen alle getrennte Wege. Der Mörder wird entkommen.«
»Wenn es sich überhaupt um Mord handelt.«
»Das weißt du doch genau!« Sie starrte ihn an, und Ärger

stieg ihn ihr hoch. »Julius Hoffman ist getötet worden. Wie kannst du nur so dasitzen. Also wirklich!« Sie setzte sich zurück und ordnete die Falten ihres Rockes, obwohl es gar nicht nötig war. »Dann werde ich selber ein paar Fragen stellen müssen.«

»Nein!« Matt richtete sich kerzengerade auf. »Verdammt noch mal Brooke ...«

»Ich mag es nicht, wenn du fluchst.«

»... das letzte Mal, als du das getan hast, wärst du fast getötet worden.«

»Aber irgend jemand muß doch etwas unternehmen! Wir können es nicht auf sich beruhen lassen.«

Matt starrte sie an, und ein Teil seiner Wut verrauchte. »Warum beschäftigt dich das so?«

Sie schaute zur Seite. »Ich weiß es nicht«, sagte sie schließlich leise. »Ich weiß nur – vielleicht liegt es an all den Geschichten, die ich von meinem Vater gehört habe. Es ist mir wichtig, Matt.«

»Dein Vater hätte nicht gewollt, daß du in die Sache verwickelt wirst.«

Brooke hob energisch das Kinn. »Nur weil ich eine Frau bin.«

»Ja natürlich.«

»Matt!«

»Wenn du ein Junge wärst, wärst du wahrscheinlich wie ich zur Polizei gegangen.« Er grinste plötzlich. »Ich bin froh, daß du keiner bist.«

»Matt.« Ihre Stimme klang dieses Mal eher gereizt als verärgert. »Wirst du wirklich nichts in der Sache unternehmen?«

»Nein, ganz bestimmt nicht.«

»Aber du möchtest es doch.«

Er stand wieder am Fenster. »Nein.«

»Nein?«
»Nein.« Er wandte sich um und schaute sie an. »Und ich möchte, daß auch du nichts unternimmst.«
»Matt...«
»Brooke. Ich bitte dich darum.«
Brooke senkte den Blick. »Einverstanden«, sagte sie nach kurzem Zögern, während sie mit ihren Rockfalten spielte.
»Meinst du das auch ernst?«
»Ja.«
»Du wirst keine Fragen stellen?«
»Nein.«
»Gut.« Matt ging zu ihr hin und streckte ihr lächelnd seine Hand entgegen, die sie ergriff. »Es ist besser so, Brooke«, erklärte er und zog sie hoch. »Denk darüber nach, und du wirst mir rechtgeben.«
»Hm.« Sie lächelte ihn abwesend an. Sie würde keine Fragen stellen. Aber die Leute klatschten, und die Gerüchte enthielten manchmal ein Körnchen Wahrheit. Sie würde nach dieser Wahrheit suchen, gleichgültig, was Matt dachte. Sie mußte es einfach tun.

Es war schon dunkel, als sich die Passagiere an diesem Abend im großen Salon nach dem Dinner versammelten. Das gläserne Dach über ihnen war eine breite, schwarze Fläche, die vom funkelnden Lichterschein der kuppelförmigen Kandelaber durchbrochen wurde. Die Amateuraufführung, die man als heutige Unterhaltung geplant hatte, war kurzfristig abgesetzt worden. Statt dessen wurde ein Gedenkgottesdienst für Julius Hoffman abgehalten.

Matt und Brooke nahmen ihre Plätze am Tisch ein und drehten sich mit ihren Stühlen dem Erkerfenster hoch oben am anderen Ende des Salons zu. Die Leute flüsterten. Die meisten Passagiere der ersten Klasse hatten Julius zumindestens flüchtig gekannt. Brooke schaute auf ihre ineinander verschränkten Hände auf ihrem Schoß. Sie spürte Matts Gegenwart hinter sich. Ihr erster Ärger war verflogen, aber die Enttäuschung, die sie nun empfand, war um so beunruhigender. Ihr Vater hatte nie einen Fall aufgegeben. Niemals. Er hatte so lange daran gearbeitet, gleichgültig, was für ein Verbrechen es war, bis er ihn gelöst hatte. Seine Integrität stand außer Zweifel. Wäre sie als Junge auf die Welt gekommen, wäre sie bestimmt genau dieser Typ Polizist geworden, der gleiche Typ wie Matt. Von ihm hatte sie jedenfalls bisher angenommen, er sei es auch. Jetzt war sie sich da nicht mehr so sicher.
Von der Empore her setzte gedämpfte Beerdigungsmusik ein. Brooke ahnte, wie schwierig das für die Hoffmans war. Furchtbar, daß sie den Familienvater verloren hatten, aber eine Beerdigung ohne Leiche war noch schlimmer. Ihr war es auch so ergangen, als die Kutsche ihrer Eltern von der Straße in Newport abgekommen, auf die Felsen und in die tückische Brandung am Brenton Point gestürzt war. Selbst jetzt noch jagte ihr der Gedanke daran einen Schauer über den Rücken.
Matt beugte sich vor und legte ihr die Hand auf die Schulter. »Geht es dir gut?« fragte er leise.
»Ja.« Sie schenkte ihm ein kurzes Lächeln. Dabei fiel ihr zum ersten Mal sein bedrückter Blick auf. »Es ist auch nicht einfach für dich«, bemerkte sie.
Er verzog das Gesicht, und sein Griff auf ihrer Schulter wurde fester. »Ich mag keine Beerdigungen«, antwortete er und setzte sich zurück.

»Ich auch nicht«, sagte Brooke und blickte nach vorn. Es steckte mehr dahinter. Vielleicht hatte er den Fall doch übernehmen wollen und nur abgelehnt, weil er geglaubt hatte, es sei ihr nicht recht. Schließlich waren sie doch in den Flitterwochen. Brookes Ärger verflog. Er hatte es für sie getan. Obwohl sie doch genau wußte, wie das Leben mit einem Polizisten aussah, hatte er ihretwegen die Gelegenheit ausgeschlagen, einen Mordfall zu lösen. Der Gedanke berührte sie, ihr wurde ganz warm ums Herz und machte ihr gleichzeitig neuen Mut. Jemand mußte Hoffmans Mörder finden, und Matt war die geeignete Person dafür.

Die Musik wurde lauter, und während Brooke aufschaute, sah sie, daß Adele, gestützt von Richard Langdon, über die Treppe in den großen Salon gekommen war und einen Platz in der ersten Reihe eingenommen hatte. Im selben Moment war Reverend Horton, der den Gottesdienst halten würde, hinter die Kanzel am Erkerfenster getreten. Brooke richtete sich auf. Die Frage, wie Matt überredet werden könnte, mußte sie vorerst beiseite schieben.

Der Gedenkgottesdienst war langweilig und zog sich endlos dahin. Der Geistliche predigte Allgemeinplätze über einen Mann, den er überhaupt nicht gekannt hatte. Matt war erleichtert, als die letzte Hymne angestimmt wurde. Obwohl er nicht mehr regelmäßig in Gottesdienste ging, hielt er daran fest, andere Religionen mit Vorsicht zu betrachten und ihre Gottesdienste als eine Gefahr für seine unsterbliche Seele anzusehen. Vielleicht zweifelte er jetzt noch mehr, aber er wußte genau, daß ein guter Katholik nicht ›Rock of Ages‹ oder ›Amazing Grace‹ sang. Das waren protestantische Lieder. ›Ave Maria‹ sang man vielleicht bei einer Beerdigung, aber das war es dann auch. Im großen Salon wurden die Stimmen wieder lauter, als sich alle von ihren Plätzen erhoben. »Gott sei Dank, es ist vorbei«, flüsterte er in Brookes Ohr.

Sie wandte sich um. »Wir müssen Mrs. Hoffman unser Beileid aussprechen, Matt.«

Er verzog das Gesicht. »Bei der Menge wird es ihr doch gar nicht auffallen, wenn wir es nicht tun.«

»Matt. Das müssen wir. Das gehört sich so«, fügte sie hinzu, als er noch zögerte. »Oh, na gut«, murrte er und folgte ihr, als sie sich an den Tischen vorbei ihren Weg zu Adele bahnten, die direkt unter der Kanzel stand. Auf der einen Seite standen ihre Kinder, auf der anderen Richard Langdon, der sie immer noch stützte. Hoffmans Geschäftspartner, dachte Matt, und sein Interesse an dem Mann erwachte plötzlich. Was konnte er bloß vorgehabt haben, daß Hoffman ihn als Mörder verdächtigte? Oder auch seine Frau. Die Antwort auf diese Frage lag auf der Hand. Der Sache weiter nachzugehen galt es jedoch nur, wenn er in diesem Fall ermitteln würde, was er jedoch nicht tat. Noch immer dachte er, daß er mit der Sache nichts zu tun hatte. Die Ermittlungen in der Mordserie auf dem *Cliff Walk* letzten Sommer und der Umgang mit der feinen Gesellschaft in einer offiziellen Funktion reichten ihm.

Als er und Brooke sich langsam nach vorne schoben, fiel Matt ein Mann auf der anderen Seite des Tisches auf, der von einem Fuß auf den anderen trat. Matt begegnete seinem Blick. »Ich hätte nicht gedachte, daß es heute abend so voll werden würde.«

»Kostenlose Unterhaltung«, antwortete der Mann, worauf ihn Matt und Brooke noch einmal anschauten. Er sah wie all die anderen jungen Männer der Gesellschaft aus. Er trug einen schwarzen Smoking und eine Krawatte und hatte die Kurzhaarfrisur und die frisch rasierte Ausstrahlung der Männer auf den Bildern von Charles Dana Gib-

son. Matt erinnerte sich dunkel daran, ihn am Nachmittag beim Kartenspielen im Rauchersalon gesehen zu haben. »Haben Sie Hoffman gekannt?«
»Nein, nur flüchtig.« Matt reichte ihm über den Tisch hinweg die Hand. Es war ihm gleich, ob das nun höflich war oder nicht. »Matt Devlin.«
»Randall Snow. Die Hoffmans hatten Glück«, sagte er, schüttelte Matts Hand und ließ sie wieder los. »Er war ein gemeiner Bastard.«
Brookes Kopf fuhr herum. »Wie bitte?«
»Entschuldigen Sie meine Ausdrucksweise – Mrs. Devlin, nicht wahr?« Snow lächelte einnehmend, aber seine Augen blieben unbeteiligt, und als er Brooke anschaute, wurde sein Blick noch durchdringender. »Nein. Sie sind doch Brooke Cassidy, nicht wahr?«
»Nun ja. So hieß ich vorher.« Brooke betrachtete ihn eingehender. »Sind wir uns schon einmal begegnet?«
»Das sind wir, aber es erstaunt mich nicht, daß Sie sich nicht mehr daran erinnern. Ich war einige Jahre nicht mehr in der Stadt.«
»Aha.« Brooke wandte sich von ihm ab und ging weiter. Wenn sie ihre Schultern noch höher zog, würden sie bald ihre Ohren erreichen, dachte Matt. Irgendwie kam es ihm so vor, als mochte sie Mr. Snow nicht.
»Natürlich wird hier niemand zugeben, wie er wirklich war«, fuhr Snow fort. »Aber sie sollten es doch eigentlich wissen, Mrs. Devlin, oder nicht? Ihr Onkel hat mit ihm Geschäfte gemacht. Aber vielleicht war Hoffman ja ehrlich zu ihm«, sagte er mit bitterer Stimme.
Brooke starrte unentwegt nach vorn. »Was wollen Sie damit sagen?« fragte Matt.
Der Mann vor Snow drehte sich um und wandte sich dann mit starrem Gesichtsausdruck wieder ab. Snow schnitt

hinter seinem Rücken eine Grimasse. »Oh, nichts, nichts. Aber Sie wissen ja, er hatte eine Menge Geld.«

»Und?«

»Wie, glauben Sie wohl, ist er daran gekommen? Auf Kosten anderer, die er ruiniert hat.«

»Sir.« Der Mann vor Snow drehte sich wieder um. »Sie sprechen von jemandem, den ich als freundlichen Gentleman gekannt habe.«

»Dann sind Sie entweder ein Narr, oder Sie hatten Glück.«

»Erlauben Sie mal!«

»Aber gerne!« Snow trat aus der Reihe in den Gang zwischen zwei Tischenden. »Ich werde ganz bestimmt nicht kondolieren. Es tut mir nicht leid, daß er tot ist«, sagte er und drängte sich durch die Menge davon.

»Ein Glück, daß wir ihn los sind«, murmelte der Mann und bemerkte Matts Blick. »Was man heute so auf Reisen alles trifft. Früher war es nur die beste Gesellschaft.«

»Äh, ja.« Matt blickte zum Eingang, wo Snow gerade verschwunden war. »Wer ist das?«

»Ein durch und durch unangenehmer Geselle. Bei der Börsenpanik von '93 hat er einiges an Geld verloren – nun ja, das haben wir alle, oder? –, und er hat Julius dafür verantwortlich gemacht. Er hat ganz schön viel Wirbel gemacht, als er zum *Union League Club* gekommen ist und Julius heftig angriff. Als hätte man vorhersehen können, was passiert war.« Der Mann schüttelte den Kopf. »Offensichtlich hat Snow wieder Erfolg gehabt, sonst wäre er nicht auf dem Schiff.« Immer noch kopfschüttelnd, wandte sich der Mann ab.

Matt blickte auf Brooke herab. »Kanntest du ihn?«

»Wen? Mr. Snow? Ja, ich erinnere mich flüchtig, ihm schon einmal begegnet zu sein.« Sie schwieg. »Er ist sehr verbittert, nicht wahr?«

Matt zuckte die Achseln. »Das wäre ich vermutlich auch, wenn ich mein ganzes Vermögen verloren hätte.«

»Ich frage mich ...«

»Was?« hakte er nach, als sie nicht weitersprach.

»Nun... angenommen, du würdest den Mord an Hoffman untersuchen, würdest du dann nicht denken, daß Mr. Snow ein Motiv hat?«

»Was denn, Rache? Ich bin mir nicht sicher, Brooke. Drei Jahre sind eine lange Wartezeit.«

»Rache ist ein Nachtisch, den man am besten kalt serviert.«

»Kehrst du wieder deine vornehme Bildung heraus?«

»Ich meine es ernst, Matt.« Sie runzelte die Stirn. »Er ist froh darüber, daß Mr. Hoffman tot ist.«

»Das stimmt. Das ist auch der Grund, warum ich ihn nicht für den Mörder halte.«

»Du hast wohl recht«, sagte Brooke nach kurzer Überlegung. »Ich würde auch nicht damit rechnen, daß ein Mörder seine Schadenfreude über sein Opfer so deutlich zeigt. Aber trotzdem, Matt, er hat ein Motiv.« Die Reihe kam wieder ein Stück voran. »Bis jetzt ist er die einzige Person, die eins hat.«

»Nicht ganz«, murmelte er, und im selben Moment waren überraschte und verärgerte Stimmen vorn im Raum zu hören.

Brooke reckte den Hals. »Ich kann nichts sehen. Wer ist da bei Mrs. Hoffman?«

Matt schaute an ihr vorbei und verbiß sich einen Fluch.

»Smith«, sagte er kurz angebunden.

»Smith?« Brooke wandte sich um. »Der Schiffsdetektiv?«

»Ja, verdammt noch mal.« Er hätte wissen müssen, daß Smith so etwas tun würde. Wußte der Mann denn nicht, daß er sich von einer Person wie Adele nur dann eine Zusammenarbeit erhoffen könnte, wenn er sich ihr vorsichtig näherte? Jetzt, wo sich alle Passagiere der ersten Klasse im Salon drängten, war wohl kaum der richtige Zeitpunkt, sie zu fragen, was der letzte Brief ihres verstorbenen Mannes zu bedeuten hatte.

»Komm mit«, sagte er, griff nach Brookes Arm und zerrte sie um das Tischende herum von einer Reihe zur nächsten, bis sie schließlich in einer relativ leeren Ecke des Raumes angekommen waren. Wenn er es rechtzeitig schaffte, konnte er Smith noch aufhalten. Verflucht, warum war Kapitän Wood nicht noch etwas länger geblieben, um das abzuwenden?

»Matt«, ertönte Brookes atemlose Stimme hinter ihm. »Was hast du vor?«

»Wir sprechen mit Mrs. Hoffman. Verzeihung.« Mit diesem Wort wandte er sich an die Leute, als er sich, gefolgt von Brooke, durch die Menge drängte. »Ich muß Smith aufhalten«, rief er ihr über die Schulter zu.

»Wovor?«

»Er darf diesen verdammten Brief nicht erwähnen – Mr. Smith.« Er tippte ihm auf die Schulter. Smith drehte sich um und sah ihn zuerst überrascht und dann verärgert an.

»Was wollen Sie?«

»Ich muß mit Ihnen sprechen.«

»Jetzt nicht. Ich bin beschäftigt. Ja, Mrs. Hoffman, es tut mir leid, daß ich Ihnen das sagen muß.« Er wandte sich wieder Adele zu. »Aber es sieht so aus, als ob Ihr Ehemann getötet wurde.«

»Verdammt noch mal, Smith, das ist hier nicht der richtige Zeitpunkt dafür«, sagte Matt leise.

»Aber wer würde denn so etwas tun?« Adele war blaß geworden, blieb jedoch gefaßt. »Und warum?«

»Ich habe gehofft, Sie könnten mir das erzählen, Ma'am.«
»Um Himmels willen, Mann.« Langdon drängte sich zwischen Adele und Smith. »Können Sie das nicht ein anderes Mal tun? Mrs. Hoffman hat gerade ihren Ehemann verloren.«
»Nein, es ist schon gut, Richard.« Adele legte ihre Hand auf Langdons Arm, und sie schauten sich an. »Wir müssen mehr über die Sache herausfinden. Was wollen Sie wissen, Mr. Smith?«
Matt beugte sich wieder vor. »Machen Sie das nicht hier«, sagte er eindringlich. »Gehen Sie in ihre Suite, gehen Sie in die Kabine des Kapitäns, aber machen Sie das nicht hier.«
»Matt –« sagte Brooke, und in diesem Moment ergriff Smith das Wort.
»Das geht Sie nichts an, Devlin. Es tut mir leid, daß ich Ihnen das über ihren Ehemann mitteilen mußte«, fuhr er in beharrlicher Heuchelei fort, »aber Sie werden sich freuen zu hören, daß der Mörder festgenommen worden ist.«
Ein überraschtes und gleichzeitig faszinierendes Raunen ging durch die umstehende Menge. »Wer?« fragte Adele schwach und faßte sich an die Kehle.
Smith grinste. »Edward McCabe.«
»Wer?« sagte Matt.
»Edward?« Adele starrte Smith an. »Irren Sie sich auch nicht?«
»Nein, Ma'am. Sie haben also keinen Grund, sich Sorgen zu machen.«
»Keinen Grund – oh, Sie haben ja keine Ahnung! Richard.« Sie drehte sich zu Langdon um und griff nach seinem Arm. »Bitte. Bringen Sie mich weg von hier.«

»Ja, Ma'am. Gehen Sie nur und erholen Sie sich. Ich werde mich um alles kümmern.« Smith strahlte Adele an, als sie, gestützt von Langdon, wegging. Mit einem Schlag wirkte sie älter. »Es ist alles geklärt.«
»Wer ist McCabe?« fragte Matt.
Smith grinste noch breiter, als er sich umwandte. »Ich sagte Ihnen doch, daß ich damit klarkomme, oder? Der Fall ist gelöst, und zwar von mir, Devlin. Von niemand anderem.«
»Schön«, sagte Matt beherrscht. »Aber wer zum Teufel ist McCabe?«
»Das wissen Sie nicht?« Smith tat überrascht. »Ein so cleverer *Detective* wie Sie? Nun, dann sag' ich es Ihnen.« Er beugte sich zu ihm vor. »Edward McCabe ist Julius Hoffmans Halbbruder.«

# KAPITEL 5

Sein Bruder«, sagte Matt erstaunt. »Was macht er hier auf dem Schiff?«

»Sie wissen nicht gerade viel, was, Detective?« Smith stand breitbeinig und mit stolzgeschwellter Brust vor ihm. »McCabe ist Steward in den Kabinen zweiter Klasse. Zufällig weiß ich, daß er Hoffmans Halbbruder ist. Unehelich, verstehen Sie? Ich mache es mir stets zur Aufgabe«, sein Grinsen wurde breiter, »alles über die Crew und die Besatzung zu erfahren.«

»Was war sein Motiv?«

»Ich denke, das geht Sie gar nichts an, Devlin. Also, ich bin ein beschäftigter Mann. Ich habe keine Zeit für diese Fragen.« Er drehte sich um und schickte sich an wegzugehen, blieb jedoch wieder stehen und grinste Matt an. »Genießen Sie ihre Überfahrt, *Detective*«, sagte er, mit einer leichten Betonung auf dem letzten Wort. Dann sprang er die große Treppe hinauf und verließ den Salon.

Das Gerede, das während Smiths Gespräch mit Adele verstummt war, setzte mit lauten Spekulationen wieder ein. Brooke hakte sich bei Matt ein und war nicht überrascht, daß er vor Wut völlig angespannt war. »Das macht doch nichts«, versuchte sie ihn sanft zu beruhigen.

»Verdammt, das tut es doch. Von jemandem wie Smith bloßgestellt zu werden ...«

»Woher solltest du das über McCabe auch wissen? Obwohl, wenn ich so darüber nachdenke«, überlegte sie, »fällt mir ein, daß ich Gerüchte über ihn gehört habe. Alles unter der Hand, natürlich. Damen sollten ja über diese Dinge eigentlich nichts wissen.«

»Warum hast du mir nichts davon erzählt?« fuhr Matt sie an.

»Du wolltest in dem Fall doch nichts unternehmen«, entgegnete Brooke ebenso scharf. »Darauf bestehst du doch die ganze Zeit, oder?«

Matt wollte ihr gerade darauf antworten, als Jack Everett neben sie trat. »Eine üble Geschichte«, bemerkte er. Wie immer war seine Kleidung, in diesem Fall ein Smoking und eine schwarze Krawatte, tadellos. An seinem Arm hing eine sehr hübsche junge Frau, auf deren Kopf sich unzählige blonde Locken türmten und die stark geschminkt war. Brooke fiel jedoch vor allem der bewundernde Blick auf, mit dem sie Jack ansah. »Es war also McCabe.«

»Sie wußten also auch über ihn Bescheid?« fragte Matt und starrte ihn an.

»Ein offenes Geheimnis. Mir war bekannt, daß er Steward auf einem Kreuzer war, aber nicht, daß er sich auf diesem Schiff befand. Verzeihen Sie«, fuhr er fort, als das

Mädchen neben ihm an seinem Arm zerrte. »Das ist Miss Shirley Willis, Mr. und Mrs. Devlin.«

»Ich freue mich Sie kennenzulernen.« Shirley lächelte und zeigte dabei schiefe, aber sehr weiße Zähne, als sie ihre Hand ausstreckte. »Mann, ist das riesig.« Ehrfürchtig wanderte ihr Blick durch den Raum über die kuppelförmigen Kristalleuchter bis zur gläsernen Decke. »So etwas gibt es in der zweiten Klasse nicht.«

Brooke warf Jack einen erstaunten Blick zu. »Sie reisen in der zweiten Klasse?«

»Ja. Jack meinte, ich könnte heute abend mitkommen, um mir den Gedenkgottesdienst anzuhören.« Sie blickte ängstlich. »Das geht doch, oder?«

»Natürlich«, sagte Brooke lächelnd. Obwohl die Verbindungen ihrer Tante sicherstellten, daß sie in der Gesellschaft integriert war, wußte sie noch zu genau, wie es war, aus diesem zauberhaften Kreis ausgeschlossen zu sein. Mit welchem Recht lehnte sie eine andere Person ab?

»Gefällt Ihnen die Überfahrt?«

»Miss Willis schon«, erwiderte Jack, »aber ich fürchte, ihren Mitreisenden geht es nicht so gut. Guten Abend«, grüßte er Thelma Osgood und Celia Vaughn, als sie an ihnen vorbeigingen. Die eine hob ihre Röcke und rümpfte verächtlich die Nase, die andere warf ihnen einen neugierigen Blick zu.

»Tja, sie sind alle seekrank«, stimmte ihm Shirley zu, die die beiden Frauen gar nicht wahrgenommen hatte. »Ich hatte schon immer einen unempfindlichen Magen. Ich werde doch nicht seekrank, wenn ich das erste Mal die Gelegenheit habe, Europa zu sehen.« Sie strahlte. »Wird wahrscheinlich die einzige bleiben. Ich fahre mit Cook Reisen. Und Sie?«

»Oh, nein«, antwortete Brooke, und es ergriff sie das verwirrende Gefühl, daß sie aus völlig verschiedenen Welten kamen. Thomas Cook Reisen waren ausschließlich der Mittelklasse vorbehalten. »Wir sind in den Flitterwochen.«

»Oh. Wie romantisch, nicht, Jack?«

Jack lächelte sie an. »Sehr romantisch, deshalb sollten wir sie jetzt besser allein lassen.«

»Das denke ich auch. Mann, was für eine schreckliche Geschichte, die in ihren Flitterwochen passiert ist«, plauderte Shirley weiter. »Der Mord und all das. Obwohl ich nicht gedacht hätte«, sie runzelte nachdenklich die Stirn, »daß McCabe es getan haben könnte.«

»Sieht aber so aus.« Jack faßte ihren Arm. »Laß uns einen Spaziergang auf Deck machen, was meinst du?«

»Oh, das hört sich gut an. Schön, Sie kennengelernt zu haben, Mrs. Devlin, Mr. Devlin.« Shirley lächelte ihnen noch einmal zu und ließ sich dann von Jack aus dem Salon führen. Sie zog eine Parfumwolke hinter sich her, die Brooke die Nase rümpfen ließ.

Matt blickte ihnen nachdenklich hinterher. »Ich wette, daß Everett mehr weiß, als er sagt.«

Brooke schaute ihn erstaunt an. »Was soll das denn heißen?«

»Nichts. Nur, daß er eine gute Informationsquelle wäre.«

»Matt. Willst du doch ermitteln?«

Matt nahm ihren Arm und führte sie zu der breiten Treppe, die aus dem großen Salon führte. »Was gibt es da noch zu untersuchen? Smith weiß wahrscheinlich, was er tut.«

Matts Ton ärgerte Brooke, und noch eine Sache, die sie schon seit längerem beschäftigte. »Wodurch hat Smith seinen Job verloren?«

»In New York?«
»Ja, in New York«, sagte sie ungeduldig, als sie oben angekommen waren und hinaus auf das Promenadendeck traten. Es umfing sie eine kühle Brise, und Brooke fröstelte.
Matt seufzte tief. »Es hat eine Menge Probleme mit der Polizei und diesen Untersuchungskommissionen gegeben, Brooke, das weißt du doch schon.«
»Ja. Und du weißt, daß mein Vater das gleiche mit meiner Mutter gemacht hat?«
Er wandte sich zu ihr um. »Was denn?«
»Er hat ihr die Fragen, die sie ihm gestellt hat, nicht wirklich beantwortet.«
»Das tue ich nicht, Brooke.«
»Doch, das tust du.«
Er atmete tief durch. »Das liegt am Job«, sagte er schließlich. »Kein Polizist will seine Familie in die Arbeit verwikkeln.«
»Aber du arbeitest zur Zeit nicht, Matt.«
»Es ist aber fast so«, murmelte er.
»Schließ mich nicht aus. Du kannst jederzeit mit mir reden.«
Matt schlenderte zur Reling hinüber und stützte sich mit den Unterarmen darauf ab, bevor er antwortete. »Das weiß ich.«
Brooke betrachtete ihn. »Was hat Smith getan?«
»Er war Sergeant und für zwei Nachtpatrouillen auf der East Side verantwortlich«, begann Matt endlich. »Eine einflußreiche Position. Fast so einflußreich wie die Position des Captains, der den Bezirk leitet. Auf jeden Fall hatte Smith eine nette Sache laufen. Er versprach Geschäfts- und Barbesitzern sowie einigen anderen, daß er sie beschützen würde. Gegen eine Gebühr natürlich.«

Brooke schwieg einen Augenblick. »Das ist nicht richtig, Matt.«

»Natürlich nicht.« Er trat von der Reling weg. »Deswegen ist er gefeuert worden.«

»Und jetzt glaubst du, daß er den Mord an Hoffman wirklich aufgeklärt hat?«

»Er hat jemanden verhaftet.«

»Darüber scheinst du aber nicht sonderlich glücklich zu sein.«

Er gab ihr nicht sofort eine Antwort. »Smith könnte recht haben. Bei einem Mord ist es meistens jemand, der dem Opfer nahestand. Aber das paßt nicht mit dem Brief zusammen, den Hoffman hinterlassen hat.«

»Dann tu etwas, Matt.«

Er strich sich über den Schnurrbart. »Wir haben das doch schon besprochen, Brooke.«

»Ja, und ich verstehe dich immer noch nicht.«

»Ich weiß.«

»Weißt du, was ich glaube?« fragte sie und blieb an der Reling stehen. Unter ihnen spiegelte sich das glitzernde Licht in den Wellen.

»Was?«

»Ich glaube, du bist einfach nur störrisch. Du hast eine Entscheidung getroffen, und jetzt meinst du, daran festhalten zu müssen.«

»Es steckt mehr dahinter.«

»Das glaube ich nicht. Du bist genauso dickköpfig wie mein Vater.«

»Das letzte Mal, als du mir das vorwarfst, hast du mich stur genannt.«

»Das auch.«

»Ich kann es nicht, Brooke«, sagte er. »Laß es uns dabei bewenden.«

Brooke seufzte. »Na schön«, sagte sie und ließ sich von ihm einhaken. Dennoch war sie beunruhigt, als sie zu ihrer Suite spazierten. Ebensowenig wie Matt war sie mit Smiths Aufklärung des Falles zufrieden. Die Sache war noch nicht abgeschlossen, dachte sie, und wieder lief ihr ein Schauer über den Rücken.

## *Freitag, 17. April*

Ambrose Smith war ein glücklicher Mann. Er lehnte sich in seinem Bürosessel zurück und zündete sich eine dicke Zigarre an. Genüßlich inhalierte er in einem langen Zug den würzigen Rauch. Ah, das tat gut. Er hatte sich die beste Havanna verdient, nachdem er den Hoffman-Mord aufgeklärt hatte. Dabei war der Fall gar nicht so kompliziert gewesen; nicht, nachdem ihm die Beziehung zwischen McCabe und Hoffman wieder eingefallen war. Und es gab auch ein Motiv. Auf der einen Seite war da McCabe, der sich als Steward in der zweiten Klasse abmühte, auf der anderen sein Bruder, der auf dem selben Schiff in der Luxusklasse reiste. Das würde doch keinem schmecken? Und da McCabe kein Alibi für die fragliche Zeit hatte, war alles klar. McCabe hatte es getan. Eine hübsche und saubere Lösung. Den Passagieren der ersten Klasse hatte er erst gar nicht auf die Zehen treten müssen. Kein ungelöstes Verbrechen im Nacken mehr. Nein, er hatte sein Können unter Beweis gestellt. Smith zog noch einmal genüßlich an der Zigarre. In einem Mordfall sollte man sich immer diejenigen vornehmen, die dem Opfer am nächsten stehen. Und genau das hatte er getan. Er und nicht Devlin. Dieser Gedanke ließ ihn grinsen.
Es klopfte an der Tür. Smith richtete sich auf. »Kommen

Sie herein«, rief er, und kurz darauf betrat Matt forsch die Kabine.

»Guten Morgen, Detective.« Smith lehnte sich wieder zurück und griff nach seiner Zigarre. »Was kann ich für Sie tun?«

»Guten Morgen.« Matt setzte sich und zog vorsichtig seine Hosenbeine hoch, damit sie nicht zerknitterten. Er hatte lange und angestrengt über dieses Gespräch mit Smith nachgedacht und wollte kein Risiko eingehen. Er trug einen Anzug von *Brooks Brothers*, mit dem er sich deutlich von Smith abhob. Smith sollte sein Erscheinen als freundlichen Besuch und nicht als Drohung betrachten. Was er eigentlich beabsichtigte, wußte Matt selbst nicht so genau. Die Verhaftung McCabes stellte ihn jedenfalls nicht zufrieden. »Meinen Glückwunsch zu solch einer raschen Festnahme«, sagte er und schüttelte den Kopf, als Smith ihm eine Zigarre anbot.

»Vielen Dank.« Smith lehnte sich zurück und blies den Rauch aus. Offensichtlich schöpfte er keinerlei Verdacht. »Wie ich schon sagte, Detective. Gute Polizeiarbeit.«

»Hm.« Matt langte in seine Anzugsjacke und holte ein graviertes Zigarettenetui aus Silber hervor, ein Weihnachtsgeschenk von Brooke, worauf sich Smiths Augen unmerklich verengten.

»Was hat sie auf McCabe gebracht?«

»Das sagte ich Ihnen doch schon.« Smith lehnte sich wieder zurück und blickte Matt argwöhnisch an. »Ich weiß über jeden an Bord Bescheid. Und mir ist ziemlich schnell wieder eingefallen, wer McCabe ist. In solch einem Fall«, dozierte er belehrend und gestikulierte mit der Zigarre, um seine Worte zu unterstreichen, »muß man immer zuerst die Verwandten des Opfers unter die Lupe nehmen.«

Matt nickte. »Solide Polizeiarbeit. Verraten Sie mir, welches Motiv hatte er?«
»Nun, darauf dürfte doch ein einfallsreicher Detective, wie Sie einer sind, sofort kommen. McCabe hat sich immer wieder darüber beklagt, daß Hoffman ihn daran hinderte, Geld von ihrem Vater zu bekommen. Fragen Sie die anderen Stewards, die werden das bestätigen«, setzte er hinzu, als ob Matt ihm widersprochen hätte. »Ablehnung, Rache, das hat sich im Laufe der Jahre aufgestaut, dann kommt Hoffman an Bord, und McCabe bekommt seine Chance. Er hatte eigentlich Dienst, aber niemand hat ihn gesehen. So einfach ist das, Detective.«
»Hm«, wiederholte Matt und beugte sich vor, um die Asche seiner Zigarette im Zinnaschenbecher abzuklopfen. »Was ist mit dem Brief, den Hoffman hinterlassen hat?«
»Was soll damit sein?«
»Was hat McCabe damit zu tun?«
»Nichts. Wenn Sie mich fragen, Detective, tut der Brief überhaupt nichts zur Sache. Eine so charmante Dame wie Mrs. Hoffman hat doch nichts mit einem Mord zu tun, oder?«
Vor dem Kapitän hatte Smith das noch ganz anders dargestellt, aber Matt beschloß, darüber hinwegzusehen. »Sehr wahrscheinlich nicht«, erwiderte Matt freundlich. »Aber was ist mit den Morddrohungen, die Hoffman in New York erhalten hat?«
»Morddrohungen?«
»Ja. Drohbriefe.«
Smith runzelte die Stirn und fuchtelte dann wieder mit der Zigarre in der Luft herum. »Die sind wahrscheinlich von McCabe persönlich. Sie werden schon sehen, Detective. Wenn ich mit McCabe fertig bin, wird er zugeben, die Briefe geschrieben zu haben.«

Matts Augen verengten sich. »Sie sprechen von einem Folterverhör?« fragte er leise.
»Na klar, warum nicht? Es funktioniert doch.« Smith stand auf. »Wenn Sie mich jetzt entschuldigen wollen, Detective, ich bin ein beschäftigter Mann. Und Sie haben sicherlich auch noch einiges zu tun. Auf dem Promenadendeck findet heute morgen eine Partie *Shuffle Board* statt. Habe ich zumindest gehört.«
»So ist es.« Matt erhob sich und schien in keinster Weise von Smiths Feindseligkeit verärgert. »Ich spreche später noch einmal mit Ihnen«, sagte er und schlenderte aus dem Raum.
Seine Gesichtszüge verfinsterten sich jedoch, als er die Stufen zu den oberen Decks hinaufstieg. Diese Verhaftung gefiel ihm nicht, und zwar nicht nur, weil er an dem Fall nicht beteiligt war. Zu viele Dinge waren dabei übersehen worden: Hoffmans Brief, Langdons Alibi zur fraglichen Zeit, die angeblichen Morddrohungen. McCabe schien der Schuldige zu sein, Matt jedoch bezweifelte es. Wenn er recht hatte, würde ein unschuldiger Mann für ein Verbrechen büßen, das er nicht begangen hatte. Flitterwochen hin oder her, Matt konnte nicht einfach daneben stehen und das alles geschehen lassen.
Ihn umfing helles Tageslicht, als er auf das Promenadendeck hinaustrat. Er brauchte einen Moment, bis sich seine Augen daran gewöhnten. Es wehte eine frische Brise, und an Deck promenierten elegant gekleidete Menschen, während andere im Windschatten in den Liegestühlen saßen und die Aussicht genossen. Ohne recht zu wissen, was er jetzt mit sich anfangen sollte, ging Matt zur Reling hinüber und griff in seine Tasche, um sich eine weitere Zigarette herauszuholen. Da der Fall offiziell als gelöst galt, gab es nichts weiter für ihn zu tun, als Brooke zu suchen

und mit ihr die Flitterwochen zu genießen. Er hätte sich über den Gedanken freuen sollen, aber es gelang ihm nicht. Hier, weit weg von Brooke, dem Kapitän und von anderen äußeren Einflüssen, konnte er sich eingestehen, daß er den Fall gerne gelöst hätte. Er verstand es selber nicht, daß er nicht eingewilligt hatte, klar war ihm lediglich, daß er nur ungern mit den Leuten der feinen Gesellschaft zu tun haben wollte. Das letzte Mal hatten sie beide, Brooke und er, dafür bezahlt.

Als er flüchtig zur Seite blickte, sah er einen anderen Passagier, der wie er allein an der Reling lehnte und blind auf die unruhigen Wellen blickte. Er erkannte den Mann nicht auf Anhieb, aber dann packte er die Gelegenheit direkt beim Schopfe. »Guten Morgen, Mr. Langdon«, sagte er und stellte sich unauffällig neben ihn.

Langdon zuckte zusammen. »Was? Oh, guten Morgen, Mr. Devlin, nicht wahr?«

»Ja. Ich bin mir nicht sicher, ob wir uns je vorgestellt worden sind«, fuhr Matt geschickt fort, zum ersten Mal dankbar dafür, daß er in seinem neuen Leben nicht nur die Feinheiten des Benehmens gelernt hatte, sondern auch, wie sie zu umgehen waren, »aber in Anbetracht der Umstände ...«

»Ja«, sagte Langdon nach einem kurzen Moment. »Die Umstände waren ... schwierig.«

»Hm.« Matt betrachtete das Meer. »Wie geht es Mrs. Hoffman heute morgen?«

»Den Umständen entsprechend hält sie sich ganz gut.«

»Es muß schwierig für sie sein, den Mörder ihres Mannes zu kennen, aber gleichzeitig auch eine Erleichterung.«

Langdon warf ihm einen Blick zu. »Ist das eine Befragung, Sir?«

»Ich habe mit dem Fall nichts zu tun.« Matt nahm sein Zigarettenetui aus der Jacke. »Eine Zigarette, Sir?«

Langdon zögerte kurz, dann nickte er. »Vielen Dank. Es tut mir leid, aber momentan bin ich etwas durcheinander.«

»Das ist verständlich.« Eine Zeitlang standen die beiden Männer schweigend da und rauchten. »Sind Sie mit der Verhaftung zufrieden?«

Langdon zuckte die Schultern. »Natürlich. McCabe hatte einen Grund, und er hätte Julius bestimmt ..., er könnte es getan haben.«

Matt schaute ihn an. »Kennen Sie denn McCabe?«

»Ich bin ihm schon einmal begegnet. In New York ist er einige Male ins Büro gekommen.«

»Aha?« Matt zog an seiner Zigarette. »Dann war das Verhältnis zu seinem Bruder freundschaftlich?«

»Freundschaftlich würde ich das nicht nennen, nein ... Aber warum stellen Sie mir diese Fragen, wenn Sie mit dem Fall nichts zu tun haben?« Matt schüttelte den Kopf. »Tut mir leid. Berufliche Neugier.«

»Na ja, ich denke, es gibt nichts mehr, worauf man neugierig sein könnte. McCabe ist verhaftet worden, und das war's. »Langdon warf seine Zigarette ins Meer. »Wenn Sie mich dann bitte entschuldigen wollen, Sir, ich werde mal nachschauen, wie es Mrs. Hoffman geht.«

»Natürlich.« Matt wandte sich dann ebenfalls von der Reling ab. »Da es zu einer Verhaftung gekommen ist, ist es ja auch gleichgültig, daß niemand weiß, wo Sie an jenem Abend waren, als Hoffman über Bord gefallen ist.«

Langdon blieb stehen. »Ich war in meiner Kabine«, sagte er ruhig, aber seine Augen verengten sich.

»Natürlich«, wiederholte Matt. »Ich will Sie nicht länger aufhalten, Sir. Guten Tag.«

Langdon starrte ihn sekundenlang an, dann nickte er. »Guten Tag«, sagte er, drehte sich um und ging davon.

Wieder allein, wandte sich Matt erneut der Reling zu. Interessant, wie Langdon auf die Frage nach seinem Alibi in der Nacht von Hoffmans Tod reagiert hatte. Vielleicht war er gar nicht in seiner Kabine gewesen, wie er behauptet hatte. Vielleicht nicht. Und vielleicht hatte er auch nichts mit Hoffmans Tod zu tun, aber er verbarg etwas. Darauf würde Matt seinen Ruf als Polizisten verwetten.

Das hieß, daß diese Sache noch nicht abgeschlossen war, überlegte er und warf seine Zigarette ins Meer. Dann drehte er der Reling endgültig den Rücken zu. Es steckte mehr hinter dem Fall, als bisher aufgedeckt worden war, und es blieben ihm nur vier Tage. Das hieß, Gott stehe ihm bei, daß er sich doch noch einschalten mußte. Denn wenn McCabe Hoffman nicht getötet hatte, dann lief auf diesem Schiff ein Mörder frei herum.

Auf dem Promenadendeck fand die Partie *Shuffle Board* statt, auf die Smith spöttisch hingewiesen hatte. Nach dem Mittagessen im großen Salon, der durch das von der hohen Glasdecke hereinströmende Sonnenlicht weitaus freundlicher wirkte als am Abend zuvor, nahmen Matt und Brooke am Spiel teil. Sie lachten und versuchten sich gegenseitig zu übertreffen, um zu gewinnen. Aber Matt war nicht mit dem Herzen bei der Sache. Das fiel Brooke im nachhinein auf, als das Spiel vorüber war und er in den Rauchersalon der Herren gegangen war, um sich angeblich Zigaretten zu holen. Es war viel wahrscheinlicher, daß er über Hoffmans Tod sprechen wollte, ein Gesprächsthema, dessen mittlerweile wohl jeder überdrüssig sein mußte. Von den Frauen erfuhr man ohnehin nur Klatsch. Doch im Allerheiligsten der Männer, was würde man da nicht alles in Erfahrung bringen können?

Verärgert schritt Brooke einher und wünschte sich nicht zum ersten Mal, daß die Dinge anders wären, daß eine Frau genauso viel in der Welt zu sagen hätte wie ein Mann. Und sie wünschte sich auch, Verbrechen aufklären zu können, wie Matt. Doch es war nicht seine Schuld, daß die Dinge nun einmal anders waren. Zwar mißbilligte er ihren Wunsch, den Fall zu lösen, aber andererseits teilte er alle Informationen mit ihr, und das war mehr, als ihr Vater gegenüber ihrer Mutter je getan hatte. Vermutlich mußte sie sich damit zufriedengeben.

»Mrs. Devlin«, erklang eine Stimme, als Brooke sich ihrer Suite näherte. »Könnte ich mit Ihnen sprechen?«

Brooke wandte sich um. Dort, in einem Durchgang, der zu einigen Luxuskabinen führte, stand Julia Hoffman, als ob sie sich verstecken wollte. Sie trug ein graues Kleid, das mit malvenfarbener Spitze an Kragen und Ärmeln abgesetzt war und am ehesten einem Trauerkleid glich. »Aber gerne, Miss Hoffman. Wollen Sie mich zu meiner Suite begleiten?« fügte sie hinzu, als sie bemerkte, daß die Umstehenden sie beobachteten.

»Einverstanden.« Als sie aus dem Schutz des Deckhauses trat, zog Julia die Schultern hoch, als ob sie die Blicke abwehren wollte, die, so dachte Brooke, sie wie Schläge treffen mußten. Armes Mädchen. Sie war sehr jung und hatte gerade ihren Vater verloren. Brooke erinnerte sich nur zu gut daran, wie das war.

»Das mit Ihrem Vater tut mir schrecklich leid«, sagte Brooke sanft. »Ich habe ihn nicht gut gekannt, aber er schien ein guter Mensch zu sein.«

»Oh, das war er.« Julias Gesicht hellte sich auf. »Und ein

guter Vater, besonders, als ich klein war. Später natürlich …«
»Ja?« hakte Brooke nach.
»Na ja, man wird erwachsen, nicht wahr?« Julia zog erneut die Schultern hoch. »Das sagt zumindest Mutter immer.«
Brooke blickte sie fragend an. »Ich verstehe Sie nicht.«
»Das können Sie auch nicht, man hat Ihnen doch die Wahl Ihres Ehemannes überlassen.«
»Fast.« Brooke lächelte. »Meine Tante hätte jemand anderes vorgezogen.«
»Aber Sie haben sich Ihren Mann ausgesucht. Ich bewundere Sie dafür, Mrs. Devlin«, sagte sie ernsthaft. »Über Ihre Hochzeit wird viel geredet, aber Sie haben sich Ihren Mann ausgesucht und sich nicht davon abhalten lassen.«
Brooke blickte sie an. »Aber Sie werden doch eine wunderbare Partie abgeben, Julia. Oder?«
»Vermutlich.« Sie zog erneut die Schultern hoch. »Er wohnt in einem richtigen Schloß. Er ist sehr gutaussehend, und sein Titel reicht schon Generationen zurück. Aber er hat natürlich kein Geld. Deswegen hat er eingewilligt, mich zu heiraten. Schließlich bin ich nur eine Amerikanerin.«
»Lieben Sie ihn?« wollte Brooke wissen und fragte sich, worauf Sie eigentlich hinaus wollte.
»Ich weiß es nicht. Ich habe ihn erst dreimal gesehen.«
»Dreimal!« Brooke blieb unvermittelt stehen. »Aber das ist ja schrecklich. Wie konnten Ihre Eltern das zulassen?«
»Sie mögen ihn. Das heißt, Mutter tut es.«
»Ihr Vater schien stolz auf Sie zu sein«, grübelte Brooke und ging weiter.

»Er hat keine Ahnung von meinen Gefühlen. Wie könnte er auch? Er war alt.« Julias Stimme klang voll jugendlichem Zorn. »Außerdem ist es ja auch nicht so, daß er und Mutter aus Liebe geheiratet hätten.«
Brooke blieb wieder stehen. Es war sicherlich gut, einem beunruhigten Mädchen vertrauensvoll Gehör zu schenken, aber das ging zu weit.
»Warum erzählen Sie mir das?«
Julia war so anständig, daß sie sich schämte. »Ich weiß es nicht. Ich ... Bitte vergessen Sie, was ich gesagt habe. Ich hätte nie so etwas über meine Eltern sagen dürfen.«
»Nein, das dürfen Sie nicht.« Selbst wenn es stimmte. Und als sich sie erinnerte, wie Adele ihren Ehemann behandelt hatte, vermutete sie, daß es stimmte. Dieser Gedanke brachte sie auf das, was Matt vom Kapitän erfahren hatte: auf den Brief, den Hoffman hinterlassen hatte. »Julia, warum wollten Sie mich sprechen?«
»Ich wollte ...« Julia blieb stehen und hielt sich an der glänzenden Teakreling fest. Sie sah plötzlich sehr jung aus. »Sie haben doch letztes Jahr geholfen, die *Cliff-Walk*-Morde aufzuklären?«
»Nicht wirklich«, entgegnete Brooke erstaunt. Nur wenige wußten, welche Rolle sie bei der Aufklärung der Morde gespielt hatte. Wie hatte das Mädchen es herausgefunden? »Ich war von der Sache selbst betroffen, deshalb habe ich Fragen gestellt, aber es war Matt – mein Ehemann –, der den Fall gelöst hat.«
»Aber Sie haben ihm dabei geholfen. Bitte, Mrs. Devlin.« Julia griff nach ihren Händen. »Werden Sie jetzt auch mir helfen?«
Brooke entzog ihr sanft die Hände. »Der Fall ist abgeschlossen, Julia. Mr. Smith hat ...«
»Aber er ist schrecklich!« jammerte Julia. »Er ist grob

und unhöflich, und ich weiß, daß Onkel Edward es nicht getan hat, ich weiß es einfach!«

»Sie kennen Mr. McCabe?« fragte Brooke überrascht.

»Ich ...« Julia blickte sich rasch auf Deck um, obwohl niemand in der Nähe war, der mithören könnte. »Bitte sagen Sie nichts meiner Mutter. Ja, ich kenne ihn. Vater hat dafür gesorgt.«

»Hat er das?«

»O ja. Sie standen sich ziemlich nahe. Und Onkel Edward ist wirklich ein sehr netter Mann. Ich habe versucht, ihn zu besuchen, aber Mr. Smith hat mich nicht zu ihm gelassen.«

»Das Gefängnis ist ein unangenehmer Ort, Julia«, sagte Brooke sanft.

»Das ist mir gleich! Er ist mein Onkel, und niemand anderen scheint das zu kümmern. Ich weiß, daß er es nicht getan hat, Mrs. Devlin, da bin ich mir sicher. Können Sie das ihrem Ehemann nicht sagen?«

»Was ist denn Ihrer Meinung nach passiert?«

»Ich weiß es nicht. Bitte, Mrs. Devlin.« Sie faßte Brooke am Arm. »Ich mache mir so schreckliche Sorgen. Ich bin mir sicher, daß mein Vater sich nicht umgebracht hat, das könnte er gar nicht, aber ich weiß auch, daß Mutter es nicht getan hat.«

Jetzt blieb Brooke stehen, blickte aufs Meer hinaus und fühlte sich Jahre älter, als sie war. Es war klar, daß Julia von alledem überzeugt war; etwas anderes von den eigenen Eltern zu denken, wäre unmöglich. Und Brooke wußte, daß es gerade in solch einer Situation schon zu oft vorgekommen war, daß die Lieben eines Mordopfers am ehesten verdächtigt wurden. Brooke bezweifelte zudem ernsthaft, daß Adele ihren Ehemann getötet hatte. Sie sah so aus, als besäße sie gar nicht die Leidenschaft, die zu einem Mord befähigt. Da Julia jedoch McCabe nicht für den Mörder hielt, würde sie sich vielleicht immer fragen müssen, welche Rolle Adele im Todesfall ihres Vaters gespielt haben mochte. »Ich kann Ihnen nicht helfen, Julia.« Sie versuchte so sanft wie möglich zu klingen. »Das ist etwas anderes als letzten Sommer. Mein Ehemann hat keine offizielle Vollmacht in diesem Fall.«

»Aber er könnte es bestimmt herausfinden. Und Sie könnten ihm helfen! O bitte, Mrs. Devlin.« Julia griff wieder nach ihren Händen. »Wenn Sie mir nicht helfen, dann weiß ich nicht, wer sonst.«

»Es tut mir leid, Julia.« Sie fühlte sich ganz erbärmlich, als sie sich Julias Griff entzog. »Ich wünschte, ich könnte etwas tun, aber es geht nicht.«

»Aber...«

»Ich kann nicht«, sagte Brooke und ging so rasch wie möglich davon. Sie konnte ihr nicht helfen, sagte sie sich immer wieder. Wegen seiner Sturheit hatte Matt keine offizielle Handlungsvollmacht, und außerdem war der Fall bereits gelöst, gleichgültig wie unbefriedigend. Julia mußte lernen, damit zu leben. So sehr Brooke sich auch wünschte, ihr zu helfen, sie konnte es einfach nicht.

Oder doch? Die Hand auf dem Türgriff, blieb sie nachdenklich stehen. Sie hatte doch etwas über McCabe gehört, irgend jemand hatte doch etwas gesagt – was war es noch? Etwas hatte sie stutzig werden lassen, aber dann war sie durch andere Dinge abgelenkt worden. Hatte Sie diese Bemerkung heute morgen oder gestern abend von Smith oder Jack gehört? Aber ja doch! Jetzt erinnerte sie sich. Shirley Willis, Jacks Begleitung, hatte sich überrascht zu McCabes Verhaftung geäußert. Sie schien den Mann zu kennen. Sollte das der Fall sein, gab es bestimmt noch andere Dinge, die sie wußte.

Brooke straffte die Schultern, wandte sich um und machte sich auf den Weg in den hinteren Teil des Schiffes. Es steckte mehr hinter McCabes Verhaftung, als es den Anschein hatte. Sie mußte es herausfinden.
Das Promenadendeck im hinteren Teil das Schiffes war ausschließlich den Passagieren der zweiten Klasse vorbehalten. Es gab keine Markierungslinie, lediglich einen Hinweis, doch als Brooke diesen Teil des Schiffes erreicht hatte, spürte sie den Unterschied. Es lag an der Kleidung, an der Tatsache, daß sie ein himmelblaues Kostüm von New Yorks bestem Modemacher trug, während die Leute um sie herum Kleidung von der Stange hatten. Es lag an der mehr als ungebildeten Ausdrucksweise und dem deutlichen Akzent aus Brooklyn oder New Jersey. Aber in erster Linie hatte es damit zu tun, wie sie sich selber fühlte. Vor wenigen Jahren, vor dem Tod ihrer Eltern, wäre sie ohne weiteres mit diesen Menschen gereist und hätte sich dabei wie zu Hause gefühlt. Jetzt war ihr bewußt, daß sie nicht mehr hierher gehörte. Ihr Leben hatte sich geändert. Sie mußte sich nicht für ihren Lebensunterhalt abmühen, und sie konnte es sich leisten, den Atlantik in einer Luxuskabine zu überqueren. Vor nicht allzu langer Zeit hatte sie sich in der höheren Gesellschaft unwohl gefühlt, jetzt fiel ihr auf, wie sehr sie sich verändert hatte.
»Ich bin ein Snob geworden«, dachte sie, während sie unter den Menschen, die Federball spielten oder in Grüppchen plaudernd zusammenstanden, nach einer bestimmten Person Ausschau hielt. Sie war bereits aufgefallen und wurde offen von mehreren betrachtet und taxiert, wodurch sie sich noch unbehaglicher fühlte. Dennoch ging sie zielstrebig und mit hoch erhobenem Kopf einher und tat so wie auch bei ihrem Eintritt in die feine-

ren Kreise der Gesellschaft: als ob sie die Umstehenden nicht bemerkte. Sie war aus einem bestimmten Grund hier, und sie hatte nicht vor zu gehen. Noch nicht. Aber die Person, die sie suchte, war nicht inmitten der lachenden Gruppe im Federball Court oder unter denen, die an den Paddeln für das *Shuffle-Board*-Spiel lehnten. Weder saß sie in einem Liegestuhl, noch lehnte sie an der Reling und beobachtete das Kielwasser. Das bedeutete, überlegte Brooke und hielt den Kopf noch höher, daß sie unter Deck gehen und die Kabinen der zweiten Klasse absuchen mußte.

»Mrs. Devlin«, ertönte eine Stimme hinter ihr. Brooke wandte sich um und sah Shirley Willis freudestrahlend auf sich zukommen. »Was machen Sie denn hier?«

»Hallo, Miss Willis.« Brooke erwiderte das Lächeln erfreut und erleichtert zugleich. »Könnte ich Sie wohl einen Augenblick sprechen?«

Im großen Salon herrschte ein lautes Stimmengewirr. Es wurde über Delphine gesprochen, die man am Nachmittag gesehen hatte, und über die Lesung, die als Abendunterhaltung geplant war. Das Hauptgesprächsthema war jedoch immer noch Julius Hoffmans Tod. Alle waren erleichtert, daß der Schuldige gefaßt worden war und ihnen selbst offensichtlich keine Gefahr mehr drohte. Die meisten beschäftigte jedoch der Skandal, der sich hinter der Verhaftung verbarg.

Brooke zeigte ein heiteres Gesicht, als sie, gefolgt von Matt, auf ihren Platz im Speisesaal zusteuerte; aber ihre Gedanken überschlugen sich. Matt war gerade noch rechtzeitig in die Suite gekommen, um sich zum Abendessen umzuziehen. Sollte er etwas erfahren haben, was die anderen noch nicht wußten, dann hatte er ihr nichts gesagt. Aus diesem Grund hatte sie entschieden, ihm nichts über ihre Unternehmungen am Nachmittag zu erzählen. Sie wußte, daß das kindisch war, aber sie war es leid, nicht als vollwertiger Partner von ihm akzeptiert zu werden. Außerdem wäre er bestimmt nicht allzu erfreut darüber, was sie erfahren hatte.

Sie griff gerade nach der Speisekarte, als sich etwas Seltsames ereignete. Als hätte man das Licht gelöscht, verstummte jegliche Unterhaltung, nur das Klirren von Besteck und Porzellan war zu hören. Überrascht wandte sich Brooke um, um den Grund dafür zu erfahren. Sie sah, wie eine Frau die große Treppe herunterkam. Es war Adele Hoffman, die den Salon am Arm von Richard Langdon betrat.

»Du lieber Himmel«, murmelte sie. Das Stimmengewirr setzte wieder ein und wurde immer lauter, als Adele, gefolgt von ihren Kindern, ganz in Schwarz, die verbleibenden Stufen hinunterschritt und mit hocherhobenem Kopf und in königlicher Haltung den Salon betrat. Mochte sie es spüren, daß alle sie anstarrten, anmerken ließ sie sich jedenfalls nichts. »Sie hat Mut.«

»Oder Nerven.« Matt beobachtete Adele, wie sie sich den Weg zu ihrem Tisch bahnte. Wie alle anderen Männer stand er auf, als sie ihren Platz erreicht hatte, und plauderte dabei höflich mit ihren Kindern. Ein Stuhl blieb jedoch immer noch leer, ständig an das gemahnend, was sich vor gerade einmal zwei Nächten ereignet hatte.

»Guten Abend, Adele.« Brooke streckte ihr die Hand über den Tisch entgegen. »Schön, Sie wieder hier zu sehen.«

»Danke«, erwiderte Adele kühl und blickte neben sich,

als Richard Langdon auf dem Stuhl Platz nahm, auf dem einst Julius Hoffman gesessen hatte. Brooke und Matt schauten sich überrascht an. »Ich habe entschieden, daß es Zeit ist, daß wir wieder zum Alltag zurückkehren. Julius ist tot, und wir müssen diese Tatsache akzeptieren. Außerdem ist der Mörder bereits gefaßt worden.«

Julia, die neben Adele saß, murmelte etwas, worauf Adele sie scharf anblickte. »Geht es Ihnen gut?« fragte Brooke. Es war ein ungewöhnliches Verhalten für jemanden wie Adele, die für gewöhnlich immer auf Anstand und Schicklichkeit achtete. Schließlich war sie erst kürzlich Witwe geworden.

»Ganz gut, danke. Chauncey, setz dich gerade hin.«

»Ach Ma«, widersprach ihr Sohn, setzte sich aber auf und blickte Richard ärgerlich von der Seite an.

»Nun, ich finde, wir sollten nicht hier sein«, sagte Julia und zog Adeles Aufmerksamkeit auf sich. »Das ist respektlos gegenüber Vater.«

»Er würde wollen, daß wir weitermachen.«

»Du meinst, du willst, daß wir weitermachen.«

»Julia, ich verbitte mir diesen Ton von dir.«

»Du weißt, daß es nicht richtig ist, Mutter. Alle starren uns an und reden. Und ...«

»Julia«, unterbrach sie Richard mit tiefer Stimme und beugte sich vor. »Ihre Mutter verdient Respekt. Entschuldigen Sie sich bei ihr.«

»Warum? Sie sind nicht mein Vater, Richard.«

»Julia! Wenn uns alle anstarren, dann nur deinetwegen«, zischte Adele.

»Das ist mir gleich!« Julia wurde lauter. »Daddy war dir gleichgültig, aber mir nicht! Und nur weil sie glauben, daß sie jemanden verhaftet haben, heißt das noch lange nicht, daß das alles vorbei ist.«

»Glauben?« warf Brooke ein, bevor Adele oder Richard reagieren konnten. Julias Verhalten war entsetzlich, und alle Blicke waren tatsächlich auf sie gerichtet. Und doch vermutete Brooke, daß sie etwas Wahres über die Hoffman-Familie erfahren würden. »Warum sagen Sie das, Julia?«
Julia schaute sie an. »Weil mein Onkel es nicht getan hat, Mrs. Devlin. Ich sagte Ihnen das bereits.«
»Dieser Mann ist nicht dein Onkel«, brauste Adele auf.
»Ich glaube, das war keine gute Idee, Adele«, sagte Richard und wollte aufstehen.
Adeles Hand griff hastig nach seinem Arm, wobei ihre Knöchel weiß vor Anspannung hervortraten. »Setzen Sie sich.«
»Hören Sie zu, Adele. Seien Sie vernünftig ...«
»Sprechen Sie nicht so mit mir!« Die Eiskönigin glühte vor Wut. Zwei rote Flecken zeigten sich auf ihren Wangen, und ihre Stimme bebte vor Zorn. »Sie gehören nicht zu dieser Familie, Richard, und auch nicht dieser furchtbare McCabe. Und ich, für meinen Teil, würde das gerne klarstellen.« Sie warf einen Blick in die Runde, und die Passagiere, die gebannt zugehört hatten, blickten rasch auf ihre Speisekarte. »Und zwar hier und jetzt, damit es alle mitbekommen.«
»Du meine Güte!« flüsterte Brooke Matt zu.
»Sie hat Mut«, sagte er ebenfalls leise. »Das muß man ihr lassen.«
»Ja. Matt, ich muß dir etwas sagen ...«
»Dieser Mann gehört nicht zu unserer Familie«, wiederholte Adele und starrte Julia an. »Er mag der Bruder deines Vaters sein – und da bin ich mir noch nicht einmal sicher –, aber dein Vater hat ihn in keinster Weise anerkannt. Noch werde ich das tun oder du. Und mehr habe ich dazu nicht zu sagen.«

»Aber Mutter«, widersprach Julia.
»Es reicht, Julia! Das Thema ist abgeschlossen. Wir werden keinen Kontakt zu diesem Mann aufnehmen.«
»Das habe ich bereits.« Julia warf den Kopf zurück und starrte Adele an. »Und das werde ich wieder tun, wenn ich ihn besuchen darf.«
Adeles Blick sprühte Funken und enthüllte die vulkanische Leidenschaft, die sich hinter ihrer Eisschicht verbarg. »Wann hast du den Mann gesehen?« verlangte sie zu wissen.
»Adele.« Richards Stimme klang eindringlich, als seine Hand ihren Arm umklammerte. »Das ist nicht der Ort und der Zeitpunkt ...«
»Sie sind noch nicht mein Ehemann, Richard«, fuhr sie ihn an, worauf sich einige der unfreiwilligen Zuschauer erstaunte Blicke zuwarfen. »Ich behandele meine Kinder so, wie es mir paßt. Wann hast du diesen – diesen Mann getroffen?«
Julia warf den Kopf erneut zurück. »Ich habe ihn bereits mehrere Male getroffen, Mutter, zusammen mit Vater. Und du hast nichts davon gewußt, oder?«
»Ich würde ihn auch gerne kennenlernen«, redete Chauncey dazwischen.
»Sei still, Chauncey!« sagten Adele und Julia fast gleichzeitig.
Chauncey wurde rot. »Das werde ich nicht. Er gehört auch zu meiner Familie.«
»Das stimmt«, nickte Julia. »Und er hat es nicht getan, Mutter. Er hat Daddy nicht getötet.«
»Warum behaupten Sie das, Miss Hoffman«, mischte sich Matt ein. Seine Stimme klang ruhig, aber die Schärfe in seinem Blick alarmierte Brooke.
Julia streckte energisch ihr Kinn vor. »Weil ich ihn kenne.

Er würde so etwas nicht tun. Und wenn ich ihn besuche, werde ich ihm das sagen.«

»Matt.« Brooke zerrte an seinem Ärmel. »Ich muß dir etwas sagen. Sie hat recht, er hat es nicht getan ...«

»Ich verbiete dir, so etwas zu tun«, verkündete Adele und schlug höchst undamenhaft mit der Faust auf den Tisch. »Wenn es sein muß, sperre ich dich in dein Zimmer ein. Der Gedanke, daß du mit dem Mörder deines Vaters verkehrst ...«

»Aber er hat es nicht getan«, bemerkte Brooke und brachte alle zum Schweigen. Alle Blicke am Tisch wandten sich ihr zu.

Matt erholte sich als erster. »Woher weißt du das?« fragte er, so wie ein Ermittler einen anderen fragt.

»Ich habe einige Fragen gestellt. In der zweiten Klasse.«

Er schaute mißbilligend. »Wann?«

»Heute nachmittag.« Sie holte tief Luft. »Mr. McCabe kann Mr. Hoffman nicht getötet haben.« Sie warf Matt ein kurzes entschuldigendes Lächeln zu und wußte, daß er über ihre Worte nicht erfreut sein würde. »Ich habe die Frau gefunden, mit der er in jener Nacht zusammen war.«

# KAPITEL 6

Matt ging im Wohnzimmer der Suite auf und ab. »Warum hast du mir das nicht erzählt?« fragte er immer wieder.

»Und warum erzählst du mir nichts?« gab Brooke zurück. »Du weißt genau, daß ich dir bei diesem Fall helfen kann.

»Wir haben aber nichts damit zu tun. Verdammt, Brooke«, fuhr er sie an. »Du hast mich zum Narren gemacht.«

»Das war nicht meine Absicht, Matt.«

»So habe ich mich aber gefühlt.« Er fuhr sich mit der Hand durch die Haare, und seine Wut ließ offensichtlich nach. »Anscheinend kann ich dich nicht davon abhalten, Fragen zu stellen ...«

»Du willst mir doch nicht weismachen, daß du nicht das gleiche getan hast?«

»Aber eins versprich mir bitte: keine weiteren Überraschungen wie heute abend.«
Obwohl sich Brooke über sein anmaßendes Verhalten ärgerte, leuchteten ihre Augen auf. »Aber es hat sich doch gelohnt, oder? Hast du die Gesichter der anderen gesehen?«
»Das ist nicht komisch«, sagte Matt, grinste aber, als er den Arm um ihre Taille legte und sie zum Sofa führte. »Wie habe ich bloß immer annehmen können, daß Leute der höheren Gesellschaft wüßten, wie sie sich in der Öffentlichkeit zu benehmen haben?«
»Es war erstaunlich.« Brooke setzte sich neben ihn auf das Sofa und zog die Beine an. Mit dem Finger drehte sie an einer Haarlocke, die sich wie gewöhnlich aus ihrem Knoten gelöst hatte. »Daß sich von allen Leuten ausgerechnet Adele Hoffman so aufführt! Das muß an der ganzen Anspannung liegen.«
»Wahrscheinlich.« Er wandte sich ihr zu. »Du weißt, was das bedeutet, nicht wahr? Wenn McCabe unschuldig ist, sind wir wieder da, wo wir angefangen haben.«
»Hm. Adele ist wieder verdächtig.« Sie lehnte ihren Kopf gegen seine Schulter. »Und nach dem heutigen Abend bin ich mir sicher, daß sie fähig dazu ist. Matt.«
»Ja?«
»Du weißt doch, daß Mr. Smith nicht in der Lage ist, den Fall zu lösen?«
Matt beugte sich mit versteinertem Gesicht vor. »Das ist nicht mein Problem, Brooke.«
»Nicht dein Problem?«
»Nein, ist es nicht. Aber erzähl mir doch. Wie hast du diese Frau gefunden? Die, mit der McCabe zusammen war.«
»Nun.« Sie holte tief Luft. »Es fiel mir ein, daß nur Leute

aus der zweiten Klasse wissen konnten, wo McCabe war.«

»Ich könnte mir vorstellen, daß selbst Smith daran gedacht hat.«

»Ja, aber ich hatte eine Geheimwaffe. Shirley Willis.«

Matt starrte sie einen Moment lang an, dann warf er den Kopf zurück und lachte. »Meinst du Everetts Freundin?«

»Ja. Sie ist wirklich sehr nett, Matt.«

»Das bezweifle ich nicht.«

»Himmel, ich höre mich wie ein Snob an«, sagte sie reuevoll. »Wußtest du, daß sie Kaugummi kaut? Und sie macht auch noch Blasen und läßt sie platzen.«

Brooke zog eine Grimasse. »Aber sie ist sehr warmherzig und mehr als das.«

»Was?«

»Sie zählt zu denjenigen, die anscheinend über alles Bescheid wissen.«

Matt ging ein Licht auf. »Sie weiß also Dinge, die andere vielleicht nicht wissen.«

»Genau. Wie zum Beispiel, daß eine Bedienstete eine Affäre mit einem Steward hat.«

»Um Himmels willen.« Er starrte sie an. »Smith muß unfähig sein, wenn er das nicht herausgefunden hat.«

»Vielleicht auch nicht. Vielleicht liegt es daran, daß er ein Mann ist, Matt«, sagte sie sanft, da sie vermutete, daß er den Gedanken hegte, er hätte bessere Ergebnisse erzielen können. Schließlich war auch er ein Mann und ganz offensichtlich ein Polizist. Er mußte selbst zu der Erkenntnis gelangen, daß auch Frauen wertvolle Polizeiarbeit leisten konnten. »Shirley war begeistert, als ich sie um Mithilfe bat. Ich mußte ihr noch nicht einmal gezielte Fragen stellen. Sie hat mir sofort erzählt, daß sie ihre Stewardeß mit McCabe gesehen hat.«

»Wann?«
»Am Anfang der Reise. Da ihre Freunde krank waren, hat sie das Schiff erkundet – sie ist wirklich sehr findig –, und sie hat McCabe und die Stewardeß – ihr Name ist übrigens Ellen Reilly – im Nebenkorridor gesehen. Sie sind auseinandergefahren, als sie Shirley gesehen haben, und das hat Shirley natürlich mißtrauisch gemacht.«
Matt starrte Brooke an. »Natürlich.«
»Shirley hat nach Ellen geläutet«, fuhr Brooke fort und tat so, als ob sie Matts Erstaunen gar nicht bemerkte. »Sie wollte nicht sofort reden – offensichtlich gibt es Bestimmungen gegen Beziehungen zwischen Angestellten. Sie hatte Angst, ihren Job zu verlieren, aber als ich ihr erklärte, was McCabe zustoßen könnte, gab sie nach. Armes Mädchen.« Brooke wurde ernst. »Sie treffen sich schon seit einiger Zeit und haben sogar schon über Heirat gesprochen. Sie war ganz außer sich.«
Brooke wandte sich ihm zu. »Ich hoffe, du wirst nicht zu hart zu ihr sein, wenn du sie verhörst.«
»Ich werde sie nicht vernehmen, Brooke.«
»Nein?«
»Nein.«
»Na dann, armes Mädchen. Ich stelle mir lieber nicht vor, was Smith sie fragen wird.«
»Hm.« Matt strich sich mit dem Finger über den Schnurrbart. »Hat sie ganz bestimmt gesagt, daß sie zum fraglichen Zeitpunkt mit McCabe zusammen war?«
»Ja, Matt. Shirley hat nach Ellen geläutet, und sie ist nicht gekommen.«
»McCabe war auch nirgends zu sehen«, murmelte er. »Zumindest behauptet das Smith. Das wäre eine Erklärung dafür, wenn sie die Wahrheit sagt.«
»Oh, das tut sie, Matt. Warum sollte sie lügen?«

»Du würdest dich wundern«, antwortete er und erhob sich. Brooke zog eine Grimasse hinter seinem Rücken, aber beschloß, ihm die Bemerkung durchgehen zu lassen.
»In Ordnung.« Er schlüpfte in seine Smokingjacke, die ganz zerknittert war, da er sie über einen Stuhl geworfen hatte.
»Ich tue, was ich kann.«
»Wohin gehst du?«
»Ich spreche mit dem Kapitän. Und mit Smith.« Er grinste schadenfroh. »Ich freue mich schon auf sein Gesicht, wenn ich ihm sage, daß er den falschen Mann verhaftet hat.« Er warf ihr einen Kuß zu, dann ging er hinaus und schloß die Tür hinter sich.
»Gern geschehen«, murmelte Brooke und lehnte sich zurück. Aber sie lächelte. Es war zwar ein schiefes Lächeln, aber immerhin ein Lächeln. Irgendwann mußte Matt doch ihre Hilfe anerkennen. Sie konnte nicht von ihm erwarten, daß er sich über Nacht änderte, daß er sie sofort als Partnerin, als Gefährtin ansah, statt als hilflose Frau, die verwöhnt und beschützt werden wollte. Aber er würde es schon noch lernen. Ihr Lächeln wandelte sich und wurde genauso schadenfroh wie Matts. Brooke hatte noch einige Überraschungen für ihn parat. Er würde den Fall nicht ohne sie lösen.

Dieses Mal war es Matt, der die Zusammenkunft in der Kapitänskabine einberief, nachdem er Ellen Reilly aufgesucht und sie überredet hatte, die Wahrheit zu sagen. Smith tobte vor Entrüstung, als er von McCabes Alibi erfuhr. Das sei seine Verhaftung, schrie er und wütete durch die Kabine, und er ließe sich den Fall nicht von einem Provinzdetective wegnehmen. Kapitän Wood war fassungslos, aber nachdem er Ellen Reillys tränenreiche Aussage vernommen hatte, mußte auch er eingestehen, daß der Fall doch noch nicht abgeschlossen war. Widerstrebend gab er Anordnungen, McCabe zu entlassen und die Ermittlungen neu aufzurollen. Mit einem hämischen Grinsen verließ Matt die Kabine. Er war vielleicht nicht zuständig, aber er hatte gerade einen unschuldigen Mann davor bewahrt, für ein Verbrechen zu büßen, das er nicht begangen hatte. Aber was sollte er jetzt tun? Brooke war weit mehr im Recht, als sie wußte. Er konnte es nicht dabei bewenden lassen.

Auf Deck schlenderte vor ihm ein Mann entlang. Er war tadellos gekleidet und von fast lässiger Erscheinung. Es war Jack Everett, der nicht so unbeteiligt war, wie er gerne wirken wollte. Das abendliche Unterhaltungsprogramm war offensichtlich vorbei, denn er war in Begleitung von zwei Damen, die sich links und rechts von ihm eingehakt hatten. Es dauerte einen Moment, bis Matt erkannte, daß Brooke eine von ihnen war, was ihn ohne Grund wütend machte.

»Brooke«, rief er, und sie wandte sich um. »'n Abend, Everett. Miss Willis.«

»Matt.« Brooke löste sich aus Everetts Arm und ging zu ihm. »Hat alles geklappt?«

»Ja. McCabe wird sofort aus der Haft entlassen.«

»Und Miss Reilly wird ihren Job nicht verlieren?«

»Das kann ich mir nicht vorstellen«, sagte Matt überrascht. »Zumindest ist davon nichts gesagt worden.«

»Gut«, warf Shirley ein. »Sie war so verzweifelt, obwohl sie wußte, daß sie das Richtige tat. Es wäre eine Schande, wenn sie dafür bestraft würde.«

»Nun ja, ich weiß nicht, was passieren wird. Haben Sie Zeit für eine Zigarette, Everett?«

Jack wirkte überrascht. »Sicherlich. Aber wir können die Damen doch nicht allein lassen.«

»Brooke und Miss Willis kommen bestimmt auch ohne uns zurecht, oder?«

Brooke schaute ihn verärgert an. »Ja sicher, wenn es Miss Willis nichts ausmacht.«

»Ach, nennen Sie mich doch Shirley«, sagte sie heiter. »Ihr Jungs geht nur. Wir vertreiben uns schon die Zeit. Wir werden bestimmt noch gute Freundinnen ...«

Jack schüttelte sich vor Lachen, als er und Matt sich umdrehten und zum Rauchersalon gingen. »Brooke wird Ihnen doch verzeihen?«

»Brooke ist eine patente Frau«, sagte Matt und öffnete die Tür zum Rauchersalon, wohl wissend, daß er bei seiner Rückkehr ihre Wut zu spüren bekommen würde. Dennoch konnte er diese Gelegenheit nicht ungenutzt verstreichen lassen. Everett hatte möglicherweise wertvolle Informationen über die Leute, die in den Fall verwickelt waren.

Der Rauchersalon, auf dem *Saloon Deck* im hinteren Teil des Schiffes, war ein geselliger, verrauchter Raum, mit scharlachroten Lederstühlen und Sitzgruppen, einer langen, glänzenden Bar und Spucknäpfen, die strategisch günstig auf dem Boden verteilt waren. Mehrere Herren in Abendkleidung standen an der Bar, während andere umherschlenderten und plauderten. Wieder andere, Randall Snow inbegriffen, hatten ein Kartenspiel begonnen und saßen an einem Tisch unter einem grünen Lampenschirm. Matt musterte ihn scharf und zögerte, verwarf dann aber die Idee und führte Jack an einen Tisch in einer abgelegenen Ecke, wo sie ungestört waren. Er war ja offiziell mit den Ermittlungen nicht beauftragt.

»Brooke mag verärgert sein, aber sie wird es mir nicht verübeln.«
»Besonders dann nicht, wenn Sie bei der Arbeit sind.«
Matt zog unmerklich die Augenbrauen hoch, als er dem anderen Mann sein silbernes Zigarettenetui hinhielt. Plötzlich überkam ihn eine beinah schmerzliche Nostalgie, und er sehnte sich nach den zerknitterten Packungen mit den bunten Sammelkarten, auf denen Quacksalbermittel oder Baseballspieler abgebildet waren, die er sonst immer bei sich getragen hatte. »Wie kommen Sie darauf?«
»Das ist wohl unschwer zu erraten nach der Szene mit Adele.« Jack zündete sich seine Zigarette mit seinem eigenen Feuerzeug an und lehnte sich dann zurück. Er streckte die Beine aus und blies eine blaugraue Rauchwolke aus. »Nun. Worüber wollen Sie denn mit mir sprechen? Sicher nicht über die Reise.« Er grinste. »Sie sehen nicht so aus, als ob sie die Fahrt über den Teich allzusehr genießen.«
»Den Teich.« Matt zündete sich seine Zigarette an, und seine Stimme klang bitter. »Das sieht den Reichen ähnlich, den Atlantik als Teich zu bezeichnen.«
»Klingt wie ein Vorurteil, Detective.«
»Nein. Reine Beobachtung.«
Beide Männer schwiegen, als der Steward ihre Whisky-Sodas brachte. »Und was haben Sie in letzter Zeit beobachtet? Daß hier etwas Seltsames vor sich geht?« fügte er hinzu, als Matt nicht sofort antwortete. »Übrigens habe ich keine Ahnung, was Hoffman zugestoßen ist.«
»Das habe ich auch nicht angenommen.« Matt betrachtete ihn mit argwöhnischem Respekt. Das war kein Mann, den man unterschätzen sollte. »Wie lange kennen Sie Brooke schon?« fragte er zu seinem eigenen Erstaunen.
»Schon seit Jahren.« Jack nahm einen langen Zug. »Seit-

dem sie zu ihrem Onkel gezogen ist. Aber seien Sie unbesorgt.« Er blickte Matt ins Gesicht. »Sie wollte mich gar nicht.« In seinen Mundwinkeln deutete sich ein Lächeln an. »Sie sagt, ich bin zu faul. Sie hat natürlich recht. Aber ich kann es mir ja auch leisten.«

»Da habe ich anderes gehört.« Matt lehnte sich ebenfalls zurück und konzentrierte sich auf seine Zigarette, als sei sie das Wichtigste auf der Welt. »Ich meine, darüber daß Sie faul seien.«

»Aber das bin ich, alter Knabe. Mein Vater hat mir schrecklich viel Geld hinterlassen. Ich bin sozusagen stinkreich. Ich könnte nicht alles ausgeben, selbst wenn ich es versuchte.« Er langte nach dem Aschenbecher. »Nun. Was wollten Sie mich fragen?«

Matt betrachtete ihn einen Augenblick. Während seiner ersten Monate im Dienst hatte er von Jack Everett gehört. Still und ohne Aufhebens arbeitete er in den Wohnsiedlungen der New Yorker Armenvierteln und half den unter ärmsten Bedingungen lebenden Menschen, ihr Los zu verbessern. Er besaß Fachkenntnisse im Bauwesen. Matt hatte gehört, daß Jack schon mehr als ein Haus gebaut und es dann verschenkte hatte. Er war nicht der Müßiggänger der oberen Zehntausend, der er vorgab zu sein. Das war er bei weitem nicht. Und auch nicht dumm. Zu Matts Erstaunen war er ein sympathischer Mann. »Wie gut kannten Sie die Hoffmans?« fragte er und entschloß sich, frei heraus zu reden. Er brauchte Informationen, die weder Smith noch Brooke trotz all ihrer Quellen herausfinden konnten. Es mußten Dinge sein, die den Herren im Rauchersalon bekannt waren, die ihm aber niemand erzählen würde.

Jack betrachtete die Spitze seiner Zigarette. »Sie ermitteln in der Hoffman-Sache?«

»Nein. Zumindest ... Nein. Aber ich bin einfach neugierig.«
»Hm.« Jack betrachtete weiterhin seine Zigarettenspitze, bevor er wieder daran zog. »Warum glauben Sie, daß ich irgend etwas weiß?«
»Ich habe den Eindruck, daß Ihnen nicht viel entgeht, Mr. Everett.«
»Jack. Nein, da haben Sie recht. Na gut.« Er drückte die Zigarette aus und beugte sich vor, die Intensität seines Blicks strafte die lässige Haltung Lügen. »Jeder kennt die Hoffmans. Womit soll ich anfangen?«
»Irgendwo. Am Anfang.«
»Am Anfang.« Jack zündete sich eine neue Zigarette an und lehnte sich zurück. »Gut. Nun, es fängt alles mit Hoffmans Vater, dem alten Karl, an. Vor dem Bürgerkrieg kam er aus Bayern nach Amerika. Er konnte kein Wort Englisch, aber er hat es doch zu etwas gebracht.«
»Aha?«
»Hm. Das Wort Kriegsgewinn hat wohl in jeder Sprache dieselbe Bedeutung. Wenn man Waffen an beide Seiten liefert, macht man ein Vermögen.«
Matts Gesicht verfinsterte sich. »Mein Onkel ist in diesem Krieg gestorben.«
»Das sind viele Männer. Wie dem auch sei, Karl wurde reich, reich genug, um seinen Sohn auf die besten Schulen zu schicken; reich genug, um sich seinen Weg in die Gesellschaft zu kaufen. Damit fing der Ärger an. Der erste Ärger«, verbesserte er sich.
»Was für Ärger?«
»Wie es scheint, hielt sich Karl eine Geliebte und hatte einen Sohn mit ihr.«
»McCabe?«
»Ja. Da ist eigentlich nichts Ungewöhnliches dabei, bis

auf die Tatsache, daß sie habgierig wurde. Sie hat ihm eine Vaterschaftsklage angehängt. Den Prozeß hat sie natürlich verloren, aber Sie können sich die Auswirkungen vorstellen.«

Matt nickte. »Ja.«

»Damit endeten Karls Aussichten, in der Gesellschaft aufzusteigen. Aber er hatte immer noch Ambitionen für seinen Sohn und immer noch das Geld, ihm den Aufstieg zu finanzieren. Als erstes mußte er ihn angemessen verheiraten, und hier kommt Adele ins Spiel. Adele Schuyler.«

»Aus einer alten, eingesessenen New Yorker Familie?«

»Die bis auf die *Patroons* zurückgeht«, sagte Jack und spielte damit auf die Holländer an, die sich als erste in New York angesiedelt hatten. »Aber kein Geld, versteht sich.«

»Adele hat also Julius wegen des Geldes geheiratet?«

»Es ist natürlich alles von ihren Eltern arrangiert worden. Wird es nicht so gemacht?«

Matt nahm einen tiefen Zug. »Nein, nicht dort, wo ich herkomme.«

»So stelle ich mir eine ideale Hochzeit auch nicht vor. Aber ich kann mir meine seltsamen Ansichten leisten.« Er tastete nach seinem Zigarettenetui und steckte es dann zurück in die Innentasche seiner Jacke. »Ich rauche in letzter Zeit zuviel. Es traf sich ganz gut, daß der alte Karl wenige Jahre später starb. Für Julius war es zumindest günstig. Er ist ganz anders als sein Vater, so wie mir erzählt wurde, bis auf eine Sache.«

»Und die wäre?«

»Geld verdienen – darin hat er ihn sogar übertroffen. Seine Firma ist eine der größten in New York, was Eisenbahnaktien betrifft. Und auch eine der besten.« Er runzelte die Stirn. »Bis vor kurzem.«

Matt lehnte sich, aufmerksam geworden, nach vorn. »Was ist denn passiert?«
Jacks Stirnfalte vertiefte sich. »Schwer zu sagen, aber es hat Gerüchte über Probleme gegeben. Gerüchte, daß die Dinge nicht so stabil sind, wie sie scheinen, daß es zu Auseinandersetzungen zwischen Hoffman und Langdon gekommen ist. Es gibt sogar Gerede, daß Geld fehlt.«
»Und dennoch sind sie zusammen auf diesem Schiff und planen die Eröffnung eines Londoner Büros.«
»Richtig.«
»Wer hatte Zugang zu dem Geld?«
Jack hob sein Glas zu einem spöttischen Toast. »Jetzt ist bei Ihnen der Groschen gefallen. Außer den beiden Partnern niemand natürlich.«
»Damit hatten beide ein Mordmotiv«, sagte Matt mehr zu sich selbst als zu seinem Gegenüber.
»Genau. Sie sollten auch wissen, daß sich Adele und Richard angeblich nahestehen.« Er zog sein Zigarettenetui wieder hervor und öffnete es mit einer kleinen Grimasse. »Ziemlich nah.«
»Ich verstehe.« Matt nickte. Nach den Ereignissen der letzten Tage erstaunte ihn das kaum. »Sagen Sie: Hat es in letzter Zeit irgendwelche Scheidungsgerüchte gegeben?«
Nun war es an Jack, erstaunt die Augenbrauen hochzuziehen.
»Woher wußten Sie das?«
»Reine Vermutung. Habe ich recht?«
»Ja, vor einigen Monaten habe ich etwas gehört.« Jack musterte ihn nun scharf. »Man sagt, Adele habe gegenüber einer ihrer Freundinnen geäußert, daß, wenn Alva Vanderbilt ihren Ehemann verlassen könne, um Oliver Belmont zu heiraten, dann könne sie das gleiche auch tun. Aber das ist schon Monate her.«

»Und seitdem?«
»Nichts.« Er beugte sich vor. »Ich kann mir nicht vorstellen, daß Julius seine Einwilligung zu einer Scheidung gegeben hätte, wenn Sie es genau wissen wollen. Er hat Adele angebetet.
»Und sie?«
»Sie betrachtete ihn als ihre Einkommensquelle.«
Matts Mund wurde zu einem Strich. Während ihrer kurzen Begegnung war ihm Julius ziemlich sympathisch gewesen. Jetzt tat er ihm leid. Die Erkenntnis, daß seine Frau ihm einen anderen Mann vorzog, mußte hart für ihn gewesen sein. Aber dennoch hatte er, indem er ihre Bitte abgeschlagen hatte, die Ereignisse in Gang gesetzt, die letztlich zu seinem Tod führten. War das der Grund, warum er diesen rätselhaften Brief im Schiffstresor hinterlassen hatte? »Interessant. Ich bin mir nicht sicher, was es bedeutet, aber Ihre Informationen sind sehr aufschlußreich. Fällt Ihnen noch etwas ein?«
Jack schaute auf. »Hat Brooke Ihnen von den Morddrohungen erzählt?«
»Ja.« Matt spielte mit dem Ende seiner Zigarette und drückte sie dann aus. »Was halten Sie davon?«
Jack zog beinah unmerklich die Schultern hoch und richtete dann stirnrunzelnd den Sitz seines Revers. »Ich habe keine Ahnung. Wenn jemand sagen kann, was sie zu bedeuten haben, dann ist es Langdon.«
»Es sei denn, er selbst hat sie geschrieben«, sagte Matt erneut zu sich selbst.
»Könnte das sein?« fragte Jack und musterte ihn genau.
»Vielleicht.«
»Na gut«, sagte Jack freundlich und hielt Matt davon ab, sich zu erheben. »Wenn der Wind daher weht, sollten Sie vielleicht noch etwas wissen.«

»Und das wäre?«
»Kennen Sie Gregory Tate?«
»Ich bin ihm einmal begegnet. Er ist Hoffmans Sekretär, nicht wahr?«
»Und sein Assistent. Und bis zu Julias Verlobung auf der Liste der Heiratskandidaten ganz oben.«
»Ach wirklich?« Matt lehnte sich langsam wieder zurück. »Das ist aber kein ausreichendes Mordmotiv.«
»Nein, kein Motiv, aber Grund genug für Ressentiments. Tate ist ein ehrgeiziger junger Mann. Die Tochter des Bosses zu heiraten würde ihn weiterbringen. Nur ...«
»Nur was?«
»Ich habe gehört, daß er Schwierigkeiten mit Hoffman hatte. Alles Gerüchte, versteht sich, aber er schien nicht so vorwärtszukommen, wie es ihm seiner Meinung nach zustand. Offensichtlich hat ihm Julius Dinge versprochen, die er nicht eingehalten hat. Er wollte Tate zu einem Börsenmakler machen, hat das Versprechen aber nicht eingelöst.«
»Und dennoch ist Tate bei ihm geblieben.«
»Ich habe keine Ahnung, wie lange er es dort noch ausgehalten hätte. Er ist bereits bei anderen Investitionshäusern und Banken gesehen worden. Man muß sich ja fragen, warum, nicht wahr?«
»Ja, richtig – ja, da steckt mehr dahinter«, sagte Matt und bremste sich. Bliebe er noch länger, würde er genau wie Everett klingen.
»Doch jetzt hat sich das Blatt gewendet. Langdon wird ihn brauchen, um das Geschäft weiterzuführen.«
Matt setzte sich nachdenklich zurück. »Aha. Sie meinen also, daß er ein Motiv hatte, Hoffman aus dem Weg zu räumen.«
»Aber nein.« Everett schien schockiert. »Nicht wenn er sich überlegt hatte, woanders zu arbeiten.«

»Sie wären überrascht, aus welchen Gründen Leute töten«, sagte Matt, erhob sich und drückte seine Zigarette aus. »Danke für die Informationen. Ich sollte wohl besser Brooke erlösen.«

Jacks Mundwinkel zuckten, als er neben Matt aus dem Rauchersalon schlenderte. »Shirley ist ein nettes Kind. Und nicht auf den Kopf gefallen, sonst hätte ich sie auch nicht allein gelassen.« Er wurde wieder ernst. »Man gibt sich ja eigentlich nicht mit Passagieren aus der zweiten Klasse ab.«

»Ich wüßte nicht, was dagegen spricht.« Matt streckte die Hand aus, nachdem sie die Stufen, die zum Promenadendeck führten, hinaufgestiegen waren. »Danke. Es gibt jetzt eine Menge, worüber ich noch nachdenken muß. Dafür bin ich Ihnen dankbar.«

»Hat mich gefreut, Ihnen behilflich zu sein«, sagte Jack. Er schüttelte Matts Hand und ging zurück nach drinnen.

Smith stapfte mit finsterer Miene über das Deck und paßte seine Schritte automatisch dem Schlingern des Schiffes an. Devlin hatte wohl gedacht, er könnte einfach daherkommen und den Fall übernehmen. Na, dann mußte er seine Lektion noch lernen. Dies war Ambroses Schiff, sein Schiff, und er würde es nicht zulassen, daß sich jemand in den besten Fall einmischte, den er je gehabt hatte. An Bord des Schiffes gab es für ihn nicht viel zu tun; zumindest nicht in der ersten Klasse. Auf dem Zwischendeck sah die Sache anders aus, aber die dort auftretenden Probleme waren einfach zu lösen. Die Leute zur Vernunft zu bringen, das war's für gewöhnlich. Aber dieser Fall war etwas anderes. Diese Sache hier, ein netter, pikanter Mord, konnte genau das sein, was er brauchte, um die dreckigen Mistkerle in New York aufhorchen zu lassen. Vielleicht würden sie dann endlich zugeben, daß sie einen Fehler gemacht hatten, als sie ihn zwangen, seinen Job aufzugeben.

Er zögerte nicht, als er die Suite erreichte, die sich bei den Devlins um die Ecke befand, hob seine fleischige Faust und schlug gegen die Tür. Egal, wie spät es war; egal, ob die Leute drinnen einen anstrengenden Tag gehabt hatten. Mord wartete auf niemanden, sagte er sich salbungsvoll.

»Ja?« flüsterte eine Frau und spähte um die Ecke der Tür. Es war anscheinend die Zofe.

»Ich möchte Ihre Herrin sprechen«, sagte er und schob die Tür auf, bevor sie reagieren konnte.

»Aber M'sieur«, widersprach sie und taumelte von der Tür zurück. »Madame schläft. Sie kommen morgen wieder, *non*?«

»Nein«, fuhr er sie an. »Ich möchte jetzt mit ihr sprechen, toot de sweet! Verstanden?«

»Claudette, was ist los? Oh, Sie sind es.« Adele erschien in der Tür zum Schlafzimmer. Obwohl sie schon bettfertig in Nachthemd und Morgenmantel dastand, sah sie immer noch makellos aus und wirkte unnahbar.

»Oh, Madame. Ich habe versucht, ihn aufzuhalten, aber er ist einfach hereingekommen ...«

»Es ist schon in Ordnung, Claudette.« Adele kam ins Wohnzimmer und setzte sich. »Bitte hol Mr. Langdon her. Er müßte in seinem Zimmer sein.«

»Vielleicht«, sagte Smith und setzte sich unaufgefordert, als die Zofe aus der Suite eilte.

»Was soll das bedeuten?«
»Das bedeutet, daß Mr. Langdon die Angewohnheit hat, nicht da zu sein, wenn er gebraucht wird.« Langdon war jedoch in seinem Zimmer. Seitdem die Verhaftung McCabes fehlgeschlagen war, hatte Smith einen Mann angesetzt, der Langdon und die Hoffmans sehr diskret beobachtete. Daher war er über jeden ihrer Schritte informiert. »Ein schlauer Polizist ist immer vorbereitet«, dachte er und fuchtelte mit einer Zigarre. »Stört es Sie, wenn ich rauche?«
»Ja«, sagte Adele, doch ohne Erfolg, da er sich die Zigarre bereits angezündet hatte. Sie zog ihre Nase widerwillig kraus. »Wirklich, Mr. Smith, Ihr Verhalten ist sehr unhöflich. Konnten Sie nicht bis morgen früh warten?«
Smith blies eine dünne Rauchwolke aus, worauf sie ihre Nase wieder kräuselte. »Wollen Sie nicht, daß der Mord ihres Ehemannes aufgeklärt wird, Mrs. Hoffman?«
»Ja natürlich möchte ich das.« Sie warf ihm einen Blick voll eisiger Verachtung zu. »Da Sie ja nun den offensichtlich Verdächtigen haben laufen lassen.«
»Ich werde ihn weiterhin beobachten«, sagte Smith grimmig. »Nun. Ich möchte einige Antworten von Ihnen.«
»Was ist das hier für ein Gestank ... oh.« Richard trat in die Suite und blickte Smith mißbilligend an. »Was wollen Sie?«
«'n Abend.« Smith erhob sich nicht. »Interessant, daß Sie herbeigelaufen kommen, wenn man Sie ruft.«
»Mrs. Hoffman braucht jemanden, auf den sie sich verlassen kann.« Richard setzte sich neben Adele aufs Sofa. »Geht es Ihnen gut?« fragte er. »Ich kann den Kapitän bitten, daß er ihn zwingt zu gehen ...«
»Nein.« Ihre Stimme klang fest. »Wir müssen der Sache ins Auge sehen.«

Richard schaute sie einen Moment lang an, dann seufzte er. »Ich vermute, es ist zwecklos.« Er blickte Smith an. »Nun? Glauben Sie, wir haben es getan?«
»Eine interessante Frage.« Smith musterte sie. »Haben Sie ein schlechtes Gewissen, Langdon?«
Richard blickte ihn ausdruckslos an. »Was hätten Sie wohl sonst um diese Uhrzeit hier zu suchen?«
»Oh, ich habe meine Gründe.« Er beugte sich vor, um die Asche von seiner Zigarre abzuklopfen. »Ihre Zofe.« Er starrte Adele an. »Wird sie bestätigen, daß Sie zu der fraglichen Zeit hier waren?«
»Ja.« Adele blickte ihn hocherhobenen Hauptes an. »Fragen Sie sie selbst, falls Sie sie nicht zu Tode erschreckt haben.«
»Das werde ich«, sagte Smith und ignorierte den Seitenhieb. »Da können Sie sicher sein.« Er fuhr Langdon an. »Und Sie?«
»Ich war in meiner Kabine. Ich glaube, das sagte ich Ihnen bereits.«
»Nein, Mr. Langdon.« Seine Stimme klang fast freundlich. »Das waren Sie nicht. Und bevor Sie widersprechen, sollten Sie wissen, daß ich einen Zeugen habe.«
»Das ist doch absurd!« platzte Adele heraus.
»Warum?« fuhr Smith sie an. »War er mit Ihnen zusammen?«
»Mit mir – nein, natürlich nicht.«
»Jemand hat gestern abend nach Ihnen gesucht. Ein Passagier namens Eastman. Kommt Ihnen der Name bekannt vor?«
»Ich hatte geschäftlich mit ihm zu tun, ja«, entgegnete Richard steif. »Es kommt mir sehr unwahrscheinlich vor, daß er Ihnen etwas erzählt hat.«
»Oh, zuerst wollte er nicht.« Smiths Stimme klang sehr

sanft. »Aber als ich heute zu Ihrem Zimmer ging und Sie nicht da gewesen waren, sah ich, wie er nach Ihnen suchte. Er erwähnte, daß Sie letzte Nacht auch nicht da gewesen waren. Es hat eine Weile gedauert, bis er das zugab.« Smith hielt inne und betrachtete seine Zigarre. »Aber ich habe meine Mittel, verstehen Sie?«
»Das Folterverhör? Ich habe von den Dingen gehört, die ihr Polizisten so anwendet.«
»Es funktioniert«, sagte Smith, noch immer mit sanfter bedrohlicher Stimme. »Nun, Mr. Langdon? Behaupten Sie immer noch, daß Sie in ihrer Kabine waren?«
»Welchen denkbaren Grund könnte ich, könnte jeder von uns beiden haben, Julius den Tod zu wünschen?«
»Richard!« rief Adele entgeistert aus.
»Die üblichen Gründe, Mr. Langdon. Sex und Geld, verstehen Sie?« Er grinste. »Sex und Geld.«
»Das reicht.« Richard stand auf und drückte den Knopf, um den Steward zu rufen. »Scheren Sie sich raus hier.«
»Wollen Sie mich dazu zwingen?«
»Wenn ich muß.«
Smith lachte in sich hinein und stand auf. »Wenn Sie müßten. Das würden Sie sich doch gar nicht trauen. Aber keine Angst, ich gehe«, sagte er, als Richard die Fäuste hob. »Wir setzen die Unterhaltung morgen fort.«
»O nein, das werden wir nicht. Wer ist da?« sagte Richard, als es an der Tür klopfte.
»Der Steward, Sir.«
»Gut.« Richard riß die Tür auf. »Mr. Smith möchte gehen. Würden Sie bitte dafür sorgen, daß er es auch tut?«
Erstaunt blickte der Steward von Langdon zu Smith.
»Ja, Sir«, sagte er und schluckte. »Mr. Smith?«

Smith lachte erneut. »Als ob Sie mich dazu bringen könnten, wenn ich nicht wollte. Gehen Sie zurück zu ihrem Posten.«

»Ja, Sir«, stammelte der Steward und eilte davon.

Smith starrte hinter ihm her und lachte in sich hinein. Dann drehte er sich um. »Ich sehe Sie morgen«, sagte er und verließ die Suite.

Wieder auf Deck, schwand jedoch seine gute Laune. Er hatte weder Langdons noch Mrs. Hoffmans Widerstand gebrochen, und was er auch gesagt hatte, der Kapitän würde nie zulassen, daß er sie hart anfaßte. Sie waren Passagiere der Luxusklasse. Etwas Besonderes. Wie Devlin und seine Frau. Er zog ein finsteres Gesicht, und seine gute Laune wich ganz. Devlin, so glaubte er, hatte er schachmatt gesetzt. Mit seiner Frau war das jedoch etwas anderes. Frauen waren neugierige Geschöpfe, und wenn sie etwas Interessantes herausfände, würde sie es ihrem Ehemann erzählen. Und das paßte ihm gar nicht.

Nein, das paßte ihm gar nicht, dachte Smith und blieb an der Reling stehen, um sich eine weitere Zigarre anzuzünden. Dabei starrte er in die Richtung, wo die Suite der Devlins lag. Es würde nicht wieder vorkommen. Mrs. Devlin mußte lernen, daß sie sich nicht einzumischen hatte.

»Und was passiert nun?« fragte Gregory Tate und stützte sich mit den Armen auf der Schiffsreling ab.

Julia blickte ihn mit rotgeäderten, glanzlosen Augen an. »Was meinst du?«

»Wirst du immer noch diesen englischen Lord heiraten?«

»Mutter will es so.« Julia schaute zur Seite und blickte über das tief unten liegende Meer, in dem sich das Mondlicht spiegelte. Es war spät am Abend, und es befanden sich nur noch wenige Passagiere auf dem Promenadendeck. Obwohl sie eigentlich in ihrer Kabine hätte bleiben sollen, hatte sie das dringende Bedürfnis, wenn auch nur für eine kleine Weile, die Suite zu verlassen und fern von ihrer Familie zu sein. In den letzten beiden Tagen war ihr Leben auf den Kopf gestellt worden, und sie wußte nicht, ob sie sich je davon erholen würde.
»Natürlich will sie das«, sagte Gregory, und Ungeduld schwang in seiner Stimme. »Aber willst du es? Das ist es, was ich mich frage.«
»Ich weiß es nicht.«
»Ich glaube nicht, daß du es willst. Du kennst den Mann doch kaum, und du wirst weit weg von Amerika leben. Du kennst dort niemanden, und ...«
»Oh, hör doch auf!« stieß Julia hervor und bedeckte ihr Gesicht mit den Händen. »Hör einfach auf.«
»Julie, Julie.« Gregory schlang einen Arm um ihre Taille, und obwohl sie sich ganz steif machte, schob sie ihn nicht weg. »Es tut mir leid. Ich wollte dir nicht weh tun.«
»Nein?«
»Nein.« Er hielt sie von sich weg, und seine Mundwinkel zuckten vor Ärger. »Ich möchte, daß du deinen Kopf benutzt.«
Julia blinzelte und blickte ihn an. Sie hatte sich inzwischen wieder gefangen. »Nein. Du willst für mich denken, Gregory. Das hast du immer schon gewollt.«
»Das ist nicht wahr. Aber ich weiß, was das beste für dich ist, Julie«, log er und legte wieder seine Arme um ihre Schulter. Julie wehrte sich nicht dagegen, obwohl sie sich durch diese Geste bedrängt fühlte. »Und es kann nicht

angehen, daß du in England leben sollst und wegen deines Geldes verheiratet wirst.«
»Aber willst du denn nicht genau dasselbe?« Fast sprach sie die Worte laut aus und hielt sie nur mit größter Mühe zurück. Gregory war wirklich anständig. Sie mochte ihn, und er mochte sie. Es gab jedoch keinen Zweifel darüber, daß er ehrgeizig war, und wenn er es nicht auf ihre Erbschaft abgesehen hatte, dann auf die Stellung, die er durch eine Heirat mit ihr in der Firma ihres Vaters bekommen würde. Julia war keine Närrin. Als Gregory, der als Sekretär ihres Vaters angestellt war, anfing, ihr den Hof zu machen, hatte sie rasch den Grund dafür herausgefunden. »Ich weiß nicht, was jetzt mit der Firma wird«, sagte sie sanft.
»Ich kümmere mich einen – einen Dreck um die Firma«, sagte Gregory, aber die Art, wie sein Arm auf ihrer Schulter zuckte, besagte das Gegenteil.
»Die Firma muß vermutlich neu organisiert werden. Mr. Langdon wird einen neuen Partner einstellen müssen.« Ihre Gedanken überschlugen sich. Natürlich mußte er das; er besaß nicht die Menschenkenntnis, die Klugheit ihres Vaters, um selbst die Firma zu leiten. Würde er das aber erkennen? Und wenn ja, wen würde er dann einstellen? Nicht Chauncey, der war zu jung und interessierte sich mehr für Gedichte als für Finanzen. Julia aber hatte den Geschäftssinn ihres Vaters geerbt. »Warum nicht eine Frau?« dachte sie, und ihr Herz klopfte. Warum nicht Julius Hoffmans Tochter?
»Julia.« Gregory räusperte sich. »Könntest du vielleicht etwas für mich tun?«
Julia blickte ihn scharf an. »Was?«
»Richard wird Hilfe brauchen. Wenn du ihn daran erinnern könntest, wie lange ich schon bei der Firma bin ...«

»Das kannst du genausogut selber tun«, sagte sie und drehte sich von ihm weg. »Du hast dich doch vorher nie geziert.«
»Ja, äh, die Situation ist anders. Jetzt, wo dein Vater tot ist, wird es so aussehen, als ob ich die Situation ausnutzen wollte.«
Sie blickte ihn direkt an, die Hände auf den Hüften. »Tust du das denn nicht?«
»Nein! Die Firma braucht jetzt jeden, um sie zusammenzuhalten. Und bedenke, Julia, während ich für deinen Vater gearbeitet habe, bin ich niemals befördert worden.«
»Ja, und ich frage mich, warum?«
»Julia.« Er schaute sie vorwurfsvoll an. »Wie kannst du so etwas sagen?«
»Warum? Mein Vater war kein Narr, Gregory.« Sie wandte sich von ihm ab. »Wenn er dich nicht befördert hat, dann hatte er seine Gründe.«
»Ungerechte, das versichere ich dir. Ich...«
»Ach wirklich? Aber mit ihm sind auch diese Gründe verschwunden, oder?«
»Um Himmels willen, Julia! Was sagst du da?«
Julia starrte ihn sekundenlang an und wandte sich dann mit zusammengepreßten Lippen von ihm ab. »Ich weiß nicht, was ich sage«, sagte sie mit kleinlauter Stimme. »Bitte verzeih mir, Gregory. Ich habe damit nichts andeuten wollen.«
»Das hoffe ich doch sehr.« Er stand beleidigt neben ihr, das getreue Abbild eines wütenden, verletzten Mannes. »Ich hoffe, du weißt, daß ich deinen Vater sehr geschätzt habe, Julie, und daß ich niemals etwas getan hätte, um ihn zu verletzen.«
»Nein«, murmelte Julia und schaute ihn immer noch

nicht an. Es gab jemanden an Bord, der ihren Vater tot sehen wollte und zur Tat geschritten war. Vielleicht nicht Gregory, selbst wenn er ein Motiv gehabt hätte, aber jemand, den sie kannte. Der Gedanke ließ sie erschauern. Wenn das wirklich so war, wem konnte sie noch trauen?

Brooke eilte das Promenadendeck entlang und zitterte in der kühlen Nachtluft. Shirley war vor einiger Zeit in ihr Zimmer zurückgekehrt, und Matt war immer noch nicht aus dem Rauchersalon zurückgekehrt. Das konnte sie ihm nicht verzeihen, zumindest jetzt noch nicht. Es hatte ihr nichts ausgemacht, mit Shirley, die sie mochte, allein zu sein. Es machte ihr jedoch etwas aus, von den Nachforschungen ausgeschlossen zu werden, die Matt womöglich anstellte. Und er stellte Nachforschungen an, auch wenn er es wahrscheinlich abstreiten würde.

Das Promenadendeck hatte sich geleert. Die Passagiere waren in ihren Kabinen und trafen Vorbereitungen, um ins Bett zu gehen. Brooke beeilte sich und bog in den Gang ein, in dem ihre Suite lag. Abrupt blieb sie stehen, als sich ein Mann drohend vor ihr aufbäumte.

# KAPITEL 7

Oh! « Brooke griff sich ans Herz. »Oh, Mr. Smith, Sie sind es. Haben Sie mich erschreckt.«

Ambrose Smith kam einen Schritt näher. Durch den schräg fallenden Schatten der Wand stand er halb im Dunkeln und halb im Licht. Das ließ ihn bedrohlich erscheinen, bildete sie sich ein. »Sie wollen bestimmt meinen Ehemann sprechen«, plauderte sie und tastete nach dem Türgriff. »Ich weiß nicht, ob er schon zurück ist, aber wenn Sie warten wollen, werde ich nachschauen ...«

»Nicht ihn.« Smith bewegte sich plötzlich vorwärts und drängte sie mit seinem großem Körper gegen die Wand. »Sie.«

»M ... Mich?« Es klang wie ein Krächzen. Sie reckte ihren Hals und versuchte, an ihm vorbeizuschauen. »Mr. Smith, Sie machen mir angst.«

»Das versuche ich auch gerade, Püppchen.«
»Was? Warum tun Sie ...?«
»Ich habe Sie beobachtet, klar? Und einiges über Sie gehört, klar? Sie stecken Ihre Nase gern in Dinge, die Sie nichts angehen.« Er tippte ihr mit seinem dicken Finger auf die Nase. Brooke bog ihren Kopf nach hinten und versuchte verzweifelt, seiner Berührung auszuweichen. Er roch nach abgestandenem Alkohol und ungewaschener Kleidung. »Ich habe es bereits Ihrem Ehemann gesagt, Püppchen, und jetzt sage ich es Ihnen.« Er beugte sein Gesicht nach vorn, und Brooke wandte sich ab, während sie sich auf die Lippen biß. »Sehen Sie mich an, wenn ich mit Ihnen rede, Püppchen. Sehen Sie mich an.« Er packte ihr Kinn und drehte ihr Gesicht zu sich, so daß sie sich nicht von ihm losreißen konnte. »Das ist mein Fall, haben Sie verstanden? Meiner. Und ich lasse mir von Leuten wie Ihnen nicht gefallen, daß sie sich da einmischen. Ist das klar?«
Tief im Innern fand Brooke ihre Stimme und ihren Mut wieder. »Ich habe mich nicht eingemischt.«
Smith packte ihr Kinn fester. »Haben Sie das kapiert, Püppchen?«
»Ich – ja.« Sie schnappte nach Luft, als sich der Druck seiner Finger auf ihrem Gesicht verstärkte. »Ja, ich verstehe, aber ...«
»Gut.« Er ließ ihr Kinn los, blieb aber vor ihr stehen. »Sehen Sie zu, daß das weiterhin so bleibt. Und sorgen Sie dafür, daß Ihr Ehemann das auch tut. Denn das nächste Mal kann ich mich vielleicht nicht mehr zurückhalten.« Er durchbohrte sie mit seinem Blick. »Verstanden?«
»Ja.« Sie schluckte mühsam. »Verstanden.«
»Gut«, sagte er und ging endlich davon. Er bog um die Ecke des Korridors auf das Promenadendeck und war rasch verschwunden.

Brooke preßte die Faust vor den Mund, um ein hysterisches Kichern zu unterdrücken. Er war weg, und ihre Knie zitterten so stark, daß sie sich kaum noch auf den Beinen halten konnte. Sie streckte die Hand aus und tastete erneut nach dem Türgriff. Sie wimmerte, als er ihrem zitternden Griff entglitt. »O bitte«, flüsterte sie, und dieses Mal spürte sie den Griff unter ihrer Hand, wie er sich drehte und die Tür aufging. Fast stürzte sie ins Wohnzimmer, schlug die Tür hinter sich zu und verriegelte sie. Jetzt war sie in Sicherheit. Hier konnte ihr niemand etwas tun.

»M-Matt?« rief sie, aber bevor sie seinen Namen aussprach, wußte sie, daß er nicht da war. Die Suite kam ihr so leer vor. »Oh, lieber Himmel.« Noch immer zitternd, stolperte sie hinüber zum Sofa und ließ sich darauf fallen. Dann schlang sie die Arme um ihren Körper. »Es ist vorbei.« Es war vorbei, und sie war in Sicherheit. Zu ihrem Erstaunen empfand sie Wut. Wut? Sie setzte sich zitternd auf, und dieses Gefühl wurde immer stärker. Ja, sie war wütend auf den brutalen Smith, der eine schutzlose Frau bedrohte und von ihr erwartete, daß sie nachgab. Für einen Augenblick hatte sie das auch getan. Als er jedoch so nah vor ihr gestanden hatte – allein der Gedanke jagte ihr eine Gänsehaut über den Rücken –, war ihr keine andere Wahl geblieben. Wenn Sie ein Mann gewesen wäre, hätte er sie bestimmt nicht so behandelt.

Jemand drehte den Türknopf, und dann rüttelte es an der Tür, worauf sie zusammenzuckte. »Brooke?« rief Matt von draußen. »Bist du da?«

»O Matt!« Sie sprang auf und lief zur Tür, um den Riegel zurückzuschieben. »Gott sei Dank.«

»Hey«, rief er, als sie sich in seine Arme warf. »Was ist passiert?«

»Smith«, brachte sie erstickt hervor, Wut und Mut verließen sie nun, da sie nicht länger allein war.
»Smith?« Matt hielt sie noch immer fest, während er ins Wohnzimmer trat, und schloß die Tür hinter sich. »Was ist mit ihm?«
»Er war hier, Matt«, sagte sie, und mit zitternder Stimme erzählte sie ihm, was sich in den letzten Minuten ereignet hatte. Während er ihr zuhörte, lief Matt mit geballten Fäusten und vorgeschobenem Kinn auf und ab, und seine dunkelblauen Augen sprühten Funken.
»Dieser Bastard«, sagte er, als sie geendet hatte, und schlug mit der Faust in die Hand. »Das wird er mir büßen.«
Brooke beugte sich vor und hielt die Hände ineinander verschlungen. Matt sah ganz so aus, als ob er einen Mord begehen könnte, dachte sie und zitterte. Nein, keinen Mord, aber eine gefährliche Prügelei, und wenn es zu einem Kampf käme, würde er wahrscheinlich verletzt. Das war wirklich das letzte, was sie wollte. »Matt, er ist so groß ...«
»Was?« Er fuhr sie an. »Hast du Angst, ich könnte es nicht mit ihm aufnehmen?«
»Ich habe Angst, du könntest verletzt werden.«
»Ich habe schon so manchen Kampf gewonnen, Brooke«, sagte er wütend.
Als sie den Blick in seinen Augen sah, zweifelte sie nicht daran. »Aber er kämpft mit gemeinen Tricks. Das weißt du doch, Matt.« Mit ernstem und bittendem Blick schaute sie ihn an und versuchte ihn zur Vernunft zu bringen. »Wenn er mich verfolgt, kann man nicht wissen, was er tun wird.«
»Nicht, wenn er seinen Job behalten will. Ich kann das nicht durchgehen lassen, Brooke.«

»Ich weiß«, sagte sie und schlug die Augen nieder. Seine Gewaltbereitschaft erschreckte sie, aber hätte er anders reagiert, wäre sie enttäuscht gewesen. Das erschreckte sie genauso. »Aber du mußt dich doch nicht auf sein Niveau herablassen, oder?«

»Warum nicht?« Er schlug mit der Faust in die Hand. »Ich würde diesem Bastard gern das Gesicht einschlagen.« Er brach ab und starrte aus dem Fenster, die geballten Hände hatte er in der Hosentasche vergraben, und langsam wich die Wut aus seinem Gesicht. Statt dessen zeigte sich darauf ein nicht minder gefährlicher, unversöhnlicher und listiger Blick. Eigentlich sollte sie das beruhigen, aber das Gegenteil war der Fall. »Aber weißt du, was ich statt dessen machen werde ...«

»Was?« fragte sie, als er nicht weiter sprach.

»Das wird es ihm richtig heimzahlen.« Er wandte sich um, und in seinen Augen stand die blanke Kampflust. »Ich werde im Mordfall Hoffman ermitteln.«

»Bist du dir sicher?« rief Brooke aus und starrte ihn an. »Das wird Smith nur noch wütender machen.«

»Das glaube ich gerne.« Er klang entschlossen. »Ich habe mich nicht wohl dabei gefühlt, abseits zu stehen und jemand anders den Fall lösen zu sehen. Und was Smith angeht.« Er grinste breit. »Nur darauf will ich hinaus.«

»Aber Matt ...«

»Er wird dich nicht noch einmal belästigen, das verspreche ich dir.« Er betrachtete sie eingehend. »Es sei denn, du möchtest wirklich nicht, daß ich das tue.«

»Nein, nein, darum geht es nicht.« Brooke führte ihre Finger an den Mund, beherrschte sich jedoch. Fingernägelkauen war eine Angewohnheit, die sie glaubte, vor langer Zeit abgelegt zu haben. »Ich finde auch, du solltest es tun. Zumindest war ich davon überzeugt.«

»Du hast deine Meinung geändert.«
»Du schienst so sehr dagegen zu sein, es zu tun.« Sie lehnte sich vor, und ihr Unbehagen verschwand. »Ja, ich glaube, du solltest es tun. Du solltest direkt zum Kapitän gehen und ihm das mitteilen. Und du solltest ihm das auch mit Smith sagen.«
»Nein.« Matt schüttelte den Kopf. »Unter normalen Umständen ist Smith wahrscheinlich ein fähiger Polizist, und ich werde seine Hilfe brauchen. Ich will ihn lieber auf meiner Seite haben als gegen mich.«
»Das wird ihm nicht gefallen.«
»Es gefällt mir nicht, daß er meine Frau bedroht.«
Sie zitterte und erinnerte sich an die beängstigenden Minuten im Gang. »Mir auch nicht. Matt?«
»Was?«
»Ich möchte dir helfen. Nein, bevor du es ablehnst, hör mich bitte an. Wir bewegen uns jetzt in meiner Welt, Matt, nicht in deiner. Ich kenne diese Menschen, und ich kann Dinge herausfinden. Du weißt das.«
»Ich weiß, aber . . .«
»Julia Hoffman hat mich um Hilfe gebeten. Ich hatte bisher noch keine Gelegenheit, dir das zu erzählen.«
»Es ist gefährlich, Brooke.«
»Es ist genauso gefährlich für dich.«
»Ich komme damit schon klar.«
»Und ich nicht?«
»Verflucht.« Er fuhr sich mit der Hand übers Gesicht. Er brauchte ihre Hilfe. Durch seine Herkunft und seinen Job wurde er von der Gesellschaft als Außenseiter betrachtet. Wahrscheinlich würde er immer einer bleiben. Und die Tatsache, daß es keine Verbindung zwischen Schiff und Festland gab und er an die Informationen, die er brauchte, nicht herankommen konnte, mach-

te es nicht leichter. »Es gefällt mir nicht, dich in Gefahr zu bringen.«

»Das wird nicht passieren, Matt. Schau.« Sie beugte sich wieder zu ihm vor. »Es bleiben nur noch vier Tage, bis wir in Southampton ankommen. Wie willst du den Fall innerhalb dieser Zeit lösen? Du brauchst mich«, fuhr sie fort, als er ihr widersprechen wollte. »Du wirst es nicht ohne mich schaffen. Das weißt du, Matt.«

»Verflucht«, wiederholte er und hämmerte mit der Faust auf den Fenstersims. »Ich weiß es, aber es gefällt mir nicht. Okay.« Er wandte ihr sein Gesicht zu. »Ich werde dem Kapitän mitteilen, daß ich den Fall übernehmen werde, aber ich werde ihm nichts über dich sagen. So«, dieses Mal hob er die Hand, um sie vom Sprechen abzuhalten, »braucht niemand davon erfahren.«

»Das könnte funktionieren«, nickte Brooke. Natürlich würde es jeder vermuten, selbst wenn ihre Rolle in der Aufklärung der Morde im letzten Sommer nicht allen bekannt war. Doch sie würde vorsichtig sein und immer darauf achten, daß sie nicht allein war. Ein frei umherlaufender Mörder war gefährlich, von Mr. Smith ganz abgesehen.

»Nun erzählst du mir am besten, was du weißt.«

## *Samstag, 18. April*

»... und an Ihrer Stelle würde ich Langdon überprüfen«, sagte Smith und erhob sich vom Wohnzimmersofa in der Suite. Matt blieb am Tisch sitzen, den er zum Schreibtisch umfunktioniert hatte und auf dem nun seine Unterlagen vor ihm ausgebreitet lagen. »Wenn Sie möchten, übernehme ich das.«

»Danke. Kümmern Sie sich um diejenigen, über die wir gerade gesprochen haben«, sagte Matt und lehnte sich zurück. Es überraschte ihn nicht, daß Smith jäh die Zornesröte ins Gesicht schoß. Erst vor einer Stunde hatte Matt die Leitung der Ermittlungen übernommen. Smith hatte die Neuigkeiten nicht gut aufgenommen, aber als Matt ihm einiges erklärt hatte, beruhigte er sich. Matt lächelte verbissen. Die Beule um Smiths Auge nahm eine hübsche lila Färbung an. Matts Fingerknöchel zuckten bei diesem Anblick. Smith würde Brooke nicht mehr belästigen.
Tatsache war jedoch, daß Matt einen Mann zur Unterstützung brauchte. Das Schiff war zu groß und beherbergte zu viele Menschen, als daß er allein alles bewältigen konnte. Dieses Mal war es ihm nicht möglich, auf die Quellen der New Yorker oder auch der Newporter Polizei zurückzugreifen.
Glücklicherweise war Smith klug genug, um zu begreifen, daß es zu seinem Nachteil war, wenn er nicht mitarbeitete. Er hatte sich damit einverstanden erklärt, die Besatzung und die Mitarbeiter zu vernehmen, die in der Nacht, als Hoffman starb, Dienst hatten. So blieben die Passagiere für Matt und Brooke. Er rutschte in seinem Stuhl hin und her. Bei diesem Fall brauchte er sie, aber er fühlte sich nicht wohl dabei.
»Okay.« Vorsichtig faltete Smith das Papier zusammen und steckte es in seine Tasche. »Ich lege gleich damit los. Wenn jemand was weiß, finde ich es heraus, klar.«
»Klar.«
»Noch jemand, den ich an Ihrer Stelle beobachten würde: diesen Snow-Knaben.«
Matt lehnte sich zurück. Auch er hatte einige Fragen über Snow in Anbetracht der Äußerungen über Hoffman am Abend des Gedenkgottesdienst. »Was ist mit ihm?«

»Er ist ein Falschspieler. Letzte Nacht hat er mit ein paar Herren gespielt und einiges für sich rausholen können, wie ich gehört habe.« Er zog ein grimmiges Gesicht. »Solche Typen wie ihn mögen wir nicht an Bord unseres Schiffes. Schadet unserem Ruf, klar? Aber wenn sich jemand schröpfen läßt, dann ist das sein Problem.«

»Ist Snow zuvor schon einmal auf diesem Schiff gewesen?« fragte Matt, obwohl er sich das denken konnte. Auch schenkte er Smiths vorgespielter Empörung keinen Glauben. Wahrscheinlich hatte er selbst einiges von Snows Gewinnen in der letzten Nacht eingesteckt.

»Ein- oder zweimal. Wir müssen auf diese Sorte und auch andere Hochstapler aufpassen. Aber es kommt mir so vor, als ob Snow einen Groll gegen unseren Hoffman hegte, wissen Sie?

»Was haben Sie gehört?«

»Gerede«, erwiderte Smith vage, worauf Matt ihn mißtrauisch musterte. Gleichgültig, wie liebenswürdig sich Smith zur Zeit auch geben mochte, Matt traute ihm nicht. Und seiner Erfahrung nach griffen die Hochstapler und Falschspieler nur selten zur Gewalt, statt dessen verließen sie sich lieber auf ihren Verstand.

»Ich werde mit ihm reden«, sagte er, als sich die Tür zur Suite öffnete. »Ich könnte ...«

»Matt?« rief Brooke. »Es ist gleich Zeit fürs Essen und – oh.« Sie blieb stehen, eine Hand auf dem Türgriff, und starrte Smith an.

Matt stand auf und kam zu ihr herüber. »Mr. Smith hilft bei den Ermittlungen«, sagte er und ergriff ihren Arm. »Er wird die Besatzung und das Personal vernehmen.«

Brooke entspannte sich, obwohl sie ihn immer noch argwöhnisch anblickte. »Aha.«

»Ich freue mich, behilflich sein zu können.« Smith spielte

nervös mit seiner Mütze. »Mrs. Devlin. Was ich kürzlich zu Ihnen gesagt habe ... ich hoffe, Sie vergessen das wieder. Ich war nicht ganz bei mir, wissen Sie? Und es tut mir leid.« Er blickte auf den Boden. »Ich wollte Sie nicht ängstigen«, murmelte er.

»Danke, Mr. Smith«, Brookes Stimme war die Güte selber. »Sie sind bestimmt eine große Hilfe.«

»Das versuche ich, Ma'am. Äh, Mrs. Devlin. Ich wollte gerade gehen.«

»Geben Sie mir einen Bericht, wenn Sie fertig sind«, sagte Matt, als Smith sich auf die Tür zu bewegte.

»Äh, ja. 'n Abend, Ma'am. Mr. Devlin.« Und mit diesen Worten ging Smith hinaus.

Matt grinste. »Er konnte nicht schnell genug hinauskommen.«

»Was hast du mit ihm gemacht?« Brooke zog die lange Hutnadel heraus und legte den Hut auf den Tisch. »Er sah aus, als ob er ein Gespenst gesehen hätte. Und sein Auge ... Matt.« Sie starrte ihn vorwurfsvoll an. »Du hast doch nicht etwa?«

»Doch habe ich.« Matt klang zufrieden. »Ich mußte es tun. Wenn er schon für mich arbeitet, dann muß er begreifen, wer hier der Boß ist.«

»Aber du hättest verletzt werden können!«

»Aber es ist nichts passiert.« Und Smith wußte, daß es ihm noch schlimmer ergehen würde, wenn er Brooke wieder belästigte. Nicht zu vergessen, daß er Gefahr lief, seinen Job zu verlieren, wenn er nicht mit Matt zusammenarbeitete. »Die Ermittlungen können rauh werden, Brooke. Bist du sicher, daß du dabeibleiben willst?«

Angesichts dieser Herausforderung warf Brooke trotzig ihren Kopf nach hinten, wie er es erwartet hatte. »Wenn du das schaffst, kann ich es auch.«

Er nickte und wandte sich mit zusammengepreßten Lippen ab. Er brauchte Brookes Hilfe, das hatte er bereits zugegeben; aber dennoch behagte ihm der Gedanke nicht. Eines war sicher: diese Erfahrung würde beide verändern. Und nur der Himmel wußte, ob es eine Veränderung zum Guten oder Schlechten sein würde.

Das Frühstück war vorbei, und ausnahmsweise sah Matt dem Tag mit einem vollen Magen entgegen. Der Himmel war bewölkt und die See stürmisch, während er über das Promenadendeck schlenderte. Es hieß sogar, es seien Eisberge in Sicht. Matt schenkte dem jedoch keine Beachtung. Es blieben ihm noch drei Tage, und es gab soviel zu tun. Aber er würde sofort anfangen. Er hatte schriftlich ein Treffen mit Adele Hoffman vereinbart. Die Zofe der Dame, ihrem Akzent nach eine Französin, führte Matt in die Suite, die Adele einst mit ihrem Ehemann geteilt hatte. Er hatte gemischte Gefühle. Einerseits war er froh, daß er nicht vorher mit den Ermittlungen angefangen hatte. Andererseits war ihm Adele bei ihren wenigen Zusammentreffen nicht sonderlich sympathisch erschienen. Noch hinzu kam, daß ihm der Umgang mit Mitgliedern der höheren Gesellschaft nicht behagte. Brooke würde ihm mit ihren eigenen Nachforschungen eine ganz schöne Last von den Schultern nehmen, indem sie sich um weitere dieser Passagiere kümmerte.
Adele saß auf dem Sofa in ihrem Wohnzimmer. Sie trug ein blaßblaues Nachmittagskleid, das genau die Farbe ihrer Augen traf. Trotz aller Lässigkeit, die Kleid und Haltung demonstrierten, war ihr Haar tadellos frisiert,

und sie blickte ihn aufmerksam an. Neben dem Sofa stand Richard Langdon. Er hatte die Hände hinter dem Rücken verschränkt und begegnete dem hohen Seegang mit einer Leichtigkeit, die Matt nur beneiden konnte. Gemeinsam bildeten sie eine eindrucksvolle Front. Es würde nicht einfach, Ihnen Informationen zu entlokken.

»Ich hoffe, es wird nicht sehr lange dauern«, sagte Richard. »Mrs. Hoffman hat das alles sehr mitgenommen.«

»Das ist mir bewußt.« Matt suchte in seiner Jackentasche nach seinem Notizbuch und fühlte sich mit dem vertrauten Requisit in der Hand etwas wohler. Wenn man von der Umgebung absah, konnte man glatt annehmen, er sei an Land und tue seinen Job wie gewohnt. Er trug bequeme Kleidung, die zu ihm paßte, obwohl Brooke ihn heute morgen mißbilligend angesehen hatte, als er diesen Anzug anzog. »Ich möchte Ihnen sagen, wie sehr ich Ihren Verlust bedauere, Ma'am.«

»Vielen Dank.« Adeles Blick war eisig. »Es war ein schrecklicher Schock.«

»Sie werden jedoch verstehen, daß ich Ihnen Fragen stellen muß.«

»Ich weiß nicht, warum«, mischte sich Richard ein. »Wir haben mit Julius' Tod nichts zu tun.«

»Sie könnten mir etwas über seine seelische Verfassung erzählen«, sagte Matt und hielt den Stift bereit, um sich Notizen zu machen. Seine Überzeugung, daß sie sehr wohl etwas damit zu tun hatten, würde er erst später zur Sprache bringen. »War er wegen irgend etwas beunruhigt? Verärgert? Hatte er sich mit irgend jemandem überworfen?«

Adele blickte Richard an. »Nein. Was spielt das überhaupt für eine Rolle, Mr. Devlin? Mein Ehemann hat keinen Selbstmord begangen.«

»Ja, das stimmt. Aber es ist am sinnvollsten, mit seiner Person anzufangen, Ma'am, insbesondere, da wir Informationen haben, die auf einen Mord hinweisen.«

»Was für Informationen?« fragte Richard scharf.

»Dazu kommen wir noch. Nun, Mrs. Hoffman ...«

»Nein. Ich möchte es jetzt erfahren. Und ich wüßte zu gerne, Devlin, mit wessen Genehmigung Sie uns verhören. Wir sind hier nicht in New York.«

»Mit der Genehmigung des Kapitäns.« Matt blieb ruhig. »Sein Wort ist Gesetz, solange wir auf See sind.«

»Das heißt noch lange nicht ...«

»Das bedeutet, daß ich die Genehmigung habe, in diesem Mordfall Ermittlungen anzustellen. Haben Sie damit ein Problem?« Er blickte sie unverwandt an. »Ich muß Sie warnen, wenn Sie nicht mit mir zusammenarbeiten, erweckt das nur den Eindruck, daß Sie schuldig sind.«

»Ich muß doch bitten!« Richard trat einen Schritt vor. »Wir haben nichts getan.«

»Hm.« Matts Lippen zuckten. Da standen sie nun, die beiden, und versuchten, einen unschuldigen Eindruck zu erwecken, obwohl er wußte, daß Smith Langdon beinah schon des Mordes angeklagt hatte. Wen versuchten sie zum Narren zu halten? Ihn oder sich selbst? »Dann wird es Ihnen bestimmt nichts ausmachen, meine Fragen zu beantworten.«

»Mir gefällt Ihr Ton nicht ...«

»O Richard, es reicht«, unterbrach ihn Adele, die den Handrücken gegen die Stirn gepreßt hatte, obwohl sie sehr gefaßt zu sein schien. »Wir haben das alles schon einmal durchgesprochen. Wir wollen doch, daß Julius' Tod aufgeklärt wird, oder?« Sie schaute Richard an, und die

beiden schienen sich durch den Blick etwas zu sagen. »Sein Tod bereitet uns schon genug Schwierigkeiten.«
»Mir gefällt das alles nicht«, murmelte Richard, aber schließlich setzte er sich. »Wenn Ihre Fragen nicht angemessen sind, Devlin, zögere ich nicht, das dem Kapitän zu melden.«
»Tun Sie das.« Matt blickte auf sein Notizbuch. »Nun. Können Sie mir etwas über Ihren Ehemann erzählen, Mrs. Hoffman? Über seine seelische Verfassung? Hat ihn irgend etwas beunruhigt?«
Adele nahm sich einen Augenblick Zeit, um zu antworten. »Nein, nicht daß ich wüßte«, sagte sie schließlich. »Er war so wie immer, oder, Richard?«
»Ja.« Wieder tauschten sie einen Blick. »Ich würde sogar sagen, daß er guter Laune war. Er hat sich darauf gefreut, ein Büro in Europa zu eröffnen.«
»Dann liefen die Geschäfte gut, Mr. Langdon?«
»Ja«, antwortete Richard, aber er mied seinen Blick. »So, so«, dachte Matt, der ihn beobachtete; dann war also doch etwas an den Gerüchten über geschäftliche Probleme, sollte Langdons Reaktion etwas zu bedeuten haben.
»Ich verstehe. Hatte er Feinde? Bevor Sie das dementieren –«, er hob die Hand, als Richard zu einer Antwort ansetzte, »ich weiß zumindest von einem.«
»Randall Snow.«
»Sie kennen ihn?«
»Natürlich kenne ich ihn.« Richards Gesicht verzerrte sich vor Zorn. »Für seine finanziellen Verluste hat er immer die Firma verantwortlich gemacht, obwohl sie nur seinem eigenen, schlechten Urteilsvermögen zuzuschreiben sind.«
»Aha?«

»Ja. Der Mann hat gerne an der Börse spekuliert. Als es zum Börsenkrach kam, hatte er sich finanziell übernommen.«
»Ich verstehe.« Matt tat so, als ob er in seinem Notizbuch blätterte. »Er hat einige häßliche Dinge über Mr. Hoffman gesagt. Das bringt mich auf den Gedanken, daß er wahrscheinlich nicht nur einen Feind gehabt hat. Nach meiner Erfahrung wird eine Person nicht reich, ohne einige andere zu verärgern.«
»Sie sind also reich?« höhnte Richard.
»Nein, Mr. Langdon. Ich bin nur ein guter Beobachter. Warum ist es so schwierig für Sie, mir diese Frage zu beantworten?«
Wieder tauschten Adele und Richard einen Blick. »Na schön«, sagte Richard widerwillig. »Er hatte einige Feinde. Der Börsenkrach von '93 hat eine Menge Leute an den Bettelstab gebracht, Devlin. Es ist immer einfach, gegen die aufgebracht zu sein, denen es gelungen ist, ihr Geld zu behalten.«
Matt nickte. »Können Sie mir Namen nennen?«
»Sie meinen jemanden, der vielleicht an Bord des Schiffes sein könnte? Nein. Nur Snow.«
»Was ist mit Gregory Tate?«
»Gregory?« Richard starrte ihn an. »Steht er unter Verdacht?«
»Möglicherweise. Da ihm Hoffman mehr als einmal eine Beförderung abgeschlagen hat. Das habe ich zumindest gehört.«
Richard und Adele warfen sich einen Blick zu, und Matt hatte den Eindruck, daß er sie beide völlig überrascht hatte. »Es sieht so aus, als hätte er ein Motiv«, sagte Richard langsam. »Besonders so, wie Sie es darstellen. Aber das sehe ich anders. Er scheint mir nicht der Typ

dafür zu sein.« Er schwieg. »Im Gegensatz zu Ambrose Smith.«
Matt schaute blitzschnell von seinem Notizbuch auf. »Was ist mit Smith?«
»Na, wußten Sie das nicht, Mr. Devlin?« sagte Adele mit einem spöttischen Unterton in der Stimme. »Er hat wegen Julius seinen Job verloren.«
Matts Gedanken überschlugen sich. Er wußte, daß die New Yorker Polizei Smith rausgeworfen hatte; ebenfalls war ihm bekannt, daß Hoffman bei der Aufdeckung von Korruption innerhalb der Polizei beteiligt war. Bis jetzt hatte er jedoch die beiden Fakten nicht miteinander in Verbindung gebracht.
»Sind Sie sich dessen sicher?«
Adele hob ihr Kinn. »Natürlich. Julius schien es reichlich zu amüsieren, als er bemerkte, daß Smith auf diesem Schiff war.«
»Und Smith?« fragte Matt zögernd, der keinen Kollegen dem Gespött anderer aussetzen wollte, gleichgültig, wie korrupt er sein mochte.
»Wütend, so könnte ich mir denken. So sah er jedenfalls aus. Außerdem hatten er und Julius eine Auseinandersetzung. Ich würde ihn mir näher anschauen, Mr. Devlin, bevor Sie Mr. Tate belästigen.«
»Hm.« Matt tat so, als ob er sich eine Notiz machte, während seine Gedanken durcheinanderwirbelten. »Es gibt natürlich noch einen anderen Verdächtigen, den Sie noch nicht genannt haben.«
»Wen meinen Sie?«
Matt blickte Richard direkt in die Augen. »Sie, Sir.«
Es wurde schlagartig still. »Sie sind genauso mies wie Smith«, sagte Richard. »Sie machen Anschuldigungen ohne jeglichen Beweis.«

»Nein, Sir. Es liegt ein Beweis vor, der Sie in den Tod von Hoffman verwickelt.« Er hielt inne. »Sie beide.«
Richard sprang auf. »Das ist doch lächerlich!«
»Natürlich ist es das.« Adele runzelte die Stirn. »Was für einen Beweis, Mr. Devlin?«
»Adele, Sie können doch nicht wirklich annehmen, daß so etwas wirklich vorliegt...«
»O doch. Ich bezweifle sehr, daß Mr. Devlin etwas behaupten würde, was nicht stimmt. Habe ich recht?«
»Ja«, entgegnete Matt. »Mr. Hoffman hat einen Brief geschrieben, den er im Schiffstresor hinterlegte. Darin stand, daß wir Sie beide befragen sollten, wenn ihm etwas auf dieser Reise zustoßen würde.«
Atemlose Stille folgte seinen Worten. »Ich – ich weiß nicht, warum er das geschrieben hat«, sagte Adele, während sie sich mit der Hand zitternd an die Kehle fuhr. »Wir haben ihm wirklich nichts Schlimmes gewünscht.«
»Und doch wollten Sie die Scheidung, Ma'am.«
Sie wurde starr. »Woher haben Sie dieses alberne Gerücht?«
»Stimmt es?«
Richard beugte sich in seinem Stuhl vor. »Beantworten Sie das nicht, Adele«, sagte er.
Matt schaute ihn an. »Sind Sie ein Anwalt, Mr. Langdon?«
»Nein. Aber mein Wissen reicht aus, um sie keine Frage beantworten zu lassen, die sie belasten könnte.«
»So wie ich das sehe, sind die Probleme in Ihrer Ehe allgemein bekannt.«
»Alles Klatsch«, sagte Richard kurz angebunden. »Mehr ist das nicht. Boshafter Klatsch.«
»Und doch haben Sie und Ihr Ehemann sich nicht gut verstanden, Mrs. Hoffman. Ich habe das selbst miterlebt.«

»Wir hatten einen Streit.« Adele sah ihn direkt an. »Das passiert bei verheirateten Paaren schon mal, Sir.«
»Hm-hm.« Matt blickte nachdenklich auf sein Notizbuch. Offensichtlich würden sie ihm nicht mehr zu diesem Thema sagen. Nicht, daß er das von ihnen erwartet hätte. »Na gut. Wo waren Sie, als Ihr Ehemann starb, Ma'am?«
»Ich habe diese Frage bereits beantwortet«, sagte Adele förmlich. »Ich war hier. Wenn Sie das bezweifeln, brauchen Sie nur meine Zofe zu befragen. Claudette«, rief sie, und die Zofe, die Matt in die Suite geführt hatte, kam so rasch aus dem Schlafzimmer, daß Matt vermutete, daß sie die ganze Zeit hinter der Tür gelauscht hatte. »Wo war ich in der Nacht, als Mr. Hoffman starb?«
Claudette warf Matt einen raschen Blick zu. »Hier, Madame.«
»Wann?«
»Die ganze Nacht, Madame.« Claudettes Augen weiteten sich. »Aber Monsieur glauben doch bestimmt nicht, daß Madame etwas mit dem Tod von Monsieur Hoffman zu tun hat.«
»Um wieviel Uhr bin ich aus dem großen Salon zurückgekehrt?« fragte Adele scharf.
»Früh, Madame.« Sie blickte Matt an. »Madame hat sich nicht wohl gefühlt. Seereisen bekommen ihr nicht, comprendez-vous?«
»Um wieviel Uhr war das, Claudette?« fragte er freundlich, während er sie genau beobachtete. Sie log. Er konnte das an ihrem unruhigen Blick und den verschränkten Armen vor ihrem Körper sehen. Sie logen alle, das war keine Frage, nur war Claudette die einzige, die nichts zu verbergen hatte.
»Gegen zehn, Monsieur.« Sie blickte Adele an. »War es nicht so, Madame?«

»Ja. Vielen Dank, Claudette. Du kannst an deine Arbeit zurückgehen.«

»Ja, Madame.« Claudette machte einen kleinen Knicks und ging zurück ins Schlafzimmer.

»Und wie paßt das jetzt zu Ihrer Theorie?« fragte Richard. »Jetzt, da Sie wissen, was es zu erfahren gibt, müssen selbst Sie zugeben, daß Adele – Mrs. Hoffman – Julius nicht getötet haben konnte.«

»Vielleicht.« Matt schaute ihn an. »Aber was ist mit Ihnen, Mr. Langdon?«

»Mit mir?«

»Ja. Wo waren Sie in jener Nacht?«

»Ich war in meiner Kabine«, sagte er rasch.

»Nein, Mr. Langdon.« Matts Stimme klang sanft. »Smith hat mit mir über seine Ermittlungen gesprochen. Er sagte mir, daß ein Passagier namens«, er blickte suchend in sein Notizbuch, »Eastman Sie kurz nach zehn sprechen wollte und Sie nicht da waren.«

»Ja, Mr. Smith hat ihn mir gegenüber erwähnt.« Richard schaute Matt unverwandt an. »Wir kennen uns aus New York. Ich weiß nicht, warum er behauptet, ich sei nicht dagewesen – nein, warten Sie.« Er runzelte die Stirn. »Richtig. Ich habe den großen Salon mit Adele verlassen, und dann bin ich auf Deck, um eine Zigarette zu rauchen.«

»Sie sind nicht in den Rauchersalon gegangen?«

»Nein. Um ehrlich zu sein«, erwiderte er und beugte sich vor, »ich hatte Angst, Julius dort zu begegnen.«

Matt hielt im Schreiben inne und schaute mit gezücktem Stift auf. Langdons plötzliches Entgegenkommen machte ihn mißtrauisch. »Aha? Warum hat Sie das gestört?«

»Er hätte über das Geschäft geredet.«

»So?«

»Das war das letzte, worüber ich nachdenken wollte.

Schon seit Jahren hatte ich keinen Urlaub mehr. Außerdem«, er senkte die Stimme zu einem vertraulichen Flüstern, »gibt es eine junge Dame, die ich in New York zurückgelassen habe, und an die habe ich gedacht. Daher können Sie sicher verstehen, daß ich zu diesem Zeitpunkt nicht übers Geschäft reden wollte.«

»Hm-hm.« Aus den Augenwinkeln bemerkte Matt Adeles erstaunten Blick. Schon wieder eine Lüge, dachte er. »Hat Sie irgend jemand gesehen, Mr. Langdon?«

»Wahrscheinlich. Ich glaube, es waren noch ein oder zwei andere Personen auf Deck, aber ich habe niemanden gesehen, den ich kannte.«

»Mit anderen Worten, Sie haben keine Zeugen für ihr Alibi, nicht wahr?«

»Ich sage die Wahrheit, Mr. Devlin.«

Den Teufel tun Sie, dachte Matt, aber er ging nicht weiter darauf ein. »Und nachdem Sie geraucht hatten?«

Ihre Blicke trafen sich. »Ich bin zurück in mein Zimmer gegangen.«

Matt preßte ärgerlich die Lippen zusammen. Leider gab es keine Beweise, die das Gegenteil besagt hätten. »Was wissen Sie über die Morddrohungen, die Hoffman angeblich erhalten hat?«

»Morddrohungen?« rief Adele atemlos und griff sich an die Kehle. Zum ersten Mal wirkte sie durcheinander. »Julius hat noch nie Morddrohungen erhalten!«

»Doch, hat er.« Richard seufzte. »Die ersten kamen ungefähr einen Monat vor unserer Abfahrt.«

Adele starrte ihn an. »Das hat er mir nicht erzählt – und Sie auch nicht!«

Diese Aussage war für Matt ein weiterer Beweis für ihr vertrautes Verhältnis. »Können Sie mir etwas dazu sagen, Mr. Langdon?«

»Ja.« Richard fuhr sich mit beiden Händen übers Gesicht. »Es gab insgesamt drei. Woher wußten Sie davon?« fragte er und musterte ihn plötzlich durchdringend.
»Ich habe meine Quellen«, deutete Matt an. »Hat er sie der Polizei gezeigt?«
»Nein. Ich habe ihn darum gebeten, aber er wollte nicht. Er meinte, die Polizei könnte nicht mehr herausfinden, als er selbst schon wüßte...« Er schwieg. »Ich glaube immer noch, daß er eine Ahnung hatte, wer dahintersteckte. Obwohl sie natürlich nicht mit Namen unterschrieben waren.«
»Haben Sie sie gesehen?«
»Nur zufällig. Nachdem er den dritten bekommen hatte, hat er mit mir darüber gesprochen...«
»Wann war das?«
»Drei Tage vor unserer Abfahrt.«
»War er bestürzt darüber?«
»Nein. Er schien... eher erheitert zu sein.« Richard runzelte die Augenbraue. »Er hat den Brief nur kurz hingelegt, so daß ich nicht viel erkennen konnte. Die Handschrift war kaum zu entziffern, und da waren einige Rechtschreibfehler. Wer auch immer die Morddrohungen geschrieben hat, er war nicht sehr intelligent.«
»Worauf hat sich der Brief, abgesehen von den Drohungen, bezogen?«
Richard überlegte. »Ich glaube auf Investitionen. Fehlgeschlagene Investitionen, aus welchem anderen Grund sollte man Julius bedrohen? Aber Investitionen schlagen andauernd fehl. Vielleicht war das auch der Grund, warum Julius sie nicht ernstgenommen hat.«
Ein erfolgloser Investor. Matt kannte zumindest eine Person, die Geld verloren hatte, und diese Person war auf dem Schiff. Was war bloß kürzlich passiert, um Snows Wunsch nach Rache auszulösen?

»Woher kam dieser Brief?«

»Julius hat darüber auch nachgedacht. Ich habe den Poststempel nicht gesehen, aber er sagte mir, daß die Briefe beim *Old Post Office* aufgegeben worden seien.«

Das zu überprüfen war in Anbetracht der Mengen an Post, die dieses Postamt durchlief, sinnlos. Und doch wies es daraufhin, daß der Absender mit New York vertraut war. Snow wurde immer verdächtiger. »Und Sie haben mir nichts weiter zu sagen?«

Richard und Adele schauten ihn an, eine geschlossene Einheit. »Nichts«, sagte Richard. »Warum sollten wir? Wir sind unschuldig.«

Soso, dachte Matt, aber sein Gesicht blieb ausdruckslos, während er sein Notizbuch zuklappte. Sie bildeten eine undurchdringliche Front. Er würde nichts mehr aus ihnen herausholen. Zumindest heute nicht. Sie sollten ruhig ein bißchen schmoren. »Vielen Dank«, sagte er abrupt und erhob sich.

»Das war's?« Langdon schaute ihn an. »Sie werden uns nicht verhaften?«

»Nein.« Matt steckte sein Notizbuch weg und schenkte Langdons spöttischem Ton keine Beachtung.

»Da sind wir aber erleichtert.«

»Seien Sie sich da nicht so sicher. Danke«, wiederholte er und ging hinaus, während er die Tür hinter sich schloß.

So. Jetzt hatten sie erst einmal etwas, worüber sie nachdenken konnten.

»Psst! M'sieur!«

Matt wandte sich um. Claudette spähte aus der Kabinentür. »Was denn?« fragte er und flüsterte genau wie sie.

»Es gibt etwas ... Ja, Madame, ich komme.« Der Blick, den sie Matt zuwarf, als sie die Tür schloß, war vielsagend, aber worum es ging, ließ sich nicht erraten. Es war ihm nur eines klar: Keiner in der Suite hatte ihm die Wahrheit gesagt. Das würden sie noch bedauern. Denn er würde die Wahrheit schon herausfinden, darauf konnten sie sich verlassen.

»Mr. Devlin? Entschuldigen Sie«, erklang eine Stimme hinter ihm. Als Matt sich umdrehte, erblickte er einen Steward in weißem Jackett, der sich ihm mit sorgenvollem Blick näherte. »Könnte ich Sie kurz sprechen?«

Die Hände in den Hosentaschen, blieb Matt stehen. »Worum geht es?«

»Mein Name ist Carter, Sir. Ich bin Steward für die vorderen Kabinen auf dem Hauptdeck.«

»Ja, und weiter?«

»Könnten wir uns irgendwo ungestört unterhalten?«

Matt musterte ihn einen Augenblick lang eindringlich, dann nickte er. »In meiner Suite«, sagte er und wandte sich um, in der Annahme, daß Carter ihm folgte. Kurz darauf öffnete er die Tür zu seiner Suite.

»Matt?« rief Brooke aus dem Schlafzimmer und hielt nach ihm Ausschau. Hinter ihr hantierte ihre Zofe mit Brookes Kleidern.

»Ja, ich bin's.« Matt warf den Schlüssel zur Suite auf das Sofa. »Und ein Mr. Carter.«

»Aha?« Neugierig geworden, kam Brooke ins Wohnzimmer. »Ist irgend etwas passiert?«

»Ich weiß es nicht. Mr. Carter möchte mir etwas sagen.«

Carter trat von einem Fuß auf den anderen und fühlte sich sichtlich unwohl. Ob es an Brookes Anwesenheit lag oder weil er in der Suite eines Passagiers war, wußte Matt nicht so genau. »Wenn ich mit Ihnen allein sprechen könnte, Sir?«

»Sybil?« Brooke rief ihre Zofe. »Könntest du bitte

das austernfarbene Seidenkleid für heute abend bügeln?«
»Aber ich dachte, Sie wollten das blaue tragen, Ma'am«, widersprach die Zofe.
»Ich habe meine Meinung geändert.« Brooke lächelte. »Ich bin mir sicher, das macht dir nichts aus.«
Sybil blickte die drei Personen im Wohnzimmer neugierig an und zuckte die Achseln. »Selbstverständlich, Ma'am«, sagte sie und verließ die Suite, das Seidenkleid vorsichtig über den Arm drapiert, auf der Suche nach der Wäscherei des Schiffes.
»So. Jetzt sind wir allein«, sagte Brooke und machte es sich auf dem Sofa bequem. »Worum geht es?«
»Ich weiß es nicht.« Matt wandte sich an den Steward. »Mr. Carter?«
Wieder trat der Steward von einem Fuß auf den anderen. »Äh, ich habe gehofft, daß ich Sie allein sprechen könnte, Sir.«
»Sie können Ihr Anliegen ruhig in Gegenwart meiner Frau vorbringen. Ich erzähle ihr sowieso alles«, sagte Matt, als Carter Brooke zweifelnd ansah.
»Wenn Sie meinen, Sir. Nun. Es ist folgendes. Wie ich Ihnen bereits sagte, bin ich Steward für die vorderen Kabinen auf dem Hauptdeck. Heute morgen habe ich wie immer sauber gemacht, und dabei bin ich auf das hier gestoßen.«
»Was ist das?« fragte Brooke und beugte sich vor, um den ledernen Gegenstand genau zu betrachten, den der Steward ihnen entgegenhielt.
»Eine Brieftasche. Sie war unter der Schlafkoje. Ich habe zuerst gedacht, sie gehört Mr. Tate, dem Mann in der Suite. Kennen Sie ihn, Sir?«
Matt beugte sich vor. »Ja, er arbeitet für Hoffman und Langdon. Ist das seine Brieftasche?«

Carter schluckte mühsam. »Nein, Sir. Ein Stück Papier fiel heraus, und ich sah ...«

»Lassen Sie mich die Brieftasche sehen.« Matt streckte gebieterisch eine Hand aus und öffnete die Brieftasche. Er pfiff leise durch die Zähne. »Du lieber Himmel.«

Brooke reckte ihren Kopf nach vorn, um etwas zu sehen. »Wem gehört sie, Matt?«

»Es ist die von Julius Hoffman.«

# KAPITEL 8

In seiner engen Kabine auf dem Hauptdeck ging Gregory Tate auf und ab. Seine Krawatte saß schief, und sein Hemdkragen war verrutscht. »Ich habe es nicht getan. Das schwöre ich Ihnen.«

»Warum wurde dann Hoffmans Brieftasche in Ihrer Kabine gefunden?« fragte Matt sanft und schaute von seinem Notizbuch auf. Er saß ruhig auf dem einzigen Stuhl im Zimmer und hatte ein Bein bequem über das andere geschlagen. Die Entdeckung von Hoffmans Brieftasche hatte allen einen Schock versetzt und den Fall in ein neues Licht gerückt. Konnte das Motiv für Hoffmans Mord möglicherweise Diebstahl gewesen sein? Konnte man sich dann überhaupt noch sicher fühlen?

»Ich weiß es nicht!« Gregory wirbelte herum und blickte Matt an. »Mein Gott, Mr. Devlin! Angenommen, ich hätte Julius tatsächlich getötet, glauben Sie wirklich, ich wäre so dumm, seine Brieftasche zu behalten? Oder sie dort zu verstecken, wo sie jeder finden kann?«

»Ich weiß es nicht.« Matt setzte sich zurück und verschränkte die Arme. »Ich habe Verbrecher schon viel Dümmeres tun sehen.«

»Ich bin kein Verbrecher«, stieß Gregory hervor, wobei er nervös den Blick abwandte. Nur kurz, aber Matt bemerkte es, und er fragte sich, warum.

»Dann erklären Sie mir, wie Hoffmans Brieftasche in Ihre Kabine gekommen ist.«

»Das kann ich nicht.« Gregory ließ sich auf seine Koje fallen und stützte den Kopf in die Hände. »Ich kann es nicht, und das ist die Wahrheit.«

»Sie können es nicht, weil es ein Eingeständnis Ihrer Schuld wäre.«

»Nein.« Gregory schüttelte den Kopf. »Wenn ich Julius getötet hätte, dann bestimmt nicht wegen seiner Brieftasche.«

»Aus welchem Grund hätten Sie es denn getan, Mr. Tate?«

Gregory blickte wieder unruhig zur Seite. »Es gibt keinen. Denn ich würde so etwas nicht tun.«

»Hm.« Matt schlug sein Notizbuch auf und blickte auf seine unleserlichen Notizen, die er sich während seines Gesprächs mit Jack Everett gemacht hatte. »Sie waren Hoffmans Sekretär.«

»Ja. Er hat in Erwägung gezogen, mir die Führung des Londoner Büros zu übertragen.«

»Da habe ich anderes gehört, Mr. Tate. Soweit ich weiß, sind Sie nicht befördert worden, obwohl Sie es Ihrer Meinung nach verdient hätten. Sie sind seit fünf Jahren bei Hoffman und Langdon. Offensichtlich sind Sie ganz fähig, aber trotzdem beruflich nicht weitergekommen

und nur Hoffmans Sekretär geblieben.« Matt schlug eine neue Seite in seinem Notizbuch auf. »Warum ist das so?«
»Mißgunst«, murmelte Gregory.
»Wie bitte?«
»Mißgunst!« Gregory blickte ihn an, und seine Augen funkelten. »Er wußte, daß ich eines Tages die Firma übernehmen könnte, die er ja gerade seinem Sohn übertragen wollte. Chauncey«, höhnte er, »der Gedichte und Musik schreibt.«
»Sie behaupten allen Ernstes, Sie seien nicht weitergekommen, weil Hoffman die Firma für seinen Sohn aufsparen wollte? Für einen Jungen, der noch Jahre braucht, bis er der Firma in irgendeiner Funktion beitreten kann?«
»Ja.«
»Warum sind Sie dann geblieben?«
»Ich mochte meine Arbeit«, entgegnete Gregory ohne Überzeugung.
»Kommen Sie, Mr. Tate, ich bin nicht dumm. Mir wurde gesagt, daß Sie talentiert und ehrgeizig sind. Warum also wollten Sie bei einer Firma bleiben, wo Sie niemals aufgestiegen wären?«
»Weil mir die Arbeit gefiel!« stieß er trotzig hervor. »Es war eine interessante, geregelte Arbeit, und ich habe viel gelernt für den Tag, an dem ...«
»An dem was?« hakte Matt nach, als Gregory verstummte.
»An dem ich meine eigene Firma haben würde. Schauen Sie.« Er hob den Kopf. »Ich weiß, daß die Dinge schlecht für mich aussehen, mit der Brieftasche, die hier gefunden wurde, aber ich schwöre Ihnen, ich habe nichts mit Julius' Tod zu tun. Und wenn ich Ihnen die Sache mit der Brieftasche erklären könnte, würde ich es tun.«

»Hm.« Matt blickte stirnrunzelnd auf sein Notizbuch und hörte zumindest im Hinblick auf die Brieftasche die Wahrheit in Tates Stimme heraus; was die anderen Dinge anging, war er sich nicht so sicher. Da stimmte etwas nicht. Vielleicht lag darin nicht die Lösung des Mordfalls, aber irgend etwas hatte es zu bedeuten. Die Beweise gegen Tate erschienen ihm jedenfalls dürftig. Wenn er so schlau war, wie es Matt erzählt worden war, warum behielt er dann Hoffmans Brieftasche? Es wäre doch viel einfacher und sicherer gewesen, sie ins Meer zu werfen.

Matt erhob sich. »Na schön, Mr. Tate, wenn Sie dabei bleiben, habe ich keine andere Wahl.«

Gregory schaute zu ihm auf. »Wollen Sie mich verhaften?«

»Nein. Aber für die Dauer der Reise dürfen Sie Ihre Kabine nicht verlassen.«

»Aber ich habe doch nichts getan ...«

»Wäre Ihnen die Arrestzelle lieber?«

»Nein.« Gregory versank in mißmutiges Schweigen. »Nein. Ich werde hierbleiben.«

»Wir müssen Ihr Alibi für den Zeitpunkt überprüfen, an dem Hoffman starb«, sagte Matt fast freundlich, als Gregory seinen Kopf hob. »Es sieht nicht gut aus, Mr. Tate.«

»Ich habe es nicht getan!« Gregory schlug sich mit der Faust aufs Knie. »Ich schwöre Ihnen, ich habe Julius nicht getötet.«

»Wir werden sehen«, sagte Matt und ging hinaus. Er nickte dem Steward zu, der draußen vor der Tür stand. Mit Genehmigung des Kapitäns hatte Matt mehreren Stewards die Anordnung erteilt, Tate zu bewachen, bis das Schiff Southampton erreichte. Er war der Hauptverdächtige in diesem Fall, zumindest das Beste, was er hatte.

Und doch blieben immer noch Fragen offen. Das Rätsel um Hoffmans Brief mußte noch gelöst werden.
Nachdenklich nahm Matt leichten Schrittes die Stufen zum Promenadendeck, ohne die Schräglage des Schiffes zu bemerken. Dieser Fall fesselte ihn. Seitdem er ihn übernommen hatte, fühlte er sich blendend, tätig, hellwach und gefragt, so wie es ihm seit Betreten des Schiffs nicht mehr gegangen war.
Der Gedanke erstaunte ihn. Er ging unwillkürlich langsamer, wodurch der Mann hinter ihm einen Schlenker machen mußte, um einen Zusammenstoß zu vermeiden. Eben noch hatte er es kaum abwarten können, die Neuigkeiten mit Brooke zu teilen, nun aber nicht mehr. Er war nicht zum Leben als reicher Müßiggänger geboren worden, daher überraschte es ihn nicht, daß er sich in ihrer Gesellschaft oft fehl am Platze fühlte. Und dieses Gefühl ging tief. Nun endlich tat er das, was zu seinem Leben gehörte und was er am besten konnte. Obwohl er Brooke in diesem Fall als Partner brauchte, gestand er sich ein, daß der Fall ihm allein gehörte. Er würde ihn lösen, dachte er und schritt entschlossen auf seine Suite zu. Der Fall gehörte ihm.

»Bilde ich mir das nun ein oder hat man dich ausgestoßen?« fragte Jack Everett, der auf Brooke zukam, die am frühen Morgen an der Reling stand und zeichnete.
Brooke wandte sich ihm zu. »Nicht gerade ausgestoßen, aber so etwas Ähnliches.« Sie stand auf Deck mit ihrem Zeichenblock und versuchte, die auf See gewonnenen Eindrücke einzufangen. Kurz zuvor hatte Brooke Bekannte getroffen, die jedoch nur grüßten und dann wei-

tereilten. Früher wären sie stehengeblieben und hätten ihr die neuesten Ereignisse erzählt, auch wenn es nur Klatsch gewesen wäre und im Grunde nichts zu bedeuten hätte. »Das liegt an Matts Ermittlungen. Die Leute befürchten, ich sage ihm alles, was ich höre.«

»Und tust du das nicht?«

»Natürlich.«

»Ganz die kleine Detektivin, nicht wahr?«

»Behandele mich nicht so von oben herab, Jack.« Sie ließ den Stift sinken und schaute ihn verärgert an. »Dieser Mord hat unsere Flitterwochen unterbrochen. Ich möchte endlich, daß er aufgeklärt wird. Außerdem«, sie wandte sich um und spazierte, »ist Matt glücklicher, wenn er arbeitet. Aber das würde er nie zugeben.«

»Es tut mir leid«, sagte Jack. »Ich wollte dich nicht verletzen.«

»Ich weiß.« Sie seufzte. »Aber es tut weh, wenn mich Leute meiden, die ich kenne.« Und trotzdem wollte sie es nicht anders, um ihretwillen, aber auch um Matts willen nicht. »Wenigstens benimmst du dich nicht so.«

»Niemals. Besonders da du in letzter Zeit so elegant gekleidet bist.« Er trat einen Schritt zurück und musterte ihr Kleid aus beigefarbenem Moiré-Taft. Die enganliegende Jacke besaß spitz zulaufende Ärmel und war mit rostfarbener Spitze abgesetzt. Der Rock war leicht ausgestellt, aber ohne Schleppe. Am Hals zeigte sich eine spitzenverzierte Bluse, und auf dem Kopf trug sie einen Hut aus Naturstroh, der mit rostfarbener Spitze abgesetzt war. »Dieser Schnitt steht dir.«

»Vielen Dank. Dein Anzug gefällt mir auch. Ich habe ihn noch nie zuvor an dir gesehen.«

»Natürlich nicht. Ich achte darauf, meine Kleidung zu variieren.«

»Aha? Und hast du für jede Stunde am Tag einen anderen Anzug?« neckte sie ihn.
»Aber selbstverständlich«, sagte er ganz ernst. »Um an Bord eines Schiffes elegant gekleidet zu sein, braucht man mindestens zwanzig Koffer.«
Brooke fing an zu lachen. »Du machst Witze.«
»Meine Liebe, ich mache niemals Scherze über die Mode.«
»Hm.« Sie blickte ihn an, und ihre gute Laune kehrte zurück. Mode nahm er tatsächlich sehr ernst. Wenn sie ihn nicht besser kennen würde, würde sie glatt annehmen, das sei das einzige, wofür er sich interessierte. »Jack, du kriegst doch schon mal dies und das mit, oder?«
»Aber natürlich. Tut das nicht jeder?«
»Aber du scheinst immer mehr zu wissen als alle anderen.«
Er legte den Kopf schräg. »Ich halte die Ohren offen. Manchmal glauben die Leute, weil ich mich für Mode interessiere, kümmere ich mich um nichts anderes mehr.«
»Hast du irgend etwas im Zusammenhang mit Mr. Hoffmans Tod gehört?«
»Was du deinem Ehemann erzählen könntest? Nein.« Er schlenderte neben ihr entlang, ein eleganter Nichtstuer in einem weißen Flanellblazer und einem Strohhut. Nur Brooke entging das scharfe Funkeln in seinen Augen nicht, das dieses Bild Lügen strafte. »Aber ...«
»Was?«
»Viele Leute hatten einen Grund, Hoffman nicht zu mögen.«
»Warum?«
»Wegen des Geldes natürlich. Oder wegen Geldverluste.«

»Wie, Mr. Snow? Aber die Börsenpanik liegt doch drei Jahre zurück.«
Jack preßte die Lippen zusammen. »Wer spricht denn von dem Börsenkrach?«
»Was meinst du dann?«
»Brooke.« Er wandte sich ihr zu. »Du bist nicht auf den Kopf gefallen. Du weißt genausogut wie ich, daß jemand, der so erfolgreich ist wie Hoffman, sich automatisch Feinde macht. Wenn er zu Geld kommt, verlieren andere ihr Kapital. So einfach ist das.«
»Du klingst so verbittert«, sagte sie verdutzt. »Aber er hat doch nichts von deinem Geld verloren.«
»Nein, nichts von meinem. Aber Leute, die ich kenne ... Ja, denen ist das passiert.«
»Ist es jemand, der an Bord ist?«
Jacks Lippen verformten sich zu einem dünnen Strich. »Jemand, der sich nicht in einer Million Jahren die Passage auf diesem Schiff leisten könnte, außer auf dem Zwischendeck.«
Brooke runzelte die Stirn. »Warum erwähnst du es dann, Jack?«
Er zuckte die Achseln. »Nur damit du weißt, daß es eine Menge Verdächtige gibt, wenn du nach ihnen suchst.«
Das Achselzucken, eine so ungewöhnliche Geste für einen Mann, der es haßte, wenn seine Kleidung Falten warf, und die Bitterkeit in seiner Stimme machten Brooke nachdenklich. »Wenn ich dich nicht besser kennen würde, Jack, nähme ich an, du meintest ...«
»Madame«, zischte eine Stimme aus einem angrenzenden Gang. Verblüfft drehte Brooke sich um und sah, wie eine Frau auf sie zukam. Ihr einfaches, schwarzes Kleid gab sie als Dienstmädchen zu erkennen, aber der ausgezeichnete Schnitt, der Akzent und das Auftreten des Mädchens

wiesen darauf hin, daß sie wahrscheinlich die Zofe einer Dame war. »Sie sind doch Mrs. Devlin, nicht wahr?«

»Ja.« Brooke trat auf sie zu, nicht sicher, ob sie erleichtert sein sollte oder nicht. Jacks Worte hatten in ihr einen unangenehmen Verdacht aufkommen lassen. Hatte er Grund, Julius Hoffman den Tod zu wünschen? »Und wer sind Sie?«

Die Frau blickte von ihr zu Jack. »*Pardon*, Madame, aber könnte ich Sie einen Moment sprechen? Allein, *s'il vous plaît*?«

Brooke zog vor Überraschung die Augenbrauen hoch, sagte aber mit ruhiger Stimme. »Natürlich, Jack, entschuldigst du uns bitte?«

»Selbstverständlich. Ich sehe dich beim Mittagessen, Brooke.« Jack tippte an seinen Hut, wandte sich um und ging. Brooke blickte ihm einen Augenblick lang nach.

»Madame?« sagte die Frau, und Brooke wandte sich kopfschüttelnd um. Jack konnte es nicht getan haben. Auf keinen Fall.

»Ja. Bitte kommen Sie hier entlang, zu meiner Suite. Dort sind wir ungestört.«

»Oh, merci, Madame.« Die Frau folgte Brooke in die Suite. »Ich wollte nicht vor dem Monsieur sprechen, *comprenez-vous*?«

»Ja. Zumindest glaube ich, Sie zu verstehen.« Brooke setzte sich aufs Sofa und bot der Frau einen Stuhl an. »Sie sind ...?«

»Claudette Lavoie, Madame. Die Zofe von Madame Hoffman.« Prüfende schwarze Augen musterten Brooke von Kopf bis Fuß. »Ein elegantes Kleid, Madame. Die Ärmel sind jedoch etwas zu groß für Sie, *peut-être*?«

»Vielleicht«, setzte Brooke an und hielt sich jedoch zurück. Aus welchem Grund Claudette auch gekommen sein mochte, sie war bestimmt nicht da, um Brookes Kleidungsgeschmack zu diskutieren. Brooke war dieses Thema mittlerweile sowieso leid.

Claudette verschränkte nervös die Hände im Schoß ihres schwarzen Kleides. »Ihr Ehemann ist Polizist, *non*?«

»Ja.« Brooke lehnte sich vor. »Möchten Sie ihm etwas ausrichten lassen?«

»O Madame, ich weiß es nicht.« Claudette rang ihre Hände, während Brooke sie fasziniert dabei beobachtete. Sie hatte immer angenommen, daß nur Personen in Romanen das so taten.

»Ich habe lange und gründlich darüber nachgedacht, bevor ich Sie aufgesucht habe, *comprenez-vous?* Aber Monsieur Hoffman war immer freundlich zu mir. Daher sollte es jemand wissen.«

»Was?«

Claudette schaute zur Seite. »Vielleicht wissen Sie ja über Madame Hoffman und Monsieur Langdon Bescheid?«

»Ich habe Gerüchte gehört.«

»Oh, es ist wahr, Madame«, sagte Claudette nüchtern. »Madame Hoffman, sie war nicht glücklich mit dem Monsieur. Und Monsieur Langdon, er ist ein gutaussehender Mann, *comprenez-vous*?«

»*Je comprends* – ja, ich verstehe.« Brooke beherrschte sich nur mit größter Mühe. Es war etwas Neues für sie, daß Untreue so ruhig zur Sprache gebracht wurde. »Sind Sie nur hergekommen, um mir das zu erzählen? Nein«, fuhr sie rasch fort, als sie Claudettes Gesichtsausdruck bemerkte. »Ich sehe Ihnen an, daß das nicht der Grund ist.«

»O Madame, ich könnte über diese Sache meine Stellung verlieren.«

»Es braucht niemand zu wissen, daß Sie mit mir gesprochen haben.« Falls die Frau ihr überhaupt etwas mitzuteilen hatte, dachte Brooke. »Was hat Sie denn so aus der Fassung gebracht, Mademoiselle?«

»Es ist so«, sie schluckte schwer. »Ich bin eine gute Katholikin, *comprenez-vous*? Ich lüge nicht gern. Für mich ist das eine Sünde. Und außerdem«, ihre Stimme bekam einen harten Ton, »hat sie mir gesagt, daß ich meine Familie nicht besuchen darf, wenn wir in Frankreich sind.«

»Oh.« Jetzt verstand Brooke den Grund für Claudettes Besuch. »Das ist eine Schande!«

»Das ist es, und das, nachdem sie mir versprochen hat – eh *bien*, das wollen Sie sicherlich nicht wissen.« Mit einem unbekümmerten Achselzucken schien Claudette sich wieder zu fangen. »Heute hat Ihr Ehemann Madame Hoffman gefragt, wo sie war, als Monsieur Hoffman starb.«

»Ja und?«

»Sie sagte, daß sie in ihrem Zimmer war. Aber das stimmt nicht, Madame.« Claudette zog ein ernstes Gesicht. »Madame Hoffman ist nicht vor Mitternacht zurückgekehrt.«

Brooke beugte sich weiter vor. »Wo war sie, Claudette?«

»Ich weiß es nicht genau, *comprenez-vous*? Aber ich glaube, Madame, daß sie mit Monsieur Langdon zusammen war.«

Nicht wirklich überrascht, lehnte sich Brooke zurück. »Wo?«

Claudette schaute zur Seite. »In seiner Kabine, Madame.«

»Haben Sie irgendeinen Beweis dafür?« fragte Brooke scharf.

»Nein, Madame. Aber«, sie blickte Brooke direkt an, »bevor wir New York verließen, hatten Monsieur und Madame einen Streit. Wegen Monsieur Langdon.«

»Worum ging es?«

»Ich weiß es nicht, Madame«, entgegnete Claudette und mied Brookes Blick. »Aber ich glaube, Monsieur Hoffman wußte ...«

»Brooke? Bist du da?« rief Matt und öffnete die Eingangstür zur Suite. Claudette sprang auf und flatterte dabei mit den Armen wie eine aufgeschreckte Amsel.

»Ja.« Brooke hob abwehrend die Hand. »Matt, das ist Mademoiselle Lavoie ...«

»Ich muß gehen«, stieß Claudette hervor und flog auf die Tür zu, als Matt das Wohnzimmer betrat. »Madame Hoffman wird mich bestimmt schon suchen.« Und mit diesen Worten war sie fort, und die Tür fiel laut hinter ihr ins Schloß.

Matt starrte verwirrt auf die Tür. »War das die Zofe von Adele Hoffman?«

»Ja. Also wirklich, Matt!« Brooke setzte sich wieder und verschränkte die Arme vor der Brust. »Du hättest ruhig noch ein paar Minuten warten können, bevor du hereinkamst.«

»Ich wohne auch hier, Brooke.«

Sie starrte ihn an und seufzte. »Du hast ja recht. Es tut mir leid, daß ich dich angefahren habe. Ich dachte nur, sie würde mir noch mehr erzählen.«

Matt warf ihr einen kritischen Blick zu, als er sich neben sie setzte. »Mehr? Warum ist sie dann weggelaufen?« fragte er mehr sich selbst als sie. »Sie wollte vorhin auch mit mir sprechen.«

Brooke seufzte wieder. »Ich glaube, sie hat Angst. Die Hoffmans stehen unter großem Druck. Matt.« Sie drehte sich zu ihm und zog die Beine an. »Sie hat mir erzählt, wo Adele war, als Mr. Hoffman gestorben ist«, sagte sie und berichtete ihm, was Claudette ihr erzählt hatte. Jacks Worte und den dadurch entstandenen Verdacht behielt sie jedoch für sich.

»Ich wußte, daß sie mich angelogen hat«, sagte Matt nachdenklich, als Brooke geendet und er ihr von den Ereignissen am Vormittag berichtet hatte. »Es sieht nicht gut aus für Langdon. Oder Adele. Oder für Tate oder Snow«, fuhr er fort. »Dieser Fall hat zu viele Verdächtige.«

»Matt, wie sollte Adele es getan haben können? Sie hat nicht die Kraft, ihren Ehemann über die Reling zu stoßen.«

»Es sei denn, jemand war ihr behilflich. Wahrscheinlich braucht man dafür zwei...« Er verstummte. »Und keinen Hinweis auf einen Kampf.«

»Ich glaube es nicht, Matt«, sagte sie nachdrücklich und beugte sich vor. »Ich kann mir einfach nicht vorstellen, daß Adele es getan haben soll. Das wäre zu kaltblütig.«

»Sie ist eine kaltblütige Person, Brooke.«

»Nein«, sagte Brooke nachdrücklich, »nicht, wenn sie sich auf eine Affäre einließ, von der sie gewußt haben muß, daß sie alles gefährdet, was sie besitzt. Nicht, wenn sie eine Scheidung wollte.«

»Gerüchte, Brooke.«

»Denen wir weiter nachgehen könnten.« Sie streckte ihr Kinn hervor. »Du solltest feststellen können, ob es Zeugen für Adeles Besuch bei Langdon gibt.«

»Das könnte ich. Ich könnte Smith darauf ansetzen. Er überprüft bereits, wer in der Nähe war, als Hoffman über Bord ging.« Er betrachtete Brooke näher. »Du glaubst es nicht, oder?«

»Nein. Es erscheint mir irgendwie alles zu – zu glatt. Als ob uns jemand glauben machen will, daß Adele die Mörderin ist. Oder Langdon.«

»Aber wer? Hoffman hat den Brief in den Tresor gelegt, Brooke. Da besteht kein Zweifel.«

»Ich weiß.« Sie seufzte tief. »Ich behaupte ja nicht, daß sie kein Motiv haben. Aber glaubst du denn nicht, daß, wenn sie wirklich vorhatten, Hoffman zu töten, sie sich auf jeden Fall ein hieb- und stichfestes Alibi besorgt hätten? Sie sind doch nicht dumm, Matt.«

»Vielleicht«, räumte Matt ein. »Aber andererseits, was würde es ihnen nützen? Aber vieles wird schon klarer, Brooke.« Er griff nach ihrer Hand. »Ich werde jedoch nichts unternehmen, bevor ich nicht weitere Nachforschungen angestellt habe.«

Sie nickte. »Was ist mit Mr. Tate, Matt? Zählt er wirklich zu den Verdächtigen?«

»Durch Hoffmans Brieftasche, die in seinem Zimmer gefunden wurde, natürlich. Obwohl es mir nicht gefällt.« Er wollte etwas sagen, überlegte es sich jedoch anders. »Smith überprüft, wo er zum fraglichen Zeitpunkt war.« Er stand auf und ging im Wohnzimmer auf und ab. »Aber es könnte Adele gewesen sein, oder Langdon. Oder beide.« Er strich sich mit dem Finger über den Schnurrbart. »Sie haben mich beide angelogen.« Er blieb am Fenster stehen und schaute hinaus. »Langdon selbst könnte die Morddrohungen abgeschickt haben, um eine falsche Fährte zu legen.«

»Hältst du das für möglich?« fragte Brooke erstaunt.

»Was? Nein. Ich weiß es nicht. Ich habe nur laut nachgedacht.«

»Aha.« Brooke schaute ihn kritisch an. Er klang so weit weg und wirkte distanziert, was ihr gar nicht gefiel.

»Das Ärgerliche an diesem Fall ist, daß es zu viele Verdächtige gibt und nicht genug Zeit – wer könnte das jetzt noch sein?« fragte er, als es an der Tür klopfte.
»Ich weiß es nicht. Übrigens, ich habe heute morgen nichts Wichtiges erfahren. Nur Klatsch.« Sie zögerte. »Die Leute scheinen nicht mit mir reden zu wollen.«
Matt nickte, als er durch das Wohnzimmer ging, um die Tür zu öffnen. »Ich fürchte, du wirst dich daran gewöhnen müssen. Ich – ja?«
»Guten Abend.« Der Mann, der in der Tür stand, war groß und dünn wie eine Bohnenstange. Er trug einen karierten Umhang und eine Sherlock-Holmes-Mütze, die er mit einer schwungvollen Bewegung vom Kopf zog. »Verzeihen Sie die Störung so kurz vor dem Mittagessen, Sir. Padlock Homes, zu Ihren Diensten.«
Matt blinzelte. »Wie bitte?«
»Padlock Homes, Sir. Haben Sie noch nicht von mir gehört?«
»Äh ...« Matt warf Brooke einen fragenden Blick zu, aber von ihr war keine Hilfe zu erwarten. Sie biß sich auf die Lippen, und in ihren Augen funkelte es, und sie hatte Mühe, ein Lachen zu unterdrücken. »Was kann ich für Sie tun?«
»Im Gegenteil, ich kann etwas für Sie tun, Sir. Darf ich hereinkommen?«
»Äh, ja.« Matt trat zurück, und der Mann betrat das Wohnzimmer. »Meine Frau, Mrs. Devlin.«
Homes beugte sich über Brookes Hand. »Es ist mir ein Vergnügen. Madam.«
»Danke«, sagte Brooke mit leicht erstickter Stimme. »Sind Sie zufällig mit Sherlock Holmes verwandt?«
»Oh, nein, nein.« Homes zog seine Hosenbeine hoch, als er sich auf einen Stuhl setzte und sie anschaute. »Er ist

doch nur eine fiktive Gestalt. Eigentlich«, sagte er, und seine Stimme verlor die sorgfältige britische Aussprache und nahm einen ausgeprägten New-Jersey-Akzent an, »mein Name ist Ronald Lewis. Ich bin Schauspieler, aber ich dachte mir, ich sollte Sie besuchen kommen.«

Matt warf Brooke einen Blick zu, die neben ihm auf dem Sofa saß und wieder mit dem Lachen kämpfte. »Warum?«

»Um Ihnen bei den Ermittlungen zu helfen. Aber das sollte ich Ihnen näher erklären.«

»Ja, ich bitte darum.«

»Wie Ihnen bestimmt schon aufgefallen ist, bin ich kein richtiger Detektiv.« Homes stand plötzlich auf und begann auf und ab zu gehen. Sein Umhang wirbelte um ihn herum, und in der Hand hielt er eine lange Pfeife. »Die *American Line* hat mich zur Unterhaltung eingestellt. Wissen Sie schon, daß heute eine Parodie auf eine Gerichtsverhandlung auf dem Programm steht?«

»Nein«, sagte Matt, als Brooke einen erstickten Laut von sich gab.

»Ja. Ein sehr interessanter Fall. Ehebruch. Ich trete als Zeuge auf.«

»Äh, ja.« Matt starrte ihn an. »Was hat das alles mit mir zu tun?«

»Nun, es sieht folgendermaßen aus.« Homes ließ sich auf den Stuhl fallen. »Während meiner Tätigkeit habe ich ein bißchen über Verbrechensaufklärung gelernt, um diese Aufgabe erfüllen zu können. Und ich habe alle Sherlock-Holmes-Geschichten gelesen. Mehr als einmal, wenn ich hinzufügen darf. Es ist wichtig, daß ich meine Rolle richtig spiele. Sie, zum Beispiel, Madam.« Seine Stimme klang plötzlich abgehackt und hatte einen britischen Akzent. »Sie kommen offensichtlich aus der besten Ge-

sellschaft, aber Sie sind dennoch aufgeschlossen. Sie sind aus«, er runzelte die Stirn, »New York. Ja, eindeutig aus New York, aber nicht direkt daher. Aus dem südlichen New England, glaube ich. Sie haben das College in Wellesley besucht. Sie sind frisch verheiratet, sie hassen die Farbe Rosa und mögen Hüte.« Er verstummte und schaute sie an. Seine Stimme klang wieder normal. »Wie war ich?«
Matt und Brooke tauschten Blicke. »Sehr gut«, sagte Brooke. »Woher wissen Sie das alles?«
Er lächelte selbstgefällig. »In den letzten drei Tagen, Madam, haben Sie jede Farbe außer Rosa getragen. Das war leicht zu erraten.«
»Und den Rest hätten Sie von jedem aus der ersten Klasse erfahren können«, sagte Matt.
»Vielleicht habe ich das. Spielt es eine Rolle? Was zählt ist, daß ich recht hatte.« Er drehte sich ruckartig um, und sein Umhang wölbte sich. »Ich bin genau der Mann, Sir, der Ihnen von Nutzen sein kann.«
»Vielen Dank, Mr. Homes, äh, Lewis.« Matt erhob sich. »Aber ich habe die Dinge im Griff.«
»Sir, man darf solch eine wichtige Angelegenheit nicht ignorieren.«
»Da stimme ich Ihnen zu, aber ...«
»Und nicht jeder weiß mit einer Person wie Mrs. Hoffman richtig umzugehen.«
»Was wollen Sie damit sagen?«
»Sir, Mrs. Hoffman hat um meine Mithilfe gebeten ...«
»Den Teufel hat sie!«
»... und zu diesem Zweck werde ich meine eigenen Nachforschungen über Mr. Hoffmans unglückliches Ableben anstellen.«
Matt schaute Brooke an, die das offensichtlich nicht länger komisch fand.

»Verdammt – den Teufel werden Sie tun«, sagte er. »Der Kapitän hat mir wie auch dem Schiffsdetektiv die offizielle Ermittlungsgenehmigung erteilt.«

»Mrs. Hoffman darf einstellen, wen sie möchte«, sagte Homes mit hochmütig erhobenem Kopf. »Und nach dem, was ich bisher mitbekommen habe, Sir, können Sie jede Hilfe gebrauchen. Zum Beispiel:« – Er fuchtelte mit seiner Pfeife durch die Luft. – »Kennen Sie Gregory Tates Grund, warum er Hoffman den Tod wünschte?«

Matts Augen verengten sich. »Ich kann mir denken, was es ist.«

»Aber Sie vermuten es bloß, während ich dagegen, Sir, es sicher weiß.«

Matt beugte sich unwillkürlich vor. »Was denn?«

»Nein, nein, ich bin noch nicht bereit, das preiszugeben. Nicht bevor ich mehr über den Mann weiß.«

»Sie wissen, daß Sie für die Zurückhaltung von Beweismaterial belangt werden können.«

»An Land, vielleicht. Aber wir sind auf See, Sir. Hier ist alles anders.« Er drehte sich um, wobei sein Umhang flatterte. »Ich werde Sie über den Verlauf der Dinge in Kenntnis setzen. Ich werde diesen Fall lösen, so wahr ich Padlock Homes heiße.«

»Was ja gar nicht stimmt«, sagte Matt und hörte Brookes ersticktes Gelächter hinter sich.

»Das ist mir gleich. Mit meinen detektivischen Fähigkeiten, Sir, und ihrer Erfahrung werden wir den Schuldigen in kürzester Zeit fassen.« Er setzte sich den Hut auf den Kopf. »Guten Tag, Sir, Madam. Danke, daß Sie mir Ihre Zeit geschenkt haben«, sagte er und ging hinaus. Matt und Brooke starrten sich in verblüfftem Schweigen an.

Brooke fand als erste die Sprache wieder. »Padlock Homes«, stieß sie hervor und brach in Gelächter aus, das

sie bisher zurückgehalten hatte. »O Matt! Hast du je etwas Lächerlicheres gehört?«
»Nein.« Er setzte sich neben sie aufs Sofa. »Und es ist auch nicht komisch, Brooke.«
»O Matt, wo bleibt dein Sinn für Humor? Er ist doch überhaupt nicht in der Lage, irgend etwas zu lösen.«
»Nein, aber er könnte alles verderben.« Er fuhr sich mit den Händen durchs Gesicht. »Die Dinge sind kompliziert genug. Gott steh mir bei, Brooke, aber es bleiben nur noch drei Tage.«
»Ich helfe dir. Das weißt du doch.« Brooke legte ihren Kopf auf seine Schulter, aber ihr Lächeln verschwand, als sie seine Anspannung spürte. Irgend etwas stimmte nicht, und es steckte mehr dahinter als die Schwierigkeit, diesen Fall aufzuklären; doch wußte sie nicht, was es war. Sie hatte aber keine Zeit darüber nachzudenken, nicht, wenn ein Mörder frei herumlief. Noch drei Tage. Obwohl sie es nicht laut aussprechen wollte, teilte sie Matts Zweifel. Wie sollten sie dem Mörder bloß rechtzeitig auf die Spur kommen?

Auf dem Salondeck schlenderte Julia hinüber zur Reling und starrte unverwandt hinunter aufs Meer. Sie war beinah völlig allein auf Deck, da alle beim Mittagessen waren, doch war es ihr gerade recht. All das tat zu weh.
Sie hatte nicht damit gerechnet, daß sie ihren Vater so sehr vermissen würde. In den vergangenen Jahren, in denen sie immer mehr mit gesellschaftlichen Verpflichtungen beschäftigt gewesen war, hatte sie nach und nach die Meinung ihrer Mutter geteilt, daß ihr Vater laut und

grob geworden war und nur den nötigsten Respekt verdiente. Jetzt erinnerte sie sich jedoch an frühere Zeiten, als ihr geliebter Daddy immer Zeit für sie und ihre Sorgen gehabt hatte, als er der einzige Mann gewesen war, den sie glaubte, je lieben zu können. Und jetzt war er fort.

Ihre Augen füllten sich mit Tränen, und sie klammerte sich Halt suchend an die Reling. Oh, es war einfach nicht fair! Warum mußte ihr das passieren? Durch Vaters Tod war sie schrecklich allein und hatte niemanden, mit dem sie reden konnte, geschweige denn, der sie verstand. Trotz all ihrer zur Schau gestellten Trauer war Mama entschlossen, die Dinge wie geplant weiterlaufen zu lassen. Julia würde den Earl of Lynton heiraten, eine Aussicht, vor der ihr graute. Oh, der Earl war vermutlich nett, aber er war nicht der Richtige für sie. Er war zu alt und zeigte überhaupt kein Interesse für die Dinge, die ihr wichtig waren. Außerdem hatte er Mundgeruch. Vielleicht, so dachte Julia nun mit Bedauern, müßte sie, wenn sie nicht so kalt zu ihrem Vater gewesen wäre, wenn sie wie früher mit ihm gesprochen hätte, den Earl jetzt nicht heiraten.

»Julia? Ich dachte mir doch, daß Sie es sind«, sagte eine Stimme hinter ihr. Sie sah auf und erblickte einen jungen Mann in einer gestreiften Flanelljacke und mit einer feschen Fliege, der auf sie zukam.

»Hallo, Mr. Norcross«, sagte Julia mechanisch, denn ihre Aufmerksamkeit wurde durch etwas anderes gefangengenommen. Weiter unten am Deck ging ein Steward entlang, der unsicher ein Tablett auf der Schulter balancierte. Irgendwie kam er ihr bekannt vor...

»Verzeihung?« sagte sie, als ihr plötzlich auffiel, daß Mr. Norcross, der jetzt neben ihr stand, etwas gesagt hatte und auf eine Antwort wartete.

»Ich sagte, ich hätte nicht gedacht, daß wir uns vor der

Ankunft in Southampton wiedersehen.« William Norcross ergriff ihre Hand, die Julia ihm jedoch entzog.

»Ich wollte nur etwas Luft schnappen, Mr. Norcross. Wenn Sie mich jetzt bitte entschuldigen wollen ...«

»Nein, bleiben Sie.« Er schenkte ihr ein Lächeln, das man charmant nennen könnte. Er sah nicht schlecht aus, aber er genoß keinen guten Ruf in ihren Kreisen. Es war bekannt, daß er nur ein kleines Vermögen besaß und auf der Suche nach einer reichen Braut war. Den Gerüchten zufolge, die man sich kichernd auf Bällen in der Garderobe erzählte, hielt er sich eine Geliebte in einer Wohnung in Greenwich Village. Seit dem Ball bei den Grahams konnte Julia ihn nicht leiden. Er war ihr zu nahe getreten und hatte nicht nur versucht, sie zu küssen, sondern auch zu betatschen. Warum konnte sie auf diesem Schiff nicht einen Moment allein sein? Letzte Nacht war es Gregory, und jetzt das hier. »Sie sehen aus, als ob Sie etwas Aufmunterung gebrauchen könnten.«

»Natürlich könnte ich das.« Ihr Ton war beißend. »Mein Vater ist tot, Mr. Norcross. Wenn Sie mich jetzt bitte entschuldigen ...«

»Aber Sie sind es nicht, meine liebe Julie.« Er faßte sie am Arm, und zum ersten Mal bemerkte sie seinen alkoholisierten Atem. »Sie werden doch wohl nicht den Earl heiraten.« Er stand so dicht vor ihr, daß sie seinen heißen Atem auf ihrem Hals spüren konnte. Sie zitterte. »Sie sind viel zu jung, um einen alten Mann wie ihn zu heiraten.«

»Mr. Norcross! Wenn Sie mich nicht auf der Stelle gehen lassen, werde ich schreien!«

»Sie sollten in Amerika bleiben, meine liebe Julie. Ach wehren Sie sich doch nicht. Warum tun Sie so? Sie wollen es doch auch, und keiner wird uns sehen ...«

»Gibt es ein Problem, Miss?« sagte eine Stimme hinter

ihnen, und Julia nutzte Williams Überraschung, um sich von ihm loszumachen. Einige Schritte entfernt stand der Steward, den sie vor einigen Minuten gesehen hatte, ein freundlich blickender Mann mit einer Nickelbrille. Ihre Augen weiteten sich vor Erstaunen, als sie ihn anstarrte.

»Machen Sie, daß Sie wegkommen«, sagte William überheblich. »Das geht Sie hier überhaupt nichts an. Und wenn Sie nicht auf der Stelle gehen, spreche ich mit Ihrem ...«

»Die Lady möchte in Ruhe gelassen werden«, sagte der Steward, und zu Julias großer Überraschung hob er den Arm und schlug William kräftig auf die Nase. Lautlos ging William zu Boden. Überwältigt und völlig überrascht starrte Julia den Steward an. Sie fragte sich, warum sie ihn nicht schon früher erkannt hatte.

# KAPITEL 9

Es war spät am Nachmittag, und das Wetter war kalt und stürmisch geworden. Zusammen mit dem hohen Seegang wirkte es eher winterlich als frühlingshaft. Matt fröstelte, als er die Tür zum Rauchersalon öffnete. Er wünschte, er hätte sich einen Mantel übergezogen. Der Wind riß ihm die Tür aus der Hand und schlug sie gegen das Deckhaus. Ob des Lärms blickten die Herren, die sich dort zu einem Drink vor dem Essen verabredet hatten, ziemlich überrascht auf. Die Annehmlichkeiten einer Atlantiküberfahrt, überlegte Matt, während er sich rasch umsah und ein lässiges Verhalten an den Tag legte, das im Gegensatz zu seinem dramatischen Auftritt stand, wurden in der Werbung der *American Line* maßlos überschätzt.

An diesem Nachmittag hatte Matt viel erledigt. Er hatte das Alibi der Besatzungsmitglieder überprüft. Er glaubte zwar nicht, daß irgendeiner von ihnen etwas mit Hoffman zu tun gehabt hatte, aber es war möglich, daß einem von ihnen etwas Wichtiges aufgefallen war und es gar nicht bemerkt hatte. In jener Nacht war nur einer in der Nähe der Reling gewesen, um den Aufprall im Wasser zu hören; aber er hatte nichts gesehen. Besatzung und Personal verhielten sich gleichermaßen mißtrauisch. Matt hatte das verwirrt, bis einer von ihnen eine Bemerkung über Smith machte. Nicht zum ersten Mal wünschte sich Matt die Unterstützung der New Yorker Polizei und einen taktvolleren Ermittler als Smith. Etwas von Leuten zu erfahren, die Smith bereits vernommen hatte, machte die Ermittlungen noch schwieriger, als sie bereits waren.

Das kalte Wetter hatte die meisten Passagiere von ihren üblichen Aktivitäten auf Deck in die Innenräume vertrieben. Daher herrschte im Rauchersalon dichtes Gedränge. Matt bahnte sich einen Weg durch die Männergrüppchen, die sich angeregt unterhielten, und schnappte dabei Gesprächsfetzen über den Aktienmarkt, die kommende Präsidentschaftswahl und natürlich über Hoffmans Tod auf. Schließlich war er an der langen Bar am anderen Ende des Raums angelangt und bestellte einen Whisky. Er stützte sich auf die Messingtheke, während er das Kristallglas mit beiden Händen umklammerte. Brooke würde sich wahrscheinlich zum Abendessen umziehen, dabei höchstwahrscheinlich vor sich hin fluchen, sanft und damenhaft, aber dennoch fluchen, wenn ihr das Mädchen das Korsett schnürte. Daher war es ihm klüger erschienen, zu warten, bevor er wieder in die Suite zurückkehrte. Sie war zwar geräumig genug, bot aber dennoch keinen Raum, in den er sich flüchten konnte. Die Reichen, so war ihm aufgefallen, schienen ziemlich viel Platz zu brauchen. Für jemanden wie ihn, der in einer kleinen Wohnung in einer dichtbesiedelten Nachbarschaft groß geworden war, erschien das für gewöhnlich wie eine Verschwendung. Heute abend war er zum ersten Mal glücklich darüber.

Während er sich zurücklehnte, blickte Matt durch den Raum und sah Männer, die er nur flüchtig kannte. Nirgendwo anders wurde ihm so deutlich vor Augen geführt, daß er sich in einer anderen Welt befand als unter den Herren der feinen Gesellschaft, deren Gespräche nur um Geschäfte, Geld und die Politik der Republikaner kreisten. Er hatte wenig mit ihnen gemein, und das war vielleicht besser so, dachte er und blickte immer noch suchend durch den Raum. Sein Blick streifte einen Tisch, wo mehrere Männer Karten spielten. Soso! Randall Snow, der Karten für eine Runde Poker austeilte. Geschickte, flinke Hände und – Teufel, wenn er sich nicht irrte, war das ein gezinktes Kartenspiel. Snow betrog.

Er stellte seinen Drink auf der Theke ab und ging quer durch den Raum. »Randall«, sagte er herzlich und schlug dem anderen Mann mit der Hand auf die Schulter. »Schön Sie zu sehen. Erinnern Sie sich an mich?«

Snow blickte überrascht auf, und ein argwöhnischer Blick trat in seine Augen. »Devlin, nicht wahr? Natürlich erinnere ich mich an Sie.«

»Dachte ich mir doch.« Matts Griff verstärkte sich auf seiner Schulter. »Kurz vor meiner Abfahrt habe ich mit einigen Kollegen über Sie gesprochen.«

Snows Augen verengten sich. »Ach wirklich?«

»Ja. Ich hörte, Sie seien ein As im Kartenspiel.«

»Was Sie nicht sagen«, bemerkte ein Herr am Tisch. »Mir hat er gesagt, daß er nicht oft spielt.«

»Ich glaube, Mr. Devlin verwechselt mich mit meinem Bruder«, sagte Randall und erhob sich. Dabei ließ er das gezinkte Kartenspiel so unauffällig in seiner Hand verschwinden, daß Matt sicher war, daß es niemand bemerkt hatte. Snow war wirklich ein Profi. »Der kann wirklich Karten spielen. Ich habe Devlin lange nicht gesehen, würden Sie mich deswegen bitte entschuldigen?«

»Sie kommen doch später wieder, nicht wahr?« sagte ein Gentleman, der nicht viel älter als ein Junge war.

»Vielleicht. Viel Spaß!« sagte er und warf die Spielkarten auf den Tisch. Die ungezinkten, ging es Matt durch den Kopf. »Verflucht.« Seine Stimme war ausdruckslos, als er sich umwandte, um Matt zu begleiten. »Wie sind Sie mir auf die Schliche gekommen?«

»Auf die Gefahr hin, daß ich Sie beleidige, aber ich kenne Ihre Sorte. War das ein gezinktes Kartenspiel, das ich gerade in Ihrer Hand gesehen habe?«

»Was denn, ich? Mit gezinkten Karten? Detective, ich bin schockiert.«

»Ach ja. Darf ich Ihnen einen ausgeben?«

»Gerne. Warum nicht? Da Sie mich gerade um mein tägliches Brot gebracht haben.«

»Sind Sie religiös, Mr. Snow?« sagte Matt und zog spöttisch die Augenbraue hoch, als sie sich am selben Tisch niederließen, wo er vorher mit Jack Everett gesessen hatte.

»Nur wenn ich spiele.« Aus der Innentasche seines in der *Savile Row* geschneiderten Anzugs zog er eine Brieftasche aus Leder hervor und entnahm ihr einen Silberdollar. Eine gewöhnliche Münze, wie Matt erkannte, bis auf die Tatsache, daß jemand an der Spitze ein Loch hineingebohrt hatte. »Mein Glücksbringer«, erklärte Snow und spielte geschickt damit herum. »Damit halte ich meine Finger in Form. Ich hatte einen echten Anfänger an der Hand«, erzählte er, als der Ober kam, bei dem Matt einen

weiteren Whisky und Snow eine Club Soda bestellte. »Er war reif, geschröpft zu werden.«
»Und wie alt ist dieser Anfänger, Mr. Snow?« Matt holte sich seine Zigaretten aus der Tasche. »Möchten Sie eine?«
»Einen Sargnagel? Nein.« Snow zog eine Grimasse. »Ich rauche die Dinger nicht, und Sie sollten das auch nicht tun.«
Zu Matts eigenem Erstaunen konnte er sich gerade ein Lächeln verkneifen. »Das werde ich mir merken. Und wie alt ist der Junge?«
»Der junge Mann, der spielen möchte?« Snow zuckte gleichgültig die Achseln. »21, 22 Jahre. Spielt das eine Rolle? Er ist alt genug, um für sich selbst zu entscheiden. Ich versichere Ihnen«, er spreizte seine Hände mit den sauber manikürten Nägeln, »ich habe ihn nicht dazu verleitet.«
»Aha.«
»Ich schwöre es. Das mußte ich erst gar nicht. Diese Dummköpfe kommen von ganz allein«, sagte er und lächelte entwaffnend.
Erneut hatte Matt Mühe, ernst zu bleiben. Wie alle Falschspieler und Betrüger war Snow ein charmanter Mann. Daran gab es keinen Zweifel. In seinem Beruf mußte er das sein, um die Leute in die Falle zu locken.
»Das ist ein teurer Anzug, den Sie da tragen, Mr. Snow.«
Snow zuckte erneut die Achseln und lehnte sich zurück, als der Ober ihre Getränke auf den Tisch stellte. »Das stimmt. Und?«
»Ein teurer Haarschnitt, eine teure Maniküre – dazu braucht man Geld, nicht wahr?«
»Ich habe einen gewissen Lebensstandard. Und«, er

lächelte, »ich muß entsprechend aussehen, oder ich bringe die reichen Dummköpfe nicht dazu, mit mir zu spielen. Sehen Sie, Devlin.« Er stellte sein Glas ab. »Sie wissen, was ich mache. Also lassen Sie uns endlich auf den Punkt kommen.«

Eigentlich hatte Matt geplant, einen unschuldigen Mann davor zu bewahren, ausgenommen zu werden. Dies war jedoch eine Gelegenheit, die er sich nicht entgehen lassen durfte. Jedes Mal, wenn er ihn über Hoffmans Tod befragt hatte, war Snow erstaunlich ausweichend gewesen. »Kürzlich abends haben Sie ein paar schwerwiegende Vorwürfe gegenüber Julius Hoffman geäußert.«

»Ich war gereizt.« Er lächelte und spreizte die Finger. »Eine vorübergehende Gereiztheit.«

»Und trotzdem machen Sie ihn für den Verlust Ihres Vermögens verantwortlich.«

»Das stimmt.« Er trank einen Schluck. »Er war teilweise dafür verantwortlich.«

»Nur teilweise?«

»Ja, die Wahrheit ist, Devlin, ich bin ein Spieler. Das bin ich schon immer gewesen. Wenn ich mein Geld in netten, sicheren und langweiligen Wertpapieren angelegt hätte, wäre alles in Ordnung. Aber wo bleibt da der Spaß? Der Reiz?« Er schnippte mit den Fingern. »Julius hatte von einem Spekulationsobjekt erfahren, das sich vielversprechend anhörte. Eine Silbermine. Er fragte mich und einige andere, ob wir mit ihm gemeinsam Aktien kaufen wollten. Er hat auch für sich selber spekuliert, wußten Sie das?« fragte Snow, und seine Augen hatten plötzlich einen verschlagenen Ausdruck.

»Nein.«

»Und Sie wissen auch nicht, was das bedeutet, oder? Schauen Sie.« Er beugte sich vor. »Ein Börsenmakler sollte eigentlich mit den Aktien seiner Kunden handeln und seinen Gewinn durch Transaktionen machen. Julius hat das natürlich getan, aber er hat auch selber spekuliert.«

»Ist das illegal?«

»Nein, aber es ist ... unmoralisch.«

»Ein schönes Wort, und ausgerechnet aus Ihrem Munde.«

»Na ja, betrachten Sie es mal so. Wenn Sie auf das Geld einer anderen Person aufpassen sollen, Sie sich aber mehr Gedanken über ihr eigenes machen, auf wessen Geschäfte konzentrieren Sie sich wohl am meisten? Auf ihre eigenen natürlich. Das schafft doch einen Interessenkonflikt.«

»Hm.« Dies war zwar eine völlig unbekannte Welt für Matt, er verstand aber Snows Standpunkt. »Also war Hoffman ebenfalls ein Spieler?«

»In gemäßigtem Rahmen, wenn es überhaupt so etwas gibt. Er schien immer zu wissen, wann er seine Aktien kaufen bzw. verkaufen mußte.«

»Und er hat Ihnen nicht Bescheid gesagt?«

»O doch.« Snow blickte zur Seite und trank einen Schluck. »Aber ich bin ein Spieler, und die Gewinne waren gut, zumindest auf dem Papier, so entschied ich, die Aktien nicht zu verkaufen. Und dann machte die *Reading* Konkurs.« Er zuckte die Achseln und wirkte unbeteiligt. »Der Rest ist Geschichte.«

Fakt war, daß der Konkurs der *Philadelphia and Reading Railroad* die Börsenpanik von '93 eingeleitet hatte, die viele Menschen an den Bettelstab brachte.

»Sie haben ihm das übelgenommen.«

»Sie haben verdammt noch mal recht, das habe ich«, verkündete Snow und knallte sein Glas auf den Tisch. »Besonders, als er mir daraufhin jeden Kredit verwehrt hat und den Nerv besaß, mich über das Spekulieren zu belehren.« Er lachte freudlos. »Ich glaube, in diesem Moment habe ich ihn gehaßt.«

Für einen kurzen Augenblick musterte Matt sein Gegenüber Snow, der mit gebeugtem Kopf dasaß.

»Sie wissen, wie sich diese Bemerkungen anhören?

»Nein, wie?«

»Als ob Sie einen Grund gehabt hätten, ihm den Tod zu wünschen.«

Snows Augen weiteten sich. »Warten Sie mal. Versuchen Sie, mir seinen Tod anzuhängen?«

»Sie hatten ein Motiv, Mr. Snow.«

»Um Himmels willen. Nach drei Jahren?« Er starrte Matt an. »Sie meinen das tatsächlich ernst?«

»Jemand hat ihn getötet, Mr. Snow. Sie sind ein möglicher Verdächtiger.«

»Nun, ich mag vielleicht ein Motiv haben, aber ich habe Zeugen, die bestätigen, wo ich war, als Julius über Bord ging. Ich habe Karten gespielt. Wir sind alle zusammen nach draußen gelaufen. Fragen Sie sie.« Er erhob sich. »Und suchen Sie nach einem der anderen, die er betrogen hat. Vielen Dank für den Drink«, fügte er hinzu und schlenderte durch die Menge davon.

Matt blieb noch einen Moment sitzen, trank aus und dachte nach. Snow hatte ein Alibi. Das hätte er bedenken müssen. Schließlich mußte Snow, gerade durch seine hohen Ausgaben, jede Chance nutzen, um zu Geld zu kommen. Aber trotzdem...

Er konnte es getan haben. Er konnte sich entschuldigt und den Waschraum der Herren aufgesucht, dort Hoffman gesehen und ihn dann spontan über Bord geworfen haben. Das ergäbe jedoch keine Erklärung für den Ausruf »Mann über Bord« – bisher hatte noch niemand zugegeben, ihn ausgestoßen zu haben – und die davoneilenden Schritte. Snow kam als Mörder nicht unbedingt in Frage – aber irgend jemand hatte sich Hoffmans Tod sehnlichst gewünscht und war zur Tat geschritten.

Matt bahnte sich einen Weg durch den Rauchersalon und ging hinauf aufs Promenadendeck. Er hielt sich abwechselnd an den Pfosten und an der Reling fest, um sein Gleichgewicht zu halten. Wenn er den Mörder nicht finden sollte, würde ihn diese Frage sein Leben lang verfolgen. Wer hatte Julius Hoffman getötet?

»Wie lange kennen Sie Jack schon?« fragte Shirley, als Brooke ihnen beiden Tee eingoß. Es ist schon komisch, dachte Brooke, als sie die silberne Teekanne abstellte, daß sie sich mit diesem Mädchen wohler fühlte als mit den Menschen der Klasse, der sie vermeintlich angehörte.

»Mehrere Jahre.« Brooke schenkte sich Milch ein. »Seitdem ich bei meinen Verwandten wohne.«

»Er ist verliebt in Sie, wußten Sie das?«

»Jack? « Brooke sah sie überrascht an. »Nun, das war er vermutlich mal, aber das ist schon lange her.«

»Es ist drollig«, fuhr Shirley fort, hielt ihre Teetasse vorsichtig in der Hand und spreizte dabei den kleinen Finger. »Ich kenne ihn erst wenige Tage, aber es kommt mir schon wie eine Ewigkeit vor.« Sie schaute Brooke über die Teetasse hinweg an. »Verstehen Sie, was ich meine?«

»Ja. Bei manchen Menschen ist das so.«

»Ich weiß, daß es nichts zu bedeuten hat.« Shirley stellte ihre Teetasse mit größter Vorsicht ab, damit sie nicht auf der Untertasse klirrte. »Ich meine, ich weiß, wir kommen aus unterschiedlichen Schichten. Aber manchmal wünschte ich mir ...«

»Jack ist unabhängig genug, um zu tun, was er will«, sagte Brooke und wählte ihre Worte mit größter Sorgfalt. »Aber Sie wissen hoffentlich, daß Sie in der feinen Gesellschaft eine schwierige Zeit erwartet, wenn sich etwas mehr aus Ihrer Freundschaft entwickeln sollte.«

»Ich weiß.« Sie zog ihre Nase kraus. »Würden Sie dann immer noch meine Freundin sein?«

Seltsam berührt, beugte sich Brooke vor und legte ihre Hand auf Shirleys. »Natürlich werde ich das.«

»Das ist alles, worüber ich mir Gedanken mache. Sehen Sie, die feine Gesellschaft ist mir gleich. Ich weiß, daß ich dort nie hingehören werde. Aber nach einer Zeit würde es, glaube ich, Jack stören.«

»Da bin ich mir nicht so sicher. Er tut immer genau das, was er will. Obwohl er darüber nie ein Wort verliert.«

»Macht er eigentlich irgend etwas? Ich meine, außer am Tag zehnmal seine Kleidung zu wechseln?«

Brooke lächelte über die Übertreibung. »Er ist gerne elegant gekleidet. Aber ja, er tut auch etwas Nützliches. Hat er Ihnen das nicht erzählt?«

»Nein. Wie ich schon sagte, wir kennen uns erst kurz.«

»Nun.« Brooke nahm einen Schluck Tee. »Ich bin mir nicht sicher, ob ich Ihnen das erzählen sollte, wenn er es nicht getan hat, aber er arbeitet in den Wohnsiedlungen des sozialen Hilfswerks.«

Shirley blinzelte. »Mit Einwanderern? Das tut er? Menschenskind. Das hätte ich nie gedacht.«

»Das hätten die meisten nicht.«

»Das erklärt einiges.«

»Noch Tee?« Brooke hob die Teekanne hoch und begann einzuschenken. »Erklärt was?«

»Als wir erfuhren, daß Mr. Hoffman gestorben ist – zu dem Zeitpunkt hatten wir uns gerade kennengelernt –, erzählte er mir, daß er einmal das Geld weniger betuchter

Leute angelegt hatte und dabei alles verlorengegangen war. Ich habe mich gefragt, woher er arme Leute kennt.«

Brooke hörte auf, in ihrem Tee zu rühren. »Ich kann mir nicht vorstellen, daß er so unvorsichtig ist.«

»Oh, das war er nicht. Er hat das Geld jemand anderem gegeben, und diese Person hat es verloren. Woher konnte er das wissen? Er hat es für eine sichere Sache gehalten. Statt dessen hat er das Geld allein aufbringen müssen.« Sie nahm einen Schluck Tee. »Ich glaube, er ist immer noch deswegen wütend.«

Wütend genug, um zu töten? Brooke führte ihre Tasse nur halb zum Mund, bevor sie sie vorsichtig wieder absetzte. Es war nicht das erste Mal, daß sie von einer fehlgeschlagenen Investition hörte. »Bei wem hat er das Geld angelegt?«

»Ich weiß nicht. Das hat er mir nicht erzählt. Er hat nur gemeint, daß er etwas unternommen hat, und mehr nicht. Er erzählt mir nicht viel über Geldangelegenheiten. Vielleicht glaubt er, das interessiert mich nicht, aber da irrt er sich. Schließlich arbeite ich für Geld.«

»Über Geld zu reden ist nicht sehr höflich«, sagte Brooke, während ihre Gedanken durcheinanderwirbelten. Wer hatte das Geld für Jack angelegt? Und was hatte Jack in der Sache unternommen? Sie hatte ein komisches Gefühl im Magen bei der Ahnung, was er getan haben könnte.

Brooke nahm ihre Teetasse wieder hoch, diesmal um ihr Gesicht zu verbergen. »Wann haben Sie Jack kennengelernt? Am ersten Tag?«

»Nein, am zweiten«, antwortete Shirley und beschrieb ihre Begegnung, ohne sich der Folgen ihrer Worte bewußt zu sein. Wenn sie Jack am ersten Tag getroffen hätte, hätte sie vielleicht auch den Abend mit ihm verbracht. So wuß-

te keiner, was er an jenem Abend getan hatte. Und wenn Brooke nicht nachforschte, würde niemand erfahren, wo er sich aufgehalten hatte, als Julius Hoffman starb.
Nachdem sie den Tee ausgetrunken hatte, verabschiedete sich Shirley, und Brooke begleitete sie noch bis auf Deck. Sie wollte gerade in ihre Suite zurückkehren, als sie Matt vom vorderen Teil des Schiffes auf sich zukommen sah. Als er vor ihr stand, bemerkte sie, daß er nach Zigarettenrauch roch. Er war wahrscheinlich im Rauchersalon gewesen. »Hattest du Erfolg?« fragte sie.
Er schüttelte den Kopf. »Keinen großen«, erwiderte er und erzählte ihr die Neuigkeiten. »Zumindest weiß ich nicht mehr als vorher. Ich glaube, Langdon hat es getan oder Adele. Wenn nicht unabhängig voneinander, dann zusammen. Sie haben mich heute angelogen.«
»Soll ich vielleicht mit Adele sprechen?«
»Vielleicht, aber ich bezweifle, daß du irgend etwas von ihr erfahren wirst. Sie ist zäh.« Matt verschränkte die Arme vor der Brust und runzelte enttäuscht die Stirn. »Sie haben das Motiv und die Gelegenheit, und wahrscheinlich waren sie sogar in jener Nacht zusammen, aber dafür gibt es keine Zeugen. Smith hat beinah das ganze Personal vernommen, du hast mit den Passagieren gesprochen, und niemand hat Adele oder Langdon zur fraglichen Zeit auf Deck gesehen. Verflucht.« Unwirsch fuhr er sich über den Schnurrbart. »Wir kriegen sie nur, wenn sie gestehen, und das wird nicht passieren.«
»Nein«, murmelte Brooke und legte ihm die Hand auf den Arm. Das einzige, was sie jetzt tun konnte, war, ihm zuzuhören und ihn, so gut es ging, zu unterstützen. Seltsam. Das waren nicht gerade traumhafte Flitterwochen, aber durch die Ermittlungen fühlten sie sich enger verbunden, als es die meisten Ehepaare waren, die sie kann-

te. Zumindest in den Dingen, an denen er sie teilhaben ließ.

»Was ist mit Mr. Snow?«

Matt starrte gedankenverloren auf einen der riesigen Schornsteine, bevor er antwortete. »Er hat ein Alibi. Die einzige Person, die eins hat.«

»Du hörst dich aber nicht sehr überzeugt an.«

»Alibis können fingiert sein, aber die Zeugen dafür sind ziemlich glaubwürdig. Ich glaube ...«

»Mr. Devlin.« Der sonor klingende, britische Ton, den die Meeresbrise zu ihnen herübertrug, ließ ihn aufmerken und mitten im Satz abbrechen. Matt wandte sich um und sah Padlock Homes, in voller Kostümierung, bestehend aus Hut, Cape und Pfeife, auf sich zukommen. Er zerrte einen Mann hinter sich her, der eine weiße Jacke und eine weiße Hose trug. »Kann ich kurz mit Ihnen sprechen, Sir?« fragte er, als er vor ihnen stand.

»Sagen Sie diesem Verrückten, daß er mich loslassen soll!« rief der Mann, den Homes am Arm festhielt, zur selben Zeit.

»Ja, Mr. Homes?« sagte Matt. Brooke neben ihm schwieg still, aber aus den Augenwinkeln konnte er sehen, daß ihre Mundwinkel zuckten. »Worum geht es?«

»Ich habe Ihren Mörder gefunden, Sir.«

»So.«

»Ja.« Eine Gruppe Schaulustiger hatte sich versammelt, und Homes' britischer Akzent wurde immer deutlicher. »Wenn Sie mir die Erlaubnis erteilen, werde ich eine Verhaftung vornehmen.«

»Hören Sie, ich habe nichts getan!« stieß der Mann hervor. »Fragen Sie den Chefkoch, fragen Sie alle in der Küche ...«

»Seien Sie still!« donnerte Homes und wandte sich wieder an Matt. »Nun, Sir?«

»Ich kann Ihnen keine Genehmigung erteilen. Das ist Aufgabe des Kapitäns.«

»Dann fragen Sie ihn, Sir.«

»Er ist verrückt«, sagte der Mann. »Eben habe ich noch Sahne geschlagen, und in der nächsten Sekunde wirft er mir an den Kopf, ich sei ein Mörder ...«

»Seien Sie still! Sie werden noch Gelegenheit haben, sich zu äußern.«

»Mr. Homes«, polterte Matt los. »Was geht hier vor?«

»Sir.« Homes richtete sich auf und reagierte damit unbewußt auf Matts autoritären Ton. »Ich habe hier einen gewissen Gino Guasconi. Ich habe ihn in der Schiffsküche entdeckt.«

Matt schaute von einem Mann zum anderen. »Ja und?«

»Schauen Sie ihn sich an, Mann! Er ist Italiener. Sagt Ihnen das nichts?«

»Aber ich bin Amerikaner«, widersprach der Mann. »Aus Massachusetts.«

»Ruhe! Ich weiß, wer Sie sind. Mr. Devlin.« Mit herausgestreckter Brust wandte sich Homes an Matt. »Sie haben doch, so darf ich annehmen, von der Schwarzen Hand gehört?«

Matt warf Brooke einen raschen Blick zu, und sie bemerkte, daß selbst er Schwierigkeiten hatte, seine Fassung zu wahren.

»Ja, aber ich verstehe nicht, was das mit diesem Fall zu tun haben soll.«

»Sie sind an Bord dieses Schiffes, Sir.« Homes hatte seine Stimme gesenkt. »Sie sind überall. Dieser Mann hier, Sir, ist ein Mitglied der Schwarzen Hand. Er ist«, Homes schien sich regelrecht aufzublasen, »der Mann, der Julius Hoffman getötet hat.«

Das war zuviel für Brooke. Rasch wandte sie sich ab und

biß sich auf die Lippen, um nicht in lautes Gelächter auszubrechen. Matt neben ihr hatte sich besser im Griff und blickte die beiden Männer unverwandt an. Wie jeder Großstadtpolizist hatte er von der Schwarzen Hand gehört. Es handelte sich um eine Bande, die in den Einwandererviertelnein wachsendes Problem darstellte. Eine aufgemalte, schwarze Hand bedeutete, daß jemand um Schutzgeld erleichtert wurde. Diejenigen, die nicht bezahlten, gerieten in große Gefahr. Matt hatte schon öfters mit organisiertem Verbrechen zu tun gehabt, zum Beispiel mit den Banden, die weniger angenehme New Yorker Stadtviertel kontrollierten. Deren Vorgehensweise sah jedoch anders aus. Die Schwarze Hand beraubte nur die, die sie vorgab zu schützen. Bisher lagen jedoch noch keine Hinweise vor, daß sie auch außerhalb der Einwandererviertel arbeiteten. »Ich hoffe, Sie können das beweisen«, sagte er.

»Schauen Sie ihn sich doch an!« Homes stieß Guasconi wieder nach vorn, doch dieses Mal löste sich der Mann aus seinem Griff. »Er ist Italiener.«

Matt blickte Guasconi kurz an und wandte sich dann wieder Homes zu. »Sollte mir das etwas sagen?«

»Aber natürlich!« Homes' Akzent war etwas schwächer geworden. »Jeder kennt die Schwarze Hand.« Aus einer seiner riesigen Taschen zog er ein kleines Buch. Ein Blick auf den Umschlag, auf dem eine verängstigt blickende junge Frau und ein bedrohlich aussehender Mann scheinbar südeuropäischer Abstammung abgebildet waren, genügte Matt, um das Büchlein als Groschenroman zu entlarven. Es war ein typisches Exemplar sensationsgieriger und hochgradig kitschiger Literatur, und wohl kaum die beste Quelle für einen Detektiv. »Und jeder weiß, daß es Italiener sind.«

»Sizilianer«, sagte Guasconi und blickte Homes an, »keine Italiener. Meine Familie stammt aus Norditalien.«
Matt schaute ihn an. »Aber Sie sind Amerikaner, Mr....«
»Guasconi. Gino Guasconi, aber ich ziehe es vor, John genannt zu werden. Ich bin in Bridgewater geboren.«
Matt nickte. Selbst wenn Guasconi es ihm nicht erzählt hätte, hätte er an seinem Akzent erkannt, daß er aus Neu England stammte. »Was machen Sie auf diesem Schiff?«
»Spielt das eine Rolle?« mischte sich Homes ein.
»Mr. Homes.« Matt hob die Hand. »Ich führe diese Untersuchung.«
»Aber er hat es getan...«
»Dazu kommen wir noch.« Matt schaute Homes streng an, worauf dieser verstummte. »Nun, Mr. Guasconi. Was machen Sie beruflich?«
»Ich bin Konditor«, sagte Guasconi und beruhigte sich ein wenig. »Ich habe als Küchenjunge angefangen – ich bin bereits seit fünf Jahren auf diesem Schiff – und habe mich hochgearbeitet. Eines Tages, so hoffe ich, werde ich oberster Küchenchef sein.«
»Haben Sie die Himbeertorte gemacht, die es gestern abend gab?« warf Brooke ein.
»Ja, Ma'am.« Er schaute sie an. »Hat sie Ihnen geschmeckt?«
»Sie war köstlich. Sie haben Talent, Mr. Guasconi.«
»Vielen Dank, Ma'am. Schauen Sie.« Er wandte sich wieder an Matt und streckte seine Hände aus. »Das ist mein Werkzeug. Glauben Sie ernsthaft, die würde ich bei einem Kampf riskieren?«
»Woher wissen Sie, daß Hoffman gekämpft hat?« warf Homes ein.

»Hey, ich würde kämpfen, wenn jemand versucht, mich über Bord zu werfen. Hören Sie, Mr. Devlin. Ich bin bloß ein Koch, der seinen Lebensunterhalt verdienen will.«

»Haben Sie ein Alibi für die Zeit, als Mr. Hoffman getötet wurde?« fragte Matt.

»Ich weiß es nicht. Wahrscheinlich. Sie halten uns ganz schön auf Trab in der Küche.« Er schaute Homes an. »Er hat mich noch nicht einmal danach gefragt.«

»Keine Sorge, ich tue das stets.«

»Gut.« Guasconi nickte. »Was ist eigentlich los auf diesem Schiff? Wollen Sie noch mehr Besatzungsmitglieder verhaften, die unschuldig sind? Zuerst McCabe und jetzt mich?«

»Wie lange kennen Sie McCabe schon, Mr. Guasconi?« fragte Matt freundlich.

»Seit ich an Bord gekommen bin.« Guasconis Wut schien sich zu legen. »Er ist ein verdammt netter Kerl. Zurückhaltend. Ich habe noch nie erlebt, daß er gegen die Regeln verstoßen hat. Gut, er hat das Schiff am Tag unserer Abfahrt unerlaubt verlassen, aber er muß rechtzeitig wiedergekommen sein. Und ich habe mich auch immer korrekt verhalten. Da können Sie jeden fragen. Alle werden es Ihnen bestätigen.«

»Das werde ich, Mr. Guasconi.« Matt nickte. »Sie können jetzt gehen.«

»Danke«, sagte Guasconi. Nachdem er Homes noch einen letzten wütenden Blick zugeworfen hatte, eilte er davon.

»Hey! Das ist meine Verhaftung«, protestierte Homes.

»Ihre Verhaftung, Mr. Homes?« Matts Stimme klang ruhig, aber der bedrohliche Unterton ließ Homes einen Schritt zurücktreten. »Wer hat Ihnen die Genehmigung dazu gegeben?«

»Äh, äh . . .verdammt, er ist schuldig!«
»Das einzige, was man ihm vorwerfen könnte, ist sein italienischer Name«, fuhr Matt ihn an. »Und Sir, merken Sie sich für die Zukunft: es gibt einen Unterschied zwischen Italienern und Sizilianern.«
»Sind für mich das gleiche«, murmelte Homes und blickte Guasconi nach, der schon am unteren Ende des Decks war. »Sie lassen ihn einfach so gehen?«
»Ja.«
»Sie haben wirklich Nerven, Devlin.« Homes schaute ihn an. »Ich versuche gerade einen Mordfall zu lösen.«
»Sie sind ein Schauspieler, Lewis, und kein Detektiv«, fuhr Matt ihn an. »Und Sie haben auch keine Genehmigung dazu.«
»O doch, die habe ich.« Homes blähte sich auf. »Vergessen Sie nicht, daß mich Mrs. Hoffman eingestellt hat.«
»Die sie nur blamieren«, gab Matt zurück.
Homes richtete sich auf und blickte finster drein. »Zumindest, Sir, unternehme ich etwas, um den Mörder ihres Ehemannes zu finden.« Mit seinem Selbstbewußtsein kehrte auch sein britischer Akzent zurück. »Und seien Sie versichert, ich mache weiter«, sagte er. Er drehte sich auf dem Absatz um und stolzierte mit flatterndem Umhang davon.
Nach seinem Abgang herrschte minutenlanges Schweigen. »Gütiger Himmel«, sagte Brooke schließlich.
»So ein verdammter Narr«, murmelte Matt. »Ich muß ihn aufhalten, bevor er alles durcheinanderbringt.«
»Du glaubst doch nicht, daß Mr. Guasconi irgend etwas damit zu tun hat, oder?«
»Natürlich nicht. Das ist nur auf Homes' Mist gewachsen. Er macht uns nur noch mehr Arbeit.« Er zog seine Uhr hervor und warf einen Blick darauf. »Schon fast Zeit fürs Abendessen, und es gibt noch soviel zu tun.«

»Es wird schon klappen, Matt.«
»Ja. Ja, vermutlich wird es das.« Er nahm ihren Arm und führte sie mit sorgenvollem Gesicht in die Suite. Es gab noch soviel zu tun, und es blieb ihm so wenig Zeit. In zwei Tagen würden sie in Southampton anlegen und alle Passagiere ihrer Wege gehen. Bis dahin mußte er den Mörder finden. Gott steh ihm bei, wenn ihm das nicht gelänge.

Randall Snow schwankte unsicher den schwach beleuchteten Gang hinunter zu seiner Kabine. Der Standard war nicht übel, aber nicht zu vergleichen mit der ersten Klasse, dachte er, nein, Sir, ganz bestimmt nicht das, was er gewohnt war. Das Beste war gerade gut genug für ihn, so war es zumindest gewesen, bevor er das Pech hatte, Julius Hoffman zu begegnen. Ein zuverlässiger Mann für Eisenbahnaktien, hatte man Randall erzählt. Jeder wußte, daß die Eisenbahnaktien schon seit Jahren ein heißer Tip waren. Dazu kamen die anderen Geldanlagen, die Hoffman vorgeschlagen hatte, wie z. B. Silbergeschäfte aus dem Westen. Ja, und was war passiert? *Philadelphia and Reading* hatten Konkurs gemacht, der Silberpreis war in den Keller gesunken, und er, Snow, hatte alles verloren. Im Gegensatz zu Hoffman. O nein. Seine Sorte schlug noch aus dem Unglück anderer Gewinn. Sein einziger Trost war, daß Hoffman bekommen hatte, was er schon längst verdiente.
Randall grinste bitter und taumelte gegen die Wand. Verdammt hoher Seegang heute. Vielleicht hatte er auch zuviel Whisky-Soda getrunken. Meistens trank er nicht, denn beim Kartenspiel zog er es vor, einen klaren Kopf zu

bewahren. Aber an diesem Nachmittag war einiges schiefgelaufen. Er hatte eine Glückssträhne, bis Devlin aufgetaucht war und sich eingemischt hatte. Zum Glück hatte er ein Alibi für die Nacht, in der Hoffman gestorben war; sonst würde Devlin vermutlich versuchen, ihm den Mord in die Schuhe zu schieben. Aber das war nicht Randalls Problem. Er mußte sein Vermögen zurückgewinnen, und heute abend hatte er die Gelegenheit dazu. Der junge Mann, mit dem er Karten gespielt hatte, als er von Devlin gestört wurde, war immer noch eine leichte Beute. Heute nacht, nach der Amateuraufführung, hatten sie sich für ein Spiel verabredet.

Dieser Nachmittag war dahin, und er konnte es sich nicht leisten, auch nur eine Sekunde zu verschwenden. Schließlich wollte er sein Vermögen zurückgewinnen, und abgesehen davon war alles unglaublich teuer. Wollte er wieder zur ersten Klasse gehören, mußte er sich entsprechend kleiden, was nicht gerade billig war. Selbst eine Kabine in der zweiten Klasse der *New York,* die sich tief unten im Schiff befand, kein Fenster hatte und in der nicht einmal genug Platz war, um sich zu drehen, kostete einiges. Außerdem mußte er sich sein Quartier mit jemandem teilen. Eines Tages, so schwor er sich, würde er alles zurückbekommen, und dann müßten sie zahlen. Alle.

Er suchte in seinen Hosentaschen nach seinen Schlüsseln, als er einen Steward aus der Nebenkabine kommen sah. Ein kleiner Mann mit zurückgehendem Haaransatz, dichtem Schnurrbart und Brille. Ganz automatisch registrierte Randall jede Kleinigkeit, so sehr war ihm schon zur Angewohnheit geworden, Leute zu taxieren. Der eignete sich nicht für ein Spiel, schoß es ihm durch den Kopf. Zu sanftmütig, um ein Risiko einzugehen, und kein Geld. Zumindest . . .

Randall schaute auf, und die Schlüssel fielen klirrend zu Boden. »Ich hebe die Schlüssel für Sie auf, Sir«, sagte der Steward und bückte sich. »Ist alles in Ordnung?«
»Ja.« Mit einem Schlag wieder nüchtern, schaute Randall den Steward an. »McCabe, nicht wahr?«
»Ja, Sir. Ich bin Edward McCabe. Woher wußten Sie das?«
Randall steckte den Schlüssel ins Schloß. »Jeder auf dem Schiff weiß über Sie Bescheid.«
»Oh. Natürlich, Sir.«
»Sind Sie schon lange Steward?«
»Ja, Sir, schon seit einigen Jahren.« Nach einer Pause fuhr McCabe fort: »Wenn Sie mich nicht weiter benötigen, Sir, ich habe noch einiges zu erledigen.«
Randall entließ ihn mit einer Handbewegung. »Gehen Sie nur. Wir sprechen uns später noch mal. Sie und ich.«
McCabe starrte ihn an, aber sein Blick hinter den metallgefaßten Gläsern war nicht zu deuten. »Ja, Sir. Guten Tag, Sir«, sagte er und ging davon.
»Guten Tag – McCabe«, sagte er und sah, wie der andere Mann erstarrte, bevor er weiterging. Grinsend betrat Randall seine Kabine und warf sich auf seine Koje. Edward McCabe, dachte er und schaute hinauf an die Decke, ein kleines Lächeln auf dem Gesicht. Soso. Auf den ersten Blick ein harmloser Steward, der den meisten nicht auffiel. Bis auf Randall. Er wußte, wer McCabe wirklich war, und er plante, dieses Wissen zu seinem Vorteil zu nutzen.
Grinsend streckte er sich aus. Alles in allem keine so schlechte Nacht. Auf lange Sicht würde sich sein Schicksal doch noch zum Guten wenden.

# KAPITEL 10

Ambrose Smith war kein glücklicher Mann. Da war er nun, führte ein Leben wie Gott in Frankreich und hatte einen Mord aufzuklären, der viel dazu beitragen würde, seinen Ruf aufzupolieren. Zumindest hatte es so ausgesehen, bis dieser Devlin dahergekommen war. Der hatte wirklich Nerven, Smiths Fall einfach an sich zu reißen. So durfte es nicht sein. Polizisten hielten zusammen, selbst ein Hinterwäldler wie Devlin wußte das. Aber nein. Der wollte den Ruhm für sich allein, und Smith durfte bloß überprüfen, wer sich wann wo aufgehalten hatte, als Hoffman über Bord gegangen war, und was sie vielleicht gesehen hatten. Also wenn man ihn fragte, würde das nicht viel bringen. Er wußte, wer die Mörder waren, und er kannte ihr Motiv. Sex und Geld. Darauf lief es doch immer hinaus.

Jetzt war er auf dem Weg in den unteren Teil des Schiffes,

zu den Quartieren der Besatzung, wohin sich die Passagiere nie verirrten. Er sollte mit dem Personal reden, das in jener Nacht an Deck war. Er würde nur wenig Neues herausfinden. Das war ein undankbarer Job, den er bloß deshalb tun mußte, weil Devlin ihn aus dem Weg haben wollte. Aber Ambrose Smith ließ sich nicht zum Narren halten. Eine kleine Information hatte er an Devlin bisher nicht weitergegeben, und er war sich noch nicht sicher, ob er es tun würde. Er würde schon einen Weg finden, für sich etwas herauszuschlagen.

Er ging eine Etage höher, stapfte einen Gang hinunter, bis er an die gesuchte Tür kam, und hämmerte dagegen. Nach einer Weile wurde die Tür von einem verschlafen blickenden Mann geöffnet, der ein zerknittertes, weißes Jackett trug. Smith drängte an ihm vorbei in die Kabine. Außer ihnen war niemand im Raum, die vier Kojen an der Wand waren leer. Nur eine war zerwühlt und ließ den winzigen, tadellos aufgeräumten Raum etwas unordentlich erscheinen. »Schlafen Sie jetzt schon während des Dienstes, Davies?« fragte er.

»Nein, Sir.« Owain Davies, bei Nacht Steward der ersten Klasse, versuchte sein Jackett glattzustreichen. »Ich habe gerade Pause. Dann versuche ich immer etwas zu schlafen, wenn ich kann.« Smith gab ein Grunzen zur Antwort und ließ seinen Blick durch das Zimmer streifen. »Was wollen Sie?«

»Ich hab' ein paar Fragen an Sie, verstanden?« Smith drehte sich um. »In der Nacht, als Hoffman starb ...«

»Ich habe nichts gesehen. Das sagte ich Ihnen bereits.«

»Oh, Sie haben wohl etwas gesehen. Oder vielmehr, Sie haben etwas nicht gesehen.« Und das, was er gesehen hatte, könnte alles ändern. Es könnte Smiths Ruf wiederherstellen.

»Wie bitte?«
»Wie bitte?« äffte Smith ihn nach. »Auch noch eingebildet, was? Sie kommen doch aus *Five Points.* Die erste Klasse hat wohl auf Sie abgefärbt?«
»Das muß ich mir nicht bieten lassen.« Davies zog ein wütendes Gesicht. »Sie mögen ja der Schinder hier vom Schiff sein, aber das muß ich mir weder von Ihnen noch von einem anderen Polizisten gefallen lassen.
»O doch.« Für einen Mann seiner Größe wirbelte Smith erstaunlich leichtfüßig herum, womit seine Gegenüber nie rechneten. »Ich werde Ihnen so lange zusetzen, bis Sie mir die Wahrheit gesagt haben. Verstanden?« Davies gab ihm keine Antwort, und Smith ging wieder auf und ab und verschränkte dabei die Arme hinter dem Rücken. »Also. Sie behaupten, daß Langdon in jener Nacht in seiner Kabine war. Bleiben Sie bei dieser Geschichte?«
»Ja«, sagte Davies stur.
Smith runzelte die Stirn. Langdon behauptete, während des Zeitpunkts von Hoffmans Tod in seiner Kabine gewesen zu sein, aber Smith hatte Dinge gehört, die dem widersprachen. Das Gegenteil wäre soviel günstiger. Dann wäre Smith derjenige, der den Fall löste, und nicht Devlin. »Sind Sie sich da ganz sicher?« fragte er sanft.
»Ja. Um zehn vor elf hat er nach mir geklingelt.«
»Aha? Komisch, daß Sie mir das nicht schon vorher erzählt haben.«
Davies schwieg, und Smith sprach weiter. »Erklären Sie mir, warum er nicht reagiert hat, als ein Passagier wenige Minuten vorher an seine Tür geklopft hat.«
»Ich habe keine Ahnung. Ich weiß lediglich, daß er eine Flasche Champagner bestellt hat und ich sie ihm gebracht habe.«
»Eine ganze Flasche? Nur für sich?«

Davies zuckte die Achseln. »Das war sein Wunsch.«
»Sie müssen sich irren.« Smith blickte mißmutig auf ihn herab. »Sie haben die Flasche in ein anderes Zimmer gebracht, oder?«
»Nein, Sir«, entgegnete Davies eigensinnig. »Es war Mr. Langdon, der den Champagner bestellt hat, und es war Mr. Langdon, der ihn auch bekommen hat.«
»Bleiben Sie bei dieser Geschichte?«
»Das ist die Wahrheit.«
»Ach tatsächlich.« Smith beugte sich vor. »Und warum haben Sie mir das nicht früher gesagt?«
Davies schaute ihn wütend an. »Weil mir Mr. Langdon sympathisch ist, Sir, und Sie nicht.«
Smith brach in lautes Lachen aus. »Es ist mir ziemlich egal, was Sie von mir halten, klar? Also. Wieviel hat er Ihnen für diese Aussage bezahlt?«
»Nichts.«
»Sie lügen.« Smith packte den anderen Mann an der Jacke und hob ihn hoch. »Ich krieg' die Wahrheit schon aus dir raus, Junge, und wenn ich sie aus dir rausprügeln muß.«
»Ich habe Ihnen die Wahrheit gesagt!« Davies riß sich von ihm los und drohte ihm mit erhobener Faust. »Langdon war in seiner Kabine. Wenn Sie mir nicht glauben, dann fragen Sie doch die Person, die bei ihm war. Und wenn Sie mir noch einmal drohen«, sagte Davies, der nicht im geringsten durch Smiths Größe eingeschüchtert war und einen Schritt auf ihn zuging, »dann kriegen Sie, was Sie schon längst verdient haben.«
Smith ließ seine erhobene Faust wieder sinken. »Wer war bei ihm?« fragte er jetzt freundlich.
»Ich weiß es nicht, und es interessiert mich auch nicht.« Davies funkelte ihn an. »Bleiben Sie mir bloß vom Leibe, oder Sie werden es bereuen.«

»Oh, wirklich?« Smith lächelte humorlos. »Woher wissen Sie, daß noch jemand bei ihm war, Davies? Oder erfinden Sie das gerade?«

»Bevor ich anklopfte, habe ich Stimmen gehört. Und als Langdon die Tür öffnete, stand er so, daß ich nicht hineinschauen konnte.«

»Mann oder Frau?«

Davies zögerte. Sein Gesicht glühte immer noch vor Zorn, aber sein Wunsch, sich mit Smith zu prügeln, hatte sich gelegt. »Eine Frau.«

»Eine Frau.« Smith grinste. Zwar war Smith etwas anderes erzählt worden, doch war diese Information besser, als er erwartet hatte. Langdon war kurz vor Hoffmans Tod in seiner Kabine gewesen, und zwar nicht allein. Smith konnte sich denken, wer bei ihm gewesen war: Mrs. Hoffman. Beide hätten leicht zum Deck hinübergehen und Hoffman gemeinsam über Bord stoßen können. »Guter Junge«, sagte er und schlug Davies mit seiner schweren Hand auf die Schulter. »Das nächste Mal verheimlichst du mir nichts mehr, oder ich müßte dir doch noch eine verpassen. Klar?«

»Sie können es ja mal versuchen«, versetzte Davies.

Smith lachte und ging hinaus. Dabei schlug er die Tür hinter sich zu. Beschwingt ging er den Gang hinunter bis zur Treppe. Jetzt hatte er sie beide, Langdon und die Hoffman, und mal sehen, ob sie sich da rausreden konnten. Sie hatten es getan, da gab es keine Zweifel, und er, Ambrose Smith, würde den Fall knacken. Mal schauen, was Devlin dazu sagte.

Matt zerrte an seiner Fliege und beugte sich vor. »Ich glaub', ich geh' jetzt besser«, flüsterte er Brooke ins Ohr, als die Lampen im großen Salon heruntergedreht wurden und das Orchester in der Nähe der provisorischen Bühne eine beschwingte Melodie anstimmte. »Ich kann nicht bleiben und mir das ansehen.«
Brooke drehte leise ihren Stuhl herum und sah ihn an. Sie legte eine Hand auf seinen Arm. »Was willst du denn tun?« flüsterte sie. »Du hast doch schon mit jeder in Frage kommenden Person gesprochen.«
»Außer mit McCabe.«
»Der damit nichts zu tun hat. Ernsthaft, Matt. Du hast die Besatzung und das Personal befragt, und jeden anderen möglichen Verdächtigen auch. Was glaubst du, wirst du heute abend noch herausfinden?«
»Willst du mir vorschreiben, heute abend nicht zu arbeiten?« Seine Stimme wurde lauter, und sie runzelte mißbilligend die Stirn.
»Nein. Aber ich glaube, daß du zuviel arbeitest.«
»Du wolltest doch, daß ich diesen Fall übernehme.«
»Ich weiß. Matt, manchmal, wenn ich male, frustriert mich ein Detail so sehr, daß ich darüber vergesse, was ich eigentlich malen wollte. Aber wenn ich die Arbeit eine Zeitlang liegen lasse, wird mir manches klarer.«
Er runzelte die Stirn. »Ich habe aber keine Zeit zu verlieren, Brooke. Gott steh mir bei, aber es bleiben mir nur noch drei Tage, und es gibt zu viele, die einen Grund hatten, Hoffman den Tod zu wünschen. Adele und Langdon, Tate, Snow, McCabe ...«
»Und Smith.«
»Und Smith«, stimmte er ihr zu. »Eigentlich wäre das jetzt der richtige Zeitpunkt, um mit ihm zu sprechen ...«

»Oh! Guten Abend, Julia.« Brooke streckte über den Tisch die Hand Julia entgegen, die gerade auf ihrem Stuhl Platz nahm. »Mit Ihnen haben wir heute abend nicht gerechnet.«

»Mein Vater sollte bei dieser Vorstellung mitmachen«, sagte Julia wehmütig und lehnte sich in ihrem Stuhl zurück, während sie auf die Bühne blickte. Die Ouvertüre klang aus, und der Vorhang öffnete sich. Durch die plötzlich entstandene, erwartungsvolle Stille war es unmöglich, ein persönliches Gespräch zu führen.

Matt zuckte die Achseln und wollte aufstehen, als Brooke den Druck ihrer Hand auf seinem Arm verstärkte. »Bleib«, sagte sie lautlos und wies mit ihrem Kopf auf Julia. Er richtete seinen Blick auf Julia, die starr nach vorn blickte, und runzelte wieder nachdenklich die Stirn. Achselzuckend lehnte er sich in seinem Stuhl zurück. Brooke hatte recht. Er brauchte eine Erholungspause von diesem Fall, und er wünschte sich, daß ihm das selber eingefallen wäre. Vielleicht ergab sich später ja eine Gelegenheit, mit Julia zu sprechen.

Das Stück, eine komprimierte Fassung des *Maskenballs*, war heiter und unterhaltsam, wenn auch nicht sonderlich gut gespielt. Die Amateurschauspieler hatten offensichtlich viel Spaß an ihrem Spiel, und diese Stimmung übertrug sich auf die Zuschauer. Matt hatte den meisten Spaß an der Verwandlung der einzelnen Gesichter, die ihm im Laufe der letzten Tage vertraut geworden waren. Es war erstaunlich, wie sich eine Person durch Make-up, Perücke und eine Rolle verändern konnte. Wäre Randall Scott anwesend gewesen, so hätte er hier ein paar Anregungen für seine weitere Karriere, wie man Mitspieler am besten ausnehmen kann, gefunden.

Julia erhob sich, als das Stück endete und die Lichter wieder angingen. Offensichtlich versuchte sie der Menge zu entkommen. Vergeblich. Innerhalb von Sekunden war sie von Leuten umringt, die ihr Beileid aussprachen und ihr alles Gute wünschten, so daß sie den Salon nicht verlassen konnte. Als sie ihren hauchdünnen Seidenschal aufnahm, warf sie Brooke einen verzweifelten Blick zu. Brooke tauschte einen Blick mit Matt, der zustimmend nickte, und gemeinsam bahnten sie sich einen Weg zu Julia.

»Kommen Sie, Julia«, sagte Brooke und ergriff ihren Arm. »Wir begleiten Sie zurück.«

»Ja, wir haben Ihrer Mutter versprochen, Sie rechtzeitig zurückzubringen«, sagte Matt, der neben Julia auf der anderen Seite stand.

»Oh, vielen Dank!« Julia sprach leise, aber eindringlich, als sie endlich den Salon durchqueren konnten. »Im ersten Augenblick habe ich gedacht, daß sie mich nicht mehr gehen lassen würden.« Sie zog ein Gesicht. »Vermutlich meinen sie es nur gut.«

»Sie sind bloß neugierig«, sagte Brooke unverblümt. »Sie hätten heute abend nicht kommen sollen.«

»Ja, ich weiß. Aber Vater hatte sich so sehr auf das Stück gefreut. Ich mußte einfach kommen.«

»Jetzt fällt mir wieder ein, daß ich ihn in einem Stück in New York gesehen habe. Er war ziemlich gut.«

»Ja, es hat ihm viel Spaß gemacht. Als ich kleiner war, haben wir immer unsere eigenen Stücke aufgeführt. Auf dem Dachboden hatten wir Schrankkoffer voller Kleider, mit denen wir uns kostümieren konnten. Und wir haben alle mitgespielt. Aber das ist schon lange her«, sagte sie mit leiser Stimme.

Brooke tätschelte ihren Arm. »Es wird alles wieder gut, Julia«, sagte sie sanft. »Es dauert seine Zeit, aber es wird alles wieder gut.«

»Wird es das?« sagte sie abwesend. »Es ist schon schlimm genug, was mit meinem Vater passiert ist, aber meine Mutter will mir nicht sagen, warum sie nicht in ihrer Suite war.«
»Was?« entfuhr es Matt und Brooke gleichzeitig.
Julia zuckte zusammen. »Nichts. Entschuldigen Sie mich, ich muß gehen«, stieß sie hervor, und bevor sie sie zurückhalten konnten, hatte sie sich schon umgedreht und stürzte förmlich die Stufen hinauf.
Matt und Brooke starrten sich an. »Hat sie nicht gerade gesagt – verdammt, dafür schuldet sie mir eine Erklärung!« sagte Matt und setzte einen Fuß auf die unterste Stufe.
»Nein, Matt.« Brookes Hand auf seinem Arm hielt ihn zurück. »Nicht jetzt.«
»Aber verdammt, Brooke, wenn Adele nicht in ihrer Suite war...«
»Ich weiß, aber das wird sie dir nicht erzählen, Matt. So einfach jedenfalls nicht. Aber vielleicht sagt sie es ja mir.«
Matt starrte sie an und nahm den Fuß von der Stufe. »Hm. Vielleicht hast du recht. Außerdem«, fiel ihm ein, »ist da ja noch Randall Snow, mit dem ich sprechen wollte.«
»Gut. Und ich suche Julia.« Sie lächelte ihn abwesend an und ging die Stufen hinauf.
Diesmal waren viele Menschen auf dem Promenadendeck, die nach dem Theaterstück in ihre Kabinen und Suites zurückkehrten. Brooke blieb an der Tür stehen und dachte nach. Sie konnte Julia nirgendwo entdecken. Es wäre jedoch nur logisch gewesen, wenn Julia in Richtung Hoffman-Suite gelaufen wäre, die sich neben der von Brooke befand. Ungeachtet der anderen Menschen und des Hinweises, daß der Bereich neben dem Deckhaus nur

für Liegestühle und nicht für Spaziergänger vorgesehen war, eilte Brooke dort entlang, während der Wind an ihren Haaren zerrte und ihre Röcke hochwirbelte. Da vor ihr befand sich eine junge Frau – aber nein, sie war in Begleitung, ein junger Mann führte sie am Arm. Es war nicht Julia. Konnte sie denn so schnell ihre Suite erreicht haben? Es sei denn ... Brooke blieb neben dem Gang stehen, aus dem ihr Julia schon einmal entgegengekommen war.

Ein Rascheln war zu hören, das auch der Wind hätte verursachen können, aber dann trat eine schemenhafte Figur hervor. »Woher wußten Sie, daß ich hier bin?« fragte Julia aus dem Gang.

»Ich habe es vermutet, Julia.« Brooke trat einen Schritt vor und vernahm wieder ein Rascheln, als Julia zurückwich. »Ich möchte Sie nicht erschrecken, aber Sie können nicht solch eine Bemerkung machen, ohne damit zu rechnen, daß wir Sie daraufhin ansprechen.«

»Ich habe nichts gesagt.«

»Doch, das haben Sie«, fuhr Brooke mit sanfter Stimme fort. »Es ist kalt hier. Würde es Ihnen etwas ausmachen, mit mir in meine Suite zu kommen? Dort könnten wir reden ...«

»Nein! Durchs Reden bin ich erst in diese Klemme geraten ...«

»Und durchs Reden kommen Sie da wieder raus. Was haben Sie mit Ihrer Äußerung gemeint, Julia?«

»Ich weiß nicht, wovon Sie sprechen.«

»Sie haben gesagt, daß Ihre Mutter nicht in der Suite war, als Ihr Vater gestorben ist. Das war gegen elf. War sie da oder nicht?«

»Elf Uhr?« Julias Stimme klang schrill. »Oh, das erklärt alles!«

»Was?«
»Meine Uhr«, plapperte Julia drauflos. »Sie ging vor. Erinnern Sie sich, daß wir hingewiesen wurden, die Uhren jeden Tag eine Stunde zurückzustellen? Das bringt mich immer durcheinander, und ich habe sie statt dessen vorgestellt. Daher war es erst zehn, nicht elf Uhr.«
»Julia, das galt für den ersten Tag der Überfahrt. Zu dem Zeitpunkt hatte noch niemand seine Uhr umgestellt.«
»Ich schon, damit ich es am nächsten Tag nicht vergesse«, behauptete Julia eigensinnig. »Und als ich dann feststellte, was ich getan hatte, mußte ich sie neu einstellen. Aber inzwischen war es dann auch nicht mehr so wichtig.«
»Sind Sie sich da sicher?«
»Ja. Ich habe mich in der Uhrzeit geirrt, und nichts, was Sie noch sagen könnten, wird mich zu einer anderen Aussage bringen. Und jetzt entschuldigen Sie mich bitte, ich möchte zu Bett gehen«, sagte sie, und mit hoch erhobenem Kopf drängte sie mit raschelnden Röcken an Brooke vorbei.
»Julia«, rief Brooke noch einmal, aber dann hielt sie seufzend inne. Es hatte keinen Sinn. Heute abend würde sie nichts mehr von Julia erfahren, falls überhaupt jemals. Während sie den Gang verließ, überlegte sie, daß ihr das nicht zu verübeln war. Wenn ein Mitglied ihrer eigenen Familie in ein Verbrechen verwickelt wäre, würde sie die Person auch schützen wollen. Selbst sie als Tochter eines Polizisten verstand das.
Während sie auf Deck stand, blickte Brooke zurück in Richtung der Treppe, die zum großen Salon führte, und traf dann eine Entscheidung. Es war spät, und Matt wäre wahrscheinlich über ihre Anwesenheit nicht beglückt, wenn er gerade einen Verdächtigen vernahm. Am besten kehrte sie in ihre Suite zurück. Vielleicht fiel ihr dort

etwas ein, wie sie Julia davon überzeugen könnte, die Wahrheit zu sagen. Adeles Zofe hatte ihnen bereits gesagt, daß Adele nicht in der Suite gewesen war, als Hoffman starb, und deswegen stand eines fest: Julia log.

❧

»Mr. Snow«, sagte Matt, als Snow gerade die Tür zum *Saloon Deck* öffnete. »Könnte ich Sie einen Augenblick sprechen?«

Snow blieb stehen und zog die Schultern hoch, die er dann seufzend wieder sinken ließ. »Und ich war kurz davor, Ihnen zu entwischen.«

Nur mit Mühe konnte sich Matt ein Grinsen verkneifen. »Wir haben unser Gespräch von heute nachmittag noch nicht beendet.«

»Was mich betrifft schon.«

»Ihr Alibi stimmt.«

»Ich habe nichts anderes erwartet.«

»Das glaube ich gern, sonst hätten Sie es auch nicht erwähnt. Und doch«, Matt musterte ihn kritisch, »habe ich das Gefühl, Mr. Snow, daß Sie mir etwas verschweigen.«

»Ich bin also immer noch ein Verdächtiger, trotz des Alibis. Nein, sparen Sie sich ihre Worte. Wissen Sie«, sprach er weiter, »Sie würden sich fürs Kartenspielen ganz gut eignen, doch gibt es ein paar Dinge, die Sie verraten.«

»Bei der Gedenkfeier haben Sie einige häßliche Dinge über Mr. Hoffman gesagt.«

»Das gebe ich zu. Aber andererseits verabscheue ich auch jegliche Heuchelei. Und ich denke, nein, ich bin mir sicher, daß Sie einige noch nicht unter die Lupe genommen haben, die es verdienen.«

»Was soll das heißen?«

»Das heißt, Sie sollten nicht jedem unbesehen glauben, wie zum Beispiel Mr. Smith.«

»Was ist mit Smith?«

»Wußten Sie, daß er, kurz bevor Hoffman über Bord ging, im Rauchersalon war? Er hat mich bei meinem Spiel gestört. Und das ist etwas, was Sie nachprüfen können.«

»Das habe ich bereits, Mr. Snow.«

»Ach ja?« Snow zog erstaunt eine Augenbraue hoch. »Sie sind gründlich. Dann sagen Sie mir doch, Mr. Devlin, wo ist Smith anschließend hingegangen?«

»Wenn Sie etwas wissen, Mr. Snow, warum sagen Sie es nicht einfach?«

Snow hob seine Hände in gespielter Unschuld, aber er konnte Matt nicht eine Sekunde täuschen. »Ich weiß nur, was alle anderen auch wissen.«

»Und das ist?«

»Daß Hoffman so tat, als ob es ihm geschäftlich gut ginge, seine Firma jedoch in Wahrheit Verluste machte. Sagen Sie jetzt nicht, daß Sie das noch nicht gehört haben. Und es gibt nur zwei Personen, die damit etwas zu tun haben könnten.«

»Erst Smith und jetzt Langdon. Beschuldigen Sie beide des Mordes an Hoffman, Mr. Snow?«

Mit noch unschuldsvollerer Miene hob Snow wieder die Hände. »Ich beschuldige niemanden. Das könnte gefährlich sein, wenn ich mir noch nicht einmal sicher bin, ob Hoffman getötet wurde.«

»Was ist ihm denn Ihrer Meinung nach zugestoßen?«

»Das weiß der Himmel. Aber wo immer er jetzt auch ist, lacht er uns aus. Dessen können Sie sicher sein.«

Eine seltsame Bemerkung. »Sie behaupten also, daß Sie Hoffman nichts nachtragen?«
»Das habe ich einst getan, aber jetzt?« Er zuckte mit den Achseln. »Was hätte das für einen Sinn? Mir geht's geschäftlich ganz gut, und ich habe interessante Aussichten.«
»Wenn Sie immer noch Leute finden, die mit Ihnen spielen«, sagte Matt. Im selben Augenblick wurde Snow sehr still und starrte mit plötzlich argwöhnischem Blick an Matt vorbei. Matt wandte sich um, aber er sah nur plaudernde Leute und Stewards, die die leeren Gläser von einem Tisch räumten. »Was ist los?«
»Ach nichts.« Snow lächelte und hatte wieder sein undurchdringliches Pokerface aufgesetzt. »Ich dachte, ich hätte jemand gesehen, mit dem ich letzte Nacht Karten gespielt habe. Der Mann besaß die Frechheit, mich des Falschspielens zu bezichtigen.«
»Ist ja unglaublich«, versetzte Matt trocken. »Gut, Mr. Snow, ich bin fertig mit Ihnen. Für heute.«
»Aber Sie bleiben in der Nähe?« Snows Stimme klang spöttisch. »Wo sollte ich auch hingehen?«
»Machen Sie sich keine Gedanken, Mr. Snow.« Matt blieb ruhig. »Sie werden überwacht.«
»Was immer es Ihnen bringen mag«, sagte Snow und mischte sich unter die Menge, die sich immer noch die große Treppe hinaufschob, bis er nicht mehr zu sehen war.
Matt runzelte die Stirn und schlug dann denselben Weg ein. Ein merkwürdiges Gespräch, und er bezweifelte, daß er etwas erfahren hatte, was ihm weiterhelfen konnte. Snow wußte etwas, davon war er überzeugt. Ob es ihm helfen würde, diesen Fall aufzuklären, war jedoch eine andere Sache.

»Matt?« rief Brooke, als er die Tür zur Suite öffnete.
»Ja, ich bin's.«
Brooke kam zur Schlafzimmertür, als er die Anzugjacke und seine Krawatte ablegte. »Hattest du Erfolg?«
»Nein. Du?«
»Nein. Julia hat ihre Aussage abgestritten. Ich weiß nicht, ob ich sie überhaupt dazu überreden kann, ihre Bemerkung zu erklären.« Sie schwieg. »Hatte Snow dir etwas zu sagen?«
»Nichts, was von Nutzen wäre.« Er blickte sie nachdenklich an. »Er war heute abend so anders. Er schien so zuversichtlich.«
»Hat das etwas zu bedeuten?«
Er zuckte die Achseln. »Wahrscheinlich nicht. Vielleicht hat er irgendein Geschäft laufen, wovon wir nichts wissen. Vergiß nicht, er ist ein Spieler ... Wer ist denn das noch um diese Zeit?« fragte er, als es an der Tür klopfte.
»Hier ist der Steward«, rief eine Stimme.
»Hast du nach dem Steward geklingelt?«
»Nein.«
»Geh zurück ins Schlafzimmer und schließ die Tür«, sagte Matt und näherte sich vorsichtig der Tür.
»Matt, du glaubst doch nicht, daß uns irgendeine Gefahr droht ...«
»Ich habe keine Ahnung. Ich weiß nur, daß wir mitten in der Aufklärung eines Mordfalls sind und ich zur Zeit nicht sehr beliebt bin. Geh.«
Brooke zögerte noch, dann nickte sie zustimmend und ging zurück ins Schlafzimmer, wobei sie die Tür jedoch einen Spalt offenließ. Matts Blick blieb einen Moment daran hängen, dann öffnete er die Tür und spähte um die Ecke. Dort stand tatsächlich ein Steward, einer, den Matt

zuvor noch nicht gesehen hatte. In einer Hand hielt er ein Tablett mit einer Weinflasche und zwei Gläsern. »Ja? Was gibt es?«

»Der Wein, den Sie bestellt haben, Sir.«

»Ich habe keinen Wein bestellt.«

»Um Gottes willen, lassen Sie mich rein«, zischte der Steward. »Wenn Smith erfährt, daß ich hier bin, dann krieg' ich Ärger.«

»Smith. Hm.« Matt schaute mißbilligend, aber er machte die Tür weiter auf. Der Steward schlüpfte hinein. »Ich hoffe, Sie haben eine gute Erklärung dafür.«

»Die habe ich. Puh.« Der Steward stellte das Tablett ab und strich sich über die Augenbraue. »Es ist dieser Smith, Sir. Alle vom Personal haben Angst vor ihm.«

Das überraschte Matt nicht. »Und wer sind Sie?«

»Oh. Habe ich mich noch nicht vorgestellt? Owain Davies. Ich bin Steward auf dem Salondeck.« Er schwieg. »Dort, wo Mr. Langdon seine Kabine hat.«

Matts Neugier wuchs. »Und?«

»Ja. Es gibt etwas, das ich Ihnen nicht gesagt habe, Sir. Beziehungsweise ich habe es Mr. Smith nicht erzählt, aber er hat es trotzdem herausgefunden. Und jetzt weiß ich nicht, was er tun wird.«

Matt stand mit verschränkten Armen vor ihm. »Worum geht es?«

»Um Mr. Langdon, Sir. Ich habe Smith erzählt, daß ich Mr. Langdon in jener Nacht nicht gesehen habe, ich meine die Nacht, in der Mr. Hoffman gestorben ist.«

»Ja und?«

»Ich habe gelogen, Sir.«

»Ach, haben Sie das?« Matt bot Davies einen Stuhl an und setzte sich aufs Sofa. »Und warum haben Sie das getan?«

»Niemand von uns kann Smith leiden. Ich möchte Mr. Langdon nicht in Schwierigkeiten bringen, obwohl«, er schluckte, »ich denke, das ist er schon.«
»Warum?«
»In jener Nacht hat er kurz vor elf nach mir geklingelt.«
Matt richtete sich auf. »Den Teufel hat er!«
»Doch, Sir. Er wollte Champagner. Und, Sir.«
»Ja?«
»Er war nicht allein. Eine Frau war bei ihm.«
»Wer?« fragte Matt scharf.
»Das weiß ich nicht, Sir. Ich habe sie nicht gesehen. Aber ich habe gehört – o Gott!« Es klopfte wieder an der Tür.
»Devlin!« rief Smith vom Deck. »Ich muß mit Ihnen sprechen.«
»O Gott!« wiederholte Davies und sprang auf. »Wenn er erfährt, daß ich hier bin ...«
»Gehen Sie ins Badezimmer.« Matt wartete, bis Davies durch das Wohnzimmer ins Bad gestolpert war. »Was für eine Farce«, murmelte er und ging langsam durchs Zimmer, um die Tür zu öffnen und Smith endlich hereinzulassen.
»Es tut mir leid, Sie so spät zu stören.« Smith stampfte herein und blickte zur Schlafzimmertür. »Ich habe etwas in Erfahrung gebracht, das Sie wissen sollten.«
»Und?«
»Ich habe heute abend mit Owain Davies gesprochen.«
»Davies.« Matt zog ein nachdenkliches Gesicht. »Steward der ersten Klasse. Langdons Steward?«
»Genau der. Ich traue ihm nicht. Er ist Walise, und einem Walisen traue ich sowieso nie über den Weg. Ich hab' nicht geglaubt, daß er mir die Wahrheit gesagt hat, als er behauptete, daß Langdon in seiner Kabine war. Aber es stimmt. Zumindest konnte ich ihn nicht von der Aussage

abbringen.«
»Und ich kann mir vorstellen, daß Sie es versucht haben«, sagte Matt trocken.
»O ja.« Sein Blick fiel auf die Weinflasche. »Störe ich Sie gerade?«
»Nein. Ist das alles?«
»Das reicht doch. Ich finde, wir sollten mit Langdon und auch mit Mrs. Hoffman darüber reden.«
»Nein. Nicht heute abend.«
»Ach kommen Sie schon, Detective. Wir wollen es hinter uns bringen. Oder besser noch: Lassen Sie es mich tun. Ja?« Er beugte sich vor, als ob ihm das gerade in den Sinn gekommen wäre. »Überlassen Sie mir Mrs. Hoffman. Ich werde herausfinden, was sie verheimlicht.«
»Nein«, entgegnete Matt scharf. »In dieser Sache muß man behutsam vorgehen.«
Smith blickte ihn wütend an. »Und das trauen Sie mir nicht zu?«
»Offengestanden nein.«
»Ich bin wohl nicht gut genug für Sie, Detective, was? Ich kann die ganze schmutzige Arbeit für Sie machen, aber ansonsten trauen Sie mir nichts zu.«
»Wenn Sie Vertrauen verdienen, werden Sie es bekommen. Ach übrigens«, sagte er, worauf Smith an der Tür stehenblieb, »wo waren Sie, als Hoffman starb?«
Smith wandte sich von der Tür ab. Sein Blick hätte jedem anderen Mann Angst eingejagt. »Wie war das, Detective?« fragte er mit gefährlich sanfter Stimme.
»Sie haben mich schon richtig verstanden.« Matt nahm die Frage nicht zurück. »Wo waren Sie?«
»Ich habe meine Arbeit getan.«
»Und die wäre?«
»Ich habe kontrolliert, ob alles in Ordnung ist.«

»Wo?«

»Überall dort, wo ich gebraucht wurde. Ist das alles, Detective?«

»Sie hatten ein Motiv«, sagte Matt ruhig.

»Zum Teufel mit Ihnen, aber mal angenommen, ich hätte es getan«, explodierte Smith. »Dann würden Sie natürlich sagen, daß ich die Gelegenheit hatte und mich auf dem Schiff gut auskenne! Aber wo sind Ihre Zeugen, Detective?« Smith beugte sich vor, bis sich ihre Nasen fast berührten. »Sagen Sie mir das.«

»Sie haben alle Angst vor Ihnen«, sagte Matt und wich nicht einen Millimeter zurück. Dabei hatte er die Genugtuung, daß Smith vor Überraschung blinzelte.

»Wer?« verlangte er. »Wer sind Ihre Zeugen?«

»Glauben Sie ernsthaft, daß ich Ihnen das sagen werde, damit Sie sie mundtot machen können?« Matt starrte ihn an. »Nein.«

»Ich nehme an dieser Untersuchung teil, Detective.«

»Nicht in dieser Frage.«

»Zum Teufel mit Ihnen.« Smith stampfte zur Tür zurück und blieb dann stehen. »Sie haben niemanden, oder? Niemanden. Und ich kenne Sie, Detective.« Er drehte sich halb zu Matt um, und ein seltsames Lächeln umspielte seine Lippen. »Sie werden niemanden beschuldigen, solange Sie keine sicheren Beweise haben.«

»Ich werde sie schon finden, Smith«, sagte Matt freundlich. »Wer immer auch den Mord begangen haben mag.«

»Nicht bei mir. Das werden Sie mir niemals anhängen, Detective«, sagte Smith und stampfte mit höhnischem Gelächter aus der Suite.

»Verdammt«, sagte Matt in die eintretende Stille. »Teufel, wenn der sich nicht etwas hat zu Schulden kommen lassen...«

»Aber Mord, Matt?« Brooke kam aus dem Schlafzimmer. »Würde er so weit gehen?«
»Er will seinen Job in New York zurück.«
»Aber Mord ist wohl kaum der richtige Weg.«
»Vielleicht glaubt er das, wenn das Opfer der Mann ist, der ihm den Weg zurück in den Polizeidienst versperren kann.«
Brooke runzelte die Stirn. »Matt, das glaubst du doch nicht wirklich...«
»Ich weiß nicht, was ich denken soll, Brooke.« Er wandte sich ihr zu und schüttelte den Kopf. Plötzlich fiel ihm etwas ein. »Verflucht. Ich habe Davies vergessen. Mr. Davies, Sie können rauskommen.«
Es dauerte einen Augenblick, bis sich die Badezimmertür knarrend öffnete. Mit großen Augen kam Davies hervor.
»Hat Smith es getan?« platzte es aus ihm heraus.
»Keine Ahnung«, erwiderte Matt kurz angebunden. »Wenn Sie wissen, was gut für Sie ist, Davies, dann vergessen Sie am besten, daß Sie das je gehört haben.«
»Sie hören sich ja genau wie Smith an, Sir.«
Matt verzog das Gesicht. Das war bereits das zweite Mal, daß ihm das gesagt wurde. »Es ist nur zu Ihrem Besten«, sagte er mit freundlicherer Stimme. »Wie, glauben Sie, würde Smith reagieren, wenn er wüßte, daß Sie hier waren?«
»Nicht so gut, Sir. Sie können sich also auf mich verlassen. Ich sage kein Wort.« Er warf Brooke einen raschen Blick zu, als er nach dem Türknopf griff. »Lassen Sie sich den Wein schmecken, Sir, Ma'am«, sagte er, wobei sich endlich ein Lächeln auf seinem Gesicht zeigte, und ging hinaus.
»Gütiger Himmel«, unterbrach Brooke das Schweigen.
»Ja. Die Dinge sind verworrener denn je.« Er ging im

Zimmer auf und ab. »Ich muß etwas dagegen unternehmen.«
»Jetzt nicht mehr. Es ist wirklich zu spät, um noch mit Adele zu sprechen.«
»Ja. Um wieviel willst du wetten, daß sie mit Langdon zusammen war? Verdammt, sie wird es niemals zugeben.«
»Das weiß man nie. Irgend etwas wird passieren, Matt. Du hast jetzt wirklich genug Leuten einen Schrecken eingejagt.«
Er zuckte die Achseln. »Vielleicht.«
»Auf jeden Fall kannst du heute abend nichts mehr unternehmen.«
Er schwieg. »Nein«, stimmte er ihr schließlich zu. »Heute abend kann ich nichts mehr unternehmen.«

### *Sonntag, 19. April, 1.00 A.M.*

Es war spät in der Nacht, und auf dem großen Schiff waren alle zu Bett gegangen. Zumindest die Passagiere. James Turner war froh darüber, als er den Gang zu seiner Kabine in der zweiten Klasse entlangschlich. Es war schon verdammt peinlich, auf der Reise eine Dame kennenzulernen, die ihm gefiel, die er aber nur heimlich treffen konnte. Schließlich mußte sie ihren Ruf wahren, da sie eine anständige Witwe war, die mit einer Freundin nach Europa reiste. Er war als Angestellter der *Mitchell Import-Export Company* geschäftlich auf dem Weg nach England und mußte ebenfalls auf seinen Ruf achten. Daher mußte er sich mit Clara, seiner Geliebten, an unbequemen Orten und zu ungewöhnlichen Uhrzeiten treffen. Denn keiner von beiden hatte eine eigene Kabine. Clara

teilte ihre Kabine mit ihrer Freundin, einem Drachen von einer Frau, die James von Anfang an nicht leiden konnte. Aber das Gefühl beruhte auf Gegenseitigkeit. *Mitchell* hatte sich geweigert, ihm eine eigene Kabine zu bezahlen, und so teilte er sie mit einem anderen Passagier.
Die meiste Zeit war das jedoch kein Problem. Sein Zimmergenosse verbrachte viel Zeit in der ersten Klasse. Er war ein Falschspieler, aber er machte kein Geheimnis daraus und übte manchmal stundenlang in seiner Koje Karten mischen und austeilen. James verzog seine Lippen zu einem höhnischen Lächeln. Von solchen Dingen hielt er nicht viel. Er war kein Engel, aber noch nie in seinem Leben hatte er andere um Geld betrogen. Er hatte ihm das jedoch auch nicht gesagt; schließlich ging es ihn ja auch nichts an. Er war froh, wenn die Reise vorbei war. Vielleicht konnten Clara und er dann offener ihre Gefühle zeigen. Vielleicht würde er sie sogar heiraten ...
Die Kabinentür öffnete sich, als er den Schlüssel ins Schloß steckte. Er erschreckte. Vielleicht war Snow ja schon zurück, dachte er stirnrunzelnd, und vermutlich würde er Jack Fragen über sein langes Ausbleiben stellen. Als ob ihn das überhaupt etwas anginge. Er schloß die Tür fester, als es nötig war, und tastete nach dem Lichtschalter. Schließlich konnte ein Mann sich nicht im Dunkeln ausziehen, was er auch nicht vorhatte, selbst wenn es Snow stören würde. In den wenigen Sekunden, bevor er den Lichtschalter betätigte, spürte er unbewußt, daß in der Kabine etwas nicht stimmte. Erst später wurde ihm klar, was diesen Eindruck verursacht hatte: Es war das Gefühl, auf etwas Weiches zu treten, vielleicht ein Kleidungsstück, und die Tatsache, daß kein Schnarchen zu hören war.
Er machte das Licht an und trat einen Schritt auf seine

Koje zu. Dann blieb er stehen und starrte. Kleidungsstükke und andere Gegenstände lagen auf dem Boden, auf der Koje und der Kommode verstreut. Mit klopfendem Herzen drehte sich James um, und zu seiner ewigen Schande mußte er sich übergeben. Denn im hinteren Teil des Zimmers lag Randall Snow mit starrem Blick auf dem Boden. Blut strömte aus seinem Kopf, und er war mausetot.

# KAPITEL 11

»Allmächtiger.« Matt betrat die Kabine zweiter Klasse und blieb stehen. Er hatte schon einiges an Gewaltverbrechen gesehen, aber an einen solchen Anblick würde er sich nie gewöhnen. Snow, mit dem Matt noch vor wenigen Stunden gesprochen hatte, lag zusammengekrümmt, mit aufgerissenen Augen und starrem Blick, in einer dickflüssigen Blutlache auf dem Boden. Sein Hinterkopf war merkwürdig flach. Es könnte ein Unfall gewesen sein. Selbst aus der Entfernung war zu erkennen, daß an der Ecke der Kommode Blut und Haare klebten. Aber Matts flaues Gefühl im Magen sagte ihm, daß es Mord war. Snow hatte etwas gewußt, dessen war sich Matt sicher. Was es auch war, er hatte es mit ins Grab genommen.

Er wandte seinen Blick von der Leiche ab, und augenblicklich verschlechterte sich seine Laune. »Smith, verdammt noch mal!« brüllte er, als Smith, ohne einen Gedanken an das Beweismaterial zu verschwenden, die Schubladen durchwühlte. »Hören Sie sofort auf damit. Sie sollten eigentlich am besten wissen, daß man nichts anfassen darf.«

Smith wandte den Kopf und verzog keine Miene, aber seine Augen funkelten seltsam. »Irgend jemand hat ihm das angetan, klar? Und ich habe vor herauszufinden, wer.«

»Das einzige, was Sie tun werden«, sagte Matt mit überraschend ruhiger Stimme, »ist, von dieser Kommode zurückzutreten. Und zwar auf der Stelle.«

Smith wandte sich um und ballte seine Fäuste. »Wollen Sie mich dazu zwingen, Detective?«

»Wenn ich muß.« Matt blieb ruhig, und sein Blick durchbohrte Smith, der schließlich als erster wegschaute.

»Der Kapitän sollte davon erfahren«, murmelte er und trat von der Kommode zurück. »Ich werde ihm den Vorfall melden.« Ohne Matt anzusehen, durchquerte er die Kabine und ging hinaus.

Matt ließ ihn gehen und schloß hinter ihm die Tür. Dadurch sperrte er gleichzeitig die Blicke der neugierigen und ängstlichen Passagiere aus, die sich in Morgenmänteln draußen vor der Tür drängten und sich aufgeregt Vermutungen über den Vorfall zuflüsterten. Es war Matts Aufgabe, den Vorfall zu melden, und er hätte gerne noch einen anderen Zeugen außer Smith für die Tatortsicherung gehabt. Nun aber, so fiel Matt mit schneller werdendem Puls auf, war er allein für den Tatort zuständig.

Wieder öffnete er die Tür, und die Passagiere wichen zurück. »Sie da«, fuhr er den Steward an. »Sorgen Sie dafür, daß die Leute in ihre Kabinen zurückkehren.«

»Ja, Sir«, erwiderte der Steward und reckte den Kopf, um einen Blick in die Kabine zu werfen. »Ist er tot, Sir?«

»Ja. Schaffen Sie die Leute weg, und rufen Sie den Schiffsarzt.«
»Er ist schon unterwegs, Sir.«
»Gut. Lassen Sie ihn herein, wenn er da ist«, sagte Matt. Dann schloß er die Tür, und der Lärm von draußen verstummte. Jetzt hatte er endlich Ruhe, sich den toten Randall Snow genau anzusehen. Einige Sekunden lang musterte er gründlich den Raum. Die Kabine sah aus, als ob ein Wirbelwind über sie hinweggefegt wäre. Die Schubladen der Kommode waren herausgerissen und umgekippt, ihr Inhalt lag im ganzen Zimmer verstreut. Entweder hatte jemand nach etwas Bestimmtem gesucht oder wollte nur diesen Anschein erwecken.
Die Leiche sah im Vergleich dazu fast friedlich aus, wie sie so zusammengekauert auf dem Boden lag. Es gab keinen Zweifel, daß hier ein Kampf stattgefunden hatte; Toilettenartikel rollten durch die Bewegung des Schiffes auf der Kommode und dem Boden hin und her. Eine Ecke der Tagesdecke hielt Snow mit einer Hand umklammert, als ob er in letzter Rettung danach gegriffen hätte. Mit wem hatte Snow gekämpft? War es jemand, den er betrogen hatte, oder jemand noch Obskureres?
Die Tür öffnete sich und riß ihn aus seinen Gedanken. Er wandte sich um und erblickte einen distinguiert aussehenden Mann in mittleren Jahren. Offensichtlich war er wie Matt aus dem Schlaf gerissen worden, denn seine Haare standen ihm zu Berge, und er war in Hemdsärmeln. Er trug eine schwere, schwarze Tasche in der Hand. Es sprach für ihn, daß er beim Anblick der Leiche erblaßte, ansonsten aber zeigte er keinerlei Gefühlsregung.
»Martin Dunn«, sagte er und streckte seine Hand aus. »Ich bin der Schiffsarzt.«
»Matt Devlin.« Matt wies auf die Leiche. »Ich könnte mir

denken, daß Ihnen solche Fälle bisher noch nicht untergekommen sind.«
»Sie würden sich wundern, Sir. Wo soll ich meine Tasche abstellen? Ich möchte die Beweisaufnahme nicht behindern.«
»Hatten Sie schon einmal am Tatort eines Verbrechens zu tun?« fragte Matt ihn überrascht.
»Einmal bisher. Als ich in New York praktiziert habe. Einer meiner Patienten wurde ermordet, und die Familie hat mich als ersten kommen lassen. Es war keine angenehme Erfahrung.« Er stellte seine Tasche auf den Boden. »Ein Schiff ist wie eine schwimmende Stadt, Detective. Hier passiert alles mögliche. Obwohl ich zugeben muß, daß das hier doch schon sehr außergewöhnlich ist.« Er wollte gerade über ein Kleidungsstück am Boden steigen, als er innehielt. »Darf ich die Leiche untersuchen?«
»Ja. Ich muß wissen, wie er gestorben ist.«
Dunn nickte und musterte die Leiche, ohne sie zu berühren. »Klare Sache, so meine ich, obwohl Sie vermutlich eine Autopsie wünschen, um sicher zu sein. Ein Schlag auf den Kopf.«
»Womit?«
Dunn kniete sich hin.»Ich vermute, mit einem eckigen Gegenstand«, sagte er. Dabei schaute er auf und starrte auf die Kante der Kommode. »Er könnte hiergegen gefallen sein.«
Matt nickte. »Könnte es ein Unfall gewesen sein?« fragte er eigenartig distanziert. Er hatte sich gefühlsmäßig von der Leiche gelöst und betrachtete sie nicht länger als eine Person, sondern als einen Gegenstand. So war es einfacher.
»Möglicherweise.« Dunn betrachtete die Leiche noch immer, ohne sie zu berühren. »Wenn das Schiff gerade

schlingerte und er nicht damit gerechnet hat, könnte es so passiert sein. Aber das bezweifle ich, wenn ich mich hier so umsehe.« Er schaute auf, und Matt traf ein scharfer Blick aus klugen Augen. »Ich nehme an, daß Ihnen dieser Gedanke bereits gekommen ist.«

»Hm.« Wenn Snow in einen Kampf verwickelt war, konnte er leicht gegen die Kommode gestoßen worden sein. Es bestand die Möglichkeit, daß es ein Unfall war, der unbeabsichtigterweise tödlich ausgegangen war; aber es war trotzdem Mord.

Es überraschte ihn nicht. Snow hatte sich an diesem Abend sehr merkwürdig verhalten. Er schien etwas zu wissen, etwas, das für ihn von Vorteil, für jemand anderen jedoch von Nachteil war. Aber war das Grund genug, ihn zu töten? »Hängt davon ab, welches Motiv er hatte«, murmelte er, und Dr. Dunn schaute hoch.

»Darf ich ihn umdrehen?« fragte er.

»Noch nicht.« Matt trat ans Bett heran und zwang sich, auf die Leiche hinunterzuschauen; er zwang sich zu vergessen, daß Snow noch vor wenigen Stunden am Leben gewesen war und zuversichtlich und selbstbewußt in die Zukunft geblickt hatte. »Haben Sie eine Ahnung, wie lange er schon tot ist?«

»Das kann ich Ihnen nicht sagen. Die Todesstarre setzt gerade in den Händen ein, sehen Sie?« Er versuchte Snows Finger zu biegen, aber sie blieben steif. »Aber es ist warm hier im Zimmer. Wenn Sie wüßten, wann er das letzte Mal lebend gesehen worden ist...«

»Ich habe ihn gegen elf gesehen«, unterbrach ihn Matt, »und da es jetzt nach zwei ist, würde ich vermuten, daß es zwischen elf und eins passiert ist.« Auf einem Schiff dieser Größe engte das allerdings die Anzahl der Verdächtigen wohl kaum ein.

»Vermutlich«, stimmte Dr. Dunn ihm zu.
Matt griff vorsichtig in die Innentaschen von Snows Jacke und durchsuchte sie, fand aber nichts. »Seine Brieftasche fehlt.«
»Diebstahl?«
»Ich weiß es nicht.« Matt stand auf und blickte auf die Leiche. Trotz der fehlenden Brieftasche bezweifelte er, daß Diebstahl der Grund für diesen Mord war. Snow hatte etwas gewußt. Darauf ging Matt jede Wette ein. Leider hatte Snow dafür bezahlt. Er hatte sich auf das Spiel seines Lebens eingelassen und hatte verloren. Und Matt hatte bei der Durchführung seiner Ermittlungen die Dinge ins Rollen gebracht.

Die Neuigkeit verbreitete sich blitzschnell auf dem Schiff: ein Dieb war an Bord, jemand, der nicht vor Mord zurückschreckte, um das zu kriegen, was er wollte. Der Zahlmeister wurde von Leuten überrannt, die ihre Wertsachen im Tresor unterbringen wollten, während die Passagiere anfingen, sich gegenseitig mißtrauisch zu beobachten. Der mögliche Tod eines Passagiers durch einen Unfall war eine Sache, Snows Tod jedoch eine andere. Durch seinen Tod war ihnen bewußt geworden, daß niemand in Sicherheit war.
Es blieben noch zwei Tage. Matt arbeitete, obwohl es Sonntag war und ein Gottesdienst im großen Salon abgehalten wurde. Nachdem er in die Suite zurückgekehrt war, um rasch seine Kleidung zu wechseln und noch rascher ein Frühstück einzunehmen, eilte er in Smiths Büro, das er vorübergehend übernommen hatte. Die Her-

ausforderung, die vor ihm lag, war schwierig, und doch war er heute optimistisch. Der Mörder hatte einen Fehler gemacht. Hätte er sich weiterhin ruhig und unauffällig verhalten, dann wäre die Wahrscheinlichkeit groß gewesen, nicht vor Ende der Reise entdeckt zu werden. Jetzt hatte die Untersuchung eine neue Wendung genommen. Sollte er Snows Mörder finden, so dachte Matt, dann würde er auch auf Hoffmans stoßen.
Die Passagiere, deren Zimmer an das von Snow grenzten, wurden von einem mißmutigen Ambrose Smith vernommen, der Matts Anschuldigung vom vergangenen Abend nicht vergessen hatte. Matt sprach zum ersten Mal mit Snows Zimmergenossen, James Turner, der nur wenig zu erzählen wußte. Nach geduldiger und vorsichtiger Befragung hatte er herausgefunden, wo sich Turner an jenem Abend aufgehalten hatte und wie lange er nicht im Zimmer gewesen war. Durch diese Angaben ließ sich näher bestimmen, wann Snow gestorben war. Das war wenigstens etwas, dachte Matt, als Turner mit blassem Gesicht das Büro verließ. Er mußte nur auf jemandem mit einem Motiv und der passenden Gelegenheit stoßen, dann würde er vielleicht, doch nur vielleicht, den Missetäter haben.
Während er sich zurücklehnte und die Hände hinter dem Kopf verschränkte, schloß Matt die Augen. Sofort stand ihm Snows Kabine wieder vor Augen, als sähe er sie noch immer vor sich. Die Unordnung in der Kabine, die auf einen Kampf schließen ließ, ging ihm nicht aus dem Kopf. Hätte Snow um seine Brieftasche gekämpft, wenn dies seinen Tod bedeutet hätte? Matt bezweifelte das. In der Regel versuchten Falschspieler Gewalt zu vermeiden; nicht nur, weil sie Gewalt verabscheuten, sondern weil sie dadurch die Aufmerksamkeit anderer auf sich lenken

würden. Nein, Snow war ein Spieler und hätte vermutlich seine Brieftasche als Verlust abgehakt und einen Plan ausgeheckt, um den Verlust wettzumachen. Die Tatsache, daß niemand der Vernommenen irgendein Geräusch, das auf einen Kampf schließen ließ, gehört hatte, machte die Sache noch komplizierter. Spuren, daß das Kabinenschloß mit Gewalt geöffnet worden war, gab es auch keine. Dies führte nur zu einer Schlußfolgerung: Snow hatte seinen Mörder hereingelassen. Traf das zu, war es höchstwahrscheinlich jemand, den er gekannt hatte. Jemand, über den er etwas gewußt hatte. Es fragte sich nur, wer?

Matt öffnete die Augen. Er hatte recht, dachte er und ging gedanklich noch einmal alle Punkte durch. Snow war ein Überlebenskünstler, der seinen Verstand benutzte. Das sah man schon daran, wie er sich seinen Lebensunterhalt verdiente und sich von seinen Verlusten erholt hatte. Er war kein Mann, der immer auf der Hut war. Wenn der Mörder jedoch jemand war, den Snow nicht verdächtigt hatte, jemand, den er glaubte übervorteilen zu können ...

Matt verzog das Gesicht. Ja, so konnte man an Snow herankommen. Wer von Snows Bekannten zu solch einer Tat fähig war, konnte er nur herausfinden, wenn er mit allen redete. Einschließlich derer, mit denen er Karten gespielt hatte.

Als es an der Tür klopfte, verzog er wieder das Gesicht. »Kommen Sie herein«, rief er, und Padlock Homes stolzierte mit wehendem Umhang herein. »Guten Morgen, Sir. Ich bin hier, um Ihnen meine Dienste anzubieten.«

Matt stöhnte fast. »Vielen Dank, aber dazu besteht keine Notwendigkeit«, sagte er kurz angebunden.

»Aber ja doch, Sir. So wenig Zeit und so viel zu tun! Ich versichere Ihnen«, Homes lehnte sich vertraulich über den Schreibtisch, »die Schwarze Hand ist darin verwickelt.«

Matt starrte ihn sprachlos an, als sich die Tür erneut öffnete. »Sir?« fragte eine schüchterne Stimme. »Sie wollten mich sprechen?«
Matt schaute an Homes vorbei und erblickte einen Steward in einer ordentlichen, weißen Jacke und schwarzen Hose. »Und Sie sind?«
»Edward McCabe, Sir.« McCabe blickte unsicher von Matt zu Homes. »Ich kann gern noch einmal wiederkommen.«
»Nein.« Matt erhob sich. »Mr. Homes wollte gerade gehen. Nicht wahr?«
Homes preßte die Lippen zusammen. »Ich gehe, Detective. Aber keine Angst. Sie brauchen meine Hilfe, und ich werde sie Ihnen zur Verfügung stellen.« Und mit diesen Worten verließ er wehenden Umhangs das Zimmer, während ihm die anderen Männer belustigt nachschauten.
»Gott«, murmelte Matt und setzte sich. »Nehmen Sie Platz, Mr. McCabe. Sie waren der Steward für Mr. Snows Zimmer?«
McCabe saß gegenüber Matts Schreibtisch. »Ja, Sir.«
»Hm.« Matt musterte sein Gegenüber. Also, das war McCabe. Er sah seinem Halbbruder nicht sehr ähnlich. Im Gegensatz zu Hoffman war er schmächtig und hatte herabhängende Schultern. Ein dichter Schnurrbart hing in seinem Gesicht, während seine Augen hinter dicken Brillengläsern versteckt waren. Er besaß auch nichts von der Vitalität, die Matt an Hoffman beeindruckt hatte.
»Edward McCabe.« Matt nahm ein Blatt Papier. »Ja, ich wollte mit Ihnen sprechen. Woher kommen Sie?«
»Aus Brooklyn, Sir.«
Matt blickte ihn an. »Wirklich? Sie hören sich gar nicht so an.«

»Meine Mutter war sehr eigen, was meine Aussprache anging, Sir.«
Matt nickte. McCabes Aussprache war deutlich, geradezu akzentfrei, als ob er tatsächlich hart daran gearbeitet hätte, sie zu vervollkommnen. »Mein Beileid zum Tod Ihres Bruders.«
»Danke, Sir«, sagte McCabe mit tonloser Stimme.
»Ich habe später noch einige Fragen über Ihren Bruder an Sie. Zuerst einmal, haben Sie Mr. Snow gekannt?«
»Nur als Passagier, Sir.«
»Und?«
Matt war sich nicht sicher, aber er meinte, ein Blinzeln bei McCabe gesehen zu haben.
»Und was, Sir?«
»Wie war er? War er anspruchsvoll? Laut? Ordentlich? Schlampig? Hat er viel Zeit in seiner Kabine verbracht? Hatte er viel Besuch ...?«
»Oh, nein, Sir.« McCabe klang entsetzt. »Besuch ist in den Kabinen nicht gestattet.«
»Wirklich? Auch nicht vom gleichen Geschlecht?«
»Nun, ja, natürlich. Aber haben Sie nicht gemeint, ob Mr. Snow weiblichen Besuch hatte ...?«
»Nein. Nicht speziell. Ich meinte jeden, Mr. McCabe.«
»Nun ... ja, es gab einige Personen, die ihn besucht haben. Aber die meiste Zeit war er nicht da. Er hat nicht viel Zeit in seiner Kabine verbracht, Sir, und wenn er da war, hat er mit seinen Karten geübt.« Zum ersten Mal zeigte sich ein Anflug von Interesse auf McCabes Gesicht. »Mit Karten konnte er umgehen, Sir. Er konnte sie zum Tanzen bringen, wenn er wollte.«
»Dann wußten Sie also, was er tat.«
»Ja, Sir.« McCabes Stimme klang wieder hölzern. »Er ist schon öfter mit uns gereist, Sir.«

»Hm.« Matt notierte sich das. Vielleicht hatte McCabe doch noch einige Informationen. »Sagen Sie mir: So ein Mann, der sich seinen Lebensunterhalt durchs Spielen verdient – der muß sich doch viele Feinde gemacht haben.«

»Das nehme ich an, Sir.«

»Aha.« Angesichts der knappen Antworten des Mannes und seines Desinteresses hätte er am liebsten geflucht. »Nun? Hat ihn einer von diesen einmal zur Rede gestellt?«

»Das haben sie bestimmt, Sir.« Erneut war ein Anflug von Interesse in seinem Gesicht zu erkennen. »So würde ich auf keinen Fall mein Geld verlieren wollen.«

»Wollen Sie damit sagen, daß Snow mit Ihnen Karten gespielt hat?«

»O nein, Sir! So etwas ist nicht erlaubt. Außerdem«, er spitzte die Lippen, »bin ich sehr vorsichtig mit meinem Geld.«

Irgendwie konnte Matt sich das gut vorstellen. »Es hat ihn also niemand in seiner Kabine aufgesucht, um ihn zur Rede zu stellen.«

»Oh, das habe ich nicht gesagt, Sir. Nur, daß Mr. Snow nicht da war.

»Verdammt noch mal.« Matt warf seinen Füller auf den Tisch.»Ist nun jemand bei Snow gewesen und hat sich über sein Spiel beschwert oder nicht?«

»Aber natürlich. Ich glaube, da gab es jemanden – lassen Sie mich nachdenken.« McCabe drückte gegen den Steg seiner Brille und setzte sie sich noch fester aufs Gesicht. »War das während der letzten Reise oder dieser? Man wirft sie alle durcheinander, wenn man so lange am selben Ort arbeitet. Ja. Jetzt erinnere ich mich.« Er lehnte sich mit einem Anflug von Triumph zurück. »Es war auf dieser Reise.«

»Was ist auf dieser Reise passiert, Mr. McCabe?«
»Habe ich das nicht eben gesagt? Sie haben mich doch gefragt, ob sich jemand bei ihm beschwert hat, und ich dachte, daß ich das bereits bestätigt hätte.«
Matt preßte die Lippen zusammen, um seine Geduld nicht zu verlieren. »Wann? Und wer war es?«
»Das kann ich Ihnen nicht sagen, Sir. Ein Gentleman, natürlich. Lassen Sie mich nachdenken.« McCabe runzelte die Stirn. »Ich hatte gerade damit angefangen, die Betten für die Nacht aufzuschlagen. Ja. Der Herr klopfte an Mr. Snows Tür, gerade in dem Moment, als ich aus Mr. Leslies Kabine kam, die auf der anderen Seite des Gangs liegt. Er schien sehr aufgebracht zu sein.«
»Und?«
»Er verlangte zu wissen, wo Mr. Snow sei. Nun, ich wußte es nicht, und das sagte ich ihm auch.«
»Wann war das?« fragte Matt erneut, als McCabe wieder schweigsam dasaß.
»Wann? Oh. War es vielleicht gestern abend – nein, nein, das kann unmöglich sein. Die Nacht davor, vielleicht? Ja. So war es. So gegen neun, glaube ich, denn zu der Zeit schlage ich immer die Betten auf.«
»Wie sah er aus?«
»Ach herrje.« McCabe runzelte wieder die Stirn. »Es tut mir leid, ich habe nicht genau aufgepaßt, da ich noch so viel Arbeit zu erledigen hatte. Er war nicht sehr alt, das weiß ich sicher. Zumindest glaube ich das nicht. Er hatte kein graues Haar. Es war...« Er spitzte die Lippen. »Braun.« McCabe strahlte Matt an. »Ja. Braun.«
»Was ist mit der Augenfarbe?«
»Ich fürchte, die habe ich nicht bemerkt.«
»War er glatt rasiert? Hatte er einen Bart oder einen Schnurrbart?«

»Ach je. Ich weiß es wirklich nicht, Sir. Es ging so rasch, verstehen Sie, und ich hatte viel zu tun.« Er schwieg. »Vielleicht einen Schnurrbart. Oh! Und er war nicht sehr groß, Sir. Größer als ich, aber nicht so groß wie Sie. Und nicht sehr kräftig. Er trug – ich glaube, das nennt man einen Smoking.«

»Hm«, Matt schrieb alles auf. Für jemanden, der behauptete, nicht viel bemerkt zu haben, hatte McCabe geradezu eine vollständige, wenn auch oberflächliche Beschreibung gegeben. »Würden Sie ihn wiedererkennen, wenn Sie ihn sähen?«

»Das weiß ich nicht, Sir.« McCabe beugte sich vor. »Müßte ich ihn identifizieren?«

»Vielleicht. Hängt davon ab, was er gesagt hat.«

»Habe ich Ihnen das nicht erzählt?« McCabe blinzelte. »Oh. Nun, er hat nicht sehr viel gesagt, aber der Ton, wenn Sie verstehen, was ich meine. Er schien sehr verärgert darüber zu sein, daß Mr. Snow nicht da war, und dann sagte er: ›Sagen Sie ihm, daß ich da war und daß ich mein Geld zurückmöchte‹, und dann ging er davon. Es war ziemlich beängstigend, Sir, so wie er mich angeschaut hat.« McCabe zitterte. »Als er feststellte, daß Snow nicht da war, habe ich mich schon bedroht gefühlt.«

»Hm.« Matt notierte auch das, obwohl er es nicht recht glaubte. McCabe war ein harmloser Vogel. Es fiel ihm schwer zu glauben, daß er jemanden gegen sich aufbringen konnte, geschweige denn, daß ihm Prügel angedroht worden waren. »Ist das alles, woran Sie sich erinnern?«

»Ja, Sir. War's das, Sir? Ich muß zurück an meine Arbeit.«

»Ich dachte, Sie haben zur Zeit keinen Dienst.«

»Nicht im Moment, Sir, nein. Ich arbeite in erster Linie nachts. Aber ich bin gerne verfügbar, wenn die denstha-

benden Stewards mich brauchen.« Sein Gesicht wurde ernst. »Und Mr. Snows Zimmer muß gereinigt werden.«
»Das hat Zeit. Ich muß Ihnen noch einige Fragen über Ihren Bruder stellen.«
McCabe blinzelte. »Halbbruder, Sir.«
»Spielt das eine Rolle?«
»Das hat es bisher immer.«
Matt setzte sich zurück in seinen Stuhl und betrachtete McCabe, der steif dasaß. »Es hört sich so an, als ob Sie ihn nicht sehr mochten.«
»Wir sind nicht zusammen aufgewachsen, Sir.«
»Das weiß ich. Sagen Sie mir: Haben Sie gewußt, daß er auf diesem Schiff sein würde?«
»Nein, Sir.« McCabe blinzelte wieder und schob seine Nickelbrille auf die Nase. »Nicht bis zur Abfahrt, Sir. Mr. Smith hat mir bereits dieselben Fragen gestellt.«
»Haben Sie noch etwas Geduld mit mir, Mr. McCabe. Wir haben es jetzt mit zwei Todesfällen zu tun. Haben Sie eine Vorstellung, wer Ihren Bruder getötet haben könnte?«
McCabe runzelte die Stirn. »War es nicht die Schwarze Hand?«
»Nein, Mr. McCabe.« Matts Stimme klang erschöpft. Homes' irrige Idee hatte sich über das ganze Schiff verbreitet und sich in den Köpfen festgesetzt.
»Oh. Dann weiß ich es nicht, außer es war die eiskalte Göttin, die er geheiratet hat.«
»Sie mögen Mrs. Hoffman nicht?«
»Nein, Sir.« Er schüttelte entschieden den Kopf. »Und sie mag mich auch nicht.«
»Was ist mit Hoffman?«
McCabe blinzelte wieder. »Was ist mit ihm?«
»Nun, er hatte alles, nicht wahr? Hat es Sie nicht maßlos

geärgert, McCabe, als er auf dieses Schiff kam und ein Leben in Luxus führte, während Sie sich Ihren Lebensunterhalt hart erarbeiten müssen? Und Sie tragen noch nicht einmal seinen Namen, der Ihnen Vorteile bringen könnte.«

»Schauen Sie.« McCabe beugte sich vor. »Ich hege – hegte – keinen Groll gegen meinen Bruder. Er war ein guter Mann. Sobald er von meiner Existenz erfuhr, hat er dafür gesorgt, daß es mir gutgeht. Und meiner Mutter auch, und Gott weiß, wie schwer sie es hatte. Er hat mir sogar geholfen, diese Stelle zu bekommen.«

»War Ihnen das nicht unangenehm?«

McCabe zögerte. »Vielleicht am Anfang. Wenn ich aber an das Leben denke, das meine Mutter geführt hat... nein, Mr. Devlin. Wenn ich gegen jemanden einen Groll hege, dann ist es mein Vater. Er ist derjenige, der meine Mutter in diese Lage gebracht hat und mich dann nicht anerkannt hat. Aber Julius war anständig.« Er griff wieder nach seiner Brille und schob sie nach oben. Dann nahm er sie ab und polierte sie mit einem Taschentuch. Zum ersten Mal konnte Matt die Ähnlichkeit mit Hoffman erkennen. Eine leichte Ähnlichkeit. »Er war die einzige Familie, die ich hatte. Die Eiskönigin ließ mich nicht einmal ihre Kinder sehen.« Er setzte die Brille wieder auf. »Das arme Mädchen.«

»Wer?« fragte Matt.

»Julius' Tochter. Sie muß jemanden heiraten, den sie nicht will, und alles nur wegen ihres Geldes.«

»Woher wissen Sie das?«

McCabe blinzelte. »Julia hat es mir gesagt.«

Matt runzelte die Stirn. »Wann?«

»Vor kurzem.«

»Woher wußte sie, wer Sie sind?«

McCabe zögerte, und dann zuckte er die Achseln. »Adele weiß nichts davon, aber Julius hat dafür gesorgt, daß Julia und Chauncey mich kennenlernten. Aber wissen Sie, warum Sie zu mir gekommen ist? Sie wußte, daß es ihre Mutter aus der Fassung bringen würde. Schauen Sie, Mr. Devlin.« Er beugte sich vor. »Glauben Sie, daß ich mit ihnen etwas zu tun haben will? Adele würde mir das Leben vermiesen, wenn sie könnte. Das wird sie wahrscheinlich nun auch tun«, fügte er düster hinzu.

Matt blickte auf sein Notizbuch. »Sie kennen also keinen auf diesem Schiff, der Ihrem Bruder etwas zuleide tun würde.«

McCabe spitzte die Lippen. »Nur Mr. Langdon.«

»Und warum?« fragte Matt und lehnte sich zurück.

»Ich glaube nicht, daß sie sich besonders verstanden haben, nach dem, was Julius so erzählt hat.«

»Was hat er erzählt?«

»Nichts Genaues, Sir. Allein, mit welchem Blick und in welchem Ton er von ihm sprach. Und Adele hat ihn um die Scheidung gebeten.«

»Aha.« Matt nickte angesichts dieser Bestätigung des Gerüchts. »Und Sie glauben, sie wollte die Scheidung, um Langdon heiraten zu können.«

»Ich halte das für möglich.« Er rutschte auf dem Stuhl hin und her. »Schauen Sie, Sir. Ich habe wirklich viel zu tun, und ich habe diese Fragen schon einmal beantwortet. Kann ich jetzt gehen?«

Matt starrte ihn einen Augenblick durchdringend an und nickte dann widerwillig. McCabe mochte zwar duckmäuserisch sein, aber sein störrischer Blick gab unmißverständlich zu verstehen, daß Matt nicht viel mehr von ihm erfahren würde. Auf jeden Fall nicht jetzt. »Ja. Aber ich möchte noch einmal mit Ihnen sprechen.«

»Ja, Sir«, sagte McCabe, stand auf und verließ das Büro.
Wieder allein, griff Matt nach seinem Notizbuch und warf es auf den Tisch. Verdammt, so kam er nicht weiter. Noch zwei Tage, bevor sie Southampton erreichten. Würde er den Fall bis dahin aufklären, wäre das wohl ein Wunder.

»Aber ich möchte ihn nicht heiraten, Mutter!« schrie Julia.
Adele drückte die Fingerspitzen gegen ihre pochenden Schläfen. Julias Ausbruch ließ ihr die Suite eng und bedrückend erscheinen. O diese schreckliche Reise! Würde sie denn niemals enden? »Schrei nicht so, Julia. Ich kann dich auch so hören.«
»Aber du hörst mir nicht zu! Ich habe dir schon in New York gesagt, daß ich diesen Earl nicht heiraten möchte...«
»Julia, bitte. Ich habe solche Kopfschmerzen. Müssen wir das gerade jetzt besprechen?«
»Ihre Mutter macht eine schwere Zeit durch, Julia«, sagte Richard, der hinter Adeles Stuhl stand. »Es ist sehr selbstsüchtig von Ihnen, sie gerade jetzt damit zu belästigen.«
»Es bleibt aber keine Zeit mehr!« Julia wirbelte herum. »O bitte, Mutter! In wenigen Tagen werden wir in England sein, und ich muß diesem Earl gegenübertreten...«
»Er ist eine gute Partie, Julia, und ich habe deine ständigen Klagen satt. Ich...aah.« Sie stöhnte auf, als sie beim Aufstehen von einem Schwindelanfall gepackt wurde. Sie

spürte Richards stützende Hand an ihrem Ellbogen und hörte Julias Gejammere. Der gute Richard. Was würde sie nur ohne ihn tun?

»Jetzt sehen Sie, was Sie angerichtet haben«, sagte Richard. »Sie wissen doch, daß es Ihrer Mutter nicht gut geht.«

»Wenn sie sich den dritten Cocktail beim Mittagessen verkniffen hätte, würde es ihr jetzt vielleicht bessergehen«, versetzte Julia.

»Julia! Sie entschuldigen sich auf der Stelle bei Ihrer Mutter.«

»Sie sind nicht mein Vater, Richard«, entgegnete Julia in so scharfem Ton, daß Adele aufschaute. Mit ihrem hellen Haar und ihrem ovalen Gesicht war ihr Julia sehr ähnlich. Alle sagten das. Aber es gab auch Augenblicke, in denen deutlich wurde, daß sie Julius' Tochter war, so wie jetzt gerade, als ihre Stimme einen störrischen Klang annahm. »Wo waren *Sie* eigentlich, als mein Vater verschwand?«

»Julia!« brachte Adele entsetzt hervor. Sie und Richard waren vorsichtig gewesen, da war sie sich ganz sicher. Doch die Andeutungen in Julias Fragen machten ihr angst. »Entschuldige dich bei Mr. Langdon.«

»Das werde ich nicht!« fuhr Julia sie an. »Und wo warst du, Mutter? Das willst du mir auch nicht sagen.«

»Dieses theatralische Getue ist doch überflüssig«, sagte Richard, der gelangweilt klang, und Adele, die Julias Angriff sprachlos machte, starrte ihn an. »Wenn Sie eine Minute nachdenken würden, Julia – und ich weiß, daß Sie ein kluges Mädchen sind –, würde Ihnen auffallen, daß es dafür eine einfache Erklärung gibt.«

»Welche?« fragte Julia herausfordernd, die Fäuste in die Hüfte gestemmt. »Sagen Sie es mir.«

Er blickte Adele an und zog fragend eine Augenbraue hoch. »Soll ich, Adele?«
»Ich, – Ja.« Herr im Himmel, er würde Julia doch nicht erzählen, daß sie ...
»Wir haben eine Runde auf dem Promenadendeck gedreht.«
»Richard ...«
»Ich glaube Ihnen nicht.« Julia starrte ihn an. »Wenn das so wäre, hätten Sie das schon längst zugegeben.«
»Wie konnten wir das? Denken Sie doch mal nach, Julia.« Er kam hinter dem Stuhl hervor und ging quer durch das Zimmer auf sie zu. »Überlegen Sie doch, was die Leute sagen würden, wenn sie davon erführen. Was würde das für einen Eindruck machen?«
»Aber wenn Ihr unschuldig seid ... das seid Ihr doch, oder?«
»Also wirklich, Julia!« sagte Adele, die sich wieder etwas im Griff hatte. »So etwas zu sagen.«
»Natürlich sind wir unschuldig«, warf Richard ein. »Aber die Leute werden reden, Julia. Wenn sie erfahren, daß Ihre Mutter und ich allein auf Deck waren, dann werden sie das Schlimmste annehmen. Dazu noch der Umstand, daß Ihr Vater zur selben Zeit gestorben ist ...« Er schüttelte den Kopf. »Was, glauben Sie, werden die Leute sagen? Einschließlich der Polizei?«
Julia blickte unsicher umher. »Aber Ihr seid doch unschuldig?«
»Sei nicht naiv«, fuhr Adele sie an. »Hat Unschuld je Gerüchte erstickt?«
Julia schaute Adele an. »Und was ist mit letzter Nacht?«
Adele erstarrte und war auf der Hut. »Was meinst du?«
»Als Mr. Snow getötet wurde.«

»Das hat nichts mit uns zu tun. Aber jetzt zu deiner Hochzeit ...«
»Ich werde ihn nicht heiraten, Mutter! Und du wirst mich nicht dazu bringen, es zu tun!« schrie Julia und stürzte aus der Suite.
Ohne auf die anderen Passagiere zu achten, rannte Julia über das Promenadendeck, bis sie die Reling erreichte. Sie wußte nicht, ob ihre feuchten Wangen von der Gischt oder ihren Tränen herrührten. Was sollte sie nur tun? Sie hob ihr Gesicht zum Himmel und bat flehentlich um Hilfe. Noch vor wenigen Monaten war ihr Leben vollkommen normal gewesen, doch jetzt war alles zerstört. Aber auch alles. Mutter war distanzierter denn je. Sie machte sich nur noch Gedanken über das, was geschehen war, und über ihre Pläne, Mr. Langdon zu heiraten, jetzt, wo sie frei war ... Und wenn sie glaubte, daß Julia *das* nicht wußte, irrte sie sich gewaltig. Zu einer Heirat mit einem Mann gezwungen, den sie nicht ausstehen konnte, hatte Julia niemanden auf ihrer Seite. Vater hätte sie wahrscheinlich unterstützt, aber er war jetzt nicht mehr da. Jetzt, wo es viel zu spät war, wurde ihr bewußt, wieviel er ihr bedeutet hatte.
Sie versank in tiefe Melancholie, so daß sie fast auf der Stelle in Tränen ausgebrochen wäre. Aber das tat sie nicht. Sie war die Tochter ihrer Mutter, und eines hatte sie schon vor langer Zeit gelernt: daß die Zurschaustellung von Gefühlen unziemlich war. Wieviel unziemlicher wäre es doch, wenn sie ihrem Impuls nachgab, die Reling hinaufkletterte und die Beine auf die andere Seite schwang und ...
*Nein.* Sie zitterte. Das war nicht der richtige Weg. Zumindest ...
Julia drehte sich ruckartig um. Mit dem Rücken stand sie

zur Reling, und ein skeptisches Lächeln erhellte ihr Gesicht. Aber natürlich! Das war die Antwort. Schließlich war sie auch die Tochter ihres Vaters, und wenn er sich in ausweglosen Situationen befand, hatte er immer einen Ausweg gefunden. Und das würde sie auch.
Julia nickte entschlossen und schlenderte dann von der Reling weg. Ihre Melancholie war wie weggeblasen. Ihr Leben lag nun in ihren Händen, und das war genau das, was sie wollte. Sie hatte ein Ziel, einen Plan, den sie bald in die Tat umsetzen würde, wie es auch ihr Vater getan hätte. Und dann würde ihr nie wieder jemand sagen können, was sie zu tun hatte.

Richard ließ Adele allein, als er das Gefühl hatte, sie habe sich einigermaßen beruhigt. Das war ja ein schöner Schlamassel, dachte er, als er über das Promenadendeck zu seinem eigenen Zimmer ging. Es stimmte, daß er Julius aus dem Weg haben wollte, damit er mit Adele zusammensein konnte. So jedoch hatte er sich ihr Zusammenleben nicht vorgestellt. Einst waren er und Julius gute Freunde und erfolgreiche Geschäftspartner gewesen. Es stimmte, daß Geld unter mysteriösen Umständen aus der Firma verschwunden war, und Richard hatte sich so seine Gedanken dazu gemacht. Er hatte es nicht genommen; deshalb mußte es Julius haben. Und das verstärkte das Rätsel um so mehr.
Nachdenklich schloß er die Tür zu seiner Kabine auf und zog seine Krawatte aus, als er hineinging. Wieder war ein Tag vorbei, und man war in der Aufklärung der Morde offensichtlich kaum einen Schritt weitergekommen. Der

Mordverdacht hing immer noch wie ein Damoklesschwert über Adele und ihm. Wenn der Mörder nicht bis zur Ankunft am nächsten Tag gefaßt sein würde, würde dieser Verdacht ein Leben lang auf ihnen lasten. So wie die Dinge lagen, machte Richard sich Sorgen, ob das seine Beziehung zu Adele überstehen würde.

Es war still, nur die Geräusche der Schiffsmaschinen und der ruhelosen See, die gegen den Rumpf schwappten, waren zu hören. Richard gähnte, als er die Schublade seiner Kommode öffnete, um seine Krawatte wegzuräumen. Schlagartig wurde er jedoch wach, und ein Schauer jagte über seinen Rücken, als er sah, was in der Schublade lag. Eine Brieftasche. Mit zusammengepreßten Lippen schlug Richard sie auf und fand etwas Geld, eine ramponierte Spielkarte und einen Reisepaß. Es war die Brieftasche von Randall Snow.

# KAPITEL 12

*Montag, 20. April*

Gregory Tate öffnete Matt die Eingangstür seiner Kabine und grinste ihn selbstgefällig an. »Na? Wollen Sie nun behaupten, ich hätte Snow getötet? Übrigens, ich habe seine Brieftasche nicht.«

»Setzen Sie sich, Mr. Tate«, sagte Matt und holte sein Notizbuch hervor. Tate konnte Snow nicht getötet haben, da er die ganze Zeit unter Bewachung stand. Es blieb jedoch immer noch die Frage offen, wie Hoffmans Brieftasche in seinen Besitz gekommen war. Es wäre ja auch möglich, daß sich zwei Mörder an Bord befanden, aber Matt bezweifelte das. »Ich weiß, daß Sie hier waren, als Snow starb, oder die Stewards haben gelogen.«

»O nein.« Tate lehnte sich in seinem Stuhl zurück, schlug die Beine übereinander und zündete sich eine Zigarette

an. »Sie waren hier, Mr. Devlin. Und ich auch. Und«, er beugte sich vor und fuchtelte mit der Zigarette. »Ich habe Julius nicht getötet. Selbst Mr. Homes ist der Meinung, daß ich es nicht getan haben könnte.«
Matt fuhr hoch. »Wann haben Sie ihn getroffen?«
»Gestern.« Tate blickte ihn überrascht an. »Er hat etwas über die Schwarze Hand gesagt. Er ist doch an den Ermittlungen beteiligt, oder?«
»Nein.« Er mußte sich Homes vornehmen. Wenn er sich weiterhin einmischte, würde er mehr als nur ein lästiges Übel sein. »Sie hatten ein Motiv, sich Hoffmans Tod zu wünschen.«
Gregory erwiderte Matts Blick. »Ach wirklich?«
»Ja.«
»Welches denn? Ach natürlich. Julius hat mich nicht befördert. Er hat mir nicht erlaubt, seine Tochter zu heiraten. Ich glaube nicht«, er nahm einen langen Zug an seiner Zigarette, »daß das ausreichende Gründe sind, um jemanden zu töten. Nein. Zumindest nicht für mich.«
»Was wären denn für Sie ausreichende Gründe, Mr. Tate?«
Gregory entfuhr ein Lachen. »Nein, so kriegen Sie mich nicht, Devlin. Ich schlage vor, Sie reden mit den Leuten, die wirklich von Julius' Tod profitieren.«
»Und die wären?« fragte Matt, obwohl er es wußte.
»Langdon und Mrs. Hoffman natürlich. Wer sonst?«
Ja, wer sonst. Doch bis jetzt konnte Matt keine Verbindung zwischen Langdon und Snow erkennen. »Vielen Dank, Mr. Tate.«
»Darf ich mich wieder frei auf dem Schiff bewegen?«
»Nein.« Matt wandte sich an der Tür zu ihm um. »Das dürfen Sie nicht.«
Gregory sprang vom Stuhl auf, und seine lässige Haltung

fiel von ihm ab. »Aber verdammt noch mal, ich bin unschuldig! Was muß denn noch passieren, damit Sie davon überzeugt sind?«

»Beweise«, sagte Matt fast freundlich und ging hinaus.

Beweise, sagte er in Gedanken zu sich selbst, während er die Treppe zum Promenadendeck hinaufging. Er brauchte Beweise, daß einer der Personen mit einem Motiv Hoffman tatsächlich ermordet hatte. Bisher hatte er jedoch nur Vermutungen und Schlußfolgerungen. Hoffmans Brieftasche war sein einziges aussagekräftiges Beweisstück, und das hatte man bei einer Person gefunden, die nicht mit Snows Tod in Verbindung gebracht werden konnte. Es blieb ihm nur noch ein Tag.

Beweise. Smith galt immer noch als einer der Hauptverdächtigen. Er hegte Groll gegen Hoffman, und Snow hatte ihm das versteckt zwischen den Zeilen zu verstehen gegeben. Smith hatte es bemerkt und mußte sich Snow vorgenommen haben. Das paßte zusammen, aber er hatte keinen Beweis dafür. Ebensowenig hatte er irgendwelches Beweismaterial gegen McCabe, der in beiden Mordfällen ein Alibi hatte und kein wirkliches Motiv. Nur die Tatsache, daß er sich auf demselben Schiff wie sein Halbbruder aufhielt, machte ihn zu einem Verdächtigen. Tate? Obwohl er sich durch den Besitz von Hoffmans Brieftasche verdächtig gemacht hatte, war es klar, daß er Snow nicht getötet haben konnte. Daher blieben nur noch Langdon und Adele.

Hier erschien ihm die Beweislage eindeutiger. Zunächst hatte es den Anschein, als ob Langdon nicht in seinem Zimmer gewesen war, als Hoffman getötet wurde. Jetzt schien es so, als ob er sich doch dort aufgehalten hatte, aber nicht allein. Julia hatte ausgesagt, daß auch Adele zu diesem Zeitpunkt nicht in der Suite gewesen war, und obwohl sie ihre Behauptung wieder zurückgezogen hatte, untermauerte die Aussage der Zofe ihre Bemerkung. Auch sie hatten ihre Gründe; zum einen der persönliche Wunsch zusammenzusein, zum anderen die immer noch ungelöste Frage, was mit dem fehlenden Geld aus der Firma geschehen war. Denn wie man es auch betrachtete, für Langdon ergab sich daraus ein Motiv: entweder wollte er seine eigenen Taten vertuschen, wenn er das Geld genommen hatte, oder es war eine Möglichkeit, sich des wirklichen Diebs zu entledigen. Niemand hatte jedoch Langdon oder Adele das Verbrechen begehen sehen, auch waren sie zu keinem Zeitpunkt in der Nähe von Snows Kabine beobachtet worden, obwohl sie wieder einmal kein Alibi hatten. Indizien, das war alles, was er vorzuweisen hatte, und ohne richtige Beweise würde das auch so bleiben. Es sei denn, er brachte einen von ihnen dazu, ein Geständnis abzulegen.

Matt klopfte fest an die Tür der Hoffman-Suite, die ihm von Langdon geöffnet wurde. »Oh. Sie sind es«, sagte er und trat beiseite. Er war wie gewöhnlich gut gekleidet und trug einen teuren Anzug aus Flanell. Sein Haar wirkte jedoch ungepflegt, und die Anspannung der letzten Tage stand ihm im Gesicht geschrieben. »Kommen Sie herein, obwohl ich nicht weiß, was Sie von uns möchten.«

»Ich habe nur ein paar Fragen an Sie.« Matt betrat das Wohnzimmer und erblickte Adele, die kerzengerade auf dem Sofa saß. Schön. Sie waren beide seiner Aufforderung gefolgt, ihn zu treffen. Das würde wohl für heute morgen das einzige bleiben, das ihm auf Anhieb geglückt war. »Mrs. Hoffman.«

Adele nickte eisig. »Mr. Devlin.«

»Ich weiß nicht, warum Sie uns sprechen wollen«, sagte

Langdon und durchquerte den Raum, um sich wieder an Adeles Seite zu stellen. Er legte ihr eine Hand auf die Schulter. Sie rutschte zur Seite, um dieser Berührung auszuweichen, aber Matts Aufmerksamkeit war diese Geste trotzdem nicht entgangen. »Wir haben alle Ihre Fragen bereits beantwortet.«

Langsam und bedächtig holte Matt sein Notizbuch hervor. Zum Umblättern der Seiten befeuchtete er jedes Mal die Finger und tat so, als ob er nach etwas Bestimmtem suchte. »Alle bis auf eine.« Er schaute auf. »Wo waren Sie in der Nacht, als Hoffman starb?«

»Um Himmels willen!« rief Adele. »Das haben wir Ihnen doch bereits gesagt. Ich war hier. Fragen Sie meine Zofe.«

»Das habe ich, Mrs. Hoffman«, sagte er ganz freundlich und genoß die Genugtuung, sie blaß werden zu sehen. »Ich denke, Sie wissen, was sie mir gesagt hat.«

»Sie lügt!« warf Langdon ein.

»Aha?« Matt, der ganz entspannt in seinem Armsessel saß, schaute ihn an. »Dann war Mrs. Hoffman also nicht hier, Sir?«

»Ich ... ich, ja natürlich war sie hier.«

»Hm.« Matt lehnte sich zurück. »Sie dachten also, daß Ihre Zofe mir erzählt hat, daß Mrs. Hoffman nicht hier war. Ich frage mich, warum.«

Er wartete, aber keiner von beiden antwortete ihm, und sie starrten ihn nur mit versteinerter Miene an. »Liegt es daran, daß sie tatsächlich nicht hier war?«

»Doch, ich war hier«, sagte Adele, aber sie klang dabei nicht überzeugend.

»Ach wirklich? Oder waren Sie auf Deck und haben nur auf den richtigen Moment gewartet? Sie wußten doch, daß Ihr Ehemann auch da sein würde, nicht wahr?« fragte er bissig. »Sie sind nicht das erste Mal mit ihm auf See, und daher kannten Sie seine Angewohnheit, einen kleinen Spaziergang zu machen, bevor er zu Bett geht.«

»Ja und?« versetzte Langdon trotzig.

»Sie haben gewartet, Mr. Langdon«, sagte er, als Richard ihm widersprechen wollte. »Ich habe Mrs. Hoffman nicht allein in Verdacht. Sie besitzt nicht die Kraft, ihren Ehemann allein über Bord zu stoßen.«

»Das hat sie nicht getan! Und ich auch nicht ...«

»Und so haben Sie auf der Lauer gelegen. Sie wollten von niemandem entdeckt werden. Sonst hätte es ja einen Skandal gegeben. Als Mr. Hoffman vorbeikam, gingen Sie auf ihn zu, um ihn anzusprechen. Schließlich würde er keinen Verdacht schöpfen, oder? Seine Frau und sein Geschäftspartner. Es muß doch ein leichtes gewesen sein, ihn zu überraschen, ihn über Bord zu stoßen, bevor er wußte, wie ihm geschah!«

»Nein!« brach es aus Langdon hervor. »So war es nicht.«

»Richard!« stieß Adele hervor.

»So war es nicht ... ich meine, wir haben nichts Derartiges getan.«

»Hat er sich gewehrt?« fragte Matt und richtete seinen Blick auf Richard, der seine Stirn mit einem ursprünglich weißen Taschentuch abtupfte. »Ist ihm in seinen letzten Minuten klar geworden, daß er betrogen worden ist? Was haben Sie empfunden, als Sie den Aufprall hörten? Ihr Freund, Ihr Geschäftspartner ...«

»Er hat mir Geld gestohlen! Mein Gott, Mann, Sie müssen uns einfach glauben, daß wir ihn nicht getötet haben.«

»Um Himmels willen, Richard.« Adele blickte ihn an. »Bettel doch nicht. Das ist doch unter deiner Würde.« Sie warf ihm einen verächtlichen Blick zu, unter dem Lang-

don zu schrumpfen schien. »Da es Richard nun recht gut gelungen ist, sich selbst zu belasten und mich dazu«, sie blickte wieder zu Matt, »sollte ich Ihnen vielleicht erzählen, was wirklich passiert ist.«
Matt blieb ruhig sitzen. »Ich glaube, das wäre das beste.«
»Ja.« Anmutig ordnete sie die Röcke ihres eisblauen Kleides, ihr Blick dabei war jedoch immer noch so kalt wie Stahl. »Erstens: Wir haben Julius nicht getötet.«
»Nein?«
»Nein.«
»Sie wollten Ihren Ehemann wirklich nicht loswerden, obwohl er sich nicht von Ihnen scheiden lassen wollte?«
»Letzten Endes hätte er es doch getan, Mr. Devlin«, erwiderte sie ruhig. »Er hat sich natürlich geweigert, aber am Ende hätte er doch nachgegeben.« Sie schwieg. »Ich hätte schon dafür gesorgt.«
Sie sprach mit soviel Zuversicht, daß Matt zum ersten Mal einen Anflug von Zweifel verspürte. »Wo waren Sie also?«
Sie starrte ihn an. »Ich denke, das wissen Sie.«
Das tat er nicht. Jetzt nicht mehr. »Eigentlich wäre es mir lieber, wenn Sie mir das sagen würden.«
»Na schön. Richard, setz dich. Ich hasse es, wenn du hinter mir stehst.«
Langdon war aschfahl geworden. »Adele, es ist doch nicht dein Ernst...«
»Setz dich, Richard«, fuhr sie ihn an, und Langdon nahm Platz.
Im stillen belustigt, wandte sich Matt seinem Notizbuch zu. »Ihre Tochter hat gesagt, daß Sie in jener Nacht gegen elf nicht im Zimmer waren.«
»Wann hat sie das gesagt?« wollte Adele mit argwöhnischer Miene wissen.

»Gestern, Mrs. Hoffman. Sie leugnet diese Aussage jetzt, aber sie hat es gesagt.« Er schaute auf. »Sie hat die Wahrheit gesagt, nicht wahr?«

Adele warf Richard einen Blick zu und nickte dann. »Ja.«

»Nun?«

»Ich war mit Richard zusammen.« Sie blickte ihm direkt in die Augen. »Wir waren in seiner Kabine.«

»Um Gottes willen, Adele«, stieß Richard hervor.

»Sei doch ehrlich, Richard! Mr. Devlin ist nicht dumm. Er weiß, daß zwischen uns etwas ist.« Sie blickte wieder zu Matt. »Oder?«

Matt nickte. »Ich habe es vermutet. Ich muß Ihnen sagen, Ma'am, daß es keine Zeugen dafür gibt.«

»Natürlich nicht, wir haben genau aufgepaßt, daß uns niemand sieht. Ich wollte mich von meinem Ehemann scheiden lassen, Mr. Devlin, aber ich wollte keinen Skandal.«

»Und du glaubst, das wird keinen Skandal hervorrufen?« fragte Richard, der die Hände vors Gesicht geschlagen hatte.

»Richard und ich sind seit einiger Zeit ein Liebespaar«, fuhr Adele fort und ignorierte ihn. »Es ist kein Geheimnis, daß meine Ehe unglücklich war. Aber wir waren sehr diskret.«

»Hm.« Matt machte sich ein paar flüchtige Notizen. Vielleicht log sie, aber das hielt er für ausgeschlossen. Ihre tonlose Stimme und der resignierte Blick in ihren Augen sprachen dagegen. Vermutlich hörte er nun endlich die Wahrheit. »War es Ihre Idee, Langdon mit auf diese Reise zu nehmen?«

»Gott bewahre, nein! Wir hatten die Reise schon längst geplant, da meine Tochter heiraten wird. Aber es war Ju-

lius' Idee, daß Richard mitfahren sollte. Nicht wahr, Richard?«
Richard schüttelte den Kopf. »Gott, ich glaube einfach nicht, daß du ihm das alles erzählst.«
»Welche Wahl habe ich denn noch? Ich werde lieber wegen Ehebruchs angeklagt als wegen Mordes. Nein, es war Julius' Idee«, wiederholte sie. »Ob er nun tatsächlich geplant hat, ein Londoner Büro zu eröffnen oder nicht ...«
»Das hat er.«
»Nun, wie dem auch sei, wir konnten uns nicht erklären, weshalb er Richard dabeihaben wollte. Er war durchaus in der Lage, dieses Geschäft allein abzuschließen. Wir haben es für eine mögliche Falle gehalten.«
»Wenn dem so ist, war es nicht sehr klug von Ihnen, sich zu treffen«, bemerkte Matt.
»Ja.« Adele wirkte gedankenverloren. »Ja, da haben Sie recht. Hätte Julius uns eine Falle stellen wollen, wäre ihm das spielend gelungen.« Sie schaute auf. »Ich gestehe, das wäre geradezu eine Erleichterung gewesen.«
»Adele!« rief Richard entsetzt.
»Wärst du denn nicht erleichtert gewesen?« fragte sie und schaute ihn zum ersten Mal an, seitdem sie begonnen hatte, das Geständnis abzulegen. »Das Versteckspielen wäre vorbei gewesen, all die Vorwände und Lügen.«
»Ja, aber doch nicht so.«
»Wir werden es wohl nie erfahren, oder?« Sie blickte zurück zu Matt. »So sieht es also aus. Wir waren zusammen, als Julius starb. Vielleicht können wir es nicht beweisen, aber es ist die Wahrheit.«
»Gott, Adele.« Richard griff in die Innentasche seiner Jakke. »Ich brauche eine Zigarette.«
»Nicht hier.« Sie bedachte ihn mit einem eisigen Blick. »Ich habe dich bereits neulich abends gebeten, draußen

zu rauchen.« Sie richtete ihre Aufmerksamkeit wieder auf Matt. »Wir haben Julius nicht getötet, Mr. Devlin.«
Matt erwiderte nichts. Er machte sich weiter Notizen. Was sollte er glauben? Adeles Worte klangen wahr, so daß sich seine eigenen Zweifel verstärkten. Doch selbst wenn das alles stimmte, hatte er immer noch dasselbe schwierige Problem wie am Anfang: Beweismittel. »Wer hat es dann getan?« fragte er schließlich und schaute auf.
»Ich glaube, es war McCabe«, sagte Richard unerwartet. Er sah immer noch mitgenommen aus, aber inzwischen war etwas Farbe in sein Gesicht zurückgekehrt.
»Warum sagen Sie das?«
Richard warf einen flüchtigen Blick Adele zu, die leicht das Gesicht verzog. »Dieser Mann«, sagte sie, »er ist fähig dazu. Es ist mir gleich, ob er ein Alibi hat.«
Matt runzelte die Stirn. McCabe kam ihm kaum wie ein typischer Mörder vor, obwohl er wußte, daß das Äußere täuschen konnte. »Dann kennen Sie ihn also.«
»Natürlich kennen wir ihn. Vielleicht haben wir Ihnen den Eindruck vermittelt, daß Julius wenig mit McCabe zu tun hatte. Die Wahrheit ist jedoch, daß sich die beiden sehr nahe standen.«
Matt schaute von seinem Notizbuch auf. Das war das erste Mal, daß er davon hörte. »Wirklich?«
»Ja. Julius hat nie mit mir über ihn gesprochen. Er wußte, daß ich sein Verhalten nicht billigen würde.«
»Julius hat mir einmal erzählt, daß er nach McCabe gesucht hat, sobald er von seiner Existenz erfahren hatte«, warf Richard ein. »Das muß vor ungefähr dreißig, fünfunddreißig Jahren gewesen sein. Er hat keine anderen Geschwister, deshalb wollte er den einzigen Bruder, den er hatte, kennenlernen. Auch wenn es nur der Halbbruder war.«

»Haben sie sich tatsächlich nahegestanden?« fragte Matt und schaute ihn gespannt an.
»Das würde ich sagen«, sagte Richard, nachdem er einen weiteren Blick mit Adele getauscht hatte. »Sie haben sich immer getroffen, wenn McCabe in New York war. Julius hat ihm übrigens diesen Job besorgt; manchmal kam er auch im Büro vorbei, weil er sein Geld bei uns angelegt hatte.«
»Das hast du mir nie erzählt«, sagte Adele überrascht.
»Firmeninterna, meine Liebe«, murmelte Richard.
»Wenn sie sich so nahe standen«, sagte Matt und ließ vorerst die finanziellen Aspekte beiseite, »hatten Sie je den Eindruck, daß McCabe seinen Bruder nicht leiden konnte?«
Wieder tauschten Adele und Richard Blicke. »Als er uns in unserem Haus besuchte«, erzählte sie, »und ich versichere Ihnen, das ist nur einmal passiert, schien er ehrfürchtig, aber nicht ärgerlich zu sein. Julius hat mir erzählt, daß McCabe glücklich mit seiner Stelle war, daß er das Meer liebte und nichts anderes wollte. Ich halte ihn nicht für besonders klug«, fügte sie hinzu.
»Wenn er doch nie mit Hoffman gestritten hat, warum verdächtigen Sie ihn dann?«
»Ich habe nicht gesagt, daß sie keinen Streit hatten«, erklärte Richard. »Wenige Tage vor unserer Abfahrt sind sie sich sogar ziemlich in die Haare geraten.«
»Das hast du mir auch nie erzählt«, sagte Adele vorwurfsvoll.
Matt lehnte sich vor. »Worum ging es?«
»Ich weiß es nicht. Sie waren in Julius' Büro, und die Tür war zu. Wir konnten natürlich das Geschrei hören, aber mehr auch nicht. Als McCabe herauskaum, hatte er ein rotes Gesicht, und er murmelte etwas davon, daß er sein Eigentum wiederhaben wolle.«

»Hoffman hat Ihnen nicht gesagt, was das zu bedeuten hatte?«
»Natürlich nicht!« Richard schien entsetzt. »Das sind Familienangelegenheiten, Sir. Ich hätte mir nicht erlaubt, danach zu fragen. Herr im Himmel. Hat McCabe Julius getötet?«
Matt zuckte die Achseln. »Wenn er es getan hat, warum wollte er dann Randall Snow umbringen?«
Richard erstarrte. »Das war doch ein Einbruch«, stotterte er. »Wegen seiner Brieftasche.«
»Ach wirklich?« Matt blickte nachdenklich. »Macht Ihnen der Tod von Snow so zu schaffen, Mr. Langdon?«
»Nein.« Richard hatte seine Fassung halbwegs wiedergewonnen, aber er war immer noch blaß. »Warum sollte er? Die Sache hat bestimmt nichts mit Julius zu tun.«
»Ich glaube, daß es eine Verbindung zwischen den beiden Morden gibt.« Matt setzte sich zurück und betrachtete Langdon, denn seine Neugier war geweckt. Irgend etwas stimmte hier nicht. »Hat Snow McCabe gekannt?«
Richard runzelte die Stirn. »Ich weiß es nicht. Snow könnte ihm möglicherweise im Büro begegnet sein ... Ja.« Er schaute auf. »Ich glaube, nein, ich bin mir fast sicher, daß Snow an einem Tag da war, als McCabe vorbeikam. Snow war ein neugieriger Typ – entschuldige, Adele – er hat es sich wahrscheinlich zur Aufgabe gemacht, das herauszufinden.«
»Snow hätte also McCabe auf diesem Schiff erkannt?«
»Wahrscheinlich.« Die Falte auf seiner Stirn vertiefte sich. »Spielt das eine Rolle?«
»Ich weiß es noch nicht.«
»Sie scheinen eine Menge nicht zu wissen.«
»Hm.« Matt blickte auf sein Notizbuch und ließ sich nicht reizen. McCabe hatte also möglicherweise ein Motiv für

beide Morde. Unglücklicherweise hatte er auch ein Alibi.
»Nur noch ein paar Fragen, Mr. Langdon«, sagte er und schaute auf.
»Sie verhaften uns doch nicht, oder?«
»Gütiger Himmel, Richard, zeig doch etwas Rückgrat«, fuhr ihn Adele an.
»Nein, Mr. Langdon. Ich verhafte Sie nicht. Noch nicht«, fügte er hinzu und ließ diese Worte für einen Augenblick im Raum stehen, den Eindruck erweckend, daß er vielleicht Beweise gegen sie hatte, die er auch geltend machen würde. Langdon war der Schwächere von ihnen. Wenn einer nachgeben würde, dann er. »Haben Sie das Geld der Firma unterschlagen?«
»Gütiger Gott, nein, das war Julius!« platzte Richard heraus.
»Richard!« stieß Adele hervor, die ganz blaß wurde.
»Es tut mir leid, Adele.« Langdon brach wieder der Schweiß aus. »Ich lasse mich nicht zu Unrecht beschuldigen. Und ich war es nicht. Das schwöre ich.« Er blickte Matt aufrichtig an. »Es fehlte Geld. Ich weiß nicht, woher Sie das wissen, aber es stimmt. Julius behauptete, er hätte einige schlechte Investitionen gemacht, aber ...«
»Konnte er das beweisen?« fragte Matt.
Richard rutschte unruhig auf seinem Stuhl hin und her. »Ja, er hatte Belege und unsere Abrechnungen, aber... Sie entwickeln ein bestimmtes Gefühl gegenüber Menschen, wenn Sie Ihr Geld anlegen, Mr. Devlin.« Richard richtete sich auf und war nun wieder Herr seiner Gefühle. »Sie lernen zu unterscheiden, wer von ihnen ehrlich ist, wer überhaupt keine Ahnung vom Aktienmarkt hat und wer betrügen würde, wenn es nicht herauskommen würde. Und ich sage Ihnen, irgend etwas stimmte nicht mit Julius. Ich kann es Ihnen nicht genau sagen, aber irgend etwas war da.«

»Warum sollte er Geld aus der eigenen Firma unterschlagen, Mr. Langdon?«
Langdon blickte ausdruckslos zu Adele. »Ich weiß es nicht. Du?«
»Nein«, sagte sie aufrichtig erstaunt. »Ich hatte überhaupt keine Ahnung von Julius' Geschäften. Selbst wenn ich gefragt hätte, hätte er mir nichts erzählt. Gütiger Himmel.«
»Snows Tod scheint Sie aus der Fassung zu bringen, Mr. Langdon«, sagte Matt. »Warum?«
»Aus der Fassung bringen, nein, warum sollte er? Nein, nein, ich bin überhaupt nicht durcheinander, außer wegen all dieser Ermittlungen.« Langdon erhob sich, und sein Gesicht war plötzlich dunkelrot. »Wir sind unschuldig, und dennoch schikanieren Sie uns wie gewöhnliche Verbrecher! Ich habe große Lust, mich bei Mr. Morgan über die Art und Weise zu beschweren, wie solche Angelegenheiten bei seiner Schiffahrtslinie behandelt werden!«
»Tun Sie das!« Matts Stimme klang freundlich, als er beobachtete, wie Langdon im Zimmer auf und ab ging. »Warum bringt Sie das so aus der Fassung?«
»Ich sage es Ihnen doch. Ich bin nicht durcheinander. Und jetzt«, Richard riß die Tür auf, »reicht es mir endgültig. Vielen Dank. Wenn Sie dann bitte gehen würden.«
Das war ein Befehl und keine Aufforderung. Matt schaute ihn sekundenlang an und stand dann auf, wobei er sein Notizbuch zuklappte. Im Augenblick würde er nicht mehr von ihnen erfahren, gleichgültig, mit wieviel Nachdruck er noch vorgehen würde. Aber er würde nicht aufgeben, erst recht nicht, nachdem er Langdons Reaktion auf die Anspielung, er habe Snow getötet, erlebt hatte. Sie war einfach zu heftig gewesen, geradezu unpassend, und nur

dadurch zu erklären, daß er mehr darüber wußte. Aber dazu später, überlegte sich Matt. Er würde Langdon schon allein zu fassen kriegen. Mit dem richtigen Druck und ohne Adele als Stütze an seiner Seite würde Langdons Widerstand bestimmt brechen. Zumindest hoffte Matt das. »Da ist noch eine Sache«, sagte er und wandte sich an Adele. »Entlassen Sie Padlock Homes.«

»Warum sollte ich?« fragte sie schnippisch und reckte ihr Kinn. »Er versucht wenigstens, herauszufinden, was passiert ist.«

»Er hat bereits einen Fehler begangen. Außerdem könnte er Dinge herausfinden, Mrs. Hoffman, die Ihnen unangenehm sind«, entgegnete Matt, ohne auf ihre Beleidigung einzugehen, und sah sie statt dessen eindringlich an. Mit Genugtuung stellte er fest, daß sie leicht erblaßte. »Können Sie sich darauf verlassen, daß er diskret ist?«

»Ich ... ich werde darüber nachdenken.«

»Tun Sie das.« Matt griff nach dem Türgriff. »In dieser Angelegenheit haben wir noch nicht das letzte Wort miteinander gesprochen.« Er wandte sich noch einmal um und warf ihnen einen ernsten und durchdringenden Blick zu. »Wenn wir in Southampton anlegen, ist dieser Fall noch lange nicht abgeschlossen.«

»Das sollte er aber besser«, sagte Langdon und schlug die Tür hinter Matt zu.

Draußen betrachtete Matt nachdenklich die Tür. Etwas stimmte hier nicht. Vielleicht waren Sie es ja doch, Langdon, dachte er und machte sich auf den Weg zum nächsten Verhör. Er war ganz nah dran und würde auf keinen Fall aufgeben. Matt würde den Mörder von Julius Hoffman finden. Dazu war er fest entschlossen. Er würde ihn finden.

Nur noch ein Tag auf See. Brooke blickte wieder aufs Meer hinaus und wandte sich seufzend ihrem Zeichenblock zu. Ihre Rolle bei den Ermittlungen, die anfangs nur klein gewesen war, hatte sich nun fast ganz erledigt. Sie hatte all die Gerüchte gehört und den Fall mit all ihren Bekannten besprochen, aber nichts erreicht. Mit Ausnahme von Julias Bemerkung und ihren eigenen, halbherzigen Verdächtigungen gegenüber Jack hatte sie nichts erfahren, was Matt hätte weiterhelfen können. Es war nur ein schwacher Trost, daß es Matt genauso erging. Aber wenigstens tat er etwas. Sie dagegen war sich selbst überlassen. Als sie Matt ermutigt hatte, den Fall zu übernehmen, hatte sie damit nicht gerechnet. Sie hätte nie gedacht, daß sie sich so außen vor fühlen würde. Partner? Von wegen.

»Dein Zeichnen hat sich verbessert!« ertönte eine Stimme hinter ihr.

»Oh, Jack.« Brooke warf ihm ein rasches und unsicheres Lächeln zu. Sie war erschrocken darüber, daß er genau in dem Augenblick erschienen war, als sie über ihn nachgedacht hatte. »Danke.« Sie beugte ihren Kopf wieder nach vorn und bemühte sich, das Gefühl, auf See zu sein, auf dem Papier einzufangen. Sie hatte noch weitere Zeichnungen angefertigt. Von Menschen, die, in Wolldecken eingewickelt, in Liegestühlen lagen, um sich vor dem kalten Nordatlantikwind zu schützen, oder von sportlichen jungen Menschen, die *Shuffleboard* spielten. An der Reling fiel ihr Blick auf eine einsame Spaziergängerin, die nachdenklich aufs Meer hinausstarrte. Gütiger Himmel, es war Julia Hoffman, bemerkte Brooke und hielt den Zeichenblock gesenkt.

»Habe ich dich irgendwie beleidigt, Brooke?« fragte Jack, als sich Brooke gerade Julia zuwenden wollte.

»Was? Nein, natürlich nicht.« Sie lächelte ihn geistesabwesend an und blickte wieder zu Julia hinüber. Julia wußte mehr, als sie zugeben wollte. Wenn Brooke mit ihr sprechen würde, könnte sie möglicherweise etwas in Erfahrung bringen, und sie würde sich nicht weiter so nutzlos vorkommen.

»Bist du wieder ganz allein?« fuhr Jack fort und lehnte sich gegen die Reling.

»Ja – nein. Wie kann ich mit all diesen Menschen um mich herum allein sein?«

»Und dein Ehemann?«

»Er führt seine Ermittlungen – oh, verflucht!«

»Was?«

»Nichts«, sagte sie stirnrunzelnd. Julia hatte die Reling verlassen und war verschwunden, während Brooke ein paar Worte mit Jack gewechselt hatte.

»Was ist los, Brooke?«

»Nichts, Jack, wenn du mich bitte entschuldigen würdest ...«

»Du weichst mir aus, Brooke.« Mit erstaunlich festem Griff umfaßte er ihren Ellbogen und ging weiter, wobei er sie fast hinter sich herzerrte. »Ich weiß nicht, warum.«

»Das ist doch albern, Jack«, stammelte sie und überlegte, wie sie sich von ihm befreien könnte. Jack hatte sich plötzlich in einen finster blickenden Fremden verwandelt, in dessen Gegenwart sie sich unwohl fühlte. »Ich bin damit beschäftigt, Matt zu helfen.«

»Und – hast du etwas herausgefunden?«

»Nein.«

»Damit habe ich auch nicht gerechnet.« Sein Griff lokkerte sich, und Brooke machte sich von ihm los. »Nein, geh nicht. Es sei denn, dir ist meine Anwesenheit zuwider.«

»Jack.« Sie strich sich eine Haarsträhne aus dem Gesicht. Wie hielt Matt das bloß aus, schoß es ihr plötzlich durch den Kopf. Wie kam er damit klar, ständig Leute zu verdächtigen und sich Gedanken über ihre verborgenen Motive und Ursachen zu machen? Aber Matt hatte auch niemals, soweit sie es wußte, einen guten Freund des Mordes verdächtigt. »Es tut mir leid. Aber diese ganze Sache hat mich völlig durcheinandergebracht.«

»Das kann ich mir vorstellen. Insbesondere, da dein Ehemann überhaupt nicht mehr zu sehen ist.«

»Er hat zu tun.« Brooke schlenderte hinüber zur Reling. Jack konnte trotz seines lässigen Eindrucks sehr hartnäkkig sein. Sie würde ihn nicht loswerden, bevor er eine Antwort hatte. »Wie gut hast du Mr. Snow gekannt?«

»Randall Snow?« Jack klang etwas erstaunt. »Ganz gut, nehme ich an. Ich hab' ihn in der Stadt gesehen. Da trifft man ihn für gewöhnlich.«

»Er hat Mr. Hoffman für den Verlust seines Geldes verantwortlich gemacht.«

»Seine Sorte tut das für gewöhnlich.«

»Welche Sorte?«

»Die Sorte, die sich als Mittelpunkt der Welt betrachtet. Geht etwas schief, haben immer die anderen Schuld. Ich empfinde kein Mitleid für sie.« Seine Stimme klang bitter. »Ich empfinde wenig Mitgefühl für Snow.«

»Aber er ist getötet worden ...«

»Er hat sich seinen Lebensunterhalt damit verdient, andere Leute zu betrügen. Wie auch Hoffman. Wenn du mich fragst, hat Snow verdient, was er bekommen hat.«

»Jack!«

»Seinen Mörder hat er auch betrogen, oder?«

»Ich weiß es nicht.« Sie blickte ihn entgeistert an. »Ich habe dich noch nie so erlebt, Jack.«

»Nein?« Er neigte den Kopf zur Seite und zog eine Grimasse. »Vermutlich nicht. Es tut mir leid. Ich bin nicht besonders gut gelaunt.« Er blieb stehen und schaute hinaus aufs Meer. »Ich empfinde sehr viel für dich, Brooke.«

»Jack ...«

»Das weißt du doch, oder?«

Brooke holte zitternd Atem. Das hatte sie als letztes erwartet. »Ich weiß nicht, was ich sagen soll.«

»Du brauchst nichts zu sagen.« Sie gingen weiter. »Ich wollte nur, daß du es weißt.«

»Ich – danke«, sagte sie und fühlte sich völlig elend. Sie mochte Jack, aber auf eine andere Art. Nicht so, wie sie Matt mochte. Es machte die Sache nur noch schlimmer. »Ich muß gehen. Matt wird bestimmt zum Mittagessen zurück sein ...«

»Brooke.« Er legte ihr die Hand auf den Arm, und sie blieb stehen. »Wirst du ihm sagen, worüber wir gesprochen haben?«

Wie gebannt starrte sie auf seine Hand. »Ich weiß nicht.«

»Es ist auch nicht nötig.« Seine Stimme klang sanft. »Er weiß es bereits.«

Brooke hielt den Atem an. »Daß du so über Snow denkst?«

»Snow? Was hat er damit zu tun? Nein. Du und ich, Brooke. Er vermutet es, wenn er es nicht schon längst weiß.«

»Es gibt nichts, was er wissen müßte. Außerdem«, und ihre Worte klangen gepreßt, »macht er sich momentan mehr Gedanken über die Mordfälle.«

»Das bezweifle ich. Und was den Mörder von Hoffman und Snow angeht – es ist mir gleich, ob er je gefaßt wird.«

Er blickte auf sie hinunter und durchbohrte sie mit seinem Blick. »Verstehst du?«
Brooke schluckte. Denn sie war sich jetzt plötzlich sehr sicher, daß sie ihn verstand. »Ich muß gehen«, flüsterte sie und floh.

Also, dachte Matt, als er über das Promenadendeck zum vorderen Teil des Schiffes lief und auf den Bereich zusteuerte, der für die Passagiere der zweiten Klasse reserviert war, McCabe war so oft in Hoffmans Büro gewesen, daß Langdon ihn kannte. Vielleicht auch oft genug, daß Snow ihm begegnet war? Vermutlich. Es war an der Zeit, daß er einige Auskünfte von Edward McCabe erhielt. Und zwar nicht nur über Hoffman, sondern auch über Snow und Langdon. Hinzu kam, daß McCabes eigenes Verhalten verdächtig war und er ein Motiv hatte, sich den Tod des Bruders zu wünschen. Außerdem konnten Alibis auch fingiert sein.
»Mr. Devlin«, rief eine Stimme, als Matt die Tür öffnete, um zu den Kabinen der zweiten Klasse hinunterzugehen, wo er McCabe finden würde.
»Haben Sie einen Moment Zeit für mich?«
Matt schaute hinter der Tür hervor. Ein jüngerer Mann in einem braunen Tweedanzug näherte sich ihm. Es war nicht gerade der eleganteste Schnitt oder das beste Material, bemerkte Matt und runzelte die Stirn. Aber was spielte das eigentlich für eine Rolle? »Ja, Mr. Turner, was gibt es?«
»Bitte nicht so laut!« Er blickte sich unsicher um. »Ich war mir nicht sicher, ob Sie sich noch an mich erinnern würden.«

»Sie haben Mr. Snows Leiche entdeckt«, sagte Matt.
»Ja.« Unaufhörlich drehte Turner seinen Hut in den Händen. »Haben Sie ihn schon gefunden?«
»Wen?«
»Snows Mörder?«
»Wir stehen kurz davor.« Matt öffnete die Tür. »Wenn Sie mich jetzt bitte entschuldigen würden.«
»Könnte ich kurz mit Ihnen sprechen?« Turner folgte ihm zur Treppe. »Bitte!«
Matt blickte auf die Stufen und brannte darauf weiterzugehen. »Worüber?«
»Ich ...« Turner blickte sich um und fuhr sich über die Lippen. »Nicht hier. Es könnte jemand mithören.«
»Was mithören, Mr. Turner?«
»Der Mörder.« Turner beugte sich vor und sprach jetzt im Flüsterton. »Ich glaube, er ist hinter mir her.«
Matts erster Impuls war, das mit einem Achselzucken abzutun, aber ein Blick in Turners Gesicht hielt ihn davon ab. Der Mann war bleich und schwitzte, obwohl es ein kühler Tag war. »Warum glauben Sie das?«
»Ich, ähem ...« Turner spähte die Treppe hinunter und überprüfte, daß sie auch bestimmt allein waren. Dann griff er in die Tasche. »Ich habe das hier heute morgen gefunden.«
Matt schaute darauf und versuchte ruhig zu bleiben. In Turners Hand lag ein Silberdollar, die Kopfseite war abgenutzt, aber dennoch lesbar. Er sah aus wie jeder andere Silberdollar, außer daß die Spitze durchbohrt war. Matt erkannte ihn sofort. Es war Snows Glücksbringer.

# KAPITEL 13

Woher haben Sie das?« fragte Matt scharf.

»Ich, äh, das ist ja das Problem. Es lag in meiner Kommodenschublade.«

Turner beugte sich vor. »Mr. Devlin, der Mörder ist hinter mir her.«

»Sie wissen, daß Snow diese Münze in seiner Brieftasche aufbewahrte?«

»Ja. Ich habe sie oft genug gesehen. Er hat immer damit gespielt, um seine Finger in Form zu halten.«

»Und seine Brieftasche wird immer noch vermißt, Mr. Turner.«

»Ich habe sie nicht genommen, Sir!«

»Nein?« Matt schaute ihn durchdringend an und schüttelte dann den Kopf. War Turner nun ein weiterer Verdächtiger geworden? »Nein, ich glaube nicht, daß Sie es getan haben, Mr. Turner.« Außerdem hielt er Turner nicht für das nächste Opfer des Mörders. Es sei denn, er wußte etwas, was er ihm verschwiegen hatte.

»Wann haben Sie die Münze gefunden?«

»Heute morgen, Sir. Ich sage Ihnen, ich war wirklich entsetzt.«

»Hm. In Ordnung, Mr. Turner. Können wir uns irgendwo ungestört unterhalten?«

»Ja.« Turner nahm ein Taschentuch heraus und fuhr sich über die Stirn. »In meiner Kabine. Ich habe natürlich das Zimmer gewechselt«, sagte er und führte Matt die Treppe hinunter. Seine Stimme hallte von den Wänden wider. »Nach dem, was dort vorgefallen war, konnte ich nicht mehr in dem Zimmer bleiben, selbst wenn sie es mir gestattet hätten. Jetzt teile ich mir die Kabine mit jemand anderem. Das paßt dem zwar nicht, und daher ist er auch nicht besonders freundlich, aber die Unterkunft ist besser als die andere. Hier entlang. Ich wohne in diesem Gang.«

»Ist er nicht da?« fragte Matt, als Turner einen Schlüssel aus der Tasche holte und die Tür aufschloß, nachdem er sich mehrmals verstohlen umgesehen hatte.

»Er ist auf Deck, und bald ist es auch Zeit zum Mittagessen.« Matt folgte ihm in die enge Kabine. Zwei Männer konnten hier schlafen, aber es war ziemlich eng, und das einzige Bullauge bot wenig Licht und kaum Lüftung. »Was wollten Sie mir sagen?«

Turner steckte den Kopf aus der Tür und schaute auf beiden Seiten den Gang hinunter, bevor er zurückkam und einen Riegel vor die Tür schob. »So. Ich denke, jetzt sind wir allein.« Er fuhr sich über die Stirn. »Ich sage Ihnen, Sir, die ganze Geschichte ist äußerst nervenaufreibend. Äußerst.«

»Ja.« Matt holte sein Notizbuch hervor. »Wie gut kannten Sie Randall Snow?«

»Eigentlich kaum.« Turner setzte sich auf den Rand der Koje. »Und ich habe Ihnen schon alles gesagt, was ich über ihn weiß.«

»Vor dieser Reise haben Sie ihn nicht gekannt? Aus New York?«

»Nein, warum sollte ich? Ich komme aus New Jersey. Wo sollte ich denn einem Spieler begegnen?«

»Hm.« Matt blätterte in seinem Notizbuch. »Warum glauben Sie dann, daß Sie in Gefahr sind, Mr. Turner?«

»Ich weiß es nicht!« platzte er heraus. »Ich kenne Snow nicht. Wir haben uns lediglich eine Kabine geteilt und kaum miteinander gesprochen. Als wir ...«

»Was?« hakte Matt nach, als Turner mitten im Satz abbrach.

»Wir haben nur über Allgemeinplätze gesprochen. Übers Wetter und so weiter.«

»Das wollten Sie doch gar nicht sagen, oder?« bemerkte er und folgte seinem Instinkt. »Snow hat Ihnen etwas gesagt, ist es nicht so?«

»Nein! Zumindest nichts, was ich für wichtig gehalten habe.«

»Mr. Turner.« Matt zügelte seine Ungeduld. »Sie haben mich um Hilfe gebeten. Wie soll ich Ihnen Ihrer Meinung nach helfen, wenn Sie meine Fragen nicht beantworten?«

»Ich – ich habe Angst«, stieß er hervor. »Wenn sie herausfinden, daß ich Ihnen gesagt habe ...«

»Sie?«

»Der Mörder. Wenn er herausfindet ...«

»Daß Sie mir was erzählt haben? Sie rücken am besten mit der Wahrheit raus.« Matt baute sich vor ihm auf. »Sollten Sie das nicht tun, lasse ich Sie in die Arrestzelle stecken. O ja, Mr. Turner, dafür kann ich sorgen«, fuhr er fort, als der andere Mann zurückschreckte. Das waren harte Methoden, aber er war es leid, daß die Leute ihm immer auswichen. »Das ist keine angenehme Erfahrung. Und was werden ›sie‹ dann denken? Sie werden vermuten, daß Sie geredet haben.« Er schüttelte den Kopf. »Ich möchte nicht in Ihren Schuhen stecken.«

»Aber ich weiß doch gar nichts! Nichts, was wirklich wichtig wäre.« Turner fuhr sich mit der Zunge über die Lippen. »Snow hat nur ein paar Dinge gesagt. Sie würden mich doch deswegen nicht in die Arrestzelle stecken, oder?«

»Reizen Sie mich nicht, Mr. Turner«, sagte Matt mit bedrohlich leiser Stimme. »Was hat Ihnen Mr. Snow gesagt?«

»Ich ...« Turner blickte unruhig hin und her. »Kann ich Ihnen vertrauen?«

»So wie jedem anderen auch.«

»Ich – na gut.« Seine Schultern sackten zusammen. »Aber Sie werden mich beschützen?«

»Ja, Mr. Turner. Was hat Ihnen Snow gesagt?«

»Eigentlich gar nichts. Könnten Sie bitte einen Schritt zurückgehen? Sie machen mich nervös, wenn Sie dort stehen. Gott«, sagte er und fuhr sich über die Stirn, als Matt einen Schritt zurücktrat, »das kann doch alles gar nicht wahr sein. Das sollte doch eine ruhige Geschäftsreise werden ...«

»Was hat Snow gesagt?«

»Nichts. Nein, ich meine, er hat etwas gesagt, aber es waren nicht seine Worte, sondern vielmehr sein Blick.«

»Und was besagte sein Blick?«

Turner runzelte die Stirn. »Er schien obenauf zu sein. So als ob er sein Glück gemacht hätte. Er saß in seiner Koje und übte mit den Karten. Das hat er die ganze Zeit getan

und immer wieder versucht, mich zum Spielen zu animieren, aber ich bin kein Narr.«
»So?«
»Daher sagte ich ihm, daß es wohl kaum der richtige Weg sei, sich so seinen Lebensunterhalt zu verdienen.« Turner fuhr sich wieder mit der Zunge über die Lippen. »Daraufhin sagte er, daß er es nie wieder tun müßte, also sich durch Spielen sein Geld zu verdienen. Er hätte Aussicht auf etwas Neues und damit fürs Leben ausgesorgt.«
»Wann war das?«
»In der Nacht, als er starb.«
Matts Interesse wuchs. »Was hat er damit genau gemeint?«
»Das hat er mir nicht gesagt. Aber nachdem er getötet wurde, habe ich mir überlegt, daß er vielleicht etwas über den Mörder gewußt hat.« Er zitterte. »Vielleicht war das der Grund, warum er getötet wurde.«
»Hm. Hat er noch etwas gesagt?«
»Nein – doch!« Turner schaute auf. »Jetzt, wo Sie fragen, da war noch etwas. Ich weiß nicht, ob ich mich genau erinnern kann.« Er runzelte die Stirn. »Er sagte, daß er etwas wüßte, daß – warten Sie mal, ich möchte mich an seinen genauen Wortlaut erinnern. Ja. Er sagte, er wüßte etwas, das das ganze Schiff auf den Kopf stellen würde. Dann brach er ab, und ich konnte nichts mehr aus ihm herausbringen. Ich dachte, er würde einfach Dinge erfinden.«
»Das mag wohl so gewesen sein.« Matt tat so, als ob er sich Turners Worte aufschrieb. Snow hatte etwas gewußt, dessen war er sich ganz sicher. Er hatte es Matt gegenüber angedeutet, offensichtlich vor Turner auch. Nicht sehr klug von einem Falschspieler, sich so in die Karten gucken zu lassen. »Er hat Ihnen keinen Hinweis darauf gegeben, was er wußte?«

»Nein. Nur, daß es etwas war, was niemand erfahren sollte und wodurch er dann ausgesorgt haben würde. Doch geglaubt habe ich ihm das nicht.«
»Ist Ihnen irgend jemand aufgefallen, mit dem Snow gesprochen hat? Irgend jemand, den er zu kennen schien?«
»Das habe ich Ihnen doch schon alles gesagt«, entgegnete Turner müde.
»Ja, ich weiß, Mr. Turner, aber sagen Sie es mir bitte noch einmal. Vielleicht haben Sie jemanden vergessen. Nein, nicht absichtlich«, sagte er und hob die Hand, um Turners Widerspruch zuvorzukommen, »aber wegen des Schocks.«
»Ich – ich verstehe.« Turner setzte sich nachdenklich zurück. »Ehrlich, Mr. Devlin. Ich kann mich an niemand Besonderen erinnern. Er hat nicht viel Zeit in der zweiten Klasse verbracht. Niemand hier war ihm gut genug.«
Matt nickte. Das hatte er nicht anders erwartet. »Und hat ihn niemand in seiner Kabine aufgesucht?«
»Einer der Männer, mit denen er Karten gespielt hat, ein junger Mann, aber das habe ich bereits Mr. Smith erzählt. Das war's. Dann hat er natürlich mit mir gesprochen und dem Steward.«
»Über irgend etwas Besonderes?« fragte Matt geistesabwesend, während er stirnrunzelnd auf seine Notizen blickte.
»Nein. Nur das übliche. Das Wetter und die Speisekarte. Ach, einmal hat er etwas über Investitionen gesagt.«
Diese Bemerkung machte Matt stutzig. »Zu Ihnen?«
»Nein. Zu dem Steward.«
Matt saß bewegungslos da. Turner war aufgeregt und hatte viel Phantasie. Er war die Sorte Zeuge, die man leicht beeinflussen konnte. Das war das letzte, was er wollte. »Wer war der Steward?«

»Sie kennen ihn.« Turner zog die Augenbraue hoch. »Mr. McCabe.«
»Was hat Snow ihm zum Thema Investitionen gesagt?«
»Ich weiß es nicht mehr genau.« Die Furche auf der Stirn vertiefte sich. »Ich hab' nur gedacht, daß das doch ein merkwürdiges Thema für ein Gespräch mit einem Steward ist. Nicht, daß Mr. McCabe geantwortet hätte – er sagte, er wüßte nichts darüber. Und dann passierte wirklich etwas Seltsames: Snow lachte.«
»Hm.« Eigentlich nicht wirklich seltsam, wenn man berücksichtigte, wer McCabe war. Snow war der Typ, der gerne jemanden aufzog, der sich nicht wehren konnte. »War er freundlich zu McCabe?«
»Meinen Sie, ob er ihn gekannt hat?«
Matt schaute auf. Das hatte er nicht gemeint, aber wenn Turner etwas aufgefallen war, konnte es sich vielleicht lohnen, mehr darüber zu erfahren. »Wie kommen Sie darauf?«
»Ich weiß es nicht. Es lag an der Art, wie er seinen Namen aussprach. ›McCabe.‹ So, als ob er ihn kannte oder – Mr. Devlin!« Turner richtete sich kerzengerade auf. »Könnte er der Mörder sein?«
»Das bezweifle ich.« Doch Matt hatte nun eine Menge Fragen an McCabe, wenn er ihn zu fassen bekäme. »Er hatte beide Male ein Alibi. Er hat es nicht getan.« Matt schlug sein Notizbuch zu. Er hatte genug von Mr. Turner und seiner Interpretation von Snows Worten. Turner war möglicherweise fähig, sich und anderen etwas einzureden, was nur in seiner Vorstellung passiert war. Und doch schien es, als ob Snow McCabe gekannt hatte, wie ihr Gespräch über Investitionen bezeugte. Wirklich seltsam, so etwas mit einem Steward zu besprechen, und McCabe hatte diesbezüglich gelogen. Was Snow betraf, war er nicht sehr mitteilsam gewesen.

»Warten Sie!« Turners Stimme klang schrill. »Sie haben versprochen, mich zu beschützen.«
»Ja, Mr. Turner. Ich sorge dafür.«
»Vielen Dank.« Mr. Turner rieb sich über die Stirn. »Ich brauche eine Zigarette«, murmelte er und drehte sich um, als Matt die Tür öffnete und hinausging.
Eine Zigarette. Das hörte sich gut an, dachte Matt und schlenderte den Gang entlang zur Treppe. Komisch, daß man unter Streß das Bedürfnis nach einer Zigarette hatte. Langdon hatte auch davon gesprochen ...
Gütiger Gott. Matt blieb stehen, seine Hand lag auf dem Griff der Tür, die zur Treppe führte. Langdon. Er hatte erwähnt, daß er eine rauchen wollte, und Adele hatte ihn zurechtgewiesen, daß sie ihm erst neulich nachts schon einmal gesagt habe, er möge nach draußen gehen. In welcher Nacht? Seit Hoffmans Tod wurden die beiden ständig überwacht, und wenn sie abends zusammengewesen wären, dann hätte er es erfahren. Adele konnte Langdon das nur in der Nacht von Hoffmans Tod gesagt haben.
Gütiger Gott, durchfuhr es Matt erneut. Zum Zeitpunkt von Hoffmans Tod war Langdon ganz allein auf Deck gewesen.
Ganz aufgebracht, riß Matt nun die Tür auf und rannte die Stufen hinauf, ohne darauf zu achten, wie sie durch den Seegang hin und her schwankten. Jetzt hatte er alle Fakten beisammen, alle Einzelteile, die er brauchte, um jemanden zu überführen. Hoffmans Brief. Die Beziehung zwischen Adele und Langdon. Das fehlende Geld aus der Firma. Es paßte alles zusammen und deutete auf Langdon hin. Er mußte ihn jetzt nur noch damit konfrontieren, und ohne Adeles Anwesenheit würde er zusammenbrechen. Langdon war der Schwächere von beiden, er würde leichter nachgeben, besonders, nachdem ihm der

Ausrutscher mit der Zigarette passiert war. Und was Adele betraf – vielleicht konnte er Brooke bitten, mit ihr zu sprechen, und sie zu dem Geständnis bewegen, daß Langdon nicht, wie behauptet, die ganze Zeit mit ihr zusammen war. Gütiger Gott. Er hatte den Fall gelöst.
Als Matt um die Ecke des Deckhauses bog, erblickte er Brooke vor der Tür ihrer Suite. »Brooke«, rief er und winkte ihr zu. »Ich habe gerade nach dir Ausschau gehalten.«
»Wirklich?« Brooke wandte sich zu ihm um, aber zum ersten Mal war sie nicht besonders erpicht darauf, seine Neuigkeiten zu erfahren. Er hatte den ganzen Morgen ermittelt, während sie – nun, sie war mehr als unnütz gewesen. Sie hatte in dem Fall nichts erreicht, schlimmer noch, sie hatte wahrscheinlich sogar noch einen möglichen Verdächtigen gewarnt. »Matt, ich wollte dich fragen ...«
»Es ist Langdon«, sagte er im selben Moment mit leiser Stimme, als er sie erreicht hatte. »Es ist Langdon, bei Gott, aber ich kann ihm nichts nachweisen.« Er schlug vor Enttäuschung gegen den Türrahmen, als sie die Suite betraten. »Ich kann ihn nur kriegen, wenn entweder er oder Adele ein Geständnis ablegt.«
Brooke saß auf dem Sofa und schloß die Augen. Sie fühlte eine Mischung aus Erleichterung und Besorgnis. Wenn Langdon die Morde tatsächlich begangen hatte, dann waren ihre Bedenken Jack gegenüber unbegründet. Aber wenn nicht? »Glaubst du, daß sie das tun werden?«
»Langdon vielleicht, wenn ich ihn allein erwische. Adele ist eine andere Geschichte. Es sei denn, du sprichst mit ihr.«
»Aha. Dann soll ich dir also wirklich helfen?«
Matt zog ein mißbilligendes Gesicht, da diese Bemerkung

seiner Euphorie einen Dämpfer versetzte. »Natürlich sollst du das.«

»Dann solltest du mir am besten erzählen, was passiert ist.«

Darum mußte Matt nicht zweimal gebeten werden und begann mit einem Vortrag über die morgendlichen Ereignisse, den er mit seiner Schlußfolgerung beendete. »Es paßt alles zusammen«, sagte er, als er geendet hatte. »Motiv, Gelegenheit, Mittel – es ist alles da.«

Brooke schürzte die Lippen. »Gewiß.«

Matt wandte sich um. »Du klingst nicht sehr überzeugt.«

»Es paßt alles zusammen, Matt, und irgendwie doch nicht.«

»Warum nicht?«

»Es klingt alles einfach zu glatt.« Brooke strich sich die Haare aus dem Gesicht. »Meinst du nicht auch? Alles, was wir über Adele und Langdon herausgefunden haben, und dann dieser Brief im Safe. Das stört mich einfach.«

Er wandte sich um und sah sie an. »Warum?«

»Ich kann es nicht begründen, Matt, es ist einfach so.« Sie runzelte die Stirn. »Wenn Mr. Hoffman sie in Verdacht hatte, warum reiste er dann mit ihnen auf demselben Schiff?«

Matt dachte darüber nach. »Ein guter Einwand. Adele selbst hat zugegeben, er hätte das Geschäft in London allein abwickeln und Langdon zu Hause lassen können, um das New Yorker Büro zu leiten.«

»Ja, und warum bringt er seine Frau in solch eine Situation? Es sei denn«, sie legte die Stirn in tiefe Falten, »er hat genau das gewollt.«

»Aber warum?«

»Es scheint ungeheuerlich, aber ... Matt, was, wenn er

Adele mit Langdon ertappen wollte? Dann hätte er einen Scheidungsgrund gehabt.«

»Dann hat er ihr also eine Falle gestellt«, murmelte Matt.

»Bitte?«

»Er hat sie in eine Lage gebracht, in der sie sich verraten würde. Das ist durchaus möglich.«

»Zur fraglichen Zeit hat sie aber niemand auf Deck gesehen. Deine Lösung basiert nur auf Indizien und Vermutungen.«

»Das weiß ich, verdammt noch mal. Aber sie haben es getan, Brooke. Ich bin mir sicher.«

»Warum haben sie dann Mr. Snow getötet?«

»Er hat irgend etwas gewußt. Verflucht, Brooke, warum streitest du mit mir darüber? Du weißt doch auch, daß das die Antwort ist.«

»Nein, das weiß ich nicht, Matt. Ich gebe zu, daß alles einen Sinn ergibt, aber es gibt ein paar Aspekte, die du nicht berücksichtigst.«

»Zum Beispiel?«

Sie hob die Hand und zählte die Punkte einzeln auf. »Mr. Hoffmans Brieftasche wurde in Mr. Tates Zimmer gefunden; Mr. Smiths Motiv und sein fragliches Alibi. Du hast mir selbst davon erzählt«, fügte sie hinzu, als er mißbilligend blickte. »Und Jack ...«

»Was ist mit Jack?« unterbrach er sie mit verdächtigt ruhiger Stimme.

»Ich habe heute mit ihm gesprochen.«

»Ach wirklich?«

»Ja, und warum nicht? Du warst ja nicht da.«

»Ich hatte zu tun! Zum Teufel, Brooke.« Mit zusammengeballten Händen starrte er sie an. »Du wolltest doch, daß ich den Fall übernehme.«

»Und ich wollte dir helfen!«
»Das tust du doch.«
»Wie denn? Indem ich mir den Klatsch anhöre? Und wenn ich dann wirklich versuche, dir zu helfen, hörst du mir noch nicht einmal zu.«
»Verflucht«, sagte er leise. »Ich wollte diese Überfahrt doch überhaupt nicht machen.«
»Du hast dich aber dafür entschieden, Matt.«
»Nein. Diese Entscheidung hast du getroffen. Du und deine Tante.«
»Und du hast zugestimmt. Du wußtest, daß du dafür einiges auf dich nehmen müßtest. Ich rede nicht von Mord, sondern vom Umgang mit meinen Freunden und einem bestimmten Verhalten ...«
»Gehört dazu etwa auch, zuzusehen, wie sich meine Frau mit einem anderen trifft? Wenn ja, dann ist mir das neu!« gab er bissig zurück.
»Du meine Güte, was redest du da?«
»Wie, glaubst du, fühle ich mich wohl, wenn ich einem Fall nachgehe, den ich nie bearbeiten wollte, und du die ganze Zeit mit Everett verbringst?«
»Das ist doch lächerlich!«
»Ach wirklich?«
»Ja, und das weißt du auch.«
»Ich habe dich oft genug mit ihm gesehen.«
»Er nimmt mich wenigstens ernst«, versetzte sie.
»Was soll denn das heißen?« fragte Matt, und seine Stimme klang plötzlich bedrückend ernst.
»Ich meine, ich äußere meine Meinung, und du tust sie einfach ab. Das habe ich nicht verdient. Ich habe geglaubt, wir wären gleichwertige Partner in diesem Fall, Matt.«
»Wir werden niemals gleichwertige Partner sein«, fuhr er

sie an und verstummte schlagartig, als er Brookes entsetzten Blick sah. Er schaute nicht minder entsetzt. »Brooke, das habe ich nicht so gemeint ...«

»Ich habe dich schon verstanden.« Sie drehte ihm den Rücken zu und kämpfte gegen die aufsteigenden Tränen, die sie zu ersticken drohten. Es gab früher schon mal Zank, sogar Streit, aber das hier war schlimmer. Seine Worte trafen sie tief und trieben einen Keil in ihre Ehe.

»Eine Frau sollte ihren Platz kennen, nicht wahr?«

»Verflucht, Brooke.« Er kam auf sie zu. »So habe ich das wirklich nicht gemeint.«

»Wirklich?« Sie drehte sich wieder zu ihm um. Nachdem sie ihre Tränen unterdrückt hatte, war auch ihre Wut wie weggeblasen. Statt dessen fühlte sie eine tiefe Resignation. »Es ist wohl nicht schlimm, wenn ich ein bißchen Detektiv spiele, nicht wahr? Aber wenn es dann ernst wird und ich die Arbeit wirklich mit dir teilen soll und den Ruhm ...«

»Der Ruhm interessiert mich nicht.«

»Mich auch nicht! Ich möchte lediglich respektiert werden, Matt. Wie ein gleichwertiger Partner behandelt werden.« Sie schwieg. »Wenn ich ein Mann wäre, wäre ich ein genauso guter Polizist wie du.«

»Aber du bist kein Mann«, sagte Matt fast sanft, und sie wirbelte herum.

»Ich habe geglaubt, daß du anders bist«, sagte sie mit gedämpfter Stimme. »Ich habe gedacht ... ach egal, was ich angenommen habe, es stimmt ja offensichtlich nicht.«

»Brooke, ich habe dich nicht geheiratet, um so etwas wie einen Partner bei der Aufklärung von Verbrechen zu bekommen.«

Sie antwortete nicht sofort. »Aber bei einem Mordfall sind

die Flitterwochen eben zweitrangig, oder? Offensichtlich gibt es Dinge, die dir immer wichtiger sind.«

»Du wolltest doch, daß ich diesen Fall übernehme, Brooke.«

»Ich weiß.« Ich wollte diesen Fall für mich! dachte sie. »Ich bin nicht hungrig, Matt. Ich werde nicht zum Mittagessen gehen.«

»Verflucht, Brooke. Was willst du eigentlich von mir?«

»Geh essen, Matt«, sagte sie und machte leise und bestimmt die Schlafzimmertür hinter sich zu und sperrte Matt damit aus. Jetzt wollte sie ihn weder sehen noch mit ihm reden. Ihre Ehe hatte einen Knacks bekommen, und ihr grundlegender Mangel war zum Vorschein gekommen. Wer weiß, ob sie sich je davon erholen würde.

Matt starrte für einen Augenblick auf die verschlossene Schlafzimmertür, dann drehte er sich auf dem Absatz um und knallte die Tür hinter sich zu. Bitte. Wenn Sie schmollen wollte, dann nur zu. Er mußte einen Mordfall aufklären, und das würde er auch ohne ihre Hilfe tun. Was zum Teufel hatte sie überhaupt erwartet, fragte er sich aufgebracht und schritt über Deck, wobei er die Grüße von Bekannten gar nicht wahrnahm und so manche Leute regelrecht verschreckte, ohne es zu bemerken. Daß die Heirat mit ihm sie automatisch zu seinem Partner oder zu einem Polizisten machte? Zur Hölle, nein. Sie besaß ein Gespür für Ermittlungen, das räumte er ihr ein. Ohne sie hätte er nicht annähernd so viele Informationen beisammen, um den Fall zu lösen. Aber wenn sie glaubte, das allein würde sie zu seinem gleichberechtigten Partner machen, hatte sie sich getäuscht. Vielleicht zu seiner Ehepartnerin, obwohl er natürlich immer Herr im Haus gewesen war, niemals aber bei der Aufklärung von Verbrechen. Dieser Bereich gehörte ihm allein.

Soweit der Quatsch zum Thema Gleichberechtigung. Matt steuerte abrupt auf die Reling zu und trat dabei einem älteren Gentleman in den Weg, der vor Schreck zusammenzuckte. Aber Matt bemerkte ihn gar nicht. Er hatte keine Ahnung, wo Brooke diese Idee her hatte; er öffnete sein Zigarettenetui und zündete sich eine Zigarette an. Männer und Frauen waren nicht gleich. Das waren sie noch nie und würden sie auch nie sein. Er und Brooke waren es mit Sicherheit nicht.
Er trat unbehaglich von einem Fuß auf den anderen und zog an seiner Zigarette. Nein, sie waren nicht gleichberechtigt, obwohl Brooke diesem Status näher kam als jede andere Frau, die er zuvor gekannt hatte. Sie hatte recht. Wenn sie als Junge auf die Welt gekommen wäre, wäre sie ein Polizist geworden, aber so war es nun einmal nicht. Und er war froh darüber. Der Himmel wußte, daß er sie viel fairer behandelte, als sein Vater je mit seiner Mutter umgegangen war. Nie schienen sie miteinander zu reden, und er konnte sich nicht daran erinnern, daß Vater Mutter jemals Einzelheiten über seine Fälle erzählt hatte. Niemals. Brooke konnte froh sein, daß er nicht genau wie sein Vater war. Er sprach schließlich mit ihr. Wenn er nicht über seine Arbeit redete, dann lag das vielleicht daran, daß er sie vor den unangenehmeren Aspekten seiner Arbeit schützen wollte. Und vielleicht auch, so flüsterte ihm eine leise Stimme in seinem Innern zu, wollte er etwas nur für sich, für sich allein.
Sie mußte das einfach verstehen, entschied Matt und warf die Zigarette über Bord. Ruhiger geworden, ging er weiter. So war er eben, und er bezweifelte, daß er sich ändern könnte. Wenn er zur Suite zurückkehrte und sie sich beide beruhigt hatten, könnte er ihr alles erklären. Er würde sich für die Dinge, die er über Everett gesagt hatte, ent-

schuldigen. Jetzt mußte er aber erst einmal Langdon finden und endlich die Wahrheit aus ihm herausbekommen.

»Mr. Devlin«, rief jemand, und als er sich umwandte, sah er einen Steward auf sich zukommen. »Empfehlungen vom Kapitän. Er würde sie gerne sprechen.«

Matt nickte. »Gut, ich komme mit«, sagte er. Schon sechs Tage war er auf dem Schiff, und immer noch fand er sich nicht allein zurecht, dachte er, während er dem Steward nach drinnen und in unzählige Gänge folgte. Wahrscheinlich wünschte der Kapitän einen Bericht über seine Fortschritte. Im Augenblick war sich Matt nicht sicher, was er ihm erzählen sollte.

Als Matt in die Kabine geführt wurde, stand Kapitän Wood an seinem breiten Tisch über eine Karte gebeugt.

»Mr. Devlin.« Er richtete sich auf und streckte ihm die Hand entgegen. Dann bat er ihn, Platz zu nehmen. »Möchten Sie etwas trinken, Sir?«

»Nein, vielen Dank.« Matt setzte sich in einen der tiefen, bequemen Ledersessel. »Sie wollten mich sprechen?«

»Ja.« Der Kapitän setzte sich ihm gegenüber. »Vor einer Weile hatte ich Besuch von Mr. Langdon.«

»Aha?«

»Ja. Er schien höchst beunruhigt zu sein. Nein, nicht Ihretwegen. Er ist der Meinung, daß Sie Ihren Job ordnungsgemäß erfüllen.«

»Wie nett von ihm«, sagte Matt.

»Nein, er ist darüber besorgt, ob der Mörder noch rechtzeitig gefaßt wird.« Er musterte Matt. »Sie wissen, daß wir morgen in Southampton ankommen?«

»Das weiß ich, ja. Ich habe eine Idee, wer die Morde begangen haben könnte, obwohl sie Ihnen wohl kaum gefallen wird.« Kurz und knapp schilderte er ihm, was sich am

Morgen ereignet hatte, und schloß mit den Beweisen gegen Langdon. »Er könnte es getan haben. Er hat kein Alibi, aber in beiden Fällen ein Motiv.«
Der Kapitän runzelte die Stirn. »Selbst bei Randall Snow?«
»Snow hat behauptet, er wüßte etwas, was alles auf den Kopf stellen würde. Er kannte Hoffman und übrigens auch McCabe, und – o mein Gott!« Matt sprang auf. Es war unglaublich, es war unmöglich, aber was, wenn ...
»Auf den Kopf stellen. Wir haben alles von der falschen Seite betrachtet.«
Kapitän Wood starrte ihn entgeistert an. »Mr. Devlin?«
»Verdammt, es paßt alles zusammen. Es ist verrückt, aber es paßt.« Mit großen, schnellen Schritten begann Matt auf und ab zu gehen. »Wenn Sie bedenken ... McCabe hat am Abreisetag das Schiff verlassen. Warum? Hoffman hat Geld von seiner eigenen Firma unterschlagen.« Er wandte sich um und starrte den Kapitän an. »Wieder stellt sich die Frage, warum?«
»Ich habe keine Ahnung.«
»Ja, und der Schnurrbart, und der Brief im Safe – ja. Es fügt sich alles zusammen. Kapitän«, Matt blieb stehen, »ich weiß jetzt, wer der Mörder ist.«

# KAPITEL 14

Brooke starrte wütend auf die Schlafzimmertür. So! Sie waren also keine gleichberechtigten Partner. Vielleicht sah das die feine Gesellschaft so, aber sie hatte geglaubt, Matt würde anders denken. Sie hatte geglaubt, ihre Ehe verliefe anders. Zugegeben, ihnen waren Ehen vertraut, in denen ein Partner dominant war; so zum Beispiel ihre eigenen Eltern. Ihre Mutter hatte sich immer Sorgen gemacht, wenn ihr Vater spät nach Hause kam, und als er dann endlich da war, sprach er nicht mit ihr. Brooke konnte sein Verhalten ein bißchen verstehen. Der anstrengende Job hatte ihn manchmal schweigsam und mürrisch gemacht. Dennoch hatte sie nicht geglaubt, daß Matt genauso sein würde, und sie hatte nicht die Absicht, so wie ihre Mutter zu enden. Nein. Wenn sie jemandem nacheifern würde, dann Tante Winifred, die die Dinge nach ihrem Geschmack machte.

Und dabei doch nicht glücklich war. Stirnrunzelnd band Brooke ihr Haar hoch und drückte den Hut auf den Kopf. Was sie hinsichtlich ihrer Eheprobleme unternehmen würde, wußte sie noch nicht, aber eines war sicher: Sie würde nicht schmollend in der Suite sitzen bleiben.

Als sie jedoch draußen stand, zögerte Brooke. Es war ja schön und gut, ihre Unabhängigkeit zu verkünden, aber was genau sollte sie jetzt tun? Das Promenadendeck war leer, denn fast alle waren zum Mittagessen gegangen. Sie könnte dasselbe tun, aber dieser Gedanke behagte ihr gar nicht. Sie war weder besonders hungrig, noch wünschte sie, irgend jemandem zu begegnen, wenn sie und Matt mitten in einem Streit waren. Sie wanderte das Deck entlang und blieb an der Reling stehen, um auf das Meer hinunterzublicken. Nur noch einen Tag auf dieser endlos scheinenden Reise. Würde alles besser, wenn sie Europa erreichten?

»Brooke? Oh, es tut mir leid, ich wollte Sie nicht stören«, sagte eine Stimme hinter ihr, als Brooke sich erstaunt umwandte.

»Shirley«, sagte Brooke und war im stillen erfreut, sie zu sehen. »Wie schön, Sie zu sehen.«

»Danke.« Shirley sah sich hastig und unsicher um. »Ich sollte eigentlich nicht hier sein, in der ersten Klasse und so. Glauben Sie, daß die Leute etwas sagen werden?«

»Sollten sie das tun, werde ich ihnen schon die passende Antwort geben«, entgegnete Brooke bestimmt. Dann hakte sie sich bei Shirley ein und ging mit ihr weiter. »Sagen Sie mal«, fuhr sie fort, von einem plötzlichen, übermütigen Impuls ergriffen, »haben Sie schon den Salon der Damen gesehen?«

Shirley machte große Augen. »Menschenskind! Glauben Sie, daß das ginge?«

»Warum nicht?«
»Aber werden sie mich auch nicht hinauswerfen?«
»Das könnten sie, aber das werden sie nicht.« Brooke führte sie nach drinnen, zum Treppenabsatz. Über die Stufen gelangte man nach unten zum Salondeck. »Wir machen allen eine lange Nase, ja?«
Shirley kicherte. »Sie sind in Ordnung, Brooke. Für einen feinen Pinkel.«
Brooke blickte sie überrascht an, als sie den Treppenabsatz erreicht hatten. »Ich bin kein feiner Pinkel.«
»Doch, das sind Sie. Menschenskind.« Shirley starrte die riesige Treppe hinunter, die zum Eßsalon führte, aus dem Geplauder und das Klirren von Besteck auf Porzellan zu ihnen nach oben drang. »Unglaublich ... ich meine, ich habe noch nie so etwas gesehen.«
»Es ist überwältigend, nicht wahr? Der Salon ist hier.« Brooke öffnete eine Tür neben dem Treppenabsatz und ließ Shirley als erste eintreten. Belustigt hörte sie ihr zu, wie sie beim Anblick der Brokatsofas und Diwane, der Deckentäfelung mit den goldenen Verzierungen und des erstklassigen Pianos in Entzücken ausbrach. Wie Brooke vermutet hatte, war der Raum leer, da die meisten zu Tisch waren. Sie war froh darüber, denn sie wollte nicht, daß Shirley gedemütigt wurde. »Kommen Sie, wir setzen uns hier herüber«, sagte sie und führte sie zu einem Sofa in der Nähe des Fensters, wo man den ganzen Salon überblicken konnte.
»Menschenskind«, wiederholte Shirley. »Es würde mir bestimmt gefallen, so zu leben.«
Brooke lächelte. »Sind Ihre Freunde immer noch krank?«
»Ach die.« Shirley verzog wütend das Gesicht. »Nein, es geht ihnen besser, aber sie beschweren sich andauernd.«
»Worüber denn?«

»Über alles, das Essen, den Service, einfach alles. Als ob sie was Besseres wären.« Sie ließ sich auf das Plüschsofa sinken und seufzte selig. »Wunderbar! Aber Europa wird nicht so schön werden, wie ich dachte.«

»Das tut mir leid«, sagte Brooke weich und dachte an ihren eigenen Zorn. »Ich hoffe, daß Ihre Freunde wieder umgänglicher werden.«

»Ja, das hoffe ich auch. Sie und Mr. Devlin, Sie werden sich vermutlich alles ansehen.«

»Das haben wir vor.« Brooke setzte sich zurück und verlor etwas von ihrer Freude an dieser Unterhaltung. Ihre Ehe hatte einen tiefen Knacks bekommen. Wie war das je wiedergutzumachen?

»Was ist los?«

»Hm? Ach nichts.« Brooke zwang sich zu einem strahlenden Lächeln, als sie bemerkte, daß Shirley sie mit scharfem, prüfendem Blick beobachtete. »Matt und ich hatten eine kleine Meinungsverschiedenheit. Es hat nichts zu bedeuten.«

»Ich hatte den Eindruck, daß Sie ziemlich durcheinander waren, als ich Sie sah. Fast hätte ich Sie nicht angesprochen.«

»Ich bin froh, daß Sie es getan haben.«

»Ja, ich auch.« Sie schwieg. »Trifft sich Jack eigentlich mit jemandem in New York?«

»Nicht, daß ich wüßte, nein.«

»Aha.« Shirley spielte mit den Fingern ihres Handschuhs. »Ich dachte schon. Das würde die Sache viel leichter machen.«

»Gütiger Himmel. Ist es das, was Sie wollen?«

»Nein. Aber ich muß doch der Wahrheit ins Auge sehen.« Shirley wirkte entschlossen und verletzlich zugleich. »Ein Mann wie er will mit mir nichts zu tun haben.«

»Jack trifft da seine eigenen Entscheidungen«, sagte Brooke und blickte unbehaglich zur Seite. Noch immer hegte sie Zweifel gegen Jack, und sie war sich nicht sicher, ob sie sich je legen würden. Heute nachmittag, ging es ihr durch den Sinn, mußte sie mit Matt über diese Zweifel sprechen, auch wenn es ihr illoyal vorkam.

»Vielleicht. Aber ich weiß, daß ich nicht sein Typ bin. Nur in einer Hinsicht.«

»Das ist doch nicht fair.« Brooke streckte die Beine aus und betrachtete die Spitze ihrer Wildlederschuhe. »Männer machen die Regeln, und wir müssen sie befolgen.«

Shirley zuckte die Achseln. »Ich habe keine Ahnung, wer die Regeln macht. Ich weiß nur, daß die Dinge so sind. Für einen Mann wie Jack könnte ich immer nur die Geliebte sein.«

Brooke schaute sie an. »Und das nehmen Sie so hin? So eine ungleiche Beziehung?«

Shirley zuckte wieder mit den Achseln. »Wen kümmert schon die Gleichberechtigung?«

»Mich.«

Shirley warf ihr einen unerwartet schlauen Blick zu. »Sie und ich, wir werden nie gleichberechtigt sein.«

»Das ist nicht gerecht.«

»Vielleicht nicht, aber«, sie lächelte, »wer möchte schon gleichberechtigt sein? Wir können die Dinge auf unsere Art kriegen.«

Brooke zog ein finsteres Gesicht. »Weibliche Listen haben mir noch nie besonders gelegen.«

»Sie versuchen ein Polizist zu sein«, sagte Shirley mit beunruhigendem Scharfblick. »Oder?«

»Nein. Nicht genau, aber ...«

»Aber Sie haben eine andere Art als Ihr Ehemann, Dinge zu tun. Ist es nicht so?«

»Doch«, sagte Brooke nach kurzer Überlegung. Sie hatte Dinge herausgefunden, die Matt allein nie herausbekommen hätte. Und nicht nur aufgrund seiner Stellung in der Gesellschaft. Hätte sie McCabes Alibi herausgefunden, wenn sie keine Frau gewesen wäre? Sie beherrschte auch nicht Matts harte Vernehmungsmethoden. Das war ein entscheidender Vorteil. Sie war kein Polizist, und sie würde auch nie einer sein. Wollte sie je in der Ehe und bei der Verbrechensaufklärung gleichberechtigt sein, müßte sie tatsächlich ihre eigenen Methoden anwenden. Selbst wenn er sie nicht anerkannte. »Ja, Sie haben recht. Ich kann Dinge tun, die er nicht kann.«

»Klar können Sie das. Sie sind doch eine Frau, oder? Sie besitzen Vorteile, an die er noch nicht einmal im Traum gedacht hat. Glauben Sie, daß Ihr Mann jetzt gerade über Ihre Eheprobleme brütet?

»Nein«, antwortete Brooke ironisch. »Wahrscheinlich überlegt er sich gerade, wie er an Beweise gegen die Verdächtigen kommt. Wahrscheinlich gegen Mr. Langdon oder Mr. McCabe.«

»O nein!« Shirley richtete sich auf. »Sie glauben wirklich, daß McCabe es getan hat?«

»Oh, du meine Güte, das hätte ich nicht sagen sollen. Sie werden es doch für sich behalten?«

»Ja, wenn Sie das wollen. Aber Ellen war doch bei ihm. Sie glauben doch nicht wirklich, daß er diese Männer getötet hat, oder?«

»Ich habe keine Ahnung, ob er es getan hat. Es gibt keine wirklichen Beweise. Aber da er Mr. Hoffmans Halbbruder ist, muß Matt ihm zumindest Fragen stellen.«

»Mist.« Shirley setzte sich zurück. »Ich mag ihn, Sie nicht auch?«

»Ich weiß nicht. Ich habe ihn nur von weitem gesehen.«

»Oh, er ist ein netter Mann. Anfangs habe ich das nicht gedacht, da er mir ständig zugezwinkert hat.«
»Er zwinkerte Ihnen zu? Shirley!«
»Nein, es ist nicht so, wie Sie glauben! Nachdem ich ihn mehr als einmal dabei ertappt habe, hat er sich dafür entschuldigt. Er meinte, es sei eine nervöse Angewohnheit, ein Tic, wie er es nannte, und er hätte ihn schon seit Jahren.«
»Ist das nicht komisch. Sein Bruder hat die gleiche – du meine Güte!« Brooke richtete sich kerzengerade auf.
»Was?«
»Was – du lieber Himmel –, wie groß ist Ihrer Meinung nach die Wahrscheinlichkeit, daß zwei Halbbrüder den gleichen nervösen Tic haben?«
»Ich weiß nicht, aber ...«
»Sie sind nicht zusammen aufgewachsen, sie arbeiten nicht zusammen – Himmel, sie haben völlig unterschiedliche Jobs! Aber sie waren beide auf diesem Schiff, und sie sehen sich ähnlich, und dieser Tic – gütiger Gott!« Sie starrte Shirley an. »Ich muß Matt suchen.«
»Ich weiß überhaupt nicht, wovon Sie reden«, beklagte sich Shirley.
»Ich weiß. Aber das spielt jetzt keine Rolle. Aber es würde alles erklären.« Sie griff nach Shirleys Hand und stand auf. »Danke. Sie wissen nicht, was Sie für mich getan haben.«
»Gern geschehen«, erwiderte Shirley völlig erstaunt.
Brooke, die schon quer durch den Raum war, antwortete nicht. Sie wußte nicht, wo Matt war, aber sie mußte ihn finden. Er mußte es erfahren. Sie öffnete die Tür, stürzte auf den Treppenabsatz und stieß dabei mit einem Mann zusammen, der dort stand.
»Hey!« sagte er und sie: »Es tut mir leid«, und dann

schauten sie sich an. Brooke faßte sich zuerst. »Matt! Oh, ich muß dir unbedingt etwas erzählen ...«

»Ich habe nach dir gesucht«, sagte er im selben Augenblick.

»Ich – hast du?«

»Ja.« Seine Augen funkelten vor Aufregung. »Ich war beim Kapitän – er hat mich um ein Gespräch gebeten – verdammt.« Das galt den Leuten, die gerade den Eßsaal verließen und ihn von der Seite anstießen. »Wir können hier nicht reden.«

»In die Bibliothek«, sagte Brooke, und sie bahnten sich ihren Weg durch die Menschenmenge zur Tür auf der gegenüberliegenden Seite des Treppenabsatzes. Die Luft war stickig, aber keiner von beiden achtete darauf. Es zählte einzig, daß die Bibliothek leer war. »Matt, ich glaube, ich weiß, was passiert ist. Ich glaube, McCabe ...«

»McCabe hat das Schiff am Abreisetag verlassen«, unterbrach Matt sie. »Was ist, wenn er nie zurückgekommen ist? Was ist, wenn ...«

»Hoffman seinen Platz eingenommen hat?«

Matt starrte sie an. »Wie bist du darauf gekommen?«

»Shirley hat mir gerade erzählt, daß McCabe den gleichen nervösen Tic wie Mr. Hoffman hat. Ein Augenzukken.«

»Verdammt! Das stimmt. Das hätte mir auffallen müssen. Und wenn Hoffman Theaterschminke benutzt hat, um sein Äußeres zu ändern, würde er wie sein Bruder aussehen.«

»Matt, glaubst du ...«

»Es paßt alles zusammen, findest du nicht auch? Wenn man es genau bedenkt: Warum würde Hoffman aus der eigenen Firma Geld unterschlagen? Um Kapital für einen Neuanfang zu haben. Warum hinterläßt er einen Brief, wenn nicht um seinen Tod zu inszenieren? Und Hoffmans Leiche ist nie gefunden worden.«

»Und Snow könnte ihn als McCabe erkannt haben ...«

»Ich bin mir fast sicher.«

»Das gibt ihm ein Motiv.« Sie unterbrach sich und starrte ihn an. »Du hast nach mir gesucht? Um mir das zu sagen?«

»Natürlich«, sagte er erstaunt. »Warum sollte ich dir das nicht erzählen?«

»Weil – du lieber Himmel.« Sie brach mitten im Satz ab, als ein hoher und durchdringender Schrei ertönte. »Was war das?«

»Es kam von draußen.« Matt griff nach ihrer Hand und zog sie durch die Bibliothek hinaus aufs Promenadendeck. Eine Menschenmenge hatte sich genau vor dem Eingang versammelt und versperrte ihnen die Sicht. Vergeblich reckte Brooke ihren Kopf, um etwas zu sehen. »Was ist los?« fragte Matt einen Mann, der neben ihm stand.

Der Mann wandte sich um. »Da steht ein Mädchen auf der Reling und droht hinunterzuspringen.«

»Du lieber Gott!« rief Brooke aus, als Matt sie wieder an der Hand hinter sich her durch die Menge zog. »Wer ist es ...?«

»Nein, Mutter, ich werde nicht herunterkommen!« schrie eine hohe, schrille Stimme. »Das tue ich nicht!«

»Lieber Gott, das klingt wie ...«

»Julia, wie kannst du mir das antun?« jammerte eine andere weibliche Stimme. »Nach dem, was ich alles durchgemacht habe.«

»Das ist Adele«, stieß Brooke hervor, als sie sich gerade ganz nach vorn gedrängelt hatte, um selber zu sehen, was da vor sich ging. Zwischen der Reling und der Menge blieb ein Bereich frei, und dort standen, wie auf der Bühne, die Hauptakteure: Adele, Richard Langdon und Julia, die rittlings auf der Reling saß. »Du lieber Gott!«

»Ich springe, Mutter, das schwöre ich dir!« schrie Julia, und ein erstauntes und entsetztes Raunen ging durch die Menge.

»Geh zu Adele«, sagte Matt brüsk und ließ Brookes Hand los.

»Was willst du tun?« fragte sie.

»Ich versuche, sie da herunterzuholen. Halte Adele zurück.«

»Ich werde es versuchen.« Brooke hastete hinüber zu Adele und ließ die ganze Zeit Julia nicht aus den Augen. Julias Frisur hatte sich gelöst, und sie zeigte unziemlich viel Bein, aber das schien sie nicht zu stören. In ihren Augen stand ein wilder und verzweifelter Blick. Julia meinte es ernst, ging es Brooke durch den Kopf. Sie würde springen, obwohl nur der Himmel wußte, aus welchem Grund.

»Adele!« sagte sie mit leiser Stimme und berührte sie am Arm.

Adele wirbelte zu ihr herum. »Ich weiß nicht, warum sie mir das antut«, sagte sie mit hoher, dünner Stimme. »Sie hat sich noch nie so aufgeführt.«

»Ich werde ihn nicht heiraten, Mutter«, rief Julia. »Niemals!«

»Wir sprachen über den Earl und ihre Hochzeit, und als nächstes stand sie auf der Reling. Es ist natürlich völliger Unsinn.« Adele trat nach vorne. »Julia, komm sofort da herunter!«

Als Antwort ließ Julia die Reling los, und durch die Menge ging ein weiteres entsetztes Raunen. »Ich scherze nicht, Mutter.«

»Lassen Sie Matt das machen«, sagte Brooke und zog Adele zurück. Dabei wies sie mit einem Kopfnicken auf Matt. Er näherte sich Julia aus einer anderen Ecke nahe der Reling und war nicht in ihrem direkten Blickfeld. »Er wird wissen, was zu tun ist.«
»Das hoffe ich! So ein undankbares Kind; wo ich mir solche Mühe gegeben habe, eine Heirat für sie zu arrangieren ...«
»Eine Heirat, die sie offensichtlich ablehnt«, sagte Brooke scharf und hätte Adele am liebsten wachgerüttelt.
»Aber ich möchte doch nur das Beste für sie ...«
»Julia«, sagte Matt, und Julia, deren Blick von ihrer Mutter nach unten zum Meer gewandert war, fuhr mit dem Kopf herum. Er lehnte nur einige Meter von ihr an der Reling. Er schien gelassen, Brooke jedoch konnte die Anspannung seines Körpers sehen. Er war bereit, sofort zuzupacken.
»Kommen Sie nicht näher«, sagte Julia zu ihm, »oder ich werde springen, das schwöre ich Ihnen.«
Matt blickte über die Reling. »Es ist ein langer Weg nach unten.«
»Das ist mir egal! Ich ...«
»Wissen Sie, was passiert, wenn jemand aus solch einer Höhe nach unten springt?« fragte er im Plauderton. »Nein? Dann werde ich es Ihnen sagen. Wenn Sie nicht sofort eintauchen, Julia, werden Sie auf dem Wasser aufschlagen, und das ist, als ob sie auf Granit treffen.« Sein Blick streifte Brooke. »Wissen Sie, was dann passieren wird?«
»Sie brechen sich jeden Knochen«, sagte Brooke, wie aufs Stichwort, und bemerkte, daß Matt ihr einen raschen, anerkennenden Blick zuwarf. Auch Julia sah kurz zu ihr herüber, so daß Matt den Moment nutzen konnte, um einen weiteren Schritt auf sie zuzumachen.

»Ich glaube ihr nicht«, sagte Julia trotzig.

»Aber es stimmt«, versicherte ihr Matt. »Können Sie schwimmen?«

Julia reckte stur das Kinn. »Ich bin eine sehr gute Schwimmerin.«

»Mit zwei gebrochenen Beinen werden Sie das wohl nicht mehr sein.«

»Oh, warum sagt er so schreckliche Dinge?« sagte Adele, und ihre Stimme klang hysterisch.

»Wenn Sie Ihre Meinung ändern sollten, Julia, wird es zu spät sein«, fuhr Matt fort. »Sie werden mit Sicherheit ertrinken.«

»Vielleicht ist es das, was ich möchte«, sagte Julia. »Wie Ophelia in *Hamlet.*«

»Mit Blumen bedeckt? Das glaube ich nicht«, sagte Matt und überraschte Brooke, die nicht wußte, daß er Shakespeare gelesen hatte. »Das ist kein romantischer Abgang. Wissen Sie, was passiert, wenn Sie ertrinken? Das Wasser dringt in Ihre Lungen, und Sie können nicht mehr atmen.«

»Ich werde treiben!«

Matt schüttelte den Kopf und schaute wieder zu Brooke.

»Nicht sofort.«

»Erst nach ein paar Tagen«, ergänzte Brooke. »Mein Vater hat mir einmal erzählt, daß, wenn ertrunkene Opfer an die Oberfläche kommen, sie völlig aufgedunsen sind.« Adele neben ihr drohte ohnmächtig zu werden, aber sie nahm sich zusammen. Julia hatte Brooke angesehen, als sie mit ihr sprach, und das gab Matt Zeit, noch einen Schritt näher zu kommen. »Normalerweise kriegen die Haie sie. Es ist kein schöner Anblick.«

»Das ist mir egal – kommen Sie nicht näher!« sagte Julia, als sie bemerkte, daß Matt immer näher an sie heranrück-

te. »Wenn Sie noch näher kommen, werde ich springen.«
»Na los«, sagte Matt und betrachtete seine Fingernägel. Brooke sah, wie ein flüchtiger Ausdruck des Erstaunens über Julias Gesicht huschte. Nanu, offensichtlich wollte sie gar nicht wirklich springen. »Warum tun Sie das eigentlich?«
»Sie will«, sagte Julia, einen giftigen Blick auf ihre Mutter richtend, »daß ich einen Mann heirate, der zweimal so alt ist wie ich. Und nur weil er ein Earl ist. Sie hört mir einfach nicht zu, wenn ich ihr sage, daß ich das nicht möchte.«
»O Julia«, stöhnte Adele.
»Jetzt hörst du mir zu, oder, Mutter?«
»Bitte komm herunter, Julia, und wir reden darüber.«
»Nein! Nicht bevor du sagst, daß die Hochzeit abgeblasen wird.«
»Das kann ich nicht...«
»Dann bleibe ich hier«, verkündete sie, und ihre Augen funkelten. Brooke erkannte, daß sie recht hatte. Julia hatte nicht die Absicht zu springen. Aber was für eine Taktik hatte sie sich da ausgesucht, um die Aufmerksamkeit ihrer Mutter auf sich zu lenken!
»Es ist sehr dramatisch«, stimmte Matt ihr zu, als er Brookes Gedanken las.
Julia schaute ihn an. »Ich möchte ihn nicht heiraten.«
»Dann sollten Sie das auch nicht.«
Das schien sie in Erstaunen zu versetzen. »Nein? Wirklich?«
»Wirklich.« Wieder streifte sein Blick Brooke. Sie öffnete den Mund und fragte sich, was um alles in der Welt sie jetzt sagen sollte, als sie eine Berührung an ihrer Schulter spürte. Sie schaute auf und erblickte Edward McCabe, der einen Finger an den Mund legte, als er sich an ihr vor-

beischob. Mit geraden Schultern und ohne Brille sah er nicht länger wie ein unterwürfiger Steward aus, sondern verkörperte die unerwartete Bestätigung ihrer Theorie. Du lieber Gott.

»Nein«, sprach Matt weiter und fixierte Julia, als ob er sie dazu bringen wollte, den Blick nicht von ihm abzuwenden. Währenddessen schlich McCabe von hinten an sie heran. »Ich denke, niemand sollte jemanden heiraten, den er nicht heiraten möchte. Warum die Dinge komplizierter machen, als sie es sein müßten?«

»Genau!« Julia beugte sich nach vorn und umfaßte die Reling mit beiden Händen, während sich McCabe Schritt für Schritt von hinten an sie heranschlich. Jetzt waren es nur noch vier Schritte, dann drei ... »Ich möchte keine arrangierte Heirat. Ich möchte eine echte Hochzeit, so wie Sie und Brooke. Ich möchte ...« Sie stieß einen Schrei aus, als McCabe sie um die Taille faßte. Sie wehrte sich und klammerte sich an der Reling fest. Mit einem Bein trat sie nach ihm. »Nein, Daddy!« schrie sie, als er sie mit einem kräftigen Ruck nach hinten auf Deck und damit in Sicherheit zog.

»Daddy?« sagte jemand in die Stille hinein, die auf die Rettung folgte.

»Daddy?« wiederholte Langdon.

»O mein Gott«, flüsterte Adele, und sie wurde schlagartig bleich, während sie den Mann anstarrte, der Julia beschützend in den Armen hielt. »Mein Gott, Julius!« Mit diesen Worten wurde sie ohnmächtig und sackte neben Brooke zusammen. Brooke fing sie auf, aber zuvor nahm sie noch das Augenzwinkern des Stewards wahr, der damit ihre Theorie bestätigte. Denn es war nicht Edward McCabe, der als Held des Augenblicks auf dem Deck stand, sondern, für alle kaum faßbar, Julius Hoffman.

# KAPITEL 15

Aber ich glaube, ich verstehe Sie immer noch nicht«, beklagte sich Mr. Tuttle und nahm in der Kabine des Kapitäns ein Glas Selterswasser vom Steward entgegen. Es war bereits später Nachmittag. Julius Hoffman befand sich unter Arrest. Adele und ihre Familie hatten sich zurückgezogen, und Matt und Brooke konnten endlich aufatmen. Gemeinsam saßen sie auf einem Sofa, dem Kapitän gegenüber. Ihr Streit war vergessen. Vorläufig zumindest. Im Moment herrschte eine neue Verbundenheit zwischen ihnen.

»Warum hat Hoffman das getan? Warum hat er sich als Steward verkleidet?«

»Ich sagte Ihnen doch bereits, daß es McCabe war«, mischte sich Smith ein. Er lehnte an der Wand, und auf seinem Gesicht lag ein selbstgefälliger Ausdruck. »Nun stellt sich heraus, daß ich recht hatte.«

»Gewissermaßen«, sagte Matt und tauschte einen belustigten Blick mit Brooke. Sollte Smith die Lorbeeren doch ruhig ernten, wenn er wollte. Für Matt war entscheidend, daß der Mörder entdeckt und gefaßt worden war, wenn auch auf völlig unerwartete Weise. »Es hat sich herausgestellt, daß er und Hoffman ein und dieselbe Person sind.«
»O je, o je. Das ist überhaupt nicht gut für das Schiff, nein, überhaupt nicht«, ärgerte sich Tuttle, und J.P. Morgan, dessen massige Gestalt den Armsessel ausfüllte, schnaubte.
»Der Ruf des Schiffes wird darunter nicht zu leiden haben«, sagte er und trank einen Schluck Whisky. »Ich nehme an, daß Ihre Beweise stichhaltig sind, Mr. Devlin?«
»Mr. Hoffman hat ein Geständnis abgelegt«, sagte Brooke, die sich nicht damit zufriedengab, daß Matt sich die Lorbeeren für die Aufklärung des Falls nehmen ließ. Nach der ausgezeichneten Ermittlungsarbeit, die er geleistet hatte, standen sie ihm zu. So wie auch ihr, dachte sie, als sie an ihrem Sherry nippte, um ihre Gefühle zu verbergen. Aber nur Matt wußte das.
»Wo wird das alles bloß enden?« sagte der Kapitän und schüttelte den Kopf. »Ich weiß, daß er gestanden hat, aber es ist immer noch kaum zu glauben.«
Matt stellte sein Glas auf den Tisch. »Von seinem Standpunkt aus gibt es vermutlich Sinn. Und, um ihm Gerechtigkeit widerfahren zu lassen: Er hat nicht damit gerechnet, daß irgend jemand dabei verletzt wird. Es ist nicht so gelaufen, wie er es geplant hat.«
»Aber warum?« jammerte Mr. Tuttle. »Und warum hat er gerade unser Schiff für seinen Plan ausgesucht?«
»Das Schiff war der perfekte Ort. Er hatte einen Bruder,

der an Bord arbeitet, einen Bruder, der ihm im übrigen auch ähnlich sieht. McCabes Schnurrbart hat mich getäuscht, bis ich mich daran erinnert habe, daß Hoffman in einer Amateur-Theatergruppe mitgespielt hat und es verstand, mit Make-up umzugehen. Und wie kann man sich besser einer Leiche entledigen, als sie einfach über Bord zu werfen?« Er griff nach seinem Glas. »Oder so zu tun, als ob man sie über Bord geworfen hat.«
Kapitän Wood schüttelte den Kopf. »In der ersten Nacht ist jemand über Bord gefallen.«
»Nein. Hoffman hat einen Liegestuhl ins Wasser geworfen und dann ›Mann über Bord‹ gerufen. Anschließend ist er verschwunden.« Er trank einen Schluck. »Er ist die Person, die ich weglaufen hörte. Sein Plan war wirklich gut.« Matt stellte sein Glas wieder auf den Tisch und lehnte sich zurück. »Julius Hoffman wollte ein neues Leben beginnen, und mit dieser Reise sah er die Möglichkeit dazu. Sein bisheriges Leben drohte auseinanderzubrechen – seine Frau liebte einen anderen Mann, sein Geschäftspartner liebte seine Ehefrau, und seine Kinder hatten sich von ihm distanziert.«
»Wir haben das am ersten Abend selbst miterlebt«, warf Brooke ein. »Der arme Mann. Er hat mir ziemlich leid getan. Er war mir schon immer sympathisch.«
»Mir auch«, merkte Morgan überraschend an. »Das hätte ich nie von ihm erwartet.«
Matt nickte. »Das hat wohl keiner. Was für ihn natürlich von Vorteil war. Er hatte Gründe, sein Leben zu verändern. Das war kein spontaner Plan. Er wußte, daß er Geld brauchen würde, daher fing er an, soviel, wie er konnte, beiseite zu schaffen, und nahm es von den Firmenkonten und seinen eigenen Investitionen. Sogar Morddrohungen hat er sich geschickt, um vorzutäuschen, daß er in Gefahr

sei. Wenn er erst London erreicht hätte, plante er unter dem Namen seines Bruders ein neues Leben zu beginnen.«

»Und der echte Edward McCabe?« fragte der Kapitän.

»Der wurde gut bezahlt, um das Schiff in New York zu verlassen. Ich könnte mir vorstellen, daß Sie bei Ihrer Rückkehr feststellen, daß er verschwunden ist. Auf jeden Fall hat er seine Schlüssel und seine Kabine Hoffman überlassen. Und was noch viel wichtiger ist: seine Identität. Hoffman mußte doch irgendwohin, nachdem er den Plan in die Tat umgesetzt hatte. Ein Steward in der zweiten Klasse ist die perfekte Tarnung.«

»Mich hat er nicht zum Narren gehalten«, brummte Smith.

Matt und Brooke schauten sich wieder amüsiert an. »Alle nahmen an, daß Hoffman vermißt wurde und nicht ein Steward«, fuhr Matt fort. »Wenn Sie den Rest des Personals befragen, werden sie Ihnen sagen, daß sie McCabe am Tag der Abreise nicht finden konnten, aber da er später wieder auftauchte, hat sich niemand etwas dabei gedacht.«

»Wir gehen der Sache nach«, sagte der Kapitän aufgebracht. »Wenn Hoffman Komplizen hatte, werden wir das herausbekommen.«

Matt schüttelte den Kopf. »Das glaube ich nicht, von Ellen Reilly einmal abgesehen. Wenn Sie mit ihr reden, wird sich vermutlich herausstellen, daß sie Hoffman seit einiger Zeit kannte. Abgesehen davon hätte Hoffman nicht gewollt, daß seine wirkliche Identität bekannt wird, wenn er eigentlich als tot galt.«

»Dann ist sie also eine Komplizin in diesem Verbrechen.«

»Richtig. Nichtsdestotrotz war der einzige Verbündete,

den er brauchte, sein eigener Bruder, und der ist eine Ozeanlänge entfernt. Es war ein guter Plan«, wiederholte er. »Womit er jedoch nicht gerechnet hat, war, daß ein Passagier der zweiten Klasse, mit dem er bereits geschäftlich zu tun hatte, seine Verkleidung durchschauen würde.«

»Randall Snow.«

»Genau. Randall Snow. Er hat Hoffman für den Verlust seines Geldes verantwortlich gemacht, so daß er einen guten Grund hatte, Groll gegen ihn zu hegen. Außerdem kannte er Hoffmans Bruder und wußte, daß sie sich ähnlich sehen. Mr. Langdon hat dies bestätigt.« Matt trank einen Schluck. »Snow hat Hoffman erkannt. Mir war aufgefallen, daß Snow etwas wußte. Sein Verhalten legte das nahe. Hoffman behauptet, daß er niemals vorhatte, Snow zu töten, aber er wollte, daß er den Mund hält. Er behauptet, daß das Schiff während des Kampfes schlingerte und Snow gegen die Kommode fiel. Ob nun Unfall oder nicht, es war dennoch Mord.« Nach einer kurzen Pause fuhr er fort. »Snows Worte, er könne alles auf den Kopf stellen, haben mich erst auf den Gedanken gebracht, die Dinge anders zu betrachten.«

»Und mir fiel auf, daß sie beide den gleichen nervösen Tic haben«, warf Brooke ein. »Dennoch kam es mir immer noch wie eine ungeheuerliche Theorie vor, die ich kaum glauben konnte.«

»Mir ging es ähnlich.« Matt schüttelte den Kopf. »Bis Julia Hoffman ihn zum Handeln zwang.«

»Aber was ist mit den vermißten Brieftaschen?« verlangte Tuttle zu wissen. »Sind Sie sicher, daß es keinen Dieb an Bord des Schiffes gibt?«

Matt schüttelte den Kopf. »Das sollte uns auf eine falsche Fährte bringen. Was auch fast geklappt hätte. Hoffman wollte uns glauben machen, daß das Motiv Diebstahl war, und was Snow betraf, war es ja auch eine denkbare Möglichkeit. Aber er wollte auch Langdon da mit hineinziehen, deswegen legte er seine eigene Brieftasche in Langdons Kabine.«

Der Kapitän runzelte die Stirn. »Die wurde doch aber in der eines anderen Passagiers gefunden?«

»Ja. Ich gebe zu, das hat mich verwirrt, bis Langdon gestand, was er getan hatte. Als er sie in seinem Zimmer fand – und Snows Brieftasche auch –, geriet er in Panik. Er wußte, daß er sie irgendwie loswerden mußte, deshalb legte er sie in Gregory Tates Kabine. Daß Tate auch ein Motiv hatte, Hoffmans Tod zu wünschen, war ein Vorteil. Obwohl wir wahrscheinlich nie genau erfahren werden, welches.«

»O je, o je«, sagte Tuttle, nahm den Kneifer von der Nase und polierte ihn. »Die Leute lügen und betrügen und versuchen sich gegenseitig in Schwierigkeiten zu bringen. Eine junge Dame klettert auf die Schiffsreling! Sich so aufzuführen! Ich darf gar nicht darüber nachdenken, wie das dem Ruf des Schiffes schaden wird.«

Morgan schnaubte erneut und warf Tuttle einen zornigen Blick zu. »Es ist ja wohl nicht unsere Schuld, wenn sich das Mädchen albern aufgeführt hat.«

»Armes Mädchen«, murmelte Brooke. »Es war ihre einzige Möglichkeit, die Aufmerksamkeit ihrer Mutter auf sich zu lenken. Sie wollte nicht den Mann heiraten, den ihre Mutter für sie ausgewählt hatte.«

»Aber meine Liebe! Er ist doch ein Earl!« rief Mr. Tuttle aus.

Brooke verkniff sich ein Lächeln. »Sie wollte ihn trotzdem nicht heiraten. Wahrscheinlich ist sie auf die Idee gekommen, einen Selbstmordversuch zu inszenieren, als sie bemerkte, daß ihr Vater noch lebte. Sie hat ihn nämlich auch erkannt.«

Matt nickte. »Wenn sie ihr Verhalten noch weiter auf die Spitze getrieben hätte, hätte Adele nachgegeben und ihre Zustimmung zur Auflösung der Verlobung gegeben.«

»Aber Hoffman hat immer noch auf seine Kinder geachtet«, sagte Brooke. »Und als er Julia in Gefahr sah, hat er ohne Rücksicht auf die Konsequenzen gehandelt.«

»Das muß man dem Mann zugute halten«, sagte der Kapitän.

»Ja«, nickte Matt zustimmend. »Er wollte niemandem schaden, aber Tatsache ist, daß er es doch getan hat.«

»Und dieser Brief, den er im Safe deponiert hat?«

»Rache. Er hat damit genau das erreicht, was er wollte; der Verdacht fiel auf seine Frau und Langdon und hat ihnen das Leben schwer gemacht. Ich bezweifle, daß er ihre Verhaftung wollte; er bestreitet es zumindest, aber es wäre beinah dazu gekommen.« Er hielt einen Moment inne und nahm einen Schluck aus seinem Glas. »Selbst wenn das nicht passiert wäre, hätte sie diese Geschichte lebenslang verfolgt.«

»Manchmal frage ich mich, wie gut man jemals eine Person kennen kann«, sagte Brooke. »Ich habe Mr. Hoffman immer gemocht, und dann das.« Sie schüttelte sich. »Das ganze ist so eiskalt berechnet.«

Morgan war aufgestanden, um sich einen neuen Drink einzugießen. »Hoffman war immer sehr kaltblütig. Ein harter Geschäftsmann«, sagte er.

»Und jetzt hat er alles verloren«, sagte der Kapitän, und alle schwiegen bedrückt. Der Fall war nun aufgeklärt, und der Mörder würde vor Gericht gestellt. Aber um welchen Preis. Ein Mensch war tot, eine Familie zerrüttet und eine junge Ehe belastet.

»O je, o je.« Mr. Tuttle hantierte wieder hektisch mit sei-

nem Kneifer herum. »Ich hoffe, wir können einer negativen Publicity entgehen.«
»Wahrscheinlich nicht.« Morgan klang verärgert. »Wir werden Hoffman zurück nach New York bringen, damit er sich vor Gericht verantworten kann. Mord kann nicht ungestraft durchgehen.« Er blickte Matt an. »Sie werden mit uns zurückkehren.«
Mit zusammengepreßten Lippen streckte Brooke die Hand nach Matt aus. Wenn er im Rahmen der Pflichterfüllung zurückfahren mußte, dann würde sie ihn ohne Rücksicht auf ihre persönlichen Wünsche begleiten. Ein Mordfall war wichtiger als die Hochzeitsreise. »Nein«, entgegnete Matt und nahm ihre Hand. »Ich bin auf meiner Hochzeitsreise, falls Sie das vergessen haben sollten.«
»Aber es geht hier doch um Mord, Sir!« rief Kapitän Wood aus.
»Smith kommt damit schon klar.« Er drehte sich nach Smith um, der hinter ihm an der Wand lehnte. »Oder?«
»Natürlich.« Smith stieß sich von der Wand ab. »Ich werde diesen mordenden Bast – äh, Schurken zurück nach New York bringen und dafür sorgen, daß er vor Gericht gestellt wird. Ich bin schließlich immer noch ein guter Polizist, klar?«
»Ja, Mr. Smith, ich verstehe«, sagte Matt ernst. Er stand auf und reichte Brooke seinen Arm. »Damit hätten wir den Fall abgeschlossen. Da wir heute noch kein Mittagessen hatten, bitten wir Sie, uns jetzt zu entschuldigen.«
»Ich sorge dafür, daß Ihnen etwas in Ihre Suite gebracht wird.« Kapitän Wood begleitete sie zur Tür. »Ich bin Ihnen äußerst dankbar«, sagte er mit leiser Stimme. »Seien Sie versichert, daß ich die Angelegenheit mit Mr. Morgan besprechen werde. Es würde mich nicht überraschen, wenn da eine Belohnung für Sie drin wäre.«

»Vielen Dank, Sir.« Matt schüttelte seine Hand, dann verließ er mit Brooke die Kabine.

Im Gang blieb Brooke stehen und schaute zu ihm auf.

»Puh!« Sie atmete erleichtert auf und strich sich eine widerspenstige Strähne aus dem Gesicht. »Jetzt ist wirklich alles vorbei, oder?«

»Hm.« Matt nahm ihren Arm, als sie den Gang entlangliefen. »Weißt du, wie wir zu unserer Suite zurückkommen?«

»Ja, hier entlang und dann zur Treppe. Du hörst dich aber nicht sehr glücklich an.«

»Doch, das bin ich«, widersprach er, als sie oben am Promenadendeck angelangt waren. Innerhalb von Sekunden wurden sie von Passagieren umringt, die alles über die schockierenden Tagesereignisse wissen wollten. Erst nachdem sie alle Fragen beantwortet hatten, gelang es ihnen, sich loszureißen. Sie gingen zur Reling hinüber.

»Ich bin glücklich«, sagte Matt, als sie wieder allein waren.

Brooke schaute zu ihm auf. »Was?«

»Ich sagte, ich bin froh, daß der Fall vorbei ist.«

»Hm.« Sie schaute hinunter aufs Wasser. In so kurzer Zeit hatte sich soviel verändert. Zumindest wußte sie jetzt, daß Jack unschuldig war, und sie hatte wieder die Erfahrung machen müssen, daß Menschen nicht so waren, wie sie vorgaben zu sein. »Hier hat alles angefangen. Auf diesem Deck und an dieser Reling.«

Matt hakte sich bei ihr ein. »Bist du enttäuscht?«

»Ja, ein wenig.« Sie schaute ihn an. »Woher weißt du das?«

»Weil es mir auch so geht. Eigentlich nach jedem Fall.«

»Nun.« Sie seufzte. »Dem Himmel sei Dank, daß wir uns darüber keine Gedanken mehr zu machen brauchen.«

»Amen.«
»Und was fangen wir jetzt mit unserer Zeit an?«
Auf Matts Gesicht breitete sich ein verschmitztes Grinsen aus. »Ich denke, da fällt uns schon etwas ein.«
»Matt«, tadelte sie ihn.
»Wir sind in den Flitterwochen, Brooke. Endlich.« Sein Lächeln verschwand. »Ohne dich hätte ich es nicht geschafft.«
Sie blickte in seine Augen, in denen nur Respekt und Bewunderung zu lesen waren. Er betrachtete sie als gleichwertige Partnerin, ob er es nun zugab oder nicht.
»Und ich hätte es ohne dich nicht geschafft«, gestand sie sanft. Vielleicht wäre sie ja zur Polizei gegangen, wenn sie ein Mann gewesen wäre, aber das war sie nun einmal nicht. Sie war eine Frau, und wenn das hieß, daß sie sich innerhalb der Grenzen der Gesellschaft eine Nische suchen mußte, dann war das in Ordnung. Jedenfalls solange sie selber wußte, was sie geleistet hatte. »Partner?«
Er grinste und streckte ihr die Hand entgegen. »Partner«, stimmte er ihr zu und schüttelte ihre Hand. Dann gingen sie zusammen zurück in ihre Suite.

## *Dienstag, 21. April*

Die New York fuhr majestätisch in die Solent, den engen Wasserweg zwischen der *Isle of Wight* und England, und die Passagiere erblickten seit fast einer Woche das erste Mal wieder Land. Sie drängten sich plaudernd und winkend an der Reling, um einen Blick auf das Land zu werfen, an dem sie vorüberfuhren: die grünen Hügel der Insel, die malerische Stadt Cowes, die mächtige Burg an der Landzunge. Die Möwen kreischten über ihnen, vorbeikommende Schiffe gaben ein Begrüßungssignal, und der Geruch von Gras, Bäumen und Menschen, der nach einer Woche Seeluft in Vergessenheit geraten war, wehte zu ihnen herüber. Die Reise war nun fast vorbei.

Hand in Hand standen Matt und Brooke mit den anderen an der Reling und schwiegen. Es bedurfte keiner Worte. Am Tag zuvor und letzte Nacht hatten sie sich ausgesprochen. Eine Phase ihres gemeinsamen Lebens war vorbei, eine neue fing gerade an.

Wo ein Mord geschieht, gibt's keine Flitterwochen, dachte Brooke und rückte näher an Matt heran, als sie von einem übermütigen Passagier angestoßen wurde. Aus der idyllischen, vielleicht etwas unwirklichen Zeit, die sie erwartet hatte, war etwas anderes geworden. Während dieser Reise hatte sie gehofft, Matt näherzukommen. Das war auch geschehen, wenn auch auf ungewöhnliche Weise. Das wirkliche Leben ließ sich nicht aufhalten, schon gar nicht von frisch Verheirateten. Während der Ermittlungen in der Tragödie, die der Familie Hoffman widerfahren war, hatte sie viel über sich selbst und ihren Ehemann gelernt. Ihm war es wahrscheinlich ähnlich gegangen.

Das Schiffshorn ertönte laut, und Matt wandte sich ihr grinsend zu. Offenbar genoß er die Reise, jetzt wo sie fast vorüber war. »Was, glaubst du, kommt in Europa auf uns zu?« fragte er.

»Die Schneider in der *Savile Row*«, sagte sie entschieden und hakte sich bei ihm ein. »Du brauchst mehr als einen guten Anzug.«

»Ja, ja«, sagte er gelassen. »Ich dachte, wir könnten mal bei *Scotland Yard* oder der *Sûreté* vorbeischauen und nachhören, ob sie unsere Hilfe brauchen.«

»Matt«, setzte sie an, bevor sie seinen schalkhaften Blick bemerkte. »Scotland Yard kommt gut allein zurecht.«
»Stimmt, aber sie haben nicht mich.«
»Eingebildeter, eitler, dickköpfiger Ire ...«
»Oder dich.«
»Hm.« Sie ließ sich das durch den Kopf gehen. »Nein, richtig. Ihr Pech.«
Er grinste. »Sie wissen nicht, was ihnen entgeht.«
Ihr Blick wurde plötzlich ernst. »Meinst du das ernst?«
»Ja.« Der schelmische Glanz verschwand aus seinen Augen. »Sehr ernst sogar. Und ...«
Das Schiffshorn ließ sich erneut vernehmen und übertönte die restlichen Worte. Egal, dachte Brooke, denn irgendwie hatte Matt gerade ihre Partnerschaft akzeptiert. Und es reichte ihr, als sein Partner betrachtet zu werden. Sie brauchte sich das nicht länger zu beweisen.
»Ich verspreche, daß ich mich nie wieder in deine Arbeit einmischen werde«, sagte sie, als der Lärm nachließ, und kuschelte sich übermütig an seinen Arm.
Matt blickte sie überrascht an. »Nie wieder?«
»Nie wieder.«
Und in diesem Augenblick meinte sie es tatsächlich so.

# EPILOG

In der Suite im Londoner *Connaught Hotel* lagen überall Zeitungen im Wohnzimmer verstreut, von der seriösen *Times* bis zu den schlimmsten Beispielen der britischen Sensationspresse. Die zwei, die im Morgenrock dasaßen, waren damit beschäftigt, alles nachzulesen, was sich während der Woche auf See ereignet hatte.

»Hör dir das an«, sagte Brooke plötzlich. »Ein Artikel aus der *Gazette*, der Schiffszeitung, vom 21. April 1896, mitten auf dem Atlantik: ›Und so sagen wir den Passagieren der *S.S. New York* ein herzliches Adieu. Wir hoffen, Sie hatten eine angenehme und ereignisreiche Fahrt und reisen bald wieder mit uns ...«

»Ereignisreich. Pah«, schnaubte Matt und faltete die Seiten seiner Zeitung zurecht. »Das überbiete ich noch. Aus der heutigen London *Times:* ›Hochseemörder wird nach New York zurückgebracht ...‹«, las er vor.

»Hochseemörder?«

»Es ist doch eine Zeitung. Irgendeinen Namen müssen sie ihm ja geben. Hör weiter: ›Julius Hoffman, der den Mitreisenden Randall Snow an Bord des *American-Line*-Passagierschiffes *New York* erschlagen hat, wird an Bord des selben Schiffes in die Vereinigten Staaten zurückgebracht, wie Mr. Tuttle, der Sprecher der Schiffahrtslinie, heute ankündigte‹«, las Matt vor. »›Wie Mr. Tuttle weiter in Southampton mitteilte, war Mr. Hoffmans Verhalten nachteilig für die *New York* und hat seiner Familie großes Leid zugefügt. Mr. Hoffman, ein New Yorker Börsenmakler, hat den Mord sowie Unterschlagungen in seiner Firma Hoffman, Langdon und Co. gestanden. Mr. J. P. Morgan, der seine jährliche Reise nach Europa auf der *New York* machte, gab keinen Kommentar zu den Vorfällen ab. Mr. Hoffman wird nach New York zurückgebracht, um sich vor Gericht wegen Mordes zu verantworten. Er ist unter ständiger Bewachung von Ambrose Smith, dem Detektiv der *New York*...‹«

»Und Mr. Smith hofft wahrscheinlich, daß er wieder zur New Yorker Polizei zurückkehren kann«, bemerkte Brooke.

»Du meine Güte. O Gott«, sagte er und starrte plötzlich auf die Zeitung.

»Was ist?«

»›Telegramm aus New York. Nach der heutigen Anhörung des Gerichtsmediziners wurde der Tod von Mr. Gilbert Warren, Kurator des *Metropolitan Museum of Art*, als Totschlag nachgewiesen. Mr. Warren wurde getötet, als er offensichtlich einen Einbrecher beim Diebstahl von Museumsgemälden überraschte. Sein Mörder befindet sich noch auf freiem Fuß...‹« Er ließ die Zeitung sinken. »Das ist der Fall, an dem ich gearbeitet habe, bevor wir losfuhren.«

»Aber ich kenne ihn ja«, sagte Brooke voller Entsetzen. »Mein Onkel und meine Tante haben mit dem Museum zu tun, und ...«

»Ich frage mich, was passiert ist. Wenn ich nun telegrafieren würde ...«

»Ähem.« Brooke räusperte sich und raschelte mit der Zeitung. »›Ankunft aus New York‹«, las sie vor. »›Mr. und Mrs. Matthew Devlin, aus New York City, werden im *Connaught Hotel* in London wohnen, bevor sie zu einer ausgedehnten Europatour aufbrechen ...‹«

»Gott steh mir bei.« Matt grinste Brooke an, und New York war für eine Weile vergessen. »Bist du ganz sicher, daß du mich nicht bei Scotland Yard vorbeischauen läßt?«

»Ganz sicher.« Sie schlang ihm die Arme um den Hals. »Wir sind auf Hochzeitsreise. Und der Tod auch.«

Aber sie machte sich dennoch Gedanken über Mr. Warren ...

# ANMERKUNG DER AUTORIN

Es versteht sich von selbst, daß dieser Roman fiktiv ist und die Ereignisse und Figuren, die hier auftreten, komplett erfunden sind. Die *New York* gab es wirklich, und ich habe mich bemüht, sie so genau wie möglich zu beschreiben. An manchen Stellen habe ich jedoch den Schauplatz geändert, damit er in die Handlung paßt. J.P. Morgan war tatsächlich Besitzer der *New York*, und da er jedes Jahr im Frühling nach Europa gereist ist, war seine Anwesenheit an Bord gut möglich. Ich weiß jedoch nicht, ob er wirklich auf diesem speziellen Schiff und zu dieser Zeit gereist ist. Witzigerweise ist der einzige weitere echte Name der von Padlock Homes. Zur Zeit, in der die Handlung spielt, hat die *Etruria* der *Cunard Line* einen gespielten Prozeß abgehalten, in dem »Padlock Homes« als Zeuge aufgetreten ist. Wie alle anderen Figuren in diesem Buch ist auch Padlock Homes fiktiv. Aber *diesen* Namen konnte ich einfach nicht erfinden.

Obwohl die Mafia in den 1880ern in die Vereinigten Staaten kam, war das der Bevölkerung in New York nicht vor der Jahrhundertwende bekannt. Aus Handlungsgründen habe ich den Zeitrahmen geändert. Ihre Angewohnheit, Mitteilungen mit einer gemalten schwarzen Hand bei ihren Erpressungsopfern zu signieren, hat zu ihrem Namen geführt.

Informationen über die *New York* herauszufinden war nicht einfach, aber viele haben mir dabei geholfen. In erster Linie das Personal der *New Bedford Free Public Library*, insbesondere Eileen Michaud und Bill Schneller aus der *Interlibrary Loan*-Abteilung; ferner Virginia S. Wood von der Kongreßbibliothek und die Nordamerikanische Gesellschaft für Meeresgeschichte; Don Lynch von der *Titanic Historical Society;* die *Steamship Historical Society of America* an der Universität Baltimore; Marie Lore beim *South Street Seaport* in New York; Blair Benjamin, Kurator der *National Maritime Historical Society;* Mary H. Getchell vom *Mariners' Museum* in Newport News; Frank O. Braynard, bekannter Experte für Passagierdampfer, und die Belegschaft der *New York Public Library*. Sämtliche Fehler in diesem Buch habe allein ich zu verantworten.

Ich danke erneut meiner Mutter, Madelyn Sweeney Kruger, die das Manuskript auf Schwächen hin gelesen hat und den Mörder gleich auf den ersten Seiten erraten hat. Mein Dank gilt auch meinen Freunden und Nachbarn, deren Namen ich verwenden durfte. Ein besonderer Dank geht an Jennifer Swayer, die mir geholfen hat, das Beste aus diesem Buch zu machen.

Ich freue mich, von meinen Lesern zu hören und beantworte gerne alle Briefe. Bitte schreiben Sie an folgende Adresse:

RWA/New England Chapter
P.O. Box 1667
Framingham, MA 01701–9998

LESLIE TENTLER

# Dans les griffes de la nuit

BestSellers

*Collection :* BEST-SELLERS

*Titre original :* EDGE OF MIDNIGHT

*Traduction française de* BARBARA VERSINI

HARLEQUIN®
est une marque déposée par le Groupe Harlequin
BEST-SELLERS®
est une marque déposée par Harlequin S.A.

*Photo de couverture*
*Escalier :* © KERRY NORGARD/ARCANGEL IMAGES
*Réalisation graphique couverture :* F. LEPERA (Harlequin SA)


83-85, boulevard Vincent-Auriol, 75646 PARIS CEDEX 13.
Service Lectrices — Tél. : 01 45 82 47 47
www.harlequin.fr
ISBN 978-2-2803-0855-7 — ISSN 1248-511X

*A mon époux, Robert.*
*Je t'aime.*

# Prologue

*Atlantic Beach*
*Environs de Jacksonville, Floride*

John Penotti but une gorgée de son café avant qu'il ne refroidisse. Il s'efforçait de lutter contre la somnolence qui le prenait toujours avant l'aube. Tout en écoutant les grésillements de la radio, il scrutait à travers le pare-brise la portion isolée de la route d'Etat A1A qui s'étendait devant eux. Son partenaire, l'agent Tommy Haggard, conduisait en fredonnant un air qu'ils avaient entendu dans le relais où ils venaient de dîner. La pluie avait cessé. Derrière eux, l'étendue sans fin de l'Atlantique se fondait dans le ciel sombre. Seuls les moutons d'écume des vagues tranchaient sur la noirceur de l'océan.

— Tu pars en vacances, cet été ? demanda Tommy.

— On croirait entendre ma femme, grommela John. Pourquoi partir, quand on vit au bord de la mer ?

Tommy conduisait, la main droite sur le volant, le bras gauche négligemment posé sur le rebord de la vitre ouverte. Il avait dix ans de moins que John et suffisamment d'énergie pour passer ses vacances ailleurs que dans un fauteuil, devant la télévision, à boire des bières.

— Il n'y a pas que la plage… Tu pourrais partir faire des randonnées en montagne, ou emmener tes gosses à Disney World.

— Ils sont trop vieux pour ça.

Tommy lui jeta un regard en coin.

— Trop vieux ? J'ai passé ma lune de miel à Disney World, mon pote.

John s'apprêtait à faire un commentaire narquois, mais se ravisa et posa son café encore fumant sur le porte-cigarettes, en désignant du menton la route devant eux.

— Regarde un peu là-bas…

— Super ! murmura Tommy d'un ton contrarié.

Il ralentit la voiture et activa la rampe lumineuse du toit.

Une Acura gris métallisé avait arraché trois mètres de la barrière de bois qui séparait l'autoroute des dunes de sable. Elle avait visiblement dérapé sur l'asphalte humide et s'était fichée dans une dune. L'avant était plié en accordéon, enchâssé dans le sable blanc. La portière du conducteur était ouverte. Dommage, songea John, ils avaient pourtant eu une nuit tranquille jusque-là… Quelques infractions mineures au code de la route seulement et une bande d'adolescents qui tentaient d'acheter de la bière au Gas'N'Go, avec une fausse pièce d'identité.

— Une conduite en état d'ivresse, probablement, hasarda-t-il. L'idiot doit cuver sur la plage.

Tommy coupa le moteur, mais laissa la rampe lumineuse, dont la pulsation striait en rythme l'Acura de traînées bleues. John sortit du véhicule, prit la lampe torche accrochée à sa ceinture et en dirigea le faisceau vers le véhicule accidenté, de façon à en éclairer l'intérieur.

— Vide, confirma-t-il tout en se dirigeant vers la portière restée ouverte.

L'airbag s'était déployé au moment du choc et pendait du volant comme un ballon dégonflé.

— Plaques du Tennessee… Tu veux bien appeler l'immatriculation, Tommy ?

Ce dernier retourna vers leur voiture, tandis que John se penchait pour regarder de plus près. Des gouttes de sang encore humides étaient visibles sur l'airbag. Tout en fronçant les sourcils, il leva sa lampe, pour examiner l'intérieur de plus près. Les quelques gouttes pouvaient correspondre à un saignement de nez dû au choc, mais les traces sèches et marron sur le siège du passager étaient plus inquiétantes. On aurait dit que quelqu'un s'était essuyé des doigts couverts de rouille sur le cuir du fauteuil.

— C'est un véhicule volé, déclara Tommy en revenant. Le propriétaire est un vacancier. Il a déclaré le vol il y a deux jours.

— On a du sang, annonça John.

Tommy scruta l'intérieur à son tour.

— Ça ne pourrait pas être de la sauce tomate ?

— Non.

John se redressa et alla poser sa main sur le capot qu'il trouva chaud. Il tenta de percer les ténèbres du côté de la plage, en inspirant à pleins poumons l'air vif de la mer, puis poussa un soupir résigné.

— Bon... Il ne nous reste plus qu'à trouver le conducteur...

Tandis qu'ils empruntaient le chemin de planches qui protégeait les dunes de sable, John défit la boucle de son étui de revolver. Il remarqua que Tommy — toujours friand d'action — avait dégainé son arme qu'il pointait à bout de bras. Il se prenait décidément pour un soldat de commando ! En d'autres circonstances, il l'aurait rabroué pour refréner cet enthousiasme naïf, mais ils venaient de trouver une voiture volée et l'hypothèse d'un criminel armé n'était pas à exclure, aussi s'abstint-il de commentaires.

— Des empreintes, commenta Tommy, quand le faisceau de John éclaira le sable au pied du ponton de bois.

Les empreintes étaient étroites et peu profondes. La personne qui avait abandonné le véhicule accidenté était petite et légère, et ne portait pas de chaussure.

Ils suivirent les traces, toutes droites sur environ deux cents mètres, puis qui prenaient un virage autour d'un massif d'avant-dunes maintenu par la végétation et les algues. John balaya le secteur de sa lampe. Ils distinguèrent bientôt une forme sombre accroupie derrière un bosquet de chênes, à peine visible et aussi immobile qu'un lapin cherchant à tromper un prédateur.

— Police de la côte atlantique ! cria-t-il d'une voix pleine d'autorité, tout en dégainant son arme.

Posté près de lui, Tommy était déjà en position de tir, le revolver pointé vers les arbres.

— Avancez lentement, les mains sur la tête…

La forme demeura immobile.

— Avancez ! répéta John.

Il fit lui-même quelques pas en avant, précautionneusement, en éclairant la silhouette du faisceau de sa lampe.

— Tu ne nous crois pas capable de tirer ? cria Tommy. Nous sommes deux et…

Mais John posa soudain une main sur le bras de son partenaire pour lui faire baisser son arme.

— Seigneur ! Laisse tomber ça, Tommy…

La silhouette recroquevillée était une femme. Accroupie, ses minces bras enroulés autour de ses genoux, elle cherchait à se protéger. De longs cheveux noirs retombaient sur son visage. La lampe éclairait la peau nue de ses mains, de ses bras et de ses jambes. Elle était couverte de sang…

John crut d'abord qu'elle était en maillot, puis il se rendit compte avec un tressaillement de surprise qu'elle se trouvait en réalité en sous-vêtements — une culotte et un soutien-gorge en dentelle. Sous le mince faisceau de lumière, elle tremblait comme une feuille.

— Madame ? Est-ce que ça va ? demanda-t-il.

Il avança encore de quelques pas et tendit la main vers elle.

— Retourne à la voiture chercher une couverture et appelle une ambulance, dit-il à Tommy.

Tommy partit en courant et John s'assit sur ses talons, pour se mettre à hauteur de la femme. Elle n'eut aucune réaction, comme si elle n'était pas consciente de sa présence.

— Madame ? fit-il de nouveau.

Il effleura ses épaules, geste qui la tira de sa transe. Elle hurla et recula en rampant sur les fesses, sa poitrine s'abaissant et s'élevant au rythme de sa respiration saccadée.

— Ça va aller. Je suis officier de police. Nous avons appelé une ambulance.

Les beaux yeux marron de la femme s'écarquillèrent, de peur ou de confusion. Elle avait les pupilles dilatées, ce qui pouvait signifier qu'elle avait pris un coup à la tête, ou bien qu'elle était droguée. Son nez saignait un peu, mais ne paraissait pas cassé. Ses poignets étaient rouges et affreusement écorchés : elle avait donc été ligotée.

— Comment vous appelez-vous ?

Elle battit des paupières, l'air toujours aussi apeurée.

— M… Mia, parvint-elle à répondre au bout d'un long moment, d'une voix d'autant moins audible qu'elle était couverte par le grondement des vagues de l'océan.

Bien que dans un état pitoyable, elle était jolie, d'une beauté exotique, avec un visage ovale et des traits délicats. John lui donna environ trente ans. Il remarqua sur sa mâchoire l'ombre d'une ecchymose fraîche.

— Pouvez-vous me dire ce qui vous est arrivé, Mia ?

Elle ferma les yeux. Un frisson de peur la parcourut.

— Je… Je ne sais pas.

— Vous ne vous en souvenez pas ?

Elle secoua la tête en se mordant les lèvres. La brise de l'océan souleva ses longs cheveux noirs et John remarqua une mèche plus courte que les autres, comme si elle avait été coupée.

Elle sursauta en entendant les pas de Tommy qui revenait en courant sur le chemin de planches.

— Ce n'est rien, la rassura John. C'est mon partenaire, l'officier Haggard. Je suis l'officier Penotti. Vous êtes en sécurité, à présent…

Tommy apparut près de lui, hors d'haleine.

— Les renforts arrivent, avec une ambulance, annonça-t-il.

Elle eut un mouvement de recul quand il avança vers elle pour l'envelopper dans la couverture qu'il lui avait apportée.

— Désolé, s'excusa-t-il. Tenez, prenez-la…

Elle tendit une main tremblante et ils virent alors nettement qu'il lui manquait deux ongles. John contempla avec effroi les lits unguéaux à vif. Puis son regard glissa vers le ventre de la femme. Il arborait une vilaine blessure rougeâtre. Quelque chose qui ressemblait au chiffre huit, ou au signe de l'infini, comme si on avait voulu le graver à même sa peau. Il la regarda s'envelopper maladroitement dans la couverture rêche sous laquelle sa frêle silhouette parut disparaître. Elle continua à frissonner et à se balancer d'avant en arrière.

Quand les secours arrivèrent, John et Tommy s'éloignèrent de quelques pas, pour laisser les infirmiers faire leur travail.

— Tu crois qu'elle a été violée ? demanda tout bas Tommy, au bout de quelques minutes.

— Je ne sais pas. Peut-être.

*Probablement...*

Une infirmière avait réussi à convaincre la femme de s'allonger sur une civière. Un groupe de soignants s'activaient à présent autour d'elle et John ne la voyait plus. Au-dessus de leurs têtes, les lumières bleues et rouges des voitures garées un peu plus loin sur la route se reflétaient dans le ciel.

— Hé, Carl ! appela John en hélant un infirmier qui passait devant eux pour rejoindre l'ambulance. Qu'est-ce qu'elle a ?

— On ne le saura qu'après le bilan toxicologique des urgences, mais je pense qu'elle est droguée. Elle est complètement partie. Elle ne se souvient même pas avoir conduit jusqu'ici.

— Et le sang qu'elle a sur elle ?

— A part ses blessures apparentes aux doigts et au ventre, elle n'a rien. En tout cas rien qui puisse justifier tout ce sang.

*Rien qui puisse justifier tout ce sang...*

Qu'est-ce que ça voulait dire ? Que le sang était celui de quelqu'un d'autre ?

Comme toutes les grandes agglomérations, Jacksonville avait son quota d'agressions, d'homicides, de trafic de drogue. Mais du côté des plages, c'était plutôt calme. Leurs interventions se bornaient généralement à rappeler à l'ordre des adolescents chahuteurs, ou des touristes alcoolisés.

Il songea alors aux deux femmes dont on avait signalé la disparition au cours des deux dernières semaines. Les disparues n'avaient pas été retrouvées, mais il ne lui semblait pas que l'une d'elles se prénommait Mia. Il l'avait entendue répondre à l'une des infirmières que son nom de famille était Hale. Hale, par contre, ça lui rappelait quelque chose, mais quoi ?

En tout cas, ce qui se passait ne lui disait rien qui vaille.

# 1

Eric Macfarlane s'était planté face au bosquet de chênes. Il avait abandonné sa veste de costume sur le sable chaud et fermé les yeux ; une forte brise venue de l'océan agitait ses cheveux châtains ; le soleil le brûlait comme un tison à travers sa chemise bleue. Au-dessus de lui, des mouettes criaient.

Il tentait d'imaginer quel effet ça pouvait faire de heurter les dunes d'une plage isolée, dans une voiture inconnue, et d'attendre ensuite pendant des heures que quelqu'un vous trouve.

Il avait lu et relu le rapport de la police de la côte atlantique, la veille, à Washington, dans son bureau du VCU, l'unité de lutte contre les crimes violents du FBI, puis une fois encore dans l'avion qui avait atterri tôt dans la matinée à l'aéroport international de Jacksonville. En dépit de la chaleur qui régnait en Floride, il frissonna. Cette affaire lui en rappelait une autre…

*Et si c'était lui… S'il avait refait surface…*

Il y avait beaucoup trop de similitudes pour que ce soit un hasard. Allait-il donc de nouveau être confronté au monstre qu'il avait traqué en vain trois ans plus tôt. Il tenta de maîtriser les émotions contradictoires qui s'agitaient en lui et rebondissaient comme des galets à la surface d'un lac.

— Eric !

Il reconnut la voix de Cameron Vartan. L'agent spécial venait vers lui et, vêtu du costume et de la cravate réglementaires, il paraissait aussi déplacé que lui sur cette plage de sable.

— J'étais certain de te trouver ici, fit Cameron en souriant.

Il lui secoua chaleureusement la main, puis ponctua son accueil d'une tape sur l'épaule. Ils étaient amis. Ils se connaissaient depuis longtemps.

— Ton flair est aiguisé à ce point ? ironisa Eric.

— Il y a de ça. Mais j'avoue avoir été aiguillé par le bureau local. En appelant pour signaler ton arrivée, tu as demandé qu'on t'indique le chemin pour te rendre sur les lieux de l'accident.

Ils avaient fait leurs classes ensemble à l'académie de Quantico, puis ils avaient été partenaires. Au bout de quelques années, Cameron avait demandé à être muté dans sa Floride natale, tandis qu'Eric avait rejoint l'unité de lutte contre les crimes violents.

— Comment va Lanie ? demanda Eric.

— Elle attend un bébé.

— Vraiment ? Félicitations !

— Elle a hâte de te voir. Ça fait trop longtemps !

Cameron planta ses chaussures de ville dans le sable et ses poings sur les hanches, juste au-dessus de son revolver glissé dans un étui. Il dévisagea Eric et son expression redevint grave.

— Quand l'agent du ViCAP m'a appelé pour signaler les points communs entre notre affaire et celle d'il y a trois ans, j'ai pensé que ça t'intéresserait.

Eric acquiesça, tout en détournant brièvement le regard.

— Comment cette enquête a-t-elle atterri sur le bureau de Floride ? demanda-t-il.

— Les forces de police des localités de la côte sont restreintes en effectifs et pas préparées à gérer des délits graves. Il y a déjà eu deux disparues à Jacksonville au cours des quinze derniers jours. Le shérif nous a contactés pour réclamer de l'aide, et moi, j'ai immédiatement pensé à toi.

— Est-ce que les deux femmes ont été retrouvées ?

Cameron secoua la tête.

— Aucune trace d'elles. Ni mortes ni vivantes. On suppose que Mlle Hale a été enlevée par le même homme que les deux autres, mais qu'elle a réussi à lui échapper.

— En utilisant un véhicule volé et sans le moindre souvenir de ce qui lui est arrivé ?

— Tout porte à le croire... Ses analyses toxicologiques viennent juste d'arriver. On a trouvé dans son sang un mélange de Rohypnol et de gamma-hydroxybutyrate — la drogue du viol, l'ecstasy liquide —, ce qui pourrait expliquer qu'elle ne se souvienne de rien. Le médecin qui s'est occupé d'elle dit qu'elle souffre d'une amnésie antérograde totale.

Eric songea aux blessures que le ravisseur avait infligées à la jeune femme : ongles de l'index et du majeur arrachés, mèche de cheveux coupée, chiffre gravé sur la peau... Ça concordait trop bien pour être simplement une coïncidence. Il eut une brusque montée d'angoisse. Le collectionneur était sous le coup d'un mandat international, ce qui ne l'avait pas empêché de disparaître sans laisser de traces. La thèse la plus partagée était qu'il était mort, ou en prison quelque part pour un délit sans rapport avec ses crimes de sang.

Mais Eric n'y croyait pas.

— Bon sang, ce qu'il fait chaud ! se plaignit Cameron.

Tout en plissant les yeux à cause de la lumière trop vive, il prit ses lunettes noires, accrochées à la poche de sa chemise, et les enfila.

— Nous avons une réunion à 13 heures, au bureau du shérif de Jacksonville, pour coordonner une force d'intervention spéciale, annonça-t-il. On pourrait peut-être grignoter un petit truc avant ? Il y a un bon restaurant de poisson un peu plus loin sur la route. Et pas un truc pour touristes, tu peux me faire confiance !

Ils avancèrent sur le sable. Eric ramassa au passage sa veste qu'il lança négligemment par-dessus son épaule. Tout en écoutant Cameron, il jeta un coup d'œil derrière eux, vers la mer. L'endroit était encore sauvage. Quelques personnes se promenaient le long du rivage. L'océan était calme sous un ciel azuré. Des silhouettes vagues et grises de navires militaires flottaient à l'horizon.

— Cette Mia Hale est journaliste au *Jacksonville Courier*, c'est bien ça ? demanda-t-il tandis qu'ils atteignaient le chemin de planches menant à la route.

Il se souvenait de ce détail qui l'avait frappé.

Cameron acquiesça.

— Journaliste chargée des affaires criminelles, précisa-t-il. C'est elle qui a couvert les disparitions des deux femmes. Elle a écrit ce que tout le monde pensait, à savoir qu'elles avaient probablement été enlevées. D'après leurs familles respectives, elles n'étaient pas du genre à s'évanouir dans la nature sans donner de nouvelles. Le dernier article de Mia Hale a été publié lundi matin. Elle a quitté le journal lundi soir, on l'a vue descendre dans le parking, mais elle n'a pas pris sa voiture. Ensuite, on perd sa trace. La police de l'Atlantique l'a trouvée huit heures plus tard, sur cette plage, cachée derrière un bosquet d'arbres, en sous-vêtements et en état de choc. J'ai l'impression que ses articles ont dû attirer sur elle l'attention de *quelqu'un*.

— Et côté véhicule ? On a des pistes ?

— C'est le bureau du shérif qui s'en occupe. Le rapport des experts est attendu pour cet après-midi. Mia Hale est incapable de dire comment elle est entrée en possession de la voiture avec laquelle elle est arrivée jusqu'à la dune. Il s'agit d'une voiture volée deux jours plus tôt dans un centre commercial.

Cameron désigna la barrière qui protégeait les dunes, à l'endroit où l'Acura avait achevé sa course. Des piquets de bois étaient éparpillés comme des allumettes entre les massifs de graminées qui poussaient en bord de mer. C'était tout ce qui restait de l'accident, la voiture ayant été emportée par les experts. Eric scruta le secteur.

— Il faudra que je lui parle, dit-il.

— Elle est sortie hier de l'hôpital. On peut organiser un rendez-vous avec elle.

La voiture de fonction de Cameron était garée derrière

la berline de location d'Eric, sur le bas-côté sablonneux de l'A1A. Cameron lui indiqua le chemin pour se rendre au restaurant de poisson, puis ôta ses lunettes. L'inquiétude se lisait dans ses yeux.

— Pour tout te dire, Eric, je n'étais pas certain que le bureau de Quantico serait d'accord pour que tu collabores à cette enquête. Compte tenu de ce qui s'est passé…

Il faisait allusion à Rebecca. Près de trois ans déjà… Parfois, Eric avait du mal à se souvenir de son visage, de sa voix. Et ça lui faisait mal.

— Pour une fois, j'ai fait marcher le piston, avoua-t-il.

— Je m'en doute. Tu es venu sans partenaire ?

— On manque de personnel, alors je n'ai pas osé l'embarquer dans l'aventure. J'ai dit que j'avais sur place un ancien coéquipier et qu'on ferait sûrement du bon boulot ensemble.

— Ça tombe bien. Mon partenaire s'est déchiré un ligament du genou. Il est en arrêt maladie.

Cameron se tut, comme s'il prenait le temps de choisir ses mots avant de poursuivre.

— Si c'est vraiment notre type… tu te sens capable d'assurer ?

Eric était persuadé, quant à lui, qu'il s'agissait bien de *leur* type. Dans la section des crimes violents, il avait eu l'occasion d'observer la psychologie des tueurs en série. Certains parvenaient à se tenir tranquille pendant quelques années pour échapper à la police, mais reprenaient du service un jour ou l'autre, poussés par leurs pulsions meurtrières.

— Non seulement je vais assurer, mais j'en ai besoin pour tirer un trait sur cette histoire, répondit-il simplement.

Cameron soupira, tout en suivant du regard une voiture qui passait sur la route.

— Je m'en doutais un peu, figure-toi…

— Pas question que tu reprennes le travail demain ! Et pas la peine d'insister, Mia, je ne changerai pas d'avis !

— Mais je pourrais au moins assister aux réunions éditoriales et…

— Il faut d'abord que tu récupères. Profite du bord de mer, détends-toi, va à la plage…

Mia entendit qu'on entrait dans le bureau et Grayson Miller cessa de lui parler pour recevoir son visiteur impromptu. Elle l'imagina, trônant dans son grand fauteuil, avec ses lunettes bifocales perchées sur le bout de son nez, penché sur un article qu'il relisait en le caviardant de rouge. Puis il revint à leur conversation, en baissant la voix.

— Je passerai chez toi après le boulot pour voir comment tu vas.

— Ce n'est pas la peine. Je ne suis pas seule. Il y a Will et Justin.

— Fais-moi plaisir… Je tiens à constater par moi-même que tu vas bien.

Il paraissait sincèrement préoccupé. Elle en fut émue aux larmes.

— En arrivant dans le parking mardi matin, j'ai trouvé la portière de ta voiture ouverte et ton sac à main abandonné à l'intérieur, reprit-il. J'ai eu la peur de ma vie, tu peux me croire ! Depuis treize ans que je suis rédacteur en chef de ce journal, on n'avait jamais enlevé l'un de mes journalistes. Dans le parking du journal, en plus, tu te rends compte ? Et puis, tu n'es pas qu'une simple journaliste, pour moi, Mia. Tu es mon amie, j'ai de l'affection pour toi. C'est un vrai miracle que tu t'en sois sortie en vie !

Elle ferma les yeux et se concentra pour refouler ses larmes. Elle n'allait tout de même pas se mettre à pleurer au téléphone !

— Grayson…

— J'apporterai le dîner. Tu as le choix entre une pizza de chez Mario, ou un repas de ce restaurant thaï qui est au coin de ta rue. Envoie-moi un e-mail avant 18 heures pour me dire ce que tu préfères.

— Le thaï, murmura-t-elle.

Puis elle raccrocha.

Elle demeura sur la terrasse de son appartement, frissonnant en dépit de la chaleur du soleil. Elle posa le téléphone sur la table de verre et resserra les pans de sa courte robe de chambre kimono, tout en fixant d'un regard vague la canopée des grands arbres du parc de San Marco — le quartier historique de Jacksonville. Grayson n'avait pas tort, au fond. Elle n'était pas en état de se remettre au travail. Mais la vérité — une vérité qu'elle n'aurait admise pour rien au monde devant un tiers —, c'est qu'elle préférait retourner au journal plutôt que de rester seule chez elle. Pour cesser de ruminer, elle avait besoin du bourdonnement de la salle de rédaction, de se concentrer sur un article, du stress d'une *deadline*.

On ne lui confierait probablement que des sujets sans importance, à présent. Grayson n'avait pas abordé la question, mais elle s'attendait à ce qu'il lui annonce qu'il lui retirait l'affaire des disparitions, parce qu'elle était maintenant impliquée personnellement et que ça posait un problème de déontologie.

Oui, c'était certain : elle était bel et bien impliquée dans cet événement qui défrayait la chronique et pourtant, elle ne se souvenait de rien !

Les inspecteurs du bureau du shérif et les agents de l'antenne locale du FBI l'avaient longuement interrogée, mais entre son enlèvement et son accident, c'était le trou noir. Rien ne lui était revenu. Elle avait quitté le bureau assez tard, après avoir bouclé un article. En passant, elle avait dit bonsoir à Ronnie, l'un des concierges de nuit, puis elle avait pris la direction du parking. Il faisait nuit, l'air était doux. Elle avait cliqué sur son porte-clés pour déverrouiller les portières de sa vieille Volvo, puis, comme toujours, elle avait lancé son sac à main sur le siège du passager.

Ensuite, elle avait repris connaissance dans une voiture accidentée qui n'était pas la sienne, en bordure d'une longue route inconnue qui longeait la plage, couverte de sang, tremblante, dans un état de confusion indescriptible, avec une voix intérieure qui lui hurlait de fuir et cette peur glacée qui ne l'avait pas quittée depuis.

Il y avait eu, plus tard, une foule de gens, des silhouettes évoluant dans une sorte de brouillard, des policiers, des infirmiers, des médecins, le transport aux urgences. On s'était pressé autour d'elle pour l'ausculter, lui prélever du sang, vérifier ses signes vitaux, lui poser une foule de questions auxquelles elle n'avait pas su répondre.

Son cœur se serra tandis qu'elle songeait à l'examen destiné à vérifier qu'elle n'avait pas été violée. Elle l'avait vécu comme une agression, mais avait été soulagée d'apprendre que son ravisseur ne l'avait pas touchée. Plus tard, elle avait demandé qu'on prévienne Grayson, lequel avait déjà signalé sa disparition aux autorités, comme le lui avaient appris les inspecteurs.

Elle souffrait encore d'un résidu de migraine qui ressemblait à une bonne gueule de bois — un effet secondaire du cocktail que son ravisseur lui avait injecté, lui avait-on expliqué.

Que lui était-il arrivé ? A qui et à quoi avait-elle échappé ?

Celui qui l'avait enlevée était probablement responsable de la disparition des deux femmes que l'on recherchait encore. Elle se sentait solidaire de ces malheureuses à présent ; elle ne songeait plus à elles avec le détachement nécessaire pour écrire un bon article. Elle ne cessait au contraire de se demander si elles étaient vivantes ou mortes.

Une brise tiède lui caressa le visage, soulevant ses cheveux. Elle posa une main sur son ventre et son regard tomba sur la vilaine écorchure qui encerclait son poignet. A travers le tissu de soie de son kimono, elle sentait les reliefs de l'étrange signe incrusté sur sa peau, qui se couvrait à présent d'une croûte. *Je vais devoir oublier les petits maillots de bain pendant un moment*, songea-t-elle en essayant d'injecter un peu d'humour dans cette terrifiante situation. Les extrémités de son index et de son majeur étaient bandées et endolories.

*Tu es solide, Mia. Tu as traversé bien d'autres épreuves. Tu t'en sortiras.*

Elle rentra dans son appartement. Il était spacieux, avec de hauts plafonds et un parquet ancien, en pin. Depuis son bureau, le scanner de la police émettait en bruit de fond un bourdonnement étrange, mais familier. Elle se dirigea vers l'îlot en granit qui séparait la cuisine du salon et jeta un coup d'œil à l'exemplaire du *Jacksonville Courier* qu'elle avait ramassé sur son palier, quelques heures plus tôt, en arrivant. Elle n'avait pas encore eu le courage de le lire. Sous le bandeau, le gros titre annonçait un article traitant d'un conflit sans fin entre le comté et l'Etat, à propos de la protection du front de mer. Elle ne s'y arrêta pas et déplia lentement le journal.

Elle parcourut rapidement la première page, puis ouvrit sur la deuxième, qu'elle étala sur le comptoir. Walt Rudner, un journaliste qui avait près du double de son âge, avait pris le relais sur l'affaire des enlèvements pendant son absence.

Elle lut attentivement son article de suivi, qui complétait un autre, paru plus tôt dans la semaine.

*Une jeune femme de trente et un an, dont on suppose qu'elle serait la troisième victime du criminel qui sévit en ce moment à Jacksonville, a réussi à lui échapper dans la nuit de lundi à mardi. D'après le porte-parole du bureau du shérif de Jacksonville, elle était en état de choc et n'a pu fournir aucune information aux enquêteurs...*

Un dernier paragraphe concluait en mentionnant qu'un agent du VCU, l'unité de lutte contre les crimes violents, avait été appelé pour expertise.

Un coup sec frappé à la porte la fit sursauter. Elle alla dans l'entrée et colla son œil au judas. Elle reconnut Will Dvorak, l'un des propriétaires de l'immeuble, qui vivait au rez-de-chaussée. Elle soupira de découragement en songeant qu'un simple coup frappé à sa porte suffisait désormais à lui affoler le pouls. Elle ne voulait pas devenir une version affaiblie et apeurée de la Mia qu'elle avait été.

Will entra et l'embrassa fougueusement sur les deux joues.

— Habille-toi vite, on va être en retard !

Comme toujours, il était très élégant, vêtu d'un pantalon de coton clair et d'une chemise à manches courtes sans un faux pli. Des lunettes de soleil de marque pendaient à un cordon accroché à son cou.

— Que je m'habille ? Et pour aller où ?

— Justin vient de m'appeler d'Elan. Quelqu'un a annulé un rendez-vous dans un de ses salons de coiffure, et c'est toi la chanceuse qui va bénéficier du créneau qui se libère !

Justin Cho, le compagnon de Will, possédait plusieurs spas et salons d'esthétique.

— Je lui ai déjà dit que c'était O.K. et que je t'accompagnais.

Mia secoua la tête.

— C'est très gentil de ta part, Will, mais je ne me sens pas du tout d'attaque…

Il lui adressa un sourire plein de compréhension, mais ignora son objection.

— Ensuite, nous irons déjeuner dans cet endroit qui te plaît tant, sur le Riverwalk. Tu as besoin de prendre l'air.

Elle dut avoir l'air sceptique, car il la prit par les épaules et la poussa gentiment vers la salle de bains. Will était un bon copain. Justin et lui étaient même ce qui ressemblait le plus à une famille, pour elle.

— Will…

— C'est pour ton bien, Mia…

Il alluma la lumière et elle se trouva brusquement face au pâle reflet hanté que lui renvoyait le miroir biseauté.

Sa coiffure était une catastrophe. La longue mèche prélevée donnait à sa coupe une allure déchiquetée ; elle avait l'air d'une gamine qui a tenté de se couper les cheveux elle-même.

— Avoue que tu n'es pas présentable, ma chérie, commenta doucement Will.

Elle fronça les sourcils et effleura du bout de ses doigts bandés l'ecchymose de sa mâchoire. Ses yeux brun cacao devinrent liquides et pleins de questions. Elle tenta une fois de plus de se souvenir de ce qui lui était arrivé, mais c'était comme de percer un brouillard gris et épais. Elle chercha le regard de Will dans le miroir. Il la scrutait avec des yeux inquiets.

Il avait raison. Elle devait réagir.

Elle eut un bref soupir et quitta la salle de bains pour aller s'habiller.

— Très bien. Dis à Justin que c'est d'accord !

# 2

Les locaux du bureau du shérif de Jacksonville étaient situés dans le bâtiment des forces de police du comté de Duval. Eric se trouvait dans la salle de réunion, avec Cameron et les deux inspecteurs chargés de l'enquête sur les disparitions : Boyet, un homme lourd et chauve, et Scofield, sa partenaire, une femme blonde d'allure sportive, qui devait avoir un peu plus de la quarantaine.

— Le sang prélevé dans l'Acura provient de deux personnes différentes, leur indiqua Eric.

Il commenta ensuite le rapport sur la voiture accidentée avec laquelle Mia Hale avait échoué dans les dunes.

Boyet acquiesça, remua sur sa chaise qui grinça et ajouta :

— Le sang sur le volant et l'airbag est bien celui de Mlle Hale. Celui du fauteuil, c'est une autre histoire. Il appartient au groupe O négatif, un groupe rare, qui se trouve être aussi celui de Cissy Cox. Cissy Cox a dû être transportée dans cette voiture.

— Pas forcément, rétorqua Eric. Mlle Hale a pu essuyer sur le siège ses mains couvertes du sang de Cissy Cox.

Devant l'expression abasourdie des deux inspecteurs, il crut bon de s'expliquer.

— Elle était peut-être enfermée avec elle. Elle avait son sang sur les mains et les a machinalement essuyées avant de prendre le volant.

Cameron quitta la table pour se diriger vers la baie vitrée qui donnait sur une rangée de palmiers. Puis il adossa au mur sa grande silhouette athlétique.

— Comment s'y est-elle prise pour faire démarrer la voiture ? demanda-t-il. Il s'agissait d'un véhicule volé. Les clés étaient à l'intérieur ?

— Les fils de contact étaient dénudés, expliqua encore Boyet. On ne sait pas si c'est elle qui l'a fait, ou si c'est le ravisseur, quand il a volé la voiture. Mais enfin… Elle a été capable de connecter les deux fils, alors qu'elle était complètement défoncée. Ça en dit long sur les méthodes des journalistes…

— Vous avez trouvé d'autres empreintes que les siennes dans cette voiture ? demanda Eric.

— Non. Rien que les siennes.

— Quand nous l'avons interrogée, à l'hôpital, elle était encore sous le choc et n'a pas pu nous dire grand-chose, continua Scofield. Peut-être que la mémoire lui est revenue, à présent. Nous avons plusieurs fois collaboré avec elle, notamment à propos des enlèvements. Elle est jeune, mais brillante. Je pense qu'elle va reprendre le dessus et que la mémoire lui reviendra, au moins partiellement.

Des photographies de Mia Hale, prises aux urgences, étaient étalées sur la table, près de celles des deux disparues. Eric étudia d'abord son visage, plutôt joli, avec une carnation mate, des cheveux noirs et des yeux de biche. Elle avait une ecchymose à la mâchoire et un regard vitreux de droguée. On voyait qu'elle était en état de choc, et elle lui inspira un violent élan de sympathie. Puis son regard glissa vers des clichés en gros plan de ses blessures — la boucle sinueuse du huit sur son ventre plat et bronzé, le lit unguéal à vif de son index et de son majeur.

— Quel genre de tordu peut faire des trucs pareils ? demanda Boyet en désignant les photos du menton.

— D'après le médecin qui l'a examinée, ses ongles ont été arrachés avec des tenailles.

— Ces blessures étaient aussi la signature du tueur du Maryland, déclara posément Eric.

Scofield eut un frisson de dégoût.

— Finalement, il vaut peut-être mieux pour elle qu'elle ne se souvienne de rien.

Eric essaya de ne pas penser à Rebecca. A ce qu'elle avait enduré.

— Avez-vous trouvé des liens ou des points communs entre les disparues ? demanda-t-il. Je pense par exemple au statut socio-économique, à leur travail, à un cours de yoga qu'elles auraient pu prendre au même endroit, un magasin qu'elles auraient régulièrement fréquenté…

Cameron se repoussa du mur et se mit à faire les cent pas dans la pièce.

— Non. Pour l'instant, nous n'avons rien trouvé de tel, répondit-il. Cissy Cox est employée dans une boutique du centre commercial de River City. Pauline Berger est une bourgeoise, mère au foyer, qui vit dans une belle maison au bord de la plage Ponte Vedra et qui fréquente un club de golf. Mia Hale est journaliste au *Courier* et elle habite San Marco, un quartier d'artistes branchés. Je ne vois aucun point commun entre elles.

— Et elles sont très différentes physiquement, renchérit Scofield.

Elle tapota les photographies du bout de son stylo à bille.

— Nous avons une rousse plantureuse, une grande blonde de type nordique, et une petite brune qui a du sang latino. Les tueurs en série s'en tiennent en général à un seul type de femme, non ?

— Si, admit Eric. Mais là, nous avons affaire à un criminel qui s'amuse justement à changer de type.

Scofield inclina la tête de côté, perplexe.

— Je ne suis pas sûre de bien comprendre, dit-elle.

— Ses proies sont pour lui des pièces de ce qu'il appelle sa « collection ». Et dans sa collection, il veut des brunes, des rousses et des blondes.

— Comment vous savez ça ? Vous avez eu l'occasion de l'interroger à ce sujet ?

— Il a envoyé aux enquêteurs des enregistrements audio des séances de torture qu'il inflige à ses victimes, accompagnés de commentaires. Nous pensons qu'il utilisait un appareil pour déguiser sa voix.

Ils avaient reçu un enregistrement après chaque meurtre. Eric sentit alors peser sur lui le regard de Cameron et évita de se tourner vers lui.

— Vous ne voyez décidément que des horreurs, à l'unité des crimes violents, commenta Boyet en montrant une autre photo. Ça signifie quoi, ce truc gravé sur le ventre des victimes ?

— Il les numérote. Il y a trois ans, il a enlevé et tué cinq femmes dans le Maryland. S'il s'agit bien du même homme, vos deux disparues sont les numéros six et sept…

— Ce qui ferait de Mia Hale la victime numéro huit, murmura Scofield. Du moins, elle l'aurait été si elle ne s'était pas échappée.

— Nos deux disparues restent pour nous des disparues, tant que nous n'avons pas retrouvé leurs corps, commenta Boyet avec une expression morne. Mais si vous avez raison à propos de l'identité du criminel, agent Macfarlane, ce n'est qu'une question de temps. Autrement dit : un tueur en série se balade à Jacksonville. Nous allons bientôt entamer la saison touristique, la pression des autorités va être terrible !

— A quoi pensais-tu, quand tu as parlé du sang sur le fauteuil ? demanda Cameron à Eric quelques instants plus tard, tandis qu'ils traversaient le couloir.

On n'était qu'en avril, mais l'air chaud les heurta de plein fouet quand ils poussèrent les portes vitrées qui donnaient sur la place. Ils prirent la direction du parking à niveaux pour regagner leurs voitures.

— Sur les enregistrements que nous avons reçus, il y avait la plupart du temps deux voix de femmes, expliqua alors Eric, tout en desserrant sa cravate. Celle qu'il torturait, et une autre, qui produisait des sons étouffés parce que probablement bâillonnée.

Cameron s'arrêta net. Eric en fit autant.

— Et alors ? Qu'est-ce que ça signifie ?

Eric détourna le regard du côté du St Johns. On surnommait Jacksonville la Ville du Fleuve. De là où ils étaient, ils apercevaient le large bras du St Johns qui traversait la cité. Il se concentra pour exposer sa théorie de la manière la plus neutre possible.

— Notre criminel a toujours deux captives. Quand la deuxième arrive, elle assiste à l'exécution de la première. Puis il se débarrasse du cadavre et enlève une autre femme, qui assistera à son tour à l'exécution de celle qui la précède.

— Je vois…, murmura Cameron. Une femme chasse l'autre. Elles se succèdent comme à travers une porte à tourniquet. Ce qui signifie que les deux femmes que nous recherchons sont mortes à l'heure qu'il est. Cissy Cox a regardé mourir Pauline Berger. Et Mia Hale a probablement été témoin de la mort de Cissy Cox avant de s'enfuir, ce qui expliquerait qu'elle ait eu son sang sur elle.

Eric songea aux familles qui espéraient encore revoir Cissy et Pauline vivantes.

— Tu as parfaitement résumé la situation, dit-il.

Les yeux de Cameron s'assombrirent. Il allait parler, mais la sonnerie de son téléphone l'interrompit. Il vérifia le numéro qui s'affichait.

— C'est Lanie. Je dois répondre.

Il s'éloigna de quelques pas et revint cinq minutes plus tard, en refermant son téléphone.

— Lanie t'envoie le bonjour. Elle t'invite à dîner demain. Elle t'aurait volontiers proposé de venir ce soir, mais son père fête ses soixante ans.

— Je comprends. Je t'ai entendu mentionner un médecin. Des problèmes ?

— Non. Une simple échographie de routine. Ils ont appelé pour demander si on pouvait venir plus tôt. A 16 heures.

Eric consulta sa montre. Il était presque 15 heures.

— Vas-y, dans ce cas. Lanie a besoin de toi. Je peux me débrouiller. Je vais commencer par interroger Mia Hale.

— On peut la voir demain, ensemble, après la réunion. Tu devrais plutôt t'occuper de t'installer dans ton bungalow.

— Non, je n'ai pas envie d'attendre jusqu'à demain pour la rencontrer.

Cameron sortit de sa poche la carte de visite sur laquelle il avait noté l'adresse et le numéro de téléphone de la journaliste.

— Les enregistrements…

Il marqua un temps d'hésitation, tout en tendant la carte.

— Tu as reçu un enregistrement, pour Rebecca ?

Eric plongea la main dans sa poche pour prendre sa clé de voiture. Il songea à ces jours et ces nuits où il avait attendu cet enregistrement, espérant entendre une dernière fois la voix de Rebecca. Il évita le regard de Cameron.

— Non, répondit-il. Celui de Rebecca, nous ne l'avons jamais reçu.

Allan Levi poussa lentement la porte de la maison qu'il partageait avec sa mère, un genre de ranch dans une petite propriété plantée de pins.

— Mère, je suis là ! annonça-t-il en refermant derrière lui.

A l'intérieur, tout était propre et rangé, impeccable. Il y tenait. Il remarqua qu'il faisait trop chaud. Sa mère se plaignait sans cesse d'avoir froid et tripotait le thermostat pour baisser la clim. Au moins, ça faisait des économies. Il suivit le bruit de la télévision et trouva Gladys assise à la table de la cuisine. Sa frêle silhouette enveloppée dans un peignoir à fleurs, elle regardait le petit écran installé sur le comptoir qu'elle préférait au plus grand du salon.

— Tu es là…, murmura Allan en se penchant pour embrasser sa tête grise, respirant au passage une bouffée de talc et d'eau de toilette White Shoulders.

Il ignora le grognement sourd de Puddles, le chihuahua arthritique, recroquevillé dans son panier.

— J'ai cru que tu ne rentrerais jamais, fit-elle d'un ton accusateur.

Ses yeux restaient rivés à l'appareil qui diffusait une émission religieuse.

— Tu m'as laissée seule toute la journée.

— Je ne me suis absenté que trois heures ! J'avais des courses à faire. Je te l'ai dit, tu t'en souviens ?

— Tu m'as apporté mes médicaments ?

Il secoua le sachet blanc en papier marqué de l'inscription Walker's Pharmacy qu'il tenait à la main. Les boîtes qu'il contenait s'entrechoquèrent.

— Hmmm. Tu en as mis du temps…

— J'ai récupéré en ville une télévision à réparer. On me paye cinquante dollars de plus pour le déplacement.

Il alla jusqu'à l'évier, se lava les mains, récura soigneusement le dessous de ses ongles avec une petite brosse bien dure, et s'essuya avec un bout de papier absorbant. Puis il s'installa sur une chaise en face de sa mère, déposa le sac de pharmacie sur la table et se lança dans la délicate tâche de distribuer les cachets et les gélules dans le semainier. Chaque jour de la semaine était découpé en trois sections : matin, midi et soir. C'était long, mais ça ne le dérangeait pas. Il aimait bien le côté rituel de la chose.

*Une rouge, une bleue, une rose…*

Sa mère avait traîné sa bouteille d'oxygène jusque dans la cuisine, mais elle n'avait pas enfilé sa lunette, dont le tuyau de plastique transparent pendait, inutile, autour de son cou flasque. Il balaya du regard le comptoir de la cuisine et repéra un cendrier près de l'évier.

— Tu as encore fumé ?

— Chut ! dit-elle d'un ton agacé en agitant la main. Tu m'empêches d'écouter !

— Je ne suis pas venu m'installer ici pour te regarder te foutre en l'air sans rien dire !

Il allait devoir renvoyer la femme de ménage. C'était elle, cette sale Mexicaine, qui fournissait en douce ces cigarettes à sa mère, probablement en se sucrant au passage. Normalement, ça aurait dû le mettre en rage. Mais il se sentait d'excellente humeur. Il avait une sacrée chance que les flics ne soient pas en train de fouiller le ranch de fond en comble, alors il n'avait pas envie de s'exciter pour des broutilles !

Il déposa la dernière gélule dans sa case.

— Bon, je vais dans mon atelier, annonça-t-il.

Il parlait du bâtiment en parpaings qu'il avait investi, tout au fond de la propriété, niché au milieu des grands pins.

— Tu passes trop de temps dans cet antre, lui reprocha sa mère tandis qu'il quittait la table.

Elle leva vers lui des yeux d'un bleu liquide qui se plissaient au milieu de son visage ridé. Le côté droit de sa bouche s'affaissait, séquelle de l'attaque cérébrale qu'elle avait eue trois ans plus tôt.

— Je dois m'occuper de cette télévision.

— Un garçon brillant comme toi, diplômé d'une université réputée. Et chère !

Elle secoua la tête d'un air désolé.

— Et regarde ce que tu as fait de ta vie ? Pas de femme, pas d'enfants, un travail qui n'en est pas un. L'oisiveté est mère du vice, Allan…

Il sentit la chaleur lui monter au visage.

— Je travaille, mère. Je gagne ma vie, je n'ai pas de patron et je prends soin de toi, aussi. C'est un travail à plein temps, crois-moi ! Je serai là à 17 heures pour préparer ton dîner. Au menu : spaghettis et sauce à la viande. Ça te va ?

Elle se mura dans un silence maussade. Le chihuahua grogna de nouveau quand Allan sortit en passant par la porte-moustiquaire de la cuisine. Il disparut dans le jardin en suivant le chemin de gravier qui longeait le bosquet de pins, sans même jeter un regard à la carcasse de voiture qui l'encombrait.

Il s'en débarrasserait plus tard. Il avait d'autres soucis en tête.

Il venait de passer deux jours d'angoisse et commençait tout juste à se détendre. Personne ne viendrait, en fin de compte. S'il en croyait le journal pour lequel elle travaillait, Mia ne se souvenait de rien. Une chance… La puissante drogue qu'il lui avait administrée pour la rendre docile avait eu pour effet secondaire de lui vider la mémoire. Il repassa une fois de plus dans son esprit ses faits et gestes, ce jour-là. Il avait sûrement commis une erreur, mais laquelle ? Elle avait trouvé le moyen de s'enfuir et il l'avait perdue. Perdue…

Alors qu'elle comptait plus pour lui que toutes les autres !

Il arriva devant le bâtiment en parpaings et sortit sa clé pour déverrouiller la porte. Aussitôt entré, il alluma le plafonnier. Aujourd'hui, personne ne l'attendait. La rousse, il s'en était débarrassé. Mais Mia… La brune Mia aurait dû être là. A sa merci.

Il avait d'abord reconnu son nom en lisant les articles sur les disparues de Jacksonville. Puis il était tombé sur la chronique qu'elle signait tous les vendredis et avec laquelle on publiait sa photo. Il en avait été bouleversé. Non seulement il l'avait retrouvée, mais en plus, elle était spécialisée dans les affaires criminelles et s'intéressait à son œuvre ! Un vrai miracle. Un signe du destin.

Et voilà qu'il l'avait de nouveau perdue !

*Elle s'est enfuie et tu as de la chance qu'elle ne se souvienne de rien. Ça devient trop dangereux de l'approcher. Tu dois l'oublier.*

*Choisis quelqu'un d'autre.*

Quelqu'un d'autre… Tu parles… Mia était irremplaçable. Il avait commis une erreur et elle en avait profité pour s'enfuir. Ça pouvait arriver, de commettre une erreur. Il était un peu rouillé, voilà tout. Ça faisait trop longtemps qu'il se tenait tranquille pour se faire oublier. Trois ans…

*Assez, monsieur Je-bâcle-mon-travail ! Taisez-vous !*

D'après le journal, on avait appelé en renfort un agent de l'unité de lutte contre les crimes violents. Et pas n'importe quel agent. Eric Macfarlane en personne ! Ses lèvres esquissèrent un sourire satisfait. Il avait un lien spécial avec lui… Macfarlane ne lui faisait pas peur. Il était plus malin que lui ou que n'importe quel agent du FBI. Et il comptait bien le prouver.

# 3

Pour la première fois depuis ce qui lui paraissait une éternité, Mia se sentait légère. Will conduisait. Elle était assise près de lui, à l'avant de sa Porsche décapotable, avec sa nouvelle coupe de cheveux — un carré effilé, légèrement au-dessus des épaules, soit près de vingt centimètres de moins que sa longueur habituelle. Will avait eu raison d'insister, cette sortie lui avait fait le plus grand bien.

— Une belle coupe de cheveux, c'est plus efficace qu'un comprimé de Xanax, déclara-t-il en lui jetant un regard en coin à travers ses lunettes de soleil.

— Merci pour le déjeuner. Et pour tout le reste.

Il haussa les épaules.

— De rien… J'avais besoin de te prendre à témoin de mon malheur.

— Ton nouveau livre ?

— Je n'ai pas réussi à le rendre dans les délais.

Il sourit et ses fossettes se creusèrent. Pendant le déjeuner, Justin et lui s'étaient démenés pour la distraire, et ils y avaient réussi. Ils s'étaient ensuite promenés le long du Riverwalk, parmi les touristes et les coureurs, jusqu'à ce que Justin les abandonne pour se rendre à une réunion de travail. En y repensant, elle eut pour eux une bouffée de reconnaissance.

— Ce qui t'est arrivé cette semaine, Mia, reprit Will d'un air grave, beaucoup de gens n'auraient pas été capables de le surmonter.

Elle soupira.

— Peut-être. J'ai besoin de revenir à une vie normale, c'est tout.

— Ce dont tu as besoin, c'est d'une coupure avec ce que tu considères comme ta vie normale. Tu ne dois pas écrire en ce moment d'articles qui parlent d'agressions, d'enlèvements ou de disparitions. Ça ne peut pas te faire de bien…

Il secoua la tête et ses doigts se crispèrent sur le volant.

— Pourquoi ne prendrais-tu pas des vacances ? Et je parle de vraies vacances, pas de quelques jours. Grayson Miller ne refusera pas ; il ferait n'importe quoi pour toi ! Et surtout, ne me dis pas que l'industrie de la presse se porte mal, je m'en fiche.

Comme elle se tournait vers lui, il ajouta :

— Tu sais que Grayson est amoureux de toi, n'est-ce pas ?

Elle détourna le visage vers le paysage urbain qui défilait et ne répondit pas. Elle n'avait pas envie de penser à Grayson en amoureux transi.

Ils arrivaient sur la place San Marco et elle préféra s'intéresser aux vitrines des galeries d'art, aux terrasses bondées des bistrots, aux trottoirs bordés d'arbres où flânaient les badauds. Ils passèrent devant la célèbre statue des trois lions, puis prirent à droite, dans une rue adjacente. San Marco était un quartier composite, avec des immeubles, mais aussi de pittoresques petites maisons coincées entre de grandes et impressionnantes demeures. Will et Justin avaient acheté et rénové sur Alhambra Avenue un manoir de style toscan au toit en tuiles et à la façade rehaussée d'une statuaire de terre cuite, ainsi que d'un gracieux escalier extérieur en stuc. La maison abritait maintenant trois appartements, l'un au rez-de-chaussée, les deux autres aux premier et deuxième étages. Mia habitait au premier. Une autre locataire occupait le second.

Ils venaient de s'arrêter sur le parking et sortaient de la décapotable, quand une berline noire se rangea derrière eux, dans l'allée circulaire. Il en sortit un homme vêtu d'un pantalon de costume, d'une chemise blanche et d'une cravate. Il était grand, avec un visage aux traits réguliers et des cheveux coupés courts. Il devait avoir un peu plus de trente ans. Mia l'identifia aussitôt comme un membre des forces de l'ordre, impression confirmée par le revolver qu'il portait dans un étui, accroché à sa ceinture.

Il avança vers eux en tendant son badge.

— Mademoiselle Hale ?

Elle sentit un nœud se former dans sa gorge.

— Oui…

— Je suis l'agent spécial Eric Macfarlane, du FBI.

Elle lissa d'instinct ses cheveux dérangés par le vent, d'un geste timide.

— J'ai lu votre nom dans le journal de ce matin, dit-elle. Vous appartenez au VCU, l'unité de lutte contre les crimes violents.

— Oui, c'est bien ça.

Il continua à avancer et ôta ses lunettes. Ses yeux d'une étrange couleur vert mousse pétillaient d'intelligence.

— Je me demandais si vous accepteriez de me recevoir maintenant. Je voudrais vous parler.

Le peu de sérénité qu'elle avait réussi à engranger au cours de ce délicieux après-midi s'effaça aussitôt. Elle acquiesça d'un bref hochement de tête et fit les présentations d'usage.

— Will Dvorak, mon voisin et propriétaire…

— Et ami, ajouta Will avec un brin d'emphase et de défiance dans la voix.

Les deux hommes se serrèrent la main.

— Will Dvorak ? L'écrivain ?

Will écrivait des romans inspirés de son enfance et de son adolescence tourmentée. Son dernier livre avait été un best-seller.

— Je ne vous aurais pas compté d'emblée parmi mes lecteurs, commenta Will en souriant.

L'agent Macfarlane lui sourit en retour, révélant des dents blanches, impeccablement alignées.

— J'ai des lectures très diverses.

Ils échangèrent encore quelques banalités, puis Will,

jugeant sans doute que Mia était en de bonnes mains, décida de s'éclipser.

— Bon, fit-il en soupirant. J'ai suffisamment repoussé l'échéance. Je dois maintenant affronter les dernières pages de mon manuscrit. Mia, ma chérie, si tu as besoin de quoi que ce soit…

— Merci, Will.

Elle le suivit des yeux tandis qu'il rentrait dans son appartement, puis reporta son attention sur le policier.

— J'ai déjà dit tout ce que je savais à un agent de l'antenne locale du FBI, ainsi qu'à deux inspecteurs du bureau du shérif de Jacksonville. J'ai bien peur de ne pas avoir grand-chose de plus à raconter.

— Je suis au courant, la rassura-t-il. Je sais que vous ne vous souvenez de rien.

Le regard de Macfarlane balaya rapidement ses doigts pansés.

— Comment vous sentez-vous ?

— Je… ça va.

Il la scruta d'un œil perspicace.

— Vous êtes une jeune femme chanceuse, dit-il.

— A côté des deux autres malheureuses qui ont été enlevées, oui, on peut le dire, répondit-elle sombrement.

Elle sentait des gouttes de transpiration perler sur sa nuque. Il faisait déjà très chaud pour la saison.

— Nous pourrions monter chez moi et parler dans le confort d'un espace climatisé, proposa-t-elle.

Il la suivit à l'étage. Elle trouva que son pantacourt à poches cargo et son débardeur contrastaient singulièrement avec le costume strict de l'homme qui montait derrière elle. Elle déverrouilla la porte de son appartement et désactiva le système d'alarme, puis déposa ses clés et son sac à main sur la petite table de l'entrée, tout en refermant le battant derrière eux.

— Puis-je vous offrir quelque chose à boire ?

— De l'eau, ça ira très bien, merci.

Depuis la cuisine, elle pouvait le voir qui attendait dans

le salon. Il se tenait debout, les mains sur ses hanches étroites. Il passa ostensiblement ses meubles en revue, avant de jeter un coup d'œil au parc, par la baie vitrée qui ouvrait sur le balcon.

— C'est joli, chez vous, mademoiselle Hale, commenta-t-il, tandis qu'elle revenait dans la pièce en lui tendant un verre.

— Appelez-moi Mia, je vous en prie. Et pour l'appartement, c'est Will qui en est le propriétaire. Nous nous connaissons depuis l'université et il me le loue une misère.

— Vous écrivez, vous aussi, comme lui. Vous faites un peu le même métier.

— Nous avons à peu près la même formation, en effet, mais Will a choisi un chemin plus créatif.

Sans la lumière aveuglante du soleil, les yeux vert mousse de l'agent Macfarlane, cerclés de longs cils noirs et épais, étaient encore plus impressionnants. Il avait une peau dorée, des cheveux châtain clair, presque blond foncé.

Elle lui désigna le canapé.

— Asseyez-vous, je vous en prie.

Elle attendit qu'il s'installe pour prendre elle-même place dans un fauteuil.

Il but une gorgée d'eau, puis reposa son verre sur un dessous de verre de la table basse.

— D'après ce que j'ai cru comprendre, vous suiviez l'affaire des enlèvements en tant que journaliste…

L'ironie de la situation la saisit de nouveau. Elle dut se contrôler pour répondre d'une voix neutre :

— J'ai écrit deux articles sur le sujet. L'un après la disparition de Pauline Berger, il y a deux semaines, le second après celle de Cissy Cox, lequel a été publié le jour où…

Elle marqua un temps et croisa ses mains sur ses genoux avant de poursuivre :

— Le jour où j'ai été enlevée.

— Est-ce que votre second article établissait un lien entre la disparition de Cissy Cox et celle de Pauline Berger ?

Comme elle acquiesçait en silence, il demanda encore :

— Et sur quoi vous êtes-vous appuyée, pour établir ce lien ?

— Les deux femmes menaient des vies sans histoire, avec une famille, des amis. Elles n'avaient pas de comportement à risque : elles ne se droguaient pas, ne se prostituaient pas. Pas non plus d'antécédents psychiatriques ou de fugues.

Elle jeta un bref coup d'œil du côté de ses doigts bandés.

— L'inspecteur Scofield du bureau du shérif assurait que les proches des victimes n'étaient pas soupçonnés. Ça faisait donc deux femmes sans histoire, vivant dans la même ville, qui s'évanouissaient dans la nature à une semaine d'intervalle. Ça ne pouvait pas être une coïncidence.

Le regard scrutateur de l'agent Macfarlane se posa sur elle avec insistance.

— Vous n'avez toujours pas la moindre idée de la manière dont vous vous êtes retrouvée au volant de cette voiture volée ?

Elle secoua la tête. Elle aurait bien voulu avoir une réponse à lui donner.

— Non. J'ai repris conscience au moment de l'accident, c'est tout ce que je peux dire.

— Les fils de contact étaient dénudés. Vous pensez que c'est quand même vous qui avez démarré le véhicule ?

La question la prit au dépourvu. Elle choisit de ne pas y répondre et se leva pour arpenter la pièce, avant de se tourner vers lui.

— Vous m'avez demandé tout à l'heure comment je me sentais, agent Macfarlane… La vérité, c'est que je passe un sale moment. Je ne suis pas habituée à me trouver de ce côté de la barrière. A être celle qui doit répondre aux questions. Je me demande encore ce qui m'arrive… Et je me demande aussi pourquoi, moi, je suis là devant vous, tandis que les deux autres femmes…

Elle ferma les yeux, laissant sa phrase en suspens. Elle eut vaguement conscience qu'il s'était levé et s'approchait d'elle.

— Mademoiselle Hale…, dit-il gentiment.

— Mia, corrigea-t-elle dans un murmure.

Elle leva les yeux vers son visage et son cœur se mit à battre un peu plus fort.

— Vous avez des pistes ? demanda-t-elle.

Il parut hésiter, puis soupira.

— En tant que victime, vous avez droit à des réponses. Mais vous êtes aussi journaliste et je ne l'oublie pas.

— Cette conversation restera entre nous. Vous avez ma parole que je n'écrirai rien. D'ailleurs, en ce moment, je ne travaille pas au journal. Et en tant que victime, j'ai le droit de savoir, vous venez de le dire vous-même. L'agent Vartan et les inspecteurs ne m'ont fourni aucune information.

Il la dévisagea attentivement avant de se décider à parler.

— Il y a trois ans, j'ai été chargé d'une enquête dans le Maryland concernant la disparition de cinq femmes. Il se trouve que leurs corps, quand on les a retrouvés, présentaient des marques similaires aux vôtres.

*Les corps…*

Ces femmes avaient donc été assassinées.

— Et vous avez arrêté le coupable ?

Elle vit sa mâchoire se crisper.

— Non.

— Vous pensez donc qu'il pourrait s'agir du même homme ? Il aurait brusquement refait surface à Jacksonville au bout de trois ans ?

— Si on compare les modes opératoires, oui, ça me paraît plus que probable.

Il prit brusquement sa main dans la sienne pour étudier de près ses bandages et son poignet égratigné, qu'il abandonna lentement, en le caressant du bout des doigts. Puis il chercha de nouveau son regard.

— Je n'ai pas encore lu vos articles. Avait-on publié une photo de vous, avec ?

Elle secoua la tête.

— Pas avec ces articles, mais avec une chronique que j'écris tous les vendredis, une sorte de compte rendu des principales interventions de la police. Quel est le rapport avec…

— S'il s'agit bien du même criminel que celui du Maryland, nous avons affaire à un sociopathe narcissique. Vous êtes une femme brillante et séduisante ; il a probablement été flatté qu'une personne telle que vous s'intéresse à ses activités. Ça suffirait à expliquer qu'il ait décidé de vous enlever.

Mia eut la vision d'un homme sans visage, se penchant sur un exemplaire du *Courier* pour entourer de rouge sa photo, puis la découpant pour l'épingler sur un tableau d'affichage, à côté de celles de ses autres victimes. Elle en eut la nausée.

— Mes ongles, la marque sur mon ventre, la mèche de cheveux coupée… Qu'est-ce que ça signifie ?

Le regard du policier se perdit dans la contemplation d'un tableau impressionniste au-dessus de son canapé. Il réfléchissait visiblement à ce qu'il pouvait lui dire.

— Je suis journaliste en charge des crimes, lui rappela-t-elle. Je peux tout entendre.

— Vos ongles et vos cheveux sont pour lui des souvenirs, des trophées, expliqua-t-il enfin. Il se définit lui-même comme un collectionneur, mais comme il ne peut pas conserver les corps, il prélève sur eux des éléments qui ne se dégradent pas. Des ongles, des cheveux, des dents…

Une eau glacée coula subitement dans les veines de Mia. Elle caressa machinalement son ventre à travers son débardeur. Il dut remarquer son geste, parce qu'il ajouta posément :

— Il marque ses victimes d'un numéro, ce qui est pour lui une façon de les poser comme des objets. Il a un grand besoin d'ordre et d'organisation, de contrôle.

Elle fit mentalement le compte. Il avait mentionné cinq victimes dans le Maryland, plus les deux femmes enlevées. Elle était le numéro huit. Ça se tenait…

— Pauline Berger et Cissy Cox sont probablement mortes à l'heure qu'il est, n'est-ce pas ?

— On ne peut rien affirmer tant que leurs corps n'ont pas été retrouvés. Tout ce que je viens de vous dire relève pour l'instant de la pure hypothèse et se base uniquement sur les blessures que vous présentez. Trois ans, c'est long. Il est rare qu'un tueur en série reprenne du service après tant de temps.

Il soupira.

— Nous ne souhaitons pas divulguer ces informations pour le moment. C'est trop tôt. Je vous en ai déjà dit plus que je n'aurais dû. J'espère que je n'aurai pas à le regretter.

Un journaliste, Mia le savait, devait jongler en permanence entre le devoir d'informer et celui de ne pas gêner le travail des forces de l'ordre. Jusque-là, elle avait toujours réussi à trouver un équilibre et à suivre son éthique. Elle posa sa main sur le bras de l'agent.

— Je veux qu'on arrête cet homme, agent Macfarlane, dit-elle. Et je veux… j'ai besoin… J'ai besoin d'aider ces femmes. Besoin de les aider à rentrer chez elles si elles sont toujours en vie. Ou de contribuer à apaiser le chagrin de leurs familles si… si elles ne sont plus de ce monde. En ce moment, c'est ma priorité, croyez-le !

Le bras de Macfarlane était dur et musculeux. Il allait de pair avec ses larges épaules. Il l'étudia un long moment avant de se décider à lui répondre.

— Et si la mémoire vous revenait ? demanda-t-il. Au moins en partie ?

Elle battit des paupières.

— Je ne suis pas sûre de comprendre…

— J'ai récemment entendu parler d'une sorte de thérapie qui permet de faire resurgir des souvenirs enfouis.

Il s'interrompit, prenant apparemment le temps de choisir ses mots.

— Il s'agit d'une technique encore expérimentale, utilisée par l'armée et tenue secrète. Elle mélange l'hypnose et l'utilisation d'un produit censé faciliter le processus. Dans un cas comme le vôtre, cette technique pourrait se révéler efficace.

— Une technique encore expérimentale, murmura-t-elle. Expérimentale à quel point ?

— Elle a servi pour d'anciens prisonniers de guerre qui

ne se souvenaient pas des circonstances de leur captivité. Il y a eu de bons résultats. La théorie, c'est que le cerveau enregistre les visages, les voix, les lieux, même quand un sujet se trouve dans un état de conscience altérée. Toutes ces informations sont stockées. Il suffit d'aller les chercher.

— Et ça marche vraiment ?

— Pour l'instant, je dois reconnaître que les résultats sont inégaux. Et à ma connaissance, on n'a jamais essayé sur des sujets dont l'amnésie était consécutive à une prise de drogues. Mais l'un des pionniers de cette technique est un psychiatre de la base aéronavale de Jacksonville. Je peux aisément le contacter.

La proposition lui parut tentante, mais elle avait un inquiétant relent de science-fiction.

— Il y a des risques ? demanda-t-elle.

— Si le Dr Wilhelm juge que vous pouvez être candidate, il discutera avec vous des risques. Enfin, avec nous…

Il avança d'un pas vers elle. Ils étaient seuls dans l'appartement, mais il baissa tout de même la voix, comme s'il craignait d'être entendu.

— Si vous décidez de vous prêter à l'expérience, j'assisterai aux séances, Mia. Pour entendre tout ce que vous direz. Chaque détail compte. Par ailleurs, je dois vous prévenir d'une chose : quand la thérapie fonctionne, les souvenirs sont très vivaces, un peu comme un deuxième vécu de l'expérience. Ça sera dur, vous vous en doutez…

Une houle d'angoisse la submergea.

— Je… J'ai besoin d'y réfléchir, dit-elle.

Il acquiesça.

— Bien sûr.

Il plongea sa main dans sa poche de chemise et en tira une carte de visite.

— Merci du temps que vous m'avez accordé.

Elle le raccompagna à la porte. Il tenait déjà la poignée, mais se tourna une dernière fois vers elle.

— Vous m'avez demandé tout à l'heure pourquoi vous aviez réussi à vous en tirer, et pas les deux autres femmes…

Il eut un vague haussement d'épaules.

— La vérité, c'est que je ne peux pas répondre à cette question. Peut-être vous êtes-vous montrée plus intelligente qu'elles. Ou plus courageuse. Peut-être qu'il a simplement commis une erreur avec vous. Vous vous en êtes sortie, c'est tout ce qui compte.

Il y avait dans son regard une émotion sincère qui détonnait avec le comportement froid et professionnel qu'il avait jusque-là adopté. Elle en fut surprise. Elle le regarda refermer la porte sur lui et demeura dans l'entrée, les bras croisés sur la poitrine, avec l'impression qu'il était toujours là.

« Les souvenirs sont très vivaces, un peu comme un deuxième vécu de l'expérience. Ça sera dur, vous vous en doutez. »

Oui, elle s'en doutait. Et elle n'était pas certaine de pouvoir le supporter.

# 4

Cameron et Lanie avaient proposé à Eric de s'installer dans un bungalow qu'ils louaient en général à des touristes, mais qui se trouvait vide pour le moment. Il avait accepté avec reconnaissance. Situé tout au fond d'une impasse, près de la plage, la petite maison était pittoresque, très ensoleillée, et présentait une alternative agréable aux chambres d'hôtel sans âme, auxquelles son poste d'agent du VCU l'avait habitué. Il avait déjà défait ses bagages et enfilé un T-shirt, un short et des tennis.

En sortant sous le porche en béton, il s'arrêta pour suivre des yeux le vol des becs-en-ciseaux et des sternes qui passaient au-dessus de lui, en direction de l'océan. Le crépuscule tombait, tiède et balayé d'une douce brise qui faisait se balancer le carillon.

Eric se laissa bercer par son doux tintement, tout en songeant que le collectionneur — s'il s'agissait bien de lui — contemplait en ce moment le même soleil couchant et s'offrait à la caresse apaisante du même zéphyr. Il profitait peut-être d'un bon dîner de fruits de mer dans l'un des restaurants du bord de mer, au milieu de familles.

Il avait laissé fuir l'une de ses proies. C'était la première fois. Et celle qui avait accompli l'exploit de lui échapper était une femme minuscule qui n'atteignait pas le mètre soixante. En plus d'être petite, Mia Hale était mince et frêle. En voyant ses bandages, Eric avait senti se réveiller ses instincts protecteurs.

Il prit conscience alors qu'il l'avait trouvée attirante et se sentit écrasé de culpabilité.

Près de trois ans s'étaient écoulés depuis la mort de Rebecca et il ne souffrait plus autant de son absence. Mais elle avait emporté avec elle un peu de lui.

S'engager dans la thérapie expérimentale qu'il avait proposée à Mia quelques heures plus tôt était aussi fou qu'hasardeux, mais si elle acceptait et si elle retrouvait ne serait-ce que des fragments de souvenirs, elle lui fournirait peut-être la brèche qu'il attendait depuis si longtemps. Il avait besoin d'elle et n'hésiterait pas à l'utiliser, même s'il savait que c'était beaucoup lui demander.

Quelques jours avant sa mort, Rebecca l'avait accusé d'être un salaud et un égoïste. Elle avait peut-être raison…

Deux coureurs, qui passaient au bout de l'impasse, lui rappelèrent pourquoi il était sorti. Il avait besoin d'exercice pour s'éclaircir les idées. Il verrouillait sa porte d'entrée, quand il entendit la sonnerie de son portable, resté à l'intérieur. Il n'avait pas encore branché le système d'alarme et eut le temps de rentrer avant que le répondeur ne se déclenche. Il vérifia le numéro de son correspondant sur l'écran. L'appel venait de Washington D.C. Il était 19 heures passées, mais l'agent spécial Johnston, du VCU, était encore à son poste, derrière son bureau.

Eric répondit. Il avait attendu cet appel tout en le redoutant, car l'agent spécial Johnston n'était pas du genre à mâcher ses mots.

— Votre présence à Jacksonville est contraire au protocole du FBI, agent Macfarlane, déclara d'emblée ce dernier.

Eric se frotta le front, embarrassé. Il ne pouvait le nier.

— Je sais, monsieur.

— Vous savez ? Et vous êtes tout de même parti sans passer par la voie hiérarchique ? Peut-on savoir pourquoi ?

Eric visualisa le crâne rasé de Johnston, ses épaules musculeuses tendues sous sa chemise amidonnée, tandis qu'il pressait le téléphone contre son oreille.

— Parce que je savais que vous m'auriez refusé l'autorisation de partir, répondit-il d'un ton faussement patient. Or, je devais venir ici. Je pense que vous pouvez le comprendre...

— Ce que je comprends, c'est que vous êtes beaucoup trop impliqué dans cette affaire pour la mener à bien, Eric, rétorqua Johnston d'une voix plus douce.

Il était passé au prénom, familiarité qui émut Eric.

— Vous risquez de commettre des erreurs, poursuivit Johnston. Sans compter que vous avez abandonné la mission qu'on vous avait confiée ici.

— Je suis venu sans mon partenaire qui était d'accord pour poursuivre seul. Je n'ai pas besoin de lui à Jacksonville, puisque je collabore avec les agents du bureau local.

Un silence aussi pesant qu'un bloc de béton s'installa entre eux pendant quelques secondes.

— Je vais être clair, reprit enfin Johnston. Je désapprouve totalement votre participation à cette enquête. Je la juge même dangereuse. Quant à votre comportement, je le trouve arrogant et autodestructeur. Mais étant donné les appuis que vous avez au département de la Justice, je suis obligé de m'incliner.

— Je suis désolé... mais je n'ai pas eu le choix.

— Je connais votre père depuis longtemps. Et vous, je vous connais depuis que vous êtes tout petit. Je comprends ce que vous ressentez et je compatis. Je parle cependant dans votre intérêt. Nous avons d'autres agents qui auraient pu se charger de cette enquête. S'il s'agit bien du même homme, il n'est pas bon pour vous de...

— Sauf le respect que je vous dois, monsieur, je suis le mieux placé pour savoir ce qui est bon ou pas pour moi, le coupa Eric d'une voix rauque d'émotion. Ce criminel s'en est pris à ma femme, je ne peux pas l'oublier !

Johnston poussa un soupir résigné.

— Ça ne dépend plus de moi, à présent, de toute façon. Alors, qu'avez-vous appris depuis votre arrivée ?

Eric le mit au courant des détails de l'affaire, s'abstenant toutefois de mentionner l'expérience menée à la base aéronavale de Jacksonville et la proposition faite à Mia Hale.

Il s'agissait d'une information classée top secret, dont il avait eu vent par une indiscrétion de son père. En informer Johnston n'aurait fait que le hérisser un peu plus.

— Nous discuterons sérieusement de tout ça quand vous rentrerez, Eric. Vous êtes l'un de mes meilleurs agents et jamais jusque-là vous n'aviez utilisé l'influence de votre père pour contourner mes ordres. Autant vous dire que je n'apprécie pas du tout que mes hommes fassent preuve d'insubordination ! Les circonstances, bien que tragiques, n'excusent pas tout.

Il soupira et ajouta :

— En attendant, je vous souhaite bonne chance.

Eric entendit un déclic. Johnston avait raccroché.

Il demeura immobile un moment. Son père l'avait averti que Johnston serait furieux, mais il avait tout de même donné les coups de fil nécessaires pour l'envoyer en Floride sur l'enquête.

Parce qu'il comprenait.

La carrière exemplaire qu'Eric avait menée jusque-là lui avait permis de progresser sans qu'il ait eu besoin de se servir de la position de son père pour obtenir quoi que ce soit. Titulaire d'un master en criminologie de l'université de Pennsylvanie, il était sorti premier de sa promotion à l'académie de Quantico. Au bout de quelques années, il avait demandé à rejoindre les rangs du VCU, l'élite, l'unité de lutte contre les crimes violents, à laquelle il était affecté depuis déjà cinq ans. Mais cette fois, il n'avait pas hésité à utiliser l'influence de son père et il ne regrettait rien. Il devait arrêter l'homme qui avait tué sa femme. Il n'avait pas été à la hauteur en tant qu'époux, et il voulait se rattraper.

Il songea au cadavre mutilé de Rebecca à qui le collectionneur avait réservé un traitement de faveur, comme ils avaient pu le constater en examinant son corps, et une bouffée de haine le saisit alors, l'empêchant presque de respirer. Il brûlait du désir de retrouver ce salaud et de l'abattre comme la bête sauvage qu'il était.

Il ressortit du bungalow, sans oublier, cette fois, de

prendre son téléphone portable. Il referma la porte derrière lui et s'éloigna à petites foulées. Il avait plus que jamais besoin de courir.

Grayson s'accouda au comptoir de granit de la cuisine et la fixa d'un air grave, par-dessus ses lunettes non cerclées.

— Je voudrais vraiment que tu voies un psy, Mia…

Il avait du charme, indéniablement. Il approchait de la cinquantaine, il était grand, avait les cheveux poivre et sel. Le personnel féminin du journal lui trouvait une certaine ressemblance avec Richard Gere.

— Ça te ferait du bien de parler à quelqu'un de ce qui t'est arrivé. Ta mutuelle prendrait sûrement les frais en charge. Après une expérience pareille, il peut y avoir des effets résiduels.

Mia lui jeta un regard en coin, tout en rangeant dans le réfrigérateur les barquettes de crevettes au curry, de poulet au basilic et de nouilles frites. Elle songeait à l'expérience que l'agent Macfarlane lui avait proposée — en vérité, elle ne cessait d'y songer —, mais ce n'était pas ce genre de « thérapie » que Grayson avait en tête.

— Je n'ai pas besoin de parler, rétorqua-t-elle. Je me sens parfaitement bien.

— Et si j'en fais une condition pour que tu reprennes le boulot ? insista Grayson.

Elle avança vers lui, lui prit des mains son verre de merlot, et en but une gorgée avant de le lui rendre.

— Grayson… Je ne me souviens de rien, d'accord, mais ça ne signifie pas que je suis traumatisée ! J'étais droguée, ne l'oublie pas…

— On se connaît depuis combien de temps, Mia ?

Elle soupira d'agacement.

— Six ans. J'étais une jeune journaliste qui sortait tout juste de l'école et tu m'as offert mon premier emploi.

— C'est exact.

— Et si je me souviens bien, pendant les neuf premiers

mois, je t'ai apporté ton café et je suis allée chercher ton linge au pressing !

Il laissa échapper un petit rire et croisa les bras sur sa poitrine.

— Il fallait bien que je teste ton talent et ta motivation ! Avant de te former et de te confier des responsabilités, je voulais m'assurer que tu ne me quitterais pas au bout de quelques mois pour un magazine de jardinage.

— Un magazine de jardinage ? Aucune chance. Je n'ai jamais réussi à garder une plante en vie plus d'une semaine.

Elle retourna ouvrir la porte du réfrigérateur, dont elle passa en revue le contenu.

— Tu es certain de ne pas vouloir emporter quelque chose ? Franchement, tu as apporté de quoi nourrir un régiment !

— Mia…

Elle se tourna vers lui. Il s'était rapproché d'elle.

— Ce que je voulais dire, c'est que je te connais bien… Je sais que tu as eu une enfance difficile et que tu as dû te battre. Alors ça serait bien, pour une fois, que tu lâches, et que tu demandes de l'aide. Que tu reconnaisses que tu as peur.

Oui, sans doute, ce serait si bon de se laisser aller ! En dépit du calme qu'elle s'efforçait d'afficher, elle se sentait sur les nerfs. Avec Will et Justin, Grayson était l'une des rares personnes à savoir d'où elle venait et ce qu'elle avait enduré, ce qui lui permettait aussi de comprendre d'où elle tenait son instinct combatif. La peur, elle l'avait connue dès l'âge de six ans, quand on l'avait arrachée à sa mère pour la promener de foyer d'accueil en foyer d'accueil. Et pourtant, elle ne s'était jamais laissé abattre. Elle était devenue une femme solide et elle comptait bien le rester.

— J'ai hâte de reprendre le travail, Grayson. Et je tiens à couvrir l'affaire des disparues. Je veux que tu me la rendes.

Il secoua la tête.

— Je ne pense pas que ce soit une bonne idée. Et pour pas mal de raisons.

— Accepte au moins d'y réfléchir, d'accord ?

Décidant brusquement qu'une gorgée de merlot ne lui

suffisait pas, elle se servit un verre qu'elle emporta dans le salon. De l'autre côté des portes-fenêtres, au-delà du balcon, il faisait nuit noire. Grayson était arrivé tard, à cause d'une information de dernière minute, et ils s'étaient mis à table à 20 heures.

— Un agent de l'unité de lutte contre les crimes violents est passé me voir cet après-midi, annonça-t-elle tandis qu'il entrait dans la pièce derrière elle, son verre à la main.

Il lui jeta un regard intrigué.

— Il y a du nouveau ?

Macfarlane lui avait parlé d'un tueur en série, mais elle lui avait promis de ne pas divulguer l'information, ce qui ne l'empêcha pas de se sentir coupable de ne pas mettre Grayson dans le secret. Mais elle était certaine que ce dernier ne garderait pas le tuyau pour lui et qu'il chargerait quelqu'un d'écrire un article. Elle préféra donc se taire. Elle comprenait pourquoi le FBI tenait pour l'instant à la discrétion.

Elle haussa les épaules.

— Il m'a posé plus ou moins les mêmes questions que tout le monde.

— Comment s'appelait-il, cet agent ?

— Eric Macfarlane.

Grayson eut l'air surpris.

— Macfarlane ? Sérieux ? Il ne serait pas le fils de Richard Macfarlane ?

Le nom ne disait rien à Mia.

— Richard Macfarlane est conseiller au département de la Justice. C'est quelqu'un de très haut placé. J'ai lu le mois dernier un portrait de lui dans *Newsweek*, en rapport avec l'audition Ambruzzi.

Il faisait référence à un récent scandale politique impliquant le gouverneur du New Jersey, scandale que la presse avait abondamment commenté.

— Ce type est un acharné. Je me rappelle maintenant que l'article signalait que son fils était un agent spécial du FBI. Je communiquerai en tout cas le nom de Macfarlane à Walt, pour qu'il prenne contact avec lui.

Il s'installa sur le canapé et prit le temps de mettre Mia au courant des derniers potins du journal, puis il annonça qu'il allait rentrer. Il avait divorcé deux fois, vivait seul et se couchait avec les poules, afin d'arriver au journal à 6 heures du matin, frais et dispos.

— Merci d'être venu, dit-elle en le raccompagnant à la porte. C'était très gentil de ta part.

— C'était tout naturel, Mia… Et nécessaire.

Il fit un pas vers elle, tout en la dévisageant avec une expression solennelle.

— Pour moi, ajouta-t-il d'une voix douce.

Il allongea le bras et écarta avec douceur une mèche de son visage, puis la cala derrière son oreille.

Elle crut un instant qu'il allait l'embrasser, mais il se contenta de déposer sur son front un baiser chaste et plutôt paternel.

— J'ai la sensation d'être un homme chanceux parce que tu es revenue, dit-il. J'ai failli te perdre… ça donne à réfléchir.

Elle ne put s'empêcher de penser au commentaire de Will, un peu plus tôt. Grayson avait dix-huit ans de plus qu'elle. Il était son patron, mais aussi son mentor. Il l'avait aidée, conseillée, soutenue. Il avait cru en elle. Elle était la seule femme du journal à qui il ait confié autre chose que des rubriques stupides et elle avait près de dix ans de moins que le plus jeune des journalistes chargés des sujets importants.

Il posa un doigt sous son menton.

— Réfléchis, à propos du psy, d'accord ?

Elle eut un sourire hésitant.

— Si c'est la condition pour que tu me rendes l'affaire des disparues…

Après son départ, elle poussa un gros soupir et balaya le salon du regard. Leurs deux verres de vin étaient posés côte à côte sur la table basse. Elle laissa celui de Grayson, mais prit le sien et l'emporta dans la cuisine pour le remplir de nouveau. Un peu de vin la requinquerait. Il lui fallait bien ça pour ce qu'elle s'apprêtait à faire !

Elle se rendit, avec son ballon de merlot, dans la chambre d'amis qu'elle avait transformée en pièce de travail. Son bureau était placé près d'une grande fenêtre. La lampe diffusait une lumière douce. Le bruit de fond du scanner de police disposé sur une des étagères, entre deux rangées de livres, l'aidait à se concentrer.

Elle s'installa devant l'ordinateur et entama une recherche sur le tueur en série du Maryland. Une longue liste de références s'afficha aussitôt. Elle sélectionna les articles issus des journaux locaux et de D.C., qu'elle entreprit de lire dans l'ordre chronologique. On y mentionnait régulièrement Eric Macfarlane, en le citant comme le responsable de l'enquête. Un article particulièrement long et bien renseigné du *Washington Post* publiait même une photo de lui, prise lors d'une conférence de presse, d'après la légende qui l'accompagnait. Elle l'examina d'un air rêveur. Cheveux coupés court, mâchoire carrée… Un homme extrêmement séduisant et impressionnant. L'agent-type. Celui qu'on voyait dans les films.

Aucun des articles ne mentionnait cependant les détails qu'il lui avait confiés : rien à propos des ongles, des cheveux, des numéros sur la peau des victimes. De toute évidence, le bureau fédéral avait choisi à l'époque de passer sous silence ces informations pour ne pas compromettre l'enquête. Elle prit alors conscience que Macfarlane s'était réellement mouillé, lors de leur rencontre.

Elle lisait depuis près d'une heure, le ventre noué, quand un titre inattendu lui sauta aux yeux.

> La femme de l'agent Macfarlane enlevée par le collectionneur

Elle cliqua sur le lien.

> La disparition de Rebecca Macfarlane, l'épouse de l'agent Eric Macfarlane, aperçue pour la dernière fois dans la maison du couple, à Bethesda, vendredi

matin, marque un tournant décisif dans l'enquête sur le tueur en série. Un informateur anonyme du FBI nous a confirmé que les éléments trouvés sur place laissent soupçonner un enlèvement. C'est en effet l'agent Macfarlane, membre de l'unité de lutte contre les crimes violents, qui est chargé de l'enquête sur les disparitions et les meurtres de quatre femmes dans la zone urbaine. Il est aussi le fils du général Macfarlane, conseiller auprès du département de la Justice. Depuis la disparition de sa femme, l'agent Macfarlane a été dessaisi de l'enquête...

Mia demeura songeuse un long moment. Ainsi, il avait des raisons personnelles de s'intéresser au tueur de Jacksonville... Elle se demanda s'il avait fait intervenir son père pour qu'on l'envoie sur place. C'était plus que probable.

Un brouhaha du côté du scanner la tira de ses pensées. Une voix de femme dirigeait les voitures vers le parc de Fort Yellow Bluff, au bord de l'eau. Mia connaissait les codes employés par les forces de l'ordre. Cinquante-cinq... Il s'agissait donc d'un cadavre. On venait de découvrir un cadavre, près d'un ponton, au nord-est du parc.

La femme mentionnait également que le FBI serait bientôt sur place et demandait aux agents de sécuriser la scène de crime en attendant.

Elle se mit alors à arpenter nerveusement la pièce : le parc n'était situé qu'à une demi-heure de chez elle.

Elle n'était certes plus chargée de couvrir cette affaire, mais elle avait besoin de savoir si le corps retrouvé était celui de l'une des disparues. Il pouvait s'agir de n'importe qui, bien sûr... Un meurtre sans aucun rapport avec le tueur en série. Un pêcheur tombé d'une embarcation. Mais le FBI était attendu sur place... Et le FBI ne se serait pas déplacé pour quelqu'un d'autre que Pauline Berger ou Cissy Cox.

Sans plus hésiter, elle fila dans le salon pour rassembler son sac, ses clés de voiture, sa carte de presse, puis elle quitta son appartement, sans oublier d'enclencher le système de sécurité.

Elle n'était pas certaine que sa carte de journaliste impressionnerait les agents fédéraux, mais elle devait tenter le coup.

Tandis qu'elle faisait démarrer sa Volvo dans la nuit, les mots de l'agent Macfarlane lui revinrent à la mémoire.

« Vous vous en êtes sortie, c'est tout ce qui compte. »

# 5

Le corps de la femme gisait au bord de l'eau, dissimulé derrière une toile de tente, posé sur une housse mortuaire que l'on n'avait pas encore refermée. Eric le fixait, les mains sur les hanches, le cœur lourd. Il plissait les yeux, aveuglé par les projecteurs qui éclairaient la scène de crime, et respirait par la bouche, à cause de l'odeur pestilentielle. Le corps avait séjourné trop longtemps dans l'eau pour permettre une identification immédiate, mais les cheveux collés au crâne étaient blonds et un bout de tatouage — un petit papillon à l'aspect fragile — se devinait encore sur son épaule droite.

Un tatouage qui pouvait correspondre à celui que leur avait décrit le mari de Pauline Berger.

Si un chiffre avait été gravé sur son ventre, il n'était plus visible, car poissons et autres créatures aquatiques avaient mordu la chair boursouflée. Tous les doigts étaient sans ongles et Eric avait l'intuition que le légiste lui annoncerait bientôt qu'il manquait aussi quelques dents. Il détourna le regard vers les deux hommes en combinaison de plongée qui s'apprêtaient à ratisser le lit du fleuve.

— C'est un pêcheur de crabes qui a trouvé le corps en venant vérifier ses casiers, lui dit Cameron en le rejoignant près du ponton.

Il désigna du menton un homme, afro-américain, qui était entouré de plusieurs adjoints et paraissait en état de choc.

— C'est quand, la dernière fois qu'il a vérifié ses casiers ? Avant celle-ci, je veux dire…

— Il y a deux jours.

La corde enroulée autour de l'abdomen de la victime indiquait que le corps avait été lesté et qu'il était remonté à la surface quand elle s'était rompue. Eric estima que la mort remontait à environ une semaine. Le corps était dans un état de décomposition avancée, mais les eaux tièdes du St Johns avaient dû accélérer le processus.

— Je pense que le corps a été jeté à l'eau en amont et que le courant l'a emporté jusqu'ici, commenta Cameron. Mais il n'a pas dû partir de très loin, parce que le St Johns a une déclivité de deux centimètres par kilomètre. C'est l'un des fleuves les plus lents du pays.

Le T-shirt d'Eric était trempé d'humidité et un moustique bourdonnait près de son oreille. Il balaya du regard la scène de crime, laquelle était un véritable chaos organisé. Les rampes lumineuses des voitures de patrouille qui bloquaient l'entrée du parc se reflétaient dans un ciel d'un noir de goudron. Les experts étaient déjà à l'œuvre ; les adjoints du shérif protégeaient le secteur et faisaient circuler les véhicules qui ralentissaient sur la route. Plusieurs agents de l'antenne locale du FBI s'étaient déplacés — agents qu'Eric était supposé rencontrer le lendemain matin. Les inspecteurs Boyet et Scofield étaient là aussi et s'entretenaient avec les adjoints, qui étaient arrivés les premiers sur les lieux.

— On pourrait draguer le fleuve en amont, suggéra Cameron tandis qu'ils s'éloignaient du corps.

Derrière eux, les eaux brillaient comme de l'obsidienne.

— On peut avoir une équipe de plongeurs plus importante d'ici demain matin, ajouta-t-il.

Eric acquiesça en silence.

— Je voudrais que les adjoints du shérif fouillent soigneusement le secteur, dit-il. Et qu'ils le maintiennent bouclé toute la nuit.

— Je vais arranger ça avec Boyet et…

Cameron s'arrêta net.

— Hé… Regarde un peu par là…, murmura-t-il en fixant la route.

Eric suivit son regard. Mia Hale parlementait avec deux adjoints qu'elle tentait probablement de convaincre de la laisser entrer sur la scène de crime.

— Laissez-la passer ! cria-t-il.

Il alla à sa rencontre et la prit par le bras pour l'entraîner à l'écart du groupe.

— Qu'est-ce que vous faites ici ?

— J'ai entendu qu'il y avait un cinquante-cinq, sur le scanner de la police, et que des fédéraux arrivaient.

Une ombre passa sur son visage quand ses yeux se posèrent sur la toile de tente plantée à une dizaine de mètres. Il vit sa poitrine s'abaisser et se soulever lentement.

— C'est l'une des disparues ? murmura-t-elle.

— Nous n'avons pas encore identifié le corps, répondit-il doucement. Il a séjourné dans l'eau un certain temps. Nous en saurons plus après l'autopsie.

Il remarqua qu'elle serrait sa carte de presse dans sa main blessée, pourtant un de ses confrères du *Jacksonville Courier* se trouvait déjà sur place. Elle surprit son regard et crut bon de se justifier.

— Je ne suis pas ici en tant que journaliste. Il fallait que je vienne, tout simplement. Je… J'avais besoin de savoir. De la voir.

Elle marqua un temps. Elle paraissait bouleversée et effrayée.

— Venez, dit Eric.

Il posa une main contre son dos pour la guider à travers le périmètre sécurisé, sentant peser lourdement sur lui le regard de Cameron qui s'étonnait probablement de cette entorse au règlement. Les civils n'étaient jamais autorisés à pénétrer sur une scène de crime.

Il la fit passer de l'autre côté de la toile de tente et lui laissa faire seule les derniers pas vers le corps. Elle baissa les yeux et demeura quelques secondes interdite. Puis, brusquement, son visage se décomposa, son regard exprima un mélange de pitié et d'horreur, et elle se couvrit le nez et la bouche avec son avant-bras en reculant lentement.

— Ce n'est pas un endroit pour vous, mademoiselle Hale, dit Cameron qui s'était approché.

Il fit mine de lui prendre le bras, pour l'entraîner à distance, mais Eric s'interposa.

— Je la raccompagne jusqu'à sa voiture, dit-il.

Cette intervention lui valut un regard interrogateur de Cameron, qu'il décida d'ignorer. Pâle comme un linge, Mia le suivit d'une démarche raide, en silence, tandis qu'il leur frayait un chemin à travers le groupe des adjoints. Le journaliste du *Courier* la héla au passage, mais elle ne se retourna pas et continua à avancer jusqu'à sa voiture, une Volvo ancien modèle garée un peu plus loin, en bordure de route. Eric contempla sans un mot l'attrapeur de rêves suspendu à son rétroviseur.

— Elle est blonde, murmura-t-elle. C'est Pauline Berger, n'est-ce pas ?

Il répondit par une question.

— Vous vous sentez capable de conduire pour rentrer chez vous ?

Elle acquiesça faiblement. Elle portait le même pantacourt et le même débardeur que lors de leur entretien, mais une courte queue-de-cheval retenait à présent ses cheveux noirs et brillants. Loin du brouhaha qui régnait sur la scène de crime, Eric entendait le chant des cigales qui venait des bois. Une camionnette arborant le logo d'une chaîne de télévision locale passa près d'eux. Les médias n'allaient pas tarder à se déchaîner. Des disparitions, un meurtre… Il y aurait bien un journaliste pour émettre sous peu l'hypothèse d'un tueur en série.

— Vous avez l'intention de faire une déclaration à Walt ? demanda Mia.

Il ne connaissait pas de Walt, mais supposa qu'elle parlait de son confrère du journal, celui qui était présent sur les lieux.

— L'agent Vartan s'en est chargé, répondit-il. Il lui a simplement confirmé qu'il s'agissait d'un corps de femme.

Elle inspira, dans un effort visible pour rassembler son courage.

— Je… J'ai réfléchi à votre proposition. Je veux bien essayer cette thérapie expérimentale. J'aimerais même commencer le plus vite possible.

Elle posa sur lui un regard incertain, qui trahissait sa fragilité. La culpabilité l'assaillit de nouveau. Il imaginait sans mal ce qu'elle avait dû ressentir face au corps de cette femme qu'elle considérait comme une compagne d'infortune. Elle aurait mérité la paix. Mais il avait désespérément besoin d'elle.

— Vous en êtes certaine ?

— Je veux qu'on arrête ce salaud, agent Macfarlane.

— Appelez-moi Eric, dit-il d'une voix pleine de douceur.

Ils se jaugèrent un long moment, puis Eric fit un pas en avant et lui ouvrit la portière du conducteur. Quand elle passa devant lui pour s'installer, il effleura brièvement son avant-bras, geste qui signifiait qu'elle pouvait compter sur son soutien.

— J'appellerai le Dr Wilhelm à la base aéronavale, dès demain matin, dit-il. Ensuite, je vous contacterai. A présent, faites-moi plaisir, rentrez directement chez vous.

Elle acquiesça et se glissa sur son siège. Il claqua sa portière et attendit que la Volvo disparaisse dans la nuit pour rejoindre Cameron.

En tant que journaliste, elle avait déjà eu l'occasion de voir des cadavres sur des scènes de crime, mais toujours de loin, et à travers les barricades dressées par les policiers. Or, cette fois, c'était différent. Très différent… Le corps ravagé par l'eau de Pauline Berger, la peau putréfiée de son visage sans yeux, l'os à nu de sa pommette droite, resteraient à jamais gravés dans sa mémoire.

Ses mains se crispèrent sur le volant.

*Ça aurait pu être moi.*

Elle se demanda si Eric Macfarlane avait eu à se pencher sur le cadavre désarticulé et pourrissant de sa femme. Cette idée lui donna la nausée. La thérapie expérimentale menée par ce médecin militaire l'effrayait, mais le spectacle de ce soir venait de la décider. S'il existait, ne fût-ce qu'une petite chance qu'elle se souvienne d'un détail utile…

Elle traversa le Fuller Warren Bridge qui menait à San Marco et enjambait le St Johns, ce fleuve languissant qui avait restitué le corps de Pauline Berger de l'autre côté de la ville. Le pare-brise éclairé par les lampadaires plantés le long du pont lui renvoyait à intervalles réguliers son reflet, un peu flou. Des traits hispaniques, ceux de sa mère, adoucis par l'expression plus délicate de son Gallois de père. C'était tout ce qu'elle avait conservé de ses parents.

Ils ne lui avaient donné que la vie.

Et elle y tenait.

La circulation était dense sur le pont, puis se raréfia à partir de San Marco. Mia bifurqua sur Atlantic Boulevard et passa devant le pictural parc Balis, avec ses fontaines et ses chênes drapés de mousse qui entouraient le centre de la place. Des guirlandes lumineuses décoraient le kiosque à musique, en prévision du festival qui aurait lieu durant le week-end. Ici, au moins, elle se trouvait en terrain familier.

Tandis qu'elle s'enfonçait dans les rues du quartier résidentiel, elle remarqua qu'une voiture la suivait de près. Tout d'abord, elle n'y prêta pas vraiment attention, mais comme les phares étaient toujours là après qu'elle eut bifurqué trois fois, elle commença à se poser des questions. Un petit test lui confirma que la voiture ralentissait quand elle ralentissait, et accélérait quand elle accélérait.

Elle avait conscience d'être sur les nerfs et tenta tout d'abord de se persuader qu'elle se faisait des idées. Elle aurait bien voulu identifier au moins la marque de la voiture, mais c'était difficile, avec ces lumières qui l'aveuglaient. Elle arriva enfin sur Alhambra Avenue et ce fut avec un peu d'appréhension qu'elle s'arrêta dans l'allée circulaire de la maison toscane.

Elle guetta derrière elle. La voiture aurait dû passer dans la rue. Mais rien ne vint.

Un vent de panique la submergea alors. Les hauts buissons

de camélias qui bordaient la propriété l'empêchaient de voir si le conducteur avait tourné, ou s'il avait simplement éteint ses lumières et attendait qu'elle sorte. En dépit de la clim, elle était en sueur.

Elle appuya sur le Klaxon de sa Volvo et actionna ses phares en direction de chez Will et Justin, qui occupaient le rez-de-chaussée de la maison. Tandis que leur appartement s'éclairait, une voiture circula dans la rue — une berline quatre portes, noire, apparemment inoffensive. Etait-ce la voiture qui l'avait suivie ? Elle n'aurait pu en jurer. Les grands palmiers qui se balançaient lentement sous le vent masquaient en partie les lampadaires, et la rue était sombre.

Elle sursauta et poussa un cri quand on toqua à la vitre de sa portière. De l'autre côté, Will la dévisageait. Il était en T-shirt et en bas de pyjama. Le brun Justin se tenait derrière lui. Il avait enfilé un jean et brandissait une batte de base-ball.

— Mia, qu'est-ce qui se passe ?

Elle déverrouilla sa portière. Will l'ouvrit aussitôt et la prit par le bras pour l'aider à sortir.

— Je suis désolée, bredouilla-t-elle.

Ses genoux tremblaient.

— Je… J'ai cru que quelqu'un me suivait.

— On te suivait ? répéta Justin d'un ton préoccupé, tout en contournant la voiture pour aller jeter un coup d'œil du côté de la rue.

— En fait… je ne sais pas… je n'en suis pas certaine…

Elle se passa la main sur le visage. Elle était bouleversée.

— Je reviens d'une scène de crime. Je crois que je suis un peu sur les nerfs.

Will secoua la tête.

— Ne me dis pas que tu as déjà repris le travail !

— Non, je n'ai pas repris le travail, mais je n'ai pas envie de m'expliquer maintenant, d'accord ?

Will et Justin échangèrent un regard entendu.

Tandis qu'ils la raccompagnaient jusque chez elle, elle ne put s'empêcher de regarder craintivement par-dessus son épaule. La nuit était silencieuse. Paisible. Elle eut soudain honte. Elle avait sûrement été victime de son imagination. Le spectacle de ce cadavre en putréfaction l'avait décidément perturbée !

# 6

La réunion prévue pour le vendredi matin au bureau du FBI de Baymeadows s'était finalement tenue sur la rive sablonneuse du St Johns. Mais cinq heures après la découverte du corps, les recherches, aussi bien dans le fleuve que sur terre, n'avaient rien donné.

Eric balaya les lieux du regard. Les hommes avaient fini leur travail et regagnaient peu à peu leurs voitures.

— Les plongeurs referont surface dans deux ou trois heures, annonça Cameron qui arrivait, une bouteille d'eau à la main.

Il était resté en amont pour superviser le travail des plongeurs, tandis qu'Eric se chargeait de la zone où l'on avait découvert le corps. Ils étaient tous les deux en kaki, la tenue militaire des agents fédéraux. Eric sentait la transpiration dégouliner dans son dos ; le soleil lui chauffait les épaules. L'équipe avait pris des pauses à l'ombre d'une toile de tente, ou en se réfugiant dans les voitures équipées de la climatisation.

— Des nouvelles du psychiatre de la base navale ? demanda Cameron.

Eric lui avait parlé de la thérapie expérimentale.

— Le Dr Wilhelm recevra Mia Hale cet après-midi à 15 heures.

— Elle a du cran d'accepter ça !

Eric songea au regard angoissé de la jeune femme, quand elle lui avait annoncé la veille qu'elle était prête à tenter l'aventure. Il avait craint qu'elle ne change d'avis, mais il l'avait appelée un peu plus tôt pour lui communiquer l'heure du rendez-vous et elle avait confirmé sa venue.

— Tu vas l'accompagner ?

— Oui. Je veux être là pour entendre ce qu'elle va raconter.

Il s'interrompit, le temps de laisser passer des grues du Canada, ces grands oiseaux gris ressemblant à des cigognes, qui passaient au-dessus d'eux en criant et pêchaient dans les eaux peu profondes de la rive du fleuve.

— C'est moi qui lui ai proposé cette thérapie, reprit-il. Je me sens donc un peu responsable. Je tiens à la soutenir.

Cameron consulta sa montre.

— Tu devrais y aller, dans ce cas. Je suppose que tu comptes prendre une douche et te changer… Je vais rester ici jusqu'à ce que les plongeurs remontent. Je pense qu'il faudra poursuivre les recherches, même s'il n'en sortira probablement rien. Un fleuve, c'est grand.

— Est-ce que quelqu'un s'est chargé de parler aux proches de Pauline Berger ?

— Oui. Bien obligé… Ils auraient entendu parler d'un corps de femme repêché dans l'eau en allumant leur télé, sinon, et ils auraient fait le rapprochement. Sans compter que les journaux annoncent déjà que le corps pourrait être celui de l'une des disparues. Bien entendu, le bureau du shérif n'a rien confirmé et nous non plus.

Eric avait vaguement écouté les informations locales, avant de se rendre sur la scène de crime. Il songea à l'angoisse des familles qui attendaient. La pitié lui serra le cœur.

— Et la famille de Cissy Cox ? demanda-t-il.

— On l'a contactée aussi, pour dire que le corps ne correspondait pas. Mais bon…

Cameron n'acheva pas sa phrase. Il pensait probablement lui aussi que le corps de Cissy pourrissait déjà quelque part. Il portait une casquette arborant le logo du FBI, et la souleva pour essuyer son front trempé de sueur.

— Tu viens toujours dîner avec nous ce soir ? demanda-t-il, changeant de conversation.

— A moins d'un imprévu dans l'enquête, oui, je serai là.

— Viens vers 20 heures. J'ai prévenu Lanie qu'on mangerait tard. Elle est en pleine métamorphose. Elle a l'ambition de devenir une mère et une ménagère accomplie, alors attends-toi à quelque chose de pas ordinaire !

Il sourit et secoua la tête.

— En rentrant, hier soir, j'ai trouvé la cuisine envahie de livres de Martha Stewart.

— Agent Vartan ? Agent Macfarlane ?

Un officier en uniforme traversait à grands pas le parking de gravier pour les rejoindre. Il était tout bronzé et ses cheveux blonds étaient tellement décolorés par le soleil qu'ils en paraissaient presque blancs.

— Je suis l'adjoint Hammond. L'inspecteur Boyet m'a chargé de vous transmettre une info qui devrait vous intéresser.

Ils se serrèrent la main, puis Hammond désigna la route à double voie qui bordait la scène de crime.

— La nuit dernière, l'un des hommes affecté à la circulation a relevé quelques plaques d'immatriculation, par mesure de précaution. On ne sait jamais, parfois on tombe par hasard sur un type recherché par la police…

Cameron ne put s'empêcher de manifester son impatience.

— Et alors ? Il en est sorti quelque chose ?

— Il n'y avait que des casiers vierges, mais…

Hammond posa ses deux mains sur la ceinture de son revolver.

— Une voiture volée nous a été signalée ce matin et sa plaque correspond à l'une de celles qui ont circulé hier dans le coin. Le propriétaire séjournait dans un centre de golf à Ponte Vedra et ne s'est pas servi de sa voiture depuis hier après-midi. C'est ce matin, vers 11 heures, en voulant la prendre pour quitter l'hôtel, qu'il a remarqué sa disparition.

— C'était donc le voleur qui la conduisait hier soir, murmura Eric.

L'information était en effet d'importance. La nuit où elle s'était enfuie, Mia avait conduit une voiture volée. Ils en avaient conclu que le criminel utilisait des véhicules d'emprunt pour enlever ses victimes, éliminant ainsi le risque d'être identifié par sa propre voiture. Il avait pu passer la veille près de la scène de crime, incapable de résister au plaisir de constater les dégâts dont il était responsable, comme le font souvent les assassins. Mais il n'avait probablement pas volé le véhicule juste pour ça. Il allait probablement lui servir à enlever une femme... Il prévoyait donc d'agir bientôt.

— Quelle était la marque de cette voiture ?

Les lunettes en métal argenté de l'adjoint reflétaient les rayons du soleil comme un miroir. Il chassa de la main une mouche qui l'agaçait.

— Une Audi A4, turbo. Noire. Nous avons lancé un avis de recherche.

Le téléphone de Cameron sonna. Il répondit, parla quelques secondes, puis le referma.

— C'était l'agent Olkarski, qui se trouve en amont. Les plongeurs ont retrouvé des bâches en matière plastique autour d'un pilier de quai. Elles pourraient correspondre aux fragments qui enveloppaient le corps.

— Rien qui aurait pu servir à le lester ? demanda Eric.

— Deux briques de ciment de taille moyenne, avec une corde effilochée enroulée autour. Rien de bien caractéristique. Ces briques, comme les bâches, pourraient tout aussi bien provenir d'un chantier de rénovation.

Eric contempla sans un mot les eaux troubles du fleuve. En effet, cette découverte ne les avançait pas beaucoup.

Mia s'était attendue à un haut bâtiment moderne de verre et d'acier. A de longs couloirs aseptisés et silencieux. A des dispositifs d'accès sophistiqués, avec scanner d'empreintes. Or, le bureau du Dr Wilhelm était situé dans une modeste construction en briques de plain-pied. Elle s'était installée sur un canapé rayé, vert forêt, face au bureau du psychiatre, tandis qu'Eric avait pris le fauteuil assorti. A sa droite, une large fenêtre donnait sur l'hôpital militaire de la base aéronavale de Jacksonville. La pièce était décorée avec goût. Il y flottait une odeur de tabac à pipe et de pot-pourri aux agrumes.

— L'agent Macfarlane m'a parlé de l'enquête et de ce que vous avez vécu, Mia…

Le Dr Wilhelm était un homme aux cheveux grisonnants, qui parlait avec un léger accent allemand. Il avait une blouse blanche empesée, et un aspect bonhomme rassurant.

— Vous devez comprendre, mademoiselle, que je ne peux rien vous promettre. Cette thérapie, que nous appelons « restauration de la mémoire », n'a donné de résultats que sur trente pour cent des sujets, et à des degrés divers. Certains se souviennent de détails précis. D'autres n'ont que des images floues.

Mia fit un effort pour répondre d'un ton dégagé :

— En admettant que ça fonctionne avec moi, à quoi dois-je m'attendre ?

— A des images pour l'essentiel. Un visage, un lieu. Peut-être une bribe de dialogue… C'est difficile à dire parce que chaque cas est différent. De plus, je n'ai jamais traité un patient souffrant d'une amnésie induite par une substance chimique. Je ne sais pas du tout si ce paramètre va nous faciliter la tâche, ou le contraire.

Mia eut soudain le trac à l'idée qu'elle allait revivre des moments de son enlèvement.

— Quels sont les risques ? demanda Eric.

Il portait de nouveau sa tenue d'agent du FBI : un pantalon noir, une chemise blanche, une cravate. Sa veste, il l'avait laissée dans la voiture, à cause de la forte chaleur.

— Il peut y avoir des effets secondaires, mais en général ils ne durent pas. Certains patients se sont plaints de maux de tête, ou de vertiges, qui se sont estompés au bout de deux heures. Dans quelques cas extrêmes, on observe également une élévation de la pression sanguine.

Mia tripota nerveusement ses doigts bandés.

— Vous utiliserez quel genre de produit ?

— En termes profanes, on appellerait ça un catalyseur

mental. Utilisé avec une technique d'hypnose appropriée, il donne accès à des canaux inexploités du cerveau.

Un sourire indulgent étira sa bouche.

— Des canaux qui renferment des souvenirs... endormis, pourrait-on dire. Par exemple, un souvenir d'enfance refoulé, ou un événement survenu alors que nous étions blessés ou inconscients, prétendument incapables d'entendre ou d'enregistrer quoi que ce soit. Or, il s'avère que le cerveau capture des fragments de ce qui l'entoure, même dans ces circonstances, et qu'il les stocke. Ils sont là. Le problème, c'est de les faire émerger.

— J'imagine que ce catalyseur n'est pas approuvé par le ministère de la Santé, commenta Mia d'un ton vaguement railleur.

— C'est exact, mais il n'y a pas de quoi s'inquiéter pour autant. Il s'agit d'une substance non addictive, qui a déjà été largement testée dans les hôpitaux militaires.

Il marqua un temps de pause, se racla la gorge et ajouta :

— Mais ses effets sont puissants, surtout associés à l'hypnothérapie. Les souvenirs sont vivaces, ce qui risque d'être éprouvant pour vous, étant donné les circonstances. De plus, une fois la drogue éliminée par l'organisme, des souvenirs-flashs sont encore possibles.

— Des souvenirs-flashs ? souligna Eric.

— Elle pourrait avoir des images en dehors des séances, expliqua patiemment le Dr Wilhelm.

Il se tapota la tempe droite du bout de l'index.

— Une fois qu'on a ouvert la fenêtre...

*Plus moyen de la refermer...*

Jetant un regard en coin du côté d'Eric, Mia se rendit compte qu'il l'observait. Elle avait la poitrine dans un étau et elle espérait que son angoisse ne se lisait pas sur son visage. Elle fut tentée de dire qu'elle avait changé d'avis. Mais elle ne pouvait pas battre en retraite. Pas quand elle songeait au corps en putréfaction qu'elle avait contemplé la veille. Pas quand elle songeait à Rebecca Macfarlane. Les souvenirs de sa séquestration allaient la perturber ? Et après ? Ce n'était rien, à côté de ce qu'avaient enduré ces pauvres femmes !

— Quand commençons-nous ? demanda-t-elle d'un ton qui cherchait à affirmer un courage qui lui manquait pourtant.

Le psychiatre désigna une chemise posée sur son bureau.

— Votre médecin traitant m'a fourni votre dossier médical. Vous avez été récemment admises aux urgences, où l'on vous a fait un bilan qui s'est avéré excellent. Vous avez signé les décharges nécessaires. Compte tenu de l'urgence de la situation, je ne vois aucune raison de ne pas débuter aujourd'hui.

— Dans ce cas, allons-y, dit-elle simplement.

Le Dr Wilhelm se leva.

— Je vais préparer la seringue. Comme c'est votre première séance, nous commencerons avec la dose minimale.

Quand il eut quitté la pièce, Mia se leva du canapé pour marcher jusqu'à la fenêtre. Des avions décollaient dans le ciel dégagé, faisant rugir leurs réacteurs.

Elle sentit soudain la présence d'Eric derrière elle.

— Est-ce que ça va ? demanda-t-il.

Elle se retourna. Il était tout près d'elle. Si près que son cœur se mit à battre furieusement.

Elle lui adressa un pauvre sourire.

— Je crois que je ne m'étais pas attendue à une piqûre, murmura-t-elle.

Mais ce trait d'humour n'eut pas l'air de l'amuser.

— Rien ne vous oblige à…

— Je dois le faire ! le coupa-t-elle. Vous avez besoin de moi et vous le savez.

Les étranges yeux vert mousse de l'agent fouillèrent les siens.

— Merci, dit-il en effleurant son avant-bras.

Le contact de ses doigts sur sa peau nue la fit frissonner, mais il laissa retomber sa main en entendant entrer le médecin.

— Une fois que je vous aurai injecté le produit, nous attendrons quelques minutes, le temps qu'il agisse, puis nous commencerons des exercices de relaxation, expliqua ce dernier en lui montrant le divan.

Mia pâlit en apercevant la petite seringue hypodermique qu'il tenait à la main. Elle n'avait jamais réussi à surmonter sa peur enfantine des aiguilles.

Elle retourna s'asseoir sur le canapé et détourna ostensiblement le regard, quand il plaça le garrot autour de son biceps droit.

— Vous pouvez vous allonger et fermer les yeux, dit-il après lui avoir injecté le produit. Respirez lentement. Concentrez-vous sur votre respiration…

Il alluma une lampe tamisée et alla fermer les volets pour empêcher la lumière trop vive du soleil de pénétrer dans la pièce.

— Essayez de vous imaginer dans un grand cinéma, seule, face à un écran blanc.

Elle lissa son chemisier en lin sur son pantalon à grosses poches et s'allongea. Eric l'observait, les bras croisés, le visage crispé.

Elle lui adressa un dernier regard, prit une longue inspiration, puis ferma les yeux.

— Je suis désolée…

Eric lui jeta un regard en coin.

— Vous n'avez aucune raison de l'être. Le Dr Wilhelm nous a expliqué qu'il fallait parfois plusieurs séances pour obtenir des résultats. La bonne nouvelle, c'est que vous êtes sensible à l'hypnose. Ce n'est pas le cas de tout le monde.

Guidée par la voix du médecin, elle s'était rapidement détendue. Il l'avait aisément ramenée à l'instant qui avait précédé son enlèvement. La scène lui avait alors paru incroyablement réelle. Elle avait entendu l'écho de ses pas sur le sol de béton du parking, le petit pépiement de son porte-clés quand elle avait déverrouillé sa voiture. Elle avait faim et songeait à ce qu'elle allait bien pouvoir manger, quand elle s'était glissée derrière le volant. Puis, brusquement, l'écran était redevenu blanc. Le Dr Wilhelm avait alors utilisé diverses techniques pour reprendre la séance à partir de cet instant critique, espérant qu'elle verrait le visage de l'homme qui l'avait enlevée. Mais rien n'avait fonctionné. C'était comme si ses souvenirs s'arrêtaient au moment où elle avait claqué la portière de sa voiture. Le psychiatre avait alors évoqué la possibilité d'utiliser une dose de catalyseur mental plus importante la prochaine fois, pour l'aider à dépasser ce qu'il avait appelé un « blocage traumatique ».

— Comment vous sentez-vous ? demanda Eric.

Mia toucha son bras qui était encore sensible à l'endroit où le médecin avait pratiqué l'injection.

— Ça va, répondit-elle. Pas de migraine ni de vertiges.

— N'hésitez pas à m'appeler si vous avez le moindre problème. Même en pleine nuit.

Ils traversaient à présent le pont, en direction de San Marco. Le soleil de la fin d'après-midi était bas dans le ciel et tachetait la surface du fleuve de flaques dorées. Ils roulaient lentement, pris dans le trafic intense du vendredi soir.

Mia contempla le profil d'Eric et songea au bref moment d'intimité qu'ils avaient partagé dans le bureau du médecin, avant le début de la séance. Elle prit soudain conscience qu'il l'attirait et que ça n'allait pas lui simplifier la vie.

— Je reprends le travail la semaine prochaine, annonça-t-elle.

— Vous ne pensez pas que c'est un peu prématuré ?

— On croirait entendre parler mon rédacteur en chef ! Je lui ai demandé de me rendre l'affaire des enlèvements et il a refusé.

— C'est un homme avisé.

Elle se tourna vers lui.

— Il s'agit d'un refus temporaire. C'est non pour l'instant, mais pas non tout court. Il voudrait me cantonner pendant quelque temps à des sujets de moindre importance, mais j'ai bien l'intention de le convaincre du contraire.

— Je vais être honnête avec vous, Mia. Vous avez déjà

attiré l'attention du tueur en signant vos articles. Ce serait une erreur de vous mettre de nouveau en avant…

Il secoua la tête.

— Ce type de criminel s'en prend rarement deux fois à la même personne, mais il pourrait considérer vos articles et le fait que vous lui avez filé entre les doigts comme une provocation. Je vous conseille donc de rester à l'écart de cette affaire.

Il s'interrompit pour prendre un appel téléphonique. Elle n'entendait que la moitié de la conversation, mais elle comprit tout de même de quoi il s'agissait.

— Le légiste a pu identifier le corps en se servant du dossier dentaire, annonça-t-il en raccrochant. Il manquait deux dents, mais il est formel : c'est bien Pauline Berger.

Mia ferma les yeux. Le soleil tapait à travers le pare-brise, mais elle se sentit soudain glacée. Pauline était morte. C'était officiel maintenant…

Ils s'arrêtèrent bientôt devant la maison toscane. La décapotable de Will n'était pas là, mais la locataire du deuxième était chez elle, à en juger par la Toyota Prius qui stationnait dans l'allée.

— Je vous accompagne jusque chez vous, annonça Eric.

Il sortit de la voiture et fit le tour pour lui ouvrir la portière. Il avait fait la même chose lorsqu'ils étaient arrivés à la base aéronavale. Cet homme avait décidément des manières très policées, un peu vieux jeu, mais qui semblaient chez lui très naturelles. Question d'éducation, sans doute. Il venait d'un milieu très bourgeois. Il avait dû fréquenter des écoles privées, conduire une riche héritière au bal des débutantes, faire ses études dans une université de la Ivy League. Rien à voir avec ce qu'elle-même avait connu.

— Vous allez rencontrer la famille de Pauline Berger ? demanda-t-elle tandis qu'ils grimpaient les marches du premier étage.

— L'agent Vartan s'en charge en ce moment même, avec les inspecteurs Boyet et Scofield.

Arrivé sur le palier, il lui prit sa clé des mains et ouvrit la porte avant de les lui rendre.

— Je viens vous chercher demain à 16 h 30, ça vous va ?

Elle acquiesça, tout en tapant le code qui désactivait le système de sécurité. Le lendemain était un samedi, mais le Dr Wilhelm avait tenu à programmer une séance, en fin d'après-midi, pour ne pas rater un tournoi de golf avec des huiles qui visitaient la base.

— Je suppose que le Dr Wilhelm ne reçoit pas tout le monde le samedi, déclara-t-elle d'une voix douce, tout en cherchant le regard de l'agent Macfarlane.

Elle le fixa droit dans les yeux quelques secondes.

— Je suis journaliste, Eric… Ce qui signifie que je suis curieuse de nature… J'ai donc fait des recherches sur internet à propos de l'enquête du Maryland…

Des plis de contrariété apparurent autour de ses yeux et il prit son temps pour répondre.

— Alors, vous savez maintenant pourquoi c'est important pour moi d'arrêter ce psychopathe, murmura-t-il.

Il ne fit pas d'autre commentaire.

Après son départ, elle demeura songeuse. Il n'avait visiblement pas envie de parler de sa femme, mais elle ne regrettait pas de lui avoir dit qu'elle savait.

Et elle comprenait qu'il ait laissé à son partenaire le soin de prévenir le mari de Pauline Berger.

# 7

*Deux petites filles assises au soleil, sur un trottoir qui leur brûle les cuisses… Mia sent la sueur rouler sur son visage et elle l'essuie du revers de son avant-bras osseux. Mademoiselle Cathy — c'est comme ça qu'elle veut qu'on l'appelle — n'aime pas que les enfants traînent dans la maison.*

*— Il y a un tuyau d'arrosage dehors, si vous avez soif. Revenez quand il fera nuit, pour le repas. Ensuite la douche et au lit !*

*Mia sent son estomac se nouer. Ce foyer d'accueil ne lui plaît pas. Ça fait déjà trois jours que la belle dame qui fronce les sourcils et sent trop fort le parfum l'a déposée ici.*

*— N'aie pas peur, Mia, dit l'autre petite fille en lui prenant la main.*

*Elle a à peu près son âge et des cheveux roux en bataille. Il y a beaucoup d'enfants dans cette maison, mais Mademoiselle Cathy n'est la maman de personne. Mademoiselle Cathy n'est pas une maman et elle n'a pas l'air de beaucoup aimer les enfants. Des larmes piquent les yeux de Mia.*

*— Tu vas t'habituer, tu verras…*

*Une voiture s'engage dans la rue bâtie de pavillons. Une voiture bleue, à hayon, avec une bande blanche, un moteur pétaradant. Elle ralentit en passant à leur hauteur. Le conducteur regarde fixement de leur côté et tourne même la tête pour les voir le plus longtemps possible. Son visage est dans l'ombre, mais quelque chose en lui donne à Mia l'envie de courir pour aller se cacher.*

*Puis la voiture s'arrête et fait marche arrière.*

Mia se réveilla en sursaut, le cœur battant la chamade.

*Un rêve… Ce n'est qu'un mauvais rêve…*

Cela faisait des années qu'elle n'avait plus pensé au foyer de Mademoiselle Cathy. Elle n'y était restée que quelques semaines, avant d'entamer un long périple, de famille d'accueil en famille d'accueil. Elle ne se souvenait pas avoir rencontré là-bas une petite fille aux cheveux roux. Ni d'un homme dans une voiture à hayon. Elle se demanda si ce rêve avait un rapport avec sa séance chez le Dr Wilhelm.

Dehors, il faisait presque nuit. Après le départ d'Eric Macfarlane, elle s'était allongée sur son canapé, avec l'intention d'y somnoler un moment, mais elle s'était bel et bien endormie. Cette thérapie de restauration de la mémoire, comme l'appelait le médecin, l'avait littéralement épuisée !

Elle se pencha, un peu trop vivement, pour allumer une lampe, et se cogna le menton sur la table basse. Elle n'aimait pas rester dans le noir. Elle poussa un soupir de soulagement quand une douce lumière éclaira la pièce. Ce rêve avait ravivé des souvenirs d'enfance douloureux…

Deux jours avant son sixième anniversaire, les services sociaux étaient venus la chercher pour l'enlever à sa mère. Abandonnée par son mari, sans travail, Luri Hale buvait et souffrait d'épisodes maniacodépressifs. Elle avait fait de l'enfance de Mia un tourbillon d'incertitude. Quand elle était dans sa phase maniaque, Mia voyait défiler des hommes dans l'appartement. En phase dépressive, c'était pire, elle restait seule avec une mère qui sanglotait ou s'en prenait à elle.

Les services sociaux avaient été alertés le jour où on l'avait surprise en train de voler de la nourriture dans une épicerie du quartier, sale et pieds nus. C'était le commerçant qui l'avait signalée.

Une vie d'errance avait alors commencé pour elle. Elle n'avait jamais eu de vrai foyer. Elle changeait souvent de famille et ça n'avait pas été une partie de plaisir. Elle avait très vite compris le système. On venait la chercher, du jour au lendemain, sans même la prévenir, parfois pour la rendre à sa mère, le temps que celle-ci perde de nouveau sa garde. Luri ayant refusé de renoncer à ses droits parentaux, Mia n'avait jamais pu être adoptée. Quand bien même aurait-elle pu l'être, la plupart des couples préféraient des bébés, si possible blonds aux yeux bleus.

Luri était toujours en vie et n'habitait qu'à une heure et demie de voiture de chez elle, un peu plus haut sur la côte. Mais Mia n'avait plus de contact avec elle depuis des années. Elle lui en voulait. Elle n'avait plus confiance. Enfant, elle n'avait pas eu de famille. Elle pouvait bien s'en passer aujourd'hui.

Elle alla jusque dans la cuisine où elle remarqua que le témoin du répondeur clignotait. Il y avait deux nouveaux messages. La sonnerie était réglée au minimum, et elle se demanda si on avait appelé pendant qu'elle dormait. Elle appuya sur le bouton et écouta le premier message. Il venait de Grayson, qui lui demandait de ses nouvelles. Il savait pour le corps de Pauline Berger et voulait s'assurer que la nouvelle ne l'avait pas trop secouée. Sa voix trahissait son inquiétude.

Elle se promit de le rappeler. Plus tard…

Il n'y avait pas de deuxième message, juste un grésillement de dix secondes avant que le répondeur ne coupe. Le cadran affichait « Numéro inconnu » et cela la mit mal à l'aise. Elle s'en voulut de se laisser impressionner par cet appel anonyme qui provenait probablement d'une société de vente par téléphone. Cette terrible journée l'avait décidément bien fragilisée !

Elle aurait eu besoin de sentir une présence, de parler à quelqu'un. Elle songea à l'agent Macfarlane, mais résista à l'impulsion de composer son numéro, de peur de passer pour une angoissée incapable de s'assumer.

Tandis qu'elle fouillait dans le réfrigérateur et passait en revue les restes du traiteur thaï de la veille, son esprit revint vers la petite fille rousse de son rêve. Elle avait encore l'impression de sentir ses doigts maigres sur son avant-bras. Elle voyait encore devant elle son limpide regard noisette.

« Tu vas t'habituer, tu verras… »

Certes, on s'habituait à tout. Mais à quel prix ?

Cameron et Lanie vivaient dans St Augustine, au sud de Jacksonville, dans une maison de style Craftsman battue par les éléments, et qui dominait la baie de Matanzas. Construite dans les années vingt, elle avait connu trois générations de Vartan.

Sorti sur la terrasse avec sa bière, Eric contemplait la lumière du phare de l'île Anastasia qui brillait doucement au loin, comme un feu de joie dans la nuit noire.

— Tu sais que ce phare est hanté, dit Lanie qui l'avait rejoint.

Elle soutint son ventre rebondi pour s'asseoir près de lui, sur une marche. Une brise tiède et salée soulevait ses cheveux blonds.

— D'après ce qu'on raconte, la petite fille du gardien s'est noyée dans la baie, et son fantôme se promène parfois sur le pont-promenade.

— Tu ne crois tout de même pas à ces fadaises, Lanie ?

Elle eut un petit sourire et haussa les épaules.

— Je n'ai jamais vu ce fantôme, mais c'est une belle histoire à raconter aux touristes.

— Où est Cameron ?

— Il fait la vaisselle pour soulager sa pauvre femme enceinte. Alors, j'en profite pour venir parler un peu avec toi…

Il avait appris au cours du dîner que Lanie attendait une petite fille et que l'accouchement était prévu pour le mois d'août. Durant les années où Cameron avait été son partenaire, Rebecca et lui avaient fréquenté le couple. Puis Cameron avait voulu retourner en Floride, d'où il était originaire. Assis sur cette terrasse, devant l'étendue sombre de l'océan, Eric comprenait son choix.

— Est-ce que tu vas bien ? demanda Lanie en lui donnant un petit coup d'épaule. Je veux une réponse honnête.

— Ça va, ne t'inquiète pas.

Comme elle le dévisageait avec insistance, il ajouta :

— Ça fait presque trois ans, Lanie…

Elle repoussa une mèche de cheveux qui lui tombait devant les yeux.

— Oui, je sais, le temps file. Tu nous manques. Rebecca aussi nous manque.

Eric but une gorgée de sa bière.

— On se téléphonait régulièrement, elle et moi. Toutes les deux ou trois semaines.

Elle ne le regardait plus, fixant maintenant elle aussi l'immensité de l'océan.

— Je sais que ça n'allait plus très bien entre vous, mais elle t'aimait toujours, Eric.

Il soupira. Il s'était douté qu'elle était au courant.

— Elle voulait me quitter, murmura-t-il.

Rebecca souhaitait qu'il lui consacre plus de temps, qu'il soit plus souvent auprès d'elle, mais il n'avait pas compris, ou pas pu accéder à ce désir. Sa mutation au VCU avait aggravé les choses : plus d'heures de boulot, de déplacements, de pression… Il en avait oublié qu'il avait une femme.

— Je l'ai abandonnée…

— Tu ne l'as pas abandonnée, tu étais pris par ton travail ! Elle savait à quoi s'attendre en épousant un agent du FBI.

— Elle ne s'attendait sûrement pas à mourir à cause de moi.

Lanie ne répondit pas, parce qu'il n'y avait rien à répondre. Eric s'en voulut de la dureté de ses paroles. Le meurtre de Rebecca l'avait détruit, mais il n'avait pas le droit de décharger son angoisse et sa rancœur sur les autres. Et surtout pas sur Lanie.

— Merci pour ce dîner et pour m'avoir laissé votre

bungalow. J'y suis beaucoup mieux que dans n'importe quel Holiday Inn.

— Cam a pensé que tu devais en avoir plus qu'assez des chambres d'hôtel. Et comme le bungalow est libre en ce moment, ça nous a semblé tout naturel…

Tout en parlant, elle jouait avec son alliance qu'elle faisait coulisser le long de son doigt.

— Nous avons de la chance. En plus de la maison que nous habitons, les parents de Cam lui ont légué ce bungalow. Ça nous fait une petite rentrée d'argent supplémentaire. Mais il est situé dans un quartier qui n'a pas la cote et on ne le loue qu'au plus fort de la saison touristique, quand c'est complet ailleurs… On aurait pu te prévenir avant, pour le bébé. T'appeler, t'envoyer une carte… Mais j'avoue que depuis ma fausse couche, je suis devenue superstitieuse. Je préférais attendre avant d'en parler, tu comprends ?

Eric acquiesça.

— Vous avez une vie agréable, ici. Vous ferez de bons parents. Vous avez déjà choisi un prénom ?

— Rosalie Marie.

Elle pouffa.

— C'est terriblement vieux jeu, mais c'était le prénom de la mère de Cameron, et il ne veut pas en démordre.

— C'est un très beau prénom…

Il avait posé ses mains sur ses cuisses et Lanie les recouvrit des siennes. Elle le fixa, avec ses yeux bleu de Chine. Elle avait un visage doux et juvénile, constellé de taches de rousseur qu'il devinait malgré la pénombre.

— Toi aussi, tu mérites d'être heureux, Eric… Cameron dit que tu en es encore à te punir pour ce qui s'est passé.

Il détourna le regard tout en portant sa bouteille de bière à ses lèvres, pour se donner une contenance. Quand le collectionneur serait mort ou derrière les barreaux — et il devait avouer qu'il préférait la première solution —, il pourrait sans doute tourner la page. Pas avant.

La porte de la cuisine s'ouvrit et il se retourna, en même temps que Lanie. Cameron sortit sur la terrasse. Eric se mit debout, offrant son bras à Lanie qui avait du mal à se lever. Elle était menue et son gros ventre la gênait.

— C'est fini, dans la cuisine ? demanda-t-elle.

Cameron fit signe que oui. Il avait encore un torchon sur l'épaule.

— Vous voulez un dessert ? proposa alors Lanie. Vous avez droit à un café ou à une bière. Et moi, je vais me contenter d'une tisane insipide.

— Le dessert, je crois que ce sera pour une autre fois, répondit Cameron d'un air grave.

Puis son regard se posa sur Eric.

— Je viens de recevoir un coup de fil de Boyet. On lui a signalé une nouvelle disparition.

# 8

La jeune femme dont on avait signalé la disparition était Anna Lynn Gomez, une hôtesse de l'air âgée de vingt-huit ans. Sur l'image granuleuse des enregistrements des caméras de surveillance de l'aéroport international de Jacksonville, on la voyait vêtue de son uniforme, tirant une valise à roulettes à travers le hall.

— Apparemment, personne ne la suit, fit remarquer le chef de la sécurité, un homme grand et bien bâti.

A la demande d'Eric et Cameron, il passa ensuite aux images horodatées du parking.

— Là, elle quitte le parking B à 23 h 28 dans sa Nissan Altima…

La séquence datait du jeudi soir et l'on était samedi matin. Comme elle avait des horaires irréguliers, les colocataires de la jeune femme ne s'étaient tout d'abord pas inquiétées de son absence, pensant qu'une de ses escales s'était prolongée. Mais comme elle ne s'était toujours pas manifestée le vendredi et qu'elle ne répondait pas au téléphone, elles avaient décidé de contacter les autorités.

Ce qui signifiait qu'Anna Lynn Gomez avait disparu depuis plus de vingt-quatre heures déjà.

L'écran montrait à présent sa voiture s'arrêtant devant le box du gardien du parking. Elle paraissait seule à l'intérieur. Eric songea au véhicule volé qui avait circulé près de la scène de crime, jeudi soir, justement. Si le tueur était sorti à la recherche d'une proie, son chemin avait pu croiser celui d'Anna Lynn Gomez, laquelle avait dû passer par le bord de mer pour rejoindre la banlieue d'Arlington, où elle partageait une maison avec deux autres jeunes femmes. L'un de ses pneus avait peut-être crevé sur la route, ou bien elle s'était arrêtée pour faire le plein, ou pour s'acheter à manger — autant d'occasions pour le tueur de l'approcher.

— Surveiller les routes, c'est bien, mais ça ne suffit pas, dit-il à Cameron quand ils quittèrent le bureau de la sécurité. Les adjoints du shérif doivent aussi chercher sa voiture dans les parkings situés entre l'aéroport et Arlington. Qu'ils vérifient en particulier les parkings des stations-service, et ceux des restaurants ouverts tard le soir.

Ils traversèrent un terminal presque désert en raison de l'heure matinale. Seuls quelques groupes de voyageurs aux yeux bouffis de sommeil y patientaient.

Cameron tira son portable de sa poche et s'arrêta de marcher, le temps de donner ses instructions au répartiteur du bureau du shérif.

— Est-ce qu'on pourrait envisager qu'elle n'ait pas été enlevée ? demanda-t-il après avoir raccroché. Tu as vu comme moi la vidéo, Eric. Elle est jeune et jolie. Elle est peut-être en ce moment même dans un hôtel du bord de plage, avec un séduisant pilote. Ses colocataires la décrivent comme une femme imprévisible, ce qui est une manière délicate de nous faire savoir qu'elle est imprudente. C'est pour ça, d'ailleurs, qu'elles n'ont pas prévenu tout de suite les autorités.

— J'aimerais bien que ce soit le cas, murmura Eric.

Il ne put s'empêcher de songer que cette hôtesse, petite, brune et menue, ressemblait beaucoup à Mia.

— Mais tu n'y crois pas, soupira Cameron.

— Et toi ?

Cam haussa les épaules.

— On peut toujours rêver.

Depuis que le corps de Pauline Berger avait été retrouvé, les médias spéculaient sur la présence d'un tueur en série. La disparition d'Anna Lynn Gomez, déjà abondamment commentée aux actualités locales, ajoutait de l'eau à leur moulin. Le FBI avait prévu de faire une déclaration officielle dans la matinée et Eric avait réclamé un ordre judiciaire pour interdire aux journalistes de mentionner certains éléments. Le *Courier* avait spontanément accepté de taire certains détails de l'enquête — sans doute parce que Mia était impliquée —, mais ils ne pouvaient pas tabler sur la discrétion des journalistes en général. Le mandat serait sur le bureau d'un juge à 7 heures.

Tandis qu'ils franchissaient une série de portes vitrées qui donnaient sur le parking, Cameron vérifia sa montre.

— Je t'ai envoyé par e-mail le rapport d'autopsie de Pauline Berger qui est arrivé hier soir, juste après le dîner. L'analyse des tissus au niveau de l'abdomen indique la présence d'une abrasion superficielle formant une sorte de dessin.

— Le chiffre six ?

— Possible. Il ne restait pas suffisamment de tissu pour le déterminer. La mort a probablement été causée par un coup très violent. Le crâne était fracturé, ainsi que plusieurs os.

Eric s'arrêta devant l'ascenseur et appela la cabine. Pauline Berger avait donc été battue à mort.

Il se demanda combien de temps il leur restait pour retrouver Anna Lynn Gomez. Si le collectionneur respectait son mode opératoire, elle était toujours en vie. Il attendrait pour la tuer d'avoir assuré la relève en enlevant une autre femme.

Il était plus de 16 heures et Mia attendait devant chez elle l'arrivée d'Eric, à l'ombre d'un chêne. Elle s'était brièvement entretenue avec lui au téléphone dans la matinée à propos du récent enlèvement. Il tenait plus que jamais à ce qu'elle continue avec le Dr Wilhelm.

Et il avait insisté pour l'accompagner.

Elle était sortie, pour lui éviter de monter, mais aussi parce qu'elle avait passé la journée enfermée, à écouter les informations et le scanner de la police. Elle avait besoin de respirer de l'air frais pour s'éclaircir les idées.

Une Toyota Prius rouge bifurqua dans l'allée. Mia reconnut la voiture de Penney Niemen, la locataire du deuxième étage. Penney se gara devant elle.

— Comment ça va, Mia ? lui demanda-t-elle en sortant de sa voiture.

Elle était grande et élancée, avec une masse de cheveux bruns et frisés, et occupait le poste de chef cuisinière dans un célèbre restaurant végétarien de la place San Marco.

— Très bien, Penney, merci.

— Will et Justin m'ont raconté..., dit Penney d'un ton embarrassé. Je sais, pour l'enlèvement...

Mia la vit jeter un bref coup d'œil du côté de ses doigts et de ses poignets.

— J'espère que ça ne te dérange pas qu'ils m'en aient parlé, ajouta-t-elle. Ils ont jugé qu'il valait mieux que je le sache, étant donné que j'habite juste au-dessus de toi.

— Tout va bien, lui assura Mia. Et c'est dans le parking du journal, qu'on m'a enlevée. Pas ici.

— Je n'arrive pas à croire que tu aies réussi à t'enfuir !

Elle secoua la tête, ce qui fit danser ses boucles, et alla ouvrir son coffre.

— Ce que tu as vécu est digne d'un film d'horreur, ajouta-t-elle en sortant un sac de courses. J'admire ton courage.

Mia ne se trouvait pas si courageuse que ça. Depuis qu'elle était rentrée chez elle, elle dormait avec les lumières allumées et vérifiait sans cesse que le système d'alarme de son appartement était bien enclenché.

— Ils m'ont dit aussi que tu avais été droguée. Tu ne te souviens vraiment de rien ?

— De rien. Pour le moment.

— Ce n'est peut-être pas plus mal. S'il m'était arrivé une chose pareille, je crois que je serais devenue agoraphobe et que je me serais immédiatement procuré une arme !

Elle soupira.

— D'après les nouvelles, il aurait enlevé une autre femme, hier soir.

Eric avait confié à Mia le peu qu'il savait à propos de la disparition d'Anna Lynn Gomez. Elle avait également écouté la déclaration officielle du FBI, déclaration au cours de laquelle Eric avait admis que les enlèvements et le meurtre de Pauline Berger étaient probablement l'œuvre d'une seule et même personne. Il avait annoncé ensuite la création d'une force d'intervention spéciale et précisé que les hommes du shérif et les agents fédéraux quadrillaient la ville, à la recherche de la Nissan de l'hôtesse de l'air.

— Tu n'as pas peur que ce dingue cherche de nouveau à t'atteindre ?

— D'après l'agent du FBI qui suit l'affaire, il est rare que les tueurs en série s'en prennent deux fois à la même personne, répondit-elle.

Elle espérait que ça suffirait à rassurer Penney.

— Tu devrais quand même rester sur tes gardes, Mia. Moi, en tout cas, je me suis procuré une matraque !

Elle referma le coffre puis, calant le sac de courses sur sa hanche, elle se servit de sa main libre pour se protéger du soleil.

— Ecoute… J'ai un peu honte de ne pas avoir pris plus tôt de tes nouvelles. Mais j'ai fait le double d'heures au restaurant pendant le week-end. Et pour être honnête, toute cette histoire m'a effrayée. Je vis seule et…

— Je comprends, Penney…

Elles ne se fréquentaient pas vraiment, en fait. Elles échangeaient quelques mots quand elles se croisaient et passaient parfois une soirée ensemble, aux fêtes de Will et Justin.

— Je me doute que le restaurant ne te laisse pas beaucoup de temps.

— Je t'apporterai quelques gâteries. Des brownies, ça te dirait ?

Végétarien ou pas, le restaurant de Penney, Slice of Life, était réputé pour ses pâtisseries.

— Merci.

Mia la suivit des yeux tandis qu'elle grimpait l'escalier extérieur du bâtiment pour rejoindre son étage. Quelques secondes plus tard, une berline de location s'arrêtait derrière la Prius et Eric Macfarlane en sortait. Il paraissait fatigué et Mia comprit qu'il n'avait pas dû avoir le temps de souffler depuis la veille.

— Des nouvelles ? demanda-t-elle.

Il lui ouvrit la portière du passager. La climatisation était à fond. Il fallait bien ça pour lutter contre la chaleur humide de Floride.

— Nous avons localisé la Nissan de Mlle Gomez il y a une heure, répondit-il. Elle se trouvait dans le parking d'un Bargain-Mart, près de la voie express qui mène à Airlington.

Au téléphone, Eric avait mentionné la possibilité d'une escapade amoureuse. Mais cette nouvelle éliminait définitivement la piste du rendez-vous galant.

Eric la dévisagea, plissant les yeux à cause de la lumière aveuglante du soleil.

— Qu'est-ce qui peut motiver une femme à s'arrêter dans un Bargain-Mart en pleine nuit ?

— Je vois pas mal de raisons possibles, répondit-elle posément. Elle avait peut-être besoin de tampons hygiéniques. Ou d'une bouteille de vin…

Il ne commenta pas.

— Allons-y, dit-il simplement, en lui effleurant l'épaule.

Le Dr Wilhelm écarta une photographie encadrée qui le gênait pour se percher sur un coin de son bureau. Il avait pris un léger coup de soleil sur le visage, sans doute pendant son parcours de golf.

— Est-ce que vous avez observé des effets secondaires, après notre première séance ? demanda-t-il.

— J'ai fait un rêve particulièrement vivace, répondit Mia.

Elle posa ses mains à plat sur ses genoux, consciente du regard d'Eric fixé sur elle.

— Mais je ne pense pas qu'il soit très significatif, ajouta-t-elle.

— Pourriez-vous me le raconter tout de même ?

Elle laissa échapper un soupir.

— J'étais petite fille, assise sur un trottoir, en compagnie d'une fillette de mon âge. Elle était rousse et on se tenait la main.

— Où vous trouviez-vous exactement ?

— Devant le foyer d'accueil où nous vivions toutes les deux.

Elle se sentit soudain mise à nu. Elle n'aimait pas évoquer son passé, mais elle devait jouer le jeu.

— J'ai vécu une partie de mon enfance dans des foyers. J'ai d'abord passé quelques semaines dans un foyer d'accueil provisoire, puis dans des familles. L'endroit de mon rêve, je le connais et j'y ai vécu. Mais je ne me souviens pas du tout de la petite fille rousse.

— Est-ce que vous avez parlé avec cette petite fille, dans votre rêve ?

— Elle me disait de ne pas m'inquiéter. Que je m'habituerais.

Le Dr Wilhelm acquiesça d'un air songeur.

— Et ensuite ?

— Une voiture est passée près de nous. Une voiture à hayon, bleue. Elle a ralenti, puis elle a reculé. C'est à ce moment-là que je me suis réveillée. Le rêve était très court.

— Est-ce que vous avez vu le visage du conducteur ?

Un poids tomba soudain sur la poitrine de Mia.

— J'ai vu seulement qu'il s'agissait d'un homme. Son visage était dans l'ombre. Mais je l'ai ressenti comme inquiétant.

Elle jeta un coup d'œil du côté d'Eric et lui trouva l'air préoccupé. Puis elle se tourna de nouveau vers le psychiatre.

— Vous pensez que ce rêve a un rapport avec des souvenirs réels ? demanda-t-elle.

— Le foyer, au moins, est un élément du réel. Ce rêve prouve que vous êtes réceptive à la thérapie. Votre esprit s'est ouvert pendant que vous dormiez, Mia. Ce foyer d'accueil, vous y avez été heureuse ?

— Non, je m'y sentais vraiment mal.

Elle baissa la tête et contempla ses doigts bandés.

— J'avais peur et ma mère me manquait.

— Votre esprit vous a donc emmenée dans un endroit où vous n'aviez pas envie d'aller. C'est exactement ce que nous essayons d'obtenir.

Elle leva les yeux vers lui.

— Mais cette petite fille n'a jamais existé et je ne me souviens pas de l'épisode de la voiture.

— Ce n'est pas grave…

Le Dr Wilhelm prit un stylo accroché à la poche de sa blouse et appuya machinalement sur l'extrémité pour faire entrer et sortir la mine, tout en continuant à parler.

— Ce rêve a une valeur symbolique. L'homme dans la voiture représente votre ravisseur. Vous l'avez mis en scène dans votre enfance, parce que c'est une période où vous vous sentiez fragile et vulnérable, exactement comme quand vous avez été enlevée.

Mia dut reconnaître que le raisonnement se tenait.

— Et la petite fille ?

— Cissy Cox est rousse, fit remarquer Eric.

— La petite fille représenterait donc Cissy ?

— Possible, répondit le médecin en se levant. Pour notre séance d'aujourd'hui, Mia, je voudrais partir de l'instant de votre enlèvement. J'ai entendu qu'une autre femme avait disparu la nuit dernière, aussi je sais que le temps joue contre nous. Comme je vous l'avais annoncé, j'aimerais augmenter la dose de catalyseur, tenant compte du fait que vous n'avez pas totalement éliminé le produit que je vous ai injecté hier, bien entendu.

Mia acquiesça en silence. Cette fois, le psychiatre avait déjà préparé sa seringue et il avança vers le divan. Comme la première fois, elle évita de regarder quand il piqua et suivit des yeux Eric qui arpentait nerveusement la pièce.

— Allongez-vous, à présent, Mia… La dose étant plus

forte, vous risquez d'avoir des vertiges. Je vais m'absenter quelques minutes, puis nous commencerons. Agent Macfarlane ?

— Restez, je vous en prie, murmura-t-elle à l'intention d'Eric.

Le psychiatre fit signe qu'il n'y voyait aucune objection, puis baissa les stores avant de quitter la pièce.

Elle s'allongea, s'efforçant de se concentrer sur le grondement des avions qui quittaient le tarmac. Elle venait de fermer les yeux quand elle entendit Eric se déplacer. Rouvrant les paupières, elle constata qu'il s'était installé dans le fauteuil placé à côté du divan et qu'il se penchait vers elle. Il était si proche que son coude touchait son genou. Une ride d'inquiétude lui barrait le front.

— J'apprécie vraiment ce que vous faites, Mia, murmura-t-il. Je tiens à ce que vous le sachiez.

Elle posa sa main sur son avant-bras. Il avait retroussé les manches de sa chemise et elle sentait sous ses doigts ses ligaments durs.

— Je vais essayer de faire mieux que l'autre fois, dit-elle.

— Faites ce que vous pouvez et ce sera très bien, lui assura-t-il.

Elle retira sa main tout en effleurant son poignet au passage, puis ferma de nouveau les yeux.

Elle demeura allongée dans le silence et se laissa envahir par une agréable torpeur. Elle ne dormait pas, mais son corps flottait, comme à la surface de l'océan. Elle n'eut pas conscience que le médecin revenait dans la pièce, mais elle entendit brusquement sa voix.

— Revenons à cette nuit dans le parking du journal, Mia… Il est tard. Vous venez de terminer un article. Vous vous apprêtez à rentrer chez vous. Dites-moi ce que vous voyez…

— Ma voiture, murmura-t-elle en se concentrant sur le décor d'acier et de béton du parking.

Elle avait l'impression d'y être, réellement, mais elle restait reliée à la voix du médecin.

— Je suis garée tout au bout de la première rangée.

— Vous êtes seule ?

— Oui.

— Que faites-vous ?

— Je marche. J'ai mes clés à la main.

Elle pressa dans sa main la forme dure du porte-clés et obtint en réponse un signal sonore aigu. Elle ouvrit la portière de sa Volvo, lança son sac sur le siège du passager, s'installa derrière le volant.

— Vous êtes dans votre voiture, à présent ?

Elle acquiesça.

— Je fouille dans mon sac. Je cherche mon téléphone. Je me dis que je vais m'arrêter en chemin pour m'acheter à manger et…

Elle sursauta et son cœur fit une embardée. Un bras passé autour de son cou la tirait brutalement en arrière contre l'appuie-tête, appuyant sur sa trachée. Elle tenta de se dégager, de crier, mais il ne sortit de sa bouche que quelques cris étouffés. Elle n'arrivait plus à respirer. Puis elle sentit une douleur aiguë au niveau du cou, comme une piqûre, et ses membres devinrent brusquement très lourds, impossibles à coordonner. Ses bras retombèrent mollement sur le siège. Elle aurait voulu actionner le Klaxon, ou l'alarme de son porte-clés, mais ses doigts ne lui obéissaient plus.

Elle percevait l'odeur forte d'un après-rasage masculin. Elle aperçut brièvement des yeux dans le rétroviseur. On déposa un baiser sur sa tempe.

— Bonjour, Mia… Tu es encore plus jolie que je ne l'imaginais.

# 9

— Mia ? appela le Dr Wilhelm. Mia, est-ce que vous m'entendez ? Dites-moi ce qui se passe…

Mia battait des paupières et agitait la tête de droite à gauche. Elle ne parlait plus et semblait avoir du mal à respirer.

— Vous devez la ramener, docteur, murmura Eric en fourageant nerveusement dans ses cheveux.

Mais le psychiatre leva une main impérieuse pour lui intimer le silence.

— Ecoutez-moi bien, Mia. Quoi qu'il se passe en ce moment, je veux que vous preniez de la distance. Revenez dans le cinéma vide et concentrez-vous sur l'écran blanc. Vous en êtes capable ?

Il dut répéter deux fois la consigne avant qu'elle ne réagisse. Sa respiration devint alors plus régulière et son corps se détendit.

— C'est bien… A présent, vous êtes en sécurité. Reposez-vous quelques minutes dans ce cinéma. Laissez l'écran blanc emplir votre esprit. Ne pensez à rien d'autre…

Il se leva et marcha jusqu'à son bureau. Eric lui emboîta le pas aussitôt.

— Est-ce qu'elle va bien ? demanda-t-il tout bas.

Son regard tomba sur le tensiomètre que le médecin venait de sortir d'un tiroir.

— Je vais prendre sa tension, par mesure de précaution, lui expliqua ce dernier. Mais la thérapie fonctionne, agent Macfarlane. Il n'y a donc pas de quoi s'alarmer. Souvenez-vous… Je vous avais prévenu que ça ne serait pas une partie de plaisir pour elle.

Eric se sentit honteux d'être intervenu et de gêner le médecin dans son travail — attitude assez peu professionnelle et qui ne lui ressemblait pas. Mais il se sentait bouleversé et très concerné par le sort de Mia. Elle était toujours allongée, les yeux fermés, sur le divan. Elle ne s'agitait plus. Elle avait les lèvres entrouvertes et ses cheveux noirs soyeux étaient déployés sur le coussin rayé qui lui soutenait la tête.

— Vous allez ressentir une pression au niveau de votre bras, l'avertit le Dr Wilhelm d'un ton rassurant, tout en se dirigeant vers le divan.

Puis il referma délicatement le tensiomètre sur son bras.

— Ne vous en faites pas, continua-t-il. Il n'y a aucun danger…

Il lui prit la tension, puis adressa un signe de tête à Eric pour signifier qu'elle était correcte.

— Dites-moi ce qui s'est passé, quand vous êtes entrée dans votre voiture, Mia. Je ne vous demande pas d'y retourner, juste de me le raconter, depuis l'endroit où vous vous trouvez.

Ils attendirent sa réponse, Eric les nerfs tendus et le souffle suspendu. Mia prit une faible inspiration. Ses yeux demeurèrent clos et elle s'exprima enfin, d'une voix faible et comme absente.

— Il y avait un homme caché à l'arrière de ma voiture. Il m'a piquée avec une aiguille.

— L'avez-vous vu ?

Elle secoua légèrement la tête.

— Je n'ai vu que ses yeux, dans le rétroviseur. Il me semble qu'ils étaient bleus. Il portait des gants en latex.

Eric fut déçu qu'elle n'ait pas eu le temps de voir le visage de son agresseur. Ils avaient cependant appris que le criminel portait des gants, ce qui expliquait qu'ils n'aient pas retrouvé d'empreintes, et qu'il injectait à ses victimes le mélange révélé par les analyses toxicologiques.

— Quel âge lui donneriez-vous ? demanda le Dr Wilhelm.

— Je ne saurais pas le dire. Il avait quelques rides d'expression autour des yeux.

— Est-ce qu'il vous a parlé ?

— Il a dit que j'étais plus jolie qu'il ne l'aurait cru, murmura-t-elle.

Sa respiration s'accéléra et elle croisa et décroisa nerveusement ses mains sur son ventre.

— Je… Je ne me souviens de rien d'autre.

— C'est déjà très bien, la rassura le psychiatre.

Il se leva et fit signe à Eric de le suivre dans le couloir, où ils pourraient parler plus librement.

— Nous pouvons tenter d'aller plus loin aujourd'hui, avant que les effets du catalyseur ne s'estompent. Ça nous ferait gagner un temps précieux. Mieux vaut profiter pleinement de chaque séance. Mais c'est à vous de choisir, agent Macfarlane. Sachez qu'avec la dose que je lui ai administrée aujourd'hui, il faudra laisser passer plusieurs jours avant d'envisager une troisième séance. Je vous conseille donc de tirer encore un peu avantage de celle-ci.

Eric jeta un coup d'œil à Mia par la porte entrouverte du bureau. Un étau lui comprimait la poitrine. Ce n'était pas une décision facile à prendre. Mais songeant à Anna Lynn Gomez et au temps qui jouait contre eux, il répondit :

— Poursuivons.

Ils retournèrent alors dans le bureau et le Dr Wilhelm s'installa dans le fauteuil disposé près du divan. Eric se planta à quelques pas de lui, les bras croisés.

— Je vais vous demander maintenant de quitter le cinéma, Mia. L'homme qui vous attendait à l'arrière de votre voiture vous a emmenée quelque part. Vous êtes droguée et les images sont probablement floues. Essayez tout de même de percer le voile. Dites-moi ce que vous voyez et entendez. Vous êtes peut-être dans une autre voiture, ou dans un endroit que vous ne connaissez pas. Cet homme est peut-être auprès de vous. Prenez votre temps…

Les cils soyeux de Mia dessinaient deux demi-lunes sur ses joues, et ses petits seins ronds s'élevaient et s'abaissaient au rythme de sa respiration. Elle fronça les sourcils, dans un effort visible pour se concentrer, durant ce qui parut à Eric une éternité.

— Je… Je ne sais pas où je suis, murmura-t-elle enfin. J'ai mal à la tête et…

Ses mains se crispèrent et elle prit un ton apeuré.

— Mes poignets… Je suis ligotée à une table !

Eric espéra qu'elle n'aurait pas à revivre la torture des ongles arrachés. Rongé par l'angoisse, il fit quelques pas dans la pièce, avant de s'arrêter de nouveau derrière le Dr Wilhelm.

— Je suis là, près de vous, rappela ce dernier à Mia, d'un ton rassurant. Essayez de rester calme. Regardez autour de vous et dites-moi ce que vous voyez. C'est très important.

— Je… Je suis dans une pièce en parpaings, dit-elle d'une voix tremblante. Il y a une planche, avec des outils accrochés dessus… Des pinces sont posées sur la table devant moi.

Eric sentait la nervosité lui mordre le ventre.

— Les murs sont recouverts d'une bâche de plastique… Le…

Elle se tut et déglutit péniblement plusieurs fois de suite. Puis sa respiration devint saccadée.

— Que se passe-t-il dans cette pièce, Mia ? Est-ce que cet homme est avec vous ?

— Je… je ne le vois pas. Mais il y a une femme. Elle est attachée à l'autre bout de la pièce. Elle est bâillonnée, aussi. Elle me regarde. Elle est blessée et…

Un sanglot de terreur lui échappa.

— Seigneur ! J'entends quelqu'un de l'autre côté de la porte. Je crois qu'il arrive !

Le Dr Wilhelm tenta de la rassurer, une fois encore, mais elle se mit à hurler et se redressa d'un bond. Quand il voulut l'obliger à se rallonger, elle rua et se débattit. Eric se précipita pour aider le médecin.

— Mia, écoutez-moi… C'est le Dr Wilhelm. Nous allons

retourner ensemble dans le cinéma, à présent. Là où vous ne risquez rien…

— Non…

Elle ouvrit les yeux, aspirant de longues goulées d'air, comme quelqu'un qui reprend son souffle après être resté trop longtemps sous l'eau. Des gouttes de transpiration luisaient sur sa peau. Elle était visiblement sortie de son état hypnotique.

— Restez couchée, ne parlez pas, lui ordonna le psychiatre en gonflant de nouveau le tensiomètre. Sa pression sanguine est trop élevée, dit-il à l'intention d'Eric, tout en lisant sur l'écran. Les effets du produit sont pourtant en train de s'estomper, sinon elle ne se serait pas réveillée spontanément. Je pense que nous n'irons pas plus loin aujourd'hui. De toute façon, nous avons bien avancé.

Mia leva vers Eric des yeux bruns mouillés de larmes.

— J'ai vu Cissy Cox, murmura-t-elle.

Le ciel bleu s'assombrissait peu à peu. Le crépuscule n'était pas loin. Devant la maison, l'allée circulaire était vide de voitures. Eric gara sa berline et éteignit le moteur, puis il se tourna vers Mia.

Elle était assise les yeux fermés, la tête renversée sur l'appuie-tête. Ses mains reposaient mollement sur ses genoux.

Il n'avait pas envie de la réveiller. Elle s'était endormie dès qu'ils avaient quitté la base aéronavale. A l'évidence, cette séance l'avait vidée, émotionnellement et physiquement. Il se sentait lui-même très éprouvé et demeura un long moment à contempler à travers le pare-brise la construction de stuc et de pierre, le jardin, sa grille en fer forgée, son feuillage luxuriant.

Une vague de frustration le submergea soudain. Mia venait de passer deux heures terriblement éprouvantes et il n'en était pratiquement rien sorti. Pas de description du criminel, aucun détail permettant de localiser l'endroit où il se terrait. Le Dr Wilhelm lui avait rappelé qu'il fallait se montrer patient. La thérapie fonctionnait, mais c'était l'esprit de Mia qui décidait du rythme de progression et des souvenirs qu'il allait livrer. C'était un peu comme jouer à la roulette russe, en somme…

Il répugnait à lui faire revivre ces moments atroces, mais tant qu'elle ne décidait pas d'arrêter, il l'accompagnerait sur ce chemin. L'enjeu était trop important.

— Mia ? appela-t-il doucement.

Elle remua en entendant sa voix et battit paresseusement des paupières.

— Je me suis endormie, murmura-t-elle.

— Ne bougez pas, je vais vous aider à sortir de la voiture. Vous étiez un peu chancelante, en quittant le bureau du Dr Wilhelm.

— Je l'ai vue, Eric. Cissy Cox était là. En vie. Et je crois qu'elle est toujours en vie.

Il avait détaché sa ceinture, mais demeura assis sur son siège. Il soupira et se tourna vers elle.

— Si l'on se fie au mode opératoire du criminel, elle est déjà morte.

Elle posa sur lui un regard plein d'espoir.

— Mais vous n'en êtes pas certain, si ?

Il ne put se résoudre à lui répondre que le collectionneur avait probablement assassiné Cissy Cox sous ses yeux et qu'elle avait été à deux doigts de revivre la scène.

— Il n'y a pas que Cissy Cox, dit-il doucement. N'oubliez pas qu'il vient d'enlever une autre femme qui a besoin de notre aide.

Il sortit et alla lui ouvrir la portière. Mia s'extirpa péniblement de l'habitacle et sa mince silhouette vacilla quand elle se redressa. Il l'aida à se stabiliser en la rattrapant par les avant-bras.

— Vous avez toujours le vertige ?

— Pas du tout.

Son regard, cependant, n'était pas aussi assuré que l'était sa voix. Elle avait toujours les pupilles dilatées et il s'en inquiéta. Le médecin lui avait certifié que le catalyseur était sans danger et il l'avait cru sur parole, mais il commençait à le regretter.

*Ne jamais s'impliquer affectivement…*

C'était la règle de base, la première que l'on vous apprenait à Quantico.

*Et on peut dire que je suis en train de la piétiner allègrement !*

— Même si vous n'avez pas le vertige, je vais vous aider à monter les marches, dit-il, conscient du fait qu'elle avait besoin de se sentir autonome. Je peux aussi vous porter, bien entendu. C'est comme vous voulez.

Elle ne protesta pas et ils traversèrent le jardin, puis grimpèrent l'escalier. Il avait passé un bras protecteur, mais léger, autour de ses épaules. Arrivé devant la porte de son appartement, il lui prit la clé des mains et ouvrit. Ils franchirent le seuil ensemble et elle lui dicta le code qui désactivait le système d'alarme.

— Pas d'autres symptômes, à part les vertiges ?

Elle secoua la tête.

— Ce que je m'en veux ! Si j'avais tenu le coup un peu plus longtemps…

— Vous avez fait de votre mieux, Mia. Vous êtes très courageuse.

— Il allait entrer. Je l'aurais vu !

— Souvenez-vous de ce qu'a dit le Dr Wilhelm. C'est votre esprit qui décide du rythme que vous êtes capable de supporter. Vous ne pouvez pas l'obliger à quoi que ce soit.

Elle n'avait pas l'air convaincue. Elle passa une main lasse sur ses yeux.

— Je vais vous installer sur le canapé, d'accord ?

Il l'aida à marcher jusque-là, puis s'installa près d'elle.

— Vous n'êtes pas obligé de rester pour me servir de baby-sitter, vous savez…

Certes, mais il ne voulait pas la laisser seule. Il avait remarqué que la Porsche de Will n'était pas garée dans l'allée et avec ce qu'il savait maintenant de son enfance, il se demandait si elle avait jamais eu dans sa vie quelqu'un sur qui compter. Probablement pas.

— Je vais passer quelques coups de fil, dit-il. Je dois parler à l'agent Vartan pour savoir où il en est.

Il chercha son regard.

— Mais je ne vous laisse pas. Vous ne tenez pas debout...

Elle agrippa sa main et il ne chercha pas à la lui retirer. Ce pouvait être le geste d'une femme un peu perdue, qui a besoin de réconfort, mais il sentait qu'il y avait plus que ça. Un courant particulier passait entre eux. Elle l'émouvait. Et cela faisait longtemps qu'une femme ne l'avait pas ému.

— Si vous avez besoin de parler tranquillement, vous pouvez appeler de mon bureau, lui dit-elle. Il donne dans le couloir. Première pièce à gauche.

Il acquiesça et libéra sa main pour se lever. Elle prit un coussin du canapé et le serra contre elle en soupirant. Les rayons obliques du soleil couchant passaient à travers la porte-fenêtre du balcon et l'enveloppaient d'un halo de lumière qui soulignait sa fragilité.

Il trouva son bureau rangé et bien organisé. Il y avait un ordinateur, des livres soigneusement alignés sur des étagères, un scanner de la police allumé, le volume au minimum. Il remarqua également un diplôme encadré, délivré par l'université de Floride — avec mention s'il vous plaît —, et quelques photos qui l'intéressèrent tout particulièrement. Sur l'une d'elles, il reconnut une Mia plus jeune, dansant un ballet classique. Une plaque de cuivre mentionnant le ballet de Jacksonville décorait le cadre qui entourait la photo.

Décidément, cette femme avait de nombreux talents !

Il s'attarda encore quelques minutes à observer ses objets personnels, puis s'approcha d'une photographie plus récente, prise sur le vif, posée sur le bureau. Mia y avait des cheveux longs, qui lui arrivaient presque à la taille. Elle portait un haut de maillot de bain et un short en coton blanc qui mettait en valeur ses jambes fines et bronzées. La photo était prise sur un quai. Will se trouvait avec elle. Derrière eux, le soleil se couchait sur une mer d'un bleu aveuglant.

Mais il eut beau chercher, il ne vit aucune photo de famille — ni parents souriants et fiers de leur progéniture, ni frères et sœurs aux cheveux noirs et à la peau mate, comme elle.

Pas non plus de petit copain. Etrange… Elle devait pourtant plaire aux hommes.

Jugeant qu'il avait suffisamment joué les espions, il appela Cameron.

Quinze minutes plus tard, il retourna dans le salon, et trouva Mia sur le canapé, dans la position où il l'avait laissée. Il s'était attendu à ce qu'elle s'endorme, mais elle était réveillée et elle avait le regard vif.

— Du nouveau à propos d'Anna Lynn Gomez ? demanda-t-elle.

Il fit non de la tête.

— Le bureau de Floride et celui du shérif ont prévu demain une réunion avec la force d'intervention pour établir une stratégie.

— Demain c'est dimanche, fit-elle remarquer. Pas de repos pour les criminels, donc pas de repos non plus pour les forces de l'ordre.

— Quelque chose comme ça, admit-il en s'approchant. Où en sont vos vertiges ?

— Ça va mieux.

— Vous avez faim ?

— Pas vraiment.

Il la soupçonna de ne pas avoir mangé de la journée. Elle était sur les nerfs et ça lui coupait l'appétit, mais rester à jeun n'allait sûrement pas l'aider à combattre ses vertiges ! Il s'installa près d'elle sur le canapé et aborda le sujet qui le tracassait.

— Combien de temps est-ce que vous avez passé dans des foyers d'accueil ? lui demanda-t-il.

— Un certain temps, répondit-elle posément.

— Et vos parents ?

— Mon père est parti quand j'avais quatre ans. Il était dans l'armée. Il avait rencontré ma mère à l'étranger et l'avait ramenée aux Etats-Unis. Je ne me souviens pas vraiment de lui.

Elle haussa les épaules et ses doigts caressèrent distraitement le coussin qu'elle serrait toujours contre son ventre.

— Ma mère n'avait pas du tout la fibre maternelle. De plus, elle souffrait de troubles bipolaires qu'elle ne soignait pas. Et pour couronner le tout, elle buvait… Dans ces conditions, les services sociaux n'ont pas tardé à s'en mêler et à venir à mon secours.

Il y avait dans sa voix une pointe d'ironie qui n'échappa pas à Eric. Il connaissait suffisamment le système pour se faire une idée de ce qu'elle avait vécu : on l'avait trimballée de foyers en familles d'accueil, la changeant d'endroit plusieurs fois par an, et elle ne s'était probablement pas sentie désirée partout.

— C'est vous qui avez trafiqué les fils de la voiture qui vous a servi à vous enfuir ?

— C'est possible, admit-elle. J'ai connu dans un foyer un garçon qui volait des voitures. Nous sommes devenus amis et il m'a appris quelques trucs.

Il comprit pourquoi elle avait éludé la question, la première fois qu'il la lui avait posée. Elle avait préféré ne pas évoquer son passé d'enfant abandonnée. Mais la thérapie l'avait contrainte à se confier. Il se demanda comment elle avait réussi à sortir indemne d'une enfance aussi triste et difficile. Elle avait obtenu un diplôme universitaire et décroché un travail que beaucoup devaient lui envier. Il aurait voulu en savoir un peu plus sur elle, mais craignit de se montrer trop indiscret.

— Je vais vous préparer à dîner avec ce que je trouverai dans votre garde-manger, annonça-t-il. Ou bien nous pouvons nous faire livrer, si vous préférez. Vous devez manger, en tout cas.

Elle lui jeta un regard doux et surpris, et il ne put s'empêcher de lui effleurer la joue.

— Tout ira très bien, Mia, vous verrez…

Elle se réfugia contre lui et il n’osa pas la repousser. Son cœur se mit à battre la chamade et il se demanda avec une pointe d’embarras si elle l’avait remarqué.

# 10

Lovée contre la poitrine d'Eric, Mia se sentait en sécurité, à l'abri. Elle ferma les yeux pour profiter pleinement de la caresse de ses grandes mains d'homme dans son dos. Elle sentait contre sa hanche le revolver qu'il portait à la ceinture, mais à peine, tout au plaisir d'être près de lui, même si ça n'était que pour un court instant.

Elle finit par s'écarter de lui et chercha timidement son regard. Le vert de ses yeux avait foncé.

— Je vais m'occuper du repas, dit-il d'une voix rauque.

Il se leva, effleurant son avant-bras du bout des doigts comme par inadvertance, et la laissa sur le canapé. Elle s'allongea et se recroquevilla, puis somnola, bercée par les bruits qui lui parvenaient de la cuisine : l'eau qui coulait, le tintement occasionnel d'une casserole, le grincement de la porte du réfrigérateur… La présence calme de cet homme dans son appartement était comme un baume apaisant sur ses nerfs à vif.

— Mia ?

Elle se réveilla au son de sa voix, se rendant compte qu'elle avait fini par sombrer. Eric était penché sur elle. Depuis combien de temps l'observait-il à son insu ?

— Est-ce que ça va mieux ?

— Oui. Je n'ai plus de vertiges, je crois, répondit-elle en se redressant pour s'asseoir.

— Tant mieux. Vous avez faim ?

Elle se mit debout et testa son équilibre. Il faisait presque nuit dehors, mais Eric avait allumé quelques lampes et une chaude lumière émanait du coin-repas. Il avait tenu parole. Il leur avait préparé des pâtes à la carbonara, avec des *linguine*, du bacon, le persil fané qui traînait dans le frigo, et de la crème fraîche. Ça sentait délicieusement bon. Il avait aussi sorti une bière pour lui et un verre d'eau fraîche pour elle.

Tandis qu'il tirait une chaise de dessous la table pour l'aider à prendre place, elle remarqua qu'il s'était débarrassé de sa cravate et de son étui de revolver. Il avait également retroussé ses manches, et son col de chemise déboutonné laissait voir le bord du T-shirt blanc qu'il portait en dessous. Il s'installa en face d'elle et lui servit une belle assiettée de pâtes.

— Je n'arrive pas à croire que vous ayez réussi à cuisiner quelque chose d'aussi appétissant avec les misérables denrées que je conserve dans ma cuisine ! Ça a l'air délicieux…

— J'aime cuisiner, ça me détend. Je cuisinais souvent pour ma femme.

Le cœur de Mia se serra de compassion à ces paroles. Elle avait vu sur internet une photo de Rebecca Macfarlane — une jolie femme blonde qui avait exercé, d'après l'article, le métier de décoratrice d'intérieur. Ils avaient dû former un très beau couple.

— Vous avez été marié combien de temps ? demanda-t-elle timidement.

— Cinq ans.

« Vous savez donc maintenant pourquoi c'est important pour moi d'arrêter ce psychopathe. »

Il avait prononcé cette phrase avec une telle ferveur !

En mangeant, ils devisèrent à bâtons rompus, abordant divers sujets, notamment celui de son retour au journal. Elle devait en effet reprendre le travail la semaine suivante. Ils parlèrent également de la prochaine séance avec le Dr Wilhelm, programmée pour le mardi. Le psychiatre avait beaucoup insisté sur le fait qu'il fallait un temps de latence entre deux injections. L'idée d'être plongée de nouveau dans une transe hypnotique provoqua chez Mia une bouffée d'angoisse, mais elle était décidée à retourner dans la pièce en parpaings, et à y rester suffisamment longtemps pour apercevoir, cette fois, le visage de son ravisseur.

Eric l'avait perturbée en déclarant qu'il pensait que Cissy Cox était morte. Dans son souvenir, Cissy était vivante et gémissait, tout en se débattant pour tenter de se débarrasser des liens qui l'attachaient à un crochet planté dans le mur. Est-ce qu'elle s'était enfuie en abandonnant Cissy à son sort ? Non, c'était impossible, elle n'arrivait pas à y croire.

— Ça va ? demanda soudain Eric, la mine inquiète.

Elle le rassura d'un hochement de tête et s'efforça de refouler ses idées noires.

A la fin du dîner, il se leva pour débarrasser.

— Reposez-vous, dit-il. Je me charge de tout.

— Vous aussi, vous avez sûrement besoin de repos. Vous n'avez pas dû beaucoup dormir au cours des dernières vingt-quatre heures. Je vais vous aider.

Elle prit son assiette, mais il vint se placer devant elle pour lui barrer le chemin.

— Merci beaucoup pour le dîner, Eric, et merci de m'avoir tenu compagnie…

— C'est la moindre des choses, répondit-il le plus sérieusement du monde. C'est tout de même moi qui vous ai demandé de revivre un cauchemar.

— Est-ce que je peux vous poser une question ?

Elle reposa son assiette sur la table et chercha son regard.

— Vous n'avez jamais peur ? Je veux dire… Vous passez votre temps à pourchasser des tueurs psychopathes et…

— Vous passez bien votre temps à écrire des articles sur eux, rétorqua-t-il.

— Vous savez… J'écris surtout sur des braquages de banques et des échanges de coups de feu entre drogués. Ou bien sur des violences domestiques qui se terminent mal. C'est moche, mais…

Elle s'interrompit, visiblement émue.

— Mais vous, au VCU, vous luttez contre le mal incarné. Les hommes que vous poursuivez sont des monstres. Ils vivent pour le frisson que leur procure le fait de torturer les autres, d'avoir sur eux un pouvoir total. Ils ne sont pas motivés par leurs passions, ni même par la passion de l'argent. Ce sont des bêtes sauvages qui ont un besoin sadique de faire souffrir.

— Il m'arrive d'avoir peur d'eux, avoua-t-il avec un regard empreint de sincérité. Mais ce qui m'effraie plus que tout, c'est l'idée de les laisser dans la nature, libres de tuer, libres de priver des familles de ceux qu'elles aiment.

Nul doute qu'il s'agissait d'une allusion directe à sa femme, songea Mia, cette femme qui avait eu la chance d'être aimée de lui et de pouvoir se réfugier chaque fois qu'elle le voulait contre son corps solide et musclé.

Il se pencha vers elle et baissa la voix.

— Je comprendrais très bien que vous ayez peur, Mia. Et je vous l'ai dit, je vous soutiens.

Elle leva les yeux vers lui. Elle avait soudain la gorge sèche, et, sans même l'avoir décidé, elle avança le bras, comme dans un rêve, et posa sa main à plat sur le devant de sa chemise. L'air parut soudain chargé d'électricité et ils se dévisagèrent dans un silence presque palpable.

Puis un coup frappé à la porte rompit la magie de l'instant. Eric se donna un claque sur la nuque, comme pour se réveiller, et s'écarta d'elle. Elle fila dans le couloir, le visage écarlate, regarda par l'œil-de-bœuf, ravala un soupir et ouvrit la porte.

Grayson entra alors comme une tornade.

— Seigneur, Mia, tu ne rappelles donc jamais quand on te laisse un message ? Je commençais à m'inquiéter sérieusement.

— Je suis désolée, j'étais sortie…

Elle ne lui avait pas encore parlé des séances à la base aéronavale, mais il était son patron et elle envisageait de le mettre dans le secret, ne fût-ce que pour justifier ses absences au journal.

— Où étais-tu ? Ne me dis pas que tu avais un rendez-vous gal…

Il s'arrêta net en apercevant Eric dont la silhouette se détachait, à la porte de la cuisine. Mia fit alors les présentations.

— Grayson Miller, agent Eric Macfarlane, du FBI… Eric, Grayson est le rédacteur en chef du *Jacksonville Courier.*

Visiblement surpris, Grayson avança vers Eric et les deux hommes échangèrent une poignée de main.

— Je suppose que vous êtes ici pour parler des enlèvements et du meurtre de Pauline Berger, agent Macfarlane ?

— En effet, répondit Eric.

Puis, se tournant vers Mia, il ajouta :

— Je crois que je devrais y aller.

— Du nouveau à propos de la disparition d'Anna Lynn Gomez ? demanda encore Grayson.

— Malheureusement non. Rien, à part qu'on a retrouvé sa voiture aujourd'hui, ce que vous savez déjà, puisque les informations télévisées en ont parlé. L'agent Vartan, du bureau local du FBI, supervise en ce moment même une fouille du secteur où la voiture a été abandonnée. Je m'apprêtais justement à le rejoindre.

Il passa de l'autre côté du comptoir en granit pour récupérer son étui de revolver qu'il accrocha à sa ceinture.

— Vous êtes sûre que ça va aller ? demanda-t-il à Mia.

Elle acquiesça.

— Je m'occuperai de ranger la cuisine.

— Appelez-moi, si vous avez besoin de quoi que ce soit.

Leurs regards se croisèrent, à peine, puis Eric passa dans le couloir et sortit.

Mia se tourna alors vers Grayson, lequel fixait la table et leurs deux assiettes.

— Bel homme…, commenta-t-il.

Mia avait conscience que la situation piquait sa curiosité, d'autant qu'il venait de remarquer la cravate qu'Eric avait oubliée sur un tabouret de bar et qu'il se fit un devoir de plier soigneusement, avant de la déposer sur le comptoir.

— Est-ce que j'ai interrompu quelque chose ? demanda-t-il d'un ton dégagé.

Mais le pli nerveux qui marquait le coin de sa bouche

— tic que Mia avait déjà observé chez lui — signifiait qu'il était contrarié.

Elle s'avança vers la table pour la débarrasser.

— Pas du tout. Nous venions tout juste de finir de dîner.

Grayson fourra ses mains dans ses poches et haussa légèrement les sourcils.

— Ce n'est pas ce que tu crois… A part ça, il faut que je te parle d'une chose confidentielle.

— Confidentielle, ça veut dire que tu ne t'adresses pas au rédacteur en chef, c'est ça ?

— C'est ça, Grayson. Je vais m'adresser à l'ami. A un ami qui doit me promettre la discrétion.

Il promit et elle entreprit alors de tout lui raconter au sujet de la thérapie du Dr Wilhelm.

Eric s'était arrêté dans l'allée pour téléphoner. Il n'était pas encore monté dans sa voiture et, tout en écoutant Cameron, contemplait les vitres éclairées de l'appartement de Mia.

— Anna Lynn Gomez s'est servie de sa carte bleue dans le Bargain-Mart à 23 h 58 jeudi soir, lui annonça Cam. On la voit sur les caméras de surveillance de l'entrée du magasin, mais dehors, on la perd. Le gérant a admis qu'il y avait un angle mort dans le parking, à une quinzaine de mètres de l'entrée principale, sur la gauche.

— Et elle est partie sur la gauche pour rejoindre sa voiture ?

— Tu as tout compris !

— Ou ce type a une chance dingue, ou il sait repérer les défaillances des systèmes de vidéosurveillance.

— Nous sommes en train de vérifier les antécédents des employés du magasin et de la société de vidéosurveillance. J'ai moi-même interrogé les employés de la sécurité du magasin et il n'y a rien à signaler. Par ailleurs, l'achat qu'elle a fait a été retrouvé dans une poubelle derrière le bâtiment, dans le sac de courses, avec le ticket.

— Et qu'est-ce qu'elle avait acheté ?

— Des chewing-gums et des tampons hygiéniques, pourquoi ?

— Comme ça…

La nuit était humide et un vent tiède agitait la cime des palmiers qui bordaient l'extérieur de la propriété.

— Je te rejoins le plus vite possible, dit Eric.

— Comment ça s'est passé, la séance avec Mia Hale ?

Eric le mit brièvement au courant puis raccrocha, juste au moment où la Porsche de Will Dvorak entrait dans l'allée.

— Agent Macfarlane…, le salua Will en ouvrant sa portière.

Un homme de type asiatique sortit en même temps du côté passager et Will le lui présenta comme son compagnon, Justin Cho. Justin lui serra la main, puis s'excusa et disparut dans l'appartement du rez-de-chaussée.

— Vous arrivez ou vous partez ? lui demanda Will.

— Je partais.

— Je vois que Mia a un invité, ajouta Will en désignant la voiture garée près de celle d'Eric.

— C'est Grayson Miller. Nous nous sommes croisés chez elle.

Will eut à cette annonce une drôle de moue qui inquiéta Eric. Et maintenant qu'il y réfléchissait, c'était en effet bizarre qu'un rédacteur en chef rende visite à l'une de ses journalistes un samedi soir. Mia n'avait tout de même pas une liaison avec ce type ! Il était beaucoup trop vieux pour elle !

— Je sais que vous êtes proche de Mia, dit-il à Will.

— En effet, tellement proche qu'elle m'a parlé de cette expérience à laquelle elle participe à la base aéronavale, répondit sèchement Will. Et en tant qu'ami, je ne vous cache pas que je lui ai déconseillé de poursuivre.

Eric soupira. Au moins, Mia avait quelqu'un qui s'intéressait de près à son bien-être.

— Ne croyez surtout pas que je me prenne pour son père, reprit Will, mais Mia en a déjà beaucoup bavé… Et je ne parle pas que de la semaine dernière. Elle n'a pas eu une vie facile. Prenez soin d'elle, agent Macfarlane. Cet enlèvement l'a ébranlée bien plus qu'elle ne voudra jamais l'admettre.

Sur ce, il le salua d'un geste de la main et se dirigea vers l'entrée de son appartement.

— Pourriez-vous me parler de sa mère ?

Will s'arrêta net et fit volte-face.

— Elle vous a parlé de Luri ?

— Indirectement. Elle m'a parlé de ses séjours en foyers d'accueil.

— C'est pourtant un sujet qu'elle aborde rarement, commenta Will, visiblement étonné, revenant sur ses pas.

Il secoua la tête.

— Luri Hale a joué au Yo-Yo avec sa fille. Elle se tenait tranquille suffisamment longtemps pour la récupérer, mais ensuite, c'était reparti pour un cycle de négligence et de maltraitance. Mais vous savez comment sont les juges, ils préfèrent laisser les enfants avec leurs parents. Le calvaire de Mia a duré jusqu'à ce qu'elle obtienne son émancipation, à l'âge de seize ans.

— Sa mère la lui a accordée ?

— Elle n'a pas eu le choix.

Il hésita, comme s'il se demandait s'il devait ou non lui raconter la suite.

— Luri vendait ses charmes, comme on dit. Et un jour, elle a voulu… Elle a voulu prostituer sa propre fille. Alors Mia l'a menacée de la dénoncer à la police, si elle refusait de signer les papiers pour son émancipation.

Eric fut choqué de l'apprendre. Mia lui avait dit que sa mère souffrait de troubles bipolaires, mais prostituer sa fille, c'était inexcusable !

— Est-ce que Mia a de la famille pour l'aider ?

Ça n'avait pas dû être facile pour elle de se débrouiller seule à seize ans.

— Justin et moi, nous sommes sa seule famille…

— J'ai bien noté que vous preniez soin d'elle, monsieur Dvorak…

— Appelez-moi Will, je vous en prie.

— Je vous promets de faire tout ce que je pourrai pour minimiser l'impact de cette thérapie. Mais vous devez comprendre que nous avons besoin de Mia. Cet homme a déjà tué. Il détient encore au moins une prisonnière que nous pouvons sauver. Mia elle-même est peut-être en danger. Et justement, à ce propos… je voulais vous demander… N'hésitez pas à me prévenir si vous remarquez quoi que ce soit d'anormal dans les parages.

Will acquiesça.

— Bien sûr. Elle vous a parlé de la voiture, évidemment ?

— Non. Quelle voiture ?

— C'était avant-hier. Elle revenait d'une scène de crime, je crois, et elle a eu l'impression qu'on la suivait. Elle n'a pas voulu sortir seule de son véhicule et a klaxonné en arrivant ici pour nous alerter.

— Cette voiture, vous l'avez vue ?

— Non, nous n'avons rien vu et Mia en a conclu qu'elle s'était fait des idées. C'est possible… Elle était gênée de nous avoir réveillés, mais elle était aussi sous le choc, que sa peur ait été fondée ou non. C'est là que je me suis rendu compte qu'elle était plus perturbée qu'elle ne voulait le dire.

Ils échangèrent encore quelques propos, puis se séparèrent.

Tout en ouvrant la portière de sa voiture, Eric jeta un dernier coup d'œil vers les fenêtres de Mia. Il se demanda pourquoi elle avait passé sous silence l'épisode de la voiture. La brise du crépuscule s'était apaisée, plongeant les alentours dans un calme absolu.

Il ne put s'empêcher de penser qu'il s'agissait du calme précédant la tempête.

# 11

Il écrasait tous les soirs un somnifère dans l'infusion de Gladys. Dans une camomille au miel, le goût amer du cachet était indétectable. Ça ne lui posait aucun problème de conscience, car sa mère avait besoin de dormir la nuit. Et puis, il se comportait en bon fils… C'était pour s'occuper d'elle qu'il était revenu et il prenait bien soin d'elle.

Il poussait même la délicatesse jusqu'à lui déposer la tasse sur sa table de nuit. A 22 heures, elle ronflait comme un sonneur, ce qui lui permettait de vaquer librement à ses occupations, sans se sentir coupable de l'abandonner et sans avoir à répondre à des questions dérangeantes.

Il se trouvait donc à présent dans son atelier au milieu des pins, comme tous les soirs. Devant lui, sur son établi, les flacons étaient alignés comme une rangée d'élèves attentifs. Il les passa en revue avant de trouver celui qu'il cherchait — celui qui était étiqueté *Rebecca*. Il appuya sur le couvercle pour le dévisser et inclina le flacon pour en faire tomber un sachet en plastique couleur ambre dont il déversa le contenu sur la table.

*Dix ovales parfaits…*

Un frisson le parcourut.

Il suffisait de regarder les ongles d'une femme pour avoir une idée du soin qu'elle accordait à sa personne. Du moins avait-il lu ce petit bout de sagesse populaire dans un magazine féminin, quand il était adolescent. Les ongles de Rebecca Macfarlane étaient exquis, limés, bombés, impeccables, bordés d'un liseré blanc à la ligne irréprochable.

Il les aligna sur la table par ordre de taille.

Dans la matinée, l'agent Macfarlane avait fait une déclaration officielle aux médias. Allan l'avait écouté en prenant son petit déjeuner, pendant que Gladys se plaignait de sa bouillie d'avoine. Macfarlane était apparu dans un beau costume noir bien coupé, maître de lui-même, calme et froid, comme toujours. Il avait un peu vieilli en trois ans, mais cela lui allait plutôt bien. Les petites ridules de ses yeux, témoins d'un homme qui avait vécu, ajoutaient à son charme. Il avait ressenti un certain plaisir en songeant que Macfarlane lui en devait quelques-unes.

*Ad victoriam spolias.* « Le butin revient au vainqueur. »

Il reprit le flacon et le tapota de nouveau pour faire tomber deux petites dents émaillées. Deux molaires, parfaites, telles des perles. Sans la moindre carie, bien entendu. Rebecca avait su aussi prendre soin de ses dents.

Il caressa avec précaution ces « reliques », avant de les remettre dans leur flacon, qu'il rangea près des autres.

Sa collection…

Il balaya du regard les autres étiquettes. Sur la dernière, il n'y avait qu'un prénom : Mia.

Il prit le flacon et le secoua près de son oreille en esquissant une moue de déception. Presque rien.

Un gémissement étouffé se fit entendre par-dessus le ronron de la climatisation. Anna Lynn revenait à elle. Parfait… Il avait dosé la drogue pour qu'elle se réveille dans la soirée, quand Gladys et son chien infesté de puces dormiraient. Au moment où il aurait toute la nuit devant lui. Il n'aimait pas être pressé par le temps, quand il s'occupait de ses filles.

— J'espère que tu as fait de beaux rêves, dit-il.

Anna Lynn Gomez battit des paupières. Elle avait les yeux vitreux et la peur se lisait dans son regard.

Elle tenta de se débattre, mais elle était bâillonnée, les mains ligotées au-dessus de la tête et fixées à un crochet du mur. Pour l'instant, il lui avait seulement prélevé quatre ongles. Il préférait ne pas tout prendre en une fois, ça lui permettait de faire durer le plaisir.

Il ramassa un marteau sur son établi et le tint fermement dans sa main droite, dans un geste théâtral. Le cri étouffé qu'elle fit entendre en réponse lui procura un plaisir incroyable. Il se nourrissait de la peur de ses victimes. Il en abusait. Comme un gourmand abuse de cochonneries.

— Je vais te libérer quelques minutes, le temps que tu manges et que tu fasses tes besoins. J'espère que tu te comporteras comme il faut, sinon, eh bien, tu dois te douter de ce que je serai obligé de faire…

Il lui avait préparé un sandwich à la dinde et au fromage, dans une des belles assiettes chinoises de Gladys. Il ne servait pas ses prisonnières dans des assiettes en papier, il leur devait bien ça.

— J'espère que tu auras de l'appétit. Il faut que tu reprennes des forces. Je te conseille de ne pas faire la difficile.

Elle luttait visiblement contre un haut-le-cœur. Elle était plutôt jolie, mais là, elle avait vraiment sale mine et il jugea qu'elle n'était décidément qu'un pauvre substitut de la brunette qu'il avait en tête.

Celle qui l'intéressait vraiment.

Il la détacha.

— J'ai de très bonnes nouvelles pour toi, ma poupée, dit-il tandis qu'elle tentait de ramper pour s'éloigner de lui. Si tout se passe bien, tu auras bientôt une petite camarade.

# 12

Il était à peine plus de 8 heures, ce dimanche matin, mais Eric se trouvait déjà dans les bureaux de l'antenne locale du FBI, devant un grand tableau en liège sur lequel on avait affiché la chronologie des événements clés de l'enquête et les photographies des disparues. Une vingtaine d'adjoints du bureau du shérif, ainsi que des inspecteurs et des fédéraux, étaient réunis dans la pièce.

Eric leur exposa le profil du tueur, dressé trois ans plus tôt par l'unité de lutte contre les crimes violents.

— L'homme que nous cherchons est de race blanche. Il possède probablement un diplôme universitaire, mais on pense qu'il n'a pas eu de vraie carrière, en raison de son mépris pour l'autorité.

Il marqua une pause.

— C'est un solitaire, mais qui sait se montrer sociable pour approcher ses victimes. Il est très organisé et manifeste un penchant compulsif pour l'ordre, penchant qui se retrouve dans son mode opératoire.

— Il n'a jamais violé ses victimes ? demanda l'un des agents.

Ce fut Cameron qui répondit.

— Il semblerait que non. Tant pour les victimes du Maryland que pour Pauline Berger, pas de traces de viol. Cela dit, l'état des corps n'a pas toujours permis de trancher. Dans le cas de Mia Hale, cependant, les médecins sont formels : pas de traces de sperme, aucun traumatisme à caractère sexuel.

— Elle s'est enfuie… Il prévoyait peut-être de la violer et n'en a pas eu le temps, commenta l'un des inspecteurs, tout en attrapant une cafetière.

Ils en avaient prévu plusieurs. On buvait beaucoup de café pendant une réunion de ce genre.

— C'est peu probable, répondit Eric. Nous pensons que cet homme ne s'intéresse pas sexuellement à ses victimes. Il les chosifie, s'amuse à les manipuler comme s'il était un dieu. Cela lui permet sans doute de compenser un sentiment d'impuissance.

— S'il n'est pas intéressé par le sexe, pourquoi ne s'en prend-il qu'aux femmes ?

— Elles sont plus petites, plus faibles, plus faciles à contrôler. Il est également possible qu'il nourrisse envers une femme de son entourage une hostilité refoulée, probablement une parente plus âgée que lui, qui l'a écrasé durant son enfance.

L'inspecteur but posément une gorgée de café.

— La plupart des tueurs en série ont entre dix-huit et trente-deux ans. Quel âge aurait notre homme ?

Au cours de sa dernière séance avec le Dr Wilhelm, Mia avait vu les yeux de l'homme dans son rétroviseur : elle avait mentionné des rides d'expression.

— Il serait plus vieux que la moyenne, admit Eric. Un peu plus de la quarantaine, probablement. Mais ça ne contredit pas forcément le profil classique du tueur en série. Il a pu commencer beaucoup plus jeune, en espaçant suffisamment les meurtres pour passer inaperçu. Puis, brusquement, il y a trois ans, il aurait été pris d'une frénésie compulsive, pour une raison que nous ignorons. C'est également à ce moment-là qu'il semble avoir fixé son mode opératoire : collectionner, conserver des trophées, numéroter ses victimes. C'est ce qui a d'ailleurs permis au VCU de le repérer.

Ils passèrent ensuite à l'élaboration d'une stratégie, qui prévoyait notamment des descentes systématiques dans les casses des alentours, au cas où le criminel s'y serait présenté pour revendre des pièces de voitures volées.

Quand le groupe se dispersa quelques minutes plus tard, Eric s'entretint brièvement avec les inspecteurs Boyet et Scofield pour régler quelques détails, avant de rejoindre Cameron qui l'attendait dans le couloir.

— J'ai envoyé des adjoints distribuer la photographie d'Anna Lynn Gomez dans le secteur où on pense qu'elle a été enlevée, dit-il. Elle sera également diffusée sur des panneaux lumineux, le long de la I-95.

— Alors, on peut se préparer à recevoir un paquet de témoignages bidon ! commenta cyniquement Cameron, tandis qu'ils traversaient le couloir.

Il jeta un coup d'œil à sa montre.

— A midi, nous repartons au Bargain-Mart pour interroger les employés. Ensuite, nous passerons aux techniciens qui ont installé les caméras de surveillance.

Eric acquiesça. Ils avaient déjà une liste de noms et des agents s'occupaient de vérifier les casiers judiciaires.

— Un inspecteur m'a parlé d'une boutique de prêteur sur gages sur Union, ajouta Cameron en faisant un pas de côté pour éviter un groupe d'hommes qui discutaient. Un certain Big Al travaille là-bas et il est connu pour accepter du matériel électronique volé, notamment des GPS et du matériel stéréo provenant de voitures. J'ai l'intention de lui tomber dessus à l'improviste. Tu m'accompagnes ?

— La boutique est ouverte le dimanche ?

— Elle est ouverte sept jours sur sept, vingt-quatre heures sur vingt-quatre.

Ils étaient arrivés devant les ascenseurs. Cameron s'arrêta.

— On passe d'abord par mon bureau, dit-il. Je dois y prendre des dossiers.

Son bureau était situé au deuxième étage et donnait sur une place et un parking.

— C'est arrivé quand, ce truc ? grommela-t-il soudain, vérifiant son courrier.

Il tenait du bout des doigts une enveloppe bombée. L'adresse était notée à la main, et l'écriture nette et soignée donna aussitôt à Eric une impression de déjà-vu.

Il n'avait pas besoin de lire le nom du destinataire pour savoir à qui l'enveloppe était adressée.

— On a dû la déposer hier, pendant notre absence, commenta Cameron en secouant la tête. Comment ça se fait que personne ne m'ait prévenu ?

— Tu as des gants ? demanda Eric.

Cameron lui désigna du menton une boîte de gants en latex, posée sur une crédence. Eric en enfila une paire avant de prendre l'enveloppe — précaution inutile car ils ne trouveraient pas d'empreintes, il le savait. Il s'installa dans un fauteuil et ouvrit. L'enveloppe contenait un petit objet plat, pas plus grand que la paume de sa main, protégé par du papier à bulles.

— Tu ne crains pas que ce soit piégé ? demanda Cameron.

Eric ne répondit pas et défit le papier pour mettre au jour un appareil enregistreur miniature, d'une qualité médiocre, de ceux que l'on pouvait se procurer dans n'importe quel magasin. Il y en avait quatre autres, semblables, à Washington, classés dans les boîtes de pièces à conviction. Il poussa un soupir angoissé et appuya sur *Play*.

En reconnaissant la voix qui sortait de l'appareil, il eut l'impression d'être rattrapé par un horrible cauchemar — le même que celui qu'il avait vécu trois ans plus tôt.

« On dirait que je vous ai obligé à faire le voyage jusqu'au soleil de la Floride, agent Macfarlane. J'espère au moins que vous profitez du séjour pour apprécier nos plages et nos attractions locales. J'ai cru voir que vous alliez bien, même si ces trois dernières années n'ont pas dû être faciles pour vous… »

Il y eut un ricanement. Un nœud de colère et d'émotion serra la gorge d'Eric.

« Je n'ai jamais eu l'occasion de vous présenter mes condoléances. J'ai envisagé un moment de vous envoyer une carte, mais je me suis dit que ce serait vraiment trop convenu. Veuillez donc accepter aujourd'hui mes condoléances les plus sincères. Rebecca était vraiment une femme adorable, elle doit vous manquer. »

Eric entendit Cameron jurer tout bas derrière lui.

« Bien, maintenant que nous en avons terminé avec les politesses d'usage, passons au sujet qui nous intéresse… »

Il y eut un temps de silence, puis la voix du tueur s'éleva de nouveau.

« Comment t'appelles-tu ?

Une voix chevrotante de femme répondit :

« Je… je vous l'ai déjà dit. Je m'appelle Pauline. Pauline Berger ! Je vous en prie, ne me faites plus de mal. Je… Je veux juste rentrer chez moi. »

Elle continua à gémir, s'agitant, à en juger par les bruits qui accompagnaient les suppliques qu'elle adressait à son ravisseur. Le cœur d'Eric se mit à battre plus fort.

« Non ! Pitié ! »

L'homme lui fourra quelque chose dans la bouche et ils n'entendirent plus ce qu'elle disait.

Ce furent alors des hurlements étouffés de douleur.

— Seigneur ! murmura Cameron d'une voix rauque d'émotion.

Eric ferma les yeux et resta figé, comme absent, écoutant l'enregistrement du martyre de Pauline, que son ravisseur battait à présent sauvagement. Cela dura plusieurs longues minutes, dans une cacophonie de sanglots et de cris à peine audibles à cause du bâillon.

Ils n'avaient jamais pu déterminer quel type de bâillon l'homme utilisait, boule ou tissu. Si la thérapie de Mia fonctionnait comme il l'espérait, il aurait peut-être la réponse à cette question. Il s'agissait d'un détail, bien sûr, mais son esprit s'y était accroché, sans doute pour éviter de s'appesantir sur le reste, sur l'horreur que vivaient ces femmes.

Un dernier bruit de coup, plus violent que les autres, doublé d'un craquement d'os, lui donna la nausée. Puis Pauline se tut et ils n'entendirent plus que la respiration saccadée de l'homme et de faibles gémissements. Eric tendit l'oreille. Ces gémissements n'étaient pas ceux de Pauline, qui venait de succomber aux coups. Il arrêta l'appareil et se leva.

— On va demander aux techniciens d'augmenter les gémissements en arrière-fond, dit-il à Cameron. J'aimerais identifier la voix. Il s'agit probablement de celle de Cissy Cox. Ce salaud l'a obligée à regarder la mise à mort de Pauline.

Cameron était blanc comme un linge.

— D'après ta théorie, il a dû tuer Pauline Berger peu de temps après l'enlèvement de Cissy Cox… Or tu n'étais pas encore dans le tableau. Pourtant, il s'adresse à toi, dans l'enregistrement…

— Il a pu enregistrer le discours d'introduction après le reste.

Cameron lui jeta un regard angoissé.

— Je vois, murmura-t-il.

Il paraissait atterré. Il n'y avait plus aucun doute, à présent. Ils avaient bien affaire au tueur du Maryland, au collectionneur.

Et le collectionneur tenait apparemment à reprendre les choses là où il les avait laissées trois ans plus tôt.

Mia avait de nouveau fait le rêve qui l'avait tant troublée après sa première séance avec le Dr Wilhelm. Et elle s'était réveillée, comme la première fois, juste au moment où la voiture reculait. Elle tenta de se rassurer en se remémorant ce que lui avait dit le psychiatre : ce rêve, par un mécanisme de déplacement, symbolisait l'impuissance de son état de victime.

Mais symbolique ou pas, elle voulait l'oublier.

Avec des gestes précautionneux, à cause de ses doigts bandés qui la gênaient encore, elle enfila un jean coupé sur son maillot de bain une pièce et quitta son appartement en emportant un sac de plage. Le sable, le roulis des vagues, les mouettes qui pêchaient sur la côte avaient toujours eu sur ses nerfs un effet apaisant. Elle avait décidé de passer son dimanche au bord de la mer, au milieu de gens heureux et insouciants, plutôt que seule, enfermée chez elle, à ruminer.

Un peu plus tôt, elle avait guetté les informations, mais n'avait rien entendu de nouveau à propos d'Anna Lynn Gomez. Elle se demanda si Eric était encore à cette réunion qu'il avait mentionnée la veille. Elle jeta un coup d'œil au sac en toile rayé qui contenait son portefeuille, une bouteille d'eau, de la crème solaire, le livre de poche qu'elle était en train de lire et son téléphone portable. Elle avait envie de l'appeler. Mais quelle raison invoquer ? Elle n'allait tout de même pas lui proposer de l'accompagner à la plage !

En quittant San Marco, elle aurait dû prendre vers l'est, le long de la côte, puis vers le sud pour rejoindre la plage Vilano, qui était un peu loin, mais très agréable. Mais elle conduisait machinalement, et mit quelques minutes à se rendre compte qu'elle roulait exactement à l'opposé, vers les terres, non pas au sud-est, mais au nord-ouest. Cette découverte lui fit un coup au cœur. Son subconscient l'entraînait vers un lieu de son enfance, celui de son rêve. Elle hésita… Devait-elle poursuivre ou rebrousser chemin ?

Elle n'était même pas certaine de retrouver la maison.

Elle décida de tenter sa chance, et suivit la route inter-Etats sur un peu plus de quinze kilomètres, puis elle prit la sortie Edgewater. Elle avait conservé un souvenir précis de la maison — souvenir que son rêve avait d'ailleurs ravivé. Des volets noirs. Un énorme magnolia dans le jardin. Le foyer de Mademoiselle Cathy était situé près d'une école, ça aussi, elle s'en souvenait. Des groupes d'enfants venaient parfois jouer dans le square tout proche.

Le quartier tombait en décrépitude, désormais, et on déconseillait aux touristes de s'y promener, parce qu'il n'était pas très sûr, et sans doute aussi parce qu'il donnait une mauvaise image de la ville. Mais Mia n'hésita pas à s'y aventurer et continua à rouler, balayant du regard les rues qui défilaient, dans l'espoir que ses yeux accrocheraient un détail qui ferait émerger d'autres souvenirs.

Brusquement, son cœur se serra. Elle venait de reconnaître la barrière qui entourait le square. Il était désert et paraissait abandonné, comme le reste, avec son tourbillon et son balancier qui dépassaient des hautes herbes. L'école était fermée, et une pancarte clouée sur le mur de briques rouges annonçait « Défense d'entrer ».

Elle touchait au but. Son pouls s'accéléra.

Trois rues plus loin, la grande maison apparut. Elle reconnut aussitôt son large porche. Le magnolia était toujours là, en partie desséché. Les volets noirs avaient disparu, les vitres étaient calfeutrées par des planches. L'emblème d'un gang était tagué sur la façade décrépite.

Mia se gara le long du trottoir. Elle demeura un long moment assise derrière le volant, sans bouger, submergée par les émotions.

*Affronte tes peurs…*

Elle prit une longue inspiration, attrapa son sac de toile, et quitta la voiture. Puis elle avança d'un pas résolu vers la pelouse. Ou plutôt ce qui avait été une pelouse agrémentée de jolis parterres de fleurs, soigneusement entretenus par Mademoiselle Cathy, et qui n'était plus qu'un carré de terre semé d'herbes folles. Des tessons de bouteilles de bière encombraient le porche. En dépit du soleil de la mi-journée qui lui brûlait le dos, Mia se sentit glacée.

Qu'est-ce qui lui avait pris de venir ici ? Sans doute avait-elle eu besoin de trouver un sens à ce rêve obsédant. Sans doute voulait-elle se prouver que la petite fille rousse n'avait jamais existé. Un sentiment de trahison et d'abandon, aussi fort que quand elle était enfant, l'envahit soudain. Elle jeta un dernier et long regard à la maison délaissée, puis retourna à sa voiture. Un chien aboya quelque part dans la rue, des sirènes hurlèrent, pas très loin.

Elle atteignait le bord du trottoir, quand elle fut soudain prise de vertige.

Une voiture à hayon bleue passait lentement devant elle.

Son moteur grondait. Le pot d'échappement crachotait une fumée noire.

*Ce n'est pas réel, Mia, c'est une hallucination! N'aie pas peur…*

Arrivée au bout de la rue, la voiture s'arrêta, puis se mit à reculer. Le cœur de Mia battait maintenant au rythme des basses de la radio du véhicule. Une main d'homme sortit par la fenêtre. Elle tenait une poupée aux cheveux blonds qui se balançait dans le vide.

La petite fille rousse lâcha alors ses doigts et avança lentement vers la voiture, vers la poupée. Mia demeura figée sur le trottoir, comprenant que l'homme cherchait à attirer la petite fille avec la poupée.

— Non, murmura-t-elle. N'y va pas…

Elle poussa un cri et sursauta en sentant qu'on lui tapait sur l'épaule. L'enfant et la voiture disparurent aussitôt.

— T'as pas un peu de fric ?

Un drogué aux yeux rouges et au visage couvert de sueur la fixait d'un air suppliant. Il sentait affreusement mauvais.

— C'est pour donner à manger à mes enfants, ils ont faim…

Il reluquait d'un drôle d'air son buste couvert seulement par le maillot une pièce. Elle fouilla précipitamment dans son sac et en sortit un billet d'un dollar qu'elle lui fourra dans la main. Puis elle se mit à courir vers sa voiture.

— Hé ! Pourquoi t'es pressée comme ça, mon chou ? On pourrait passer un moment ensemble…

Elle claqua la portière, verrouilla la voiture, et démarra. Elle tremblait comme une feuille. Elle avait eu tort de venir dans ce quartier. Tandis qu'elle s'éloignait de cette rue maudite, ses yeux tombèrent sur l'attrapeur de rêves qui se balançait à son rétroviseur. Elle l'arracha et le rangea dans sa boîte à gants.

# 13

— Ravi de te revoir parmi nous, Mia…

Grayson s'avança vers elle. Il avait dû la guetter, ou demander au concierge de le prévenir de son arrivée.

L'activité battait son plein dans la salle de rédaction, comme tous les lundis matin. Une foule de journalistes, rédacteurs, informaticiens et photographes vinrent la saluer. Ils avaient même préparé en son honneur un plateau de petits pains et de gâteaux.

Grayson la prit par les épaules et l'entraîna vers les victuailles.

— On est tous contents de te revoir, ma petite !

Après quelques minutes autour du plateau, où tout le monde y alla de son petit mot gentil, chacun repartit vers son bureau avec une assiette en papier garnie de douceurs. Mia remarqua les regards pleins de sollicitude et de curiosité que l'on posait sur ses doigts et ses poignets. Elle songea qu'elle avait probablement nourri bien des conversations autour de la fontaine à eau pendant son absence.

Grayson lui tendit un gobelet de jus d'orange.

— Prends le temps de t'installer et passe ensuite me voir dans mon bureau…

— Tu as une nouvelle coupe de cheveux ? demanda Walt Rudner, le journaliste qui avait hérité de l'affaire des disparitions.

Il était resté près de la table et mastiquait consciencieusement un petit pain à l'oignon et à la crème fraîche. Il était chauve, et son ventre proéminent semblait le précéder partout où il allait. Mia ne l'aimait pas beaucoup.

— Tu avais envie de changement, ou tu as eu un problème ? insista-t-il, comme elle ne disait rien.

Elle lui jeta un regard mauvais qui déclencha son hilarité. Il se mit à rire tellement fort qu'il faillit en recracher son petit pain.

— Allez, Mia… Les forces de l'ordre ont fait intervenir un juge pour nous bâillonner, et je n'ai pas le droit d'écrire certains détails, mais je connais bien le personnel du bureau du shérif. Je sais que ce malade est un fétichiste des cheveux et des ongles.

Il ajouta, jetant un œil du côté de son ventre :

— Je sais aussi qu'il fait un usage pervers de notre système décimal.

Mia se sentit devenir écarlate.

— Qu'est-ce que tu veux, Walt ?

— D'après toi ? Des infos, pardi ! Je sais que tu ne te souviens pas de ce qui s'est passé, mais je suis prêt à parier que tu sais pas mal de choses à propos de l'enquête.

Il essuya ses doigts graisseux sur sa veste de sport.

— J'ai vu que l'agent Macfarlane t'a laissée entrer sur la scène de crime, jeudi soir, faveur très rarement accordée à un journaliste, tu en conviendras. Alors ?

— Je n'étais pas là-bas en tant que journaliste, répondit-elle posément.

— Il s'agissait donc d'une simple visite de politesse ? J'ai remarqué que tu as également été autorisée à voir de près le corps de Pauline Berger. Ou plutôt ce qu'il en restait.

Mia tressaillit et lâcha son gâteau.

— Tu n'es qu'un sombre crétin, Walt !

— Et toi, tu t'impliques trop dans cette affaire, et c'est pour ça que tu refuses de partager ce que tu sais ! Tu voudrais que Miller te la rende. D'habitude, il fait tes quatre volontés, mais cette fois tu n'obtiendras pas ce que tu demandes.

Elle avait commencé à s'éloigner, mais elle se retourna pour le défier du regard.

Il haussa ses épaules dodues et enfourna le reste de son petit pain.

— Je n'y suis pour rien. Ce n'est pas moi qui décide. Pose-lui la question, tu verras bien…

Elle fila sans un mot dans son box, alluma son ordinateur et rangea son sac à main dans un tiroir. Puis elle traversa la salle de rédaction et se dirigea vers la rangée de bureaux vitrés occupés par les directeurs de rédaction. Grayson avait le plus grand, tout au bout, celui qui offrait une vue panoramique sur le St Johns.

Elle frappa à la porte. Il leva la tête et jeta un coup d'œil par-dessus ses lunettes bifocales avant de lui faire signe d'entrer. Elle s'installa dans un fauteuil, en face de lui.

— Comment ça s'est passé, dans le parking, ce matin ? lui demanda-t-il d'un ton inquiet.

— Très bien.

— J'aurais dû demander à un vigile de t'escorter jusque dans le hall. Ça n'a pas dû être facile pour toi de revenir ici et…

— Grayson, je t'assure que je vais très bien.

Elle avait tout de même rassemblé tout son courage pour traverser le parking, même en plein jour.

— Tout ce que je veux, c'est reprendre normalement le travail.

Il acquiesça.

— Très bien. Je t'envoie au tribunal du comté. D'Angelo Roberts comparaît ce matin devant un juge, pour homicide commis au volant d'un véhicule.

Mia avait entendu parler de l'arrestation de cet ancien joueur vedette de la NFL, qui était venu s'installer dans la communauté huppée de la plage Ponte Vedra. Durant le week-end, il avait eu un accident avec sa Ferrari. Sa passagère, une jeune fille mineure, était morte. D'après les analyses toxicologiques, ils avaient tous deux consommé de la cocaïne. Grayson ne lui confiait pas une mission au rabais ; on pouvait même la considérer comme valorisante, étant donné que D'Angelo était une star. Mais c'était beaucoup moins intéressant que les disparitions et le meurtre de Pauline Berger.

— Walt m'a dit que je n'avais aucune chance de récupérer les disparitions, dit-elle.

— Walt défend son territoire. Il pense que ce sujet peut lui valoir un prix Pulitzer.

— Tu crois qu'il a raison ?

— Pour le Pulitzer ?

Mia n'apprécia pas l'humour.

— A propos du fait que je n'ai aucune chance de récupérer le sujet.

Comme il ne répondait pas et faisait mine de s'intéresser à l'écran de son ordinateur, elle ajouta :

— Tu lui as parlé de mes séances à la base aéronavale de Jacksonville ?

— Tu m'avais demandé de ne pas lui en parler ?

— Oui. J'avais bien précisé que je m'adressais à l'ami, pas au rédacteur en chef !

— Je ne lui en ai donc pas parlé, dit-il en ôtant ses lunettes qu'il posa sur le bureau. Mais en tant que rédacteur en chef, je devrais utiliser ce tuyau pour faire un article-choc.

Il soupira.

— Je savais bien que ça me compliquerait la vie, ton enlèvement…

Mia se figea.

— Si je n'avais pas été enlevée, tu ne serais pas au courant pour cette thérapie expérimentale. J'ai promis de garder le secret. Et si je t'en ai averti, c'est parce que je vais devoir m'absenter de mon poste.

— Je croyais que c'était parce que j'étais ton ami, rétorqua-t-il malicieusement.

Il se leva et contourna son bureau pour se percher devant elle, puis il la dévisagea.

— Regarde-toi, Mia…, dit-il en baissant la voix. Tu fais de ton mieux pour donner le change, mais j'ai l'impression que tu n'es pas loin de craquer. Je préfère que tu ne passes pas ton temps à réfléchir à l'enlèvement d'Anna Lynn

Gomez et à cette enquête en général. Fais-moi confiance, d'accord ? Je sais que tu veux ce sujet, mais tu n'es pas prête à le reprendre.

Elle soupira. Il n'avait pas tort. Elle n'allait pas si bien que ça, en dépit des efforts qu'elle déployait pour prétendre le contraire. La veille encore, devant la maison de Mademoiselle Cathy, elle avait eu cette hallucination… C'était inquiétant. Elle essayait de se rassurer en se disant qu'il s'agissait d'un de ces souvenirs-flashs dont lui avait parlé le Dr Wilhelm. A condition qu'il s'agisse bien d'un souvenir, et non pas d'une création de son esprit.

— Occupe-toi du procès D'Angelo Roberts, d'accord, Mia ? Je veux un article en ligne cet après-midi, à 14 heures au plus tard.

Elle acquiesça et quitta le bureau sans un mot. Quand elle passa devant le box de Walt, il ne put retenir un ricanement, qu'elle ignora. Elle regagna son propre box et entra son mot de passe pour accéder à internet. Elle avait l'intention de se documenter sur l'accident avant de se rendre au tribunal. Tout en travaillant, elle tenta de faire abstraction de l'air qui lui trottait dans la tête depuis le matin — un morceau de rock, celui qu'écoutait le conducteur de la voiture à hayon. Mais elle n'y parvenait pas. Son cœur battait au rythme des basses. Elle prit alors le taureau par les cornes et fit une recherche en ligne. Il s'agissait d'un tube de l'année 1987.

L'année où elle avait séjourné chez Mademoiselle Cathy.

Cette découverte écartait donc la thèse de l'hallucination au profit de celle du souvenir. La veille, elle avait recherché sur internet des informations concernant l'enlèvement éventuel d'une petite fille dépendant des services sociaux de Jacksonville, vingt-cinq ans plus tôt. Mais elle n'avait rien trouvé.

Le Dr Wilhelm avait peut-être raison, finalement, quand il supposait que la voiture bleue et la petite fille rousse symbolisaient sa situation actuelle. Et Grayson aussi avait raison, quand il assurait qu'elle tenait tout juste le coup.

Comme il sortait justement de son bureau et se dirigeait

vers son box, elle se dépêcha d'afficher sur son écran une page consacrée à l'accident de D'Angelo Roberts. Elle n'avait pas le temps de ruminer. Elle avait un article à écrire.

Eric et Cameron regagnaient les locaux du FBI. Ils n'étaient pas plus avancés que deux heures plus tôt, lorsqu'ils avaient quitté les lieux. Ils s'étaient rendus sur les rives du St Johns, du côté de Southbank, pour répondre à l'appel d'une femme qui avait alerté le 911 après avoir été accostée par un inconnu, alors qu'elle faisait tranquillement son jogging. Les hommes du shérif avaient fouillé le secteur et retrouvé l'homme en question en se fondant sur la description de la femme. Il s'était avéré que le malheureux faisait tout simplement la manche et qu'il n'avait jamais eu l'intention d'enlever qui que ce soit.

— Comment va ta hanche ? demanda Eric, tandis qu'ils traversaient le parking où la température avoisinait celle de la lave en fusion.

Cameron avait fait une mauvaise chute en poursuivant le criminel supposé.

— Je pense que je vais survivre, répondit-il en grimaçant. Je m'inquiète surtout pour mon pantalon.

La découverte du corps de Pauline Berger avait alimenté la rumeur d'un tueur en série qui opérait dans la ville, et les gens étaient sur les nerfs. On les appelait sans cesse pour signaler des voitures suspectes — il suffisait de traverser un parc au ralenti pour inquiéter les promeneuses —, ou des femmes qui ressemblaient aux disparues.

Ils respirèrent avec reconnaissance l'air glacé qui les accueillit dans le hall climatisé.

— Je vais aux toilettes pour tenter de sauver mon pantalon, déclara Cameron en montrant les taches d'herbe au niveau de ses genoux. Je te retrouve là-haut.

Eric se dirigea vers le bureau de l'accueil, son badge à la main.

— Agent Macfarlane !

Un homme corpulent, entre quarante et cinquante ans, aux cheveux noirs et à la peau bronzée, avança vers lui. Il reconnut le père d'Anna Lynn Gomez.

— Monsieur Gomez…

— Du nouveau, pour ma fille ?

Il avait le regard d'un homme désespéré.

— Ça fait déjà trois jours qu'elle a disparu…

— Nous faisons notre possible pour la retrouver, monsieur, lui assura Eric. Nous avons largement diffusé sa photo et nous ne négligeons aucune piste…

— Ça ne suffit pas !

Il s'approcha et planta son index dans la poitrine d'Eric. Son haleine empestait l'alcool.

— Mon Anna est prisonnière d'un fou et vous, vous vous promenez tranquillement ! Vous ne vous rendez pas compte qu'elle pourrait finir comme Pauline Berger ?

Eric sentit la chaleur lui monter aux joues. Des agents commençaient à s'approcher, prêts à intervenir. Gomez le poussa de son index et il dut se carrer sur ses jambes pour ne pas vaciller.

— Laissez, dit-il à un agent qui avait déjà posé la main sur le revolver qu'il portait à la ceinture. Calmez-vous, monsieur Gomez, je vous en prie. Suivez-moi… Il vaut mieux que nous parlions dans un endroit tranquille.

— Parler ? Pour quoi faire ? Vous feriez mieux de vous occuper de ma fille ! Faites votre travail ! Rendez-moi ma petite !

Des larmes mouillèrent ses yeux rougis.

— Elle est belle, jeune, brillante. Elle a la vie devant elle !

Un sanglot étouffé lui échappa. Submergé de colère et de chagrin, il poussa de nouveau Eric, un peu plus fort. Cette fois, deux agents se précipitèrent pour le maîtriser.

— Ramenez-le chez lui, déclara posément Eric. Il n'est pas en état de conduire.

— Vous vous foutez bien de ce qui a pu lui arriver ! cria Gomez en se débattant, tandis que les agents l'entraînaient vers la sortie.

Il se tordit le cou pour regarder Eric par-dessus son épaule.

— Vous vous croyez au-dessus de tout parce que vous appartenez à l'unité de lutte contre les crimes violents. Mais vous n'avez pas la moindre idée de ce que ça fait de perdre quelqu'un qu'on aime !

Cameron revint juste à temps pour être témoin de la fin de l'esclandre.

— C'était Victor Gomez ? demanda-t-il.

Eric ne répondit pas et suivit des yeux les deux agents qui faisaient monter l'homme dans une berline.

Il faisait nuit depuis longtemps quand Eric regagna son bungalow. En entrant, il désactiva le système d'alarme, mais laissa la lumière éteinte. Il préférait rester dans le noir. Il avait le cœur lourd, l'esprit las. Il était déprimé.

Ils n'étaient pas près de retrouver Anna Lynn Gomez, ni son ravisseur.

« Vous n'avez pas la moindre idée de ce que ça fait de perdre quelqu'un qu'on aime. »

Il se délesta de son arme, qu'il posa sur la table de nuit, de son portefeuille et de son badge. Puis il alla dans la cuisine. Il n'avait pas faim et prit une bière dans le réfrigérateur. Il en but une longue gorgée, tout en scrutant le paysage à travers les stores de la porte vitrée qui donnait sur la terrasse. La faible lueur d'un lampadaire de rue éclairait à l'oblique les planches décolorées par le soleil.

Anna Lynn était là, quelque part, encore en vie. Elle le resterait jusqu'au prochain enlèvement. Il aurait tout donné pour la retrouver, mais le temps jouait contre eux.

Il but une nouvelle gorgée de bière, à même la bouteille, et se laissa submerger par les souvenirs qu'il avait jusque-là réussi à refouler. Victor Gomez l'avait renvoyé à un certain matin froid de février, trois ans auparavant…

« Il vaut mieux que tu ne la voies pas, Eric. »

C'était dans une propriété abandonnée, au bord d'un lac. Un ciel d'un gris d'acier crachait une neige glacée.

*N'y va pas. Il ne faut pas…*

Bobby Crowchild, son partenaire, avait voulu l'empêcher d'approcher le corps sommairement enseveli de Rebecca. Il revoyait encore son visage, empreint de sollicitude, le halo de buée que faisait son haleine dans l'air glacé…

Il n'avait rien voulu entendre. Il avait continué à avancer au milieu des herbes folles et des feuilles gelées qui craquaient sous ses pas. Le cordon formé par les officiers de la police de Bethesda et par les agents fédéraux s'était ouvert devant lui. Personne, à part Bobby, n'avait osé s'interposer.

Rebecca était allongée dans un fossé. La décomposition n'était pas très avancée, en raison des températures très basses, mais une odeur écœurante de cadavre flottait tout de même dans l'air.

Des brindilles et des feuilles étaient emmêlées à ses cheveux blonds.

On l'avait mutilée et étranglée.

Il était tombé à genoux et avait longuement pleuré — de désespoir, de culpabilité… Le choc avait été si rude qu'il avait envisagé l'espace d'un instant de prendre son arme et de se tirer une balle dans la bouche, avant qu'on puisse l'en empêcher. Il se souvenait vaguement du poids des mains de Bobby sur ses épaules. Puis de Bobby l'entraînant à travers le bois, le guidant, le soutenant, le poussant dans une voiture.

Victor Gomez se trompait. L'agent Macfarlane du bureau de lutte contre les crimes violents savait très bien ce que c'était que de perdre un être cher.

Il fit un effort pour se reprendre. Il retourna dans le salon et ramassa son téléphone portable, dont il fixa longuement l'écran avant de se décider à appeler.

— Eric ? fit la voix de Mia.

Elle avait dû reconnaître son numéro.

— Je… Je voulais m'assurer que tout allait bien pour vous, dit-il d'une voix rauque et hésitante.

Il n'avait plus eu de contact avec elle depuis la veille, depuis qu'il avait quitté précipitamment son appartement à l'arrivée de Grayson Miller.

— Je me demandais comment s'était passée votre première journée de travail, poursuivit-il.

Elle parut sincèrement heureuse qu'il s'inquiète d'elle et commenta d'une voix enjouée l'agitation frénétique des médias autour du procès D'Angelo Roberts. Elle se plaignit également de ce que Miller refusait de lui rendre l'affaire des enlèvements, ce dont il se réjouit secrètement. Elle était suffisamment impliquée comme ça.

— Et vous ? Vous allez bien ? demanda-t-elle.

Elle avait donc senti sa morosité... Il se frotta le front.

— Je vais bien, merci...

— Vous avez du nouveau ?

L'image de Victor Gomez, sanglotant et vociférant, entraîné hors de l'immeuble du FBI par deux agents, passa devant ses yeux.

— Non, rien. La journée a été longue, voilà tout.

— Vous devriez profiter de la plage, suggéra-t-elle. Vous êtes logé tout près de la mer, n'est-ce pas ?

— Oui.

— Alors, allez donc boire une bière, assis sur le sable frais. Regardez les vagues mourir sur la grève. Ça vous fera du bien. Ça vous aidera à réfléchir.

— C'est ce que vous faites, quand vous avez besoin de réfléchir ?

— Pas la nuit, plus maintenant du moins. Mais je le faisais, avant que ma vie ne se transforme en cauchemar.

Il eut envie de rire en songeant qu'au fond, elle lui conseillait de se soûler au bord de l'eau. Il n'aurait plus manqué que ça ! Qu'il se fasse embarquer par la police locale, pour errance en état d'ivresse ! Mais il serait bien allé sur la plage avec elle. Il l'imagina, souriante, ses cheveux noirs flottant dans le vent.

Ils parlèrent ensuite de la séance programmée pour le lendemain. Il avait encore l'espoir qu'elle se souviendrait d'un détail qui les aiderait à progresser dans leur enquête.

— Vous avez peur ? demanda-t-il.

— Je suis rassurée à l'idée que vous serez près de moi.

Il se sentait coupable de l'entraîner là-dedans, mais en même temps, il devait actionner tous les leviers possibles.

Ils se souhaitèrent bonne nuit et Eric raccrocha, demeurant un moment à rêver, bercé par le tintement du carillon de la terrasse.

# 14

La douleur pulsait dans ses doigts par vagues brûlantes. Pendant quelques minutes, il n'y eut plus que cette douleur, puis la voix du Dr Wilhelm, faible et lointaine, lui parvint de nouveau.

— Mia, vous m'entendez ?

— Je suis là, murmura-t-elle, luttant contre la peur. Je suis revenue dans la pièce en parpaings.

Quelque chose limitait ses mouvements. Elle baissa les yeux. Une fine corde liait ses poignets entre eux et les attachait à un crochet de métal planté dans la table. Les extrémités de deux de ses doigts étaient à vif, là où auraient dû se trouver ses ongles. Un vent de panique la secoua. Elle était en sous-vêtements, et avait le ventre en sang.

Elle se mordit la lèvre pour ne pas crier au souvenir de la douleur, de l'horreur de sa découverte. Elle devait rester concentrée.

— Est-ce que vous êtes seule ? demanda le médecin.

Elle balaya la pièce du regard.

— Je… je crois, oui. Mais j'ai la tête qui tourne.

— Essayez de voir ce qui se passe autour de vous. Cherchez un élément qui pourrait nous aider à déterminer où vous êtes. N'ayez pas peur, je reste là, près de vous…

Etait-il vraiment près d'elle ? Sa voix semblait s'éloigner, comme s'il se trouvait sur une plage, et elle à la dérive sur un radeau que la mer entraînait au loin. Bientôt, elle n'entendit plus de voix, juste la pulsation du sang qui battait à ses oreilles et le halètement de sa propre respiration.

Des pinces étaient posées sur la table, et, près d'elles, deux disques transparents qu'elle identifia comme étant ses ongles. Elle en eut la nausée. Elle s'obligea à détourner le regard de ce spectacle morbide et scruta sa prison. Les murs étaient en béton, gris, recouverts de grandes bâches en plastique. Son regard tomba sur une forme dissimulée derrière l'une des bâches. Elle fit un effort pour se concentrer. Il s'agissait d'une silhouette allongée face contre terre.

— Vous… vous m'entendez ?

Pas de réponse. La forme demeurait immobile. Mais Mia sut d'instinct qu'il s'agissait de Cissy Cox. Luttant désespérément pour se libérer, elle tira sur ses liens jusqu'à en avoir les poignets en sang. Des larmes d'impuissance et de terreur lui piquaient les yeux. Elle devait absolument s'approcher de Cissy et venir à son secours.

*Bon sang, Mia, arrête de t'agiter dans tous les sens et réfléchis !*

Ses liens ne céderaient pas, mais elle pouvait peut-être déplacer la table ? Elle passa en revue les pinces, semblables à des griffes, accrochées au-dessus de l'établi, sur le mur tout proche. Si elle parvenait à les atteindre, elle viendrait peut-être à bout des liens… Elle se leva en tremblant et fit bouger la table de quelques centimètres en direction du mur. Ses muscles lui faisaient mal, et elle pria pour que personne n'entende les pieds qui raclaient les dalles du sol.

Elle parvint à atteindre l'établi et poussa la table violemment contre lui. Les outils en furent secoués, mais aucun ne se décrocha. Elle recommença. Plusieurs fois… Un outil tomba enfin, mais elle ne pouvait rien en faire. Quelques minutes plus tard, il fut suivi d'une sorte de pelle, qui n'aurait pas tranché du beurre. Elle continua à pousser sans relâche, donnant des coups de bassin, indifférente aux ecchymoses qui commençaient à marbrer ses hanches.

Enfin, un sécateur finit par se décrocher. Elle se figea, osant à peine croire à sa chance, quand il tomba à quelques centimètres seulement de sa main. Elle dut étirer les doigts et forcer sur la corde pour l'attraper, mais ça y était, elle le tenait ! L'effort l'avait épuisée, mais elle parvint à positionner l'outil de manière à scier les liens, s'écorchant la peau au passage.

Au bout d'un temps qui lui parut une éternité, la corde céda, enfin. Elle laissa échapper un sanglot de soulagement et se mit à avancer vers la forme allongée.

Sans la table pour la stabiliser, elle avait du mal à conserver son équilibre. Elle trébucha et glissa. Dans sa chute, son menton heurta un banc. De petites lumières blanches dansèrent alors un instant devant ses yeux. Elle tenta de se relever et dérapa de nouveau. Le sol était dur, mouillé. Elle prit soudain conscience que l'air était saturé d'une étrange odeur métallique. Du sang… Elle rampait dans du sang ! Ce sang venait du corps dissimulé derrière la bâche et coulait lentement vers une sorte de siphon situé au milieu de la pièce.

La gorge nouée par la peur, elle poursuivit sa progression vers la forme immobile. Cissy gisait sur le ventre, les membres écartelés comme ceux d'une poupée de chiffon. La jeune femme baignait dans une mare de sang. Ses cheveux en étaient imbibés. Mia eut un haut-le-cœur et la pièce se mit à tourner autour d'elle.

Elle chercha en tremblant le pouls de Cissy, puis elle la fit rouler sur le dos et poussa un cri horrifié en découvrant ses yeux fixes et ouverts — des yeux qui ne voyaient désormais plus rien. Elle avait la gorge tranchée et sa blessure béante était comme une deuxième bouche qui souriait. Mia recula en rampant dans la flaque de sang, jusqu'à sentir sous elle le béton sec. Puis elle se mit à hurler pour appeler le Dr Wilhelm et le supplier de la ramener.

Mais sa voix résonna entre les murs de sa prison, sans réponse.

Un flot d'adrénaline se déversa alors dans ses veines. Elle ne songeait plus qu'à trouver un moyen de sortir de sa prison pour ne pas subir le même sort que Cissy.

Elle parvint à se relever et à marcher jusqu'à la porte, dont elle tenta de manœuvrer la poignée. Impossible…

Le ronronnement de la clim attira alors son attention. Le climatiseur occultait une fenêtre, son unique issue. Elle s'en approcha en vacillant et tira sur le bloc pour faire céder la planche qui le fixait au cadre. Dans le courant d'air glacé, la sueur séchait sur sa peau. Quand le lourd dispositif tomba enfin en produisant une gerbe d'étincelles, elle poussa un gémissement de soulagement. La liberté !

De l'autre côté de la fenêtre, la pluie tombait en un rideau bruyant et blanchâtre. Elle se hissa sur l'appui en tremblant et se laissa retomber sur un sol humide, couvert de mousse. Epuisée, elle demeura là quelques secondes, haletante. Il ne lui restait plus qu'à courir.

*Vas-y, Mia. Maintenant !*

De grands pins l'entouraient, dressés dans la nuit. Se relever lui demanda un effort surhumain, mais elle le fit, et décida de rejoindre un chemin tortueux qu'elle distinguait à travers la pluie et qui circulait devant le bâtiment. Au moment où elle l'atteignait, un cri de rage la fit sursauter. *Cours ! Cours !*

Elle dérapa sur la terre mouillée, se releva, et se remit à courir en direction d'une voiture garée sur un chemin de gravier. A sa grande surprise, elle n'était pas fermée.

Elle plongea à l'intérieur, claqua la portière et la verrouilla. Puis elle essuya ses mains trempées de pluie et de sang sur le siège du passager et chercha maladroitement le contact. Pas de clés. Son cœur se serra. Elle tâtonna frénétiquement sous le volant et sa main rencontra alors des fils dénudés.

Un poing s'écrasa sur le pare-brise à cet instant et elle poussa un hurlement. Un visage d'homme, déformé par la fureur, apparut, tout proche, menaçant. L'homme frappait maintenant le verre du pare-brise, avec un rictus mauvais, dans l'intention manifeste de le briser. Les doigts de Mia mirent les fils en contact. Et le moteur démarra… Son pied écrasa alors la pédale d'accélérateur.

Le véhicule fit un bond en avant ; les pneus dérapèrent dans une gerbe de cailloux. Elle n'y voyait pas bien, avec toute cette pluie, mais elle remarqua plusieurs squelettes de voitures sur le chemin. Elle fut soudain prise de vertige, le paysage se brouilla, elle craignit un instant de s'évanouir. Mais elle continuait à écraser l'accélérateur. Elle préférait mourir dans ce cercueil de fer, plutôt que de subir le sort qui l'attendait dans la pièce grise qu'elle venait de quitter !

— Mia ! Mia !

Elle s'éveilla en poussant un cri étranglé, à bout de souffle. Son cœur battait à vive allure ; elle avait la sensation d'être un animal pris au piège. Le Dr Wilhelm était assis près d'elle sur le bord du divan. Il avait posé une main sur son épaule pour l'empêcher de se redresser et il lui prenait la tension.

Au bout de quelques minutes, il secoua la tête d'un air inquiet, lisant les chiffres qui s'inscrivaient sur son appareil.

— Trop élevée…

Il se tourna vers Eric, qui se tenait tout près, pâle comme un linge.

— On n'arrivait pas à vous ramener, commenta-t-il alors d'une voix rauque.

La tête de Mia se mit à tourner et elle eut l'impression qu'elle allait vomir.

Une goutte écarlate tomba sur son pantalon de coton. Ses doigts bandés s'étaient remis à saigner.

— C'est un miracle que j'aie réussi à m'échapper ! déclara-t-elle un peu plus tard d'un ton posé, tandis qu'il la raccompagnait chez elle.

Elle se frictionna les bras et Eric coupa l'air conditionné.

— J'étais droguée, affaiblie…

— Les gens sont capables d'accomplir des exploits quand il s'agit de sauver leur peau.

Il contempla son profil à la dérobée, tandis qu'elle fixait la route devant elle. Elle était encore sous le choc. Après son réveil, ils avaient attendu plus d'une heure dans le bureau du Dr Wilhelm, le temps que sa tension baisse et que ses vertiges cessent.

— Vous avez accompli un travail remarquable, aujourd'hui, Mia…

Il omit de préciser qu'il avait eu atrocement peur pour elle. Pendant quelques minutes, elle avait perdu le contact avec le médecin qui lui ordonnait de revenir, de se réfugier dans le cinéma. Elle ne répondait pas et sanglotait sur le divan en se débattant. Il avait eu envie de la prendre dans ses bras et de la secouer pour la réveiller, mais il était resté là, impuissant, tandis qu'elle revivait un cauchemar qu'elle aurait sans doute préféré oublier pour toujours.

Plus tard, elle leur avait décrit ce qu'elle avait vu. Le bâtiment en parpaings caché au milieu des arbres, les voitures désossées le long du chemin de gravier… Ils savaient au moins quoi chercher, à présent. Plus important encore, elle avait brièvement aperçu le visage de son agresseur à travers le pare-brise. Il avait déjà prévenu l'inspecteur Boyet pour qu'on lui envoie un dessinateur qui devait les retrouver chez Mia, à qui il valait mieux éviter un trajet supplémentaire jusqu'à un commissariat.

— Il avait l'air tellement normal…

Elle secoua la tête.

— Un visage insignifiant… Rien de particulier. Rien. Si seulement il avait eu un grand nez, une cicatrice, un grain de beauté…

Eric admit que des signes distinctifs les auraient aidés, mais il n'était pas rare qu'un tueur en série ressemble à M. Tout-le-Monde — qualité qui lui permettait justement d'approcher ses victimes sans éveiller leur méfiance. La plupart des assassins étaient plus proches de Ted Bundy que de Charles Manson. De plus, Mia ne l'avait vu qu'à travers un pare-brise sur lequel il pleuvait des cordes. Mais une description, même vague, c'était déjà un petit pas en avant.

Ils traversèrent le pont qui menait à San Marco. Le jour touchait à sa fin et le soleil déclinant transformait le St Johns en une mer dorée et scintillante. Les immeubles aux grandes baies vitrées du centre-ville brillaient en bordure de la rive. Des bateaux à voiles et des vedettes circulaient. Mia paraissait perdue dans la contemplation de ce spectacle, mais Eric la soupçonna de ruminer des idées noires.

— Vous aviez raison, murmura-t-elle soudain. Cissy Cox est morte.

Il ne répondit pas.

Elle tourna vers lui un regard hanté et perdu.

— J'ai vu son cadavre.

— Je pense même que vous avez assisté à son meurtre, Mia, dit-il doucement. Mais que vous ne vous en souvenez pas.

Il lui exposa sa théorie : les femmes se succédaient, et le collectionneur obligeait la dernière arrivée à regarder la mise à mort de la prisonnière précédente. Puis il lui parla des enregistrements que le collectionneur lui adressait par courrier, dans de simples enveloppes.

— Samedi dernier, vous avez vu des instants précédant la mort de Cissy et aujourd'hui, l'instant qui a suivi sa mort.

— J'espère que je n'aurai pas à revoir sa mort !

Elle avait pâli.

Il l'espérait aussi. La fois suivante, le Dr Wilhelm allait tenter de la ramener au moment précis où elle s'était enfuie dans la voiture, espérant qu'elle mentionnerait une pancarte ou un numéro d'autoroute remarqués en chemin et qui leur permettraient de circonscrire leur zone de recherche.

S'il y avait une prochaine fois… Il n'avait encore rien décidé pour l'instant.

Ils devaient tout tenter pour sauver Anna Lynn Gomez qui était encore entre les mains du tueur, mais Mia avait mal réagi au catalyseur, cette fois, et le Dr Wilhelm avait insisté sur le fait qu'ils devaient attendre quelques jours avant de programmer une autre séance, le temps que son organisme élimine totalement le produit, ceci afin de ne pas risquer une overdose.

Ils étaient arrivés. Il arrêta sa voiture et alla ouvrir la portière côté passager, comme à son habitude. Il dut soutenir Mia pour l'aider à sortir, tant elle était faible.

— Vous vous sentez bien ?

C'était une question idiote. Elle n'avait pas l'air bien du tout. Elle leva vers lui un regard éploré.

— J'avais tant besoin de croire qu'elle était encore en vie, murmura-t-elle d'une voix qui tremblait légèrement.

Eric raccompagna à la porte le dessinateur qui avait établi le portrait-robot du collectionneur. Lorsqu'il revint dans le salon, il trouva Mia devant la porte-fenêtre donnant sur le balcon, la tête levée vers le ciel d'un noir d'encre. Il se pencha pour ramasser le croquis abandonné sur la table basse. Elle avait raison, l'homme ressemblait à M. Tout-le-monde et ils avaient pu le croiser cent fois dans la rue sans se douter de rien. Il avait entre quarante et quarante-cinq ans, le front légèrement dégarni, des cheveux noirs, un visage ordinaire. Son portrait serait tout de même scanné, distribué dans tous les commissariats, transmis aux médias qui le diffuseraient dès l'édition du soir. Les journalistes demanderaient qui les avait renseignés, mais il n'avait pas l'intention de le leur dire. S'ils insistaient, il leur raconterait qu'un témoin ayant assisté à l'enlèvement d'Anna Lynn Gomez devant le Bargain-Mart s'était manifesté. Il ne voulait pas que le tueur soupçonne Mia d'être leur source.

— Vous tenez le coup ? demanda-t-il en reposant le portrait sur la table, comme elle se tournait vers lui.

Elle passa une main lasse dans ses cheveux noirs.

— Je n'ai plus de vertiges, mais je suis épuisée. Et j'avoue que j'appréhende le moment d'aller au lit.

Il comprit qu'elle redoutait de faire des cauchemars. Elle paraissait si vulnérable qu'il en fut ému.

— N'hésitez pas à m'appeler. Peu importe l'heure. Je resterais volontiers avec vous, mais je dois m'occuper de la diffusion de ce portrait. Je peux revenir dès que ce sera fait, si vous voulez…

Elle chercha son regard.

— Votre femme… Vous espériez la sauver ?

Il laissa passer quelques secondes avant de répondre.

— J'espérais la retrouver avant qu'il n'enlève une autre femme oui, dit-il enfin. J'espérais avoir un peu de temps devant moi.

Il se tut, sentant se refermer sur sa gorge l'étreinte de sa vieille culpabilité.

— Je ne pouvais pas deviner qu'elle serait sa dernière victime. Il l'a tuée quelques heures seulement après l'avoir enlevée, d'après le légiste.

Elle fit la grimace. Ses yeux exprimaient une grande compassion.

— Vous deviez beaucoup l'aimer.

Il soupira.

— Ça n'allait pas très bien entre nous. Nous étions sur le point de nous séparer.

— Je suis désolée…

— Je regrette qu'elle ne m'ait pas quitté plus tôt. Si elle l'avait fait, elle serait encore en vie.

Mia posa la main sur son bras.

— Vous ne pouviez pas prévoir qu'il s'en prendrait à elle, Eric.

Il plongea dans son doux regard, puis, sans même y songer, leva lentement son bras pour effleurer du revers de la main l'ecchymose de sa mâchoire. Il n'en restait plus qu'une ombre, mais elle gardait d'autres stigmates de son enlèvement, invisibles, plus longs à cicatriser. Elle entrouvrit les lèvres et leva les yeux vers lui. Elle paraissait fragile et délicate comme une fleur, mais était en réalité forte et courageuse, ainsi qu'elle l'avait prouvé en échappant au collectionneur.

— Je dois y aller, maintenant, murmura-t-il d'une voix rauque. Mais si vous avez besoin de moi…

Elle acquiesça d'un léger signe de la tête, tandis qu'il reculait d'un pas. Il ramassa au passage le portrait et se dirigea vers la porte. Il se sentait sur le point de céder à l'attirance qu'il ressentait pour elle. Il était donc vraiment temps pour lui de partir…

# 15

Un orage récent avait eu raison du vieil ordinateur de Karen Diambro. Heureusement, elle avait repéré dans le journal la publicité d'un magasin d'électronique qui liquidait son stock avec des remises de plus de cinquante pour cent sur certains appareils. Une aubaine pour son budget… Elle s'y était donc rendue, pour voir les offres de plus près, mais se trouvait à présent circulant dans les allées complètement perdue, car elle n'y connaissait rien en informatique. Elle n'avait pas d'autres critères que celui du prix. Elle se laissait donc guider par l'esthétique pour établir son choix, et se mit à tapoter le clavier d'un modèle qui l'attirait particulièrement, parce qu'il était plat et lisse.

— Je vous déconseille celui-ci, fit alors remarquer un homme qui passait derrière elle.

Karen se retourna. Son interlocuteur était grand, brun, légèrement dégarni au niveau du front, avec des yeux bleus et des lunettes d'écaille.

— Vous croyez ?

— Vous risquez d'avoir des problèmes de service après-vente. Et le support technique est à l'étranger.

Il lui désigna un autre modèle, mais elle trouva l'écran trop petit

— Et pourquoi pas celui-là ? demanda-t-elle.

Il parut ne pas approuver non plus son deuxième choix.

— Il n'est certes pas très cher, mais déjà obsolète. Il va vite vous agacer par sa lenteur. Je vous donne un an. Bien sûr, vous pourrez toujours ajouter de la mémoire et augmenter les capacités du processeur, mais ça vous coûtera presque aussi cher que de racheter un ordinateur.

Karen haussa un sourcil perplexe.

— Vous travaillez ici ?

Il sourit et fit un pas de côté pour laisser passer un chariot.

— Non, mais je devrais. L'électronique est un de mes hobbies. Je m'appelle Allan. Je suis passionné par les ordinateurs. Je vous ai sentie indécise, c'est pourquoi je me suis permis de vous conseiller. J'espère que vous ne m'en voulez pas…

Elle prit la main qu'il lui tendait et lui rendit son sourire.

— Moi c'est Karen. Non seulement je ne vous en veux pas, mais j'apprécie votre aide. Il n'y a pas assez de vendeurs pour conseiller les clients, dans ce magasin.

— De toute façon, ces vendeurs sont des gamins qui n'ont aucune compétence sérieuse. La plupart se contentent de vous dire ce que vous pouvez lire vous-même au dos de l'appareil !

Ils échangèrent encore quelques considérations générales sur le magasin, puis Karen décida d'acheter l'ordinateur qu'il lui conseillait, même s'il dépassait la somme qu'elle avait initialement prévu de mettre dans cette acquisition. Il poussa la galanterie jusqu'à prendre l'une des boîtes, sous le modèle exposé, et à la charger dans son chariot.

— Merci de votre aide, minauda-t-elle, glissant coquettement une mèche de cheveux derrière son oreille.

— Vous verrez, vous ne le regretterez pas, promit-il.

Il lui adressa un petit signe de tête et s'éloigna.

Elle fut vaguement déçue que leur conversation s'arrête si brutalement et qu'il n'ait pas songé à lui demander son numéro de téléphone. Il était soigné de sa personne — tout à fait son genre — et elle avait remarqué qu'il ne portait pas d'alliance. Tandis qu'elle attendait son tour aux caisses, sous une banderole annonçant « Produits non remboursables », elle jeta un coup d'œil dans le magasin. Elle repéra Allan du côté des télévisions. Il semblait s'intéresser à un écran plat. Elle avait également besoin d'une nouvelle télévision et envisagea un instant d'aller lui demander conseil, histoire de lier de nouveau conversation, mais trop tard, elle était déjà devant la caissière…

Elle régla avec sa carte de crédit, puis poussa son chariot hors du magasin. Dehors, il faisait déjà nuit, mais le parking était éclairé. La boîte contenant son ordinateur portable était volumineuse, mais légère, et elle n'eut aucun mal à la déposer sur le siège arrière de sa Chevy Impala. Puis elle s'installa au volant et partit, tout en calculant mentalement combien elle devrait débourser par mois pour régler cet achat en un an. Depuis son divorce, elle s'était appauvrie ; elle en était encore à écluser ses dettes.

Elle habitait tout près, au sud de la ville. Elle prit la voie rapide Phillips et traversa le quartier du Mandarin que les gens du coin surnommaient Old Mandarin. Elle aimait son charme vieux sud, ses imposantes demeures bâties sur la rive, ses grands chênes couverts de mousse. Elle-même habitait un quartier récent de banlieue, avec de petites maisons construites à l'emporte-pièce.

Elle s'apprêtait à bifurquer, quand elle se rendit compte que le feu devant elle avait viré à l'orange. Elle freina brusquement et un véhicule la heurta à l'arrière. Elle fut projetée en avant. Heureusement, elle avait attaché sa ceinture. Elle n'avait rien. Mais la voiture, c'était certainement une autre histoire.

*Super !*

Elle jeta un coup d'œil dans son rétroviseur. Le conducteur qui avait embouti sa voiture sortait d'une belle berline Infiniti, un modèle récent. Une voix résonna dans son crâne pour lui conseiller la prudence — celle de son mari, ou plutôt de son ex-mari.

*Reste à l'intérieur. Baisse à peine ta vitre. Garde ton téléphone portable à portée de main.*

Comme l'homme approchait, elle le reconnut. Son cœur fit une embardée et elle ouvrit sa portière en grand.

— Karen ?

Allan paraissait surpris, lui aussi. Il secouait la tête d'un air incrédule.

— Je suis vraiment désolé, Karen. C'est tout de même incroyable !

— Vous me suiviez ?

Il eut l'air vexé.

— Vous suivre ? Mais non ! Je rentrais chez moi, voilà tout. Il s'agit d'une coïncidence. D'une malheureuse coïncidence, j'en ai bien peur. Vous vivez dans ce quartier, vous aussi ?

Elle alla inspecter l'arrière de sa voiture pour évaluer les dommages. Le pare-chocs était fendu et légèrement de travers. La berline était moins abîmée. Quelques voitures passèrent près d'eux dans la rue calme et silencieuse.

— C'est ma faute, reprit-il. Mais je suis bien assuré, ne vous en faites pas.

— Nous pourrions échanger nos coordonnées ? proposa-t-elle.

Il acquiesça.

— Garons d'abord nos voitures, avant de causer un autre accident.

Il regarda autour de lui, comme s'il cherchait un endroit où se garer, et désigna une aire, près de la rive, avec un jardin d'enfants, un terrain de base-ball, un parking mal éclairé et caché sous les arbres.

— Là-bas, par exemple, proposa-t-il.

La suggestion mit Karen vaguement mal à l'aise. Elle venait tout juste de rencontrer cet homme, et l'endroit était désert. Etait-ce vraiment prudent ?

— Dans quelle rue habitez-vous ? demanda-t-elle.

— Morning Dove.

Elle connaissait Morning Dove Lane. Cet homme était donc bien du quartier.

— Je suis réellement très ennuyé, dit-il en accompagnant ses mots d'un geste d'impuissance. Pour être franc, j'étais préoccupé et distrait. Je viens de divorcer et j'ai du mal à m'habituer à cette nouvelle situation. Ma femme… Ma femme m'a quitté pour un autre homme…

— Je suis désolée, murmura Karen.

Elle eut une bouffée d'empathie en songeant à la nouvelle Mme Diambro, ex-secrétaire de son ex-mari, une jolie fille de vingt-quatre ans. Elle caressa machinalement son index, là où elle portait autrefois son alliance. Il lui avait fallu plusieurs mois, une fois le divorce prononcé, pour se résoudre à l'ôter. Elle recula quand une voiture passa en les frôlant.

— Nous devrions vraiment déplacer nos voitures, insista-t-il en montrant de nouveau le parking.

Karen remonta dans sa voiture et alla donc se garer près de l'aire de jeux, suivie par la berline. Cet accrochage, c'était peut-être le destin, finalement… Elle poussa un soupir d'angoisse et vérifia son reflet dans le rétroviseur, regrettant de ne pas avoir le temps de se mettre au moins un peu de rouge à lèvres. Mais Allan était déjà sorti et avançait vers elle. Le lent et régulier coassement des crapauds leur parvenait depuis la rive. De gros moucherons tournaient autour du lampadaire placé devant les toilettes publiques.

— Vous avez des enfants ? demanda-t-elle.

— Un fils, qui vit avec sa mère.

Elle ressentit de nouveau une pointe d'appréhension, prenant conscience qu'on ne pouvait voir leurs voitures depuis la rue, à cause des arbres. Elle se pencha à l'intérieur de l'habitacle pour attraper son sac et sortit son portefeuille, pour montrer sa carte d'identité et son attestation d'assurance. En se retournant, elle rencontra le regard d'Allan. Il s'était approché de quelques pas, et, instinctivement, elle baissa les yeux vers sa main droite qu'il cachait, comme s'il tentait de lui dissimuler quelque chose. Elle était infirmière en pédiatrie et l'attitude d'Allan lui rappela la sienne, quand elle approchait un enfant en lui cachant un instrument de soin qui risquait de l'effrayer.

Puis elle vit la seringue. Elle vit aussi qu'il avait enfilé un gant en latex.

— Qu'est-ce que… ?

Elle lâcha son portefeuille et recula précipitamment

pour remonter dans sa voiture, mais il l'empêcha de claquer la portière, faisant obstacle avec son corps. Elle hurla et plongea la main dans son sac pour prendre son téléphone portable, puis sentit la brûlure aiguë d'une aiguille au niveau de sa cuisse. Elle donna des coups de pied, mais Allan la tira hors de l'habitacle et lui couvrit la bouche d'une main pour étouffer ses hurlements. Elle parvint à lui décocher un coup de coude et il la lâcha, poussant un cri de surprise. Elle voulut courir, mais ses jambes pesaient soudain des tonnes. Elle n'arrivait plus à coordonner ses mouvements, et se retrouva face contre terre sur l'asphalte.

Il la saisit par le bras pour la traîner jusqu'à la berline. De petits gravillons entraient dans la peau nue. Elle tenta de nouveau de crier, de se libérer de cette main de fer, mais son corps ne lui obéissait plus et elle n'émit que de faibles gémissements.

Des images défilèrent alors dans son cerveau embrumé. Le présentateur, la veille, à la télévision, parlant des enlèvements à Jacksonville ; le portrait d'un homme diffusé par le FBI ; les jeunes femmes disparues... La terreur figea ses poumons et elle eut l'impression qu'elle allait mourir étouffée. Allan la hissa sur le siège passager de sa berline, en poussant un grognement. Sa tête roula sur son épaule. Il se servit de la ceinture pour la maintenir assise dans le fauteuil.

— Tu es une gentille fille, Karen, murmura-t-il en écartant une mèche de cheveux de sa joue moite de sueur. Mais si tu veux mon avis, tu es en très mauvaise posture.

Il lui prit la main et contempla ses ongles en fronçant les sourcils. Avant de perdre conscience, elle eut le temps de voir qu'il allait chercher dans sa voiture l'ordinateur qu'elle venait d'acheter.

# 16

*La poupée se balance par la vitre ; ses cheveux blonds brillent sous les rayons du soleil. Mia reste où elle est, sur le trottoir, mais la petite fille rousse s'approche de la voiture à hayon. La voix d'homme qui sort de l'habitacle est à peine audible, couverte par les puissantes basses de l'autoradio.*

*— Regarde ce que j'ai pour toi, ma chérie… Elle est belle n'est-ce pas ? Tu la veux ?*

*La poupée tentatrice oscille dans l'air chaud et lourd. Le front de Mia se couvre de sueur, son cœur bat plus vite. Il se passe quelque chose d'anormal… Elle regarde la fillette qui continue à avancer, timidement.*

*— Dis à ton amie qu'elle peut venir aussi, ajoute l'homme.*

*L'enfant a attrapé la poupée, qu'elle serre maintenant contre elle en adressant à l'homme un sourire de remerciement. Puis elle se tourne vers Mia et lui fait signe de venir, un air ravi et excité sur le visage. Elle est maintenant dos à la portière qui s'ouvre lentement derrière elle, et, brusquement, des bras puissants et noueux la saisissent et la tirent en arrière. Ses petites jambes maigrichonnes s'agitent dans le vide. Une main vient recouvrir sa bouche pour étouffer ses cris. Des yeux bleus et froids, cruels, affamés, se posent alors sur Mia qui recule de quelques pas, ne sachant quoi faire, apeurée, hébétée. La petite fille rousse est comme avalée par la voiture qui démarre en trombe, faisant crisser ses pneus dans le silence du quartier encore endormi.*

*
* *

Mia demeura allongée dans son lit, les yeux rivés au plafond blanc, attendant que le rythme frénétique de sa respiration s'apaise. Cette fois, elle avait vu de près le conducteur de la voiture. Il ne s'agissait pas d'un homme, plutôt d'un adolescent. Il avait les cheveux bruns, et portait un T-shirt blanc.

Et son visage…

Son visage ressemblait étrangement à celui de l'homme qui l'avait enlevée. En plus jeune.

La lumière des lampadaires de la rue baignait la chambre d'une douce pénombre, mais Mia se redressa pour allumer sa lampe de chevet. Le réveil marquait un peu plus de 2 heures du matin. Elle repoussa les draps et se leva d'un bond, puis se mit à arpenter la pièce. Elle venait de voir le visage de son ravisseur. Le Dr Wilhelm avait raison. Ce rêve renvoyait à son enlèvement, pas à un événement de son enfance.

Pourtant… Cette petite fille rousse… Une voix intérieure ne cessait de lui murmurer qu'elle l'avait autrefois connue.

Ses recherches n'avaient cependant rien donné qui puisse étayer cette théorie. Elle avait cherché des articles concernant l'enlèvement d'une petite fille vivant dans un foyer d'accueil à Jacksonville, vingt-cinq ans plus tôt, mais rien n'en était sorti. Elle songea alors qu'elle avait mené ses recherches en ligne, mais qu'elle n'avait pas consulté les archives sur microfilm du journal, conservées dans un sous-sol qu'on appelait « la morgue » — humour de journalistes… Plus personne ne s'occupait officiellement de ce service. Les temps étaient durs pour la presse écrite ; on ne gardait pas un employé pour rien, et celui des archives avait été licencié.

La morgue existait probablement encore, et elle décida de s'y rendre dès qu'elle arriverait au journal. Encore quelques heures à attendre. Sauf si… Après tout… Rien ne l'empêchait d'y aller tout de suite…

Elle se sentait agitée et n'avait plus sommeil. Ce cauchemar l'agaçait comme une rage de dent. Elle se décida donc et fila sous la douche. Puis elle s'habilla et partit dans le silence de la nuit.

En garant sa Volvo dans le parking, elle se sentit nerveuse. Elle avait affronté cet endroit plusieurs fois depuis son enlèvement, mais c'était la première fois qu'elle y venait à cette heure. Il n'y avait personne, pas âme qui vive, rien que des voitures à l'arrêt et vides. Il y faisait sombre. Elle pria pour que cette étrange atmosphère ne déclenche pas un souvenir-flash.

Elle se dépêcha de rejoindre le hall d'entrée du journal. Ses talons résonnaient sur le sol de béton, et ce bruit avait quelque chose de lugubre qui lui donnait la chair de poule. Elle utilisa pour entrer sa carte d'accès magnétique.

Le bureau d'acier et de verre de la réception était désert, éclairé seulement par des veilleuses. Dans la salle de rédaction, personne non plus. Elle déposa son sac à main dans un tiroir de son bureau qu'elle ferma à clé. Puis elle repartit vers les ascenseurs.

En sortant au sous-sol, elle poussa un cri étouffé en se trouvant nez à nez avec Ronnie, un Noir américain aux cheveux gris, l'un des rédacteurs du matin.

— Qu'est-ce que vous faites ici en plein milieu de la nuit, mademoiselle Hale ? lui demanda-t-il en consultant sa montre d'un air surpris.

— Je suis venue chercher un vieil article.

— Et vous êtes venue seule ?

Il secoua la tête.

— Ce n'est pas très prudent, de circuler seule à cette heure-ci, marmonna-t-il.

— Probablement pas, répondit Mia qui se sentait vaguement honteuse. Ronnie, est-ce que la morgue existe toujours ?

— Euh, oui… Enfin, ce qu'il en reste. Mais les portes sont fermées. Personne n'y va plus depuis longtemps.

— Vous pourriez me faire entrer ?

Il plongea ses mains dans ses poches de pantalon et en

sortit un gros trousseau de clés. Mia attendit qu'il passe les clés en revue avant de trouver la bonne.

— Venez…, dit-il.

Elle le suivit au bout du couloir, devant une porte métallique qu'il déverrouilla.

— J'allais partir, mais je peux rester avec vous, si vous voulez. Ça a beau être une morgue sans cadavres, je la trouve assez effrayante !

— Merci, mais je risque d'y passer un certain temps. Ça va aller…

Ronnie lui adressa alors un signe de tête poli et s'éloigna. Elle alluma la lumière. De hautes armoires à dossiers s'alignaient le long des murs et plusieurs lecteurs de microfilms étaient posés sur les bureaux, au centre de la pièce. Elle s'approcha et se mit à chercher. Il manquait des dizaines d'années, mais, à son grand soulagement, l'année qui l'intéressait était archivée. Elle la prit en entier, ce qui représentait une pile de feuilles d'acétate sur lesquelles les journaux avaient été photographiés, page après page, et réduits à la taille d'un ongle de pouce. Sans index de recherche, il allait lui falloir des heures, voire une journée entière, pour passer en revue tous les titres. Elle se sentit brusquement découragée. Elle décida d'éliminer au moins les archives concernant les mois d'hiver, puisqu'il faisait chaud dans son rêve.

Elle alla brancher le visionneur le plus proche, en essuyant la poussière qui recouvrait le fil électrique. Puis elle positionna le premier film, tout en se demandant si elle n'était pas en train de perdre sottement son temps.

*Le Dr Wilhelm pense qu'il s'agit d'un simple rêve…*

Une demi-heure s'était déjà écoulée quand elle en vint au film du mois de juin 1987, la deuxième semaine. Elle fit défiler les pages. Quand elle découvrit la page deux, celle du journal du jeudi 11 juin, son cœur fit une embardée.

*UNE PETITE FILLE DISPARAÎT D'UN FOYER D'ACCUEIL.*

Une petite fille nommée Joy Rourke avait disparu sans laisser de traces.

Et cet événement n'avait pas même fait la une.

Installée à son bureau, Mia attendait qu'Eric finisse de lire le document d'archive qu'elle avait imprimé. Elle l'avait appelé un peu plus tôt, n'hésitant pas à le réveiller pour lui annoncer sa découverte. De l'autre côté des fenêtres de la salle de rédaction, le ciel matinal était sombre. Les oiseaux dormaient encore — à part deux forcenés, qui, comme eux, avaient démarré leur journée avant les autres.

— Pourquoi n'en ai-je jamais parlé à personne ? se désola-t-elle tout haut. Une petite fille a été enlevée sous mes yeux, cet article le prouve ! Ça s'est passé dans le foyer de Mademoiselle Cathy. Mais je n'en ai jamais dit un mot. J'avais même totalement oublié l'épisode jusqu'à ce que…

— Jusqu'à ce que la thérapie du Dr Wilhelm aille débusquer ce souvenir dans un recoin de votre mémoire, acheva Eric à sa place, d'une voix encore ensommeillée.

Il posa sur elle un regard plein de sympathie.

— Vous n'aviez que six ans, Mia. On vous avait arrachée à votre mère quelques jours plus tôt. Vous veniez de vous faire une amie, et un homme l'a emportée devant vous dans sa voiture. Vous étiez traumatisée. Vous n'étiez pas capable d'assumer l'événement, aussi l'avez-vous refoulé.

Elle frotta d'une main ses yeux fatigués. L'explication ne la soulageait en rien de sa culpabilité. Si seulement elle avait pu donner une description de la voiture et de l'adolescent qui la conduisait, le sort de Joy Rourke aurait été probablement différent ! Elle secoua la tête. Elle n'arrivait pas à croire qu'elle ait pu garder le silence sur une chose pareille. En attendant l'arrivée d'Eric, elle avait continué à fouiller les archives, mais elle n'avait pas trouvé d'article de suivi.

— Je me demande comment ça s'est terminé pour cette petite. Si on l'a retrouvée…

— Maintenant que nous avons son nom, je vais contacter

le bureau du shérif. Ils auront peut-être un dossier. Mais ce n'est pas certain, parce que les faits remontent à plus de vingt ans.

Il fourragea dans ses cheveux. Il avait pris le temps d'enfiler un jean et un T-shirt, mais manifestement pas celui de se raser. Une barbe naissante ombrait sa mâchoire. En dépit des circonstances, Mia ne put s'empêcher de le trouver attirant.

— Le Dr Wilhelm se trompait à propos de mon rêve, reprit-elle posément. Il n'avait pas une valeur symbolique. Il représentait un événement réel.

— Il peut signifier plus que ça, Mia.

Elle ne répondit pas.

— Il peut signifier que vos liens avec le tueur remontent à beaucoup plus loin que vous ne le pensez, poursuivit Eric à voix basse.

Elle se leva. Elle ne tenait plus en place.

Elle lui avait confié que l'homme de son rêve ressemblait à son ravisseur, en plus jeune. Et si c'était le collectionneur qui avait enlevé la petite fille rousse de son rêve ? S'il avait tenté de l'enlever, elle aussi, autrefois ?

Cette perspective lui donna la chair de poule, et elle préféra ne pas y réfléchir pour le moment.

— J'ai besoin d'un café, murmura-t-elle.

Elle se rendit dans la cuisine réservée au personnel. Personne n'en ayant encore préparé, elle se chargea donc de remplir la cafetière d'eau et de mettre du café moulu dans un filtre. Elle n'eut pas besoin de se retourner pour sentir qu'Eric l'avait suivie.

— Regardez-moi, dit-il tout bas.

Il attendit qu'elle se tourne vers lui.

— A quelle heure êtes-vous arrivée, ce matin ?

— Je ne sais pas, à trois heures et demie, il me semble. Je n'arrivais pas à dormir et je me suis brusquement souvenue que le journal conservait des archives au sous-sol.

— Vous êtes donc venue jusqu'ici seule, en pleine nuit ?

Le ton était sévère. Elle acquiesça d'un bref hochement de tête.

— Ça ne doit pas se reproduire, Mia. Jamais… Vous avez déjà été enlevée une fois dans le parking.

— Je n'ai pas l'intention de me terrer, Eric. Vous m'avez dit vous-même qu'il était rare qu'un tueur en série s'en prenne deux fois à la même personne.

— Will Dvorak m'a parlé d'une voiture qui vous aurait suivie l'autre soir. Est-ce que c'est vrai ? Vous avez été suivie ?

— Non. Enfin… Je n'en sais rien.

Elle soupira. Elle n'en savait vraiment rien.

— Je crois que je me suis bêtement affolée. Je venais de voir le corps de Pauline Berger et j'étais bouleversée.

— Pourquoi ne pas m'en avoir parlé ?

— Parce que je n'étais pas sûre de moi. Et je ne voulais pas que vous me preniez pour une fille qui panique au moindre…

— Mia…

Il avait murmuré son nom. Comme elle tentait de détourner le regard, il lui prit la main. Quelque chose de subtil changea dans l'atmosphère. Il se pencha vers elle, lentement, avec un regard intense qui lui noua la gorge.

— Je ne veux pas qu'il vous arrive quoi que ce soit. Nous allons devoir prendre des précautions dorénavant… Surtout si le jeune homme que vous avez vu en rêve est le tueur d'aujourd'hui. Et nous devons également parler de ça au Dr Wilhelm.

Elle se mordilla nerveusement les lèvres, sans répondre. Elle aurait tant voulu oublier. Simplement oublier.

— Vous souvenez-vous d'autre chose à propos de l'enlèvement de Joy ? demanda-t-il.

— Juste que l'homme s'est servi d'une poupée pour nous attirer.

— *Nous ?*

— Oui, il voulait que je monte aussi dans la voiture.

La sonnerie du portable d'Eric déchira l'air. Il parut contrarié de cette interruption, mais tira quand même l'appareil de sa poche et répondit, s'éloignant de quelques pas. Mia tenta de se concentrer sur les sifflements et les glouglous de la cafetière derrière elle, mais elle en entendit assez pour nourrir son angoisse. La conversation fut brève ; Eric ne tarda pas à raccrocher.

— Je dois rejoindre l'agent Vartan. On a retrouvé une voiture, sur un parking, près d'une aire de jeux, dans Mandarin. Un portefeuille était abandonné par terre, sous le véhicule. Il y avait une pièce d'identité à l'intérieur. Le sac à main de la femme était toujours dans la voiture. Des hommes du shérif se sont présentés chez elle, mais personne n'a ouvert.

Il n'avait pas besoin d'en dire plus. Elle s'agrippa à son bras, mais un bruit venu du couloir les sépara presque aussitôt. C'était Grayson. Il tenait un porte-documents dans la main droite et un grand gobelet Starbucks dans la gauche. Mia se demanda depuis combien de temps il était là et ce qu'il avait entendu de leur conversation. Il salua Eric d'un discret signe de tête et s'éloigna.

— J'ai envoyé Walt à Mandarin, annonça Grayson quand Mia entra dans son bureau, un peu plus tard.

Derrière lui, le ciel qui s'éclairait lentement laissait attendre une matinée pluvieuse. Les voitures qui traversaient le St Johns avaient allumé leurs codes.

— Je l'ai tiré du lit en lui demandant de se dépêcher de venir.

— Je suis là, moi, Grayson… Laisse-moi m'en occuper.

— Je n'ai pas besoin de deux journalistes sur les lieux, rétorqua-t-il en la dévisageant par-dessus ses lunettes. Apparemment, Macfarlane t'a confié quelques informations sur l'affaire… Tu connais l'identité de la femme disparue ?

Elle secoua la tête.

— Non.

— Des témoins, ou des caméras de sécurité dans le secteur ?

— Je ne sais pas non plus. Tu étais de l'autre côté de la porte. Tu as certainement entendu, toi aussi.

— Admettons que tu saches. Est-ce que tu refuserais de me répondre, si cet agent te l'avait demandé ?

Elle étouffa un soupir et referma la porte du bureau derrière elle pour plus d'intimité.

— Pourquoi cette question, Grayson ?

Il haussa les épaules et but une gorgée de café.

— J'ai besoin de savoir dans quel camp tu es, Mia. Tu prétends vouloir te charger de cette enquête, mais, sans parler du fait que je ne sais pas si tu es suffisamment solide pour ça, il me semble que tu te soucies plus de gagner la confiance de Macfarlane que de faire ton métier de journaliste.

Elle ne trouva rien à répondre. Plus elle côtoyait Eric et plus elle avait l'impression de marcher sur une corde raide, en effet. Mais Grayson exagérait : elle n'avait pas encore perdu l'équilibre.

— Je t'ai entendue raconter à Macfarlane que quelqu'un avait essayé de te faire monter dans une voiture. De qui tu parlais ? Est-ce que ce malade a encore cherché à t'atteindre ?

— Non. Ce n'est pas ça. Pas ça du tout…

Elle se rendit compte qu'elle éludait ses questions et qu'il arborait ce visage préoccupé dont elle connaissait si bien le masque. Elle aurait voulu se confier à lui, lui parler de ses rêves et de ce qu'elle avait appris pendant les séances avec le Dr Wilhelm, mais ça équivalait à lui avouer que le portrait qui circulait en ce moment dans les médias venait d'elle. Il était avant tout journaliste, elle ne devait pas l'oublier. Elle lui avait parlé des séances, c'était déjà beaucoup.

— Merde, Mia ! fit-il d'un ton agacé, arrachant ses lunettes qu'il jeta sur le bureau. Je n'aime pas l'idée que ce Macfarlane t'utilise ! Les fédéraux sont parfois pires que les hommes qu'ils pourchassent.

Elle releva le menton d'un air indigné.

— Il ne m'utilise pas. Et pour ta gouverne, lui aussi pense que je ne dois pas couvrir l'affaire.

— Bien sûr, tiens ! Il passe son temps avec toi. Et puis,

si tu couvrais l'affaire, tu te trouverais devant un conflit d'intérêts qui ne se résoudrait peut-être pas en sa faveur.

Elle se leva et marcha vers la porte, avec l'intention de quitter le bureau. Mais en entendant craquer le fauteuil de Grayson, elle s'arrêta net. Il vint se placer devant le battant, pour lui bloquer la sortie.

— Est-ce que tu as couché avec lui ?

— Quoi ? s'exclama Mia que la question prenait au dépourvu. Mais non !

— Il te plaît. Et tu lui plais aussi, ça crève les yeux. Je vous ai vus, tous les deux, dans la cuisine.

Elle se sentit rougir.

— Je ne pense pas que…

— Que ça me regarde ?

— Exactement. Ça ne te regarde pas.

Il serra les dents, l'air peiné. Ils se jaugèrent du regard un instant, puis il fourra ses mains dans ses poches et revint sur un terrain plus familier.

— Je t'ai envoyé un sujet par e-mail. Tu devrais t'y mettre.

Elle retourna dans son box, un nœud dans la gorge. Elle n'aimait pas du tout ce qui venait de se passer.

# 17

Il s'était mis à pleuvoir. Eric s'était réfugié sous une aire de pique-nique couverte, à dix mètres environ de la Chevy Impala de Karen Diambro. La pluie martelait le toit de son abri. Il suivait du regard les manœuvres de la dépanneuse qui s'apprêtait à embarquer la voiture au labo. Le véhicule avait le pare-chocs arrière enfoncé. La jeune femme avait dû s'arrêter et se garer à cet endroit, après un accrochage.

— Karen Diambro est infirmière et ce matin, elle ne s'est pas présentée à l'hôpital pour enfants où elle travaille, annonça Cameron en le rejoignant sous l'abri.

Il battit des semelles pour égoutter ses chaussures.

— Nous avons pris contact avec son ex-mari. Il se trouve à New York, en déplacement pour son travail, avec sa nouvelle femme et le fils qu'il a eu avec Karen.

L'ex-mari était donc rayé de la liste des suspects, ce qui augmentait la probabilité d'un enlèvement par le collectionneur. Et si le collectionneur avait une nouvelle victime, Anna Lynn Gomez n'en avait plus pour longtemps… Songeant à la détresse de Victor Gomez, Eric se sentit une fois de plus submergé de culpabilité.

— On a trouvé dans la voiture un ticket de caisse correspondant à l'achat d'un ordinateur, ajouta Cameron. Le ticket datait d'hier, 20 h 16.

— Et l'ordinateur, il est où ?

— Bonne question. Soit son ravisseur l'a emporté comme bonus, soit quelqu'un est passé après et l'a volé.

Des hommes du shérif, vêtus d'imperméables, tenaient

à distance la horde des journalistes. La télévision était déjà sur place et quelques camionnettes stationnaient dans une rue proche de l'aire de jeux. Un barrage avait été installé à l'intersection la plus proche, où d'autres hommes interrogeaient les riverains, au cas où l'un d'eux aurait remarqué en circulant un accrochage entre deux voitures.

— On est coincés là-dessous pour l'instant, alors pourquoi ne pas continuer à me parler des séances de Mia Hale avec le Dr Wilhelm ? continua Cameron.

Eric avait commencé à lui en faire le compte rendu, mais ils s'étaient interrompus quand Cameron était parti superviser les recherches dans le fleuve.

— Je t'ai parlé de ce rêve récurrent qu'elle fait depuis le début de la thérapie… Elle est enfant et assiste à l'enlèvement d'une petite fille rousse. La théorie de Wilhelm, c'est que ce rêve symbolise son enlèvement et sa fragilité de victime.

— Et ce n'est pas le cas ?

Eric lui expliqua alors les recherches de Mia dans les archives du journal et sa découverte d'un article vieux de plus de vingt ans qui mentionnait la disparition d'une fillette vivant dans un foyer d'accueil — celui où elle avait justement séjourné à la même période.

— Il ne s'agissait donc pas d'un simple cauchemar, conclut-il. C'est comme si la thérapie avait fait resurgir un souvenir d'enfance refoulé.

Il se tut. Ce qu'il s'apprêtait à dire, s'il ne se trompait pas, changeait totalement la donne.

— Mia est persuadé que le jeune homme qu'elle voit dans ce rêve ressemble à son ravisseur, celui qu'elle a aperçu à travers le pare-brise mouillé de sa voiture, la nuit où elle s'est enfuie. Ce serait lui, il y a vingt-cinq ans.

— Celui dont nous diffusons le portrait ?

Cameron paraissait sceptique.

— C'est un peu tiré par les cheveux, non ? Même si l'homme de son rêve ressemble à son ravisseur, l'hypothèse la plus vraisemblable est que son subconscient a fait une sorte d'amalgame entre les deux criminels.

C'était en effet possible, Eric y avait déjà pensé.

— Dans le rêve de Mia, le jeune homme tentait de l'attirer, elle aussi, dans sa voiture, mais elle a refusé de le suivre.

Cameron lui jeta un drôle de regard ; il venait de comprendre où il voulait en venir.

— Tu penses que c'est notre type, alors ? Je te ferais tout de même remarquer qu'enlever deux personnes à la fois ne correspond pas à son mode opératoire.

Entendu, mais il enlevait des adultes, à présent. Et on ne maîtrisait pas aisément deux adultes.

« J'espère au moins que vous profitez du séjour pour apprécier nos plages et nos attractions locales. »

Il n'avait pas oublié cette phrase du collectionneur et il s'était plusieurs fois demandé si celui-ci n'était pas originaire de Floride, ou même de Jacksonville. Si c'était lui le ravisseur de la petite Joy, l'hypothèse n'en était que plus probable. Il avait pu s'installer un temps dans le Maryland, puis revenir dans sa ville natale.

La dépanneuse démarra dans un rugissement de moteur, sa rampe jaune lumineuse, placée sur la cabine, en marche. Ses pneus roulèrent dans une énorme flaque et elle s'éloigna, emportant l'Impala.

Si Mia avait vraiment été témoin de l'enlèvement de Joy par le collectionneur, elle représentait pour lui beaucoup plus qu'une femme de type latino choisie au hasard.

— Nous avons donc maintenant un enlèvement d'enfant à Jacksonville il y a vingt-cinq ans, récapitula Cameron dont les pensées prenaient visiblement la même direction que celles d'Eric. Notre criminel serait ensuite resté inactif pendant plus de vingt ans, avant de reprendre du service dans le Maryland ?

— Pas forcément inactif, corrigea Eric, en reprenant la théorie qu'il avait exposée pendant la réunion de synthèse. Il a pu passer inaperçu en choisissant pour victimes des prostituées ou des fugueuses — personnes dont la disparition passe généralement inaperçue. Puis il se serait enhardi, augmentant la fréquence des enlèvements et adoptant le mode opératoire qui a attiré l'attention du FBI.

— Les chiffres sur le ventre, les ongles, les cheveux…

— Oui. Et on dirait qu'il a de plus en plus de mal à résister à ses pulsions.

Eric marqua un temps avant d'ajouter :

— Je crois que nous devrions envisager de placer Mia sous protection.

— Tu penses que c'est vraiment nécessaire ?

— Mieux vaut prévenir que guérir.

Cameron haussa les épaules.

— Un rêve ne me semble pas une motivation suffisante pour mobiliser des forces de police. Tu peux toujours réclamer des mesures de protection, mais ça m'étonnerait qu'on te les accorde.

— Messieurs ?

Un technicien de la police scientifique approchait, brandissant un sac à indices transparent contenant une seringue.

— On a trouvé ça dans la poubelle, près des toilettes.

— Il ramasse ses saletés avant de partir, c'est déjà ça, ironisa Cameron.

Puis il se tourna vers le technicien et ajouta :

— Essayez de voir si vous pouvez en tirer des empreintes. Et faites le plus vite possible.

Eric laissa échapper un soupir. Cette seringue leur confirmait le sort qui attendait cette malheureuse.

— On sait à quoi ressemble Karen Diambro ? demanda-t-il.

— Son badge d'hôpital se trouvait dans la boîte à gants. Elle a entre trente et quarante ans… Brune aux yeux noirs.

Le tueur avait l'habitude de varier les styles, pourtant, cela faisait deux brunes d'affilée. Est-ce qu'il les choisissait pour remplacer Mia, qui lui avait échappé ?

Le téléphone de Cameron sonna. Quelques secondes plus tard, il raccrocha, la mine sombre.

— C'était le bureau. Un autre colis est arrivé pour toi avec le courrier de ce matin.

*
* *

Eric ferma les yeux, quand Cissy Cox se mit à hurler.

Cameron arpentait nerveusement la pièce derrière lui. Cette fois, l'enregistrement ne contenait ni message personnel ni provocation directe. Le collectionneur avait demandé à Cissy de décliner son identité, puis il était passé sans transition à la séance de torture.

Une séance qui dura une éternité... Puis les cris cessèrent brusquement. Le collectionneur venait probablement de lui trancher la gorge. Ils n'entendaient plus maintenant que le halètement de l'assassin et un faible gémissement terrifié.

*Mia...*

Mia avait assisté à la torture de Cissy. Eric pria pour qu'elle ne s'en souvienne jamais.

— Quel malade ! murmura Cameron.

Il était aussi gris que le ciel morne qu'ils apercevaient à travers la fenêtre.

— Nous n'avons pas encore retrouvé le corps, mais je crois que nous pouvons tout de même prévenir sa famille.

On frappa à la porte.

— Agent Macfarlane ?

Jeremy Hatcher, une jeune recrue au teint basané, se tenait sur le seuil. Ses yeux se posèrent sur l'enregistreur numérique.

— Les experts n'ont pas trouvé d'empreintes sur la seringue, commença-t-il après s'être raclé la gorge. Mais j'ai fait les recherches que vous m'avez demandées et il en est sorti quelque chose qui devrait vous intéresser.

Il entra en tendant une page imprimée. Avant de revenir dans les bureaux du FBI, Eric et Cameron étaient passés au magasin d'électronique où Karen Diambro s'était arrêtée la veille. Comme celui-ci n'était pas équipé de caméras de surveillance, le gérant avait accepté de leur fournir une liste des transactions effectuées pendant le laps de temps où la jeune femme se trouvait là, ne mentionnant que les noms des clients. Eric avait chargé l'agent Hatcher de rechercher dans leur base de données les clients masculins possédant un casier judiciaire.

Cameron et lui lurent en même temps le nom entouré de rouge.

— On l'a arrêté pour quoi ?

— Voie de fait et séquestration. Ça remonte à dix ans, mais…

— Bon travail, Hatch, le félicita Cameron.

— Ce n'est pas tout. Il vit actuellement dans Callahan.

Eric jeta un coup d'œil interrogateur à Cameron.

— C'est une zone rurale, répondit ce dernier, au nord-ouest de Jacksonville. L'endroit pourrait correspondre à celui que Mia a décrit.

Le passé de cet homme, le fait qu'il se soit trouvé dans le même magasin que Karen quelques minutes avant sa disparition, justifiaient amplement le déplacement.

— On y va, déclara Eric.

La maison du suspect, située au fond d'une impasse, n'avait pas fière mine. Il manquait quelques volets à la façade décrépite, le jardin était envahi d'herbes folles, les perches de la clôture pourrissaient. Un vieux chien écrasé par la chaleur dormait, attaché à un bloc de ciment, au bout du jardin.

Eric s'était porté volontaire pour frapper à la porte, tandis que Cameron attendait, prêt à intervenir, avec Hatcher et un autre agent.

— FBI ! Ouvrez !

La porte s'entrouvrit lentement et une vieille femme aux longs cheveux gris nattés passa la tête dans l'embrasure.

— Qu'est-ce que vous voulez ?

— Nous sommes des agents du FBI, madame. Nous voudrions parler à…

— Il n'est pas là, coupa-t-elle d'une voix lasse et résignée, juste au moment où une porte claquait derrière la maison.

— Il est sorti par-derrière ! hurla Eric en dégainant son arme.

Tandis que les deux autres agents contournaient la maison par la droite, Eric prit à gauche avec Cameron. Ils aperçurent bientôt, en lisière du bois, un homme brun vêtu d'un jean et d'un tricot de peau qui courait sous une dense couverture d'arbres.

— FBI ! Arrêtez-vous !

L'homme tira.

— L'ordure ! grommela Cameron entre ses dents, en se baissant, tout en continuant à courir.

La pluie avait cessé, mais le temps était couvert, humide et lourd. Eric fit signe aux deux autres agents de contourner le garage, une construction à l'écart de la maison, sur leur droite. Cameron poursuivit par la gauche, tandis qu'Eric filait tout droit vers le fuyard. De temps en temps, il entrevoyait le tricot blanc de l'homme à travers la végétation. Des nappes de vapeur s'élevaient du sol humide. Une branche le heurta en plein visage, lui blessant la joue.

L'homme tira de nouveau et une balle siffla aux oreilles d'Eric. Il jura, mais continua à courir. Ses poumons le brûlaient, son cœur tapait dans sa poitrine. Il gagnait du terrain et entendait maintenant la respiration saccadée de l'homme. Devant eux, une étendue d'eau se devinait à travers les arbres, ainsi qu'un ponton. Eric entra dans la clairière quelques secondes après le suspect, lequel se dirigeait à présent vers un bateau de pêche amarré, dans l'intention manifeste de l'utiliser pour s'enfuir par la voie des eaux.

— FBI ! Lâchez votre arme !

L'homme fit volte-face, pistolet au poing.

Eric continua pourtant à avancer vers cette arme pointée sur lui, visant son agresseur, qui avait déjà le doigt sur la détente.

— Lâchez votre putain d'arme ou ils vont vous tirer dessus ! cria Eric.

Les autres agents approchaient par les côtés.

— Merde ! grommela l'homme en se rendant compte qu'il était cerné.

Il baissa son arme et la lâcha, puis leva les mains en signe de reddition.

— A genoux, tout de suite !

Cameron fit un pas en avant et poussa l'homme pour le plaquer au sol, face contre terre, tout en donnant un coup de pied dans le revolver pour l'éloigner.

— Les mains derrière la tête, Gordon Clark ! Vous êtes en état d'arrestation !

Eric rangea son arme et se courba en deux, le temps de reprendre son souffle. Se passant la main sur le visage, il constata qu'il saignait. La branche qui l'avait frappé avait dû le blesser.

— Ça va ? lui demanda Cameron en le dévisageant.

Eric se contenta d'acquiescer en silence.

Ils ramenèrent l'homme dans le jardin en friche pour lui passer les menottes et le faire monter à l'arrière d'une de leurs voitures. Il avait le dos courbé des vaincus, et ses cheveux dissimulaient son visage. La vieille femme, qui devait être sa mère, pestait contre eux depuis le porche.

— Ce n'est pas lui, murmura Eric, plus pour lui-même que pour Cameron.

L'endroit était boisé, mais ils n'avaient pas trouvé de voitures désossées le long d'un chemin de gravier. Pas non plus de bâtiment en parpaings recouvert d'un toit de tôle plat, comme celui décrit par Mia. Le garage attenant à la maison était d'une vilaine couleur marron, avec une porte rouillée, à ouverture basculante.

— Tu te fies uniquement à la description de Mia, fit remarquer Cameron. Mais n'oublie pas qu'elle était droguée et paniquée.

— Je me fie à mon instinct, Cam…

L'un des agents sortit de la maison. Ils n'avaient pas de mandat, mais étaient entrés tout de même, en raison des circonstances exceptionnelles, au cas où Karen Diambro serait séquestrée à l'intérieur. L'agent secoua la tête. Une sommaire fouille du garage ne donna rien non plus.

— En tout cas, même s'il n'est pas le collectionneur, ce type a quelque chose à cacher, sinon il n'aurait pas pris la fuite.

Ils perdaient leur temps, cet homme aux cheveux décoiffés et au tricot taché de gras n'était pas celui qu'ils recherchaient. Il avait tout simplement fait par hasard ses achats dans le même magasin d'électronique que Karen Diambro.

— Tu aurais pu te faire tuer, Eric. Tu t'en rends compte ?

Cameron avait attendu qu'ils soient seuls pour lui faire entendre ses reproches. Eric soupira et détourna les yeux.

— J'ai fait mon boulot, se défendit-il.

— Tu aurais dû nous attendre avant de te mettre à découvert dans la clairière et tu le sais. Ce type te visait avec son arme…

— Mais il n'a pas tiré.

— Seigneur, Eric…, murmura Cameron d'un ton excédé. Et s…

Il s'interrompit : Hatcher venait vers eux. A en juger par son expression, il avait trouvé quelque chose d'intéressant.

— On sait pourquoi ce type s'est acheté du matériel informatique en promotion, déclara ce dernier. Il n'a pas eu le temps de fermer son écran avant de s'enfuir.

# 18

Lovée sur son canapé, Mia tentait de se détendre avec un verre de sauvignon blanc. Elle avait à peine dormi la veille, mais n'avait pas sommeil. La découverte de l'article sur la disparition de Joy Rourke, puis sa discussion avec Grayson l'avaient perturbée. De plus, elle ne cessait de penser à Karen Diambro. Elle poussa un long soupir de découragement, tout en jetant un regard à son ordinateur portable, posé devant elle sur la table basse. Elle était censée écrire un article sur une série d'agressions survenues dans le centre-ville, pour l'édition en ligne du journal.

Apparemment, la violence était partout.

On frappa soudain à sa porte. Son cœur fit un bond dans sa poitrine et elle se figea. Il était plus de 22 heures. Les seules personnes susceptibles de lui rendre une visite aussi tardive étaient Will et Justin, mais elle savait qu'ils passaient la soirée à un cocktail de la chambre de commerce. Qui est-ce que ça pouvait bien être, en ce cas ?

Elle avança à pas de loup jusque dans le couloir et colla son œil au judas. C'était Eric. Elle désactiva le système d'alarme et lui ouvrit.

— Qu'est-ce qui vous est arrivé ? demanda-t-elle, avisant la vilaine égratignure qui lui barrait la pommette droite.

— Ce n'est rien… Il est un peu tard. J'espère que je ne vous dérange pas ?

— Non… Je buvais un verre de vin.

Elle s'écarta et il entra, lui tendant une enveloppe kraft.

— Voici le dossier de l'affaire Joy Rourke… J'en ai fait une photocopie pour moi. Celui-ci est l'original.

Mia le prit et suivit Eric dans le salon, les yeux rivés à l'enveloppe jaunie.

— Et que dit-on, dans ce dossier ?

— Affaire classée. On n'a jamais retrouvé l'enfant. Il a fallu presque une journée de recherche à Scofield pour mettre la main dessus. L'inspecteur chargé de l'enquête à l'époque a pris sa retraite depuis longtemps.

Une immense tristesse gonfla le cœur de Mia à ces nouvelles.

*Pauvre petite Joy, qui n'aura manqué à personne et dont la vie n'aura été un sujet de préoccupation pour personne…*

— Je n'ai trouvé qu'un seul article dans les archives, murmura-t-elle. Je suppose que la disparition d'un enfant vivant en foyer d'accueil n'intéressait personne.

— Cette affaire remonte à vingt-cinq ans, Mia. Les choses étaient différentes, à l'époque. L'alerte Amber n'existait pas. Les droits des enfants n'étaient pas aussi bien établis.

— Et il manquait à cette petite fille une famille pour se battre pour elle, ou pour exiger que l'on fasse quelque chose !

En ouvrant l'enveloppe, elle apprit que Joy n'avait en effet pas de famille. Sa mère était morte d'une overdose et les services sociaux s'apprêtaient à la placer dans un orphelinat. Elle emporta le dossier jusqu'à la table pour le feuilleter plus tranquillement, et s'arrêta sur une photo, prise visiblement à l'école. Un frisson la parcourut, tandis qu'elle contemplait le petit visage au sourire édenté, surmonté d'une tignasse rousse.

— Seigneur… C'est vraiment la petite fille de mon rêve…

Eric s'était approché d'elle et elle sentit le poids de sa main sur son épaule. Au bout d'un long moment, elle remit la photo en place et referma le dossier, avec l'intention de l'étudier en détail un peu plus tard. Elle ne se sentait pas capable de maîtriser ses émotions pour le moment et avait envie de profiter de la présence d'Eric.

— Vous paraissez fatigué, fit-elle remarquer d'un ton inquiet. Vous voudriez quelque chose à boire ?

— Volontiers, merci. Une bière, si vous en avez une…

Elle en avait et alla lui en chercher une dans la cuisine. Il la remercia et but une longue rasade, à même la bouteille. Il avait desserré sa cravate et elle remarqua que son col de chemise était taché de sang.

— Rien de nouveau, à propos de Karen Diambro ?

— Non. Mais j'ai reçu ce matin un enregistrement, répondit-il d'un air sombre. Celui de Cissy Cox.

*Cissy Cox. Sa gorge béante comme un sourire. Je patauge dans son sang.*

— On entendait gémir une deuxième femme, poursuivit-il d'un ton crispé. Elle était bâillonnée, mais…

— Mais vous pensez que c'était moi ?

Il posa la bouteille et fit un pas vers elle.

— La voiture de patrouille chargée de votre zone passera chez vous toutes les demi-heures. C'est tout ce que je peux faire pour le moment. Si ça ne tenait qu'à moi, vous auriez droit à une protection rapprochée.

Elle secoua la tête. Elle ne voulait pas vivre comme une prisonnière.

— Je ne suis pas en danger. Il n'a plus tenté de s'en prendre à moi, protesta-t-elle.

— Peut-être pas, mais s'il est bien l'adolescent de votre rêve, vous êtes pour lui quelqu'un de très spécial. J'étais sérieux ce matin, quand je vous ai demandé d'être prudente, Mia.

Son regard était grave et sérieux, en effet. Elle ne put s'empêcher de tressaillir. Elle décida qu'il était temps de changer de sujet et allongea le bras pour effleurer son égratignure. Il ne lui avait pas encore dit ce qui lui était arrivé.

— Comment vous êtes-vous fait ça ?

— Nous nous sommes rendus ce matin chez un suspect…

— Mais ce n'était pas le bon, compléta-t-elle.

Il secoua la tête.

— Non, ce n'était pas le bon. Il a pris la fuite quand nous sommes arrivés. Il était armé et il a tiré. Il fait partie d'un réseau qui diffuse de la pornographie pédophile — avec des filles mineures, certaines même à peine pubères. En fouillant chez lui, on a trouvé de quoi filmer et des CD dans des enveloppes, prêts à être expédiés.

Mia se souvint alors d'une récente statistique mentionnant plus de mille agressions sexuelles rien que dans Jacksonville.

— Vous avez l'identité des filles qu'il faisait tourner dans ses films ?

— Il ne s'est pas montré vraiment coopérant, vous l'imaginez bien. Et nous sommes entrés chez lui sans mandat… Mais les preuves n'étaient pas cachées et nous n'avons pas eu à fouiller. Je crois que ça tiendra devant une cour.

— Tant mieux !

— Son avocat tentera tout de même de plaider le vice de procédure.

Il soupira.

— Il sera au moins poursuivi pour refus d'obtempérer et agression sur les forces de l'ordre. Ça suffira pour l'envoyer en prison.

Elle frissonna à l'idée qu'il avait frôlé le danger de si près.

— Venez, dit-elle en le prenant par la main. Il faut nettoyer cette égratignure avant qu'elle ne s'infecte.

Il se laissa entraîner dans la salle de bains, où elle s'agenouilla pour prendre sous la vasque le panier où elle rangeait sa trousse de soins. Elle eut vaguement conscience que son petit haut remontait, exposant le bas de son dos. Elle se dépêcha de se redresser et posa le panier sur le bord du lavabo.

— Rassurez-moi…, dit-elle. Ce n'est pas une balle qui vous a effleuré, tout de même ?

Il eut un petit rire amusé.

— Non, c'était une simple branche. Mais elle était agressive !

— Vous êtes beaucoup plus grand que moi…

Elle leva les yeux sans achever sa phrase. Il comprit et s'assit, tandis qu'elle remplissait la vasque d'eau tiède et savonneuse, et humidifiait une serviette. Puis elle avança vers lui pour tamponner la blessure. Il ferma les yeux et, le cœur battant, Mia profita de ce qu'il ne pouvait la voir pour détailler tout à loisir son visage. Elle admira ses longs cils épais qui se détachaient, au-dessus de ses pommettes bien dessinées. Il avait une beauté classique — un nez droit, une bouche pleine et masculine, une mâchoire carrée, une peau sans défaut. Il ressemblait, avec quelques années de plus, à ces jeunes gens au visage rayonnant qui posent sur les affiches des universités de la Ivy League.

— Voilà, murmura-t-elle d'une voix altérée, tout en appliquant du désinfectant sur la plaie du bout de son petit doigt. C'est terminé…

Il ouvrit alors sur elle des yeux brûlants. Ils étaient si proches l'un de l'autre qu'elle sentait son souffle sur son visage. Ils échangèrent un long regard, puis il saisit doucement son poignet gracile et l'attira à lui. Leurs corps se touchaient presque. Elle le vit déglutir et prit soudain conscience qu'elle mourait d'envie de l'embrasser. Ce fut elle qui inclina la tête, avec la sensation que leurs souffles s'accordaient déjà. Quand elle joignit ses lèvres aux siennes, il lui rendit son baiser, d'abord tendrement, puis avec une ferveur croissante. Elle se colla à lui, oubliant tout. Il n'y avait plus que ce désir qui la remplissait…

Il lâcha son poignet et la saisit par la nuque. Elle s'agrippa à son cou, enfonçant ses doigts dans ses cheveux, tandis qu'Eric faisait glisser ses mains sur sa taille, puis sous son débardeur, tout contre sa peau en feu. Il lui caressa le dos, les flancs, tout en l'embrassant de plus en plus furieusement, puis remonta à ses seins, qu'il prit dans ses mains, effleurant ses tétons de son pouce. Une intense chaleur se dégageait de lui et elle sentit son érection, dure et insistante. Elle se pressa contre son sexe, éperdue de désir.

— Mia…, murmura-t-il en quittant sa bouche à regret.

Elle en profita pour goûter sa mâchoire et le creux de son cou — et pour s'attaquer maladroitement aux boutons de sa chemise.

— Mia…

Il lui immobilisa délicatement les bras et elle rougit de déception. Il paraissait aussi troublé qu'elle, aussi perdu.

— Je crois que je devrais y aller, dit-il.

— Tu n'es pas obligé, répondit-elle précipitamment.

Il lui jeta un regard hésitant, le regard d'un homme déchiré, tout en lui caressant le visage. Elle comprit alors qu'il ne resterait pas.

Après son départ, elle enclencha le système d'alarme et retourna à sa solitude, dans son salon, incapable de penser à autre chose qu'à ce qui venait de se passer entre eux.

Elle n'avait encore jamais souffert de la solitude. Au contraire, après une enfance passée dans des foyers où elle avait rarement une chambre pour elle, où elle devait parfois même partager son lit, elle appréciait d'avoir un territoire rien qu'à elle. Mais après la visite éclair d'Eric, elle se sentait seule et abandonnée. Elle se demanda pourquoi il n'avait pas voulu aller plus loin avec elle. Avait-il des scrupules ? Ou bien n'avait-il pas oublié sa femme ?

« Est-ce que tu as couché avec lui ? » lui avait demandé Grayson. Il n'était pas tombé bien loin.

Elle n'avait pas couché avec lui, mais elle aurait bien voulu. Elle ressentait pour lui un sentiment qu'aucun homme ne lui avait jamais inspiré. Elle avait eu des liaisons, bien sûr, mais aucune qui lui ait donné envie de rompre avec le célibat.

Mais Eric, peut-être…

Abandonnant son verre de vin près de la bouteille de bière que ce dernier n'avait pas terminée, elle reprit le dossier Joy Rourke. Ce n'était pas un livre de chevet idéal, mais elle avait besoin d'en savoir plus. Elle se sentait coupable de ce qui était arrivé à la fillette. Coupable de l'avoir laissée monter dans cette voiture. Coupable de n'avoir rien dit à personne. Ce fut avec un poids sur le cœur qu'elle ouvrit le dossier.

La voix de la petite fille rousse au sourire édenté se mit alors à murmurer dans son crâne.

*
* *

— A quoi tu penses ?

Cameron soupira. Il était allongé près de Lanie et contemplait le plafond.

— Comment sais-tu que je ne dors pas ?

Elle se tourna vers lui pour le regarder et se hissa sur un coude, son visage demeurant dans l'ombre.

— Parce que tu ne ronfles pas…

— Tu te moques de moi, répondit-il doucement.

Il se redressa pour s'asseoir sur le bord du lit et lui tourna le dos, se passant la main sur le visage.

— Je ne ronfle jamais, ajouta-t-il.

— C'est ce que tu crois !

Elle se redressa à son tour, plus lentement que lui, à cause de son ventre rebondi. Puis elle vint se coller à son dos et lui embrassa l'omoplate.

— Je vois bien que quelque chose te tracasse, Cam. Tu étais trop silencieux, ce soir. C'est votre enquête ?

La pénombre de la chambre tombait sur eux comme un rideau de velours, adoucie par les rayons de lune qui se déversaient par les portes coulissantes. Il ferait bientôt jour. Cameron se demanda si un verre de lait lui ferait du bien. Et si le lait ne suffisait pas, il était prêt à aller jusqu'à une petite lampée de Jack Daniel's.

— Oui, c'est ça, c'est l'enquête, répondit-il.

Il préférait ne pas en dire plus. Il ne parlait pas à la maison de ce qui se passait au bureau. Lanie, le bébé qu'ils cherchaient à avoir depuis si longtemps, leur maison au bord de l'eau — c'était grâce à tout ça qu'il ne devenait pas fou. Il esquissa un sourire quand Lanie se redressa, à genoux, et lui embrassa le cou en lui massant les épaules. Il n'imaginait pas vivre sans elle.

— Je sais que tu n'aimes pas me parler de tes enquêtes, murmura-t-elle, parce que tu ne veux pas infecter mon esprit avec les horreurs que tu côtoies. Et j'apprécie. Mais il m'arrive de regarder la télévision. Je sais ce qui se passe et à quel point c'est parfois affreux.

Il baissa la tête. Il était un agent fédéral, et des horreurs, il en avait vu. Mais cette nouvelle menace dépassait de loin tout ce qu'il avait connu. Les cris étouffés de Cissy Cox et sa lente agonie lui déchiraient encore les entrailles. A l'unité de lutte contre les crimes violents, ces monstruosités faisaient probablement partie de la routine, cependant il se demandait comment Eric supportait ça, jour après jour, à longueur d'année. Comment il supportait les monstrueux enregistrements que le tueur envoyait pour le provoquer… Comment il parvenait à les écouter sans se mettre à hurler, sachant que Rebecca avait subi le même traitement…

— Aujourd'hui on est intervenus chez un suspect, dit-il enfin. Le type nous a tiré dessus et a pris la fuite.

— Seigneur, murmura Lanie.

Ses mains cessèrent de masser et elle vint s'asseoir près de lui sur le bord du lit, en écartant une mèche de ses cheveux blond miel.

— Est-ce que quelqu'un a été blessé ?

— Non, mais c'est un miracle. Eric s'est lancé à la poursuite du type. Il a toujours couru vite. A l'université, il était un des meilleurs sprinters de la promotion.

Il secoua la tête, repensant à la scène et à ce qui aurait pu se produire.

— Il a foncé tout seul en avant. Nous, on suivait, mais lui… il s'est carrément mis en danger.

— Tu sais à quel point c'est important pour lui d'arrêter le meurtrier de Rebecca. Il se sera laissé emporter…

— C'est justement le problème, répondit Cameron en se tournant vers elle. Eric a compris très vite que le suspect n'était pas notre homme. Mais ça ne l'a pas empêché de prendre des risques inconsidérés.

Il frotta ses yeux fatigués.

— C'est moi qui lui ai proposé de venir ici. Je me demande si je n'ai pas eu tort. C'est peut-être au-dessus de ses forces.

— Il était dans le feu de l'action et il a eu un mauvais réflexe, voilà tout. Il en a bavé, mais il est solide.

Cameron espéra qu'elle avait raison.

Il se leva et alla se poster devant les portes coulissantes, torse nu. Il contempla longuement le canal qui circulait derrière la maison. Karen Diambro était là, quelque part, prisonnière… Et si Eric avait correctement décrit le mode opératoire du tueur, il ne restait plus d'Anna Lynn Gomez qu'un cadavre que quelqu'un retrouverait sans doute bientôt, en train de pourrir.

— Tu ne veux pas revenir te coucher ?

Lanie s'était levée pour le rejoindre. Elle lui caressa doucement le bras.

— Je me sens seule, sans toi dans le lit.

Il se tourna vers elle et enlaça ses doigts aux siens, tout en déposant sur ses lèvres un baiser appuyé.

— Je n'arrive pas à dormir, murmura-t-il.

— Je peux peut-être faire quelque chose pour toi…

Il se laissa entraîner jusqu'aux draps froissés, tout en songeant qu'il avait beaucoup de chance. Mais rien n'était jamais acquis dans la vie. Il ne devait pas l'oublier.

Eric avait pris au pied de la lettre la suggestion de Mia. Il avait abandonné ses chaussettes et ses chaussures sur le chemin de planches pour aller s'asseoir sur le sable. Il était tard. L'étendue sombre et grondante de la mer s'étirait devant lui, bordée par l'écume blanche des vagues qui mouraient sur la grève. Deux adolescents, un garçon et une fille, marchaient au bord de l'eau, main dans la main. Ils jetèrent un regard curieux à cet homme en costume qui portait un revolver à la ceinture, puis accélérèrent le pas.

Il était venu sur la plage pour réfléchir, pour mettre un peu d'ordre dans le tourbillon de ses pensées. Il aurait dû se concentrer sur cette enquête, dont la responsabilité pesait lourdement sur ses épaules, mais il ne cessait de penser à Mia.

Quand elle l'avait embrassé, il avait dû faire appel à toute sa volonté pour empêcher les choses d'aller plus loin. Le désir qu'elle lui inspirait était si aigu qu'il en ressentait presque une douleur physique. Mais ce désir le culpabilisait. Il avait un criminel à arrêter. Le meurtrier de Rebecca. Il n'avait pas le droit de penser à autre chose. Pas le droit de panser ses blessures avec une autre.

La sonnerie de son téléphone portable interrompit ce dur combat intérieur. En voyant le numéro affiché sur l'écran, il fut tenté de ne pas répondre, puis se décida.

— Salut, papa…

— Votre enquête est couverte par les chaînes nationales, déclara Richard Macfarlane sans préambule.

Il avait l'habitude d'aller droit au but.

— Peux-tu me dire ce qui se passe exactement, Eric ?

Eric laissa échapper un soupir. Un étau lui comprima la poitrine. Que savait-il au fond ? Pas grand-chose.

— Il a encore enlevé une femme, hier soir.

— Ça fait deux depuis que tu es sur l'affaire. Il faut coincer ce salaud ! Et tout de suite !

— Tu crois que je ne le sais pas ? répondit Eric d'une voix rauque, en détournant le regard vers les lumières des grandes chaînes d'hôtels du bord de mer.

— Ta mère a rencontré Clarissa Garner à son club, hier, reprit son père. Clarissa ne lui adresse toujours pas la parole. Il paraît que la pauvre femme marche maintenant en s'appuyant sur une canne. Charles était avec elle…

Eric ferma les yeux, tandis que son père continuait à lui donner des nouvelles des parents de Rebecca. Elle avait été leur fille unique et ils l'avaient perdue… Ils le tenaient pour responsable de leur malheur. Pour eux, il ne l'avait pas suffisamment protégée, pas suffisamment aimée. Ils avaient refusé qu'il assiste à ses funérailles.

— Quelle est ta stratégie, Eric ?

— Franchement papa, je n'ai pas de stratégie. Je gère les choses comme elles se présentent. Mais nous ne négligeons aucune piste.

Un long moment de silence passa. Manifestement, cette réponse n'était pas celle que son père attendait.

— N'oublie pas que je suis intervenu personnellement pour que tu ailles en Floride. Tu dois abattre ce chien !

Eric comprit le sous-entendu. *Ne me déçois pas. Je veux pouvoir être fier de toi.*

Puis son père changea de conversation, comme s'il avait dit tout ce qu'il avait à dire sur le sujet. Eric demanda alors des nouvelles de sa mère et de sa sœur, Hope, laquelle avait sept ans de moins que lui et préparait un doctorat en histoire de l'art à Georgetown. Ils eurent quelques minutes d'un échange banal et un peu froid. Eric ne s'en inquiéta pas. Son père avait du mal à exprimer ses sentiments ; il était exigeant, mais l'aimait.

— Sois prudent, Eric, lui recommanda-t-il avant de raccrocher.

Eric rangea son téléphone dans sa poche et demeura un long moment face à la masse tumultueuse de l'océan, le cœur gonflé d'angoisse.

# 19

— Ce sont deux canoéistes qui descendaient vers Black Creek qui ont découvert le corps…

Sous le chapeau d'uniforme, le visage du garde forestier était d'une blancheur de craie.

— L'un d'eux s'est isolé pour uriner. C'est là qu'il a trébuché sur la tombe. On peut dire qu'il a bien commencé son samedi matin !

Eric suivit son regard en direction des deux jeunes gens assis sur un tronc d'arbre, à une dizaine de mètres d'eux. Leurs canoës et leurs sacs à dos étaient abandonnés un peu plus loin. La forêt d'Etat de Jennings se trouvait en dehors de la juridiction des inspecteurs Boyet et Scofield, mais ceux-ci s'étaient tout de même déplacés pour parler avec la police locale. Des experts de la police scientifique et une équipe de la morgue circulaient sur la scène de crime, délimitée par un cordon.

— Celui qui a la queue-de-cheval pense qu'il a abîmé le corps en marchant dessus, ajouta le garde forestier avec une grimace de dégoût. Ça a fait un bruit mouillé, si vous voyez ce que je veux dire…

Cameron fronça les sourcils.

— Il n'avait pas remarqué l'odeur ?

— Si, mais il a d'abord pensé qu'il s'agissait d'un animal sauvage, un raton laveur, une loutre, un alligator… Ensuite, il a remarqué une main qui sortait du buisson. Est-ce qu'il s'agit d'une des disparues de Jacksonville ?

Eric ne répondit pas. Il était arrivé sur les lieux quelques minutes après Cameron, l'angoisse au ventre. Karen Diambro avait disparu depuis plus de deux jours, mais il savait déjà que le cadavre découvert par les canoéistes n'était pas le sien.

Il laissa Cameron s'entretenir avec le garde forestier et franchit le cordon jaune pour s'approcher de la tombe, un fossé naturel, en fait, suffisamment profond pour contenir un corps. Le tueur y avait déposé la victime, puis l'avait sommairement recouverte de branches. L'un des experts prenait en ce moment même des photos.

Eric baissa les yeux sur le corps, et la colère, la culpabilité lui nouèrent la gorge. Les animaux sauvages avaient commencé à le dévorer et l'extrême chaleur en avait accéléré le processus de décomposition. Les insectes rampaient sur le cadavre ballonné. Avec cette peau boursouflée par les gaz, il était difficile d'imaginer qu'Anna Lynn Gomez avait été une charmante et mince hôtesse de l'air. Le chiffre neuf, inscrit sur son ventre, se devinait encore.

Eric ne parvenait pas à détourner le regard. La jeune femme n'avait plus d'ongles et les mouches bourdonnaient autour de ses mains.

Cameron le rejoignit. Il avait respiré un produit utilisé par les experts pour masquer la puanteur, qui lui avait laissé une tache blanche sous le nez.

— Ce n'est pas encore officiel et le légiste nous demande d'attendre les résultats de l'autopsie, mais elle serait morte par pendaison. Une marque de corde est visible autour de son cou, d'une profondeur qui semble indiquer qu'elle a pesé de tout son poids. De plus, en retournant le cadavre, il a remarqué à la base du crâne une autre marque en forme de V inversé, celle du nœud, probablement.

Mia avait décrit une pièce au plafond bas. Le tueur avait dû faire monter Anna Lynn sur une chaise, puis la lui avait retirée ensuite.

Eric jeta de nouveau un coup d'œil du côté du fossé couvert de mousse. Anna Lynn n'était sûrement pas morte sur le coup. Elle avait dû s'asphyxier lentement.

— Je préviendrai la famille dès que nous partirons d'ici, annonça-t-il, en s'efforçant de prendre un ton factuel.

— Tu crois vraiment que c'est une bonne idée ? Victor Gomez s'est montré agressif avec toi, la dernière fois. Tu devrais plutôt envoyer les inspecteurs…

— Je tiens à y aller, répondit-il d'une voix tendue. C'est la moindre des choses.

— Dans ce cas, je t'accompagne. Inutile de protester !

Cameron se tut en voyant l'un des techniciens s'approcher d'eux, un mégot de joint dans un sac à indices.

— J'ai trouvé quelque chose…

— Ce n'est pas le tueur qui a laissé ça, affirma alors Eric.

Les deux garçons assis sur le tronc échangèrent un regard inquiet. Ils avaient dû fumer pour se calmer en attendant l'arrivée du garde forestier. Ou bien ils ne s'étaient pas arrêtés pour satisfaire un besoin naturel, comme ils le prétendaient, mais pour se rouler un pétard. Eric se sentait lui-même sur les nerfs. Il ne menait pas une enquête, en fait… Il suivait des cadavres, comme le Petit Poucet ses cailloux, en espérant qu'ils le mèneraient au tueur.

Ça ne pouvait pas continuer ainsi. Il devait absolument trouver une brèche !

Mia roulait depuis quarante-cinq minutes le long de la côte atlantique, en direction du nord. Elle venait d'entrer dans Fernandina Beach.

Elle traversa le centre-ville, puis une zone résidentielle d'hôtels et de hautes tours. Aux abords de la plage, de petites constructions remplacèrent les immeubles. Au bout de quelques mètres, le GPS de sa Volvo lui annonça qu'elle était arrivée.

Elle s'arrêta alors devant un bungalow dont le toit était une terrasse couverte. De hautes herbes entouraient la propriété. Une drôle de pancarte de bois clouée sur la porte annonçait : *The Captain Roost.*

Elle sortit de la voiture, prenant avec elle le dossier jauni posé sur le siège du passager. Une brise étouffante charriant une odeur d'eau de mer et d'huile solaire dérangea ses cheveux quand elle sortit de la voiture.

Elle se présenta devant la porte du bungalow et sonna.

— Par ici ! répondit une voix tonitruante qui semblait venir du ciel.

Elle mit ses mains en visière et leva la tête vers la terrasse. Hank Dugger, ancien inspecteur, retraité de la police de Jacksonville, n'était pas le vieillard décati qu'elle s'était attendue à rencontrer. Il avait l'œil vif et il penchait par-dessus la rambarde une tête surmontée d'une épaisse tignasse argentée.

— Prenez l'escalier derrière la maison, dit-il.

Elle contourna le bungalow et grimpa les marches, tout en défroissant du plat de la main son short en coton. Une moquette verte imitant la pelouse recouvrait la terrasse. Dans un coin, un bar fabriqué avec de vieilles poutres de pontons renfermait une impressionnante collection de bouteilles d'alcool. Un salon en rotin était disposé sous un filet tressé de coquillages, qui faisait office de pergola et dispensait un peu d'ombre. Les enceintes accrochées au mur diffusaient une chanson de Jimmy Buffett.

Mia lui tendit une main amicale qu'il secoua vigoureusement.

— Je suis Mia Hale. Nous nous sommes parlé au téléphone…

Les yeux de l'ancien inspecteur étaient bleus et cernés de rides, mais en dépit d'une peau ravagée par le soleil, il demeurait séduisant.

— De mon temps, les journalistes n'étaient pas de jolies et charmantes jeunes femmes comme vous, mademoiselle Hale.

— Appelez-moi Mia, je vous en prie…

Elle lui donna entre soixante-cinq et soixante-dix ans.

— Est-ce que je peux vous servir quelque chose à boire, Mia ? Un rhum Coca, ça vous tente ?

— J'ai un long trajet en voiture pour rentrer à Jacksonville, aussi je crois que je vais me contenter d'un Coca sans rhum.

Tandis qu'il s'occupait de les servir, elle admira la vue. La maison n'était pas luxueuse, loin de là, mais la vue était époustouflante ! Les parasols recouvraient le sable blanc d'un tapis de points colorés. Des mouettes s'envolaient depuis la grève, puis descendaient en piqué vers la mer. Juste en dessous d'eux, les vagues vertes s'écrasaient en gerbes d'écume sur les rochers.

— Vous pouvez apercevoir le vieux phare sur votre gauche, lui dit-il en lui tendant son Coca.

En effet, le phare se dressait au loin, rayé de rouge et de blanc.

— Vous avez choisi un bel endroit pour passer votre retraite, inspecteur, commenta-t-elle.

— J'ai travaillé pendant trente ans et j'ai eu l'intelligence d'acquérir cette propriété quand les prix étaient encore raisonnables. Et je ne suis plus inspecteur, grâce à Dieu ! Appelez-moi Hank.

Il jeta un regard en coin du côté du dossier qu'elle avait posé sur la table basse, devant le canapé en rotin.

— C'est ça ? demanda-t-il.

Comme elle acquiesçait, il ajouta :

— C'est dingue… Je suis étonné qu'ils l'aient conservé.

— Il était avec les autres dossiers ; il leur a fallu une journée pour remettre la main dessus.

Il posa sur elle un regard intrigué.

— Et ils ont passé une journée à le chercher, pour les beaux yeux d'une journaliste ?

— Je suis en effet journaliste au *Courier*, mais mon intérêt pour cette affaire est personnel. Je pense que j'ai connu Joy Rourke enfant. Nous avons fréquenté le même foyer d'accueil à la même période.

Hank opina d'un air songeur, tout en la dévisageant. Il but une gorgée de son verre et s'installa sur le canapé en l'invitant d'un geste à en faire autant, puis il se plongea dans le dossier. Tandis qu'il lisait, Mia remarqua la pancarte au-dessus du bar.

« Propriété protégée par un Smith & Wesson trois jours par semaine. A vous de deviner lesquels… »

Elle eut envie de rire, mais se retint. Ce n'était probablement pas du bluff.

— Oui, ce sont bien mes rapports, dit Hank. Je les reconnais parce que la barre d'espace de ma machine à écrire avait tendance à se coincer.

Il secoua la tête, affichant un air nostalgique, et retira de la poche de sa chemise hawaïenne une paire de lunettes qu'il posa sur son nez.

— C'est vraiment une honte qu'on n'ait jamais retrouvé cette gamine ! J'ai mené l'enquête avec Carl Witherspoon, mon partenaire de l'époque. Il est mort d'un cancer de la gorge, il y a quelques mois.

— Je suis désolée.

Hank répondit par un grognement, tout en terminant de feuilleter le dossier. Quand il eut terminé, il le referma et se tourna vers Mia.

— Qu'attendez-vous de moi, exactement ? demanda-t-il.

— Je me demandais pourquoi le bureau du shérif avait classé l'affaire.

— Nous n'avions aucune piste et une autre enquête sur les bras.

— La disparition d'une enfant ne vous semblait donc pas une priorité ?

— Ce n'est pas moi qui ai décidé de classer cette affaire. A l'époque, les enquêteurs du bureau du shérif traitaient entre neuf et dix affaires à la fois. C'est sûrement bien pire maintenant, avec les restrictions budgétaires et l'augmentation de la criminalité. Je ne suis pas fâché d'être à la retraite, vraiment… Ce n'est plus comme autrefois. De nos jours, vous regardez un criminel de travers et il vous fait un procès.

— Vous avez donc classé l'affaire ? reprit-elle pour le ramener à leur principal sujet de discussion.

Il soupira.

— Nous avons interrogé les voisins, la personne qui dirigeait le foyer où vivait la petite, les éducateurs, les enfants. Personne n'avait rien vu. Généralement, dans ce genre de cas, c'est la famille qui est soupçonnée en premier, mais cette petite n'avait pas de famille.

Mia se dandina sur son siège, se sentant soudain affreusement mal à l'aise. Elle se demandait si l'inspecteur Dugger et son partenaire l'avaient interrogée et ce qu'elle avait bien pu leur dire.

Il dut percevoir son malaise, car il se pencha en avant et ajouta :

— Je vois que le cas de cette enfant vous émeut, mais vous devez comprendre que l'on signale tous les jours dans ce pays un grand nombre de disparitions de mineurs. On a fait ce qu'on a pu pour elle et on a envoyé un signalement au FBI, selon la procédure. Si je me souviens bien, le NCMEC a même diffusé sa photo sur les panneaux d'affichage pendant un moment, mais ça n'a rien donné.

— Le NCMEC ?

— Oui, le Centre national pour les enfants disparus et exploités. Vous la connaissiez bien, cette petite ?

— Non, pas très bien, admit-elle.

Hank vida son verre et le posa sur un bout de canapé.

— J'aimerais pouvoir vous en dire plus, Mia. Mais c'est vieux tout ça, et ma mémoire n'est plus ce qu'elle était. C'est pour des gens comme moi que le Seigneur a inventé le petit carnet à spirale...

— Que voulez-vous dire ?

— Ce dossier ne contient qu'un résumé de l'enquête. Le strict minimum et la paperasse obligatoire. Ce que je transmettais à mes supérieurs pour qu'ils prennent rapidement connaissance des éléments clés. Le reste se trouve consigné dans un carnet à spirale. J'ai dû en remplir des centaines au cours de ma carrière !

— Est-ce que vous les avez conservés ?

Il eut un petit rire satisfait et se leva en frappant du plat de la main l'accoudoir de son siège.

— D'après vous ?

A l'intérieur, le bungalow était pittoresque mais confortablement aménagé, avec un tapis artisanal tressé dans le salon et des meubles de bonne qualité. La télévision diffusait un match de base-ball avec les Tampa Bay Rays. Mia suivit Hank, qui traversait la cuisine pour entrer dans la pièce qui lui servait visiblement de bureau.

Tandis qu'il fouillait dans l'armoire, elle remarqua des photos encadrées semblant indiquer qu'il avait des petits-enfants, et donc qu'il avait ou avait eu une femme. Pourtant, rien dans la maison ne trahissait une présence féminine. Le cœur de Mia se serra à l'idée que Hank était peut-être veuf.

— Il doit être là-dedans, annonça-t-il en sortant une boîte étiquetée 1985-1990.

— Je n'arrive pas à croire que vous ayez conservé toutes vos notes ! commenta-t-elle tandis qu'il fouillait dans un tas de carnets aussi jaunis et écornés que le dossier qu'elle lui avait apporté.

— Je suis un vieux maniaque. De plus, j'ai envisagé d'écrire mes mémoires…

Il trouva enfin celui qu'il cherchait et le lui tendit.

— Je vous le confie volontiers, Mia. A vous de déchiffrer mes pattes de mouche. Je ne sais pas si vous en tirerez quelque chose après tout ce temps, mais sait-on jamais… Parfois, un simple détail peut tout changer.

— Merci. Je vous le rendrai, ne vous en faites pas.

— Je ne tiens pas absolument à le récupérer, mais si ça peut vous inciter à me rendre de nouveau visite, là, je dis oui !

Il lui adressa un clin d'œil.

— La prochaine fois, apportez votre maillot de bain…

En la raccompagnant à la porte, il lui tendit des coupons pour des boissons gratuites dans un bar où il travaillait à temps partiel, sur le port de Fernandina.

— J'ai une bonne retraite, je ne le fais pas vraiment pour l'argent, lui expliqua-t-il. Plutôt pour sortir et ne pas devenir un vieux croûton poussiéreux.

— Vous n'avez rien d'un vieux croûton poussiéreux, protesta-t-elle. Et vous ne devriez pas hésiter à écrire vos mémoires. Vous avez sûrement des tas de choses passionnantes à raconter.

Ils se serrèrent la main, puis Mia retourna à sa voiture, en emportant son dossier et le carnet.

« Parfois, un détail peut tout changer. »

Elle se demanda si elle trouverait dans les notes de l'ancien inspecteur ce détail qui changerait tout. En le feuilletant, elle remarqua que les pages étaient littéralement noircies d'une petite écriture serrée, avec des annotations dans les marges — des commentaires ajoutés après coup, des numéros de téléphone, des noms… Elle secoua la tête en souriant, puis mit son moteur en marche et alluma la radio.

On diffusait un flash d'information.

Un corps de femme, supposé être celui d'Anna Lynn Gomez, venait d'être retrouvé.

Sa bonne humeur s'envola aussitôt.

# 20

Eric avait craint que Victor Gomez ne le couvre d'injures, mais le père d'Anna Lynn s'était simplement effondré à terre en silence, les épaules secouées de sanglots. Sa femme et sa fille, qui étaient également présentes, avaient fondu en larmes dans les bras l'une de l'autre.

Eric leur avait adressé d'une voix rauque les condoléances d'usage, puis les avait laissés à leur chagrin. Il ne pouvait plus rien pour eux. Il était parti, écrasé de culpabilité. Une fois de plus…

En entrant dans son bungalow, il s'empressa de se débarrasser de son arme, tout en contemplant à travers la fenêtre un ciel violacé, telle une blessure, embrasé par le soleil couchant. Ce samedi avait été long et pénible : la découverte du corps le matin, la fouille du site, l'autopsie à laquelle il avait assisté seul, pendant que Cameron s'attelait à la rédaction du rapport. Entre les deux, il avait dû affronter une déclaration aux journalistes et une conversation téléphonique tendue avec Johnston. Il en avait les muscles tout noués de stress. Mia lui avait laissé un message sur son répondeur, mais il n'avait pas eu le temps de la rappeler.

Il entendit un bruit de moteur et reconnut par la fenêtre la voiture de Cameron, ce qui ne lui dit rien qui vaille. Son coéquipier lui avait paru plutôt pressé de rentrer chez lui, lorsqu'ils s'étaient quittés, peu de temps auparavant, alors que venait-il faire ici ?

— Qu'est-ce qui se passe, Cam ? demanda-t-il en lui ouvrant la porte.

Cameron paraissait perturbé. Il tenait à la main une enveloppe blanche — enveloppe qu'Eric reconnut aussitôt et qui lui donna un coup au cœur. Il ne s'était pas attendu à ce que l'enregistrement de la mort d'Anna Lynn Gomez leur parvienne si vite.

— Elle était dans la boîte du courrier, murmura Cameron. Je… j'ai écouté le début. Je savais que tu revenais de chez les Gomez, alors j'ai voulu… j'ai voulu m'en charger, pour t'éviter cette corvée, sauf que…

— Tu as bien fait de me l'apporter, coupa Eric.

— Eric…

Les yeux de Cam cherchèrent les siens. Ils étaient noyés de compassion.

— Tu n'as pas compris… Il ne s'agit pas d'Anna Lynn Gomez…

Il n'eut pas besoin d'en dire plus. Eric eut subitement l'impression que la pièce commençait à tourner autour de lui.

— J'ai vraiment hésité à venir… Mais…

Eric n'entendait plus rien. La voix de Cameron était entièrement couverte par le bourdonnement qui emplissait ses oreilles. Il prit l'enveloppe déjà ouverte, songeant à l'angoisse et la douleur avec lesquelles il avait attendu cet enregistrement, trois ans plus tôt. Et aujourd'hui, il le tenait dans sa main. Il n'avait pas pris la précaution d'enfiler des gants, mais ça n'avait pas d'importance.

— Tu as écouté combien de temps ? demanda-t-il.

— Le temps de comprendre de qui il s'agissait, répondit Cameron.

Il fit un pas en avant.

— Tu n'es pas obligé de t'infliger ça, Eric… Je peux repartir avec et l'écouter pour toi. Ce type t'a fait assez de mal comme ça.

— Rentre chez toi, répondit posément Eric.

Cameron ne bougea pas et le fixa d'un air indécis. Puis il soupira, vaincu.

— Je t'appellerai demain matin, d'accord ? dit-il enfin.

Eric s'était déjà déplacé vers la table qui se trouvait

dans un coin du salon. Il s'installa sur une chaise et déposa l'enveloppe devant lui, les yeux rivés au nom — le sien — et à l'adresse qui y étaient imprimés. Il crut que Cameron était parti, mais il le vit bientôt revenir de la cuisine avec un verre et une bouteille de whisky Single Malt, qu'il posa sur la table.

— Quand le bungalow n'est pas loué, il m'arrive d'y venir seul pour réfléchir, déclara ce dernier en guise d'explication.

Puis il lui donna une tape amicale sur l'épaule et s'éclipsa.

Quelques secondes plus tard, Eric l'entendit démarrer et s'éloigner. Il demeura un instant seul dans le silence, avant de se décider à sortir l'enregistreur de son enveloppe. Il se versa une généreuse rasade de whisky et vida son verre, savourant au passage la brûlure délicieuse que le liquide infligeait à sa gorge et son estomac.

Puis il rassembla son courage, inspira, et appuya sur *Play*.

« Comment t'appelles-tu ? » demanda le collectionneur.

Eric sentit quelque chose craquer en lui quand il entendit la voix de Rebecca, pour la première fois depuis près de trois ans. Elle récita son nom, d'une voix haut perchée et tendue par la peur.

« Et ton mari, ma chérie, qui est-ce ? Je veux le nom et le titre, s'il te plaît. »

— Agent spécial Eric Macfarlane », répondit-elle dans un sanglot.

— Tu sais pourquoi tu es ici ?

— Je vous en supplie… Laissez-moi partir… Je n'ai rien à voir avec tout ça… »

Eric sursauta en entendant un bruit sourd. Comme un poing qui s'abat sur une table.

« Silence ! »

Rebecca poussa un gémissement. Eric se passa la main sur le visage. L'angoisse lui nouait la gorge et il transpirait à grosses gouttes.

« Si tu as un message à lui transmettre, c'est le moment. Tu n'auras pas de deuxième chance. »

Il y eut un silence, empli par la respiration haletante de Rebecca.

« Eric ! Aide-moi, je t'en supplie ! C'est un fou ! Il va me tuer si tu ne l'arrêtes pas !

Le collectionneur se mit à ricaner.

« Inutile de l'appeler au secours. Je voulais simplement te donner une chance de lui dire au revoir.

Elle se mit alors à hurler.

« Non ! Je vous en supplie ! Ne faites pas ça ! Vous ne comprenez pas ! Nous ne sommes même plus ensemble ! »

— Si vous n'êtes plus ensemble, alors les adieux sont superflus. »

La voix du collectionneur était ferme et décidée. Eric savait ce qui allait suivre. Les supplications désespérées de Rebecca ne lui parvenaient plus aussi clairement. Le collectionneur venait de la bâillonner.

La séance de torture commença… En entendant les cris étouffés de celle qui avait été sa femme, Eric eut l'impression de sombrer dans un puits de ténèbres et de douleur. Mais il se força à écouter, avec, devant les yeux, l'image du corps de Rebecca lardé de coups de couteau.

Au bout d'une éternité, les cris cessèrent. Le salaud était en train de l'étrangler au moyen d'une corde, ahanant sous l'effort. Puis ce fut le silence. Aucun gémissement en arrière-fond ne vint relayer l'agonie de Rebecca. Il n'y avait plus que la respiration haletante du collectionneur.

« C'était tout *spécialement* pour vous, monsieur l'agent *spécial.* »

Eric demeura un long moment immobile et silencieux devant le petit appareil, bien après que celui-ci se fut arrêté.

Il s'essuya les yeux et se servit un deuxième verre, pour noyer son désespoir. Mais l'alcool ne suffirait pas à lui faire oublier que Rebecca avait été torturée parce qu'elle était sa femme. Elle était morte dans d'atroces et longues souffrances, le maudissant et le suppliant de venir à son secours. Et lui, il n'avait pas su la protéger.

Il en était à son quatrième verre quand on frappa à la porte.

— Casse-toi, Cam…, murmura-t-il en ayant vaguement conscience de sa voix pâteuse.

Un coup d'œil au cadran de sa montre lui apprit que deux heures s'étaient écoulées depuis le départ de son partenaire. Le ciel était sombre, à présent. Il se passa la main sur le visage, comme si ce geste avait pu suffire à lui donner un air digne. On frappa de nouveau, cette fois avec plus d'insistance.

Il jura tout bas et se leva en titubant pour aller ouvrir le battant à la volée.

Ce n'était pas Cam, mais Mia. Il ne l'avait plus vue depuis le soir où ils s'étaient embrassés comme deux gamins. Elle se tenait sous le porche, vêtue d'un short et d'un de ces débardeurs qu'elle affectionnait tant. Ses grands yeux bruns le couvaient d'un regard interrogateur, ses cheveux soyeux effleuraient la peau bronzée de ses épaules.

Il fronça les sourcils et scruta la rue sombre et déserte. Elle était venue seule. Elle n'avait pas peur de l'ange de la mort qui rôdait à Jacksonville. Et elle sortait la nuit, en dépit de son interdiction !

Il lui prit le poignet et l'attira sans ménagement à l'intérieur.

— Vous ne devez pas vous aventurer seule dehors, Mia. Et surtout pas à une heure pareille. Je croyais pourtant avoir été clair !

La sécheresse de son accueil parut la prendre de court.

— Je voulais vous voir. Je… je suis au courant pour Anna Lynn Gomez.

Il ferma brièvement les paupières, songeant qu'il ne lui avait pas donné son adresse.

— Comment m'avez-vous trouvé ?

— Jax Beach n'est pas si grand que ça. J'ai roulé au hasard, jusqu'à reconnaître votre voiture.

Il se passa la main dans les cheveux, tout en songeant qu'il lui faudrait appeler le bureau du shérif pour demander qu'une voiture la suive jusque chez elle, lorsqu'elle repartirait, car lui-même n'était pas en état de conduire.

— Vous n'arrivez pas au bon moment, Mia.

Elle balaya la pièce du regard, puis se tourna vers lui, un air inquiet sur son joli visage.

— Je vois ça. Qu'est-ce qui se passe ?

Comme il ne répondait pas, elle fit timidement un pas en avant, posa une main sur son torse, et plongea ses yeux dans les siens.

— Vous avez l'air bouleversé, dit-elle d'une voix douce. Je ne sais pas ce qui vous arrive, mais je voudrais vous aider.

Il la dévisagea. Il portait seul le poids de son chagrin et de sa culpabilité depuis si longtemps… Il avait besoin de tout oublier, ne fût-ce qu'un instant. Il avait besoin d'elle. Besoin de quelqu'un qui l'empêcherait de sombrer. Il glissa ses doigts dans cheveux pour l'attirer à lui et referma la porte avec son pied. Puis il se pencha sur sa bouche.

Mia avait compris qu'Eric n'était pas dans son état normal, dès qu'il lui avait ouvert la porte. Ses yeux rougis et son allure débraillée le lui disaient. En vérité, il était complètement soûl et sa bouche avait un goût de scotch. Elle songea qu'elle aurait dû le repousser. Lui dire qu'elle ne voulait pas — pas comme ça, du moins. Mais elle ne put s'empêcher de répondre à son baiser, de batailler avec cette langue qui s'enroulait autour de la sienne, de dévorer cette bouche qui la dévorait.

*Tu es folle, Mia.*

Elle allait s'écarter, prendre son visage dans ses mains, lui demander ce qui n'allait pas, mais il poussa un soupir à fendre l'âme et elle sentit qu'il avait besoin plus que tout de son acceptation silencieuse.

Elle décida alors de la lui donner.

Il la poussa doucement contre le mur, sa bouche toujours

sur la sienne, le souffle court, et pesa sur elle de tout son corps. Puis il abandonna sa bouche et traça de ses lèvres un chemin le long de son cou, puis de la ligne délicate de ses clavicules. Il prit d'une main l'un de ses seins, pour le pétrir sans ménagement et de l'autre, il écarta la fine bretelle de son débardeur. Une bouche avide chercha la dentelle de son soutien-gorge. La tête renversée, les yeux fermés, elle s'offrit à lui sans un mot.

Il chercha un instant son regard, semblant partagé entre l'angoisse et le désir.

— C'est ce que je veux, murmura-t-elle en lui caressant le visage.

Il laissa alors échapper un soupir tremblotant, puis, doucement, fit passer le petit haut par-dessus sa tête ses doigts dénouèrent ensuite l'attache du soutien-gorge qui glissa le long de ses bras, et sa bouche revint se poser sur ses mamelons. La barbe naissante de son menton l'excitait délicieusement, mais pas autant que sa bouche qui s'activait sur la pointe d'un sein, ses dents qui le titillaient au point qu'elle crut en défaillir de plaisir et de douleur. Elle profita de ce qu'il passait à l'autre pour défaire sa cravate, puis pour s'attaquer avec des doigts fébriles aux boutons de sa chemise. Son torse était chaud, fiévreux, musclé, parsemé d'une fine toison bouclée. Pendant ce temps, il tirait impatiemment sur l'ourlet de son short. Elle sentit bientôt l'air frais sur ses cuisses.

Il la souleva aisément et, sous prétexte de lui caresser les cuisses, l'incita à nouer ses jambes autour de ses hanches. L'espace d'un instant, elle crut qu'il allait la prendre sans attendre, contre le mur. Mais il l'emporta dans le couloir, dédaignant le canapé. A chaque pas, son sexe en érection, qui se frottait à elle, excitait un peu plus son désir. Elle était trempée.

Quand il entra dans la petite chambre plongée dans la pénombre, elle s'agrippa à ses épaules et lui couvrit le menton de baisers. Il la déposa délicatement sur l'édredon et entreprit de défaire la lanière de ses sandales, qui tombèrent sur le sol, l'une après l'autre, avec le même bruit sourd.

Ensuite ce fut le tour de sa culotte. Elle leva les yeux vers son visage découpé d'ombre quand il ôta sa chemise, puis son pantalon et son slip. Une fois nu, il vint s'allonger près d'elle et recommença à dévorer ses seins, tout en la caressant du bout de ses longs doigts fins, tandis qu'elle gémissait et se trémoussait sous ses caresses.

Quand sa main se posa sur son ventre plat, elle se figea. Ses doigts étaient tout près de la cicatrice et il s'arrêta quelques secondes pour l'examiner, les sourcils froncés. Puis il lui prit le menton, doucement, et riva son regard au sien.

*Ne le laisse pas se mettre entre nous…*

Ils roulèrent sur le côté, s'embrassant à pleine bouche, et elle s'efforça de repousser ses idées noires, le collectionneur, la marque qui lui donnait l'impression d'être marquée à vie par un fou. Sa main glissa vers le membre dur d'Eric, qu'elle serra et caressa jusqu'à lui arracher un cri étranglé.

— Je veux être en toi, murmura-t-il en se hissant sur elle.

Elle le sentit peser sur elle de tout son poids, puis il entra d'une seule poussée. Elle cria. La tête en arrière, la gorge offerte, elle voulut se cramponner à ses épaules tandis qu'il s'activait au-dessus d'elle, mais il lui saisit les poignets et les cloua au lit, de chaque côté de sa tête.

— Regarde-moi, Mia…, dit-il d'une voix pressante.

Elle ouvrit les paupières. Il la dévisageait maintenant intensément et guettait ses réactions pour nuancer son rythme. Elle noua ses jambes autour de sa taille et l'invita à venir plus loin en elle. Il prit de nouveau sa bouche et la chevaucha un long moment tout en l'embrassant. Comme elle le suppliait d'aller plus vite, il obéit jusqu'à la conduire au bord de l'orgasme.

— Seigneur ! gémit-il.

Ils jouirent presque en même temps, les parois de son vagin se contractaient contre un pénis tressautant et c'était délicieux. Puis il enfouit sa tête dans son épaule, abandonné, sans force.

Quelques secondes plus tard, voyant qu'il s'endormait, Mia recouvrit leurs corps nus avec la couverture pliée au fond du lit. La respiration d'Eric était profonde et régulière. Son visage paraissait apaisé. Il était beau. Il cuvait et se réveillerait le lendemain avec une affreuse migraine.

— Dors, murmura-t-elle comme pour elle-même, tout en se demandant ce qui avait bien pu le pousser à boire.

Elle caressa ses cheveux.

*Dors.*

Elle hésitait entre rester avec lui pour la nuit ou profiter de ce qu'il dormait pour s'éclipser. Ils n'avaient pas échangé un mot après l'amour. Aurait-il une bonne surprise en la trouvant près de lui le lendemain, en se réveillant ? Impossible à dire... Dans le doute, elle opta pour le départ. Elle se leva sans bruit, sortit de la chambre sur la pointe des pieds, traversa le couloir et entra dans le salon. Il était équipé sommairement d'un canapé en similicuir flanqué de deux petites tables basses et d'un meuble de télévision. Elle était nue et la lumière était allumée.

Elle tira les rideaux, puis alla se servir une généreuse dose de scotch qu'elle but à petites gorgées, tout en fixant l'appareil enregistreur posé près de la bouteille.

Il s'agissait probablement d'un de ces enregistrements dont Eric lui avait parlé — les derniers instants d'une des malheureuses torturées par le collectionneur.

Ceux d'Anna Lynn Gomez ? Etait-ce cet enregistrement qui l'avait bouleversé ?

Sa curiosité de journaliste la titillait, mais quelque chose la retint. Elle ne profiterait pas du sommeil d'Eric pour écouter un enregistrement qui ne lui était pas destiné. Elle n'avait pas envie de le trahir. Elle voulait mériter sa confiance.

Elle demeura dans le salon le temps de finir son verre. De nouveau, elle hésitait entre rester et partir.

Puis elle décida de céder au besoin qu'elle avait de lui et retourna dans la chambre, où elle se glissa sous la couverture pour se lover contre son corps chaud. Il s'était tourné sur le côté, dos à elle. Elle lui embrassa les omoplates et ferma les yeux.

Bercée par sa respiration régulière, elle ne tarda pas à s'endormir aussi.

# 21

Mia fut réveillée le lendemain par la sonnerie du portable d'Eric. Elle l'entendit répondre depuis le salon, d'une voix basse et contenue. Elle se redressa et battit des paupières. La pâle lumière matinale qui se répandait à travers les volets lui rappela qu'elle était nue. Ses vêtements étant restés dans la pièce voisine, elle se leva et enfila la chemise qu'il avait abandonnée la veille sur le sol.

Elle le trouva à la table du salon, vêtu d'un jean et d'un T-shirt blanc à col en V. Il était pieds nus. Il avait les cheveux en bataille. Un tube d'aspirine était posé devant lui.

Elle attendit qu'il ait refermé son téléphone pour se manifester.

— Du nouveau à propos de l'enquête ? demanda-t-elle en avançant vers lui, les bras croisés sur ses seins.

Il la détailla d'un regard appuyé et appréciateur qui la fit rougir jusqu'aux oreilles et se sentir terriblement vulnérable.

— C'était Cam… Je veux dire, l'agent Vartan.

Il lui rapporta alors leur conversation qu'elle écouta d'une oreille distraite, tout en scrutant son visage. Il avait les traits tirés.

— Comment te sens-tu ?

— Très mal, avoua-t-il. Tu trouveras du café dans la cuisine. J'ai bien peur de n'avoir rien d'autre à t'offrir.

Elle remarqua que le petit enregistreur ne se trouvait plus en évidence sur la table.

— Du café, ça me va très bien, dit-elle.

Dans la cuisine, qui était plutôt une kitchenette, elle

trouva une cafetière posée sur le comptoir en Formica. Elle ouvrit le placard en pin installé au-dessus et y trouva des mugs ébréchés. Le café était très noir, Eric avait dû le préparer quelques heures plus tôt.

— Il n'y a ni lait ni sucre, je suis désolé…

Elle se retourna. La silhouette d'Eric se détachait dans l'encadrement de la porte. Elle acquiesça d'un hochement de tête et but lentement une première gorgée.

— Je ne vais pas tarder à partir, annonça-t-il. L'unité opérationnelle se réunit ce matin pour faire le point.

Encore une réunion le dimanche… Mia fut tentée de lui parler des notes de Hank Dugger à propos de l'enlèvement de la petite Joy, mais le moment lui sembla mal choisi.

— Je comprends, dit-elle.

Elle posa son mug sur le comptoir.

— Je devrais m'habiller et filer avec ma honte avant qu'il ne fasse tout à fait jour ! ajouta-t-elle.

Elle tenta de sortir de la kitchenette en passant devant lui, en crabe, pour ne pas l'effleurer.

— Hé ! protesta-t-il.

Elle se figea et leva la tête vers lui. Ses beaux yeux vert mousse, si perçants, paraissaient troublés.

— Je ne prends pas ce qui s'est passé entre nous à la légère, Mia… Je tiens à ce que tu le saches. Mais…

Sa voix se brisa.

— Pour moi, ça faisait longtemps.

— Tu n'étais pas dans ton état normal, hier soir.

— Je n'allais pas très bien, c'est vrai, et j'avais bu, reconnut-il en se massant la nuque d'un air gêné.

Il soupira. Elle attendit, nue sous la chemise blanche, qu'il daigne lui expliquer le pourquoi de son état de la veille. Mais il n'en dit rien.

— J'y vais, murmura-t-elle alors en lui effleurant le torse du bout des doigts. Comme ça, tu pourras te doucher et faire ce que tu as à faire.

*
* *

— Je ne suis pas certain qu'il soit judicieux de poursuivre cette thérapie, annonça le Dr Wilhelm d'un air préoccupé, tout en joignant ses mains du bout des doigts.

Il ne s'adressait pas à Eric, lequel arpentait en silence le tapis d'Orient du bureau, mais à Mia.

On était lundi, en fin d'après-midi. Visibles à travers la haute fenêtre, de gros nuages gris s'amoncelaient dans le ciel. Un orage se préparait; ils étaient fréquents sous le climat subtropical de la Floride.

— Vous répondez parfaitement aux stimulations, non seulement sous hypnose, mais aussi avec vos rêves, continua le psychiatre. Vous vous êtes spontanément souvenue d'un épisode traumatique de votre enfance. Mais votre organisme supporte mal le catalyseur. La dernière fois, votre pression sanguine s'est élevée de façon alarmante. Cela devient dangereux.

Mia était installée à sa place habituelle, sur le divan. Elle prit le temps de peser le pour et le contre, puis répondit, déterminée :

— Karen Diambro est probablement encore en vie. Je voudrais essayer de nouveau.

Son regard ourlé de longs cils glissa vers Eric.

— Qu'en pensez-vous, agent Macfarlane ?

Il en pensait qu'il se trouvait devant un dilemme. Au cours de la séance précédente, Mia avait vu le tueur. Cette fois, elle pouvait avoir accès à un détail crucial. Mais il ne voulait pas qu'elle se mette en danger, pas même pour faire progresser l'enquête.

— Docteur Wilhelm, pourrais-je m'entretenir seul un instant avec votre patiente ? demanda-t-il.

Le médecin hésita, comme s'il craignait qu'une décision importante ne se prenne sans lui, puis il se leva sans un mot et quitta la pièce.

Quand ils furent seuls, Eric se tourna vers Mia.

— Tu n'es pas obligée de faire ça, lui dit-il. Tu le sais, n'est-ce pas ?

Mia abandonna le divan pour venir vers lui, le défiant du regard.

— Tu n'as aucune piste et nous savons tous les deux que le temps joue contre Karen Diambro. Si le collectionneur enlève une autre femme…

— Je ne veux pas que tu le fasses pour moi.

Elle parut choquée de cette remarque.

— Je le fais pour les femmes qu'il a assassinées, Eric. Et pour celles qu'il va torturer encore, si on ne l'arrête pas.

Le ciel s'était encore assombri et le tonnerre gronda au loin. Eric soupira. Mia paraissait sincèrement désireuse de se prêter à l'expérience, mais il avait plus que jamais l'impression de l'utiliser sans scrupules. Tout comme il l'avait utilisée deux nuits plus tôt, pour noyer son chagrin.

Il était depuis obsédé par le souvenir de sa peau, de sa douceur. Il avait constamment à la mémoire chaque centimètre carré de son corps menu. Il regrettait de ne pas lui avoir fait l'amour avec plus de tendresse, et de s'être endormi tout de suite après, de l'avoir traitée, en somme, comme ces femmes avec lesquelles on ne partage qu'une nuit. Elle méritait mieux. Mais l'attirance qu'il ressentait pour elle lui compliquait la vie et il refusait d'y céder.

— J'ai signé une décharge avant de commencer cette thérapie, lui rappela-t-elle. Ni toi ni le Dr Wilhelm ne seriez tenus pour responsables, si…

— Je ne m'inquiète pas de ça, Mia, mais de toi ! protesta-t-il.

Il fit un pas en avant vers elle. Il se sentait déchiré, une fois de plus. Les enjeux étaient énormes, d'un côté comme de l'autre.

— Laisse-moi essayer encore, insista-t-elle.

Quelques minutes plus tard, ils rappelaient le Dr Wilhelm. Tandis que celui-ci préparait Mia pour la séance d'hypnose, Eric demeura debout près du divan, à observer le rituel qu'il connaissait bien à présent — le tensiomètre, l'injection, les lumières tamisées —, avec la mine d'un témoin qui assiste à l'exécution d'un condamné à mort. Il avait beau se répéter que c'était pour le bien de la communauté, cette perspective ne soulageait pas son malaise.

Comme le temps sous hypnose était limité, ils avaient discuté auparavant de la meilleure stratégie et décidé que le plus pertinent serait de ramener Mia à l'instant où elle s'était enfuie.

— Je veux que vous retourniez dans l'Acura gris métallisé qui vous a permis de vous échapper, Mia, déclara alors le médecin d'une voix douce, quand il jugea que le produit commençait à faire son effet.

Il s'était installé dans le fauteuil à oreilles qu'il avait tiré près du divan. Mia avait les yeux fermés et respirait profondément, régulièrement.

— Vous avez réussi à sortir de cette affreuse pièce où l'on vous gardait prisonnière, mais vous devez maintenant quitter la propriété. Vous connectez les fils de contact pour faire démarrer le moteur…

Elle demeura silencieuse un long moment, comme si elle dormait. Puis son corps fut secoué d'un sursaut et le cœur d'Eric fit un bond presque au même instant.

— Il cogne à la portière ! Il va briser la vitre !

— Vous devez démarrer, Mia… Passez une vitesse. Est-ce que la voiture avance ?

— Oui… Mais j'ai le vertige. J'y vois trouble.

Sa voix tremblait.

— Seigneur… Je crois qu'il me suit !

— Il ne vous suit pas, lui assura le Dr Wilhelm. Continuez à conduire et dites-moi ce que vous voyez.

— Il fait nuit et il pleut énormément. Je zigzague sur la route. Je… je n'arrive pas à rouler droit.

— Est-ce que vous voyez des pancartes ?

— Je n'arrive pas à les lire. Des arbres cachent les lampadaires et je roule si vite !

— Continuez à rouler.

Eric et le psychiatre échangèrent un regard entendu.

Mia avait eu une chance incroyable de ne pas provoquer un accident grave en conduisant dans cet état.

— Je suis sur la route inter-Etats, dit-elle au bout d'un moment. Je ne sais pas comment je suis arrivée là.

— C'est très bien. La route inter-Etats doit être bien éclairée. Essayez de lire les pancartes…

Un éclair illumina la fenêtre du bureau et le tonnerre éclata. La pluie se mit à crépiter sur le toit. Heureusement, il pleuvait aussi dans le rêve de Mia, l'orage ne la dérangerait pas. Sur la route inter-Etats, il y avait toutes les chances pour qu'elle aperçoive une indication qui leur serait utile.

— I-95 Nord, murmura-t-elle. C'est ce que je lis sur les bornes routières.

Un sentiment de soulagement doublé de triomphe s'empara d'Eric. La localisation n'était pas extrêmement précise, mais elle réduisait tout de même considérablement le secteur de leurs recherches. Mia avait donc été retenue prisonnière au sud de Jacksonville. Elle avait suivi la route inter-Etats, puis pris vers l'est, avant d'emprunter l'A1A qui longeait la côte. Il revit la barrière qu'elle avait franchie avant de se ficher dans une dune.

— C'est bien, la félicita le Dr Wilhelm. Continuez à regarder autour de vous. Vous allez forcément passer devant une sortie. Essayez de lire le panneau.

Elle demeura silencieuse un instant, puis quelque chose, dans son comportement, changea. Elle se mit à remuer et à secouer la tête de droite à gauche. Inquiet, Eric se tourna vers le médecin qui se penchait déjà sur elle.

— Mia ? Que se passe-t-il ?

Elle eut un sanglot étouffé et sa respiration s'accéléra. Ses poings se crispèrent.

— Mia ? Ecoutez-moi… Dites-moi ce qui vous arrive.

Il avait déjà commencé à gonfler le tensiomètre pour prendre sa tension.

— Je suis de retour dans la pièce en parpaings. Et il… il a un couteau…

Son esprit avait décidé de s'aventurer ailleurs que là où

le guidait le médecin. Eric en fut atterré. Ils avaient été prévenus de ce risque, et voilà que ça arrivait… A présent, Wilhelm ne contrôlait plus grand-chose.

— Non, je vous en supplie ! gémissait maintenant Mia en tremblant.

Le pouls d'Eric se mit à battre plus fort.

— Ramenez-la, docteur. Tout de suite !

— Ce n'est pas si simple, répondit le médecin en lui jetant un regard agacé.

Il vérifia le cadran du tensiomètre, eut une petite moue de contrariété et fronça les sourcils.

— La ramener trop vite pourrait faire grimper sa tension, dit-il.

Eric contempla le corps de Mia qui continuait à s'agiter sur le divan. Sa respiration était de plus en plus saccadée. Il se sentait affreusement impuissant et regrettait à présent d'avoir autorisé la séance.

— Vous vous souvenez de cette grande salle de cinéma où vous êtes en sécurité, Mia ? murmura le Dr Wilhelm qui s'efforçait de reprendre la situation en main. Je veux que vous y alliez. Sur-le-champ. Remplacez ce qui se passe autour de vous par l'écran blanc. Laissez-vous envahir par la blancheur de l'écran. Ici, c'est calme et silencieux. Serein. Les portes sont fermées à clé, personne ne peut entrer. Personne ne peut vous atteindre…

Elle poussa un hurlement terrifiant, son corps se cambra sur le divan, et elle porta ses mains à son ventre. Eric sentit le sang affluer à son visage. Elle revivait manifestement le moment où le collectionneur avait gravé le chiffre huit sur son ventre.

— Faites-la revenir, merde !

A présent, Mia poussait des cris de douleur et d'angoisse, entrecoupés de sanglots.

Le Dr Wilhelm fit claquer ses doigts à plusieurs reprises. En vain.

— Réveillez-vous, Mia. Revenez avec nous. Maintenant.

Il répéta l'ordre plusieurs fois et elle se redressa enfin

d'un bond, en gémissant. Elle était pâle et paraissait au bord du malaise.

Eric s'approcha d'elle et la prit par les épaules.

— Tout va bien, Mia. Vous êtes avec nous. En sécurité…

Elle pleurait. La blessure de son ventre s'était mise à saigner, et du sang tachait son petit débardeur blanc. Le Dr Wilhelm vérifia une dernière fois sa tension, puis défit le tensiomètre.

— La tension continue à monter, marmonna-t-il d'un ton alarmé.

— Je… je n'arrive plus à respirer, se plaignit Mia en se tenant les côtes. J'ai un poids sur la poitrine.

— Il faut l'emmener aux urgences de l'hôpital de la base, ordonna le médecin en se levant. Tout de suite. C'est dans un autre bâtiment.

— Seigneur, murmura Eric entre ses dents.

Il souleva Mia et sortit du bureau, l'emportant dans ses bras. Puis il se mit à courir sous la pluie battante.

# 22

Eric rongeait son frein, faisant les cent pas dans la salle d'attente. Quand le Dr Wilhelm le rejoignit enfin, il s'avança précipitamment vers lui.

— Son état est stable, à présent, lui annonça ce dernier avant qu'il ne pose la moindre question. La tension a baissé. On l'a mise sous oxygène.

— Elle va s'en tirer, alors ? demanda Eric d'une voix étranglée par l'inquiétude et l'émotion.

— Avec le bêtabloquant qu'on lui a injecté, elle va s'en tirer, oui.

Wilhelm marqua une pause, tandis qu'un Interphone de l'hôpital grésillait au-dessus de leur tête : quelqu'un réclamait un médecin dans une salle d'opération.

— Nous avons également prélevé les gaz du sang artériel et tout va bien de ce côté également, reprit le psychiatre, quand ils purent de nouveau s'entendre. Ils la gardent en observation pendant quelques heures encore, puis ils la laisseront sortir, après lui avoir refait des analyses.

Eric se déplaça pour laisser circuler une famille. Ses vêtements étaient encore trempés de pluie.

— Qu'est-ce qui s'est passé, en fait ?

— Pour parler simplement, elle a été victime d'une sorte d'overdose qui a provoqué une montée d'adrénaline, laquelle a déclenché une hyperventilation et une hypertension.

Le Dr Wilhelm secoua la tête d'un air grave.

— En résumé, elle a frôlé la crise cardiaque.

Eric contempla d'un air songeur le couloir par lequel

Mia avait disparu. En sortant du bureau du médecin, il avait traversé le parking en courant, Mia dans les bras, sans penser à rien d'autre qu'à faire très vite. Les portes coulissantes des urgences s'étaient ouvertes devant lui, et avant qu'il se rende compte du détail, on l'avait installée sur un chariot et emportée.

— Je sais que votre enquête vous place dans une situation délicate, agent Macfarlane, mais je vous déconseille à présent de poursuivre les séances. Nous ne pouvons plus utiliser une dose aussi massive de catalyseur… Je n'ai pas besoin de vous expliquer pourquoi… Et un dosage plus faible ne permettrait pas d'avoir accès à des souvenirs traumatiques.

Eric acquiesça. Il avait un poids douloureux sur la poitrine qui ne cédait pas, malgré les nouvelles — relativement bonnes — que le Dr Wilhelm lui avait apportées.

— Est-ce que je peux la voir ?

— Bien sûr. Elle est dans la quatrième salle d'examen. Nous n'avons pas beaucoup de lits, dans cet hôpital, aussi ne l'installera-t-on dans une chambre que si elle fait une rechute. J'ai demandé à être prévenu, si cela se produisait.

Le psychiatre passa devant le bureau des admissions et sortit dans l'obscuritéLa pluie avait enfin cessé et de la vapeur s'élevait de l'asphalte, devant l'entrée des urgences.

Eric s'en voulait terriblement d'avoir autorisé Mia à entreprendre cette dernière séance. Il entendait encore son halètement épuisé, quand il l'avait portée à travers le parking.

Il ne devait plus la solliciter.

Il quitta la salle d'attente et traversa le couloir qui commençait à se remplir de soignants et de patients. Les rideaux des salles d'examen étaient fermés, et une veilleuse brillait dans celle que lui avait indiquée le Dr Wilhelm. Il frappa doucement à la porte. Une infirmière au visage sévère en sortait, justement, et lui fit signe qu'il ne pouvait pas entrer. Il lui présenta son badge et elle s'effaça.

— Ménagez-la, dit-elle avant de s'éloigner en poussant un chariot. Elle a besoin de se reposer.

Mia était allongée, les yeux fermés. On lui avait passé

une blouse et les fils du moniteur cardiaque sortaient de son encolure, tels des serpents. Près d'elle, une machine bipait régulièrement. Un oxymètre de pouls lui enserrait l'index de la main droite et une lunette d'oxygène était ajustée à ses narines. Il la trouva affreusement pâle.

Comme il s'approchait d'elle, elle ouvrit les paupières.

— Désolé, dit-il. Je ne voulais pas te réveiller.

— Je ne dormais pas, je suis seulement dans les vapes.

Elle avait l'air sonnée, en effet.

— C'est le Valium, je pense.

— Tu m'as fait très peur, dit-il doucement.

— Nous savons au moins qu'il enferme ses victimes quelque part au sud de Jacksonville. Si j'avais réussi à tenir le coup un peu plus longtemps…

Il la serra dans ses bras.

— Ne t'inquiète pas de ça !

Elle avait frôlé la crise cardiaque.

— Le chiffre sur mon ventre… Il s'était remis à saigner.

Elle posa ses mains sur son ventre, à travers les draps. Il y avait de l'étonnement dans sa voix. Elle leva vers lui des yeux vagues, sans doute à cause des calmants et autres drogues qu'on lui avait administrés.

— C'est étrange… L'autre fois, c'étaient mes doigts, tu te souviens ?

Le phénomène était étrange et intrigant, en effet, mais il soulignait surtout le fait qu'elle avait enduré une deuxième fois la torture dans sa chair, et qu'elle n'avait pas simplement assisté à la scène en spectatrice, devant cet « écran de cinéma tout blanc », recours du médecin pour alléger la pénibilité de la séance.

— J'ai vu son visage, dit-elle. Plus nettement.

— Nous pourrons améliorer le portrait, dans ce cas.

— Je suis désolée…

Eric caressa doucement son front pour en écarter quelques cheveux noirs.

— De quoi, Mia ?

— J'aurais tant voulu me souvenir de quelque chose qui aurait permis de mettre fin à tout ça !

Il prit un tabouret pour s'asseoir près du lit, tout en songeant qu'elle manifestait un courage qui forçait l'admiration.

— J'ai hâte de rentrer chez moi, Eric… Tu crois que tu pourrais m'aider à m'enfuir ? demanda-t-elle en souriant.

— On va attendre d'être sûr que tu vas bien, répondit-il d'un ton grave.

Il était près de 23 heures quand Eric la ramena enfin chez elle. Elle était encore sous l'effet des sédatifs. A l'hôpital, il ne l'avait quittée que pour donner quelques coups de fil urgents et elle lui était reconnaissante d'être resté près d'elle. Il l'avait ensuite assistée pour les formalités de sortie, puis il l'avait raccompagnée dans sa voiture.

— Je ne me serais pas douté que tu faisais de la danse classique, Mia…

Il l'avait suivie jusqu'à sa chambre — sans doute craignait-il qu'elle ne fasse un malaise —, et s'était arrêté sur le seuil. Il tenait à la main la vieille paire de pointes qu'elle suspendait à la porte par les rubans, en décoration. Une décoration assez désuète, qui tranchait avec l'ambiance moderne de sa maison, mais elle y tenait.

— J'ai remarqué l'autre jour les photos qui se trouvent dans ton bureau. Tu es très belle, en danseuse.

Le compliment la fit rougir. Elle lui prit les chaussons des mains et ses doigts caressèrent distraitement le satin des rubans.

— J'ai commencé à l'adolescence, ce qui est un peu tard, en fait, mais j'étais douée. Je faisais partie du Jeune Ballet de Jacksonville. Ça m'a aidée à obtenir une bourse d'études pour l'université de Floride.

— Je suis très impressionné !

Son pouce s'arrêta sur le bout usé d'un des chaussons, puis elle posa la paire sur le plateau de bois patiné de son bureau.

— Il n'y a pas de quoi, répondit-elle. Je me suis abîmé le genou et la bourse m'a été retirée.

— Mais tu as tout de même terminé tes études.

— Oui. Et ça m'a pris du temps, parce que j'ai dû travailler. Je cumulais un boulot de serveuse et un stage rémunéré au journal de Gainesville. Mais j'y suis arrivée.

— Tu m'impressionnes vraiment, Mia, répéta-t-il en faisant un pas vers elle. Surtout quand je pense à tout ce que tu as vécu…

Il ne termina pas sa phrase, mais elle comprit qu'il faisait allusion à son enfance chaotique. Elle aurait pu finir sans diplôme et sans travail, suivre l'exemple de sa mère, vivre aux crochets des services sociaux et vendre ses charmes. Certes, Luri Hale n'avait jamais fait le trottoir, mais les hommes qu'elle ramassait dans les bars la considéraient comme une prostituée.

— J'ai dû me débrouiller seule à l'âge de seize ans…

Elle songea à cette nuit où sa mère était rentrée à la maison avec deux hommes. « Un pour moi et un pour toi », avait-elle déclaré d'une voix épaisse avec, dans le regard, une lueur qui laissait soupçonner une phase maniaque. Elle l'avait giflée quand elle avait refusé de s'enfermer dans une chambre avec l'un des deux inconnus — elles avaient besoin de deux cents dollars pour payer le loyer, elle était en âge de participer, avait argué sa mère, est-ce qu'elle se prenait donc pour une princesse ?

Mia s'était enfuie de l'appartement et n'y était retournée que pour prendre ses vêtements et les quelques objets personnels qu'elle possédait. Par la même occasion, elle avait réclamé à sa mère son émancipation.

— Enfin, je n'étais pas tout à fait seule, reconnut-elle après être restée songeuse quelques minutes. L'un de mes professeurs de danse, une femme qui s'appelait Debora Vance, m'a hébergée jusqu'à la fin de mes études. Elle habitait une vieille maison de famille, une de ces demeures victoriennes aux planchers qui craquent, dans le quartier historique de Springfield. Je n'avais pas de loyer à payer et les services sociaux me versaient un petit pécule… Ça m'a aidée. C'est aussi grâce à ce professeur que j'ai obtenu ma bourse d'études. Je ne sais pas ce que je serais devenue sans elle.

— Tu es toujours en contact avec elle ?

Mia secoua la tête. Debora lui manquait terriblement.

— Elle est morte. Elle a été agressée par des voleurs, dans la rue, il y a quelques années. Ils lui ont tiré dessus et l'ont tuée.

Springfield était un quartier très mal famé, en cours de réhabilitation.

— C'est moi qui ai couvert l'affaire au journal, poursuivit-elle d'un ton attristé. Ses agresseurs n'avaient pas plus de quinze ans et ils l'ont tuée pour cinquante dollars. Mais sinon, oui, j'avais gardé le contact avec elle. Je dînais chez elle tous les dimanches soir. Elle me préparait des crevettes frites ou un barbecue de porc, ses spécialités, qu'on mangeait en buvant du thé.

— Je suis désolé, murmura-t-il. Tu pratiques encore la danse ?

— J'enseigne en tant que bénévole, l'été, dans une maison de quartier du centre-ville, pour des enfants dont les parents n'ont pas les moyens de payer des activités culturelles ou sportives.

*Des jeunes comme moi autrefois…*

— Les cours ont lieu le soir, après l'école. Ce qui fait que trois soirs par semaine, je suis entourée de petites filles en tutu rose !

Eric la dévisagea.

— J'aimerais bien voir ça !

Elle eut un sourire résigné. Quand l'enquête serait terminée, il retournerait à D.C. Elle voulait qu'on arrête le meurtrier, mais elle savait aussi que son arrestation sonnerait le glas de ses relations avec Eric. Chaque fois qu'elle y songeait, elle ressentait un grand vide.

Elle baissa les yeux pour lui cacher sa tristesse, et sa main se posa distraitement sur son débardeur taché de sang, ce qui lui rappela brusquement qu'elle était venue dans sa chambre pour en changer.

— Je vais l'enlever, murmura-t-elle.

Il recula vers la porte.

— Je t'attends à côté.

Ils n'avaient plus évoqué leur nuit au bungalow et Eric ne se sentait pas autorisé à rester dans la pièce quand elle se déshabillait.

— Tu peux rentrer chez toi, lui dit-elle. Je me sens tout à fait bien, à présent.

— Je préférerais tout de même passer la nuit ici, dit-il en gardant la main sur la poignée de la porte. Je ne suis pas tranquille à l'idée de te laisser seule. La séance d'aujourd'hui a été particulièrement éprouvante.

— J'avais les mains liées au-dessus de la tête, attachées à une table, murmura-t-elle, de nouveau perdue dans ses souvenirs. Lui, il était assis face à moi… Et il prenait son temps…

Elle secoua la tête, comme si elle n'arrivait pas à y croire.

— Et tout en s'appliquant, il fredonnait un vieux tube, comme s'il était en train de sculpter un morceau de bois, ajouta-t-elle avec un tremblement dans la voix.

Quelques minutes plus tard, elle rejoignait Eric qui consultait le petit carnet de Hank Dugger dans son bureau.

— Ce sont les notes prises par l'inspecteur qui a mené l'enquête sur l'enlèvement de Joy Rourke, lui expliqua-t-elle.

Elle avait enfilé un bas de pyjama en coton imprimé, avec le haut assorti. Elle avait aussi pris une douche. Ses cheveux étaient encore humides.

— Je suis allée lui rendre visite samedi.

— Et il t'a confié ses notes ?

— Je lui ai dit que j'avais connu Joy. Que nous étions dans le même foyer.

Eric s'était mis à l'aise. Il avait sorti les pans de sa chemise de son pantalon, posé sa veste et sa cravate sur le dossier d'un fauteuil. Son insigne et l'étui de son arme étaient sur une étagère, près des revues et d'un vieux guide de rédaction datant de ses cours de journalisme à l'université.

— Et tu y as trouvé quelque chose d'intéressant ? demanda-t-il.

— Pas pour l'instant, non. Il n'y a pas grand-chose de plus que dans le dossier fourni par le bureau du shérif, mais Dugger y a inclus des réflexions et des observations personnelles. J'ai tenté de retrouver les personnes qu'il cite, mais certaines sont mortes, d'autres ont déménagé. Je m'y suis attelée dimanche et un peu aujourd'hui, au journal, dès que j'avais un moment de libre.

Tout en continuant à lire, Eric alla s'asseoir sur le confident. Elle le rejoignit et montra du doigt l'un des noms de la liste.

— Cet homme vivait en face du foyer où nous étions. Il était donc le mieux placé pour voir quelque chose. Malheureusement, il est décédé il y a un an.

— Continue à chercher… J'ai mis des hommes sur le dossier, mais si de ton côté tu trouves quoi que ce soit, n'hésite pas à me faire signe.

Elle acquiesça, tout en songeant qu'elle avait peu de chances d'aboutir. Hank Dugger et son partenaire avaient mené l'enquête avec soin. Vingt-cinq ans après les faits, elle aurait du mal à faire mieux.

— Tu as faim ? demanda-t-elle.

— J'ai grignoté à la cafétéria de l'hôpital, quand je me suis absenté pour téléphoner. Et toi, tu as faim ?

Elle secoua la tête en étouffant un bâillement.

— Tu as besoin de te reposer…

Il la dévisagea intensément.

— S'il t'était arrivé quoi que ce soit, je ne me le serais jamais pardonné.

— Je me suis engagée dans cette expérience de mon plein gré, en sachant parfaitement à quoi je m'exposais, Eric. Aujourd'hui, ça a été un peu difficile, mais la prochaine fois…

— Il n'y aura pas de prochaine fois ! la coupa-t-il d'un ton résolu. Le Dr Wilhelm pense que ça devient trop dangereux. Je ne mettrai plus ta santé dans la balance.

Il lui effleura le visage du bout des doigts.

— Et je pense, ajouta-t-il, que tu devrais prendre un jour de congé.

— Pas la peine. Le médecin des urgences a dit que je ne risquais plus rien.

Il soutint son regard quelques secondes. Puis il se pencha pour déposer un baiser sur ses lèvres — un baiser tendre, mais léger, qui la laissa sur sa faim. Au bungalow, il s'était montré presque brutal, mais ce soir, il avait visiblement décidé de la traiter comme une petite chose fragile. Il passa un bras autour de ses épaules pour l'attirer contre lui, tout en s'adossant au confident et en reprenant la lecture des notes de Dugger. La pièce était baignée d'une douce lumière provenant de la liseuse du canapé et de la lueur de l'écran de l'ordinateur. Mia sentait encore les effets des calmants, elle avait les paupières lourdes…

Un moment plus tard, elle se réveilla dans son lit, sous sa couette. Elle se souvenait vaguement qu'Eric l'avait soulevée pour l'emporter dans sa chambre. La lampe de chevet dispensait une lumière bleutée. Il était allongé près d'elle, un bras posé en travers de son ventre. Il dormait. Sa respiration jouait dans ses cheveux. Elle se laissa envahir par le bien-être que lui procurait sa présence. Avec lui, elle se sentait en sécurité.

« Je ne prends pas ce qui s'est passé entre nous à la légère. Je tiens à ce que tu le saches. »

Elle soupira silencieusement.

*Pas à la légère… Qu'est-ce que ça veut dire ? Il avait bu. Il était malheureux. Il partira dès que l'enquête sera finie.*

Mais elle avait beau se raisonner, elle devait reconnaître qu'elle était en train de tomber amoureuse.

# 23

Le creux dans l'oreiller à côté du sien rappela à Mia qu'elle n'avait pas dormi seule. Elle arrêta l'alarme du réveil et repoussa la couette, puis se rendit à pas de loup dans la cuisine, guidée par des effluves de café frais. Elle y trouva Eric, lequel était déjà habillé.

— Bonjour, murmura-t-elle d'une voix endormie.

Il lui répondit par une question.

— Pourquoi tu ne m'en as pas parlé ?

— Parlé de quoi ?

Elle se frotta les yeux, tout en s'approchant de lui. L'édition du mardi du *Jacksonville Courier* était ouverte sur le comptoir. Il avait dû le ramasser sur le seuil de sa porte pendant qu'elle dormait.

Le gros titre qu'elle découvrit en haut de la page deux secoua sa torpeur.

*L'agent du FBI chargé de l'enquête sur les meurtres de Jacksonville aurait des comptes personnels à régler avec le tueur.*

— Je n'étais pas au courant, dit-elle en parcourant rapidement l'article.

Il était signé de Walt, mais un ajout en italique à la fin de la colonne lui fit battre le cœur de colère. Elle y était citée comme ayant contribué aux recherches, ainsi qu'un journaliste du *Washington Post*.

— C'est faux ! protesta-t-elle. Je n'ai pas contribué à cet article !

Eric se passa la main dans les cheveux. Il paraissait perplexe.

— Mon nom est mentionné parce que Walt a utilisé des éléments de mes précédents articles, insista-t-elle. Mais je t'assure que je n'étais au courant de rien.

— Il publie un portrait, alors que je ne lui ai jamais accordé d'interview.

— Un journaliste peut décider de publier un portrait sans interview, reconnut-elle.

Elle relut l'article avec attention. Walt établissait un lien entre les récents meurtres de Jacksonville et l'affaire du Maryland, ce qui n'était pas nouveau. Mais cette fois, ce lien servait à introduire un autre sujet : le portrait de l'agent spécial Eric Macfarlane. Tout y était. Les détails de la mort atroce de sa femme. Sa parenté avec un membre du département de la Justice qui lui avait permis de rester sur l'affaire, alors qu'il aurait dû en être écarté.

> *L'épouse de l'agent Macfarlane a été enlevée dans la maison du couple, à Bethesda. On a découvert son corps atrocement mutilé deux jours plus tard, dans un fossé enneigé, près du lac Rawling. D'après le FBI et les rapports de police, c'est l'agent Macfarlane lui-même qui a identifié le cadavre de sa femme sur la scène de crime…*

Le ventre de Mia se noua. Eric avait déjà trois mortes et une disparue sur les bras. Tout le monde regardait dans sa direction. Il n'avait pas besoin d'un article qui visait à semer le doute sur ses capacités à mener l'enquête !

— Je dois y aller, dit-il en évitant de croiser son regard. Le jour n'était pas encore levé.

— Il faut que je passe chez moi, pour me doucher et me changer.

Il ne paraissait pas en colère, juste préoccupé. Il ramassa

son portefeuille, puis se dirigea vers l'étagère pour prendre son badge et son arme qu'il accrocha à sa ceinture.

— Si c'est toi qui les as renseignés, Mia, je ne t'en veux pas, dit-il alors posément. Tu es journaliste, tu as fait ton boulot et…

— Je ne les ai pas renseignés, le coupa-t-elle. Je t'en prie, Eric, il faut que tu me croies !

Il soupira et se tourna vers elle pour la dévisager longuement.

— Je te crois… Je vais m'arranger pour que le portraitiste passe te voir au journal dans la matinée. Sois prudente, d'accord ?

Quelques instants plus tard, elle refermait la porte de l'appartement derrière lui, en la verrouillant soigneusement. Elle demeura un moment dans le couloir, en pyjama, se demandant s'il la croyait vraiment, ou s'il avait simplement cherché à éviter le conflit. Elle était journaliste, son métier était de diffuser l'information, et elle lui avait avoué avoir fait des recherches sur lui. Son nom associé à cet article avait forcément semé le doute dans son esprit.

Il s'efforçait de prendre la chose avec détachement, du moins en apparence, mais ce n'était pas drôle de voir l'épisode le plus douloureux de sa vie étalé sur les pages d'un journal.

Elle retourna dans la cuisine pour se servir une tasse de café qu'elle emporta dans sa chambre, afin de la boire tout en s'habillant.

En arrivant au journal, une heure plus tard, elle fila tout droit dans le bureau de Grayson. Assis à sa table de travail, ses lunettes perchées sur le haut de son crâne poivre et sel, il rangeait son ordinateur portable dans une sacoche. Il était visiblement sur le départ.

Elle entra en refermant la porte derrière elle.

— Il faut que je te parle, dit-elle.

— Désolé, répondit-il en mettant la sacoche en bandoulière. Je suis pressé.

— Où est-ce que tu vas ?

— A Boston, à un colloque d'éditeurs. Je préside un groupe sur les médias sociaux. Mon avion décolle dans trois heures. Je suis passé en vitesse pour prendre quelques dossiers. Je t'ai envoyé un sujet par e-mail : une agression près du quartier de Jacksonville Landing, tôt ce matin. C'est la quatrième en deux semaines.

Jacksonville Landing était un quartier animé sur les rives du St Johns, comparable à celui de Miami Bayside, fréquenté par les autochtones et les touristes.

— C'est du sérieux, poursuivit-il. La victime a été hospitalisée à St Vincent. Essaie de l'interroger et de parler aux enquêteurs chargés de l'affaire. Keith Berkman me remplace en mon absence, c'est donc à lui que tu dois t'adress...

— Pourquoi mon nom est-il cité dans cet article, Grayson ?

Il s'écarta de son bureau.

— Tu parles de l'article sur Macfarlane ? C'est sûrement une erreur. Walt doit être furieux. Il n'aime pas partager.

— Pourquoi ne m'a-t-on pas prévenue que le journal publiait un portrait de Macfarlane ?

— Pourquoi t'aurait-on prévenue ? Tu n'es plus sur le sujet.

Il passa devant elle pour se diriger vers la porte.

— Tu n'aurais pas dû publier ça, dit-elle sur le ton du reproche.

— Tu veux bien m'accompagner jusqu'à ma voiture ?

Elle le suivit en silence à travers la salle de rédaction. En raison de l'heure matinale, seuls quelques journalistes se trouvaient là, assis à leur bureau, en train de siroter leur café tout en prenant connaissance de leurs e-mails et de leurs messages téléphoniques. Grayson ne prononça pas un mot. Une fois dans le parking, il se dirigea vers sa voiture et ouvrit le coffre pour y déposer la sacoche.

— Peux-tu maintenant m'expliquer pourquoi nous n'aurions pas dû publier cet article ? demanda-t-il sèchement, mais calmement. Il me semble pourtant que notre rôle est d'informer le public. Nous avons diffusé une information importante concernant Eric Macfarlane, lequel fait partie en ce moment de notre actualité. Sa femme a été assassinée par un tueur qu'il cherche à coincer. Son père est un homme haut placé au département de la Justice. Les gens veulent la justice, justement. Et la présence de Macfarlane sur cette enquête est une grave entorse au protocole et à l'éthique du FBI. Il a eu droit à un traitement dc faveur et c'est anormal. L'affaire est sérieuse, Mia. Nous aurions été fous de ne pas en parler.

— Vous ne l'avez même pas interviewé !

— Le journaliste du *Washington Post* qui a couvert l'affaire du Maryland nous a suffisamment renseignés.

Il fit claquer bruyamment le hayon de sa voiture.

— Je dois y aller…

— C'est toi qui as demandé que mon nom soit cité en contribution de cet article, n'est-ce pas ?

Il ne répondit pas.

— Je serai de retour ce week-end, dit-il. Si tu veux, nous pouvons dîner ensemble pour finir cette conversation.

Elle secoua la tête. Elle était furieuse.

— Non.

— Je parle d'un dîner professionnel, précisa-t-il.

Il avait rougi. Il ôta ses lunettes de sur son crâne et les fourra dans sa poche de chemise.

— Nous avons à discuter de certains sujets et je préférerais que ça ne se passe pas dans mon bureau. Je t'enverrai un e-mail pour fixer l'heure et le lieu. A présent, je te suggère de t'occuper de l'affaire de St Vincent. La victime est un touriste et il ne va pas s'éterniser en ville. Il se peut même qu'il s'en aille dans la journée. Alors, ne traîne pas !

Elle le regarda démarrer et suivit des yeux les feux arrière de la berline jusqu'à ce qu'ils disparaissent. Elle n'appréciait pas les méthodes de Grayson, mais sur le fond, elle devait admettre qu'il avait raison.

Elle oubliait d'être objective dès qu'il s'agissait d'Eric.

Eric avait enfilé un gilet pare-balles, une mesure de protection indispensable, mais à la limite du supportable avec la chaleur qu'il faisait. Il participait à l'assaut d'un entrepôt de tôle, au milieu d'une casse de voitures. L'arme au poing, il échangea un regard avec Cameron quand l'homme qui dirigeait le commando donna silencieusement le signal qu'ils attendaient. L'opération était menée par le bureau du shérif, mais quelques agents du FBI étaient venus en renfort.

Ils avancèrent comme un seul homme sur la terre et le gravier, rampant au sol. Quand ils poussèrent la porte d'entrée, les occupants de l'entrepôt se dispersèrent comme une nuée de mouches.

— Bureau du shérif ! Tout le monde à terre !

A travers le chaos, Eric repéra un Afro-Américain qui se glissait derrière une voiture montée sur blocs, en dissimulant quelque chose.

— Vous ! cria-t-il. Les mains en l'air. Tout de suite !

L'homme partit en courant et sortit par-derrière pour tenter de le semer dans le dédale de ferraille amoncelée au-dehors. Eric se lança à sa poursuite, se faufilant entre les étroits monticules, lui hurlant l'ordre de s'arrêter. Les débris de voitures formaient des piles si compactes qu'il était impossible de distinguer quoi que ce soit au travers. Il s'efforçait de ne pas perdre de vue les dreadlocks de l'homme, à quelques mètres devant lui.

Il tournait au coin d'une allée quand un objet dur le heurta violemment au niveau de la poitrine. La douleur fut atroce. Il tomba à la renverse et lâcha son arme qui fut projetée plus loin, hors de sa portée.

L'homme qui l'avait frappé n'était pas celui qu'il poursuivait, mais l'un de ses acolytes, un type avec de longs cheveux emmêlés et une barbe. Il brandissait un tuyau d'échappement qu'il s'apprêtait à abattre de nouveau sur lui. Eric roula au sol pour éviter le coup, mettant instinctivement son avant-bras devant son visage.

— Lâche ça !

Le tuyau s'arrêta à mi-chemin et la large silhouette de l'inspecteur Boyet s'encadra dans l'allée.

— Tu as entendu ? Je n'hésiterai pas à te faire sauter la cervelle, salaud !

L'homme lâcha le tuyau en poussant un juron, tandis que l'inspecteur avançait prudemment.

— Vous n'êtes pas blessé, Macfarlane ? lui demanda-t-il sans cesser de tenir l'homme en joue.

— Tout va bien, répondit Eric.

Il avait encore le souffle coupé et dut s'agripper à un tas de ferraille pour se hisser sur ses pieds. Il était furieux. Il leva la tête vers la balle ronde du soleil, comme pour le prendre à témoin de sa disgrâce.

— L'autre s'est enfui !

— Peu importe, fit la voix de Scofield qui venait d'apparaître au bout du dédale. On tient le chef.

— Remy Martinez, déclara alors Boyet en saisissant le bras de l'homme et en l'obligeant d'un coup de pied à écarter les jambes. Vous êtes en état d'arrestation !

L'opération « atelier de cannibalisation » — terme qui désigne un endroit où l'on rachète des voitures volées pour les revendre en pièces détachées — avait permis de procéder à huit arrestations.

— On signale environ dix vols de voitures par jour à Jacksonville, déclara Boyet à l'intention d'Eric, Scofield et Cameron, qui patientaient, comme lui, devant la salle d'interrogatoire. Et sur ces dix, il y en a cinq pour Jésus.

Il désigna du menton Remy Martinez qui se tenait de l'autre côté du miroir sans tain.

— Jésus ? s'étonna Cameron.

— C'est son surnom. A cause de la barbe et des cheveux longs. Et aussi de l'herbe qu'il fume.

— On a fait un gros coup de filet, aujourd'hui ! renchérit Scofield d'un air satisfait.

Elle avait récemment coupé ses cheveux blonds et opté pour un style sportif qui convenait parfaitement à sa silhouette athlétique.

— Si le tueur revend les voitures qu'il utilise pour les enlèvements, il y a de fortes chances pour qu'il se soit adressé à Martinez, le plus connu des revendeurs.

Eric avait été prévenu le matin de cette opération et il avait tenu à y participer.

Un bruit de pas le fit se retourner. Un adjoint venait vers eux, une feuille à la main.

— Voici une copie du portrait remanié que vous attendiez, agent Macfarlane. Je viens de l'imprimer.

Eric contempla le portrait du collectionneur, revu et corrigé selon les nouvelles indications de Mia. Il était indéniablement plus précis. Les traits étaient mieux définis, en particulier son menton fuyant et ses sourcils arqués. Son regard, par contre, n'avait pas changé, il était toujours aussi glacial. Eric eut froid dans le dos à l'idée que Mia avait été à la merci de cet homme.

— Très bien, dit-il. Il faut le diffuser.

— Comment vont vos côtes ? demanda Scofield.

Il se rendit compte qu'il se tenait les côtes, sans même y penser.

— Ça va, dit-il.

— Les gilets pare-balles ne sont pas d'une grande efficacité contre les coups, fit remarquer Boyet. S'il vous avait frappé avec ce tuyau d'échappement, il vous aurait défoncé le sternum.

Il avait eu de la chance que Boyet arrive au bon moment !

— Ça ne vous dérange pas si je l'interroge seul ? demanda-t-il.

— Je vous en prie, répondit Boyet en ricanant. En ce qui me concerne, vous pouvez même calfeutrer le miroir sans tain et lui rendre la monnaie de sa pièce.

Eric laissa donc Cameron avec les deux inspecteurs et entra dans la salle en refermant la porte derrière lui. Bien que menotté, Martinez se tenait droit, la tête haute, dans une attitude provocatrice. Eric dut se retenir pour ne pas faucher d'un coup de pied la chaise sur laquelle il était assis.

— Avez-vous acheté à cet homme un véhicule volé, ou

des pièces de voiture ? demanda-t-il en déposant le portrait devant lui sur la table.

Martinez contempla le portrait sans un battement de cils.

— Non, répondit-il.

— Vous en êtes certain ? On vous tient pour vol de voitures et vente de pièces volées, sans parler d'agression sur agent fédéral.

— Et le fait que je connaisse cet homme pourrait y changer quelque chose ?

— Ça pourrait vous permettre de passer les dix ou douze ans à venir dans une prison correcte. En revanche, j'ai entendu dire que Bakersfield est un véritable trou de l'enfer… Et c'est là que vous irez, si on ne vous donne pas un petit coup de pouce.

Martinez le contempla à travers ses longs cheveux, puis il se pencha de nouveau sur le portrait.

— Ouais, il me semble que j'ai déjà vu ce type… Il passe de temps en temps. C'est un fils de pute. Un prétentieux. Mais il apporte de belles pièces. Du haut de gamme.

Eric eut une bouffée d'espoir. La casse de Martinez était située au sud de Jacksonville, c'est-à-dire dans le secteur où était censé se trouver le tueur.

— Vous connaissez son nom ?

— Pas de nom et pas d'adresse. Désolé.

Il sourit, révélant une dent en or.

— C'est la procédure.

Quand Eric ressortit dans le couloir, les trois autres étaient partis. Cameron était en train de terminer un coup de fil un peu plus loin.

— Alors ? demanda-t-il après avoir raccroché et rangé son téléphone dans sa poche.

— Le tueur a vendu des pièces à Martinez à plusieurs reprises. La dernière fois, c'était il y a une semaine et les pièces provenaient d'une Audi.

— Ça pourrait être l'Audi qui est passée près de la scène de crime de Pauline Berger, il y a un peu plus d'une semaine, murmura Cameron qui paraissait réfléchir tout en parlant.

Il se mit à avancer dans le couloir à grands pas, en direction du hall d'entrée du bâtiment. Eric le suivit.

— Je vais demander à une équipe de rechercher les pièces qui auraient pu provenir de cette voiture et de les envoyer au labo pour le relevé d'empreintes. Mais tu as vu la taille de l'endroit… Ça pourrait prendre un certain temps. Quoi d'autre ?

— Rien, malheureusement. Tu penses bien que Martinez ne demande pas leur nom et leur adresse à ceux qui lui apportent de la marchandise.

Ils n'avaient pas trouvé d'empreintes dans la voiture qui avait servi à Mia pour prendre la fuite, mais le tueur avait pu en laisser sur les pièces qu'il avait revendues à la casse. Il n'avait peut-être pas enfilé de gants pour les transporter. Et s'il avait un casier et se trouvait dans leur fichier d'empreintes… ils le coinceraient. Eric espérait que ça se produirait avant qu'il n'enlève une autre femme. Il aurait voulu retrouver Karen Diambro en vie. Il en avait assez des cadavres.

— Il ne faut pas fermer la casse de Martinez, mais la mettre sous surveillance, dit-il. Au cas où notre homme s'y présenterait de nouveau.

Cameron grommela une vague approbation.

— Avec qui parlais-tu au téléphone ?

— Avec le bureau du légiste. Le rapport toxicologique d'Anna Lynn Gomez est arrivé. Même mélange de Rohypnol et de drogue du viol dans son sang…

Les funérailles de la jeune femme étaient prévues pour le lendemain. Eric avait l'intention d'y assister. Par égard pour la famille, mais aussi pour coordonner le travail des hommes qui devaient surveiller l'assistance. On ne sait jamais, le collectionneur serait peut-être tenté de se montrer.

— Martinez t'a frappé avec un pot d'échappement ?

— Ce n'est rien. Il m'a eu par surprise. Au détour d'une allée.

Cameron secoua la tête, mais s'abstint de lui faire la morale.

— Tu es sûr que tu ne veux pas passer une radio ?

— Je n'en ai pas besoin.

Cameron s'arrêta et le retint par le bras. La brise qui venait du fleuve tranchait avec le vacarme de Klaxon et d'autoradios des rues du centre-ville.

— Tu comptes me parler de cet article, ou c'est moi qui vais devoir mettre le sujet sur le tapis ?

Eric s'était douté que Cameron finirait par y venir. Ils avaient discuté de la dernière séance de Mia avec le Dr Wilhelm et du fait qu'elle s'était souvenue d'avoir suivi la route inter-Etats, quelque part au sud de la ville. Mais ils n'avaient pas parlé du portrait publié par le *Courier*. Personne n'avait osé mentionner l'article, mais Eric avait surpris des regards entendus dans les locaux du FBI et dans ceux du bureau du shérif, lors de la réunion qui avait précédé l'opération commando. A présent, tout le monde savait qu'il avait des raisons personnelles de vouloir coincer le collectionneur. Boyet, avec son visage de pierre, n'avait rien laissé transpirer de ce qu'il en pensait, mais Scofield l'avait regardé plusieurs fois avec des yeux attendris.

— Mia Hale a contribué à la rédaction de cet article, insista Cameron.

— Elle m'a assuré qu'elle n'était pas au courant.

— Son nom est pourtant mentionné.

Eric soupçonnait Grayson Miller d'être là-dessous. Miller avait sans doute deviné qu'il y avait quelque chose entre eux et il manœuvrait pour les éloigner l'un de l'autre. Mia avait paru sincèrement surprise en découvrant l'article, aussi l'avait-il crue, quand elle lui avait affirmé qu'elle n'y était pour rien. Mais l'épisode soulignait tout de même le fait qu'elle était journaliste.

Journaliste… Et victime du tueur…

En couchant avec elle, il avait commis une faute professionnelle, la première depuis le début de sa carrière.

— Tu me parais un peu trop intime avec elle, Eric, commenta posément Cameron en scrutant les voitures qui circulaient devant eux. Je pense que tu devrais mettre de la distance entre vous. C'est un conseil d'ami.

# 24

— Monsieur ? Johnston, de l'unité de lutte contre les crimes violents, est arrivé.

Assis derrière son luxueux bureau en noyer, au sixième étage du Robert F. Kennedy Building, siège du département de la Justice, Richard Macfarlane leva les yeux des papiers qu'il était en train d'étudier et ravala un soupir.

Il s'était attendu à cette visite. Johnston n'ayant pas pris rendez-vous, il envisagea un instant de l'éconduire en prétextant une réunion ou un coup de fil important. Mais il avait pour règle de conduite de traiter au plus vite les questions pénibles.

— Faites-le entrer, répondit-il à sa secrétaire, ôtant ses lunettes et se pinçant brièvement l'extrémité du nez.

Quelques instants plus tard, la porte du bureau s'ouvrit et Johnston entra. Il n'avait pas beaucoup changé depuis qu'ils avaient servi ensemble dans la première guerre du Golfe. Il était toujours droit comme un I, aussi impressionnant.

— Colin…, fit Richard en se levant.

Il lui tendit la main par-dessus son bureau.

— Comment vas-tu ?

— Très bien.

— Et Maggie ?

Johnston était divorcé depuis plusieurs années. Maggie était sa fille. Richard avait gardé le souvenir d'une petite blonde jolie et enjouée.

— Elle est mariée et elle a eu un bébé.

— Comme le temps passe…, murmura Richard.

Il secoua la tête avec incrédulité, puis désigna à Johnston un fauteuil en cuir souple.

— Assieds-toi, je t'en prie.

Johnston abandonna aussitôt le registre privé et lui tendit un document.

— Ceci provient du *Jacksonville Courier*, annonça-t-il. C'est un article publié dans l'édition du matin. J'ai pensé que ça t'intéresserait de le lire.

— Je l'ai déjà lu, répondit Richard, impassible, en remettant ses lunettes sur son nez.

Il jeta un bref coup d'œil à l'article avant de le poser.

— On me l'a transmis par e-mail il y a un moment. C'est tout à fait regrettable, mais Eric est capable d'assumer.

— Tu en es sûr ?

Richard lui jeta un regard dur.

— C'est mon fils, répondit-il simplement.

Johnston demeura silencieux quelques secondes, le temps probablement de choisir ses mots, songea Richard.

— Tu es mon supérieur hiérarchique, Richard. J'en ai parfaitement conscience. Mais nous nous connaissons depuis longtemps. Aussi je me permets de te dire que je désapprouve totalement son intervention dans l'affaire de Jacksonville. Je suis contre depuis le début, et tu le sais. Cet article, c'est de la mauvaise publicité pour le bureau. Il souligne que nous avons agi sans tenir compte du protocole, en confiant une enquête à un agent personnellement impliqué par…

— Il y a déjà trois victimes et une disparue, le coupa Richard. C'est ça le plus important… C'est ça le véritable problème d'Eric, et pas un portrait publié dans un journal !

Il se leva pour aller contempler la vue sur Pennsylvania Avenue. Le ciel, en ce début d'après-midi, était d'un bleu profond, sans un nuage — un ciel de printemps. Des bourgeons habillaient d'une mousse blanche les cerisiers de la place fédérale. Il prit le temps d'inspirer et expirer calmement avant de poursuivre :

— Laisse-lui encore un peu de temps, Colin. Il a besoin de coincer lui-même ce salaud.

— C'est lui qui parle, ou c'est toi ?

Richard se tourna, les épaules raides.

— Et si le tueur s'en était pris à ta fille ? A Maggie ? Tu n'aurais pas envie d'obtenir justice ?

— Personne ne dit qu'il ne doit pas obtenir justice, répondit Johnston en se levant pour le rejoindre près de la fenêtre. Mais d'autres agents, aussi qualifiés que lui, pourraient s'en charger. Est-ce que tu as songé à l'impact que ça pourrait avoir sur lui ? J'ai eu peur, après la mort de Rebecca, qu'il ne démissionne ou qu'il ne demande à être muté dans une autre section. Le personnel change souvent, chez nous. L'année dernière, l'un de nos agents a totalement perdu pied et s'est suicidé…

— Et tu crois que mon fils pourrait en arriver à une extrémité pareille ? demanda Richard avec un petit rire surpris.

— Je crois que travailler à l'unité de lutte contre les crimes violents, c'est un peu comme vivre dans une Cocotte-Minute. Le tueur a déjà dévasté la vie de ton fils et…

— C'est pour ça que cette fois, il ne le laissera pas filer, assura Richard en sentant une houle d'émotion lui gonfler la poitrine.

— Il n'avait jamais songé jusque-là à profiter de ce qu'il était ton fils pour réclamer des faveurs…

Johnston marqua une pause. La lumière des plafonniers faisait briller son crâne chauve.

— Et je l'admirais pour ça. Mais en se mêlant de cette enquête, il s'est mis dans une position délicate… Sans compter que le tueur en profite pour le narguer et marquer sa supériorité.

— Marquer sa supériorité ? Ça m'étonnerait !

— Eric n'est pas n'importe quel agent, Richard. Il est ton fils. Et le tueur le sait. C'est un dingue ! Il a besoin de se sentir puissant. Tu y as pensé ?

La bouche de Richard s'étira en un sourire las et son regard se porta de nouveau vers la fenêtre.

— Il a déjà tué sa femme. Que pourrait-il lui faire de pire ?

Johnston baissa la voix.

— N'en fais pas une affaire personnelle… Je sais que tu détestes perdre.

Richard tressaillit. Il ne *détestait* pas perdre. Il ne le supportait pas.

— Eric restera sur cette enquête aussi longtemps qu'il le souhaitera, déclara-t-il d'un ton ferme.

Comprenant que l'entretien était terminé, Johnston se détourna.

— *Semper fidelis*, murmura-t-il d'un ton calme et résigné.

Puis il sortit en refermant la porte derrière lui.

*Semper fidelis*, « toujours fidèle», la devise du corps des marines…

Johnston avait été sous ses ordres dans les marines. C'était un homme intelligent, intègre, quelqu'un de bien et qui donnait en général de bons conseils.

Richard balaya du regard le beau bureau panoramique qu'il devait à sa fonction élevée. Des photos de sa famille y étaient exposées derrière son bureau, sur une crédence, dans de jolis cadres argentés. On lui avait souvent reproché de se montrer trop dur avec son fils. Les gens ne comprenaient pas qu'Eric avait la justice et le goût de l'ordre dans le sang, tout comme lui.

Il ouvrit le tiroir de la crédence et en sortit la photo du mariage d'Eric et de Rebecca. Chaque fois qu'il la regardait, il ressentait un grand vide en songeant à ce qu'aurait pu être leur vie. Ils auraient peut-être divorcé, comme le souhaitait Rebecca, ou peut-être pas… Quoi qu'il en soit, Eric se sentait responsable de la mort de sa femme, et cette enquête était pour lui le seul moyen de passer à autre chose.

Il faisait déjà presque nuit quand Mia arriva chez elle. Elle désactiva le système d'alarme, le temps d'entrer, puis le remit en fonction. Ce qu'elle fit ensuite, ce fut d'ôter ses chaussures pour libérer ses pieds endoloris. En fin d'après-midi, le bureau du shérif de Jacksonville avait annoncé l'arrestation de deux suspects dans l'affaire des agressions du centre-ville. Elle avait dû se rendre à une conférence de presse, puis retourner au journal pour mettre son article à jour. Elle n'en pouvait plus, mais se réjouissait qu'on ait retrouvé les coupables. Le touriste qu'elle avait interrogé à l'hôpital était dans un sale état. Il avait trois côtes cassées et il avait fallu lui recoudre le cuir chevelu. Tout ça pour un malheureux portefeuille et un iPhone. Il avait expliqué à Mia qu'il n'avait pas cherché à résister, mais que les deux hommes l'avaient tout de même battu.

Au moins, ces deux-là ne séviraient plus dans les rues ! Ils devaient comparaître le lendemain matin devant un juge. Elle avait prévu de se rendre au tribunal pour assister à l'audience.

Pour éviter d'avoir à cuisiner en rentrant, elle avait commandé à manger depuis son bureau. Elle alla dans sa chambre pour passer des vêtements confortables, et la vue du lit défait, des draps froissés la laissa rêveuse. Elle caressa du bout des doigts l'oreiller sur lequel Eric avait posé sa tête, en se demandant comment s'était passée sa journée. Elle jeta un coup d'œil au répondeur téléphonique posé sur sa table de nuit. Pas de messages. Il n'en avait pas non plus laissé sur son téléphone portable.

*Rappelle-toi qu'il ne te doit rien.*

Après avoir enfilé un short et un T-shirt, elle s'installa sur le canapé avec le carnet de notes de Hank Dugger, pour se distraire plus qu'autre chose. Elle entreprit de le feuilleter, s'arrêtant sur les pages qu'elle avait jusque-là négligées. En le lisant, elle fut de nouveau frappée par tous les commentaires qui en noircissaient les pages, certains même dans les marges, à la verticale, quand il n'y avait plus de place en bas — comme si Hank avait peur des espaces vides. Ce qu'il écrivait était intéressant, parfois mêlé d'une pointe d'humour cynique. Elle jugea une fois de plus qu'il avait exploité toutes les pistes, examiné tous les aspects de l'affaire.

Elle venait d'allumer la télévision pour avoir un bruit de fond, quand on frappa à sa porte. Elle déposa le carnet et alla dans l'entrée, pour coller prudemment son œil au judas. C'était Will et non pas celui qu'elle espérait…

— Qu'est-ce qui se passe ? demanda-t-elle en découvrant son expression atterrée.

— C'est la mère de Justin… Elle a fait une mauvaise chute.

La nouvelle la contraria. Elle avait fait la connaissance de Sonya Cho durant l'hiver, lorsque cette dernière était venue séjourner quelque temps chez son fils. En dépit de ses soixante-dix ans, elle lui avait paru agile et robuste.

— C'est grave ?

— Il est trop tôt pour le dire. Elle s'est fracturé une hanche et est restée immobilisée par terre un bon moment avant qu'on ne la trouve. Du coup, elle a attrapé une pneumonie. Justin est effondré. Il prépare en ce moment ses affaires. Il est très proche de sa mère, qui est une personne adorable. Je l'aime beaucoup, moi aussi.

— Assieds-toi. Je vais t'apporter un verre de vin.

Elle le rejoignit dans le salon, avec deux verres de merlot.

— Justin va devoir chercher quelqu'un pour s'occuper d'elle, si elle ne peut plus vivre seule. Elle refuse catégoriquement de quitter Chicago, et nous allons devoir rester avec elle le temps de régler tout ça.

Bien sûr, Will accompagnait Justin qui avait besoin de lui…

— Est-ce que je peux faire quelque chose pour vous, pendant votre absence ? demanda-t-elle.

— Notre avion part demain matin, répondit Will, et je me disais… que je pourrais prendre un troisième billet…

Il fallut quelques secondes à Mia pour comprendre ce qu'il entendait par là. Elle fit signe que non.

— Will, je ne peux pas partir avec vous. J'ai mon travail.

— Et si tu prenais des vacances ? Tu as dit toi-même que Miller ne te confiait en ce moment que des sujets de deuxième ordre.

Il secoua la tête d'un air préoccupé.

— Ça me déplaît de te laisser ici avec ce qui se passe

en ce moment, Mia… Des voitures de patrouille circulent régulièrement devant la maison, mais ça ne suffit pas. Penney n'est jamais chez elle. Il n'y aura personne dans la maison.

— Ne t'en fais pas, ça va aller.

Il la dévisagea d'un air sceptique, puis soupira.

— C'est vrai que tu as Macfarlane.

Il se tut et la fixa, comme s'il attendait un aveu. Il avait probablement remarqué que la voiture d'Eric avait passé la nuit sur le parking. Ce qu'il ne savait pas, c'était qu'Eric ne remettrait sans doute jamais les pieds chez elle. Les séances avec le Dr Wilhelm étaient terminées, ils n'avaient donc plus de raison de se voir régulièrement. Eric en profiterait peut-être pour mettre un terme à leur relation. Il lui en voulait pour l'article, il était sous pression, et n'avait certainement pas besoin de se compliquer la vie en ce moment.

— Tu vas bien, Mia ? demanda doucement Will.

— Oui. Je me fais du souci pour la mère de Justin, c'est tout.

Il prit le temps de finir son verre de vin, puis elle le raccompagna à la porte. Elle fut tentée de se laisser aller à pleurer sur son épaule. Il était son ami et son confident. Il avait toujours été là pour elle. Mais il avait ses propres problèmes.

Elle l'embrassa et lui souhaita bon voyage.

Elle referma la porte et enclencha le système d'alarme, puis contempla la suspension en fer forgé, style vintage, de l'entrée. Elle baissa l'intensité de la lumière avec le variateur, mais n'éteignit pas. Elle ne supportait pas de dormir dans le noir et laissait l'appartement éclairé toute la nuit. Ce luminaire, elle l'avait trouvé dans une brocante du centre-ville, avec Will. Ils avaient beaucoup ri en apprenant qu'il venait d'un ancien bordel de Ward Street. Il lui rappelait leur amitié et des temps meilleurs.

Elle retourna dans le salon et ramassa leurs verres, des verres en cristal qu'elle alla laver à la main dans la cuisine. Elle en était à essuyer le second quand elle sentit un étrange picotement au niveau de sa nuque. Comme si quelqu'un marchait sur sa tombe, comme disait le vieux dicton.

Elle se retourna.

Le collectionneur était là, un couteau à la main. Elle laissa échapper un cri d'horreur et lâcha le verre qui se brisa à ses pieds sur les carreaux de la cuisine. Elle voulut se mettre à courir, mais ses jambes, paralysées par la peur, se dérobèrent sous elle.

Et puis il disparut.

Il lui fallut quelques secondes pour comprendre qu'elle venait d'avoir une hallucination ou plutôt ce que le Dr Wilhelm appelait un souvenir-flash, comme le jour où elle s'était rendue chez Mademoiselle Cathy. Pourtant, son cœur continua à battre la chamade et elle saignait. Elle s'était coupée en tombant sur un tesson de verre.

Elle se releva lentement, avec des larmes de rage impuissante dans les yeux. Elle se sentait perdue. Mais elle n'appellerait pas Eric. Son orgueil le lui interdisait. Elle était capable de se débrouiller.

Visions ou pas, pas question d'appeler au secours !

# 25

Mia arrêta sa Volvo sous le portique à colonnes et tendit les clés au voiturier en sortant. Grayson l'avait invitée à dîner dans le restaurant d'un hôtel cinq étoiles de Ponte Vedra Beach et elle s'était habillée pour la circonstance : robe fourreau de soie bleu électrique et sandales argentées à talons.

Eric l'avait appelée pour prendre de ses nouvelles, mais leur conversation avait été brève et impersonnelle. Il semblait avoir choisi de garder ses distances. Et de son côté, elle-même n'avait pas cherché un rapprochement.

Elle avait envie de le voir, mais avait appris depuis longtemps que ruminer un désir inassouvi ne servait qu'à alimenter la frustration qu'il engendrait.

Elle pénétra dans le hall au sol de marbre et décoré de grands lustres, en s'efforçant de ne plus penser à lui. Il était très occupé par son enquête, et ne disposait pas de temps pour autre chose. Elle pouvait le comprendre.

Cependant, elle avait le cœur lourd.

A l'entrée du restaurant, elle donna le nom de Grayson et une hôtesse l'escorta à l'intérieur. La salle était luxueuse, les tables couvertes de nappes en lin et ornées de chandeliers. Le piano du bar jouait un air mélodieux.

Grayson l'invitait d'ordinaire dans un bar à bière qui donnait sur le stade EverBank Field, où jouaient les Jaguars de Jacksonville. Parfois même, ils se contentaient de plats commandés chez un traiteur chinois, qu'ils mangeaient chez elle à la va-vite, avec des baguettes. Il lui avait parlé d'un rendez-vous professionnel et elle se demanda ce qu'il avait à lui annoncer, pour choisir un endroit aussi solennel. Elle espérait qu'il ne s'agissait pas d'une mauvaise nouvelle.

Il était installé près d'une large baie vitrée qui offrait une vue saisissante sur la masse sombre de l'océan. Il se leva en la voyant approcher avec l'hôtesse et tira galamment une chaise pour qu'elle s'installe en face de lui. Elle remarqua qu'il vacillait un peu en regagnant sa place.

Il montra le verre de cristal vide devant lui.

— Une autre vodka tonic, dit-il.

— Et pour madame ? demanda l'hôtesse.

— Un pinot gris.

Il attendit qu'ils soient seuls pour la complimenter sur sa tenue.

— Tu es superbe, Mia.

Elle tripota nerveusement la petite pochette sur ses genoux, puis la posa sur le siège vide près d'elle.

— Je ne pouvais tout de même pas venir en jean dans ce palace ! dit-elle.

— J'ai bourlingué toute la semaine pour ce foutu journal. Ils peuvent bien payer la note !

Il avait la voix pâteuse et elle se demanda combien de verres il avait bus avant son arrivée. Il paraissait fatigué et tendu. Les rides de son visage étaient plus creusées que de coutume.

— Est-ce que ça va ? lui demanda-t-elle doucement.

Avant qu'il ait eu le temps de lui répondre, ils furent interrompus par l'arrivée du serveur qui apportait leurs boissons et en profita pour leur annoncer les plats du jour.

— Où en étions-nous restés, mardi ? reprit Grayson quand l'homme se fut éloigné. Ah oui… Tu m'engueulais à cause de l'article sur Macfarlane…

— J'ai eu tort, reconnut-elle.

Elle n'avait pas envie de se disputer de nouveau avec lui, et surtout pas dans cet endroit.

— Je ne m'attendais pas à la publication de ce portrait, reprit Mia, décidée à faire amende honorable, mais je n'avais pas à remettre tes choix en question. Tu es mon patron, après tout. De plus, j'aurais dû laisser mes sentiments personnels de côté.

— Cet article ne mentionnait que des informations vérifiées, fit-il remarquer.

— A part mon nom en tant que contributrice…

— Il s'agissait d'une erreur. Ça peut arriver. Au diable les relecteurs !

Son ton dégagé laissait entendre qu'il s'agissait réellement d'une erreur. Elle le dévisagea tandis qu'il buvait une gorgée de sa vodka.

— Tu disais vouloir me parler en dehors du bureau…

— On ne pourrait pas profiter tranquillement du dîner, pour commencer ?

Elle ne répondit pas et le regarda droit dans les yeux, jusqu'à ce qu'il se décide à parler.

— Le *Courier* a des difficultés, dit-il enfin. Notre diffusion a encore baissé et nous perdons chaque mois des abonnés…

A l'ère du numérique, la presse écrite perdait du terrain ; les gens lui préféraient de plus en plus internet ou la télévision. Le *Courier* avait récemment frôlé la catastrophe, mais il s'en était sorti avec des restrictions de personnel, un recours accru à la publicité, et le développement du réseautage social.

— Des difficultés à quel point ? demanda-t-elle.

— Nous allons devoir licencier de nouveau.

La déclaration lui fit l'effet d'une gifle. C'était donc de cela qu'il voulait lui parler… Etait-ce parce qu'elle était concernée au premier chef ?

— Je fais partie de l'écrémage ?

— J'espère que non, répondit-il prudemment. Ça dépend de toi, en fait.

Le serveur se présenta pour prendre leur commande, mais ils n'avaient pas encore consulté la carte.

— Nous n'avons pas choisi, s'excusa Mia.

Le serveur s'inclina légèrement et s'éloigna sans un mot.

— Je ne comprends pas, Grayson…

Il but une longue rasade de sa vodka. Les glaçons tintèrent contre le cristal.

— Tu es jeune et tu as encore beaucoup à apprendre, Mia. J'ai toujours cru en ton potentiel et je continue à y croire.

— Mais quelque chose a changé ?

— C'est toi qui as changé.

Il haussa les épaules avec résignation.

— C'est peut-être cet enlèvement… Ce n'est pas évident de gérer un truc pareil. Tu as frôlé la mort… Je me fais beaucoup de souci pour toi. Je tiens à toi.

Il allongea le bras par-dessus la table et lui prit la main.

— Moi aussi je tiens à toi, Grayson, dit-elle gentiment.

Mais ce contact physique la mettait mal à l'aise.

— Cela dit, je ne vois pas où tu veux en venir, ajouta-t-elle en retirant sa main, sans brusquerie, pour ne pas le vexer.

Il fronça les sourcils tout en la fixant.

— Je croyais que tu avais le feu sacré.

— Et ce n'est plus le cas, d'après toi ?

— Au diable si je le sais…, murmura-t-il. Dernièrement, je t'ai trouvée distraite, moins assidue. Tu passes ton temps à minauder avec Macfarlane. Ça ne te ressemble pas.

Elle se sentit rougir.

— Tu es injuste, protesta-t-elle. C'est bien toi qui m'as demandé de prendre quelques jours de vacances, non ? J'ai voulu reprendre mon sujet, mais tu as refusé en prétextant que tu ne me sentais pas prête…

— Prouve-moi que tu l'es, si c'est bien le cas ! Je te ferai remarquer que tu m'as avoué il y a cinq minutes à peine que tu manquais d'objectivité. Montre-moi que tu es capable de redresser la barre, et je retire à Walt l'affaire du tueur en série.

Il se retourna pour héler le serveur et réclamer un autre verre.

— Tu ne crois pas que tu as assez bu ?

— Tu portais encore des couches que je buvais déjà de l'alcool ! rétorqua-t-il sèchement. Tu n'es pas qualifiée pour jouer les nounous avec moi.

Elle se sentit blessée par la réprimande.

— Je voudrais publier un article sur la thérapie que tu entreprends à la base aéronavale. Ça donnerait matière à un bel article de suivi. Sans parler de l'aspect scientifique de la chose.

— Impossible ! le coupa-t-elle.

— Il le faut, Mia. J'ai un journaliste qui sèche sur l'affaire la plus intéressante de l'année et toi, tu restes muette comme une tombe ! Je veux des informations sur ce qui s'est passé pendant ces séances et…

— Nous en avons déjà discuté, Grayson…

Elle fit de son mieux pour conserver une voix égale.

— Il s'agit d'une procédure expérimentale classée top secret. Il est donc hors de question de publier quoi que ce soit.

— Tu ne veux pas ? marmonna-t-il en la fixant d'un air inquisiteur. Tu n'aurais pas voulu non plus qu'on publie le portrait d'Eric Macfarlane. Qu'est-ce qui t'arrive, Mia ? Tu vénères le héros ? C'est son arme, qui t'excite ?

Elle se leva d'un bon, le ventre noué de colère, lâcha la serviette qu'elle malmenait sous la table et ramassa sa pochette.

— Si tu me vires, je m'en sortirai. Bonsoir !

— Mia ! Assieds-toi ! Je t'en prie !

Elle continua à marcher, aussi vite que le lui permettaient ses ridicules sandales à talons. La colère et l'humiliation lui comprimaient les poumons. L'avait-il vraiment menacée de la licencier ou bien avait-il simplement voulu tester son pouvoir de rédacteur en chef, en la sommant de lui livrer des informations ? Un groom lui tint la porte quand elle passa dans le hall de l'hôtel.

Il y avait de l'attente auprès du voiturier et comme elle avait besoin de quelques minutes pour se reprendre, elle dédaigna la file d'attente et prit la direction de la plage privée de l'hôtel. Elle s'arrêta au bord du chemin de planches et ôta ses sandales pour descendre pieds nus les quelques marches qui menaient au sable blanc. Puis, tout en ruminant sa colère, elle avança vers la grève, offrant son visage à la caresse du vent tiède.

Jamais elle n'aurait cru Grayson aussi goujat !

— Mia !

Il venait vers elle. Il n'avait pas retiré ses belles chaussures qui s'enfonçaient dans le sable.

— Seigneur…, murmura-t-il en la rejoignant. Je ne sais pas ce qui m'a pris.

— Et moi, je ne sais pas quoi te dire. Si tu es à ce point mécontent de mon travail…

— Non ! protesta-t-il en posant une main sur son avant-bras. Ce n'est pas ça !

Il était pâle et semblait très ému.

— Tu en as bavé récemment, et moi je me comporte comme un parfait salaud. Je me défoule de mes problèmes sur toi. Je suis désolé…

Il la lâcha et noua ses mains derrière sa nuque en jurant tout bas.

— Ça fait vingt-six ans que je suis journaliste. Ce métier, c'est toute ma vie. Je n'ai rien d'autre. Mais c'est de plus en plus dur et ça me rend fou.

Il s'arrêta et la dévisagea.

— Et puis, il y a autre chose qui me rend fou, Mia… Je suis amoureux de toi.

Elle eut soudain la gorge sèche et entrouvrit les lèvres, comme pour parler, mais ne trouva rien à dire.

— Je suis amoureux de toi depuis un certain temps, poursuivit-il. Mais je n'ai jamais eu le courage de te l'avouer. Puis il y a eu cet enlèvement et j'ai cru t'avoir perdue…

Elle le contempla sans rien dire. Son cœur s'était mis à battre la chamade. Grayson avait dix-huit ans de plus qu'elle, mais elle ne l'avait jamais considéré comme un ancêtre. Il était son ami, son mentor, presque un père pour elle. Elle avait toujours su qu'il avait de l'affection pour elle, comme elle en avait pour lui, mais rien de plus…

Will avait donc vu juste.

— Après ton enlèvement, j'ai pris conscience que je

devais absolument faire quelque chose. Tenter ma chance. Mais cet agent du FBI est venu se mettre au milieu…

Il fourra les mains dans ses poches, vacillant à cause de l'alcool, et fixa les vagues qui venaient mourir sur le sable.

— J'ai remarqué la façon dont tu le regardais, dont tu parlais de lui, dont tu prenais sa défense. Je te connais bien, Mia. D'aussi loin que je me souvienne, je ne t'ai jamais vue dans un tel état pour aucun homme.

Il haussa insensiblement les épaules.

— Ce monstre aux yeux verts n'a eu qu'à se montrer. Et il a avancé ses pions avant moi.

— Grayson…

Elle secoua la tête, tout en cherchant désespérément quelque chose à lui répondre.

— Tu sais que je ne voudrais surtout pas te faire de mal…

Il eut un rire amer et posa sur elle un regard triste.

— J'ai envie de citer Bob Marley : « Tout le monde te fera du mal, il faut juste trouver quelqu'un qui vaille la peine qu'on souffre pour lui. » J'ai bien compris que mes sentiments n'étaient pas réciproques.

Des vacanciers se promenaient sur la plage. Il suivit alors des yeux un homme et une femme, qui marchaient bras dessus bras dessous et s'arrêtèrent pour s'embrasser. L'écume des vagues enveloppait leurs chevilles nues. Mia détourna le regard. La présence de ce couple d'amoureux donnait à leur conversation un relief singulier.

— Les Macfarlane sont pleins aux as, tu sais, reprit Grayson. La famille a de l'argent. Ton Eric pourrait être sur un yacht en train de pêcher tranquillement, au lieu d'assister à des autopsies de femmes torturées. Au lieu de t'enlever à moi…

— Je ne pense pas que ça ira bien loin, entre lui et moi, avoua-t-elle à voix basse.

— Dans ce cas, c'est un imbécile.

— Tu n'es pas en état de conduire. Tu veux que je te raccompagne chez toi ?

— Je peux appeler un taxi ou prendre une chambre à l'hôtel. De toute façon, je n'ai pas fini de boire.

Il inspira longuement, puis poussa un soupir résigné.

— A présent, au moins, tu sais. J'espère que demain j'aurai oublié à quel point je me suis ridiculisé ce soir.

— Grayson, ne pars pas, je t'en prie…

Mais il partit, et elle le suivit des yeux, tandis qu'il montait les marches menant à l'hôtel en s'efforçant de marcher droit, pour préserver ce qui lui restait de dignité.

Elle resta immobile, avec l'impression que son monde n'était pas plus solide que le sable qui s'enfonçait sous ses pieds. Elle avait mal pour Grayson, pour cet amour sans espoir qu'il lui vouait, pour le coup de canif qu'ils venaient de donner à leur amitié et cette petite blessure qui ne cicatriserait sans doute jamais complètement. Elle se demanda une fois de plus si son nom serait sur la liste, en cas de licenciements au journal. S'il décidait de ne pas intervenir pour la défendre, c'était possible.

Possible, et terriblement injuste.

Elle leva les yeux vers le ciel sombre et songea aux semaines qui venaient de s'écouler et qui lui paraissaient brusquement irréelles. Elle avait échappé à un tueur en série, puis elle était tombée amoureuse de l'agent fédéral chargé de traquer ce tueur. Elle serra contre elle sa pochette. Elle avait envie d'entendre la voix d'Eric, mais se retint de l'appeler. A la place, elle alla s'asseoir sur l'une des chaises longues de l'hôtel et enfonça ses doigts de pied dans le sable frais. Puis elle resta là, la tête vide, à contempler le spectacle de la mer.

La nuit était tombée sur San Marco. Dissimulé par les lourdes branches tombantes d'un saule pleureur, Allan attendait depuis plus de deux heures dans une Mercedes vieux modèle — son dernier « emprunt ». Il avait vu Mia partir et l'avait trouvée adorable avec sa nouvelle coupe de cheveux et sa jolie robe bleue moulante. Mais il avait préféré patienter. Il était encore trop tôt. Trop de voitures. Trop de passants. Mais elle finirait bien par rentrer et là…

Il se trémoussa sur son siège et s'efforça de rassembler son courage. Depuis des semaines, il tentait de se raisonner et de se convaincre de l'oublier, mais le désir qu'il avait d'elle n'avait cessé de grandir. Elle l'obsédait. Diambro n'était qu'une pâle copie et n'avait pu la lui faire oublier.

Il la lui fallait.

Tout de suite !

Il sortit de la Mercedes, claqua doucement la portière, puis demeura quelques instants au bord de la pelouse, histoire de s'assurer que la voie était libre. Son cœur s'était mis à battre plus fort. Il suivit une rangée de buissons en direction de la maison où vivait Mia. Il prit soin d'éviter la lumière des réverbères. Il surveillait les lieux depuis une semaine et savait exactement ce qu'il faisait. Les deux hommes qui vivaient au rez-de-chaussée étaient partis deux jours plus tôt en emportant des valises, et la femme qui vivait au second rentrait très tard la nuit.

Plutôt que d'attendre Mia dans le jardin, il avait décidé de la coincer dans un espace clos. Il leva les yeux vers les fenêtres de son appartement. En arrivant, elle se dépêcherait de monter, mais une fois devant sa porte, elle se croirait en sécurité. Il la maîtriserait alors aisément. Ensuite, il lui faudrait l'emmener jusqu'à la Mercedes, mais elle serait inconsciente et il la porterait jusqu'en bas. Elle ne devait pas peser plus de quarante-cinq kilos toute mouillée ; il avait chargé des télévisions plus lourdes.

Il fallait bien entendu mener l'affaire entre les deux rondes de la voiture de patrouille qui passait toutes les demi-heures.

Elle venait justement de circuler et il attendit qu'elle disparaisse pour foncer vers l'escalier, rasant le mur de stuc pour demeurer dans l'ombre. En grimpant les marches, il songea brusquement que lui aussi se trouverait dans un cul-de-sac, une fois en haut. Mais il se débrouillerait, quoi qu'il se présente. La gorge sèche, il leva les yeux vers le croissant de lune au-dessus de sa tête.

L'idée que Mia pouvait ne pas rentrer seule lui avait traversé l'esprit. Il avait donc pris la précaution de se munir d'une arme, au cas où elle serait escortée de Macfarlane, comme ça s'était déjà produit.

Ce supplément de danger était à la fois terrifiant et très excitant.

A l'étage, il dévissa l'ampoule de l'applique de bronze qui éclairait le palier. Il se trouvait maintenant dans le noir. A gauche de l'appartement, il avait repéré un petit espace sous l'escalier qui menait au deuxième, l'endroit idéal pour se cacher. Il attendrait que Mia introduise les clés dans la serrure, puis il avancerait et lui laisserait le temps de voir son visage avant de la piquer. Il gardait à la mémoire l'image de la petite Mia d'autrefois, avec ses grands yeux apeurés, reculant pour s'éloigner de sa voiture. Il voulait lire cette même peur dans ses yeux. Ainsi, la boucle serait bouclée. Il y tenait. Elle lui avait échappé à deux reprises. Il devenait urgent de réparer cette anomalie.

Elle ne lui échapperait pas une troisième fois.

Tout en l'attendant, il se livra au plaisir d'imaginer la scène. Poser sa grande main sur sa bouche pour l'empêcher de crier. La piquer. Sentir le poids de son corps qui s'affaissait dans ses bras. La tenir à sa merci. Totalement. Il en eut presque une érection et huma avec délice l'odeur douce et sucrée des gardénias qui montait jusqu'à lui.

Un moment plus tard, des phares éclairèrent la rue. Puis il entendit le bruit d'un moteur qui ralentissait pour s'arrêter dans l'allée. Vite, il se réfugia dans sa cachette en frottant les uns contre les autres ses doigts gantés de latex.

Il avait les nerfs à fleur de peau. Son cœur battait à ses oreilles…

Un claquement de portière. Pas deux. Tout se passait à merveille… Il sortit de sa poche la seringue déjà prête et ôta le capuchon de l'aiguille.

*Viens petite fille. Tu ne peux plus échapper à ton destin.*

# 26

Allan était tendu comme un ressort. Ses muscles en tremblaient. Il eut la chair de poule quand *sa* silhouette passa devant lui. Elle tenait à la main une boîte dont la blancheur éclatait dans la pénombre du palier baigné de lune.

Il remarqua alors ses chaussures plates… Bizarre… Elle était pourtant sortie en sandales à talons.

Quelque chose clochait.

Et puis, elle était trop grande aussi. Et qu'est-ce que c'était que ce crâne surmonté d'une tignasse frisée ? Où était le carré lisse qu'il attendait ?

*Ce n'est pas elle…*

— Mia ? appela la nouvelle venue, tout en frappant à la porte.

Il parvint à déchiffrer les mots inscrits sur la boîte : Slice of Life. Le nom lui disait quelque chose… Bien sûr ! Il s'agissait de ce restaurant hippie, sur la place San Marco. Cette femme était donc la locataire du dessus, celle qui conduisait une Prius rouge et ne rentrait jamais avant minuit.

*Mais qu'est-ce qu'elle fout là, si tôt ?*

Elle se pencha par la rambarde pour tenter de regarder à travers les stores, puis, voyant que l'appartement était plongé dans le noir, elle se détourna. Allan fit de son mieux pour s'aplatir contre le mur de sa cachette.

*Fous le camp, allez, qu'est-ce que tu attends ?*

La femme balaya alors machinalement le sol du regard et… s'arrêta sur ses chaussures qui dépassaient.

*Merde !*

Elle lâcha la boîte et poussa une sorte de gémissement effrayé. Puis elle courut vers l'escalier, en hurlant cette fois à gorge déployée.

Paniqué, Allan se lança à sa poursuite. Il devait lui couper le sifflet avant qu'elle n'ameute tout le quartier, cette idiote ! Il aurait pu lui tirer dessus, son revolver était équipé d'un silencieux. Mais l'arme était coincée dans la ceinture de son jean, et il avait déjà la seringue à la main. Il opta donc pour la seringue qu'il lui planta dans la nuque. Mais avant qu'il ait eu le temps d'appuyer sur la ventouse, elle se déroba. Il parvint tout de même à lui saisir le poignet, mais elle perdit l'équilibre quand il voulut l'attirer à lui et tomba la tête la première. Elle dégringola l'escalier en rebondissant de marche en marche avec un bruit affreux. Il la suivit en jurant. La chute stoppa au bas de l'escalier, et Allan vit que la voisine avait le bras droit tordu dans un angle bizarre, cassé, probablement. Elle saignait du nez, et du sang gouttait également d'une vilaine écorchure à sa jambe.

Il ne s'était pas préparé à ça… Il détestait l'imprévu ! Il ne lui restait plus qu'à filer au plus vite.

Il ne put cependant s'empêcher de s'attarder pour évaluer les dégâts. La femme ouvrit les yeux. Elle était donc encore en vie ? Elle remua les lèvres et poussa un gémissement, aussi s'agenouilla-t-il pour lui mettre une main sur la bouche et la faire taire. Le buisson de gardénias les dissimulait, heureusement ; on ne pouvait les voir depuis la rue.

Pas question de l'embarquer. Il n'était pas venu pour elle et ne pouvait plus rien en tirer d'intéressant, dans l'état où elle était. Il lui écrasa le visage de ses deux paumes, tout en enfonçant ses pouces au niveau de sa gorge.

— Tu te tais ! dit-il.

— Je… je vous en supplie, bégaya-t-elle d'une voix pâteuse.

Le sang continuait à gicler de son nez. Elle en avait partout.

— Ne me tuez pas !

Elle l'avait reconnu, à n'en pas douter, en dépit des lunettes d'écaille qu'il portait à la place de ses lentilles de contact. Tout ça à cause de ce putain de portrait qu'on diffusait partout !

La femme se mit à hurler pour appeler à l'aide.

La conne avait tout foutu en l'air ! Son plan tombait à l'eau, maintenant. Elle n'était pas supposée se montrer à cette heure. Il fut soudain envahi d'une colère noire.

— Ta gueule !

Il lui prit la tête à deux mains et la cogna contre le béton. Elle se tut, mais il continua à cogner, de rage, jusqu'à n'en plus pouvoir. Les cheveux de la femme étaient trempés de sang, sa tête baignait dans une mare rouge, ses yeux paraissaient éteints, sa mâchoire pendait mollement. Il devait filer, à présent.

Il se releva, s'essuya la bouche d'une main tremblante, et se mit à courir en direction de sa voiture, à l'ombre des buissons.

Quand Mia bifurqua dans l'allée, elle ruminait encore son désastreux rendez-vous avec Grayson. Elle ne parvenait pas à songer à autre chose.

Elle était restée un moment sur la plage, perdue dans ses pensées, puis, comme les promeneurs commençaient à se faire rares, elle avait jugé imprudent de s'attarder et elle était partie.

Elle avait conduit pieds nus, ses sandales posées sur le siège du passager, près de sa pochette. Elle sentait encore l'odeur de l'océan sur ses cheveux et sur sa peau. Elle avait les pieds pleins de sable.

Elle sortit de sa voiture, appuya sur le porte-clés pour verrouiller ses portières, et traversa le jardin. La Toyota Prius de Penney était garée sur la première place de parking. Au moins, elle ne serait pas seule dans cette grande demeure ! Elle se dépêcha quand même de rejoindre l'escalier. Inutile de traîner la nuit dans le jardin, surtout avec Will et Justin qui n'étaient pas là.

Elle venait de contourner le buisson de gardénias, quand elle remarqua une forme allongée dans l'ombre.

*Penney ?*

Elle lâcha ses chaussures, sa pochette, et se précipita vers les marches. C'était bien elle, le corps déployé, l'un de ses pieds encore sur la dernière marche, ses cheveux en halo sur le béton.

— Seigneur ! Penney !

Elle se laissa tomber à genoux. Le regard de Penney fixait le ciel. La lumière des réverbères se reflétait dans la flaque de sang qui auréolait son crâne. Il y en avait partout. Sur son visage, sur ses jambes…

Mia laissa échapper un cri étranglé en se rendant compte qu'elle pataugeait dans une flaque humide et écarlate, comme dans une certaine pièce grise, souillée par le cadavre d'une autre femme. Le jardin se mit à tourner autour d'elle.

— A l'aide ! hurla-t-elle. A l'aide !

Ses cris résonnèrent dans le silence.

En dépit de sa terreur, elle parvint à se contrôler suffisamment pour chercher le pouls de Penney, au niveau de son cou. Rien… Ses beaux cheveux étaient souillés d'une matière brillante et de petites particules claires. Elle reconnut des fragments d'os et de cerveau, pour en avoir vu sur des photos de scène de crime. Elle eut un haut-le-cœur, mais n'ayant rien bu et rien mangé, elle n'avait rien à vomir.

Elle tremblait trop pour se redresser et ce fut à quatre pattes qu'elle alla chercher sa pochette. Elle parvint à refermer les doigts sur son téléphone et à composer le numéro des secours.

— 911 j'écoute. Quelle est la nature de votre urgence ?

— Je me trouve au 1211 sur Alhambra Avenue, répondit Mia précipitamment, d'une voix qu'elle eut du mal à identifier comme la sienne. Il y a eu un accident. Une femme est morte.

*Un accident ?*

Il ne s'agissait probablement pas d'un accident. Penney n'avait pas dégringolé l'escalier toute seule. Elle se mit à trembler de plus belle. Le corps de Penney et son sang étaient encore chauds. C'était tout récent.

— Vous êtes sûre que la personne est décédée ? demanda la femme. Avez-vous tenté la respiration artificielle ?

Mia baissa les yeux vers sa voisine. Des larmes lui brouillaient la vue.

— Elle est morte. Elle n'a plus de pouls. Et son crâne…

La suite resta coincée dans sa gorge.

— Elle est morte, répéta-t-elle dans un souffle.

# 27

— Merci de m'avoir prévenu…

Eric referma son téléphone d'un coup sec et reprit le volant à deux mains. Il venait de s'entretenir avec un expert du FBI : les nouvelles n'étaient pas bonnes. Parmi les empreintes retrouvées sur les pièces de l'Audi, ils n'avaient identifié que celles du propriétaire et des employés de la casse. Le collectionneur n'avait donc probablement pas de casier judiciaire, ce qui n'allait pas leur faciliter la tâche pour le coincer.

Il traversa le Main Street Bridge, dont les réverbères bleutés se reflétaient dans les eaux sombres, parmi les lumières de la ville. Il s'était rendu à Bayard pour vérifier une piste qui n'avait rien donné. Sur le chemin du retour, comme il passait près de San Marco, il avait songé à s'arrêter chez Mia. Mais il s'était abstenu. Mieux valait conserver ses distances.

*« Tu me parais un peu trop intime avec Mlle Hale. »*

Cette phrase de Cameron ne cessait de résonner dans son esprit. Il était veuf depuis près de trois ans, et sans doute avait-il besoin de la présence d'une femme. Mais pas maintenant. Et pas Mia. Il devait se concentrer sur son enquête. Ce n'était pas le moment de tomber amoureux d'une victime. Surtout quand ladite victime était aussi journaliste.

Il soupira. Il n'aurait jamais dû l'embrasser et encore moins coucher avec elle. Mais il la désirait, et contre ça, il ne pouvait rien.

Il reprit son téléphone et composa le numéro de Cameron

dans l'intention de le mettre au courant pour les empreintes, mais il n'obtint que son répondeur. Il était sur le point de lui laisser un message, quand un signal sonore lui annonça un double appel, en provenance du bureau du shérif. Il prit la communication. Une voix d'homme se fit entendre.

— L'inspecteur Boyet m'a chargé de vous contacter, agent Macfarlane. Le 911 a reçu un appel d'urgence il y a environ dix minutes. Il provenait du 1211 Alhambra Avenue.

Le sang d'Eric se figea. San Marco n'était pas très loin, mais il se trouvait sur le pont et roulait dans la direction opposée.

— Quelle était la nature de cet appel ? demanda-t-il.

— Signalement d'un cadavre. Une voiture de patrouille est déjà sur place.

Le cœur d'Eric fit un bond.

— Homme ou femme ?

— Désolé, je n'en sais pas plus.

*Faites que ça ne soit pas elle !*

Sur le pont, le trafic était à quatre voies et à double sens. Il fit immédiatement demi-tour sur les deux voies du centre, dans un long crissement de pneus. Les voitures qui roulaient en sens inverse zigzaguèrent pour l'éviter en klaxonnant, mais Eric colla le pied au plancher, tout en manœuvrant pour éviter l'accident. Puis il tenta de joindre Mia sur son portable, mais n'obtint pas de réponse.

Il adressa alors une fervente prière à un Dieu qu'il n'avait pas sollicité depuis plusieurs années.

Il avait la bouche sèche. Il se passa la main sur les yeux, tout en essayant de se rassurer. Mia n'était pas la seule à habiter la maison d'Alhabama Avenue, la victime pouvait être quelqu'un d'autre. Mais le collectionneur l'avait déjà séquestrée une fois, et il avait tenté de l'enlever quand elle était enfant… Bon sang ! Il aurait dû mettre en place une protection rapprochée, en dépit du refus de Mia et des résistances qu'il aurait probablement rencontrées au bureau ! Il aurait dû !

Il ne voulait pas la perdre, elle aussi. Pas comme ça !

Tout en conduisant, il tenta de se raisonner. Ce ne pouvait être Mia. Le collectionneur ne l'aurait sûrement pas tuée devant chez elle. Il l'aurait plutôt embarquée dans son antre pour la torturer.

Sauf si les choses avaient mal tourné…

La voiture se faufilait maintenant à travers le trafic de la place San Marco.

Quand il atteignit enfin la rue où vivait Mia, son angoisse grimpa d'un cran. Une demi-douzaine de voitures de patrouille et une ambulance projetaient la lumière de leurs gyrophares sur le ciel nocturne.

Il arrêta sa berline devant la maison et sortit sans même refermer sa portière. Tout en fendant le groupe de curieux qui s'agglutinaient aux abords de la scène de crime, il sortit son badge pour le montrer à l'adjoint qui en surveillait l'accès.

L'allée grouillait d'hommes, mais le jardin était protégé par un cordon jaune. Un corps gisait sur le sol, caché par un homme et une femme qui se penchaient sur lui. Eric ne les voyait que de dos, mais il sut aussitôt qu'il s'agissait de Boyet et de Scofield.

Il avança vers eux, les genoux en coton. Il n'apercevait que les membres inférieurs du cadavre, écartelés sur le béton. Des mollets bien galbés. Des chevilles fines et délicates. Une femme, sans le moindre doute. Un étau lui comprima la poitrine.

Boyet se retourna, vint à sa rencontre, et posa une main sur son épaule.

— Macfarlane…

Eric se libéra d'un coup sec et continua à avancer.

— Ce n'est pas elle ! lui cria alors le policier.

En découvrant la masse de cheveux frisés de la victime, Eric fut si soulagé qu'il en eut le vertige. Il ferma brièvement les yeux et s'efforça de reprendre ses esprits.

— Qui est-ce ? parvint-il enfin à demander d'une voix rauque.

— La locataire du deuxième étage. Penney Niemen, répondit Scofield.

On sentait qu'elle s'était rhabillée à la va-vite. Elle portait un jean et un T-shirt arborant le logo de l'université d'Etat de Floride. Son insigne pendait à son cou, au bout d'une chaîne.

— A première vue, on dirait qu'elle a dévalé l'escalier. Elle s'est fendu le crâne à l'arrivée. Le choc a dû être rude, à en juger par les débris d'os et de cervelle. On attend que le légiste arrive pour la retourner et regarder de plus près.

— Où est Mia ?

— Elle est là-bas, dans une voiture..., lui répondit Boyet. C'est elle qui a prévenu le 911. Elle l'a trouvée en rentrant chez elle. Dites donc, entre ça et l'enlèvement de Mlle Hale, j'ai l'impression que ça ne porte pas bonheur d'habiter dans cette maison !

Eric balaya du regard les voitures de patrouille. L'une d'elles était un peu à l'écart, sous les branches tortueuses d'un chêne. La barre lumineuse du véhicule clignotait, et la portière arrière était ouverte. Il repéra une forme installée sur le siège. Il dut se frayer un chemin à travers une horde d'adjoints pour s'approcher du véhicule.

Mia le vit et sortit en courant pour se jeter dans ses bras. Elle portait une robe de soirée bleue, tachée de sang, et elle était pieds nus. Il la tint contre lui et la laissa pleurer. Le tremblement de son corps contre le sien l'apaisait. La camionnette de la morgue arrivait, mais il décida qu'il pouvait attendre quelques minutes pour rejoindre le légiste.

— Tout va bien, murmura-t-il en lui caressant les cheveux.

— Penney est morte. Je... je l'ai trouvée au pied de l'escalier en rentrant.

Sa voix était assourdie.

— C'est ma faute ! C'est pour moi qu'il était venu.

Il la fit taire en la serrant plus fort. Les branches couvertes de mousse du grand chêne les protégeaient un peu des regards, mais au fond, ça lui était égal qu'on les voie. Mia était en vie. Rien d'autre ne comptait.

*
* *

— Agent Macfarlane ? Nous avons quelque chose…

Un technicien de la police scientifique lui fit signe de le rejoindre près d'une jardinière en béton qui courait le long de l'escalier. Eric s'exécuta. En scrutant la terre à travers le feuillage, il aperçut une seringue hypodermique.

— Prenez une photo et embarquez-la dans un sac à indices.

La seringue avait dû tomber depuis l'étage, sans doute au cours d'une lutte.

— Elle est pleine, fit remarquer le technicien. Il n'a pas eu le temps de lui injecter le produit.

Boyet descendait l'escalier, faisant glisser sa main gantée de latex sur la rambarde en fer forgé.

— Mlle Niemen s'est arrêtée au premier étage. Nous avons trouvé sur le palier de Mlle Hale son sac à main et un paquet provenant d'un restaurant végétarien de la place San Marco.

— Elle y travaillait.

Mia lui avait parlé de Penney et de son restaurant, il s'en souvenait, à présent.

— Elle rentrait du travail, probablement, ajouta-t-il.

Boyet se gratta la joue.

— Il y a un recoin sous l'escalier qui fait une parfaite cachette. Je parie que le tueur s'y était réfugié pour attendre Mia Hale.

Cette information bouleversa plus encore Eric. Si la locataire du dessus n'était pas arrivée la première, Mia serait morte à l'heure qu'il était, ou disparue. Et non pas chez elle, à l'abri dans son appartement où elle venait de retourner, en compagnie de l'inspecteur Scofield.

Il baissa les yeux vers la victime que l'on venait de placer dans une housse mortuaire. Le sol de béton était encore souillé de sang et d'une matière peu ragoûtante.

— Vous pensez qu'on l'a poussée, ou bien qu'elle est tombée toute seule ? demanda Boyet.

Il n'était pas présent quand Eric avait parlé avec le légiste.

— Difficile à dire pour le moment, mais le légiste pense

qu'une chute ne peut pas suffire à justifier l'état de sa boîte crânienne.

Le crâne présentait en effet plusieurs fractures à des endroits différents. La victime avait donc été frappée à plusieurs reprises.

— Et l'expert qui a analysé la répartition du sang partage son avis, ajouta-t-il.

Boyet fronça les sourcils.

— Où est l'agent Vartan ?

— Je l'ai mis au courant par téléphone. Sa femme est enceinte et ils assistaient à un cours Lamaze, ce soir. Je lui ai dit que je me chargeais de tout.

Boyet partit donner ses instructions aux hommes du shérif, qui étaient toujours occupés à tenir à distance les voisins et les journalistes. Tandis qu'Eric scrutait la foule des curieux à la recherche d'un visage évoquant celui du portrait, il reconnut la bouille grassouillette de Walt Rudner. Rudner s'entretenait avec un adjoint, probablement pour lui soutirer des renseignements. Ils n'avaient pas encore diffusé l'identité de la victime. Eric se demanda si Walt s'inquiétait de savoir si c'était Mia qu'on emportait dans la housse, ou s'il pensait surtout à glaner de quoi écrire un article. Avec ce qu'il savait de l'individu, il penchait plutôt pour la deuxième hypothèse.

Il mit le pied sur la première marche de l'escalier, contournant la flaque de sang et le corps. La lumière était allumée dans l'appartement de Mia et la porte grande ouverte.

Il entra. Les semelles de ses chaussures crissèrent sur le parquet. L'inspecteur Scofield se tenait les bras croisés sur la poitrine. Son corps musculeux et peu féminin avait quelque chose d'incongru dans l'univers délicat de Mia.

— Mlle Hale est dans sa chambre, en train de téléphoner au propriétaire de la maison, annonça-t-elle. Il est en ce moment à Chicago, pour une urgence familiale. Il est prêt à prendre l'avion et à rentrer, si c'est nécessaire.

Eric acquiesça.

— Comment va-t-elle ?

— Elle est bouleversée et c'est légitime. Elle est enlevée par un dingue, lui échappe par miracle, puis apprend qu'il l'attendait ce soir devant sa porte et qu'il a tué par erreur sa voisine.

— Je vais lui parler, dit Eric.

— Dans ce cas, je vous laisse…

Mia s'était changée. Sa robe bleue souillée de sang gisait, abandonnée, au pied de son lit. Elle portait un jean coupé et un petit pull d'été à col rond. Elle mit fin à sa conversation téléphonique en le voyant s'encadrer dans la porte.

— L'agent Macfarlane est là, Will, murmura-t-elle. Je dois te laisser…

Elle raccrocha. Elle avait les yeux rouges.

— Elle est toujours là ? demanda-t-elle d'une toute petite voix.

— Les techniciens de la morgue ne vont pas tarder à l'emporter.

Il avança et allongea le bras vers elle.

— Prépare un sac avec des affaires… Tu ne dois pas passer la nuit seule ici.

Elle ne protesta pas.

— Il a cherché à t'enlever, Mia. Ça change toute la donne. Tu vas être sous protection rapprochée.

— Ce n'était donc pas un accident…

— C'est peu probable, si on se fie à l'état de la boîte crânienne. De plus, nous avons trouvé une seringue dans le jardin.

Une expression angoissée passa sur le visage de Mia. Elle était visiblement sous le choc. Il imaginait aisément ce qu'elle avait dû ressentir en découvrant le cadavre de Penney et songea avec un petit pincement au cœur qu'elle avait appelé le 911, mais pas lui. Ce n'était pas lui qu'elle avait appelé au secours.

— Dépose-moi dans un hôtel, d'accord ? Je ne voudrais surtout pas t'encombrer.

— Mia… Je ne me suis pas manifesté et je le regrette.

Elle leva les yeux vers lui. Son visage était serein, sans la moindre trace de reproche.

— Tu ne me fais plus confiance à cause de cet article, Eric. Mais je ne t'en veux pas.

Il ne put s'empêcher de lui caresser la joue. Il avait le cœur serré à l'idée qu'il avait failli la perdre. Et garder ses distances avec elle ne lui semblait plus si important.

— Tu te trompes, j'ai confiance en toi, murmura-t-il.

Les yeux de Mia se remplirent de larmes.

— Je ne peux pas quitter cet appartement tant qu'ils n'auront pas emporté le corps de Penney, dit-elle d'une voix rauque, en secouant la tête. Maintenant que je sais qu'elle est morte à ma place, je n'aurai pas le courage de l'enjamber.

# 28

Eric avait refusé de laisser Mia seule à l'hôtel. Elle n'avait pas protesté longtemps, mais s'était murée durant le trajet jusqu'au bungalow dans un silence maussade. Il prit en bandoulière le sac qui contenait ses affaires, pour ouvrir plus aisément la porte. En entrant, il actionna l'interrupteur du salon, lequel fut éclairé d'une pâle lumière.

Mia fit le tour de la pièce d'un pas lent, les bras croisés sur la poitrine, comme si elle avait froid.

— Tu es toujours en état de choc, dit-il en laissant glisser le sac au sol.

Il alla dans la cuisine, remplit un verre de scotch, décrocha de sa ceinture l'étui de son revolver, puis rejoignit Mia qui s'était assise sur le canapé. Elle paraissait triste et perdue.

— Penney était originaire de Virginie-Occidentale, dit-elle enfin, au bout d'un long moment, d'une voix retenue. D'une petite ville qui vivait autrefois des mines de charbon. En venant vivre en Floride, au bord de l'océan, elle avait réalisé son rêve d'enfant.

— Vous étiez proches, toutes les deux ? demanda-t-il en lui tendant le verre.

Elle secoua la tête.

— Pas vraiment. Elle avait des horaires de restauratrice, travaillant le soir tard et le week-end. On se parlait parfois, quand on se croisait dans l'allée. En général, je rentrais quand elle partait. Je suis même étonnée qu'elle soit rentrée si tôt, ce soir. D'habitude, le samedi, elle finit encore plus tard. Comment se fait-il qu'elle soit venue frapper à ma porte, alors que ma voiture n'était pas garée dans l'allée ? C'est étonnant qu'elle ne l'ait pas remarqué…

Elle contempla le fond du verre qu'elle venait de vider.

— Tu voudrais manger ? Je peux commander quelque chose.

— Non, merci.

— Mia…

Il se pencha vers elle et cala derrière son oreille le rideau soyeux de ses cheveux, pour mieux voir son visage.

— Mia… ça va aller.

— Je ne sais même pas comment joindre sa famille ! Il faudrait pourtant les prévenir et…

— Nous nous en chargeons. Ce sera fait, ne t'inquiète pas…

Elle leva les yeux vers lui et fouilla son regard.

— Pourquoi est-ce qu'il a voulu de nouveau s'en prendre à moi ? Après trois semaines… Après avoir enlevé deux autres femmes…

— Deux autres femmes qui te ressemblaient, fit-il remarquer d'un air sombre. Il y a trois ans, ses enlèvements suivaient une sorte de cycle : une blonde, une rousse, une brune, puis de nouveau une blonde et ainsi de suite… Je croyais qu'il reprendrait ce schéma, mais depuis que tu lui as échappé, il semble fixé sur les petites brunes. Je suppose qu'il a tenté de te remplacer et qu'il a fini par conclure qu'aucune autre brune ne pouvait le satisfaire.

Elle ferma les yeux. Elle paraissait effondrée. Il s'était douté que cette révélation la perturberait, mais il fallait qu'elle sache à quel point elle était en danger.

— Il a pris un gros risque en revenant vers toi, poursuivit-il. Une femme qui a déjà été agressée redouble de prudence et, de ce fait, elle est bien plus difficile à surprendre. De plus, la police effectuait des rondes dans ton quartier, ce qu'il avait probablement remarqué. Je pense qu'il te veut absolument, parce que tu es la petite fille qui lui a échappé autrefois.

— Il me veut pour sa collection ? demanda-t-elle d'un ton las. Comme un collectionneur convoite une pièce rare ?

— Il t'a probablement reconnue depuis le début... Il avait ton nom, il a vu ta photo publiée avec la chronique du vendredi. Tu es journaliste criminelle, Mia... Ce type a un ego surdimensionné et il est probablement persuadé que c'est sa tentative d'enlèvement qui a déterminé le choix de ta carrière. Pour lui, ça signifie qu'il est responsable de ce que tu es devenue, que tu lui appartiens.

— Et s'il avait raison ? murmura-t-elle d'une voix tendue. J'ai refoulé l'enlèvement de Joy Rourke pendant toutes ces années. Et si toute ma vie n'avait été qu'une longue quête pour retrouver ce monstre ?

— Je vais faire en sorte de te protéger de lui. A partir de cet instant, tu es sous haute surveillance. Tu crois que tu vas pouvoir dormir ?

Elle haussa les épaules.

— Je n'en sais rien. Je vais essayer.

— Je peux te servir un deuxième scotch, si tu penses que ça t'aiderait.

Elle ne répondit pas, mais posa sur lui un regard interrogateur.

— Le soir où je suis venue ici... Quand je t'ai trouvé attablé avec la bouteille de scotch... Tu ne m'as jamais dit ce qui t'était arrivé.

Elle n'osait pas dire « la nuit où nous avons fait l'amour » et elle avait raison. Il avait honte chaque fois qu'il songeait à la manière dont il s'était comporté avec elle.

— J'avais écouté l'enregistrement du meurtre de Rebecca que le tueur venait d'envoyer au bureau de Jacksonville, dit-il d'une traite.

Cet aveu lui coûtait, mais il tenait à être sincère avec elle.

— Il l'avait conservé jusque-là. Il a attendu le moment propice pour me blesser le plus possible.

Il sentit la main de Mia se poser doucement sur son bras.

— Je venais d'avertir les parents d'Anna Lynn Gomez de la mort de leur fille quand Cameron m'a apporté la cassette. J'étais déjà très éprouvé.

Il secoua la tête avec incrédulité.

— Après toutes ces années, entendre la voix de Rebecca qui me suppliait de l'aider… J'ai eu l'impression d'être renvoyé trois ans en arrière.

— Est-ce que tu l'aimes toujours ?

Il l'avait aimée. Mais elle était morte. Et peu à peu, il l'avait oubliée. Sa culpabilité, par contre, était restée intacte.

— Je me sens responsable de ce qui lui est arrivé, murmura-t-il. Et je ne pourrai jamais me débarrasser de l'idée qu'elle est morte à cause de moi…

— Eric, je suis tellement désolée !

Il eut brusquement conscience de l'ironie de la situation. Mia avait été enlevée et torturée, sa vie était encore menacée, mais c'était elle qui le réconfortait, lui, l'agent du FBI ! Aujourd'hui encore, elle avait échappé de justesse au pire — pire qu'il aurait pu et dû prévoir, d'ailleurs. Elle était têtue et tenait à sa liberté, mais elle avait besoin de protection, que ça lui plaise ou non. Et il espérait qu'elle avait suffisamment peur pour ne pas s'opposer à ses décisions.

Mais ils en parleraient le lendemain. Pour le moment, il fallait qu'elle dorme. Il était déjà tard, plus de minuit.

— Je vais prendre une douche, déclara-t-il. Je peux te laisser seule quelques minutes ?

Elle acquiesça d'un léger mouvement de tête. Elle semblait terriblement déstabilisée, et si fragile… Comme un objet de porcelaine qui risque de se briser si on le serre trop fort. Il caressa du bout des doigts ses cheveux soyeux. Puis il se leva du canapé, alla vérifier la fermeture des portes, enclencha le système d'alarme, et disparut au fond du couloir.

*La pluie tombe dru et les gouttes agressent sa peau comme autant de petites billes de plomb. Il gagne du terrain… Elle entend ses pas claquer sur le sol mouillé…*

Plus vite ! Il va te tuer !

*Elle trébuche sur les racines d'un arbre et tombe tête la première sur les aiguilles de pin et la mousse. Un éclair de lumière illumine la forêt sombre. Elle le voit arriver vers elle. Il est longiligne, grand — il mesure au moins un mètre quatre-vingts. La pluie torrentielle colle ses cheveux noirs à son crâne. Son poing serre un couteau.*

Lève-toi ! Lève-toi !

*Elle s'est remise à courir. Soudain, l'image floue d'une voiture apparaît dans son champ de vision, droit devant elle, à travers le rideau de pluie. Elle atteint le véhicule et referme sa main sur la poignée de la portière, le cœur prêt à exploser. Non ! C'est verrouillé ! Elle tire désespérément, elle frappe du poing sur la vitre avec des sanglots hystériques pour tenter de la briser. Déjà, il apparaît dans la clairière… Prise de terreur, elle se remet à courir, mais il la rattrape et, la saisissant par les cheveux, la tire violemment en arrière.*

*Elle se débat, se débat encore pour se libérer des bras qui l'enserrent.*

— Hé, du calme, Mia…, fit une voix douce. Je suis là. Tout va bien…

Elle prit alors conscience d'être dans un lit et non dehors sous la pluie. Lovée contre le torse nu d'Eric. Elle cessa de lutter. Son cœur battait encore la chamade, et sa respiration haletante ponctuait le silence de la nuit, mais elle poussa un soupir de soulagement et se détendit.

— Tu as fait un mauvais rêve, murmura-t-il. Rien de plus.

Il se redressa pour s'asseoir au bord du matelas. Il portait encore son jean. Un mince rai de lumière filtrait dans la chambre, depuis le salon. Elle se souvint qu'elle était allée se coucher, vaincue par la fatigue, tandis qu'Eric était resté dans le salon pour vérifier ses e-mails et rédiger un rapport.

— Je t'ai entendue crier.

— J'étais dans les bois… Il me poursuivait et je fuyais…

Elle passa sur son visage une main qui tremblait encore.

— Mais la voiture était verrouillée.

Elle luttait contre les larmes. Elle détestait exhiber sa faiblesse !

— Je n'arrivais pas à lui échapper.

Eric la prit doucement par le menton et lui fit lever les yeux.

— Cette fois, c'était vraiment un rêve, Mia. Pas un souvenir. Dans la réalité, tu as réussi à lui échapper.

Son visage était dans l'ombre, mais elle devinait ses traits harmonieux. Brusquement, tout lui revint. Elle se sentit submergée. Penney… Eric lui caressait doucement le dos, comme on réconforte un enfant. Elle portait une courte chemise de nuit de coton qu'elle avait emportée pour la nuit.

— J'ai peur, Eric.

Il se pencha pour lui embrasser le front, puis les lèvres, un baiser léger, mais insistant. Il sentait bon le savon.

— Je suis là, dit-il. Je suis juste à côté.

Juste à côté, ça ne suffisait pas. Ce cauchemar et la mort de Penney l'avaient ébranlée. Elle avait besoin de se sentir vivante. Proche de quelqu'un. La bouche d'Eric n'était qu'à quelques centimètres de la sienne. Elle cambra le dos pour s'en approcher et l'embrassa. Cette fois, leur baiser fut plus long et plus appuyé. Il glissa une main derrière sa tête, tandis qu'elle enfouissait ses doigts dans les cheveux humides de sa nuque. Elle l'entendit gémir, puis sa langue vint fouiller sa bouche et se mêler à la sienne.

Quand il s'écarta enfin d'elle, il haletait et son visage arborait une expression hésitante.

— Tu as eu une dure soirée, dit-il. Nous ne devrions peut-être pas…

Il se trompait. Ils devaient, au contraire ! Elle avait besoin d'oublier le monde, tout ce qui n'était pas cette chambre plongée dans la pénombre. Elle voulait se perdre en lui, le sentir en elle. Seul son corps pouvait la distraire du cauchemar qu'était devenue sa vie.

— Je t'en prie, Eric, murmura-t-elle. Je… j'en ai besoin. J'ai besoin de toi.

Il poussa alors un gros soupir, comme s'il se rendait, et lui prit la joue en caressant tendrement ses lèvres de son pouce. Il la contempla longuement, sans un mot. Puis ses deux mains dérivèrent lentement vers l'ourlet en dentelle de sa chemise de nuit qu'il fit remonter et passer par-dessus sa tête. Elle ne portait en dessous qu'un petit string de satin. L'air frais sur sa peau nue lui arracha un frisson.

Il se mit à caresser ses seins qui se durcirent, plus encore quand il en mordilla le bout, tandis que ses doigts experts se glissaient sous son string, lui arrachant un gémissement.

Elle le voulait. Maintenant ! Elle empoigna son sexe en érection à travers le tissu épais du jean. Il répondit par un tremblement de tout son corps.

Elle s'attaqua gauchement aux boutons de sa braguette. Elle était venue à bout du premier, quand il décida de prendre le relais. Il ôta rapidement son pantalon et se pencha pour ouvrir le tiroir de la table de nuit dont il sortit un préservatif. Elle profita de ce qu'il l'enfilait, pour enlever son string, le faisant lentement glisser sur ses hanches, le long de ses jambes, puis l'abandonnant à terre. Il suivit des yeux la manœuvre avec un regard brûlant de désir. Quand elle eut terminé, elle revint s'installer sur le matelas, pour l'enfourcher, les mains posées sur ses épaules, puis, fermant les yeux, elle s'empala lentement sur son pénis.

— Seigneur, Mia…

Il prit de nouveau sa bouche, enserrant sa taille fine de ses grandes mains. Elle demeura un long moment immobile, savourant la sensation d'être remplie par lui. Ses seins s'écrasaient contre son torse. Ils s'embrassèrent furieusement, jusqu'à en avoir le souffle coupé.

Quand leurs bouches se séparèrent, elle appuya son front contre le sien. Puis elle se mit à aller et venir.

La pièce se remplit bientôt du halètement de leur respiration et des grincements du sommier.

— Embrasse-moi encore, lui demanda-t-il d'une voix rauque.

Elle approcha sa bouche de la sienne, sans cesser de le chevaucher. Cette fois, la rencontre de leurs lèvres fut comme un aveu de passion. Il la mordilla, puis apaisa du bout de la langue la marque qu'il avait imprimée. Chacune de ses caresses augmentait son désir et la poussait à s'empaler un peu plus, à l'écoute de la sensation qui s'amplifiait dans son ventre. Elle était au bord de l'orgasme et murmura son nom, en s'agrippant à ses cheveux. Quand il sentit qu'elle avait atteint le point de non-retour, il la souleva pour la clouer au lit, de tout son poids, et se poussa en elle.

Il vint quelques secondes après elle, le corps parcouru de frissons.

Puis il s'allongea sur le côté, face à elle, l'étudiant attentivement. Elle suivit distraitement du bout des doigts le tendon noueux de son avant-bras. La pièce était plongée dans le noir. Seul un rayon argenté de lune se faufilait par la fente des rideaux.

— Je hais la pénombre, murmura-t-elle. Ma mère m'enfermait parfois dans un placard, quand j'étais petite.

Il prit quelques secondes avant de répondre, ému :

— Je peux allumer la salle de bains, si tu veux.

Elle secoua la tête.

— Pas la peine. Je me sens en sécurité avec toi.

Il l'attira tout contre lui, puis la fit pivoter pour que leurs deux corps s'emboîtent étroitement l'un contre l'autre. Elle sentait son souffle chaud dans ses cheveux. Elle couvrit de la sienne la main qui caressait son ventre, là où le collectionneur avait gravé sa marque. Elle songea avec tristesse qu'elle en garderait probablement une cicatrice à vie, comme s'il l'avait marquée de son sceau.

Eric aussi était marqué du sceau de ce monstre, même si c'était d'une autre manière. Elle aurait tant voulu l'aider, soulager sa culpabilité. Elle ne supportait pas l'idée qu'il souffre.

*Je suis amoureuse de lui, on dirait…*

Ils n'avaient pas de futur. Mais rien ne s'opposait à ce qu'ils profitent au maximum du présent.

# 29

Une voiture s'engageait dans l'allée… Eric regarda l'heure à l'horloge murale en forme de soleil accrochée au mur de la cuisine, puis jeta un coup d'œil à travers le rideau de la petite fenêtre. Cameron… Il soupira et s'empressa d'aller lui ouvrir. Mia dormait toujours, et des coups frappés à la porte risquaient de la réveiller.

Cam tenait sous son bras le journal du dimanche, qu'il lança sur la table du salon en entrant. L'article de Walt Rudner faisait la une, bien entendu, avec ce titre accrocheur :

*LE TUEUR EN SÉRIE DE JACKSONVILLE A-T-IL FAIT UNE NOUVELLE VICTIME ?*

— Ce crétin affirme que la seringue trouvée dans le jardin a été laissée par le tueur, grommela Cam tout en se dirigeant vers la cuisine. Nous n'avons pas encore les résultats du labo et déjà il se permet d'affirmer n'importe quoi !

La police n'avait pas encore fait de déclaration officielle, mais une conférence de presse était prévue un peu plus tard dans la journée.

Eric parcourut l'article. Rudner citait le nom de la victime et donnait l'adresse complète de la scène de crime, puis, en effet, mentionnait la seringue. L'un des adjoints avait dû le renseigner la veille au soir. Ça ne l'étonnait pas plus que ça. Il continua à lire sans faire de commentaire.

*Il faudra attendre l'autopsie pour tirer des conclusions définitives, mais l'examen préliminaire pratiqué par le légiste du comté de Duval permet d'ores et déjà de pencher pour la thèse de l'agression. Autre fait marquant : il semblerait que l'agresseur se soit trompé de cible. Il visait la jeune femme qui lui a échappé récemment et l'aurait confondue avec Penney Niemen.*

Au moins, l'article ne citait pas le nom de Mia. C'était déjà ça.

— Les chaînes de télévision assiègent la scène de crime, reprit Cameron en revenant de la cuisine avec une tasse de café. Je suppose que tu as mis Mia à l'abri ?

Eric soupira. Autant le lui dire tout de suite…

— Je l'ai mise à l'abri, oui. En fait, elle est ici.

Le regard de Cameron vola vers la porte de la chambre.

— Et tu as dormi sur le canapé, naturellement ?

— Sortons sur la terrasse, tu veux bien ?

Il ne voulait pas que Mia entende leur discussion. Au passage, il s'arrêta dans la cuisine pour remplir sa tasse de café. Puis il ouvrit la porte coulissante et écarta les stores verticaux en faisant signe à Cameron de le suivre.

Il était encore tôt, l'air était chaud mais très supportable. Une barrière de bois entourait le petit jardin. On apercevait au-delà quelques bungalows décrépits.

— A présent, nous avons largement de quoi justifier une protection rapprochée, dit-il. Elle va s'installer dans ce bungalow et deux hommes la surveilleront en mon absence.

Cameron s'accouda à la rambarde.

— Pourquoi ne pas désigner des hommes pour la surveiller chez elle ?

— Chez elle, il y a le jardin, une véranda, et plusieurs étages. Ça fait bien trop d'endroits pour se cacher, bien trop de points d'accès ou de fuite. Il faudrait six ou sept hommes pour sécuriser les lieux. Ici, c'est petit et bien circonscrit. Une voiture suffira.

— Et toi, tu habiteras où ? demanda Cameron d'un ton appuyé.

— Je passerai mes nuits ici, avec elle. Ça évitera de mobiliser des hommes la nuit.

Cameron fit la moue et détourna le regard vers le jardin, un mélange d'herbes et de sable. Tout au fond, un hamac de corde pendait entre l'un des piliers de la barrière et un arbre fruitier rabougri.

— Tu n'as jamais été doué pour le bluff, Eric. Depuis combien de temps est-ce que tu couches avec elle ?

Des mouettes passèrent au-dessus de leurs têtes, en direction de l'océan.

Eric rougit.

— Ce n'est pas ce que tu crois, murmura-t-il.

— Tu tiens à elle ?

— Oui, avoua-t-il tout bas. Je tiens à elle.

Cet aveu calme dut impressionner Cameron, parce qu'il demeura silencieux, ce qui n'était pas son genre. Mais Eric savait ce qu'il avait en tête.

— Ecoute, Cam, avant que tu ne te lances dans un sermon, sache que je n'ai pas besoin que tu me fasses remarquer que c'est contraire au protocole… Le protocole, on me le ressasse depuis que je suis un bleu. Ne jamais s'investir dans une relation avec…

— Je me fous du protocole, Eric. Je ne suis pas ton supérieur hiérarchique…

Il posa sa tasse en équilibre sur la rambarde.

— Laissons également de côté le fait qu'elle est journaliste.

— Le sujet lui a été retiré.

— Tu es mon ami…

Il paraissait sincèrement préoccupé.

— Ce psychopathe la veut. Ce qui s'est passé la nuit dernière le confirme. Et s'il l'enlevait de nouveau ? Elle ne lui échapperait sûrement pas une deuxième fois.

*Il me la prendrait. Comme il m'a pris Rebecca.*

— On va la protéger, il ne l'enlèvera pas ! Je suis parfaitement conscient de ce qui se passe, Cam. Mia a eu une chance inouïe, hier soir. C'est elle qu'il visait. J'ai bien conscience qu'elle aurait pu être sur la table d'autopsie du légiste, à la place de Niemen.

Cameron jeta un coup d'œil à sa montre.

— A propos de Niemen, son autopsie commence à 11 heures et nous avons une conférence de presse à 14 h 30. Tu peux être certain que les journalistes ne manqueront pas de nous demander où on en est avec l'enlèvement de Diambro.

Il soupira.

— Je voudrais passer sur la scène de crime tout de suite. Après, nous n'aurons plus le temps.

Eric acquiesça.

— On y va et on emmène Mia. Ça lui donnera l'occasion de prendre plus d'affaires. Je demanderai à une voiture de la raccompagner ici et deux hommes resteront avec elle jusqu'à mon retour.

Un petit bruit attira son attention du côté de la cuisine. Mia s'était levée et se servait du café. Elle leur tournait le dos et ne les avait pas vus. Une chance, elle était habillée ! Quand il avait quitté le lit, elle était nue. Il avait eu envie de la réveiller pour lui faire l'amour, mais s'était retenu. Elle avait besoin de dormir.

— Je voudrais lui parler seul quelques minutes, s'il te plaît, dit-il.

Il abandonna Cameron sur la terrasse et rejoignit Mia qui sursauta en entendant coulisser la porte.

— Désolé si je t'ai fait peur…

Il entra et posa sa tasse sur le comptoir.

— J'ignorais que tu étais dehors, murmura-t-elle.

Elle tenait sa tasse à deux mains. Des cernes mauves soulignaient ses yeux.

— J'ai du lait, dit-il. Dans le réfrigérateur.

— C'est l'agent Vartan ? demanda-t-elle en apercevant Cameron qui profitait de cet instant de solitude pour passer un coup de fil et arpentait le plancher de cèdre de la terrasse, le téléphone collé à l'oreille.

Elle rougit légèrement et Eric comprit qu'elle se demandait si Cameron savait pour eux.

— Oui, c'est lui. Nous avons une journée chargée et il est venu me chercher. On commence par passer chez toi.

Son visage se ferma. Elle posa sa tasse sur le comptoir.

— Donne-moi quelques minutes pour rassembler mes affaires, murmura-t-elle.

Elle se dirigeait déjà vers la chambre. Il la retint par le poignet.

— Tu as mal compris, Mia. Je ne te laisse pas tomber. L'agent Vartan et moi, nous avons décidé que tu t'installais ici pour quelque temps. Tu ne rentres pas chez toi. Tu y vas pour prendre plus d'affaires.

Elle le dévisagea en silence, les lèvres légèrement entrouvertes.

— Ce serait pour combien de temps ?

— Jusqu'à ce qu'on arrête le tueur, répondit-il en la suivant dans le salon. Je serai là, avec toi, toutes les nuits. Dans la journée, une voiture de patrouille stationnera devant la maison.

— Et pourquoi ne pas mettre une voiture de patrouille devant chez moi ?

— Parce que le collectionneur sait où tu habites. De plus, cet endroit est plus facile à surveiller.

— Mais je ne peux pas rester enfermée ici des jours et des jours ! Aujourd'hui c'est dimanche, mais demain, je travaille.

— Je crois que tu vas devoir prendre un congé.

— Impossible ! J'ai déjà suffisamment de conflits avec Grayson.

— Je lui parlerai.

— Je ne pense pas que ce soit une bonne idée, murmura-t-elle en se passant la main sur les yeux. Le *Courier* envisage de licencier du personnel. Si je ne veux pas être virée, j'ai intérêt à être présente et efficace. J'aurai encore une vie après l'enquête, Eric… Je ne peux pas me permettre de perdre mon travail. Au cas où tu ne serais pas au courant, les temps sont durs pour la presse écrite.

Elle paraissait réellement angoissée. Il en voulut à

Grayson de lui mettre la pression, après ce qu'elle venait de traverser.

— On trouvera une solution, dit-il en lui caressant le bras pour la réconforter. S'il le faut, la voiture de patrouille t'accompagnera au journal.

Cette perspective n'eut pas l'air de la réjouir.

— Est-ce que tu me fais confiance, Mia ?

Elle acquiesça faiblement. Il se retourna en entendant des pas. Cameron s'arrêta à la porte de la cuisine.

— Mademoiselle Hale, dit-il d'un un air sombre, en guise de salut.

Puis, se tournant vers Eric :

— Je viens de parler à Scofield. Nous avons un problème. L'ex-mari de Karen Diambro a fait une déclaration aux médias. Il accuse la force d'intervention de ne rien faire pour retrouver sa femme. Son interview va être diffusée ce matin.

Il secoua la tête d'un air furieux.

— On se démène comme des fous. On travaille vingt-quatre heures sur vingt-quatre. On fait tout ce qu'on peut. Qu'est-ce qu'il voudrait de plus ?

Eric laissa échapper un soupir.

— Qu'on la retrouve vivante, répondit-il simplement.

Le ruban jaune qui délimitait la scène de crime jurait avec le charme de la fontaine et des bancs de pierre. Deux adjoints, un homme et une femme, montaient la garde au bas de l'escalier. Eric leur montra son badge, tout en posant une main ferme dans le dos de Mia pour l'inciter à avancer.

— Je n'ai pas besoin de vous demander où se trouvait le corps, murmura Cameron entre ses dents.

Une équipe de nettoyage lavait les marches de l'escalier avec un jet haute pression pour éliminer le sang de Penney Niemen.

Mia détourna le regard.

— Je monte tout de suite, si ça ne vous dérange pas, dit-elle.

Il fit signe à la femme de l'accompagner. Le jet s'arrêta pour les laisser passer. Eric les suivit des yeux d'un air préoccupé.

— Tu peux m'expliquer comment ça s'est passé, hier soir ? demanda Cameron.

Eric lui résuma le scénario le plus probable. Le tueur avait attendu Mia sur le palier, Penney était arrivée à l'improviste, et l'avait surpris. Il l'avait poursuivie dans l'escalier, elle était tombée, il l'avait rejointe et achevée en lui cognant le crâne contre le béton.

— C'est là que nous avons trouvé la seringue, avec l'aiguille plantée dans la terre, comme un dard. Il a dû essayer de la piquer, mais elle a résisté et la seringue est tombée par-dessus la rambarde, depuis le premier étage.

Cameron balaya du regard le jardin et le bâtiment, derrière ses lunettes de soleil.

— Je vois ce que tu veux dire à propos de la protection de Mia. Il y a trop d'endroits où se cacher, ici, en effet. Il faudrait tout un régiment pour sécuriser les lieux.

— Oui. Sans compter qu'il y a un escalier de secours de l'autre côté de la maison. Le même que celui que tu vois là, à peu de chose près. Plus une piscine dans le jardin de derrière.

— Chouette baraque, commenta Cameron.

— Mia m'a appris que les propriétaires l'avaient rénovée en divisant la bâtisse en trois appartements, un par étage. Elle a été construite pour un gangster qui avait fait fortune dans le trafic d'alcool, dans les années vingt.

— Cette maison est donc marquée par le crime.

Ils s'arrêtèrent pour surveiller la camionnette d'une chaîne de télévision qui stoppait de l'autre côté de la rue, à bonne distance. Un cameraman en sortit et se mit à installer son matériel. Une femme blonde en costume tailleur fuchsia, probablement une journaliste, l'accompagnait.

Ils ne s'approcheraient pas plus ; Eric et Cameron reprirent donc leur conversation.

— Le collectionneur ignore que Mia ne va pas rester ici, fit remarquer Cameron. Nous devrions faire surveiller cette maison, il reviendra peut-être, qui sait…

Il se tourna vers Eric.

— Est-ce que quelqu'un a pensé à regarder les badauds hier soir ?

— Oui. Les hommes qui se trouvaient sur la scène de crime avaient en main le portrait du tueur.

Il avait lui-même circulé dans la foule, à la recherche d'un visage correspondant à celui du portrait, mais avec la pagaille qui régnait sur les lieux, le tueur avait pu circuler en voiture, ou se mêler aux voisins attroupés sur les pelouses, sans se faire remarquer.

Un membre de l'équipe de nettoyage passa près d'eux en chantonnant, des écouteurs aux oreilles, un iPod dans la poche. Il ramassait les déchets abandonnés par les voitures de patrouille — gobelets de café, mégots de cigarettes, emballages de matériel médical. Eric remarqua que la combinaison bleue de l'homme arborait le logo d'une société nommée Bio-Clean.

— On fait appel à une société civile pour nettoyer ? demanda-t-il.

— Oui. Une grosse entreprise qui a passé un contrat avec les forces de l'ordre. Ils ont l'habitude de nettoyer les scènes de crime. Le bureau fédéral fait régulièrement appel à eux, ainsi que le bureau du shérif. Ainsi que l'agence de lutte contre le trafic de drogue ou le bureau des alcools, de temps en temps. Ça revient moins cher que de payer une équipe à l'année. Bien sûr, vous, dans la section des crimes violents, vous devez avoir votre propre équipe.

Eric ne répondit pas. Il songeait au Bargain-Mart où Anna Lynn Gomez avait été enlevée deux semaines plus tôt. Les caméras de surveillance l'avaient filmée à la sortie du magasin, mais pas à l'extérieur. Le gérant avait reconnu qu'ils avaient un angle mort à quelques mètres à gauche de l'entrée — détail connu uniquement des employés du magasin et de ceux de la société qui avait installé le système.

— Quand tu as vérifié le casier judiciaire des employés du Bargain-Mart et de la société chargée de la surveillance, tu as pensé à demander s'ils faisaient appel à des sous-traitants ?

— Non, répondit Cameron. Mais ils ont pris l'enquête au sérieux et ils nous l'auraient dit, si ça avait été le cas.

Il plongea tout de même la main dans sa poche pour en sortir son portable. Quelques minutes plus tard, il le refermait d'un coup sec.

— Je n'ai eu que le service clients, mais un responsable est censé me rappeler.

Une deuxième camionnette appartenant à une autre chaîne de télévision se gara dans la rue, cette fois en face de la maison.

— Je m'en occupe, murmura Cam.

Il s'éloigna en criant de loin au conducteur de s'en aller. Eric se désintéressa de l'affaire et prit l'escalier. Une fois dans l'appartement de Mia, il renvoya l'adjointe du shérif à son poste, dans le jardin.

Mia était dans son bureau. Elle n'était pas en train de préparer sa valise, mais se tenait devant une baie vitrée et contemplait la piscine et le jardin. Un chêne aux branches couvertes de mousse posait une grande ombre sur la pelouse.

— A quoi tu penses ? demanda-t-il.

— Will et Justin ont organisé une fête au bord de la piscine le mois dernier. Ils avaient installé des lampions et des petites lumières partout. Ils avaient même engagé quelqu'un qui jouait de la guitare.

Elle secoua la tête, d'un air songeur.

— Penney était là. Avec son petit copain. Tant de choses ont changé depuis !

— On va le coincer, Mia. C'est juste une question de temps.

Elle se retourna pour lui faire face et posa sur lui des yeux torturés.

— Mais combien de femmes devra-t-il encore tuer d'ici là ? Je veux reprendre cette thérapie de restauration de la mémoire, Eric. Je me souviendrai peut-être d'un détail clé. Tu as dit toi-même que je touchais au but. Laisse-moi le faire pour Penney…

— Tu ne peux pas. Les risques sont trop importants.

Elle releva crânement le menton.

— Je suis prête à prendre des risques.

Il lui caressa tendrement les cheveux.

— Je ne suis pas d'accord, Mia. Il va falloir que tu trouves autre chose.

Ils se jaugèrent du regard, puis le téléphone de Mia sonna en claironnant une chanson des Maroon 5. Il était dans son sac à main posé sur le bureau. Elle s'empressa de le sortir et fronça les sourcils en consultant l'écran.

— C'est Grayson, dit-elle. Je dois répondre.

Eric quitta alors la pièce, pour la laisser parler tranquillement, et se rendit dans la chambre. Il put constater que Mia avait au moins rangé son ordinateur dans son étui et qu'une valise était ouverte sur le lit.

Comme le reste de l'appartement, la chambre était décorée dans un style vintage, avec de vieux meubles de bois et une suspension en bronze au plafond. La porte de l'armoire était ouverte et il esquissa un sourire en découvrant à l'intérieur un charmant désordre de vêtements, de chaussures et de boîtes de rangement. Sur la table de nuit, il y avait une lampe de verre en forme de papillon, toute en nuances de mauves et de bleus. Il sourit de nouveau. Mia lui avait raconté la veille l'histoire de cette lampe, en confidence sur l'oreiller. Il la débrancha, l'enveloppa dans un T-shirt, et la rangea dans une poche extérieure de la valise.

— Tout va bien ? demanda-t-il comme elle entrait dans la chambre.

— Grayson vient de se réveiller et d'apprendre ce qui s'est passé.

Elle paraissait triste et inquiète. Il ravala un soupir et fourra ses mains dans ses poches. Il était mécontent de l'obliger à quitter sa maison, mais quel autre choix y avait-il ? Rester était beaucoup trop dangereux pour elle... Il devait la mettre à l'abri, dans un endroit inconnu du collectionneur, hors de sa portée.

— Si je restais ici, il reviendrait peut-être. Il suffirait alors de poster des hommes pour le guetter...

— Nous allons poster des hommes, en effet. Mais tu n'y seras pas.

La porte de l'appartement était ouverte, mais on sonna. C'était probablement Cameron.

— Finis ta valise, dit-il. Et ne t'en fais pas. Si tu oublies quoi que ce soit, j'enverrai quelqu'un le chercher.

Il sortit dans le couloir et fit signe à Cameron d'entrer.

— Le directeur de la société de sécurité et de gardiennage vient de m'appeler. Il assure qu'ils ne font jamais appel à des intérimaires ou à des sous-traitants pour les installations. Par contre, ils ont engagé à plusieurs reprises du personnel supplémentaire pour des réparations, quand ils étaient surchargés de travail. Ils sont passés par une agence intérimaire du centre-ville. Il s'est excusé d'avoir omis de le mentionner. Ça ne leur est pas arrivé depuis plus d'un an, aussi il n'y a tout simplement pas pensé. Ils ont beaucoup moins de clients, avec la crise.

Cet angle mort au Bargain-Mart obsédait Eric. Le collectionneur avait peut-être eu de la chance, mais on pouvait raisonnablement supposer qu'il était au courant. Et s'il était au courant, ça signifiait qu'il avait approché le système de surveillance d'une manière ou d'une autre.

— Il faut demander une liste de noms à cette agence d'intérim, dit-il.

— Je m'en occupe...

Cameron balaya le salon du regard et ajouta :

— Elle a bon goût.

Eric songea une fois de plus à ce qui s'était passé la veille. Combien de temps s'était-il écoulé entre le départ du collectionneur et le retour de Mia ? Pas plus d'une demi-heure. Peut-être moins. Elle l'avait échappé belle !

Mais ce salaud n'allait certainement pas la lâcher comme ça. Il la voulait. Il tenterait de nouveau sa chance.

Si on lui en laissait l'occasion.

# 30

— Ça manque de mayonnaise, se plaignit Gladys en repoussant son assiette. Et je n'aime pas les cornichons à l'aneth ! Tu sais pourtant bien que je les préfère nature.

— On n'en a plus, mère, répondit patiemment Allan. J'en rachèterai.

Il prit l'assiette de sa mère avec un soupir résigné et ajouta de la mayonnaise dans le sandwich à la dinde, avant de la lui rendre.

Elle scruta d'un air suspicieux les tranches de pain.

— Tu n'as pas mis de fromage !

Allan alla jusqu'au réfrigérateur et en sortit une tranche de cheddar emballée dans du papier plastique. De son point de vue, ces aliments tout préparés n'étaient pas de la nourriture décente, mais ils convenaient au palais enfantin de Gladys. Il lança la tranche dans l'assiette.

— Je ne suis pas de bonne humeur aujourd'hui, la prévint-il. Alors tu ferais bien de ne pas me pousser à bout !

Elle ricana, tandis que ses doigts noueux défaisaient maladroitement le papier.

— Et qu'est-ce que tu feras, si je te pousse à bout ? Tu iras te réfugier dans ton antre ?

Elle haussa les épaules et monta le volume du petit poste de télévision pour suivre un programme religieux. Un ministre du culte, vêtu d'un costume rayé, les cheveux argentés et gominés, une mèche relevée en une sorte de houppe de rockeur au-dessus du front, vitupérait derrière un pupitre à propos du démon et des tentations. Comme il n'avait pas faim, Allan remit la dinde et la mayonnaise dans le réfrigérateur, le pain de blé dans la boîte à pain. Tandis qu'il nettoyait méticuleusement les miettes sur le comptoir, il ruminait les événements catastrophiques de la veille. Il s'était pourtant bien préparé en surveillant pendant plusieurs jours les allées et venues dans la maison… A présent, c'était fichu ! Il avait fait tout ça pour rien ! La femme du deuxième étage ne rentrait jamais si tôt, d'habitude. Alors pourquoi ce jour-là, précisément ? Il songea au bruit sourd de son crâne contre le sol de béton. Elle s'était interposée entre le destin et lui. Et elle l'avait payé cher.

Il n'en décolérait pas…

— Ça ne te ferait pas de mal de fréquenter un peu l'église, commenta Gladys quand l'orgue se mit à jouer pour accompagner une chorale en robe de cérémonie. Tu y rencontrerais peut-être une femme bien qui t'aiderait à faire quelque chose de ta vie.

Allan ferma les yeux, pour ne plus la voir. Il préférait penser à Mia. Mia qui lui était destinée. Sinon, pourquoi aurait-elle resurgi dans sa vie, après tant d'années ? Il s'imaginait déjà la faisant souffrir, savourant sa peur. Mais sa rêverie fut interrompue par sa mère qui s'étouffait avec son sandwich. Elle toussait comme une damnée et sa bouche ridée crachait des petits morceaux de dinde et de pain.

Il lui tapota le dos et lui tendit un verre de lait.

— Bois ça, mère…

Mais la toux se calmait déjà et Gladys, agacée, repoussa le verre et s'intéressa de nouveau à son émission, tout en se remettant à manger. Sa mâchoire craquait à chacune de ses mastications et il remarqua une boule de mayonnaise sur le devant de sa robe, ainsi qu'une goutte gélatineuse qui coulait le long du tube plastique de sa lunette d'oxygène. Le chihuahua poussait des gémissements aigus pour quémander sa part du festin, à côté de la chaise de sa maîtresse.

Allan sentit soudain la colère monter. Gladys était une ingrate. Il jouait le garde-malade auprès d'elle depuis trois ans. Elle aurait dû lui lécher les pieds pour le remercier !

Au lieu de ça, elle le traitait constamment de minable ! Il songea de nouveau à la femme aux cheveux frisés. Il lui avait réglé son compte vite fait bien fait, à celle-là ! Il n'était pas un incapable.

Il décida de se calmer en préparant la marinade pour le poulet prévu au dîner. Il se savonnait copieusement les mains sous le jet d'eau tiède du robinet de l'évier, avant de commencer, quand il aperçut par la fenêtre qui se trouvait devant lui Lupita, leur soi-disant femme de ménage, qui furetait dans le jardin, ses larges hanches se balançant dans un pantalon moulant.

Elle prenait la direction des pins. La direction de son atelier…

Il se dépêcha de se rincer et de se sécher les mains, puis sortit à grands pas de la cuisine, faisant claquer derrière lui la porte-moustiquaire.

— J'ai pas eu mes cachets ! hurla Gladys.

Les sourcils crispés, Allan traversa la pelouse, à la suite de Lupita. Elle ne travaillait pas pour eux ce jour-là et elle n'avait rien à faire ici. Elle ne suivit pas le chemin de gravier et coupa à travers les pins. Il lui emboîta le pas.

Au bout de quelques dizaines de mètres, la masse grisâtre du bâtiment en parpaings et la carcasse d'une voiture désossée apparurent à travers le feuillage. En approchant, il vit Lupita qui frappait à la porte du bâtiment.

— Mooosieur Levi ? appela-t-elle avec son accent mexicain prononcé. Vous êtes là ?

Il ralentit et s'arrêta à la lisière des arbres. Elle frappa de nouveau, et, dans le même mouvement, tourna la poignée. Il lui avait pourtant dit et répété de ne pas s'approcher de son atelier ! Vibrant de colère et les poings serrés au bout de ses bras ballants, il se fit violence pour ne pas l'interpeller.

*Attends… Attends de voir ce qu'elle mijote…*

Il recula d'un pas, sous le couvert des arbres, tandis qu'elle jetait autour d'elle des regards prudents. Puis elle contourna le bâtiment et s'arrêta devant l'unique fenêtre, celle qu'il avait pris soin de calfeutrer avec le bloc qui fournissait l'air conditionné. Elle se pencha et colla son œil à la fente entre le mur et le panneau de bois auquel était accroché l'appareil. Cette fois, il ne put se retenir et se précipita pour la saisir par le bras — un bras écœurant, aux chairs flasques, qu'il tira violemment en arrière.

Elle poussa un cri de douleur.

— Qu'est-ce que vous foutez là ?

— Mooosieur Levi ! Je... je vous cherchais, bredouilla-t-elle avec son ridicule accent.

— Vous cherchiez surtout à m'espionner, oui !

— Mais non, je...

— Pourquoi n'êtes-vous pas venue frapper à la maison ?

— Quand Mme Gladys me voit, elle veut que je reste. Et comme vous êtes souvent ici, j'ai pensé que...

Elle recula, collant au mur ses épaules dodues. Il haletait de colère, les doigts toujours enfoncés dans la peau molle de son avant-bras.

— Je vous ai pourtant dit de ne *jamais* venir ici ! Cet endroit est mon sanctuaire. Qu'est-ce que vous y cherchiez ?

Elle se tassa sur elle-même et son visage devint aussi blanc que le linge qui séchait sur l'étendoir du jardin.

— Je... je venais réclamer ma paye. Vous me devez deux semaines... Et mon fils... mon fils a besoin de cet argent aujourd'hui.

Il la dévisagea, le corps vibrant de haine. Il songea un instant à éclater le crâne épais de cette sotte contre le béton, pour le voir s'ouvrir comme un melon trop mûr. Mais il se raisonna. Le fils penserait à la chercher chez eux en tout premier lieu, c'était risqué. Il se contenta donc d'appuyer son index sur le sternum de la sotte, dont le gros ventre tressaillit.

— Je ne veux plus vous voir rôder autour de ce bâtiment, vous m'entendez ? Plus jamais. C'est compris ?

Elle secoua la tête et ses yeux se remplirent de larmes.

— Oui mooosieur, j'ai compris... Je vous en prie...

Elle voulut se dégager, mais il n'en avait pas terminé avec

elle. Il appuya sa main à plat contre le mur de béton, tout près de sa tête, lui soufflant son haleine au visage.

— Si je vous revois dans le coin, je vous pends et je vous écorche vive !

Pour toute réponse, elle fit entendre un gémissement apeuré. Il plongea la main dans la poche arrière de son jean et en sortit son portefeuille, dont il tira plusieurs billets — l'argent de sa dernière réparation. Il les jeta par terre et la regarda se pencher pour les ramasser un à un. En se redressant, elle se cogna la hanche à la carcasse de la voiture montée sur blocs et fit la grimace. Puis elle s'éloigna et, jugeant sans doute qu'elle se trouvait suffisamment loin, elle cracha par terre d'un air dédaigneux.

— Vous êtes complètement fou ! Je ne veux plus travailler pour vous. Je démissionne !

Il la suivit des yeux. Sa colère était maintenant comme un petit animal vivant qui palpitait de haine. Lupita avait attisé une flamme qui brûlait depuis son lamentable échec de la veille. Il était revenu sur la scène de crime dans la soirée et il avait surpris Mia dans les bras de Macfarlane. Ces deux-là étaient amants, ça crevait les yeux…

Et ça doublait l'intérêt de la posséder.

Elle était son numéro huit. La petite fille qui avait assisté à son premier enlèvement. A la naissance de son œuvre.

Elle lui appartenait.

Il prit plusieurs longues inspirations, pour contrôler la bête furieuse qui s'agitait dans son ventre. Puisqu'il était là, devant son atelier, autant en profiter pour faire ce qu'il avait à faire.

Il alla d'abord ouvrir la porte de la camionnette —une bouffée d'air chaud lui fouetta alors le visage, ce qui augmenta sa rage —, puis celle du bâtiment. Il entra sans refermer derrière lui et réapparut quelques secondes plus tard, charriant sur son épaule un paquet enveloppé dans une bâche. Il jeta le paquet à l'arrière de la camionnette, où il atterrit avec un bruit sourd. Puis il claqua la portière. Une bonne chose de faite !

Il referma tranquillement le bâtiment, essuyant de son avant-bras son visage couvert de transpiration. Quel dommage qu'il n'y ait eu personne, la veille au soir, pour assister à son rituel, son moment de triomphe… Mia aurait dû être là, en spectatrice, mais voilà, ça ne s'était pas passé comme prévu. Enfin… Au moins, en rentrant, s'était-il défoulé sur Diambro…

Et il était temps maintenant de se débarrasser de sa dépouille qui n'allait pas tarder à puer.

Il retourna vers la maison pour donner ses cachets à Gladys et mettre le poulet à mariner. Après le dîner, à l'abri du rideau de velours sombre de la nuit, il s'occuperait de déposer le corps quelque part. Il ne lui resterait plus ensuite qu'à trouver de nouvelles proies pour sa collection.

# 31

Eric gara sa voiture dans l'allée du bungalow, puis se dirigea vers le véhicule de patrouille qui stationnait sur une large bande de sable, sur le bas-côté de la route. Le conducteur, un jeune adjoint, fit descendre sa vitre en le voyant approcher.

— Rien de spécial, ce soir ? lui demanda Eric.

— Tout est calme, agent Macfarlane, lui répondit-on par-dessus le ronronnement de l'air conditionné.

Eric jeta un coup d'œil du côté du halo de lumière qui filtrait à travers les rideaux.

— Vous avez encore besoin de nous ?

— Non. Je prends le relais. Bonne nuit.

Les deux adjoints le saluèrent d'un signe de tête et démarrèrent, le laissant seul sous un ciel sans étoiles. Le vent venu de l'océan secouait les hautes herbes de la pampa qui poussaient au bord de l'allée. Il allait probablement pleuvoir. La journée avait été longue, ponctuée par l'autopsie de Penney Niemen et les visites aux voisins de Mia. Pour l'instant, personne n'avait rien vu. Seul un homme avait admis avoir entendu quelque chose qui ressemblait à un cri.

Eric grimpa le perron et frappa pour s'annoncer. Quelques secondes plus tard, il entendit les bips du système de sécurité que Mia désactivait, puis elle lui ouvrit. Elle portait un short en jean et un débardeur smocké. Ses cheveux étaient noués en une courte queue-de-cheval.

— Est-ce qu'il y a du nouveau ? lui demanda-t-elle d'emblée.

Elle semblait crispée.

Il entra et verrouilla tout derrière lui.

— Le légiste a confirmé la cause de la mort de Penney Niemen. Mais je suppose que tu as déjà entendu ça aux informations ?

Son expression indiquait que oui. Elle avait donc suivi le reportage qui incluait l'interview que l'ex-mari de Karen Diambro avait donnée aux médias. Il l'avait regardé, lui aussi, dans les bureaux du FBI, avec Cameron. Il s'était senti agressé et coupable. La vérité, c'était qu'ils se démenaient, mais qu'ils n'avaient toujours aucun suspect. Tout le monde était sous pression : les fédéraux, le bureau du shérif, celui du procureur du comté de Duval.

— Tu as l'air fatigué. Tu as faim ?

Il se rendit compte qu'il n'avait pas mangé depuis longtemps.

— Oui, j'ai faim, dit-il.

— Dans ce cas, il ne nous reste plus qu'à nous faire livrer quelque chose ! Tu connais l'état déplorable du garde-manger de ce bungalow…

Elle eut un faible sourire et ajouta :

— Je pourrais peut-être demander demain à mes anges gardiens de m'escorter jusqu'à une épicerie.

— Il est tard. Tu n'aurais pas dû m'attendre pour manger.

— J'en avais envie. Je connais un restaurant sur Jax Beach qui sert des huîtres et des crevettes frites. Je crois qu'ils livrent…

Il hocha la tête pour lui signifier son accord. Tandis qu'ils cherchaient le numéro du restaurant dans l'annuaire périmé qui traînait dans la cuisine, le téléphone d'Eric sonna.

C'était Cameron.

— Un type de l'agence d'intérim a fini par me rappeler, lui annonça ce dernier. Il a essayé de se couvrir, mais j'ai cru comprendre qu'ils ne sont pas très regardants et qu'ils ne vérifient pas les renseignements fournis par les gens qu'ils envoient aux entreprises. Je lui ai dit qu'on voulait tous les documents concernant les intérimaires qui avaient eu des missions dans des sociétés de maintenance des systèmes de sécurité. Je lui ai demandé de remonter jusqu'à trois ans en arrière.

— Quand pourra-t-il nous fournir tout ça ?

— Il m'a réclamé un délai jusqu'à demain soir. Ils ont eu un problème informatique il y a quelques mois, sans perte de données, mais il doit rechercher des dossiers papier et croiser des informations.

S'ils tombaient sur quelqu'un qui avait vécu ou travaillé à Bethesda dans le Maryland, ou ses environs, trois ans plus tôt, au moment des meurtres…

— D'après, lui, ça pourrait concerner combien de personnes ?

— Une trentaine, au maximum.

— Accorde-lui jusqu'à demain 14 heures, pas une seconde de plus. En attendant, on peut toujours préparer des papiers pour une assignation à comparaître, au cas où il ferait des difficultés.

Mia revint de la cuisine au moment où il raccrochait.

— J'ai passé la commande, dit-elle. Huîtres et crevettes sauce cocktail, beignets de maïs frits, salade de chou… On sera livré dans trente minutes.

— Je vais devoir courir deux fois plus pour éliminer toutes ces calories !

Elle avança vers lui et lui effleura le torse du bout des doigts.

— Arrête de faire ton coquet ! Tu n'as pas une once de graisse…

Cette légère caresse avait suffi à l'exciter. Il lui prit la main et lui embrassa l'intérieur du poignet.

— La nourriture du Sud est délicieuse, mais vous, vous ne jurez que par la friture et le pané ! Dans le Maryland, nous mangeons des beignets de crabe, de la bonne viande accompagnée de mayonnaise et d'un mélange d'épices Old Bay. Je t'en ferai peut-être un de ces jours pour te faire goûter…

*Un de ces jours…*

Une ombre passa dans les yeux de Mia et il comprit

qu'elle songeait à la même chose que lui. Quand l'enquête serait terminée, il rentrerait à Washington, et elle pourrait difficilement le suivre puisque son travail était à Jacksonville. Il leur faudrait discuter de tout ça s'ils voulaient aller plus loin dans leur relation. Mais il n'avait pas envie d'y penser pour l'instant.

— Comment ça s'est passé pour toi, aujourd'hui ?

Elle haussa les épaules.

— Je me suis sentie comme un animal en cage, avec les adjoints du shérif qui me regardaient de l'autre côté des barreaux. Ils frappaient à la porte toutes les demi-heures pour vérifier que tout allait bien. Je me suis demandé si je n'allais pas filer en douce par-derrière !

— Sérieusement ?

— Peut-être…

Il eut l'impression qu'elle ne plaisantait qu'à moitié.

— J'ai relu les notes de Hank Dugger, reprit-elle. Je crois que je pourrais presque les réciter de mémoire ! Mais j'ai beau les éplucher encore et encore, rien ne me paraît pertinent. Il a mené avec son partenaire une enquête poussée et méticuleuse. Et s'ils ont fini par laisser tomber, c'est parce qu'ils n'avaient rien, aucune piste, qu'ils manquaient de personnel, et qu'ils avaient d'autres affaires à régler, comme il me l'a expliqué.

Son ton trahissait sa frustration. Ça ne lui faisait pas de bien de tourner en rond dans ce bungalow. Heureusement, les adjoints l'escorteraient le lendemain jusqu'au journal et elle pourrait s'occuper l'esprit.

— L'interview de l'ex-mari de Diambro a dû vous fiche un coup, dit-elle doucement.

— Ça ne nous facilite pas la tâche, c'est certain.

Il la regarda droit dans les yeux. Il faudrait qu'il pense à déplier le canapé-lit pour que les adjoints le trouvent ouvert en arrivant, le lendemain. Dans un commissariat, les ragots circulaient aussi aisément que dans un collège de jeunes filles !

— Will m'a appelée. Il est rentré ce soir, en laissant

Justin à Chicago. Il m'a raconté qu'une voiture banalisée est sortie de nulle part quand il s'est garé devant la maison et qu'il a dû montrer ses papiers pour pouvoir rentrer chez lui !

Bien… Ça signifiait que les agents chargés de surveiller la maison prenaient les choses au sérieux.

— S'il est rentré pour l'enquête, c'était inutile. Il aurait très bien pu répondre par téléphone aux questions de routine que nous avons à leur poser, à son compagnon et lui.

— Il le sait, répondit Mia, mais je crois qu'il s'est vraiment senti mal à l'idée qu'il n'était pas là quand ça s'est passé…

Quelques mèches de cheveux s'étaient échappées de sa queue-de-cheval ; elle les coinça derrière ses oreilles d'un air songeur.

— Il a appelé la famille de Penney. Ils vont rapatrier le corps pour l'enterrer en Virginie-Occidentale. Elle souhaitait être incinérée et voulait que ses cendres soient dispersées dans l'océan. Apparemment, ils n'en tiennent pas compte…

Eric n'avait pas eu le droit d'assister à l'enterrement de Rebecca et il en avait beaucoup souffert.

— Ils ont besoin de l'enterrer pour entamer leur deuil, murmura-t-il.

— D'après Will, ils sont très croyants et ils n'ont jamais approuvé la vie que menait Penney ici. Elle n'était pas mariée, et vivait loin de chez eux, seule, dans une grande ville… Au fond, ils avaient raison…

Elle se sentait coupable de la mort de Penney, parce que c'était elle que le tueur visait, et c'était un sentiment qu'il pouvait comprendre mieux que quiconque.

— Tu n'es pas responsable de ce qui s'est passé, Mia.

Elle afficha un air sceptique qu'il comprenait tout aussi bien. Trois ans après la mort de Rebecca, la culpabilité le rongeait encore…

— J'ai quand même besoin de faire quelque chose…

— Je sais.

— Will retourne à Chicago en fin de semaine. J'aimerais le voir avant son départ. Seule.

Il acquiesça.

— Je m'arrangerai pour que ce soit possible.

Il lui prit la main et l'entraîna vers le canapé où ils s'installèrent côte à côte. Puis il l'enveloppa de son bras et l'attira tout contre lui. Elle leva vers lui des yeux qui quémandaient un baiser, qu'il lui accorda volontiers. Puis elle cala sa tête contre son torse avec un petit soupir de contentement, et ils attendirent l'arrivée du livreur, sans bouger, sans parler. La pluie se mit à tambouriner sur le toit du bungalow. Ils se sentaient bien, à l'abri de tout.

Eric renversa la tête sur le dossier du canapé. Il ne voulait plus penser à rien. Ni s'inquiéter de rien. Demain et son cortège de soucis viendrait bien assez tôt.

— Il n'était pas censé se mêler de ça !

Mia venait d'arriver au journal et elle était furieuse.

— Il l'a fait tout de même, répondit calmement Grayson. Et même s'il n'avait pas appelé, j'aurais été obligé de prendre une décision. Tu es affectée au bureau des nouvelles. C'est comme ça, ma petite. Il n'y a pas à en discuter... Tu réponds au téléphone, tu écoutes le scanner de la police, tu t'occupes de distribuer les petits sujets et tu aides les directeurs de rédaction, mais officiellement, tu es hors course.

Elle soupira, à court d'arguments. Grayson avait raison, une fois de plus. Elle ne pouvait pas faire son travail de journaliste escortée de deux adjoints de la police. Mais c'était dur à encaisser. On avait commencé par lui enlever son sujet et maintenant, on lui donnait un poste de débutante ! Elle avait l'impression de régresser un peu plus chaque jour.

— Je suis désolée de tout ça, Grayson, dit-elle. Vraiment désolée... Je sais que ce qui m'arrive pose des tas de problèmes au journal et...

— Ferme la porte, s'il te plaît.

Elle obéit, tout en se demandant quelle tuile allait encore lui tomber dessus. Grayson ôta ses lunettes et se frotta les yeux. Il paraissait fatigué et devait avoir la gueule de bois, à en juger par ses traits tirés. Mia se demanda s'il picolait tous les soirs au même rythme que le soir du restaurant. Elle savait que c'était à cause d'elle et se sentait coupable.

— Ne prends pas ça comme une punition, Mia… Mais le fait que ce type ait cherché une fois encore à t'atteindre change la donne, tu comprends ? Macfarlane a parfaitement raison de vouloir que tu fasses profil bas professionnellement, tant que ce malade est en liberté.

Elle allait dire quelque chose, puis se ravisa. Mieux valait se contenter d'écouter en silence. Grayson n'en avait pas fini. Il se racla la gorge, visiblement intimidé, chose tout à fait inhabituelle chez lui.

— Je me rends compte que notre relation a changé. Après ce que je t'ai dit l'autre soir, il n'est plus possible de revenir en arrière. C'est ma faute…

Il paraissait peiné et baissa la voix.

— Mais je ne supporterais pas qu'il t'arrive quoi que ce soit, Mia. Je crois que j'ai été suffisamment clair, et de manière plutôt gênante, sur le fait que je tenais beaucoup à toi.

— Je voudrais que tout redevienne comme avant entre nous, murmura-t-elle d'un ton plein d'espoir.

— Et moi, j'aurais bien voulu ne pas me soûler la gueule ! Ça m'aurait évité de me mettre à nu devant toi. Mais je l'ai fait. Et je ne peux pas l'oublier.

Il n'y avait aucune animosité dans le ton, juste de l'amertume.

— On va surmonter ça, dit-elle, pleine de pitié pour lui.

Le soleil perçait à travers les nuages laissés par le récent orage. Il allait faire beau, mais elle n'arrivait pas à s'en réjouir. Elle se sentait morose.

— Tu pourrais commencer par relire l'article de Clarkson sur la fusillade de Brentwood, suggéra-t-il en consultant l'écran de son ordinateur. Je veux qu'il soit publié en ligne d'urgence.

Comprenant qu'il lui donnait congé, elle quitta son bureau sans rien ajouter. Elle passa devant le box de Walt Rudner, lequel caquetait au téléphone, penché sur son bureau qui craquait sous le poids de sa considérable bedaine. En la voyant, il baissa la voix, mais elle en avait suffisamment entendu pour comprendre qu'il s'entretenait avec l'un des adjoints qui l'avaient accompagnée au journal. L'ennemi était décidément partout ! La voiture de patrouille s'était garée dans le parking et les deux hommes l'avaient quittée à l'entrée. Elle était censée les appeler avant de partir, pour qu'ils viennent la chercher à la porte. Eric leur avait demandé de vérifier qu'ils n'étaient pas suivis.

Drôle de vie…

Elle rassembla ses affaires pour les transporter dans le nouveau bureau qu'on lui avait attribué, face à la salle de rédaction, comme l'exigeait sa nouvelle fonction. Elle venait de s'y installer quand Walt passa devant elle, enfilant ses bras grassouillets dans les manches de son blouson.

Elle lui trouva un air de chacal affamé à qui l'on vient d'annoncer qu'un lapin est servi à dîner. Ce qui n'augurait rien de bon.

— Que se passe-t-il ? demanda-t-elle.

— Je viens d'avoir un tuyau. Un cadavre de femme… Les fédéraux sont déjà sur place.

# 32

Le corps avait été abandonné derrière un magasin de pneus, sur un tronçon légèrement rétréci de la route Old St Augustine, au sud de la ville.

Le médecin de la morgue procédait à l'examen préliminaire.

— Le corps est à température ambiante, commenta-t-il à l'intention d'Eric et de Cameron, retirant un thermomètre du foie de Karen Diambro. Ça signifie que le décès remonte à trente-six heures environ, ce que confirme la rigidité cadavérique. Les marques de brûlures suggèrent qu'elle a été mise en contact avec un appareil électrique et qu'elle a reçu plusieurs décharges. Je ne peux cependant affirmer pour l'instant que c'est ce qui a causé sa mort. Elle présente pas mal d'autres blessures. Nous n'avons que l'embarras du choix. Je vous donnerai plus de précisions, quand elle sera passée sur ma table.

Eric songea à la torture que cette femme avait endurée et à son petit garçon qui n'avait plus de mère. En plus des brûlures et des ecchymoses, le corps présentait des traces plus familières — le nombre dix gravé sur le ventre, et un espace rougeâtre et à vif au bout de plusieurs doigts.

Il détourna les yeux et se concentra pour maîtriser sa colère et son émotion.

Il était très tôt, mais le soleil cognait déjà fort. Des nuées dansantes de brume de chaleur s'élevaient de l'asphalte. Des hommes s'efforçaient de tenir à distance la foule qui s'était amassée pour regarder, bouche bée, le spectacle. Les inspecteurs Boyet et Scofield se tenaient devant le ruban placé à la hâte pour délimiter la scène de crime. Ils s'entretenaient avec le propriétaire du magasin de pneus, lequel avait trouvé le corps en ouvrant sa boutique.

— Il ne s'est même pas donné la peine de le cacher, cette fois, dit Cameron tandis qu'ils s'éloignaient. Il l'a déchargé sur le parking des employés !

C'était une entorse au mode opératoire du collectionneur, suffisamment importante pour avoir une signification. Jusque-là, les corps avaient été déposés dans des zones non urbaines et peu passantes — celui de Cissy Cox était d'ailleurs tellement bien caché qu'ils ne l'avaient pas encore retrouvé. Mais Karen Diambro avait été abandonnée à la hâte. Et elle était très abîmée. Beaucoup plus que les autres. La pauvre avait manifestement eu droit à un traitement particulier.

— L'enlèvement raté de samedi l'aura probablement stressé au point qu'il n'a pas suivi son rituel. Il a défoulé sa colère sur elle.

— Mais il n'avait personne pour regarder, objecta Cameron. Du moins à notre connaissance.

— Il avait prévu que ce serait Mia, mais il est revenu bredouille. Et il était tellement furieux qu'il n'a pas réussi à se contrôler. Comme il s'était préparé à tuer, il n'a pas pu attendre.

Le collectionneur avait pris un gros risque en déposant le corps près d'une route à grande circulation. Il avait laissé Karen sur le parking, sans même prendre le temps de la cacher dans l'un des containers à ordures.

Eric balaya du regard le mur de l'arrière-boutique, mais ne repéra aucun dispositif de télésurveillance, juste une pancarte qui proclamait : « Espace réservé au personnel, aux fournisseurs et aux clients. »

— Le pressing d'à côté et l'espace photocopie d'en face disposent peut-être de caméras de surveillance, dit-il. Avec un peu de chance…

Il ne termina pas sa phrase et donna des instructions à un adjoint pour qu'il aille se renseigner. Une camionnette de télévision était déjà sur place, garée devant une rangée de palmiers trapus. Eric reconnut le nom de la chaîne qui avait interviewé l'ex-mari de Karen Diambro. Avec la découverte du corps, ils ne se priveraient sûrement pas de rediffuser l'interview. Il fallait donc s'attendre à une nouvelle vague de critiques.

— Messieurs, venez voir ! appela soudain le légiste.

Ils retournèrent vers le corps, tandis que le médecin ôtait quelque chose de la bouche du cadavre, au moyen d'une longue et fine pince chirurgicale.

— C'était tout au fond de sa gorge, commenta-t-il. Je ne l'ai pas vu quand j'ai regardé la bouche la première fois.

Il s'agissait d'un morceau de papier plié. Une carte de visite tachée de sang et encore humide de salive. Eric sursauta quand le médecin la déplia précautionneusement. Il avait déjà reconnu le logo du FBI.

— «Eric A. Macfarlane, lut tout haut le légiste. Agent Spécial du bureau d'enquête fédéral, Unité de lutte contre les crimes violents. »

Puis il tendit la carte à Eric, avec une expression abasourdie.

— Mettez-la dans un sac à indices, murmura Eric sans la prendre.

La carte n'était pas récente. La présentation et la police de caractères dataient même de plusieurs années. Eric supposa que le collectionneur l'avait prise dans le sac de Rebecca pour la conserver en souvenir.

— Qu'est-ce que tu en penses ? lui demanda Cameron quelques minutes plus tard.

L'équipe de la morgue avait retourné le corps pour terminer l'examen et observait les lividités violacées, là où le sang avait stagné. Une fois qu'ils auraient terminé, les experts prendraient le relais pour chercher tout indice n'appartenant pas au cadavre, poils ou fibres.

— J'en pense qu'il va bientôt avoir besoin d'une nouvelle victime, répondit Eric.

— Ce n'est pas de ça que je parle, Eric. Il lui a enfoncé

ta carte de visite dans la gorge. Tu n'as pas l'impression qu'il te lance un défi ?

— Pas plus que quand il m'envoie les enregistrements de ses séances de torture.

— Tu sais ce que je crois ? murmura Cameron en détournant le regard vers la foule des curieux. Le corps de Karen Diambro n'était rien de plus pour lui qu'un paquet-cadeau destiné à transporter ta carte de visite. Tu es devenu son obsession.

Eric ne répondit pas. En trois jours, ils avaient eu deux cadavres. Celui de Penney, retrouvée dans son jardin le crâne fracassé, et celui de cette malheureuse abandonnée dans un parking, au bord d'une route. Et maintenant, la menace d'un enlèvement imminent planait sur eux…

— Nous avons au moins appris quelque chose sur cet homme, dit-il enfin. Quand il est furieux, il perd les pédales et prend des risques inconsidérés.

— Et alors ?

— Et alors ? On va le titiller un peu.

En cette fin d'après-midi, les journalistes du *Courier* — du moins ceux qui n'avaient pas un article à boucler d'urgence — s'étaient rassemblés autour du grand écran plat de la salle de rédaction.

Mia se trouvait parmi eux. Les bras croisés sur la poitrine, elle suivait la conférence de presse filmée dans les locaux du FBI. Eric faisait face aux caméras, derrière une estrade encombrée de micros. Il lisait d'un air solennel la déclaration préparée par les forces d'intervention. Il s'exprimait d'un ton ferme et venait de confirmer que le corps retrouvé ce jour-là dans un parking était bien celui de Karen Diambro.

Elle le savait déjà pour avoir relu et corrigé l'article de Walt qu'elle avait mis en ligne et qui devait paraître, dès le lendemain, dans l'édition du mardi. Walt s'était longuement appesanti sur l'état du cadavre. Elle en avait eu mal au cœur pour la famille Diambro qui allait lire ça. Elle s'inquiétait aussi pour Eric et pour la pression terrible qu'il subissait.

Il venait de terminer sa déclaration et quand il demanda s'il y avait des questions, les journalistes s'agitèrent aussitôt. Des questions, il y en avait… On pouvait même dire qu'elles fusaient. Mais il parvint à y répondre posément et clairement.

— L'ex-mari de Mme Diambro s'est montré très critique vis-à-vis du FBI. Qu'avez-vous à lui répondre, maintenant que vous avez retrouvé le corps ?

— Est-il vrai que le tueur vous envoie les enregistrements des tortures qu'il inflige à ses victimes avant de les tuer ?

— Agent Macfarlane, votre femme a été assassinée par cet homme il y a trois ans, dans le Maryland. D'après vous, qu'est-ce qui a bien pu l'amener à recommencer, ici, à Jacksonville ? Etant donné votre implication personnelle dans cette affaire, ne devriez-vous pas laisser l'enquête à quelqu'un d'autre ?

Les deux dernières questions provenaient de Walt, qui se trouvait sur place. Il n'était pas dans le champ de la caméra, mais Mia avait reconnu sa voix bourrue. Eric n'avait fait jusque-là aucun commentaire sur le portrait que le *Courier* avait publié de lui, mais à présent, il ne pouvait plus feindre de l'ignorer.

— Le mode opératoire du tueur de Jacksonville nous permet d'affirmer que nous avons bien affaire à l'homme qui a commis cinq meurtres dans le Maryland, il y a trois ans, commença-t-il pour répondre à la première question. Comme vous le savez, l'unité de lutte contre les crimes violents intervient chaque fois que l'on soupçonne la présence d'un tueur en série. Ce qui est le cas ici. Nous pensons que celui que nous appelons le collectionneur est originaire de Floride et qu'il a vécu temporairement dans le Maryland. Depuis, il est revenu chez lui et a repris ses activités après une longue période de latence. Pourquoi, nous l'ignorons.

Il marqua une légère pause avant de répondre à la deuxième question de Walt. Des flashs d'appareils photo crépitèrent. Mia se rendit compte que son cœur s'était mis à battre plus vite.

— Ma défunte femme, Rebecca Garner Macfarlane, a été la cinquième et dernière victime du Maryland. Je n'ai pas de commentaires à faire sur ce sujet. Mais je peux vous assurer que je n'oublie pas que cet homme a tué au moins dix femmes déjà, et pas seulement mon épouse.

Cette déclaration fut suivie d'une nouvelle pluie de questions. Eric donna la parole à une journaliste d'origine asiatique, assise au premier rang.

— Agent Macfarlane, pourriez-vous dresser un profil de cet homme que vous appelez le collectionneur ?

— Volontiers. Un témoin nous a fourni une description physique assez précise. Nous avons déjà diffusé son portrait, mais j'aimerais que les caméras le montrent de nouveau à l'écran…

Le portrait revu et corrigé, sur lequel Mia avait travaillé avec le portraitiste de la police, apparut alors.

— Il s'agit d'un homme de race blanche, âgé d'un peu plus de quarante ans, mesurant environ un mètre quatre-vingts, brun, légèrement dégarni au niveau du front… Un homme qui ressemble à M. Tout-le-monde, en somme…

Il marqua une nouvelle pause.

— Psychologiquement, c'est un narcissique qui a une très haute opinion de lui-même. Cette suffisance lui sert à compenser un sentiment d'infériorité. Il a probablement une vie médiocre. Il est célibataire et sans emploi, vit de petits boulots. Il n'a pas d'amis, pas de vie sexuelle. On peut même aller jusqu'à supposer qu'il est impuissant, ou qu'il a des tendances homosexuelles refoulées. Aucune des femmes enlevées n'a été agressée sexuellement ; il les considère comme des objets qu'il peut manipuler et contrôler à sa guise. La domination qu'il exerce sur ses victimes lui permet de se donner de l'importance dans un monde où il est perçu comme un raté.

Le portrait de l'homme disparut de l'écran et le visage d'Eric le remplaça.

— Si vous pensez connaître cet homme, si vous croyez l'avoir vu, savoir où il se trouve en ce moment, n'hésitez pas à appeler ce numéro…

Un numéro s'afficha au bas de l'écran. Les questions reprirent, mais Eric se leva et quelqu'un vint le remplacer sur l'estrade pour conclure la conférence de presse et congédier les journalistes.

Mia sentit un frisson la parcourir. Le portraitiste avait su rendre l'expression de son ravisseur, jusqu'à la froideur de ses yeux, au point que la vue du croquis l'avait perturbée.

— Ça va ?

Mia se retourna. Les autres journalistes regagnaient déjà leur box, mais Grayson était resté à l'observer. Elle n'avait même pas remarqué qu'il s'était joint au groupe qui suivait la conférence. Il avait dû arriver en cours de route.

— Tu es blanche comme un linge…

— Je vais bien.

Il baissa la voix.

— C'est toi, le témoin qui a aidé pour ce portrait, n'est-ce pas ?

Elle hésita à lui répondre, puis se décida à acquiescer en silence.

— C'est impressionnant. Je suppose que c'est grâce à cette thérapie de restauration de la mémoire…

Elle ouvrait la bouche pour protester, mais il l'arrêta d'un geste.

— Je sais, on n'est pas censés en parler et je tiendrai la promesse que je t'ai faite. Peu importe ce que je t'ai dit ce week-end, l'expérience futuriste menée à la base aéronavale restera un secret.

— Merci, murmura-t-elle.

Elle eut soudain l'espoir que leur amitié n'était peut-être pas totalement fichue.

On appela alors Grayson qui s'éloigna. Elle-même retourna dans son nouveau bureau. Le téléphone sonnait et elle répondit distraitement, tout en réfléchissant. Durant les séances avec le Dr Wilhelm, elle avait bien avancé. Elle avait vu le visage de son agresseur, le bâtiment en parpaings dans lequel elle avait été séquestrée, la route inter-Etats au sud de Jacksonville.

Elle regrettait d'avoir arrêté. Si on l'avait laissée poursuivre l'expérience, Penney et Karen Diambro seraient peut-être encore en vie.

# 33

— Si tu en as assez, un jour, de ton travail chez les fédéraux, tu pourras toujours tenter la télévision ! plaisanta Eric.

Il s'adressait à la jeune femme asiatique qui avait joué le rôle d'une journaliste durant la conférence de presse, et avait posé la bonne question au bon moment. Il la dépassa et se dirigea vers les ascenseurs, tandis que les journalistes quittaient le hall du bâtiment.

— Tu crois qu'il a suivi la conférence ? lui demanda Cameron en le rattrapant dans le couloir.

— Si je ne me trompe pas à son sujet, il passe son temps à guetter ce qu'on raconte de lui dans les médias.

— En tout cas, si tu voulais le mettre en rogne, je crois que tu as dit ce qu'il fallait ! Tu l'as traité d'impuissant devant toute la ville.

Ils étaient arrivés devant les ascenseurs et Eric actionna le bouton d'appel. D'ordinaire, les profils psychologiques des criminels n'étaient pas diffusés au public. Mais sa déclaration visait à exciter le collectionneur, à nourrir sa colère, et ainsi, à le pousser à l'erreur. De toute façon, avec ou sans provocation, il allait enlever une femme dans les jours à venir. Il était frustré par l'enlèvement raté de Mia et ne supporterait pas longtemps de rester sans une victime à sa merci.

— On va poster des hommes supplémentaires à la surveillance de la maison de Mia, ce soir, dit Cameron tout en entrant dans la cabine, dont la porte venait de coulisser devant eux. Au cas où ta déclaration l'aurait énervé au point qu'il décide de lui rendre visite sur-le-champ…

Eric jeta un coup d'œil à sa montre. Mia serait bientôt rentrée au bungalow, sous la garde des deux adjoints. S'il se passait quelque chose à San Marco ce soir, elle ne serait pas là pour y assister. Au bungalow, au moins, elle était en sécurité. Il aurait préféré qu'elle n'en bouge pas du tout, mais elle ne pouvait passer ses journées enfermée. Elle était furieuse qu'il ait appelé Grayson, mais il avait voulu s'assurer que celui-ci comprenait bien la situation et qu'il n'enverrait pas Mia déambuler en ville pour écrire des articles. Il était plus important pour elle de rester en vie que de conserver son emploi.

— Qu'est-ce que ça a donné, la caméra de surveillance du pressing ? demanda-t-il alors qu'ils entraient dans le bureau de Cameron.

— J'ai chargé Hatcher de visionner les enregistrements. Mais une fois de plus, notre type se trouvait dans un angle mort. Il a dû prendre une entrée latérale du parking et ne l'a pas traversé. On voit la masse sombre d'un véhicule passer au loin, vers minuit, mais impossible de distinguer quoi que ce soit de précis. De toute façon, il a sans doute utilisé une voiture volée, comme d'habitude.

Cameron s'installa à son bureau, devant son ordinateur.

— On a reçu la liste de l'agence d'intérim, annonça-t-il. J'ai commencé à m'y intéresser, pendant que tu préparais la conférence de presse.

— Et alors ?

— Je te l'imprime… Comme je le craignais, les dossiers sont minimalistes. Le type m'a envoyé des scanners des contrats de tous ceux qui avaient eu des missions dans le domaine de l'électronique. Mais il est incapable de cibler sur les sociétés qui s'occupent des systèmes de surveillance. Il prétend que c'était dans les données qu'ils ont récemment perdues avec leur bug informatique.

Ce qui signifiait qu'ils allaient devoir vérifier tous les noms de la liste…

— Est-ce qu'ils enquêtent sur les types qu'ils engagent ?

Cameron eut un petit rire de mépris.

— Pas la peine. Il demande aux postulants de cocher une case s'ils ont un casier judiciaire…

Eric alla se poster près de l'imprimante pour feuilleter les pages qui en sortaient une à une.

— J'ai déjà effectué une première vérification, reprit Cameron. Aucun de ces hommes n'a travaillé auparavant pour une société à Bethesda, ou du moins aucun ne le revendique. Mais je vais tout de même m'adresser au département des véhicules à moteur de Virginie et du Maryland, pour voir si l'un d'eux a fait une demande de permis de conduire auprès de leurs services.

Il jeta un coup d'œil à la pendule murale. Il était près de 18 heures.

— Leurs bureaux sont probablement déjà fermés. Je m'en occuperai demain matin.

Eric ramassa la pile de feuilles et les rangea dans son porte-documents.

— Tu ne devais pas accompagner Lanie à un rendez-vous ?

— Si. Et je vais avoir droit aux embouteillages pour rentrer sur St Augustine à cette heure-ci !

— Alors tu devrais y aller sans plus attendre.

Cameron se leva et attrapa au passage sa veste pendue à une patère derrière lui.

— Et toi ? demanda-t-il tout en l'enfilant. Qu'est-ce que tu vas faire ?

— La ligne rouge de la force spéciale d'intervention clignote comme un flipper, soupira Eric. Tout le monde croit avoir croisé le collectionneur.

C'était classique, cette affluence de témoignages, quand on diffusait le portrait ou la photographie d'un assassin.

— Je vais rester ici et m'intéresser aux appels…

— Nous avons désigné des agents pour ça.

Eric acquiesça.

— Je sais.

— Comme tu voudras, fit Cameron en se dirigeant vers

la porte. Fais attention à toi. Tu ne sais pas comment va réagir ce type après ce qu'il a entendu tout à l'heure.

— File et conduis ta femme au cours Lamaze, murmura Eric en réponse.

Après le départ de Cameron, il alla se poster devant la fenêtre. Tout en contemplant les bâtiments qui l'entouraient, il lâcha un très long soupir. Il se sentait complètement sous pression. Le vent agitait les hauts palmiers plantés autour du parking qui se vidait peu à peu. Les gens avaient fini leur journée de travail et rentraient chez eux retrouver ceux qu'ils aimaient. Et parmi eux, il y avait un fou en liberté. Un fou qui s'apprêtait à frapper de nouveau.

Quand Walt Rudner l'avait interrogé à propos de son implication personnelle dans l'enquête, il avait eu l'impression de recevoir un coup de poing en pleine poitrine. Il s'était alors rendu compte à quel point il avait besoin d'obtenir justice pour le meurtre de Rebecca, à quel point sa délivrance était à ce prix. Tant qu'il portait le poids de la culpabilité, il ne pourrait véritablement vivre…

Il songea à Mia. Elle ne finirait pas comme Rebecca. Il ne laisserait pas une deuxième fois mourir la femme qu'il aimait !

La voiture de patrouille venait de quitter le garage du journal, et roulait à présent en direction du Fuller Warren Bridge. Assise à l'arrière du véhicule, Mia soupira de soulagement. Cette journée lui avait paru interminable et affreusement frustrante !

Le soleil baissait lentement de l'autre côté du St Johns dont elle apercevait de temps en temps la surface tachetée de lumière, tandis que la voiture traversait Riverside Avenue. Ils passèrent devant le Memorial Park, avec ses grands chênes et sa célèbre statue de bronze qui servait de point de ralliement aux visiteurs. A l'intérieur, la vaste étendue de pelouse du parc était clairsemée de gens installés sur des plaids ou des chaises longues. Des musiciens se préparaient pour un concert public.

Mia regretta le temps où elle pouvait assister à un concert, le temps où elle se promenait librement, sans s'inquiéter de sa sécurité et sans deux agents pour l'escorter. Jamais elle n'aurait imaginé en arriver là.

« Si vous pensez connaître cet homme, si vous croyez l'avoir vu, savoir où il se trouve en ce moment, n'hésitez pas à appeler le numéro de l'unité spéciale d'intervention. »

Eric semblait compter sur un témoignage. Il lui avait paru fatigué, à l'écran, et elle prit conscience que tout le monde avait des limites, même un homme aussi solide et entraîné que lui. Elle ferma les yeux. Le visage flou du collectionneur lui revenait sans cesse à l'esprit.

A l'avant, les deux policiers discutaient âprement à propos des mérites respectifs des équipes de football de Floride. Interrompant brusquement leur conversation, celui qui occupait le siège du passager se tourna vers elle. Il avait un visage carré, aux traits ciselés, et des cheveux blonds coupés très court, presque en brosse.

— On ne pourra pas faire un détour pour les courses, mademoiselle Hale, dit-il sur un ton d'excuse. L'agent Macfarlane ne veut pas que vous vous mêliez à la foule, même avec nous. Quand nous serons arrivés au bungalow, vous nous ferez une liste et on enverra quelqu'un faire vos achats.

Elle acquiesça.

— Est-ce que l'agent Macfarlane vous a dit à quelle heure il viendrait vous relayer ?

— Non mademoiselle. Je suppose qu'il en a encore pour un bon moment. Après la conférence de presse et l'appel à témoins, ils vont être bombardés de coups de fil, au bureau. Ces trucs-là, ça rend les gens dingues !

La voiture traversait maintenant le pont au ralenti, à cause d'un embouteillage. Mia en profita pour admirer le fleuve. Elle avait traversé ce pont, aller et retour, pendant des années. Mais de l'autre côté, ils ne prendraient pas le chemin habituel. Au lieu de bifurquer dans San Marco, ils fileraient sur Beach Boulevard, jusqu'à l'océan. Elle irait se réfugier dans un petit bungalow battu par les éléments, semblable aux centaines d'autres qui longeaient le bord de mer. Les deux agents avaient repris leur conversation. L'un soutenait les Jacksonville Jaguars, l'autre les Tampa Bay Buccaneers.

Aucun d'eux ne remarqua la camionnette noire cabossée qui les suivait depuis qu'ils avaient quitté le parking du journal. Quand ils bifurquèrent dans l'impasse du bungalow, elle poursuivit son chemin sur la route A1A, vers le sud, le long de la côte.

# 34

C'était étrange comme les bruits d'un lieu vous devenaient rapidement familiers… Mia était allongée sur le lit, quand le craquement de pneus dans l'allée lui fit lever la tête de l'oreiller. Elle repoussa les draps et alla dans le salon pour regarder par la fente des rideaux. Des phares étaient allumés, de l'autre côté de la barrière. La voiture de patrouille démarra et partit.

Quelques minutes plus tard, elle ouvrait à Eric qui entra, la cravate relâchée, et son porte-documents à la main. Comme la veille, il verrouilla la porte derrière lui et enclencha le système de sécurité.

— Il est plus de minuit, dit-il d'un ton inquiet. Tu ne dormais pas, ou c'est moi qui t'ai réveillée ?

— Je somnolais.

Elle était pieds nus et portait un ensemble short-pyjama, avec un haut à fines bretelles.

— On a reçu beaucoup d'appels sur la ligne d'urgence, dit-il pour justifier son retour tardif.

Il déposa son porte-documents sur la table et l'ouvrit, les sourcils froncés, pour fouiller dans le tas de dossiers qu'il contenait. Elle se demanda ce qu'il cherchait si fébrilement.

— Rien que des témoignages bidon, malheureusement…, conclut-il.

Elle aurait voulu lui dire que ce n'était pas grave, mais elle n'osa pas. Il croulait sous les ennuis et les soucis. Karen Diambro était morte. Le collectionneur allait se remettre en quête d'une proie.

— Tu as faim ? demanda-t-elle. Les agents m'ont fait livrer des courses et…

— Non, je n'ai pas faim, répondit-il en se massant vigoureusement la nuque.

— Eric, il faut que tu te reposes…

Il secoua la tête.

— Je suis trop énervé.

— Laisse-moi t'aider, d'accord ?

Elle lui prit la main et l'entraîna vers le canapé. Les draps qu'il y avait mis le matin pour faire croire aux agents qu'il avait dormi là s'y trouvaient encore, avec un oreiller. Il la dévisagea avec une lueur intriguée dans les yeux quand elle lui demanda de s'asseoir, mais il s'exécuta, ôtant son étui de revolver sans un mot, tandis qu'elle allait dans la cuisine. Elle en revint bientôt avec une bière.

— Merci, dit-il.

Il but une longue rasade et allongea les jambes, posant les pieds sur la table basse. Elle vint se placer derrière lui et entreprit de lui masser les épaules et la nuque. Au bout de quelques minutes de ce traitement, elle l'entendit soupirer d'aise. Elle poursuivit par des pressions douces, mais fermes, sentant ses muscles durs rouler sous sa peau.

— Tu es douée…

Sa voix était basse et sourde.

— Tant mieux, je sais au moins dans quoi me reconvertir quand je serai virée du journal, répondit-elle d'un ton détaché, sans la moindre trace d'amertume.

Il l'entendit cependant comme un reproche déguisé.

— Je sais que tu m'avais demandé de ne pas appeler Miller, mais…

— Je comprends que tu l'aies appelé tout de même, Eric. Je ne t'en veux pas du tout.

— Viens près de moi, dit-il d'une voix douce, en se retournant pour la regarder.

Il y avait tant de tendresse dans ce regard qu'elle en fut bouleversée.

Elle alla s'installer sur ses genoux, calant sa tête contre son épaule.

— Parfois, tout ça pèse si lourdement que je n'arrive plus à respirer, avoua-t-il. Mais ce soir, en rentrant, j'étais heureux à l'idée de te retrouver. C'est cette petite étincelle de bonheur qui me permet de tenir le coup.

Elle embrassa sa clavicule à travers sa chemise.

— Et si tu m'avais trouvée endormie ?

— Je t'aurais regardée dormir, et ça m'aurait suffi.

Elle revit son regard tourmenté, quand il avait parlé de sa femme pendant la conférence de presse. Son travail le vidait. Elle se demanda une fois de plus comment il parvenait à garder la tête hors de l'eau, à ne pas craquer.

Il termina sa bière.

— Je crois que j'irais volontiers au lit, finalement, dit-il d'une voix rauque. Mais pas pour dormir…

Il approcha lentement ses lèvres des siennes. Tout en lui rendant son baiser, Mia caressa du bout des doigts sa mâchoire où poussait déjà une barbe d'un jour, délicieusement râpeuse. Tandis que leurs bouches se rencontraient, elle acheva de défaire sa cravate et la lui ôta.

— Et si on faisait l'amour ici, plutôt que dans le lit ? proposa-t-il en lui mordillant le cou. Au moins, ça froisserait les draps.

— Je préfère le lit.

Il poussa un gémissement sourd.

— Moi aussi !

Il se leva et la fixa d'un air grave.

— J'ignore ce qu'il adviendra de nous, Mia, mais je veux que tu saches que je tiens vraiment à toi.

— Je le sais, murmura-t-elle.

— Je vais prendre une douche, d'accord ?

Elle demeura dans le salon, tandis qu'il se dirigeait vers la salle de bains. Parvenu à la porte, il se retourna pour la regarder. Sa silhouette se découpait à contre-jour et elle put admirer ses épaules larges, son torse musclé, ses hanches étroites. Une émotion puissante vint alors se mêler à son désir.

« J'ignore ce qu'il adviendra de nous… »

Elle aussi l'ignorait.

Quand il la rejoignit dans la chambre, quelques minutes plus tard, elle était déjà nue et sous les draps. Elle remarqua qu'il gardait près de lui son téléphone et son arme. Hors de ce havre de paix, le danger rôdait toujours, il n'y avait pas moyen de l'oublier.

Elle se hissa sur un coude, tandis qu'il ôtait son slip. Il s'allongea face à elle, caressa doucement les courbes douces de son corps, puis prit un de ses seins dans sa main. Pendant un long moment, ils ne bougèrent plus, restant les yeux dans les yeux. La lampe papillon qu'elle avait trouvée en défaisant sa valise diffusait une douce lumière bleutée. Elle avait été émue qu'il ait pensé à l'emporter et en avait encore la gorge nouée de gratitude.

Elle se pencha pour l'embrasser dans le cou, tout en enfonçant ses doigts dans la toison qui recouvrait son torse. Il la repoussa gentiment et se leva pour enfiler un préservatif. Elle soupira de bien-être quand le poids de son corps pesa sur le sien. Il la pénétra aussitôt, étouffant de sa bouche le gémissement qu'il lui arrachait. Puis il se mit à bouger en elle, tandis qu'elle levait vers lui un regard éperdu. Leurs corps étaient encore nouveaux l'un pour l'autre, et elle s'étonna une fois de plus de la manière dont il la remplissait. A chaque poussée, il la conduisait un peu plus loin, en douceur. Et bientôt, l'orgasme les emporta.

Quelques instants plus tard, Eric s'était endormi. Mia lui caressa tendrement les cheveux. Il était devenu son refuge. Sa présence chassait l'ombre mortelle qui la poursuivait.

Elle murmura une fervente prière pour qu'il ne lui arrive rien.

Il était tôt. Le ciel avait encore la morne nuance grise de l'aube.

Mia s'était déjà douchée et habillée. Elle attendait l'arrivée des agents qui devaient l'escorter et errait dans le petit salon du bungalow, tenant sa tasse de café à deux mains. Eric était en train de prendre sa douche. Elle entendait l'eau couler dans la salle de bains.

Le porte-documents qu'il avait rapporté la veille était ouvert sur la table. Elle ralentit en passant à côté et ne put s'empêcher d'y jeter un coup d'œil. Une série de photographies en noir et blanc dépassaient d'un dossier. Tout en ayant la sensation de faire quelque chose de mal, elle posa sa tasse sur la table et retira les photos du dossier.

Ce qu'elle vit lui donna la nausée.

Un cadavre nu gisait sur l'asphalte noir, emmailloté dans un film de plastique. L'image d'un rouleau plastique semblable à celui-ci, aperçu dans le bâtiment de parpaings, s'imposa alors à elle.

Elle eut du mal à reconnaître Karen Diambro.

Son corps était dévasté. Couvert de bleus. D'étranges marques de brûlures marbraient son torse. Un nombre était gravé sur son ventre. L'une de ses mains était posée sur sa poitrine et l'extrémité de ses doigts n'était qu'une plaie écœurante.

Elle avait lu dans l'article de Walt que la police avait parlé « d'acharnement », mais rien n'aurait pu la préparer à ce qu'elle avait sous les yeux. La violence qui sous-tendait ce spectacle lui arracha des larmes de rage. Pour la première fois, elle regardait des photos de scène de crime autrement qu'avec les yeux détachés de la journaliste. Elle se sentait impliquée.

Elle passa lentement en revue les clichés. Karen Diambro était une petite femme brune aux yeux noirs.

Un peu comme elle.

*En fait, Anna Lynn Gomez et Karen Diambro étaient censées me remplacer…*

L'horreur de la situation lui apparaissait maintenant avec une atroce clarté.

On ne pouvait pas laisser ce psychopathe continuer ! Elle ne pouvait pas rester les bras croisés ! Elle avait le devoir de faire tout ce qu'elle pouvait pour aider la police et le

FBI. L'eau s'arrêta de couler. Elle remit précipitamment les photos en place.

— Tout va bien ? demanda Eric quelques minutes plus tard en revenant dans le salon.

Il portait un pantalon de costume avec une chemise bleue et se débattait avec son nœud de cravate. Elle s'avança pour l'aider, s'efforçant de maîtriser le tremblement de ses mains. Il ne fallait pas qu'il se doute de quelque chose.

— Oui, tout va bien, répondit-elle.

— Tu as l'air contrariée.

— J'ai simplement l'air de quelqu'un qui n'a pas encore eu sa dose de café.

Elle se força à sourire en lissant délicatement la cravate.

— Voilà, c'est fait.

— C'est aujourd'hui que tu déjeunes avec Will ?

— Oui. Il vient me rejoindre au journal. Nous mangerons sur place, comme tu l'as suggéré. Ou plutôt, *ordonné*…

Il soupira.

— Je sais que tu aurais préféré t'isoler avec lui dans un endroit tranquille, mais le journal, c'est plus sûr, Mia… Je mobilise déjà suffisamment d'hommes pour assurer ta sécurité. Et nous avons besoin de monde pour coincer ce salaud.

Elle acquiesça. Il se pencha vers elle pour effleurer ses lèvres d'un baiser. Elle eut une bouffée de culpabilité en songeant qu'il désapprouverait ce qu'elle avait en tête. Mais sa décision était prise.

Peu importaient les risques. Elle devait agir !

# 35

Quelqu'un était entré dans son atelier durant la nuit, pendant son absence…

Il mit sa camionnette au point mort, puis coupa le moteur. La porte était ouverte, comme une bouche à la mâchoire brisée. Oubliant sur le siège du passager le *latte* qu'il avait pris en route, il sauta de son siège et courut sur le chemin, dans la lumière blême du petit matin.

Il entra, le cœur battant. On avait aussi laissé le plafonnier allumé. Qui avait donc osé violer son sanctuaire ? Lupita ? La bande de voyous minables qui vivaient à côté ? Il les avait déjà surpris à rôder dans la propriété.

Il balaya rapidement la pièce du regard. Est-ce qu'il manquait des outils ? Avait-on déplacé des meubles ? Tout semblait en place… Sa gorge se serra d'angoisse quand il posa les yeux sur l'armoire cadenassée. Le cadenas était ouvert ! Le souffle court, il vérifia l'intérieur. Les flacons qui contenaient ses trésors étaient toujours là, parfaitement alignés, à un centimètre et demi exactement l'un de l'autre. Rien ne manquait. Mais quelqu'un les avait vus.

Quelqu'un avait fouillé…

Un nuage rouge brouilla sa vision et le monstre intérieur qu'il contrôlait avec peine se libéra brusquement. Poussant un hurlement de rage, il attrapa un instrument de métal et se vengea sur la table, avant de le balancer contre le mur.

Puis il resta les bras ballants, comme hébété, haletant, s'efforçant de maîtriser la rage qui bouillonnait en lui depuis que Macfarlane l'avait ridiculisé devant les caméras. Et maintenant ça… C'en était trop… Trop !

De nouveau, il balaya du regard la pièce vide. Il aurait tant voulu avoir quelqu'un sur qui décharger sa colère. Mais il n'avait personne. Personne.

*Calme-toi.*

Il inspira profondément, tout en tentant de réfléchir au problème qui se posait à lui.

Un intrus était venu. Qu'avait-il vu et compris exactement ? Pas grand-chose, apparemment, sinon la police aurait déjà investi les lieux. Il prit le temps d'inspecter une deuxième fois la pièce du regard, plus calmement, essayant de la voir à travers les yeux de l'inconnu. C'était propre et bien rangé. Les bidons d'eau de Javel alignés sur les étagères, bien sûr, pouvaient intriguer, mais au fond la javel était un produit domestique courant. Les crochets rivés aux murs et au plafond pouvaient servir à suspendre tout et n'importe quoi. Quant à l'armoire, la personne qui l'avait ouverte cherchait peut-être quelque chose de précis et ne s'était pas intéressée au contenu des flacons.

Il avait sans doute eu beaucoup de chance, une fois de plus.

Des enfants, sans doute, se dit-il. Ou des ados qui cherchaient de quoi se défoncer — herbe ou alcool.

Il prit le temps de dresser un inventaire complet, pour s'assurer qu'il ne manquait rien. Ses copies des enregistrements étaient là aussi, sur des CD, cachées dans un tiroir de l'établi.

Une fois son inspection terminée, il éteignit la lumière et sortit en verrouillant derrière lui, puis il prit le chemin de gravier à travers les pins, en direction de la maison. Les oiseaux chantaient pour célébrer l'aube et il en fut prodigieusement agacé.

Merde… Il suffisait qu'il quitte cette foutue baraque quelques heures pour que tout se mette à aller de travers.

Cette impression fut confirmée quand il poussa la porte-moustiquaire de la cuisine. La pièce empestait la cigarette. Gladys était assise à la table, emmitouflée dans sa robe de chambre effilochée, devant un cendrier débordant de mégots qu'elle n'essaya même pas de cacher. Sa bouteille d'oxygène était posée près d'elle. Son chihuahua se mit à gronder sourdement et montra les dents en le voyant entrer.

Allan eut alors envie de l'envoyer sur la lune d'un coup de pied, mais il se contenta d'arracher à Gladys la cigarette sur laquelle elle tirait, pour l'écraser dans le cendrier. Puis il jeta le tout dans l'évier et fit couler de l'eau.

— Mère, nous avons déjà parlé de ça. Il t'est interdit de fumer.

Elle le fixa de ses yeux bleus délavés, avec sa bouche tordue et une expression étrange, teintée de défiance, presque provocante. Sa peau était d'une blancheur de craie, sèche comme un parchemin. Derrière elle, la télévision était allumée et branchée — chose exceptionnelle — sur une chaîne d'information.

— Est-ce que tu as vu des gens rôder du côté de mon atelier, mère ? Lupita, ou ces affreux gosses Larkin ?

Elle plissa les yeux.

— Je me suis réveillée à 5 heures et tu n'étais pas là. Où est-ce que tu étais ?

Où il était ? A Jacksonville, au bord de la plage, à surveiller le bungalow auquel ces crétins d'adjoints l'avaient mené. Il était resté là des heures, jusqu'au lever du jour. Il avait même vu entrer Macfarlane, lequel n'était pas ressorti. Mais il avait l'intention de retourner sur place le soir même. Il allait prouver à Macfarlane qu'il n'était pas un minable.

— Je devais aller chercher une télévision très tôt ce matin et…

— Tu mens ! Tu es un menteur, comme ton misérable de père !

Ce fut à ce moment-là qu'il remarqua sur la table, près de la tasse de thé de Gladys, le double des clés de son atelier, qu'il rangeait dans un tiroir de sa chambre. Les clés du cadenas y étaient aussi, sur le même anneau. Son sang se glaça dans ses veines.

— C'est de ton père, que tu tiens ton esprit tordu, pas de moi.

Elle agita un doigt noueux, et poursuivit, d'une voix aiguë :

— Je t'ai reconnu, à la télévision ! J'ai essayé de me dire que ce portrait, ce n'était pas toi. Mais maintenant, je sais ce que tu fais, là-bas, au milieu des pins. J'ai pourtant prié pendant des années…

Le sang battait aux oreilles d'Allan. Elle ? C'était *elle* ? Comment avait-elle fait pour se déplacer jusqu'à l'atelier ? Elle n'avait pas pu marcher. Il se souvint alors qu'elle avait toujours sa voiture, une vieille Plymouth dont Lupita se servait pour faire leurs courses. Depuis que Lupita avait rendu son tablier, la voiture était restée garée sous l'auvent, près de la maison. Bon sang, mais qu'est-ce qui lui avait pris de regarder autre chose à la télévision que des prédicateurs fous ?

— Tu m'avais pourtant promis de ne pas recommencer, après la petite fille, gémit Gladys du ton de quelqu'un qui se sent trahi.

Un sanglot lui échappa. Elle secoua la tête et posa sa main sur sa vilaine bouche.

— Ce que tu as fait à cette petite… Je n'ai rien dit à personne parce que tu étais mon fils ! Nous avons prié ensemble et tu as juré de ne plus le faire. Honte à toi !

Allan regretta de ne pas pouvoir arrêter Gladys aussi facilement qu'on arrête la télévision. Si seulement il avait pu couper le son en appuyant sur un bouton ! Ses jérémiades commençaient à lui écorcher les oreilles.

— Tu as le mal en toi, comme ton père. Tu es possédé !

— Tu ne sais pas de quoi tu parles, protesta-t-il, le visage écarlate. Tes médicaments te troublent l'esprit.

— Les flacons…

Elle inspira, émettant un sifflement rauque de malade.

— J'ai vu les flacons. Etiquetés avec des noms de femmes. Avec leurs ongles dedans. Leurs dents. J'en ai vomi. Cette fois, je ne vais pas te couvrir et dissimuler tes péchés !

Il ferma les yeux et se frotta le visage. Sous la table,

Puddles reniflait les jambes de son pantalon avec application. Ce n'était pas possible. Il devait convaincre sa mère de la boucler.

— Tais-toi, mère, dit-il entre ses dents, sur un ton d'avertissement.

Il avait besoin de silence pour réfléchir. Gladys était invalide. Il suffirait d'annuler leur abonnement téléphonique et de vendre la voiture pour l'isoler et la rendre inoffensive.

— Tu es un pervers. Tu mérites l'enfer !

Elle se mit à prier à voix haute, suppliant Dieu de le délivrer du démon et des ténèbres. De faire de lui un homme, un vrai. Cela dura un certain temps, puis sa prière se transforma en monologue. A présent, elle s'apitoyait sur son sort, se plaignait du fardeau que représentait ce fils dénaturé et misérable. Allan se mit à trembler. Il avait de plus en plus de mal à se contrôler.

*Je ne dois pas craquer...*

— J'aurais dû avorter ! Ou te faire ce que tu as fait à cette pauvre orpheline ! Mais tu étais mon fils. Le joug que je devais porter.

Elle frappa de son poing sa poitrine décharnée.

— J'ai été soulagée quand tu es parti. Personne ne t'a demandé de revenir ici.

Tout en s'efforçant de ne pas écouter cette voix geignarde, Allan enfonça ses ongles dans sa paume, à en saigner. La colère le submergeait. Il la sentait grandir, enfler.

Le monstre cherchait à se manifester.

Si Gladys ne la bouclait pas très vite, il ne répondait plus de rien.

Eric ne put regagner le bâtiment du FBI, à Baymeadows, qu'au milieu de l'après-midi. Il était sorti avec un autre agent pour vérifier quelques pistes — le téléphone ne cessait de sonner sur la ligne d'urgence. Ils avaient notamment rendu visite à un suspect, un homme brun, qu'on avait repéré en train de rôder autour du terrain de softball où s'entraînait l'équipe féminine de l'université. Le type n'était pas celui qu'ils recherchaient, mais son comportement était bizarre, et il finirait peut-être par faire des bêtises. En attendant, ils n'avaient rien à lui reprocher. Ils l'avaient tout de même expulsé du campus.

— Aucun des types de notre liste n'a demandé de permis de conduire dans le Maryland ou en Virginie, lui annonça Cameron quand il le rejoignit dans son bureau, au deuxième étage.

C'était une très mauvaise nouvelle, même si le collectionneur avait pu utiliser un faux nom dans le Maryland, ou ne pas se faire enregistrer. Mais ça compliquait les recherches et réduisait leurs chances.

Eric déposa sa veste sur le dossier d'un fauteuil. Il crevait de chaud. Il était soulagé de se retrouver dans un bureau climatisé.

— Il faut continuer à chercher de ce côté, insista-t-il.

— J'ai mis quelqu'un dessus, mais ça va lui prendre plusieurs jours de passer en revue les trente-six noms.

— Rien de nouveau, à part ça ?

— Un gars s'est présenté en affirmant être le collectionneur. Physiquement, il correspond au profil, mais il ignore tout des détails de l'affaire. Boyet et Scofield sont en train de vérifier qu'il n'est pas suivi pour des problèmes psychiatriques.

Il était fréquent que des malades mentaux cherchent à s'attribuer les exploits d'un criminel pour attirer l'attention sur eux. Il n'y avait donc pas de quoi s'en formaliser, mais Eric sentit sa frustration augmenter. Ils erraient dans un dédale et se heurtaient sans cesse à des impasses. En dépit de la conférence de presse, le tueur ne s'était pas manifesté, pas même un bip sur le radar.

Eric s'installait derrière le bureau qu'il occupait provisoirement pour vérifier ses e-mails, quand son téléphone portable sonna.

— Agent Macfarlane ? C'est Will Dvorak.

Will était censé déjeuner avec Mia avant de reprendre un avion pour Chicago.

— Est-ce que tout va bien ? demanda-t-il, subitement inquiet.

— Je ne voudrais pas vous alarmer inutilement, commença Will d'un ton précautionneux, mais j'ai pensé que je devais vous avertir. Mia n'est pas au *Courier*. Elle est partie.

— Partie ?

— Avec ma voiture…

Eric se frotta le front.

— J'attends vos explications, dit-il.

— Nous venions de finir de déjeuner et je suis sorti pour donner un coup de fil à mon agent. Quand je suis revenu, elle n'était plus là et mes clés de voiture non plus. Elle m'a laissé un mot pour s'excuser. Elle dit dans ce mot qu'elle avait quelque chose d'important à…

— Est-ce qu'elle dit où elle est allée ? le coupa Eric.

— Non. Elle dit qu'elle sera prudente et que ce n'est pas la peine de lancer un détachement à ses trousses. J'ai tout de suite couru dans le parking pour tenter de l'arrêter, mais je suis arrivé trop tard. Ensuite j'ai voulu lui téléphoner, mais elle ne décroche pas.

Eric s'était déjà levé et se dirigeait vers la porte. Il était à la fois furieux et anxieux. Cameron lui lança un regard intrigué.

— Ça s'est passé il y a combien de temps ?

— Quarante minutes, environ.

Eric s'efforça de rester calme.

— Pourquoi avoir attendu quarante minutes pour me prévenir ?

— J'ai parlé assez longuement avec mon agent, s'excusa Will d'un ton piteux. Ensuite, quand j'ai compris qu'elle était partie, j'ai perdu du temps à essayer de la joindre au téléphone. Elle est mon amie, agent Macfarlane. Elle m'a demandé de ne pas vous contacter, mais j'ai pensé qu'il valait tout de même mieux que je m'adresse à vous.

— Vous auriez dû m'appeler tout de suite ! lui reprocha

Eric en sortant dans le couloir. Si elle vous rappelle, surtout, prévenez-moi aussitôt.

Il raccrocha. Cameron le rattrapa devant l'ascenseur.

— Qu'est-ce qui se passe ?

— Mia a quitté le journal.

— Pour quelle raison ?

— Elle avait soi-disant quelque chose d'important à faire.

Avant qu'il ne quitte le bungalow, Mia lui avait en effet paru songeuse et contrariée, mais il ne s'en était pas vraiment inquiété. A présent, il comprenait. Elle ruminait déjà son escapade. Il croyait savoir où elle était.

— Ne négligez pas le type qui s'est dénoncé, recommanda-t-il à Cameron, tout en entrant dans l'ascenseur qui venait d'arriver. On ne sait jamais.

Mais il n'y croyait pas trop. Le collectionneur n'était pas du genre à se dénoncer.

Cameron acquiesça.

— Tu sais où la chercher ? demanda-t-il.

— Je crois que oui.

Durant le trajet en ascenseur, son inquiétude ne fit que croître. Il pria pour que Wilhelm ait refusé. Puis il tenta de se rassurer. Wilhelm était médecin ; il connaissait parfaitement le danger auquel il exposerait Mia. Il n'avait sûrement pas accepté de prendre le risque d'une nouvelle séance.

En traversant le parking, il tenta de joindre Mia sur son portable, mais tout comme Will, il n'obtint que sa boîte vocale. Il appela ensuite le psychiatre, tout en démarrant, mais lui non plus ne répondait pas.

La base aéronavale n'était pas très éloignée de Baymeadows. Il roula sans se soucier des limitations de vitesse et prit en direction de l'ouest après avoir traversé le St Johns. Vingt minutes plus tard, il se présentait au poste de contrôle de la base et montrait son badge pour qu'on le laisse entrer. En arrivant devant le bâtiment qui abritait le bureau du médecin, il poussa un soupir de soulagement : la Porsche de Will Dvorak était bien là.

*Merde, Mia...*

Il sortit de sa voiture en secouant la tête. Il ne pouvait s'empêcher d'admirer son courage, même s'il était furieux qu'elle ait désobéi à ses ordres.

Il rejoignit le bâtiment à petites foulées. A l'intérieur, il eut la surprise de trouver le bureau du psychiatre fermé. Il frappa plusieurs fois, mais personne ne vint lui ouvrir.

Et si Mia avait réussi à convaincre le médecin de recommencer ? S'il lui avait de nouveau injecté son fichu catalyseur et qu'elle ne l'ait pas supporté ? La dernière fois, elle avait frôlé la crise cardiaque. Il se revit, courant jusqu'aux urgences de l'hôpital, affolé, avec elle dans ses bras.

Il ressortit du bâtiment et fila vers les urgences, avec une désagréable impression de déjà-vu. Une activité fébrile régnait dans le hall. Des patients — militaires ou membres de leur famille — attendaient leur tour ; le personnel allait et venait d'un pas précipité. Eric montra son badge à la réception et expliqua qui il cherchait. Une infirmière lui répondit qu'elle ignorait si le Dr Wilhelm était là, mais qu'elle allait le faire appeler. Il patienta en faisant les cent pas. Cinq minutes plus tard, le docteur apparut au bout d'un couloir.

— Ne me dites pas qu'elle vous a convaincu de poursuivre ! grommela Eric en allant à sa rencontre.

— Pourrions-nous attendre d'être dans un endroit plus intime pour en parler, agent Macfarlane ?

Les deux hommes s'isolèrent alors dans un recoin du couloir.

— Elle ne m'a pas laissé le choix, expliqua le médecin avec un visage de marbre. Elle m'a menacé de publier un article sur la thérapie de restauration de la mémoire, si je refusais de coopérer. Ça m'aurait attiré des ennuis d'avoir mêlé une civile à l'expérience. Votre père lui-même n'aurait pas pu me couvrir, croyez-moi. Comme vous le savez, le produit n'a pas encore été approuvé par…

— Elle bluffait. Elle n'aurait jamais fait ça.

— Je n'ai pas voulu courir le risque. Je suis désolé. J'ai pris toutes les précautions nécessaires. J'ai même décidé de mener l'expérience ici, aux urgences, pour réagir tout de suite en cas de problème.

— Elle est déjà sous hypnose ? Où est-elle ?

— Suivez-moi…

Wilhelm le prit par l'épaule et l'entraîna avec lui.

— Elle a eu de nouveau un pic de tension, mais cette fois, nous avons pu le maîtriser rapidement.

Mia était dans l'une des salles d'examen, allongée sur un lit, les mains croisées sur le ventre, les yeux fermés. On l'avait mise sous oxygène. Sa poitrine s'abaissait et se soulevait lentement, à un rythme régulier. Des fils qui dépassaient de sa blouse la reliaient à un moniteur cardiaque. Elle avait l'air de dormir, mais le voile noir de ses cils battit quand il s'approcha, puis elle leva vers lui des yeux pleins de larmes. Il lui caressa les cheveux en soupirant. Le moment était mal choisi pour lui faire la morale.

— Vous lui avez dit ? demanda-t-elle en soulevant la tête pour regarder le Dr Wilhelm.

— Non. Je voulais vous laisser ce plaisir.

Eric essuya du pouce une larme qui roulait sur sa joue.

— Détends-toi, d'accord ? dit-il. Qu'est-ce que tu avais d'important à me dire ?

— Je suis retournée dans la pièce en parpaings. Et cette fois, j'ai vu quelque chose…

Sa voix trembla.

— Des seringues dans un sac en papier.

Il sentit se dresser les poils de ses avant-bras.

— Et sur le sac, il y avait écrit « Walker's Pharmacy ».

# 36

— Il y a une Walker's Pharmacy sur Green Grove Springs, au sud-ouest de Jacksonville, annonça Eric en refermant son téléphone.

Il jeta un coup d'œil à Mia depuis le siège du passager.

— L'agent Vartan est en route. Si le pharmacien reconnaît un de ses clients à partir du portrait, on tient notre homme. En Floride, on peut se procurer des seringues sans ordonnance, mais il avait peut-être aussi une prescription pour des médicaments. Si c'est le cas, ils auront ses coordonnées.

— Je pouvais rentrer seule avec la Porsche ! protesta Mia. D'autant que Will a besoin de récupérer sa voiture.

Elle se doutait qu'Eric avait hâte de rejoindre son partenaire.

— Tu n'es pas en état de conduire et il n'est pas question que tu te balades toute seule dans la nature ! Un adjoint du shérif passera chercher Will pour l'emmener jusqu'à sa Porsche. Et moi, je te ramène au bungalow. L'agent Vartan se débrouillera très bien sans moi en attendant.

Il tendit le bras pour enlacer ses doigts aux siens.

— Je pensais que tu serais furieux, murmura-t-elle.

Elle contempla son profil. Il était de marbre.

— Les risques étaient trop importants, je ne pouvais pas t'autoriser à continuer.

— C'est pourquoi j'ai décidé de me passer de ton autorisation, répondit-elle d'une voix douce.

Elle songea aux atroces photos du cadavre de Karen Diambro.

— Cet homme est un démon. Je ne supportais pas l'idée

qu'il continue à torturer et à tuer. Pas si je pouvais faire quelque chose pour l'en empêcher.

— Tu es une femme courageuse, Mia. Mais ça aurait pu tourner mal.

Oui, ça aurait pu tourner mal… Elle était même surprise que le Dr Wilhelm ait cédé à ses menaces. Surprise aussi de s'en être sortie indemne. En attendant que le produit agisse, allongée sur le lit, elle avait durement ressenti l'absence d'Eric. Elle n'avait pas eu conscience jusque-là de la force qu'elle tirait de sa présence, de son soutien.

Ils prirent la direction de la plage, sur l'A1A. Le soleil était déjà bas dans le ciel. Elle contempla d'un air songeur l'étendue moutonneuse de l'océan.

— C'était dur ? demanda-t-il.

— J'ai eu de la chance, murmura-t-elle.

Elle s'était retrouvée une fois de plus bâillonnée, ligotée, attachée à la table. Mais elle avait réussi à se maîtriser et à regarder autour d'elle. Elle avait vu le sachet de pharmacie. Puis la main du collectionneur qui déposait des pinces sur la table. Quelques minutes de plus et elle aurait peut-être revécu la torture des ongles arrachés. Cette idée lui donna la nausée.

Ils tournèrent dans l'impasse. Tout au fond, devant le bungalow, une voiture de patrouille stationnait. Eric s'arrêta et l'accompagna à l'intérieur. Il prit le temps de vérifier qu'il n'y avait personne, pendant qu'elle attendait sur le seuil, puis il revint.

— Si on coince ce salaud, ce sera grâce à toi, dit-il en lui caressant la joue. Cette pharmacie, c'est peut-être la piste qu'on attendait.

— Sois prudent, lui recommanda-t-elle d'un ton fiévreux.

— Je vais demander aux adjoints de rester à l'intérieur avec toi. Au cas où tu ressentirais des effets secondaires et…

— Je préfère rester seule, Eric.

Elle avait encore la migraine, mais plus du tout le vertige.

— J'ai vraiment besoin de solitude. Je vais m'allonger sur le canapé et regarder la télévision, je ne risque rien.

Il eut un soupir résigné.

— Enclenche le système de sécurité dès que je serai sorti. Et ne le désactive que pour les hommes qui sont là pour te protéger.

Il déposa sur ses lèvres un baiser appuyé, puis s'écarta en cherchant son regard. Elle lut sur son visage la tension et l'impatience.

Eric sorti, elle referma la porte à clé derrière lui et tapa aussitôt le code du système de sécurité, comme il le lui avait demandé. Elle alla ensuite à la fenêtre, pour regarder par la fente des rideaux. Il traversa la pelouse d'herbes et de sable, donna ses instructions aux adjoints, puis monta dans sa voiture. Elle resta face aux rayons du soleil couchant qui passaient à travers les carreaux, jusqu'à ce qu'il ait disparu.

Elle se retourna alors pour balayer la pièce du regard. L'attente allait sûrement lui sembler longue et pénible. Alors autant s'occuper. En profiter pour appeler Will, par exemple, auprès de qui elle devait s'excuser d'avoir emprunté sa voiture, et Grayson, qui était sûrement furieux qu'elle ait quitté son poste au journal sans l'en avertir. Mais elle ne se sentait pas encore prête. Elle s'installa donc sur le canapé et prit la télécommande de la télévision.

Tandis qu'elle écoutait d'une oreille distraite les nouvelles de 18 heures, son regard tomba sur les papiers qu'Eric avait laissés sur la table basse. Apparemment, il s'était installé sur le canapé pour travailler, après son départ au *Courier*. Elle prit la feuille qui se trouvait sur le dessus de la pile, laquelle portait en en-tête le logo d'une agence d'intérim du centre-ville. Eric lui avait exposé sa théorie à propos de l'angle mort du système de surveillance du Bargain-Mart.

Elle parcourut la liste de noms. L'un d'eux attira son attention. Elle l'avait déjà vu quelque part.

Elle se leva aussitôt pour aller chercher dans la chambre le carnet de notes de l'inspecteur Dugger. Elle n'eut aucun mal à trouver le nom qu'elle cherchait : Levi.

C'était sans doute une coïncidence, même si le patronyme n'était pas courant. Mais elle prit tout de même son portable et appela Eric.

— Tout va bien ? demanda-t-il en décrochant.

— Oui, tout va bien. Ecoute… Je viens de voir la liste fournie par l'agence d'intérim.

Elle repoussa une mèche de cheveux derrière son oreille, puis poursuivit d'un ton hésitant :

— J'ai remarqué un certain Allan Levi. Le nom m'a interpellée parce que je l'ai lu dans le carnet de l'inspecteur Dugger. L'une des assistantes sociales qui s'occupaient de Joy Rourke s'appelait Gladys Levi. Je ne sais pas si ça peut avoir un rapport, mais…

— Je ne suis pas encore à la pharmacie, mais j'appelle tout de suite Vartan pour le prévenir, la coupa Eric.

— C'est peut-être une simple coïncidence.

— Et peut-être pas…

Après ce coup de fil, elle s'intéressa de nouveau à la télévision. Sur l'écran, une journaliste commentait la découverte du corps de Karen Diambro, devant le magasin de pneus. Mia s'y intéressa à peine. Elle avait cherché à joindre cette Gladys Levi, mais n'avait pas retrouvé sa trace. Ni adresse, ni numéro de téléphone. Sans doute s'agissait-il encore d'une fausse piste.

La pharmacie Walker était située au centre-ville, près du fleuve, dans un bâtiment de stuc à l'auvent rayé, bordé par des arbres verts et feuillus. Eric se gara en face. Cameron le rejoignit au moment où il sortait de sa voiture.

— D'après l'employé que j'ai interrogé, ils auraient un client qui correspond à notre portrait, annonça-t-il d'un ton triomphal. Et Mia avait raison, le nom de ce fils de pute, c'est Allan Levi. Il vient chercher des médicaments prescrits pour sa mère.

Eric en eut presque le vertige. Ils touchaient enfin au but !

— Ils ont une adresse ?

— L'employé l'a sortie pour moi de la base de données. Il n'avait pas le droit, sans mandat, mais il l'a fait tout de même.

Il tendit à Eric un papier à l'en-tête de la pharmacie, avec une adresse.

— Ce Levi habite une zone rurale, à environ trente minutes d'ici. C'est lui, Eric !

Il lui tapota l'épaule.

Le soleil couchant posait des reflets dorés sur les eaux du St Johns. Des gens pêchaient depuis un quai en béton, au bord d'un parc. Green Grove Springs était un endroit calme et bucolique, qui portait bien son nom. Et pourtant c'était là que le piège se refermait sur le collectionneur.

Eric sortit son téléphone. Il avait les nerfs à fleur de peau.

— Je demande un mandat. Appelons des renforts et allons-y.

Un crépuscule violacé tombait sur la propriété isolée au milieu des arbres. Une véritable armée d'hommes, dont une douzaine d'agents fédéraux, étaient déjà en place. Ils avaient repéré les lieux et prévu d'entrer par deux endroits. Cameron dirigeait le groupe qui irait directement sur la maison. L'équipe d'Eric traverserait le bois, à l'arrière.

Ce fut Eric qui donna le signal du départ. Les deux groupes avancèrent en même temps.

— Allan Levi ! Ouvrez ! FBI ! Nous avons un mandat contre vous !

Eric entendit crier Cameron et accéléra l'allure. Le bosquet de pins était dense et ils devaient s'éclairer au moyen de leurs lampes torches. Tout était tel que Mia l'avait décrit. Le bâtiment en parpaings, le toit de tôle, l'unique porte, le chemin de gravier qui débouchait sur une route de campagne, les squelettes de voitures…

Répétant l'ordre crié quelques minutes plus tôt par Cameron, il tambourina à la porte du bâtiment. Un mince rai de lumière filtrait de dessous la porte. Comme il n'obtenait pas de réponse, il fit céder le battant à coup de pied. L'équipe entra derrière lui, prudemment, arme au poing.

La pièce était vide.

— La voie est libre ! cria Eric en rangeant son arme.

Il avait la gorge sèche. A première vue, il s'agissait d'un atelier banal, avec un établi de bois au plateau recouvert d'une plaque métallique et surmonté d'un long panneau porte-outils. Une travée creusée dans le sol aboutissait à une bonde, pour le nettoyage. L'endroit était d'ailleurs d'une propreté surprenante, pour un atelier. On pouvait aussi s'interroger sur l'utilité des cordes, des bâches plastique qui protégeaient les murs de béton, des crochets scellés dans le mur — choses que Mia avait également décrites. Un appareil de climatisation ronronnait à l'autre bout de la pièce et produisait une condensation qui gouttait sur le sol.

Eric eut soudain devant les yeux l'image de Mia dans cette prison, Mia blessée, droguée, trouvant malgré tout la force et l'énergie de chercher à fuir, en arrachant l'appareil de la fenêtre qu'il bloquait.

— Agent Macfarlane ? appela un adjoint.

Eric se retourna. L'homme venait d'ouvrir une armoire contenant des petits flacons. Dix exactement. Impeccablement alignés sur l'étagère la plus basse. Il comprit aussitôt ce qu'ils contenaient.

Il s'approcha de l'armoire et passa en revue les noms inscrits au marqueur rouge sur les étiquettes. Le cinquième mentionnait « Rebecca ». Il mourait de chaud sous son gilet pare-balles, mais il se sentit soudain enveloppé d'un nuage glacé. Les hommes continuaient à s'affairer bruyamment autour de lui, mais il ne les entendait plus. Il eut la présence d'esprit de réclamer une paire de gants en latex avant de prendre le flacon marqué au nom de sa femme. Il dévissa précautionneusement le bouchon et déversa dans sa paume des ongles et deux molaires. Il ferma les yeux, le temps de contenir l'émotion qui le submergeait. Puis il remit le tout dans le flacon qu'il reposa sur l'étagère. Il ne lui appartenait pas. C'était une pièce à conviction.

— Appelez une équipe d'experts, ordonna-t-il d'une voix rauque en sortant de l'atelier. Je veux que l'on balaye cette pièce au luminol.

Il avait remarqué la demi-douzaine de gros flacons d'eau de Javel.

— L'agent Vartan vous demande de venir d'urgence dans la maison, annonça alors un homme, une radio à la main.

— Est-ce qu'il a trouvé Levi ?

— Non. Il n'y était pas.

Eric jura tout bas et partit en courant en direction de la maison qu'il aperçut bientôt. Toutes les fenêtres, ou presque, étaient éclairées. Il fendit le groupe d'hommes qui l'entourait et entra par-derrière, poussant une porte-moustiquaire qui donnait dans une cuisine. Il s'arrêta sur le seuil. Cameron était assis sur ses talons, penché sur le corps d'une vieille femme. Elle gisait dans une flaque de sang, et sa robe de chambre en était aussi imbibée. Elle avait les yeux vitreux et un couteau à viande planté dans la poitrine.

— Gladys Levi, je suppose, murmura-t-il.

Cameron leva les yeux vers lui.

— Le corps est déjà rigide. Elle est morte depuis dix à douze heures, je pense. Et il y a une deuxième victime…

Il désigna l'autre extrémité de la table. Eric contourna la flaque de sang, en prenant garde de ne pas marcher dedans. Une forte odeur métallique flottait dans l'air. Un petit chien était allongé sur le côté, près d'une bouteille d'oxygène, la langue pendante. Les éclaboussures sur le mur et l'état de sa dépouille laissaient supposer qu'il avait été battu à mort.

— Et toi qui craignais que ta conférence de presse n'ait pas produit l'effet que tu espérais ! commenta Cameron d'un ton pince-sans-rire.

Il se gratta le front de sa main gantée.

— Warren inspecte la maison. J'ai envoyé les autres dehors, pour qu'ils ne contaminent pas la scène de crime.

Eric contempla d'un air songeur l'écran brisé de la petite télévision posée sur le comptoir.

— Je vais faire le tour des lieux, annonça-t-il.

Il quitta la cuisine et passa dans le salon, meublé d'un canapé en chintz avec des çoussins damassés, de jolis napperons, des lampes Tiffany. Vieillot mais coquet. Rien n'aurait pu indiquer qu'un monstre vivait en ces lieux. A part les cadavres dans la cuisine, bien sûr.

Au bout du couloir, il y avait deux chambres. L'agent Warren se trouvait dans la plus masculine des deux. Il passait en revue le contenu de l'armoire.

— Vous avez trouvé quelque chose ? demanda Eric.

— Rien de spécial, non.

Eric se rendit alors dans l'autre chambre, celle qu'avait dû occuper Gladys Levi, si l'on en jugeait par le couvre-lit à fleurs et le cache-sommier juponné. Des poupées anciennes étaient disposées sur les coussins du lit — dix exactement, vêtues de longues chemises de nuit en dentelle, avec de délicats visages de porcelaine, de beaux cheveux brillants. Eric avait toujours ses gants. Il en prit une. Ses yeux bleus se fermèrent quand il l'inclina en position horizontale.

— J'ai prévenu le légiste, il arrive…

Cameron se tenait dans l'encadrement de la porte, une main sur le chambranle. Il désigna du menton la poupée qu'Eric tenait à la main.

— Je suppose que la vieille les collectionnait.

— Je pense plutôt que c'est son fils qui les lui offrait.

— Qu'est-ce qui te fait dire ça ?

Eric avança alors vers lui pour lui montrer une mèche de cheveux, d'une nuance légèrement différente de la tresse synthétique à laquelle elle était mêlée. Ils savaient maintenant à quoi le collectionneur destinait les mèches prélevées à ses victimes. Une femme âgée, à la vue défaillante, avait pu ne rien remarquer.

— Tu crois que la mère était au courant ? demanda Cameron.

— Que son fils était un tueur en série ? Peut-être. Je ne sais pas.

Il songea au corps baignant dans son sang.

— Lui offrir ces poupées était sans doute pour lui une

manière de lui mettre sous le nez le monstre qu'elle avait engendré. Ils avaient visiblement des comptes à régler.

Il baissa les yeux vers la poupée. La mèche rajoutée était du même blond que les cheveux de Rebecca.

A présent, ils avaient identifié le collectionneur. Ils avaient fait un pas de géant.

Mais ce salaud se baladait encore dans la nature.

# 37

Les experts répandirent du luminol dans l'atelier — un agent chimique qui devenait phosphorescent au contact de certains oxydants et qui détectait le moindre résidu de sang. Quand ils éteignirent les lumières, Eric ne put s'empêcher de tressaillir. Tout le sol brillait d'un éclat bleuté.

— C'était un véritable abattoir, ici ! grommela l'un des techniciens.

La zone qui entourait la bonde d'évacuation était la plus impressionnante. Levi avait dû nettoyer le sol au jet et à la javel après chaque meurtre et pousser les eaux sales dans la canalisation, laquelle était d'un bleu cobalt si luminescent qu'il paraissait palpiter.

— Filmez ça, fit Eric d'un ton morne.

Il sortit dans la clairière respirer l'air frais et humide de la nuit. Une voiture de police banalisée surveillait la route aux abords de la propriété, au cas où le collectionneur se montrerait. Ils savaient à présent qu'il roulait dans une camionnette noire, décorée d'un drapeau de la Floride et d'un autre du comté de Clay. Il avait sûrement possédé un véhicule dans le Maryland et Eric se demanda comment il avait pu passer au travers de leurs recherches. En tout cas, aujourd'hui, ils avaient tout. Y compris le numéro de sa plaque. Un avis de recherche était lancé, ils allaient le coincer, ce n'était plus qu'une question de temps — sauf s'il abandonnait sa camionnette pour circuler dans un véhicule volé.

— Macfarlane ! appela un agent. On a besoin de votre signature.

Eric étant officiellement chargé de l'enquête, il devait signer la liste des pièces à conviction. Il s'approcha d'une berline noire dont l'arrière était chargé d'une série de sacs à glissière, soigneusement étiquetés. Il passa en revue les flacons qui contenaient les ongles et les dents des victimes, les CD, les dix poupées de la chambre de Gladys, le couteau que l'on avait trouvé fiché dans sa poitrine. Et ce n'était pas fini. Le luminol allait sûrement mettre en évidence des outils qui avaient servi à torturer et à tuer.

Il signa les formulaires, puis s'avança jusqu'aux abords de la clairière, loin du bruit et de l'agitation. Il leva les yeux vers le ciel d'un noir d'encre et sans étoiles. Le collectionneur était parti en laissant derrière lui le cadavre de Gladys et du chien baignant dans leur sang… Ça ne cadrait pas avec son obsession de l'ordre et de la propreté. Un signe de plus qu'il était en train de perdre les pédales.

Il prit son téléphone portable et appela les adjoints qui surveillaient le bungalow.

— Comment ça se passe de votre côté ? demanda-t-il.

— Tout est calme, rien à signaler.

Il reconnut la voix du plus âgé des deux, le plus costaud, aussi.

— Quand avez-vous vérifié pour la dernière fois que tout allait bien.

— J'ai frappé à la porte il y a environ une demi-heure. Mademoiselle Hale m'a répondu qu'elle avait la migraine et qu'elle allait s'allonger un moment. Quelques minutes après, la lumière s'est éteinte dans la chambre.

Eric regarda sa montre. Il était près de 21 heures.

— Laissez-la dormir encore trente minutes. Ensuite, dites-lui que vous avez ordre de rester à l'intérieur avec elle. Elle va protester, mais ne cédez pas.

— Compris, agent Macfarlane.

Eric raccrocha. Mia n'allait pas apprécier leur intrusion,

mais le collectionneur n'avait plus rien à perdre, et il était capable de tout. Ils devaient donc redoubler de prudence.

Cameron approcha, une enveloppe épaisse à la main.

— Où a-t-on trouvé ça ? demanda Eric.

— Dans l'un des tiroirs de l'établi.

Eric ne fut pas surpris de constater que l'enveloppe lui était adressée. Levi n'avait pas eu le temps de la poster, apparemment. Il se demanda si elle contenait un enregistrement d'Anna Lynn Gomez, de Karen Diambro, ou des deux.

— Il n'y a pas que l'appareil enregistreur, à l'intérieur, lui fit remarquer Cameron d'un air préoccupé. Tu l'as vraiment mis hors de lui, avec l'interview…

Eric ouvrit l'enveloppe qui contenait en effet un message. Il reconnut aussitôt l'écriture nette et appliquée.

« Tu es un homme mort, Macfarlane. Je vais t'en faire baver. Autant que j'en ai fait baver à ta femme. é

Il lut le mot en silence, puis le remit dans l'enveloppe, avec un visage de marbre.

— Ça fait une pièce à conviction de plus, dit-il seulement.

Eclairé par la lune, tout au bout de la rangée des bungalows, celui que Mia occupait ressemblait à un coquillage. Depuis l'endroit où il l'observait, caché dans l'ombre d'une propriété inhabitée, Allan entendait tinter le carillon du porche qui se balançait dans le vent.

Quelques minutes plus tôt, l'un des agents avait quitté la voiture de patrouille qui stationnait devant la grille, pour frapper à la porte. Allan avait alors entrevu les cheveux noirs et brillants de Mia, tandis qu'elle échangeait quelques mots avec le policier. La voir avait excité son appétit. Ensuite, elle avait refermé la porte et l'homme était retourné à son poste.

Il se sentait nerveux. Ses yeux le brûlaient.

Son revolver pesait dans sa main. Il avait hâte de passer à l'action.

Il avait envisagé de se glisser en douce près de la voiture et d'abattre les deux flics, comme on voyait faire à la télévision. Mais le bon sens lui avait déconseillé une approche aussi risquée. Il aurait peut-être le temps d'en descendre un, mais le deuxième allait forcément réagir. Or, il n'avait pas l'intention de mourir ce soir…

Il continua donc à les observer, attendant le moment propice.

De hautes herbes de la pampa poussaient le long de l'allée et leurs longues tiges frangées de blanc semblaient lui faire signe. Un peu plus loin, le moteur de la voiture de patrouille ronronnait. Sans doute les adjoints ne l'avaient-ils pas arrêté pour profiter de l'air conditionné.

Allan s'adossa au mur de la maison, les yeux plissés, prenant son mal en patience. Il avait tout son temps, à présent qu'il n'avait plus à s'occuper de Gladys.

Un long moment s'écoula sans qu'il se passe rien de notable, puis le moteur de la voiture s'arrêta et le conducteur sortit. Allan se figea, en alerte.

— Je crève de faim, déclara l'homme à son partenaire, resté dans la voiture.

Allan tendit l'oreille pour ne rien perdre de ce qui se disait.

— Tu n'as qu'à entrer, toi… Moi, je vais me chercher un truc à l'épicerie qui se trouve juste au bout de la rue. Tu veux quelque chose ?

Allan n'entendit pas la réponse du deuxième policier, mais le premier partit au pas de course le long du trottoir.

*Ils vont s'installer à l'intérieur.*

Il sentit son pouls s'emballer. Les deux hommes se séparaient pour quelques instants. C'était le moment de tenter sa chance !

Le deuxième adjoint n'avait pas encore quitté le véhicule de patrouille. Il était penché, comme s'il remplissait des papiers, à la lumière du plafonnier.

C'était maintenant ou jamais.

Quittant son abri d'ombre, Allan s'avança prudemment dans l'impasse, la main crispée sur son arme, évitant les réverbères. Son sang roulait comme un torrent dans ses veines. Il pria pour que l'adjoint continue à s'absorber dans sa tâche. Il avait maintenant atteint les hautes herbes de la pampa et se cacha derrière pour attendre.

Enfin, le policier sortit en s'étirant. Il était grand et costaud, avec des cheveux blonds coupés très court. Il traversa d'un pas lourd la pelouse, passa devant la pancarte qui signalait que le bungalow était équipé d'un système d'alarme.

Vibrant, en sueur, Allan quitta alors sa cachette pour lui emboîter silencieusement le pas. Quand l'homme atteignit le porche, il accéléra. Sentant une présence, l'autre amorça un demi-tour, mais il se figea quand le canon du revolver se planta dans son dos.

— Si tu tiens à la vie, tu frappes à la porte et tu lui demandes d'ouvrir, lui murmura Allan à l'oreille. Tout de suite.

Il enfonça un peu plus la pointe du canon, pour signifier qu'il ne plaisantait pas. L'homme tremblait sous son uniforme, mais ne répondit pas. Sans doute la peur l'avait-elle rendu muet.

— Tout de suite ! répéta Allan.

L'adjoint hésita un instant, puis frappa. La tête bourdonnante d'excitation, Allan se dissimula derrière sa large silhouette. Au bout d'une interminable minute, les rideaux du salon remuèrent. Il y eut alors quatre petits bips. Mia désactivait le système d'alarme…

Puis la porte s'ouvrit.

— Tout va bien, dit-elle. Je…

Du bout de son arme, Allan poussa le policier sur elle. Elle recula en vacillant, puis ses yeux s'agrandirent d'épouvante quand elle le reconnut, et elle devint blanche comme un linge.

— Si tu pousses un seul cri, il est mort, dit-il en refermant d'un coup de pied la porte derrière lui.

Puis, lui adressant un sourire triomphant, il visa l'homme à la tête.

# 38

L'arme étant munie d'un silencieux. Il n'y eut donc qu'un petit bruit sec et l'adjoint s'effondra. Le sang gicla de sa blessure, trempant ses cheveux blonds. Allan dirigea ensuite le canon vers Mia. Elle était vraiment adorable ainsi, échevelée, la bouche ouverte, saisie d'horreur et de surprise.

Puis elle réagit et se mit à courir dans le couloir qui menait à la chambre, sa seule issue, en poussant un cri étouffé. Allan se lança à sa poursuite et glissa juste à temps son épaule entre le chambranle et la porte qu'elle tentait de refermer. Il poussa si violemment qu'elle en tomba à la renverse sur le tapis. La terreur qu'il lut dans ses yeux à cet instant mit un comble à son excitation.

Elle rampa vers le lit défait et se hissa vers… Vers quoi donc ? Son sac… Il était posé sur le couvre-lit. Elle essayait probablement de mettre la main sur son portable. Il plongea et lui arracha le sac des mains.

Se sentant acculée, elle attrapa une lampe sur la table de nuit et la lui lança à la figure. Il l'écarta de son avant-bras, mais sentit une brûlure.

*Elle va me le payer !*

Elle se jeta de l'autre côté du lit, pour tenter de regagner la porte, mais il la saisit par la ceinture de son short avant qu'elle en ait eu le temps. Elle se retourna en hurlant et se défendit à coups de pied. Il reçut un méchant coup de talon à l'intérieur de la cuisse. Elle avait visé le point sensible et l'avait raté de peu.

Il referma ses mains sur ses chevilles pour la faire tomber

du lit. L'autre adjoint n'allait pas tarder à revenir ; il devait la faire taire au plus vite. Il écarta aisément ses petits poings et lui asséna une formidable gifle du revers de la main, un coup à lui défoncer la pommette. Elle retomba sur le matelas.

Puis il se jeta sur elle et lui serra la gorge. Elle se débattit comme une forcenée, frappant et griffant au hasard, tout en ouvrant la bouche pour tenter d'aspirer de l'air. Il continua à serrer, jusqu'à ce qu'elle cesse progressivement de s'agiter et qu'elle ferme les yeux en laissant ses bras retomber mollement sur le lit.

Il s'empressa alors de la lâcher. Il ne voulait pas la tuer, tout de même. Pas tout de suite, en tout cas…

Il caressa sa peau soyeuse.

Il fallait l'attacher.

Son regard glissa du côté du placard et ses yeux furent attirés par une collection de belles cravates de soie. Il allongea le bras et en prit deux. La première lui servit à lui ligoter les poignets. Il était temps, elle commençait à revenir à elle. Quand il lui fourra la deuxième dans la bouche, elle toussa et résista faiblement. Il la lui noua derrière la tête.

Puis il la souleva et la porta jusqu'au placard, où il l'enferma, coinçant la porte au moyen d'une chaise qu'il cala sous la poignée. Voilà qui allait la faire tenir tranquille suffisamment longtemps pour qu'il puisse s'occuper du deuxième adjoint…

Il ne put s'empêcher de sourire. Les choses se passaient finalement bien mieux qu'il ne l'avait imaginé. Il était venu avec l'idée de buter les deux flics, puis de forcer la porte du bungalow et d'embarquer Mia en laissant hurler l'alarme — plan aussi vague qu'hasardeux. Tandis que là, il n'avait plus qu'à attendre que le deuxième revienne. Il aurait pour lui l'effet de surprise.

Il traversa le couloir en direction du salon, où il dégaina son arme, tout en contournant le corps du premier adjoint qui nageait dans une flaque de sang. Justement, on frappait à la porte. Il jeta un coup d'œil à travers la fente des rideaux. Le policier avait les mains pleines, encombré de deux bouteilles de soda, de chips, et de hot-dogs.

Allan ouvrit la porte à la volée. L'homme eut juste le temps de lever vers lui un regard ahuri.

*Pop!*

Atteint en pleine poitrine, il tomba à la renverse sur le perron. Une tache d'un rouge écarlate explosa sur son uniforme immaculé.

Allan regarda autour de lui pour vérifier que personne n'avait assisté à la scène. L'homme se tortillait sur le sol, ouvrant une bouche impressionnante pour respirer.

— Qui vous a demandé d'entrer dans le bungalow? demanda-t-il en se penchant sur lui.

Comme l'homme ne répondait pas, il le poussa du bout de sa chaussure et agita son revolver sous son nez.

— Qui vous a donné l'ordre d'entrer?

— Macfarlane, articula péniblement le policier d'une voix rauque et mouillée.

Il avait aux lèvres une bave rosâtre. Quelle horreur! Allan tira de nouveau, mettant fin à son calvaire.

Puis il attrapa l'homme par ses bottes, le tira à l'intérieur pour l'allonger près de son partenaire, et ressortit sous le porche. Le paillasson était taché de sang. Il le retourna, puis ramassa les bouteilles et la nourriture avant de rentrer.

Balayant du regard l'intérieur de ce charmant bungalow, il sortit un hot-dog et en prit une bouchée qu'il mastiqua avec avidité, le sourire aux lèvres. Il avait le temps de s'amuser un peu avec Mia, en attendant l'arrivée de Macfarlane.

Ensuite il s'occuperait d'eux deux.

*Dans les placards, il y a des monstres. C'est sa mère qui le lui a dit. Elle dit même qu'ils mangent les petites filles.*

*Mia tambourine contre la porte. Son visage est trempé de larmes.*

*— Je t'en supplie, maman, j'ai peur! Laisse-moi sortir!*

*Mais seul le silence lui répond.*

*
* *

Mia se réveilla en sursaut, complètement désorientée dans le noir. Une douleur lancinante battait à sa joue droite qui appuyait contre la fibre rugueuse d'une moquette. Il lui fallut quelques secondes pour reconstituer les faits et comprendre qu'elle était dans le placard de la chambre.

Et le collectionneur était là… Dans le bungalow… Il avait tué sous ses yeux l'un des adjoints du shérif. Tout lui revenait à présent. Sa trachée lui faisait mal. Elle avait cru mourir tout à l'heure. Elle le revit, à califourchon sur son ventre, avec ses grandes mains qui lui serraient la gorge. Il ne l'avait pas tuée… Parce qu'il lui réservait un sort bien pire qu'une mort par strangulation… Son corps se couvrit d'une sueur glacée. Désespérée, elle tenta de libérer ses poignets ligotés, de repousser le nœud de cravate avec sa langue. L'effort la fit haleter. Avec le bâillon, elle avait peine à reprendre son souffle et le manque d'oxygène exacerbait sa peur. Elle dut faire appel à toute sa volonté pour se calmer, attendre sans s'affoler que sa respiration redevienne normale.

*C'est bien Mia. Inspire. Expire.*

Elle parvint à s'agenouiller dans le petit espace sans lumière et appuya de tout son poids sur la porte. Mais celle-ci ne bougea pas. Qu'était-il arrivé au deuxième adjoint ? Est-ce qu'il était mort, lui aussi ? Peut-être qu'il la cherchait ? Elle devait absolument faire du bruit. Tout en gémissant sous son bâillon, elle se mit à cogner sur la porte, de ses deux poings. Elle pria pour qu'on la trouve avant que le monstre — pas un monstre de placard cette fois, un vrai — ne revienne.

La voix rocailleuse qui lui parvint soudain depuis l'autre côté de la porte injecta une eau glacée dans ses veines.

— Je t'entends, Mia !

*Non, oh non…*

— Tu as été une très méchante petite fille. Ce n'était pas gentil de te sauver comme ça. Et deux fois, en plus…

Il ricana.

— Mais cette fois, tu ne m'échapperas pas.

La porte s'ouvrit brusquement. Le collectionneur la dévisagea avec un visage de marbre, des yeux bleu pâle, froids et curieux. Puis il attrapa ses poignets ligotés et la hissa sur ses pieds. Elle eut le vertige de le sentir si proche. Il y avait des taches de sang sur sa chemise, celui du policier qu'il avait abattu à bout portant. Son arme était coincée dans la ceinture de son pantalon.

— On a du temps à rattraper, toi et moi…

Il l'entraîna dans le couloir, la tenant d'une main ferme par la nuque. Elle avait la peau moite de transpiration et ses genoux étaient mous comme de la gélatine. Il la fit entrer dans le salon, là où le cauchemar avait commencé. Avisant les corps des deux adjoints qui gisaient sur le sol, côte à côte, dans une large flaque de sang, elle se mit à crier, mais son cri fut étouffé par le bâillon. Il y avait aussi du sang sur le mur blanc.

— Assieds-toi ! lui ordonna le collectionneur en lui désignant un fauteuil de bois à haut dossier qu'il avait pris dans le coin salle à manger.

Il l'avait placée face au canapé. Comme elle hésitait, il la tira vers le fauteuil et la poussa pour la faire asseoir. Il passa ensuite derrière elle, et elle se mit à trembler, se demandant ce qui allait se passer.

— Si tu recommences à crier, tu retournes dans le placard. C'est clair ?

Comme elle acquiesçait en silence, il lui ôta son bâillon. Elle inspira avidement, remplissant ses poumons d'air. Rassuré, il se laissa tomber sur le canapé avec une expression satisfaite sur le visage, puis il tira à lui le fauteuil sur lequel elle était assise, de manière que leurs genoux se touchent.

— Tu sais qui je suis ?

Elle battit des paupières pour refouler ses larmes et lutta pour retrouver sa voix. Oui, elle savait qui il était.

— Vous vous appelez Allan Levi…

Il paraissait attendre une suite, aussi elle ajouta :

— Vous êtes aussi le jeune homme qui a enlevé la petite Joy Rourke, il y a vingt-cinq ans.

Un sourire effrayant passa sur le visage d'Allan.

— Ainsi, tu te souviens… Ma mère m'avait envoyé déposer des papiers au foyer de Cathy, ce jour-là. Mais je n'ai pas pu y aller. Je suis tombé sous le charme des deux adorables petites qui se donnaient la main, assises sur le trottoir. Elles paraissaient si douces, si innocentes…

Mia eut envie d'ajouter qu'elles étaient surtout sans défense. Il avait commencé avec des enfants parce que c'était plus facile.

Il tendit la main et caressa ses avant-bras d'un geste possessif.

— Tu es toujours fine et délicate comme une petite fille, murmura-t-il.

Elle se mordit la lèvre et ferma les yeux. Le contact de ce monstre lui donnait la chair de poule.

— Joy a été facile à convaincre. Elle m'a fait confiance. Mais toi, tu n'as pas voulu monter dans ma voiture. Imagine ma surprise, alors, quand j'ai reconnu ta photo dans le journal, après toutes ces années. Et tu écrivais des articles sur moi ! Enfin, sur ce que j'accomplissais. Je me suis dit que c'était un signe du destin. Que je devais revenir vers toi. Tu ne crois pas ?

Elle pensa aux assassinats qu'il avait sur la conscience et fut prise de dégoût.

— Comment… comment m'avez-vous trouvée ?

— Tu veux dire comment j'ai trouvé ce bungalow pourri ? Je me suis douté que tu n'étais pas chez toi, puisque toutes les lumières étaient éteintes et que d'habitude, c'était illuminé comme une vitrine de Noël. J'ai appelé le journal et j'ai appris que tu travaillais toujours. Ça m'a étonné, étant donné que tu ne signais plus rien depuis quelques jours. Qu'est-ce qu'ils t'ont fait ? Ils t'ont remisée aux oubliettes à cause de moi ?

Il désigna les deux adjoints.

— Quand j'ai repéré la voiture de patrouille qui quittait le parking des employés, j'ai compris que tu étais dedans et qu'ils allaient te conduire là où le FBI te planquait. Je n'ai eu qu'à vous suivre. Ensuite, j'ai surveillé et attendu le moment d'agir.

Elle fut atterrée de l'entendre. C'était donc son insistance à aller au journal qui avait causé la mort de ces hommes ?

— Tu aurais dû monter dans ma voiture avec Joy, ce jour-là, Mia…

Il pressa sa cuisse d'une main moite et elle dut se retenir pour ne pas le repousser de ses mains attachées.

— Je n'aime pas qu'on désobéisse, dit-il d'un air sournois.

Il se pencha vers elle. Son visage n'était plus qu'à quelques centimètres du sien.

— Je peux pardonner les écarts d'une petite fille, mais ce que tu m'as fait en t'enfuyant il y a trois semaines… Tu vas le payer cher !

Il la regarda droit dans les yeux, guettant sa peur. Elle essayait de conserver un regard neutre. Elle ne voulait pas lui faire ce plaisir.

— Vous avez volé une voiture pour m'emmener ? demanda-t-elle d'une voix qu'elle s'efforça de rendre unie.

Il ricana, lui soufflant son haleine au visage.

— Désolé, pas de promenade en voiture… Cette fois, j'ai d'autres projets. On va attendre ici le retour de Macfarlane. Il dort bien ici ce soir, n'est-ce pas ?

Cette déclaration la glaça jusqu'à la moelle. Elle venait de comprendre. Eric…

— Il a communiqué tout à l'heure avec les deux adjoints pour leur demander d'entrer dans le bungalow. Ils s'apprêtaient à exécuter ses ordres, mais je leur ai assigné une autre mission.

Il eut un sourire mauvais.

— Ne m'en veux pas, je ne peux pas m'empêcher de faire de l'humour.

Eric ne serait donc pas étonné de trouver la voiture de patrouille vide. Il penserait que les adjoints étaient avec elle, à l'intérieur. Elle sentit son pouls s'accélérer. Il allait foncer dans le piège tête baissée.

Allan se leva et passa de nouveau derrière elle pour lui

remettre le bâillon. Puis il revint s'asseoir sur le canapé et prit ses mains dans les siennes pour les examiner, s'arrêtant longuement sur ses deux doigts sans ongle.

Elle se sentait nauséeuse et eut de nouveau des sueurs froides. Elle aurait préféré qu'il la drogue, comme la première fois, pour ne pas être consciente, sombrer dans le néant.

Ses yeux froids la dévisagèrent.

— On risque de l'attendre un bon moment. J'ai une idée pour tuer le temps. Si on reprenait là où on en était restés la dernière fois ?

Il enfonça alors l'ongle de son pouce dans le lit unguéal de son index. Le tissu qu'elle avait dans la bouche étouffa son hurlement.

# 39

Ils en savaient maintenant un peu plus au sujet d'Allan Levi, notamment que son véritable patronyme était Bolstrup. Levi était le nom de jeune fille de sa mère — nom qu'elle avait repris trente-cinq ans plus tôt, après son divorce. Ils avaient donc contacté de nouveau les services des permis de conduire du Maryland et de Virginie, pour leur demander de rechercher un Bolstrup. Allan avait probablement utilisé là-bas son autre nom de famille — une façon pour lui de prendre des distances avec sa mère.

— Je viens de parler au médecin de Gladys Levi, annonça Cameron en traversant une zone couverte d'aiguilles de pin. Elle a eu une attaque cérébrale, il y a trois ans.

— Je vois, murmura Eric. Il serait donc rentré en Floride pour s'occuper d'elle.

Ils étaient toujours dans la propriété, devant la maison dont la façade était balayée par les gyrophares des voitures de patrouille. La camionnette de la morgue du comté de Clay était garée un peu plus loin, dans l'allée.

— Les experts ont presque fini et le légiste va emporter le corps. Je crois qu'on ne va pas tarder à quitter les lieux, commenta Cameron.

Comme Eric demeurait silencieux, il le dévisagea.

— On va le coincer, ne t'inquiète pas, le rassura-t-il. C'est juste une question de temps.

Puis il s'éloigna à grands pas, pour hurler aux adjoints de tenir à distance une camionnette de télévision qui venait d'arriver. Resté seul, Eric écouta le long hurlement d'une chouette, quelque part dans les bois. En dépit du chaos qui régnait autour de la maison, le calme bucolique des lieux restait perceptible. C'était étrange de penser que cet endroit avait servi de cadre aux atrocités perpétrées dans le bâtiment dissimulé sous les pins. Autre étrangeté : bien que totalement fou et pervers, Levi avait su s'occuper de sa mère malade. Sans doute exerçait-elle sur lui une sorte de pouvoir et s'était-il senti obligé de la soutenir. Peut-être aussi avait-il eu peur d'être déshérité, s'il la laissait tomber.

Eric se demanda également si Allan avait éprouvé un surcroît de plaisir à l'idée de torturer des femmes à quelques mètres de l'endroit où vivait sa mère, sans que celle-ci se doute de rien.

« On va le coincer… »

Toutes les fibres de son corps espéraient que Cam avait raison. Ils avaient identifié le collectionneur, mais celui-ci pouvait s'enfuir, disparaître de la surface de la terre, leur échapper, recommencer ailleurs.

Il sortit son téléphone portable dans l'intention d'appeler les hommes du shérif qui avaient dû maintenant rejoindre Mia dans le bungalow. Une voix lui répondit, derrière les grésillements d'une radio portable. Ils avaient donc quitté la voiture.

— Adjoint Cutshaw.

C'était le deuxième policier, le plus jeune, pas celui auquel il avait parlé un peu plus tôt.

— Agent Macfarlane. Vous êtes dans le bungalow ?

— Oui monsieur. Ça fait déjà un moment. Mlle Hale est partie se coucher. Je suppose qu'elle n'avait pas envie de nous tenir compagnie toute la nuit.

— Restez vigilants, ne vous laissez pas distraire par la télévision.

— On connaît notre boulot, agent Macfarlane. Cet endroit est mieux gardé que Fort Knox, vous pouvez nous faire confiance.

Eric soupira. En effet, Mia ne pouvait pas être plus en

sécurité que dans ce bungalow, sous la protection de deux hommes entraînés et armés.

— Je vous relaie d'ici une heure. On est en train de boucler la scène de crime.

Il referma son téléphone. Cameron avait raison. Il se faisait tard et il n'avait pas grand-chose à faire de plus sur les lieux. Ils avaient lancé un avis de recherche contre Levi et contre une camionnette noire. Il pouvait laisser quelques hommes en faction sur place et retourner au bungalow, dormir, reprendre des forces avant de se remettre en chasse le lendemain. Il se sentait à la fois épuisé et surexcité. Il avait failli demander à l'adjoint de réveiller Mia, pour entendre sa voix et s'assurer qu'elle allait bien, mais il s'était retenu, parce qu'elle aussi avait besoin de dormir.

Et aussi d'oublier toute cette histoire.

A travers ses larmes, Mia suivit des yeux Allan qui lançait négligemment la radio sur la table basse, puis retournait s'asseoir devant la télévision. Elle avait eu des sanglots dans la gorge en entendant la voix d'Eric à travers les grésillements de l'appareil. Elle avait tenté de l'avertir, mais le bâillon empêchait ses cris de porter et il n'avait rien entendu.

Elle se sentait emportée dans une spirale infernale. Elle ne pouvait rien faire. Ni pour elle, ni pour lui.

Le bout de ses doigts la faisait atrocement souffrir, comme si on l'avait brûlée au fer rouge. Leur chair boursouflée battait et dégouttait du sang sur le tapis, comme deux petits robinets qu'on aurait mal refermés. Il avait commencé par enfoncer l'ongle de ses pouces dans les lits unguéaux, puis il avait eu l'idée d'améliorer la torture en utilisant le stylo à bille posé sur les dossiers d'Eric. Ç'avait été atroce. Chaque fois qu'elle était sur le point de s'évanouir, il la giflait pour la faire revenir à elle. Ses poignets étaient à présent attachés aux accoudoirs du fauteuil et elle ne pouvait plus se lever. Allan revenait de temps en temps reprendre la séance de torture, après de courts moments de répit au cours desquels il s'arrêtait pour suivre les informations.

Les forces de l'ordre venaient d'investir sa propriété. Elle pria pour qu'il se laisse absorber par la télévision et qu'il oublie sa présence.

L'écran montrait une maison de style ranch, filmée de loin, éclairée par les rampes bleues des voitures de police. Allan avait baissé le son quand Eric avait appelé, mais elle avait lu le sous-titre.

> Rebondissement dans l'affaire du tueur de Jacksonville.

Elle baissa les yeux vers les corps des deux adjoints.

Les nouvelles furent interrompues par des spots publicitaires et Allan s'approcha de nouveau d'elle d'un pas désinvolte. La panique la submergea alors. Il avait pris le badge de l'adjoint Cutshaw pour l'épingler à sa chemise. Sans doute trouvait-il cela drôle.

*Non, pas ça…*

Elle se débattit furieusement et faillit renverser son fauteuil. Ses cris étouffés brûlaient sa gorge irritée.

Il leva un sourcil faussement surpris.

— Qu'est-ce qui se passe, Mia ? Tu n'apprécies pas nos petits divertissements ?

Elle tenta d'avaler de l'air. Elle avait de plus en plus de mal à respirer, avec ce tissu trempé de salive dans sa bouche. Il se pencha sur elle et cala derrière son oreille ses cheveux mouillés de sueur. Elle était en soutien-gorge et en culotte. Il avait découpé ses vêtements avec un couteau qu'il avait aussi appuyé sur sa gorge, en se délectant de sa peur.

— Tu te conduis vraiment comme une enfant, tu sais…

Elle le contempla à travers ses larmes. Il soupira ostensiblement et s'installa face à elle, en se calant confortablement contre les coussins du canapé, comme s'il s'apprêtait à deviser tranquillement avec une amie.

— De quoi parlions-nous, quand ça a sonné ? Ah oui, je me souviens… De la fascination que tu exerces sur moi depuis si longtemps. Après la disparition de la petite Joy, j'ai attendu que ça se calme un peu et je suis retourné chez Mademoiselle Cathy pour revoir cette si mignonne petite fille brune, mais tu n'étais déjà plus là. J'ai consulté les dossiers de ma mère, ce qui m'a permis d'obtenir ton nom, mais pas de te retrouver. Je l'ai beaucoup regretté.

Il se pencha vers elle et allongea le bras pour suivre du bout des doigts le chiffre gravé sur son ventre. Elle crut qu'elle allait en vomir de dégoût, mais elle se maîtrisa. Ce n'était pas le moment de vomir, elle risquait de s'étouffer.

— Puis tu es revenue dans ma vie, après toutes ces années. C'est un signe du destin. Tu es celle qui compte le plus pour moi.

Il ponctua ces paroles d'un sourire de prédateur qui la glaça jusqu'au sang, puis il baissa les yeux vers ses doigts blessés et fit claquer sa langue, comme en un reproche.

— J'ai un peu exagéré, sur ces deux-là, tu ne trouves pas ? Tu sais quoi…

Il plongea la main dans la poche de son pantalon kaki.

*Seigneur, non !*

Elle poussa un gémissement et les muscles de sa gorge se contractèrent, quand elle vit apparaître une paire de pinces.

— Je les ai trouvées dans un tiroir. Tu as entendu l'agent Macfarlane ? Nous avons une heure devant nous. Je crois que je vais laisser ces deux doigts tranquilles et en choisir un tout neuf.

Tout en roulant vers la plage, Eric passa plusieurs coups de fil indispensables, notamment à Johnston, qu'il mit au courant des rebondissements de l'affaire. Ensuite, il rangea son téléphone dans sa poche de chemise. Il avait réussi à contenir ses émotions jusque-là, mais il ressentait à présent le besoin de réfléchir et de se ressourcer dans le silence.

Il ne cessait de penser aux derniers instants de Rebecca. Quand il avait lu son nom sur les flacons et tenu dans sa main ce qui restait d'elle — quelques ongles, des dents —, il avait eu l'impression de revenir trois ans en arrière.

*Je n'ai pas pu te sauver. Pardonne-moi…*

L'un des flacons portait le nom de Mia, mais Mia ne subirait pas le sort de Rebecca. Ils coinceraient bientôt le collectionneur et elle ne serait plus en danger. Elle conserverait sans doute longtemps des séquelles de son enlèvement, mais au moins elle serait en vie. Elle était solide. Elle finirait par s'en remettre.

Et lui, cette fois, il aurait sauvé la femme qu'il aimait.

Parce qu'il était vraiment tombé amoureux d'elle, il n'en doutait plus.

Il roulait maintenant le long de la marina, entre l'océan et les vitrines éclairées des boutiques. Son téléphone sonna. Il jeta un coup d'œil à l'écran avant de décrocher. C'était Cameron.

— Boyet et Scofield ont appelé une cousine de Gladys Levi, qui habite en Caroline du Sud, annonça ce dernier. Elle leur a raconté toutes les histoires de famille sans se faire prier. Le père d'Allan était un criminel. Il a été arrêté et emprisonné quand l'enfant avait six ans.

Eric prit l'A1A. L'océan bordé de sable blanc s'étendait à sa droite.

— Pour quel motif ?

— Viol et coups et blessures. Il avait agressé une femme qui travaillait dans la même usine que lui. Il était alcoolique et violent. Ils avaient flirté et il a perdu les pédales. Il est mort derrière les barreaux il y a vingt-cinq ans, poignardé par un autre détenu.

Ainsi, Allan avait enlevé sa première victime à peu près au moment de la mort de son père. Eric se demanda si les deux événements avaient un rapport.

— Toujours d'après la cousine, Gladys Levi était une sorte de grenouille de bénitier et ça s'est aggravé après l'arrestation de son mari. Elle le haïssait pour ce qu'il avait fait et s'est mise à détester les hommes en général.

— Est-ce qu'Allan Levi a eu des contacts avec son père, durant la période où il était en prison ?

— Sa mère le lui avait interdit. Il n'avait même pas le droit de lui écrire. La cousine dit qu'Allan était un adolescent renfermé, bizarre, pas très masculin. Pas étonnant, avec une mère dominatrice et l'absence de figure masculine dans son entourage. Gladys a envoyé son fils dans une université de renom dont il est sorti diplômé, mais il n'a jamais réussi à trouver un travail digne de ce nom. Il avait la bougeotte. Il ne cessait de déménager. Il a vécu entre autres dans le Maryland avant de revenir ici, après l'attaque de sa mère.

— Elle a dit quelque chose au sujet de ses relations avec les femmes ?

Il y avait du monde à l'épicerie proche du bungalow — une bande d'adolescents qui chahutaient sur le parking. Eric bifurqua dans l'impasse. La voiture blanche et bleue des hommes du shérif était garée devant le bungalow.

— A sa connaissance, il n'a jamais eu de petite amie. Ni au lycée ni à l'université. Elle le soupçonnait d'être homosexuel, mais elle n'a jamais entendu parler non plus d'un petit copain. Elle a aussi rapporté un incident qui s'est produit quand Allan avait douze ans. On l'a surpris en train de torturer et de tuer des chats du quartier. Petit détail : il leur arrachait les griffes. Ils habitaient encore à l'époque dans Jacksonville. Ce n'est qu'après sa retraite que Gladys a déménagé à la campagne.

Ils cernaient peu à peu la pathologie de leur assassin.

Eric était arrivé. Il coupa le moteur. Tout en sortant de sa voiture, il continua à parler avec Cameron. La lumière qui filtrait à travers les rideaux éclairait le porche d'un faible halo.

— Ils avaient d'autres parents ? demanda-t-il. Quelqu'un chez qui Levi pourrait chercher à se réfugier ?

— Non. Cette cousine est leur unique parente en vie du côté de la mère. Du côté du père, ils ont coupé tout contact depuis très longtemps.

La brise venue de l'océan soulevait ses cheveux. Eric

s'arrêta devant la porte pour terminer sa conversation. Baissant machinalement les yeux, il remarqua une file de fourmis pharaons — il y en avait beaucoup dans le Sud. Elles traversaient le porche et se glissaient sous le paillasson. Du coup, il remarqua aussi que le paillasson avait été retourné. Curieux de savoir ce qui attirait les fourmis, il souleva le paillasson du bout de son pied. Les fourmis visaient apparemment une tache sombre et humide.

Une tache qui ressemblait à du sang.

Ces insectes se nourrissaient notamment de plasma sanguin. Il se souvenait avoir appris ça au cours d'entomologie judiciaire. Les sens en alerte, il fouilla l'impasse du regard et repéra à l'ombre d'un arbre une camionnette noire, soigneusement dissimulée.

Son cœur fit une embardée.

Levi était là !

Et le sang était sûrement celui d'un des adjoints.

Il fit quelques pas pour s'éloigner du bungalow, tout en feignant de s'absorber dans sa conversation téléphonique. Il ne devait pas alerter le collectionneur qui le surveillait probablement depuis l'intérieur.

— Ecoute-moi attentivement, Cam, dit-il en tournant le dos à la fenêtre. J'ai besoin d'un commando d'intervention rapide au bungalow. Je veux qu'ils viennent sans sirènes et qu'ils cernent la propriété...

— Qu'est-ce qui se passe ?

— Je crois que Levi est à l'intérieur avec Mia. Il y a du sang sur le paillasson et une camionnette noire dans l'impasse.

— Merde ! Où sont les adjoints du shérif ?

— Je n'en sais rien.

Son instinct lui disait qu'ils étaient morts, ou du moins hors d'état d'intervenir. Tout était trop calme et trop silencieux. Comment Levi avait-il fait pour retrouver Mia ?

*Elle est peut-être morte, elle aussi.*

— Eric, je sais à quoi tu penses, fit la voix angoissée

de Cameron. Tu ne dois pas entrer seul, tu m'entends ? Si tu fais ça, tu es un homme mort.

— Il m'a vu. Si je n'entre pas, il va comprendre ce qui se passe.

S'il se sentait acculé, le collectionneur risquait de tuer Mia — à supposer qu'elle soit encore en vie.

— Pas question de la laisser seule à l'intérieur avec lui ! Je compte sur toi, Cam. Ne les laisse pas prendre le bungalow comme des brutes. Ça pourrait coûter la vie à Mia. Il ne faut pas qu'il se sente coincé, sinon tout est foutu.

Il songea à la baie coulissante, à l'arrière du bungalow, dont les vitres étaient protégées par des stores verticaux à lamelles, à travers lesquels on pouvait voir à l'intérieur. Un bon tireur serait capable de viser.

— Fais venir un tireur d'élite. Je vais essayer de l'attirer dans la cuisine.

— Tu n'en auras peut-être pas l'occasion, et…

— Ça me paraît excellent, coupa Eric d'une voix forte, en se tournant de nouveau vers le bungalow. Nous en reparlerons demain.

— Eric !

Il referma son téléphone. Son cœur battait à tout rompre. Il songea à Mia. Pourvu qu'elle soit encore en vie !

Le carillon dansait dans le vent. Il grimpa d'un pas décidé les marches du porche.

Levi pouvait décider de le tuer sur-le-champ, mais il en doutait. Il y avait fort à parier que ce salaud éprouverait au contraire le besoin de le narguer, pour mieux savourer sa victoire. Il ne restait plus qu'à espérer que ça laisserait au commando le temps d'arriver.

Il glissa sa clé dans la serrure et ferma les yeux une seconde, avant de se jeter dans la gueule du loup.

# 40

Lorsqu'il poussa la porte, Eric eut l'impression qu'un tourbillon aspirait l'air de ses poumons. Les deux policiers gisaient au milieu du salon, dans une mare de sang. Au même instant, il entendit un déclic et se figea.

— Bonsoir, agent Macfarlane, fit une voix d'homme.

Levi venait d'apparaître dans le couloir et le visait.

— Montre-moi tes mains, ou ça risque d'aller très vite.

— Du calme, ne tirez pas, murmura Eric en levant lentement les mains, tout en balayant la pièce du regard.

Mia était dans un fauteuil, en sous-vêtements. Sa tête pendait mollement sur sa poitrine et un rideau de cheveux noirs dissimulait son visage. Il eut le cœur broyé en la voyant ainsi. Mais elle respirait. Elle était inconsciente, mais en vie.

— J'aime bien son petit charme exotique. Pas toi ? Bon… Maintenant, je veux que tu sortes lentement ton arme et que tu la fasses glisser près de moi.

Eric s'exécuta sans un mot. Levi le fit alors avancer, le menaçant de son arme, tout en prenant soin de rester derrière lui. Ils contournèrent les corps. Le plus costaud des deux adjoints — Graham — était allongé face contre terre. L'arrière de son crâne n'était plus qu'une bouillie d'os et de matière cervicale. L'autre, Cutshaw, faisait un cadavre plus propre, avec un trou bien net au niveau de la poitrine. Les deux ne portaient plus leur arme à la ceinture.

— J'ai bien peur que tu ne perdes ta caution en rendant les clés ! ricana Levi qui avait suivi son regard.

En approchant Mia dans la lumière tamisée de la pièce,

Eric sentit ses entrailles se nouer. Levi avait utilisé une de ses cravates pour lui ligoter les poignets aux accoudoirs du fauteuil. Il lui en avait fourré une autre dans la bouche en guise de bâillon. Elle avait la pommette droite enflée, lui sembla-t-il, et de drôles de traces sur le cou. Elle avait les yeux fermés. L'épaisse frange de ses cils noirs se découpait sur la blancheur de sa peau.

Mais surtout, il y avait ses doigts. Ils saignaient abondamment. Eric se demanda depuis combien de temps Levi était entré, pendant combien de temps il l'avait torturée. Il refoula une fureur presque suffocante. La montrer pouvait les faire tuer tous les deux. Or, il avait besoin de temps et de ne pas laisser la rage altérer ses facultés de réflexion.

Une radio était abandonnée sur la table basse, sur la pile de papiers qu'il avait laissés en partant. Il comprit que c'était Levi qui avait répondu, la dernière fois qu'il avait appelé. Il n'avait pas reconnu la voix des enregistrements, mais il ne s'en étonna pas. Ils avaient toujours pensé que le collectionneur utilisait un vocodeur.

— Comme tu peux le constater, on s'est bien amusés en t'attendant.

— Parce que vous m'attendiez ?

— Oui. On t'attendait. Tu as une autre arme sur toi ?

— Non.

— Ça ne te dérange pas que je vérifie ? Les mains sur la tête. Tout de suite !

Levi se tenait toujours derrière lui et lui plantait le canon de son arme dans la colonne vertébrale. Eric leva alors les mains et noua ses doigts sur son crâne, avec la sensation d'être un suspect en état d'arrestation. Il demeura immobile pendant que l'autre le palpait précautionneusement, pour vérifier qu'il ne cachait pas une deuxième arme quelque part, et en profitait au passage pour lui confisquer son téléphone.

— Tourne-toi, à présent, lentement…, ordonna Levi quand il eut terminé.

Il se trouva ainsi pour la première fois face à face avec l'homme qu'il traquait depuis trois ans. Il fut un peu surpris de sa taille — Levi était quasiment aussi grand que lui —, mais pas de son visage, qui était celui du portrait : cheveux noirs, légèrement dégarni sur le front, fins sourcils arqués, menton fuyant. Un visage qui passait inaperçu et que l'on oubliait aisément, sauf peut-être les yeux d'un bleu clair et froid, injectés de sang. Pointant toujours son arme sur lui, Levi arborait un sourire satisfait.

— J'ai appris qu'un commando a débarqué chez moi, ce soir…, dit-il. Vous avez trouvé ma collection, je suppose ?

Eric acquiesça.

— Nous avons aussi trouvé votre mère.

Une lueur de regret anima le regard de Levi, l'espace d'une seconde.

— Tu as vu le flacon de Rebecca, reprit-il comme s'il n'avait pas entendu. Vraiment adorable, ta femme. Et elle tenait à toi. Ce qu'elle a pu gueuler ton nom, quand je l'ai tailladée ! Mais tu le sais déjà, puisque je t'ai envoyé l'enregistrement.

Eric serra les dents et soutint son regard. Il devait à tout prix conserver son calme.

Mia poussa un gémissement et remua la tête. Elle revenait lentement à elle.

— Tu attires les jolies femmes, pas vrai ? ricana Levi en lorgnant du côté de Mia.

Comme Eric s'abstenait de tout commentaire, il ajouta :

— Ne joue pas les modestes. Tu es plutôt beau mec, agent Macfarlane. Et je vous ai vus, tous les deux, l'autre soir, devant chez elle. Pour un peu, tu l'aurais baisée derrière la voiture de patrouille ! Tu passes tes nuits ici, avec elle. Belle excuse, la protection, si tu veux mon avis… Les draps sur le canapé, c'est mignon, mais je suis sûr que tu dormais avec elle dans le lit. Un veuf a sûrement des besoins.

Il s'approcha de Mia, sans cesser de le viser avec son arme.

— Viens, on va l'aider à se réveiller, dit-il en la saisissant par les cheveux pour lui redresser la tête.

Eric serra les poings. Mia battit des paupières et poussa un cri étouffé sous son bâillon. Puis elle se mit à pleurer en le voyant, tout en le fixant d'un regard suppliant qui lui broya le cœur.

— Le voilà, ton héros, Mia. L'ennui, c'est qu'il n'est pas en position de te sauver. C'est la deuxième fois qu'il ne se montre pas à la hauteur avec la femme qu'il aime.

Il se servit de sa main libre pour fouiller sa poche dont il sortit une paire de menottes en métal.

— J'ai fouillé dans tes affaires pendant ton absence, dit-il en s'adressant de nouveau à Eric. J'espère que ça ne te dérange pas. J'ai pris ça, j'ai pensé que ça me serait utile…

Il lui lança les menottes et lui désigna du menton un fauteuil à haut dossier, semblable à celui de Mia et placé face à lui, à trois mètres de distance.

— Tu sais quoi faire. Ton poignet droit, je te prie.

Il appuya son revolver sur la tempe de Mia, pour bien montrer qu'il ne plaisantait pas. Eric n'avait pas le choix. Il alla s'asseoir, referma une boucle des menottes sur son poignet droit, l'autre sur le bras du fauteuil, puis tira pour montrer qu'il s'était solidement attaché.

Levi approuva d'un rictus.

— Je n'ai pas du tout apprécié le portrait que tu as fait de moi à ta conférence de presse.

Il alla se planter devant lui et leva lentement le bras, d'un geste théâtral, avant de le frapper du canon de son arme. Eric sentit une douleur fulgurante dans son crâne, sa vision se brouilla, la pièce chancela. Il entendit Mia gémir.

— C'est moi qui mène la danse, à présent, agent Macfarlane. Et je suis loin d'être le minable que tu as décrit !

*Reste conscient…*

Un liquide chaud et poisseux coula sur son visage. Puis quelques gouttes écarlates tachèrent sa chemise.

Levi était retourné près de Mia et contemplait sa main plaquée à l'accoudoir de façon à exposer ses doigts blessés. Il appuya sur la chair à vif. Elle poussa un cri déchirant et se débattit.

— Ne la touchez pas ! hurla Eric. Espèce de salaud !

Laissez-la tranquille. Si vous avez besoin de vous défouler, je suis là.

— Je dois reconnaître que ses petits doigts commencent à me lasser. Très bien, Macfarlane. Tu ne veux pas que je touche ses ongles. Je vais proposer un nouveau jeu.

Il ramassa une sorte de plastique transparent sur la table et le déplia d'un coup sec. Eric reconnut une housse de pressing. Levi avait dû la prendre dans le placard où il avait suspendu plusieurs costumes dans des housses de ce genre.

— J'aime bien transformer les objets du quotidien en instruments de mort, commenta Levi avec un sourire diabolique.

La gorge d'Eric se noua d'angoisse. Il comprenait maintenant pourquoi Levi avait disposé les fauteuils face à face. Il avait l'intention de torturer Mia en l'obligeant à regarder.

— Ça sera plus intéressant sans le bâillon…

Il ôta la cravate de la bouche de Mia.

Elle se mit à sangloter.

— Ne faites pas ça, supplia Eric.

Tout allait trop vite. Il avait besoin de gagner du temps pour laisser aux renforts le temps de s'organiser.

— Tu seras aux premières loges, Macfarlane. Ne fais pas la gueule, ça va te plaire…

Eric eut le temps de croiser le regard de Mia quelques secondes, puis Levi lui enfila la housse sur la tête.

L'équipe d'intervention s'était rassemblée derrière l'un des bungalows de l'impasse, à quelques centaines de mètres de celui où Mia et Eric étaient retenus. On avait demandé aux vacanciers qui occupaient les maisons de s'enfermer chez eux. Vêtus de cottes matelassées, armés de fusils d'assaut et de grenades, les hommes attendaient les ordres. Au-dessus de leurs têtes, des nuages d'un gris métallique leur cachaient la lune. Il allait pleuvoir, comme l'avait annoncé la météo.

Cameron était dévoré d'angoisse, mais il s'efforçait de ne

pas le montrer. Quand il avait reçu le coup de fil d'Eric, il se dirigeait vers St Augustine. Il avait fait aussitôt demi-tour.

Eric lui avait raccroché au nez pour entrer seul dans un piège mortel.

Du côté du bungalow, qu'il surveillait avec des jumelles, tout paraissait étrangement calme. Une faible lumière jaune filtrait à travers les rideaux. Cameron se demanda ce qui pouvait bien se passer à l'intérieur.

Levi ne pouvait pas leur échapper, de toute façon. Ils allaient l'avoir, mort ou vif. La seule chose qui le retenait de donner l'ordre d'un assaut impitoyable, c'était le sort d'Eric et de Mia. Il se sentait responsable. Il regrettait amèrement d'avoir fait venir Eric en Floride.

« Ne les laisse pas prendre le bungalow comme des brutes. Ça pourrait coûter la vie à Mia. »

Quand un commando intervenait, il y avait toujours un risque pour les otages. Cameron soupira. Il n'était même pas certain qu'Eric et Mia soient toujours en vie.

— On pourrait mettre en place une caméra thermique, proposa le capitaine de l'équipe d'intervention.

Il avait le crâne rasé, et un tatouage sur son avant-bras indiquait qu'il avait été militaire.

— Ça nous permettrait de savoir dans quelle pièce ils se trouvent.

— Il faudrait combien de temps pour l'installer ?

— Difficile à dire. Il faudra trouver un point d'entrée. Une bouche d'aération, par exemple. Mais ce serait la meilleure solution. Ça nous éviterait de rentrer à l'aveugle. Sinon, on peut bien sûr balancer des grenades et foncer dans le tas, en espérant qu'on maîtrisera notre type avant qu'il ne tue quelqu'un.

— D'accord pour la caméra, répondit Cam en battant des semelles pour débarrasser ses chaussures du sable qui les recouvrait.

Il décrivit au capitaine le système d'aération du bungalow.

— Et le tireur d'élite ?

— Il arrive. Il a été retardé par un bouchon sur la I-95.

Le capitaine montra la radio qu'il tenait dans sa main droite.

— En attendant, j'ai posté un homme en face de la baie vitrée de la cuisine. Il surveille avec des jumelles. Mais il ne voit personne pour l'instant.

Le vent se leva brusquement et une pluie torrentielle se déversa sur eux. Cameron entendit l'un des hommes jurer. Ce n'était que le début. L'orage était censé durer et s'aggraver au cours de la nuit.

Cameron transpirait à grosses gouttes. Si Eric s'en tirait, il aurait affaire à lui.

Levi était comme un chat qui s'amuse avec une souris. Pour la quatrième fois, il venait d'enfiler la housse en plastique sur la tête de Mia et serrait de manière qu'elle lui colle au visage. Elle se débattit en tirant sur ses liens.

*Trente secondes. Quarante secondes. C'est trop long !*

Menotté au fauteuil, le revolver de Levi pointé sur lui, Eric contemplait le spectacle avec un insupportable sentiment d'impuissance. Enfin, Levi lâcha le sac au moment où Mia allait s'évanouir. Elle inspira avec un sifflement aigu, tout en sanglotant. Le plastique faisait un bruit mouillé contre sa bouche.

Eric avait l'impression que c'était lui qu'on torturait.

— Espèce de salaud, murmura-t-il entre ses dents, d'une voix chargée de haine.

Levi lui répondit par un regard froid et absent. Il attendit posément que Mia reprenne son souffle pour serrer de nouveau le plastique. Le corps de Mia s'arqua dans le fauteuil, tandis qu'un son désespéré sortait de sa gorge.

— Tu es une bonne fille, approuva Levi.

Son excitation avait quelque chose d'écœurant.

Eric tira sur le bras du fauteuil et ses menottes cliquetèrent.

— Ne faites pas ça !

Levi le regarda de nouveau, avec un grand sourire, et Eric prit soudain conscience que son angoisse comptait autant pour cet homme que les souffrances qu'il infligeait à Mia. Un témoin donnait du piquant à la scène, mais cette fois, ce n'était pas n'importe quel témoin, mais un homme, un agent fédéral, l'agent qui le poursuivait depuis des années. Ce salaud devait se sentir extrêmement puissant, beaucoup plus qu'avec les faibles femmes qu'il avait droguées.

Levi tenait maintenant le plastique depuis près de quarante-cinq secondes et Eric se sentit paniquer. Mia se débattait de moins en moins. Les doigts qui agrippaient les accoudoirs de son fauteuil lâchaient prise. Le cœur d'Eric s'emballa. Il ne supporterait pas ça une minute de plus ! Il tira si fort sur ses menottes qu'elles lui entamèrent le poignet. Mais il sentait qu'il parvenait à quelque chose... L'accoudoir bougea lentement, puis finit par se déboîter. Il ne lui restait plus qu'à dégager les menottes.

En le voyant se lever, Levi lâcha le plastique pour prendre son revolver à deux mains.

— Reste assis ! ordonna-t-il.

— Non.

Eric n'avait plus le choix. Il ne pouvait pas laisser Mia mourir à petit feu devant lui. C'était le moment de prendre tous les risques. Il tablait sur le fait que Levi tiendrait à garder son spectateur en vie.

Mia respirait de nouveau, poussant des râles rauques, secouant la tête sous le plastique.

— Assieds-toi ou je tire !

— Tirez, je m'en fous, rétorqua Eric. Il n'est pas question que j'assiste à ça une seconde de plus.

Il lui tourna même carrément le dos, se préparant à recevoir une balle. Mais il n'y en eut pas, juste des jurons. Alors, le cœur battant, il se mit à avancer. Au moins, si Levi le tuait dans la cuisine, Mia n'assisterait pas à son meurtre.

— Si tu fais ça, tu peux lui dire adieu ! le menaça Levi.

Eric s'arrêta net, mais ne se retourna pas. Des sons étouffés lui parvinrent de nouveau aux oreilles. Levi avait recommencé avec le plastique. Il crut qu'il allait se trouver mal. Mais il se remit en marche, en vacillant, parce que ses jambes avaient du mal à le porter.

C'était horrible d'abandonner Mia et cela lui demanda un effort surhumain, mais il le fallait, pour détourner d'elle l'attention de ce monstre.

Il dut enjamber les corps des deux adjoints pour entrer dans la cuisine et ses pas laissèrent des traces écarlates sur le carrelage blanc. Il alla se servir un verre d'eau. Tout en fixant d'un regard absent l'eau qui rebondissait dans l'évier, il but une gorgée et attendit.

*Viens, espèce d'ordure, viens me chercher et laisse-la tranquille !*

Plus aucun bruit ne lui parvenait du salon ; il n'entendait que la pluie qui battait contre les carreaux de la fenêtre au-dessus de l'évier. Ce silence était aussi insupportable que le spectacle de la torture.

Tout en essuyant du revers de la main le sang qui continuait à couler de sa tempe, Eric ferma les yeux et attendit encore. Il n'avait pas su protéger Mia. Si elle mourait, il voulait mourir aussi. Peu lui importait que Levi lui tire dessus.

Il y eut alors un bruit de pas. Il ne s'était pas trompé. Levi ne voulait pas poursuivre sans témoin.

Les pas s'arrêtèrent sur le seuil.

— Tu vas revenir immédiatement dans le salon, Macfarlane !

Eric se retourna lentement. Le visage de Levi n'était plus qu'un masque de colère.

— Si vous voulez tirer, allez-y, ne vous gênez pas.

— Je vois que tu ne crains pas la mort. Quel courage ! Tu vas mourir, ne t'en fais pas, mais quand je l'aurai décidé. Et avant de mourir, tu vas la regarder.

Il inclina la tête et lui adressa un petit sourire méchant.

— On dirait que tu es maudit, mon pauvre… D'abord ta femme, et maintenant, elle. Et c'est moi qui te prends les deux. De nous deux, le minable, c'est toi, on dirait.

Il désigna les portes coulissantes.

— Tu aurais pu t'enfuir, mais tu ne l'as pas fait. Donc, tu tiens à elle. Tu n'as pas eu la force de l'abandonner… Alors, sois gentil, retourne t'asseoir, ou bien je vais la faire souffrir encore plus. Tu veux que je la lacère, comme Rebecca ? On pourrait commencer par de petits coups superficiels, pour que ça dure longtemps. J'ai de l'expérience, tu peux me faire confiance.

Eric sentit un flot de haine se déverser dans ses veines, mais c'est d'une voix calme qu'il dit :

— Je vous plains, Levi… Vous avez vécu avec une mère castratrice qui a fait de vous un impuissant. Et pourtant, vous êtes revenu à Jacksonville pour vous occuper d'elle, pour qu'enfin elle vous prenne en compte. Mais elle a continué à vous mépriser… Est-ce que je me trompe ?

— La ferme ! hurla Levi, crispant ses deux mains sur son arme. Tu ne sais rien de moi !

— Je sais tout ce qu'il y a à savoir, au contraire, répondit Eric en refermant discrètement la main sur un couteau qui séchait au bord de l'évier et se trouvait à sa portée. Tu es un minable.

Levi poussa un grognement et avança d'un pas, le visant au visage. Un bruit sec résonna à cet instant, puis la tête de Levi explosa. Des bouts de sa cervelle allèrent se coller au placard et le corps s'affaissa.

*Le tireur d'élite, enfin…*

Il y avait un petit trou dans la vitre de la porte coulissante. Eric resta figé pendant quelques secondes, puis il reprit ses esprits.

— Mia !

Elle était à peine consciente. Il arracha le plastique qui couvrait sa tête et son visage, en murmurant son nom, et s'agenouilla devant elle pour couper ses liens avec le couteau, d'une main fébrile. Il la libéra juste au moment où les hommes du commando faisaient irruption dans la pièce, lui hurlant l'ordre de se jeter à terre. Il agita alors son badge, tout en enveloppant Mia d'un bras protecteur.

En la portant vers l'ambulance qui l'attendait dehors, il croisa le regard bouleversé de Cameron.

# 41

Des voix étouffées, provenant du couloir, parvenaient par vagues jusqu'à elle. Elle était allongée dans la pénombre d'une chambre d'hôpital. Elle avait mal partout, et les doigts de sa main gauche disparaissaient sous une épaisse bande de gaze. Eric somnolait dans le fauteuil disposé près de son lit. Les pans de sa chemise à moitié déboutonnée sortaient de son pantalon, de grosses taches de sang coagulé étaient visibles sur le col et le devant. Il avait un pansement autour du crâne. Elle le contempla longuement.

Ils avaient réussi à s'en sortir, tous les deux. Elle avait encore du mal à le croire…

L'horloge murale indiquait 4 heures du matin. Elle avait dormi longtemps — sans doute lui avait-on administré des sédatifs. Elle se souvenait vaguement qu'Eric l'avait portée dans ses bras jusqu'à l'ambulance, fendant un groupe d'hommes armés jusqu'aux dents. Il était monté avec elle. Pendant le trajet, il lui avait annoncé qu'Allan Levi était mort, qu'il ne pourrait plus jamais lui faire de mal. Ensuite, elle avait sombré dans le noir.

Elle écouta un long moment le bip régulier du moniteur cardiaque. Ses poumons la brûlaient encore. Elle se revit, à la merci de Levi, avec son sang qui battait à ses oreilles.

Elle ferma les yeux, le ventre noué.

*Je suis là, j'ai survécu.*

Elle allongea sa main valide, et ses doigts caressèrent la gaze qui entourait le poignet d'Eric. Il remua, puis, voyant qu'elle était réveillée, il se redressa et se pencha vers elle, avec des yeux pleins de larmes.

— Eric, murmura-t-elle, le cœur serré.

Il inclina la tête et lui embrassa le bout des doigts.

— Je suis désolé, Mia…

— Ce n'est pas ta faute.

— Je t'ai installée dans ce bungalow, parce que je pensais que tu y serais en sécurité.

— Il a suivi la voiture de patrouille depuis le journal. Si je n'avais pas tant insisté pour aller travailler…

Deux hommes étaient morts, sous ses yeux. Elle se demanda s'ils avaient une famille, des enfants. Elle ne leur avait jamais posé la question et cela l'attrista.

— On t'a fait des analyses. Ton cerveau n'a pas souffert du manque d'oxygène, ni aucun autre organe.

Il poussa un soupir tremblotant.

— Mais les nerfs de tes doigts sont atteints…

L'anesthésique local avait cessé de faire son effet et elle sentait la douleur pulser aux extrémités de la main bandée.

— Atteints à quel point ?

— Ils ne peuvent pas encore le dire.

Elle décida de ne pas s'en inquiéter pour le moment et dévisagea Eric qui frottait ses yeux bouffis. Elle comprenait qu'il soit bouleversé. La mort de Levi mettait un terme aux années les plus affreuses de sa vie. Ça avait dû être terrible pour lui de se retrouver face à l'homme qui avait torturé et tué sa femme. Et d'assister, impuissant, à sa torture, menotté à une chaise. Elle lui effleura le bras. Il avait encore des vêtements tachés de sang. Il n'avait pas pris le temps de se changer ; il ne l'avait probablement pas quittée.

— Tu es resté là tout le temps ?

— J'ai eu un compte rendu de l'opération commando dans une des salles de réunion de l'hôpital.

Il paraissait épuisé et elle remarqua des rides autour de ses yeux.

— C'est l'agent Vartan qui se charge des déclarations aux médias.

— Eric, c'est ton affaire. Si tu as besoin de…

— Je reste près de toi. Je ne te quitte pas !

Il marqua un temps et baissa la tête. Il semblait hésiter à poursuivre.

— Quand j'ai compris que Levi était dans le bungalow, j'ai eu très peur, murmura-t-il enfin. Peur que tu ne sois déjà morte.

Il savait avant d'entrer. Mais il était entré tout de même… Il était venu pour elle, sachant ce qui l'attendait. Sachant qu'il risquait sa vie.

— Je ne pouvais pas te perdre comme ça…

Il secoua la tête et avala sa salive.

— Je ne pouvais pas perdre une deuxième fois la femme que j'aimais.

Mia ne le voyait plus qu'à travers un brouillard de larmes.

— Mais je n'ai pas pu l'empêcher de te faire du mal.

— Je suis là, tout va bien, maintenant.

Il posa sa tête sur son ventre, comme s'il quémandait son pardon. Elle lui caressa les cheveux et il se mit à pleurer, sans un bruit.

La nuit était tiède ; les eaux sombres de la baie de Matanzas s'étendaient à perte de vue devant Eric. Il les contemplait depuis la terrasse de Cameron, à St Augustine.

— On dirait qu'elles s'entendent bien, toutes les deux, commenta Cameron.

Ils venaient de finir de dîner. Lanie et Mia parlaient dans la cuisine. Mia avait quitté l'hôpital quelques jours plus tôt. Elle avait toujours une large ecchymose sur la joue et la main gauche bandée.

— Elle remonte la pente ? demanda Cameron qui avait suivi le regard d'Eric.

— Elle s'efforce de donner le change, mais tu sais comme moi qu'elle a vécu l'enfer. J'essaie de la convaincre de consulter un spécialiste du stress post-traumatique.

Pour le moment, elle refusait. D'après elle, elle avait

eu son quota de visites chez le psy avec les séances du Dr Wilhelm — « Merci bien ! » ajoutait-elle. Pourtant, elle faisait des cauchemars et il s'en inquiétait. Pour l'instant, il était là pour la rassurer, mais bientôt elle serait seule.

— Tu es amoureux d'elle ?

Eric s'adossa à la rambarde. Il songea à Rebecca. La mort de Levi lui avait permis de terminer son deuil.

Il acquiesça.

— J'en ai bien l'impression, oui… Mais on a décidé de ne pas précipiter les choses.

Cameron but une gorgée de sa bière, l'air songeur.

— J'aurais agi comme toi, dit-il enfin.

Il contempla sa femme.

— Si Lanie avait été à l'intérieur avec ce psychopathe, je serais entré, moi aussi, pour essayer de la sauver. A quelle heure part ton avion, demain ?

— A 7 heures.

Après avoir bouclé l'enquête, il avait prolongé son séjour à Jacksonville, afin de prendre un peu de vacances et surtout de passer du temps avec Mia — chez Mia. Ils avaient paressé au lit et lézardé au soleil, au bord de la piscine. Ils avaient fait l'amour comme si c'était la dernière fois. On assurait que le danger exacerbait les passions, mais dans le calme qui avait succédé à la tempête, Eric avait découvert que ses sentiments étaient toujours aussi forts.

— Vous vivez loin l'un de l'autre, fit prudemment remarquer Cameron.

— On se verra de temps en temps le week-end. On fera le trajet à tour de rôle… On va déjà essayer comme ça.

Il se détourna pour contempler de nouveau l'océan.

— Mia comprend mon travail, Cam. Elle comprend pourquoi je fais ce que je fais.

— Je suis content que tu sois venu, Eric. Lanie et moi, on t'aime beaucoup. On tient à ce que tu le saches.

— Vous pourrez prendre de ses nouvelles, pendant mon absence ?

— Compte sur nous.

Les femmes sortirent les rejoindre. Lanie se tenait le ventre. Eric eut l'impression qu'elle avait encore pris de l'ampleur depuis la dernière fois qu'il l'avait vue.

— Il me reste un melon à découper, Cam. Tu me donnerais un coup de main ?

Cam la suivit dans la cuisine, emportant les bouteilles de bière vides.

Mia sortit sur la terrasse. Comme toujours, Eric la trouva incroyablement belle, avec ses cheveux noirs soulevés par le vent.

— J'aime bien Lanie, dit-elle. Et l'agent Vartan est un peu plus chaleureux avec moi qu'au début.

— Cam, corrigea Eric avec un sourire.

Il la prit par la taille. Elle posa sa tête sur son épaule, et ils contemplèrent ensemble la baie languissante. Le phare de l'île Anastasia brillait dans la nuit et se reflétait dans l'eau, à l'endroit où ils avaient aperçu un peu plus tôt, à la tombée de la nuit, un groupe de lamantins joueurs.

— A quoi est-ce que tu penses ? demanda-t-il, un peu inquiet de son silence.

— Je pense qu'elles sont là, quelque part, répondit-elle d'une voix sombre.

Il comprit qu'elle faisait allusion au cadavre de Cissy Cox qui n'avait pas encore été retrouvé, et dont la mort n'était confirmée que par l'enregistrement envoyé par le collectionneur. Les experts du FBI avaient utilisé les chiens pour fouiller la propriété de Levi, mais ils n'avaient rien trouvé. Eric était d'avis que le corps avait été jeté dans le St Johns.

Elle pensait aussi à Joy Rourke, la petite fille enlevée par Levi vingt-cinq ans plus tôt, et qui n'existait plus maintenant que dans ses rêves. Tout le monde l'avait oubliée. Seules les notes de Hank Dugger et les archives du *Courier* attestaient qu'elle avait vraiment existé.

— J'ai parlé à Grayson. Je vais écrire un article sur la disparition de Joy. L'idée lui plaît.

— Je n'ai pas envie de te quitter, murmura Eric.

Elle leva les yeux vers lui dans la pénombre.

— Je sais.

Il se pencha vers elle pour l'embrasser. Il avait envie d'elle. C'était leur dernière nuit avant longtemps. Il avait hâte d'expédier le dessert et de filer, pour l'avoir toute à lui. Déjà, il souffrait à l'idée qu'il ne la verrait plus. Et puis il s'inquiétait de la laisser seule.

— Ça va aller, Eric, ne t'en fais pas pour moi, dit-elle comme si elle avait lu dans ses pensées. Will et Justin rentrent dans quelques jours. La mère de Justin va mieux et ils lui ont trouvé une place dans une maison de retraite médicalisée, le temps qu'elle finisse de se rétablir.

— Si tu venais à D.C. avec moi, demain ? Miller t'a dit que tu pouvais prolonger ton congé autant que tu voulais.

Elle secoua la tête.

— Les cours de danse commencent la semaine prochaine. Je ne voudrais pas décevoir mes petites élèves. Et puis, j'ai un rendez-vous chez le médecin…

Les nerfs de l'extrémité de ses doigts avaient été endommagés et elle avait perdu une partie de ses sensations, mais on ne savait pas encore si c'était définitif ou pas. Il fallait attendre la cicatrisation complète pour le déterminer. Elle avait accepté la chose avec un courage exemplaire et un commentaire détaché sur le fait que ça ne la gênait pas pour utiliser un clavier. Mais ça pouvait la gêner dans la vie de tous les jours, pour des gestes aussi simples qu'éplucher des légumes ou boutonner un chemisier. La colère d'Eric se réveillait chaque fois qu'il songeait que le collectionneur l'avait peut-être marquée à vie.

— Et puis, on a dit qu'on verrait si notre relation tient le coup avec l'éloignement, ajouta-t-elle d'un ton taquin.

— Je reviendrai avant l'accouchement de Lanie, promit Eric.

— Je ne tiendrai pas jusque-là, je viendrai te voir avant !

Eric songea avec un peu d'amertume que cette conversation détonnait dans l'atmosphère romantique dispensée par les lampes à huile qui décoraient la terrasse. Il plongea son regard dans le sien. Il voulait se souvenir de ce moment pour y penser chaque fois qu'elle lui manquerait.

— Tu as vraiment envie de melon ? demanda-t-il à voix basse. On pourrait partir tout de suite.

— Lanie s'est donné beaucoup de mal pour la présentation. Elle les a sculptés en forme de paniers. On ne peut pas lui faire ça !

Elle se pendit à son cou.

— Mais on va se rattraper... Tu ne regretteras pas d'avoir patienté, tu verras, lui murmura-t-elle à l'oreille.

Il la tint contre lui, pour se remplir de sa présence. Il était heureux et reconnaissant qu'elle soit en vie. S'ils étaient faits l'un pour l'autre, ils surmonteraient l'obstacle de la distance.

*Tu me manques déjà.*

Il prit son visage entre ses mains et approcha ses lèvres des siennes.

# Epilogue

*Quatre mois plus tard*
*Chantilly, Virginie*

Eric l'attendait, perdu dans la foule. En l'apercevant, Mia sentit son cœur se mettre à battre plus fort. Elle venait d'atterrir à l'aéroport international Dulles de Washington. Il l'avait repérée, lui aussi, et se faufilait à présent entre les voyageurs pour la rejoindre. Elle se jeta dans ses bras.

Ils s'embrassèrent longuement, indifférents aux passagers qui circulaient autour d'eux, dans le terminal bondé.

Ils ne s'étaient pas vus depuis qu'Eric s'était rendu à Jacksonville pour la naissance de la petite Rosalie Marie Vartan. Ça faisait déjà un mois — un interminable mois.

— Comment s'est passé le voyage ? demanda-t-il en lui prenant son sac de cabine.

Ils se dirigèrent vers le comptoir des bagages.

— L'avion était plein, mais je suis contente d'être venue.

— C'est la fin des vacances d'été. Tout le monde prend l'avion en même temps, au dernier moment.

En ce qui la concernait, elle n'était pas en vacances. Elle devait se rendre à un entretien d'embauche dans un journal de D.C., entretien arrangé par Grayson. Il n'avait pas été surpris quand elle lui avait annoncé qu'Eric et elle envisageaient une relation plus sérieuse. Le téléphone et un week-end de temps en temps ne leur suffisaient plus.

Grayson lui avait alors proposé de contacter un vieil ami qui était responsable de rédaction dans un quotidien de la ville.

— Tu es superbe, la complimenta Eric, tandis qu'ils attendaient devant le tapis roulant des bagages.

— Tu plaisantes ? Ce voyage m'a épuisée ! Je dois avoir une mine de chien…

Elle lissa nerveusement du plat de la main sa petite robe d'été. Eric avait insisté pour la présenter à ses parents et ils allaient directement dîner chez eux, à Falls Church, depuis l'aéroport. Sa sœur Hope serait là aussi.

— Hé, murmura-t-il, comme s'il avait deviné ses inquiétudes. Tu t'en sortiras très bien ! Et puis, je ne suis plus un gamin. Tu n'es pas obligée de plaire à mes parents.

— Tu n'es pas très encourageant, dis donc !

— Sache que mon père a hâte de faire ta connaissance. Il a suivi l'enquête de près. Il t'a déjà jugée comme une femme courageuse.

Elle se sentait tout de même intimidée à l'idée de dîner avec un conseiller auprès du département de la Justice.

— Et ta mère ?

— Avec elle, c'est à toi de jouer, répondit-il avec un sourire taquin.

Puis il redevint sérieux.

— Tu n'as aucun souci à te faire. Mes parents veulent me savoir heureux, c'est tout. Laisse tomber les idées préconçues. Je suis certain qu'ils t'apprécieront autant que je t'apprécie.

Il fit un pas en avant et se pencha pour l'embrasser.

— Si ça continue, on va laisser passer ma valise, murmura-t-elle, un peu essoufflée, quand leurs lèvres se séparèrent.

Il prit délicatement sa main gauche et examina ses doigts en fronçant les sourcils.

— Comment ça va ?

Les ongles avaient repoussé, mais ils étaient striés, bombés, et laissaient deviner des tissus endommagés. La plupart du temps, elle avait les extrémités insensibles et elle commençait à s'y habituer. D'autres fois, au contraire, elle sentait une douleur fulgurante, comme si ses nerfs malmenés se plaignaient de ce qu'ils avaient subi.

— Ça n'a pas beaucoup évolué, répondit-elle tristement. Mais les médecins ont fait tout ce qu'ils pouvaient.

Elle ne songeait pas à se plaindre. A côté de Rebecca, de Penney, de Joy, elle avait eu de la chance. Des larmes lui montèrent aux yeux, qu'elle ne chercha pas à dissimuler. Eric lui effleura la joue et posa sur elle un regard interrogateur.

— Je suis heureuse d'être là, Eric. Tu m'as tellement manqué.

La valise, qui arrivait enfin, rompit le charme de l'instant. Il avança pour l'attraper, puis la fit rouler, posant au-dessus le bagage de cabine.

Tout en traversant le grand hall vitré qui donnait sur la piste de décollage et sur un ciel de crépuscule bleu lavande, ils commentèrent la dernière affaire de meurtres en série qui avait amené Eric à voyager dans l'Oregon. Il avait passé là-bas une semaine, en tant qu'expert.

Une fois dans le parking, il mit la valise dans le coffre de sa voiture. Toujours galant, il alla ensuite ouvrir la portière du passager, puis s'installa derrière le volant. Il allait démarrer, mais se ravisa, et tourna vers elle un visage solennel.

— Même si tu n'obtiens pas ce poste au journal, Mia, j'aimerais que tu t'installes ici avec moi. Et le plus vite possible. Je n'en peux plus d'attendre.

Ils avaient déjà beaucoup parlé de la manière dont ils envisageaient leur avenir à deux. Le travail d'Eric au VCU était crucial, elle était mieux placée que quiconque pour le savoir. Elle acceptait d'avance ses horaires chaotiques et le fait qu'il soit obligé de voyager souvent… Elle voulait se réveiller dans le même lit que lui le matin, partager une maison avec lui. C'est pourquoi ils avaient décidé que c'était à elle de déménager.

— Je sais aussi que tu as déjà envisagé de changer de travail, poursuivit-il d'un ton précautionneux.

De ça aussi, ils avaient parlé. Elle n'était plus très sûre de vouloir être journaliste, même si elle s'apprêtait à postuler pour un quotidien de Washington. Grayson lui avait rendu la rubrique criminelle, mais elle se sentait trop marquée par ce qu'elle avait vécu. Elle avait la sensation de se trouver à un tournant de sa vie.

— Beaucoup de journalistes de terrain bifurquent vers les médias télévisés, reprit-il. Plutôt que d'enquêter, ils diffusent.

— Tu penses à quelque chose de précis ?

Il la dévisagea intensément.

— Je pense au programme culturel d'une chaîne locale. L'émission débute juste et on cherche un directeur des relations publiques. Ou une directrice.

Mia sentit son cœur bondir. C'était une occasion inespérée et une offre alléchante.

— Si ça t'intéresse, mon père pourrait aisément te décrocher un entretien d'embauche. Il siège au conseil d'administration de la chaîne. Avec ton C.V. et tes qualités, je pense que tu serais parfaite pour le poste.

— Oui, je pense que ça me plairait. Merci d'avoir pensé à moi.

Il se pencha de nouveau pour l'embrasser. Puis il mit le moteur en route.

En sortant du parking, il posa sa main sur l'accoudoir placé entre eux, et enlaça ses doigts aux siens. Mia se sentit soudain terriblement émue. Jacksonville allait lui manquer. C'était sa ville natale ; elle y avait toujours vécu… Will et Justin lui manqueraient aussi. Et son bel appartement dans San Marco, les plages de sable… C'était une part d'elle-même qu'elle abandonnait là-bas.

Mais elle était heureuse et soulagée d'y laisser aussi certains événements de son passé.

Elle avait bien l'intention de profiter de la chance incroyable qui lui était offerte. Elle allait repartir de zéro, dans un nouveau lieu, avec l'homme qu'elle aimait.

*On va s'installer ensemble…*

Elle n'avait encore franchi ce pas avec aucun homme. Pour la première fois, elle avait envie de tout donner, sans réserve. Elle contempla le profil d'Eric. Lui aussi profitait de leur rencontre pour faire table rase du passé.

Ils allaient être heureux ensemble.

C'était certain…

# REMERCIEMENTS

Merci à mon éditrice, Susan Swinwood, de MIRA Books, et à mon agent Stephany Evans, de l'agence FinePrint. J'ai éprouvé un réel plaisir à travailler avec vous deux. Merci également à celles qui m'ont aidée et soutenue de bien des manières, et dont les noms suivent : Michelle Muto et Vicki Jacob, pour avoir su être des relectrices exigeantes en même temps que des amies ; Deborah Damerell pour avoir remarqué mon travail ; Dana Cogan et Soon Mee Kim, pour m'avoir tenu la main, comme elles le font depuis si longtemps. Et enfin, un grand merci à mes « DB girls » qui me font tant rire et que je porte dans mon cœur.

*A paraître le 1er mars*

*Best-Sellers n°599 • historique*

**Le tourbillon des jours** - Susan Wiggs

*Londres, 1815*

Rescapée d'un terrible incendie, Miranda a perdu la mémoire : pour tout souvenir du passé, il ne lui reste qu'un médaillon où est gravé son prénom. Perdue dans une Angleterre tout juste libérée de la menace napoléonienne, elle ne reconnaît ni le décor qui l'entoure, ni le visage des deux hommes qui prétendent tous deux être son fiancé. Auquel doit-elle faire confiance ? Et que signifient ces images fugitives et incompréhensibles qui surgissent parfois dans sa mémoire ? Résolue à comprendre ce qui lui est arrivé, et à retrouver son identité, Miranda se lance alors dans une quête éperdue qui va l'entraîner dans la plus folle – et inattendue – des aventures...

*Best-Sellers n°600 • suspense*

**Un cri dans l'ombre** - Heather Graham

Des corps en décomposition, cachés sous des branchages et de vieux emballages... Face à l'atrocité des clichés étalés devant elle, Kelsey O'Brien ne peut s'empêcher de pâlir. Des cadavres, elle en a pourtant vu des dizaines au cours de sa carrière d'agent fédéral. Mais la mise en scène sordide choisie par le tueur en série qui sévit depuis quelques mois à San Antonio fait naître en elle un puissant sentiment de dégoût et de révolte. Et puis, qui sont ces jeunes femmes qui ont été sauvagement assassinées, et dont personne n'a signalé la disparition ? Autant de questions qui obsèdent Kelsey et la poussent à accepter d'intégrer la célèbre équipe de l'inspecteur Jackson Crow, et de mettre à son service le don qu'elle a jusqu'ici toujours voulu garder secret : celui de communiquer avec les morts... Un don qui, elle le comprend bientôt, pourrait bien la rapprocher malgré elle de Logan Raintree, ce policier aussi introverti que taciturne avec lequel elle est obligée de collaborer...

*Best-Sellers n°601 • suspense*

**Kidnapée** - Brenda Novak

Un déchirement absolu, irréductible. C'est ce que ressent Zoé Duncan depuis que Samantha, sa fille adorée, a disparu. Déchirement, révolte aussi. Car elle refuse de croire un instant à une fugue, hypothèse que la police de Sacramento s'obstine pourtant à avancer. Certes, Sam traverse une crise d'adolescence difficile, mais elle ne serait jamais partie comme ça. Cela n'a pas le moindre sens.
Persuadée que quelque chose de grave est arrivé à sa fille, Zoé est prête à tout pour la retrouver. Même si elle doit pour cela perdre son nouveau fiancé, son travail, sa splendide maison de Rocklin. Même s'il lui faut revenir sur son passé douloureux et dévoiler ses secrets les plus intimes à Jonathan Stivers, le détective privé à la réputation hors du commun qu'elle a engagé. Jonathan, le seul homme qui a accepté de se lancer avec elle dans cette bataille éperdue pour sauver Sam – et où chaque minute qui passe joue contre eux.

*Best-Sellers n°602 • thriller*

**La petite fille qui disparut deux fois** - Andrea Kane

*Il aurait suffi qu'elle tourne la tête… Elle aurait alors aperçu, dans une voiture, sa petite fille qui luttait pour échapper à son ravisseur. Mais Hope n'a rien vu de tout cela car elle ne pensait qu'à une chose : rentrer à la maison où, pensait-elle, l'attendait son petit ange.*
La juge aux affaires familiales Hope Willis de White Plains n'a désormais plus qu'une raison de vivre : retrouver sa fille Krissy, cinq ans, qui vient d'être enlevée. Aussi, luttant contre le désespoir et refusant d'envisager le pire, elle décide de faire appel à la profileur Casey Woods et à son équipe peu conventionnelle de détectives, les Forensic Instincts – des enquêteurs privés réputés pour leur ténacité et leurs succès dans des affaires particulièrement délicates.
Très vite, alors que des secrets du passé refont surface, Hope comprend que le temps est compté et que le sort de Krissy se joue sans doute à très peu de choses. A un détail jusqu'alors passé inaperçu, au passé trouble de sa propre famille… Quoiqu'il en soit, elle va la retrouver, dût-elle pour cela tout perdre et affronter l'inconcevable.

*Best-Sellers n°603 • roman*

**Rencontre à Seattle** - Susan Andersen

Depuis qu'elle a croisé l'inspecteur Jason de Sanges, Poppy Calloway n'arrive pas à chasser cet homme de ses pensées. Il faut dire que dans le genre beau flic ténébreux et incorruptible, il est tout simplement irrésistible. Si bien que quelques mois plus tard, lorsqu'elle apprend qu'elle va devoir travailler avec lui à la réinsertion de jeunes de son quartier, elle sent un trouble intense l'envahir… avant de déchanter devant les manières glaciales de Jason. Loin d'être un héros chevaleresque, comme elle l'avait pensé, c'est un homme froid et cynique, dont le caractère est à l'exact opposé du sien ! Comment va-t-elle réussir à collaborer avec Jason, qui non seulement a le don de la mettre systématiquement hors d'elle, mais qui, en outre, semble pertinemment conscient de l'effet incroyable qu'il a sur elle ?

*Best-Sellers n°604 • historique*

**La rose des Highlands** - Juliette Miller

*Ecosse, XIIIe siècle*
Roses est révoltée. Comment le seigneur Ogilvie a-t-il osé utiliser la force pour tenter d'abuser d'elle ? Elle qui travaille depuis toujours au château est désormais contrainte à la fuite. Une fuite dans la lande glaciale au cours de laquelle elle aurait sans doute péri, si un mystérieux highlander ne lui avait porté secours et donné refuge… dans la forteresse qui appartient au clan ennemi de celui des Ogilvie.
Dès le début, Wilkie MacKenzie, qui possède toute l'autorité et la noblesse d'un grand seigneur, se conduit comme tel avec elle. Pourtant, Roses sent que sa présence dérange les autres membres du clan. Pire, qu'elle représente un danger pour eux : n'est-il pas évident que le seigneur Ogilvie va vouloir la récupérer, par les armes s'il le faut ? Mais si elle se sent la force de faire face à cette hostilité, et à cette menace, Roses ne sait si elle pourra cacher les sentiments brûlants que lui inspire Wilkie, alors que celui-ci va bientôt devoir se choisir une épouse de son rang…

Composé et édité par les

*éditions* HARLEQUIN

Achevé d'imprimer en décembre 2013

CPI
BRODARD & TAUPIN

La Flèche

Dépôt légal : janvier 2014

*Imprimé en France*